曲海總目提要

（附補編）

董康 編著
北嬰 補編

下

人民文學出版社

曲海總目提要卷三十六

珍珠記

一名珍珠米糷記。不知何人所作。記稱洛陽高文舉負欠官銀不能償。有王百萬年暮無子。慨捨家財于十字街頭。救濟貧困。適遇文舉。奇其狀貌。邀之至家。以女金眞妻之。後文舉上京應試。得中狀元。適奸相温閣者。有次女未字。竟逼贅文舉爲壻。文舉念王氏恩重。暗遣張千持書迎之。張千攜書爲温氏所見。拆改語意。致張千至洛。爲王百萬合家痛毆。王金眞以夫婦臨別時盟誓眞切。料文舉必不負心。親至京訪之。值文舉召入内院。數月未回。張千唧前忿。搆金眞于温氏前。温氏遂將金眞剪髮剝鞋。執澆花掃地之役。賴老奴左右之。幸得不死。後文舉自内院歸。獨臥書室。偶思食米糷。老奴進之。文舉訝其味似金眞所造。又於米爛中得珍珠半顆。認係臨別時與金眞各分一半之物。遂根問老奴。老奴含胡以應。至晚。密令金眞代至書室掃地。始得與文舉相會。文舉以力不能救。導之踰牆而出。赴包龍圖告理。翌日。包拯審明具奏。詔謫温閣。斬張千。許令王金眞亦將温氏剪髮剝鞋。執澆花掃地之役。王金眞遂將温氏鎖繫轎前。直至洛陽。賴王百萬夫婦苦勸。金眞與結爲姊妹。共事文舉終身焉。按記內情事荒唐。大略本於世俗所謂龍圖公案。而賓白村鄙。乃弋陽曲之最下者。

斷烏盆

小說有龍圖公案者。凡世俗相傳沒頭腦對證之事。問官審究得實。或辨明寃枉。或誅戮奸兇。大抵假託于鬼神夢卜者居多。而一切歸之于包拯。於是有包龍圖日斷陽夜斷陰之說。其事有載于他書者。有傳於案讞者。亦有憑空杜撰全無根據者。行世已久。傳奇家往往採摭以作劇。烏盆子亦其一也。略言拯守定州時。揚州富人李浩至定州買賣。嘗醉臥城外。有丁千、丁萬者。奪浩囊金而殺之。火焚其尸。搗骨雜泥土燒作瓦盆。賣與王老。一日王老小遺。盆子叫屈。細述被殺緣由。王老遂攜盆出首。拯呼瓦盆問之。寂然無聲。怒責王老。王老歸。甚怨恨。而瓦盆復叫冤。言借一衣掩蓋。便可見天日。王老復攜盆謁拯。拯問。瓦盆歷訴寃情。拘千、萬兩人勘問不承。又拘兩人妻究問。供所奪浩金見埋牆內。兩人乃服罪。今劇中云符召其家鍾馗等。問明此事。則又加增飾。以爲龍圖斷陰之證據也。按元人有盆兒鬼劇。與此大同小異。鍾馗證明事。元人所無。

劍丹記

一名八黑。落場詩云。劍丹奇傳演分明。換羽移宮律調新。天瑞謝生因興趣。撰成留寄與知音。按謝天瑞不知何許人。謝天瑞。字寤雲。號思山。浙江杭州人。所作傳奇有分釵記。忠烈記。靖虜記。狐裘記。

劍丹記・麥舟記等六種・劇中生爲劉榮。弟劉貴。女爲包文拯女。生與弟同應文拯之招。道中被妖狐所攝。弟訴於文拯。文拯作牒文一道焚奏天庭。上帝命八英收服妖狐。八英者。項羽、張飛、周倉、尉遲恭、鍾馗、趙元壇、鄭恩、焦贊也。八人世俗盛傳爲黑面。故劇即以此命名。二劉皆爲文拯壻。值儂智高反。狄青爲所敗。文拯薦二劉統兵援之。協計破賊。其二子亦俱登第。中間又設爲文拯女夢天賜玉如意玉拂塵。以合二劉婚姻。又設爲全眞贈劍丹事。故又名劍丹記。前後事實。俱屬子虛。不過撮撰以作關目。詞曲亦俚俗無足觀。

題塔記

梁灝事流傳已久。演傳奇者亦不一而足。或曰題塔。*明張楚撰・ 或曰青袍。或曰折桂。或曰不伏老。*青袍記・見本書卷十八・折桂記・見卷二十六・梁狀元不伏老・見卷七・ 關目波瀾。互相同異。總以晚年登第。父子狀元。未遇之士。借以自慰。且風勵天下讀書應舉。毋半途遂廢。此作者意也。唐時新進士讌集曲江。必題名雁塔。故曰題塔記。王禹偁、賈同皆文學知名。串入相映帶。灝依禹偁爲學。近于弟子。劇以爲兒女姻家。亦是傅會。且禹偁太平興國中登第。年不甚長。灝其後輩。至雍熙成名。恐無天福應舉之説。梁狀元劇後有辨折語。按宋史梁灝傳。灝、字太素。鄆州須城人。王禹偁始舉鄉貢。灝依以爲學。大加器賞。初舉進士不中第。留闕下。獻疏極言設科之選。所取不出於詩賦策論。丘園之下。豈無宏才茂德之士哉。疏上不報。雍熙二年復舉進士。廷試日。太宗詔升殿詢其門第。賜甲科。眞宗初。詔羣臣言事。灝時使陝西。途中作聽政箴以獻。後又使河北還。以爲翰林學士。灝美風姿。强力少疾。閨門雍睦。與人交。久而無改。士大夫多之。卒年九十二。子固、字仲堅。初以遺蔭賜進士出身。服闋。詣登聞院讓前命。願赴鄉舉。許之。大中祥符元年。舉服勤詞學科。擢甲第。此灝父子俱登首甲載在史傳之可考者。至他書所錄。其及第謝啓則云。皓首窮經。少伏生之八歲。青雲得路。

多太公之二年。其謝恩詩則云。天福三年來應舉。雍熙二載始成名。饒他白髮巾中滿。且喜靑雲足下生。觀榜更無朋輩在。到家惟有子孫迎。也知年少登科好。爭奈龍頭屬老成。雅俗相傳。用爲佳話。蓋自後晉天福二年。歷後漢後周而至宋雍熙二年。前後共四十八年矣。明人不伏老雜劇。已極摹畫其老而益堅之志。其同時應舉。則有賈同。同先得官而灝不就。本中情節。與此相符。至如王禹偁以私議孝章皇后禮儀。遂坐謗訕。罷知滁州。亦載本傳。唯流落延鄜一節。似從灝下第羞歸生出。扈蹕北征一節。似從灝奉使陝西生出。隨手撮撰。不盡合於正史云。

破窰記

元王實甫、關漢卿皆有呂蒙正風雪破窰記。馬致遠又有呂蒙正風雪齋後鐘。今所行破窰記。未知誰本。考水東日記。所載相府退衙一段。今本無有。則此記非元時本。或是明時人删改。或是另作。未可定也。因劇中有綵樓選壻一事。又謂之綵樓記云。飯後鐘本王播事。今借用。宋宰相無劉懋。蒙正母乃劉氏也。文獻通攷。太宗太平興國二年。進士一百九人。狀元呂蒙正。堯山堂外紀。呂蒙正父龜圖。好內寵。蒙正與母劉氏俱被出。因淪躓窘乏。或謂其嘗處破窰中自嘆有撥盡寒爐一夜灰之句。他日相府退衙。片雪沾衣。欲斬執役人。其妻因舉撥灰詩諷之。又嘗有鴟吻詩曰。獸頭原是一團泥。做盡辛苦人不知。如今擡在青雲裏。卻忘當年窰內時。歸田錄。（*按本條見六一詩話*）呂文穆公未第時。薄遊一縣。時胡大監旦隨其父宰是邑。待呂甚薄。客有喩胡曰。呂公能詩。宜少加禮。胡問警句。客舉曰。挑盡寒燈不成夢。胡笑曰。乃一渴睡漢耳。呂甚恨而去。明年首中甲科。寄聲於胡曰。渴睡漢狀元及第矣。胡曰。待我明年第二人及第。輸君一籌。既而次榜亦中首選。文穆公。蒙正也。按蒙正詩。十謁朱門九不開。滿頭霜雪卻歸來。還家羞對妻兒面。撥盡寒爐一夜灰。與挑燈寒夜句。

大略相似。恐因此傳會也。一統志。饐瓜亭在河南府城南。下臨伊水。宋呂蒙正微時過此。見賣瓜者。無錢可買。其人偶遺一枚於地。蒙正取食之。後作相。建亭於此。以饐瓜名。示不忘貧賤也。幕府燕閒錄。呂蒙正方應舉。僦舍建隆觀。沿汴入洛。鏁室而去。自冬涉春方回。啓戶視之。牀前槐枝叢生。高二三尺。蒙茸合抱。是年登科。十年作相。葉盛水東日記。今書坊相傳射利之徒。僞爲小說雜書。南人喜談如漢小王光武、蔡伯喈邕、楊六使文廣。北人喜談如繼母大賢等事甚多。農工商販。抄寫繪畫。家畜而人有之。女婦尤所酷好。好事者因目爲女通鑑。甚者晉王休徵、宋呂文穆、王龜齡諸名賢。至百般誣飾。作爲戲劇。以爲佐酒樂客之具。意者出於輕薄子一時好惡之爲。如西廂記、碧雲騢之類。流傳之久。遂以汎濫而莫之救歟。嘗攷之呂文穆公微時。渴睡漢、饐瓜亭、寒爐撥灰事。頗見傳記。今從而飾之曰。他日相府退衙。片雪沾衣。欲斬執役人。其妻因反撥灰詩諷之云云。又嘗有鵖吻詩諷之曰。獸頭元是一團泥。做盡辛勤誰不知。如今擡在靑雲裏。忘卻當初窖內時。噫。豈其然乎。摭言。唐王播少孤貧。嘗客揚州惠照寺木蘭院。隨僧齋食。後厭怠。乃齋罷而後擊。後二紀。播自重位出鎭是邦。因訪舊遊。向之題名。皆以碧紗籠其詩。播繼以二絕句曰。三十年前此院遊。木蘭花發院新修。如今再到經行處。樹老無花僧白頭。上堂未了各西東。慚愧闍黎飯後鐘。三十年來塵撲面。如今始得碧紗籠。

種種情

不知何人作。唐吉萃龍爲友柯文巧所誑。百計謀陷。反得成就婚姻。立功受爵。意外得種種遇合。故曰種種情。作者之意。欲於朋友一倫。勸善懲惡也。略所引蕭銑、劉黑闥等姓名。皆見正史。而事實不符。特借用爲關目耳。略云。吉萃龍、字自天。維揚人。家世儒者。貧無妻室。與同窗友柯文巧字拙生者善。慨交道不古。相與盟於伏魔神像之前。兩人各訂一館。吉之主人在本地。柯則在京口。時故梁蕭銑之女蕭月仙踞江上。收拾餘燼。爲恢復計。江中人往往遭劫掠。文巧患之。且以母老往來不便。商之萃龍。萃龍慨然願相易。挈書籍兩箱渡江。爲蕭禕將柳娟娘所劫。憐其書生不殺。取箱而去。萃龍至館。居停乃隋尚書路惟坦也。二子一女。長子逵。婢出。次子義及女花卿。皆嫡出而失母。逵讀書於外家。義以萃龍爲師。甚相得。惟坦亦甚愛萃龍才。欲以女花卿許字。稍嫌其年長。未發口。花卿美而艷。工詩畫。曾在書館壁畫梅一株。爲萃龍所見。甚歆慕。其婢宮春。楊越公素之孫女。遭亂流落爲路婢。私見萃龍。悅之。思委身焉。告於花卿。花卿許爲轉請於父。柯文巧聞萃龍遭劫。自以爲幸。及至館。主人爲盜所殺。全家被難。文巧亦幾死。失館過江訪萃龍。蓋欲謀萃龍館也。萃龍竟欲辭其主人以讓之。適逵之岳父死。逵歸而無師。惟坦并延文巧訓逵。遂俱留焉。初、蕭銑之被戮也。其女月仙自縊。帶忽斷。有龍自天降。環繞久之而去。至是刼得萃龍箱。啓視。中有詩文集。自署其姓名曰吉萃龍。字曰自天。以爲此必有天緣。乃作書一通。附以白金百兩。命媚娘物色萃龍達之而還其箱。會惟坦賓主皆至金山訪僧。萃龍題詩。媚娘見其姓氏。追及還箱。且達書幣。文巧訶以爲賊。幾爲媚娘所殺。萃龍力請乃免。歸遇花卿、宮春出賞花。萃龍作詩美之。文巧竊其詩。欲告於惟坦而逐萃龍。置之几上。會出。宮春偶至館。見而藏之。花卿嘗作疊字詩一帙。謂有能續者。即願許配。宮春欲攜付萃龍。遇逵奪去。告於師。欲汚衊其姊。文巧代謀。令陰置萃龍案上使惟坦見。萃龍信手得之。不知誰作。續和無遺。仍留案間。果爲惟坦見。怒甚。責宮春。飾以水濕欲晒。爲逵奪去。惟坦見續和詩工。又其子義爲師力言。竟以花卿許配萃龍。而使文巧爲媒。文巧雖憤。無可如何也。秋闈應試。褚遂良爲考官。文巧與萃龍鄰號坐。萃龍文早竣而文巧一字不成。詭稱腹痛。索萃龍卷閱。故失手汚之。萃龍以文讓其抄錄。榜發文巧得雋。方驕萃龍。適其房師以賄敗。凡所中式。皆革去而受杖。文巧亦與焉。文巧又嘗置酒招萃龍飲。强之醉。潛往其館。欲竊主人陳設古玩。而誣萃龍以盜。夜入室中。守者執文巧爲盜。痛毆之。而前蕭月仙所寄書則爲文巧竊得。文巧旣遭褫革。在京無聊。聞月仙起兵破閩。朝廷命李衛公靖出榜。招智謀之士。赴蕭軍招撫。文巧遂以書出首。謂萃龍與蕭通。靖索書觀之。知蕭慕吉。非吉通蕭。乃舉萃龍爲參謀。使往說蕭降。萃龍承命往。蕭使媚娘爲媒。招萃龍爲壻。從則皈依。不從則殺萃龍。萃龍不得已。與成婚。文巧聞之。又首萃龍與逆爲婚。其妻族皆逆黨。欲圖花卿爲己妻也。惟坦、花卿、宮春皆被逮。惟坦次子義挾貲奔救。而差官本楊素家將。識宮春爲故主。方爲營釋。值劉黑闥起兵攻破鎭江。大肆屠掠。惟坦一家。以被逮入都得免。獨長子逵不顧其父。家居被殺。萃龍旣招蕭月仙降。朝命即使率月仙兵征黑闥。伏魔大帝陰助之。黑闥平。萃龍受封爵。惟坦、花卿、宮春皆得釋。花卿、宮春並歸萃龍。與月仙爲姊妹。而不分妻妾。伏魔命周倉攝文巧魂。一一詰責之。文巧伏罪。伏魔使化爲人面虎。至萃龍家乞食。以示報應云。按唐書高祖武德四年。遣趙郡王孝恭李靖伐梁。梁王銑降。孝恭送銑長安。後數日。救兵至且十餘萬。知銑降。乃送款。銑至。高祖讓之。對曰。隋失其鹿。英雄競逐。銑無天命。故爲陛下禽。猶田横南面。豈負漢哉。帝怒其不屈。詔斬都市。先是。銑遣劉泊略地嶺表。得五十餘城。未還而銑敗。泊以所得城來降。不言有女月仙復起兵也。方銑稱梁公。有柳生以衆歸。劇中柳媚娘。借此影射也。武德五年。太子建成兵至昌樂。劉黑闥亡走。黑闥起兵漳南。據鄃縣。兗鄆陳杞伊洛曹戴八州應之。繼取唐定州。拔相黎衛州。稱王。都洺州。秦王破之於洺水。黑闥奔突厥。引兵寇山東。又寇定州。復據洺州。建成請行。至則其衆食盡。多亡降。黑闥遁走。六年春正月。漢東將諸葛德威執其君黑闥降唐。唐斬之。始終不言其破鎮江。與前蕭月仙之說。皆僞撰也。

玉殿緣

不知何人作。一名金鑾配。又名御殿圓。清陳子玉撰。子玉字布甫。江蘇吳縣人。情節與幻緣箱幻緣箱。見本書卷二十八。彷彿。姓名關目。互有異同。復添飾明武宗微行。賜曹尙書女妻周元以供點綴。俱係空中結撰。江筆與玉娟、素娟殿上結姻。是名玉殿緣也。略云。婁東人江筆、字彩生。幼失怙恃。與支硎釋了凡爲表兄弟。依僧舍讀書。有胡素娟者。名門女也。貌美通文墨。母再醮胡成。因成賭博貪飲。抑鬱而逝。成赤貧無業。賃了凡屋。賣酒於支硎山下。令素娟當壚。筆偶閒行入肆。覩女之美。方與接談。成歸遇筆。以其房主之親。勸使酣飲。揚女才技。言欲與人爲妾。售數百金。筆云女既有才貌。當擇佳配。何圖利也。怒而詬成。成告了凡。凡以酒醉解釋之。御史何天衢、字荆溪。蘇州人。無子。妻侯氏。生女玉娟。天衢在朝與劉瑾、焦芳議事不合。乞歸林下。旋起兵部職方司。時瑾監督團營。而芳居內閣。擅權用事。兵部尙書曹仲與天衢議。欲劾瑾、芳。適流寇趙瘋子擾山左。瑾、芳欲陷天衢。授爲濟南兵備道。與兵三千。令速勦賊。天衢遣書接家眷之任。玉娟支硎進香。墮鳳釵於地。筆袖之歸。玉娟失釵。遣婢春紅往覓。筆出釵示婢而欲面還玉娟。堅不與婢。婢不得已。引筆入玉娟之室。筆遂求婚。玉娟恐爲己累。語令速出。値母得家書。令女束裝。直抵臥室。春紅窘急無措。匿筆空箱中。母即挈女與婢入己室同臥。有賊夜入行竊。即胡成與成舅貝戎也。意箱中有物。舁歸令素娟看守。復入何宅。娟啓視見是江筆。慮其受害。筆遂出鳳釵相贈。燈前訂盟。聞玉娟將赴山左。即攜素娟潛遁彼處。胡成先歸。見箱已空。又失素娟。方甚驚疑。貝戎已至。謂成藏所竊物故匿其女。毆成立斃。納尸空箱。棄於路。走投龍衣船。充水手。邏卒獲箱。未悉其故。而春紅出覓認箱。卒擒春紅解。所司乃焦芳牙爪也。知天衢乃芳所惡。械婢入京。請拘天衢家屬質訊。天衢僕王安探知。與夫人謀。速買舟詣任所以避禍。過淮登陸。芳遣騎縶玉娟入京。而夫人又於濟南道中爲流賊所得。玉娟逮入獄。與婢證箱中之尸。嚴刑酷拷。苦不能勝。春紅認罪願抵。芳遂定婢大辟。以玉娟發豹房承應。筆偕素娟行至寶應。與貝戎遇。戎謂筆拐其女甥。即拉素娟入其舟。至京。賣於劉瑾。瑾亦送入豹房。流賊旣得天衢妻。挾之以招天衢。僕王安即紿降賊。入湖南與天衢定計。設陷坑誘賊入城。盡縛之。班師奏捷。詔陞天衢禮部尙書。充會試考官。王安授指揮。時武宗微行洛陽。宿於莊家。老嫗周姓。其子名元。頑劣多膂力。與嫗具雞黍甚恭謹。武宗聞更鼓聲詢元。元應云。此兵部尙書曹仲園居巡邏也。武宗聞仲有女。知元未婚。即以密詔授元。令賫詣曹仲。及開讀。詔以仲女妻元。授元錦衣衛指揮。筆與素娟相失。赴京求科名。元途遇之。憫其落魄。遂挈同行。入都應試。二娟於豹房各敍衷曲。玉瞷素所佩鳳釵。乃己舊物。細詢之。知係江筆所贈。因爲述遇筆始末。武宗偵知。索釵觀之。詔許復合。會廷試。夢彩筆生花。用金甌以卜狀元。正得江筆。以爲瑞應。擢爲第一。出鳳釵與認。筆具奏無隱。詔出二娟。與筆就玉殿成婚。賜金蓮寶炬送歸私第。帝已具悉瑾、芳奸惡。天衢又抗疏訟女寃。二人皆被逮正法。按何天衢武宗初年爲御史。正德三年。劉瑾列劉健、謝遷等爲奸黨。榜示朝門外。內有天衢姓名。並無得爲宗伯典試之說。且瑾敗由張永。與天衢何與。曹尙書疑指曹元。係大寧衛人。大寧之地。已棄衛附保定府。蓋即保定人也。由兵部尙書入閣。乃劉瑾、焦芳所引用也。然劉瑾時。武宗未嘗微行。亦不可不辨。

雙鴛珮

不知何人所作。演馮珏、陸韜與霍素娥、青霞姊妹。以雙鴛珮相訂。故以爲名。其事無所出。借賈似道、廖瑩中點綴耳。略云。金陵人馮珏、字比玉。陸韜、字龍士。皆失怙恃。珏父曾官冢宰。與司馬霍匡相善。珏、韜好友楊義忠字君烈者。應試臨安。賈似道倡公田之議。義忠率諸生擊登聞鼓奏其失。似道怒而逮之。乃亡入太湖。湖賊花再芳。嘯聚洞庭東西二山。用遁法邪術。官兵不能勦。義忠說使歸正。再芳不從。權依之以避禍。霍匡、字定庵。夫人李氏。生二女。長曰素娥。次曰青霞。皆貌美未字。統制杜仲宣。匡故友也。

遣子復美應試臨安。致書求婚。寓匡園亭。匡出雙鴛珮。令復美題詠。句甚俚俗。匡妻以珮付二女。素娥見詩不悅。每恐父輕諾其婚。時馮珏、陸韜亦與公田奏內。恐似道追緝。並來投匡。匡以同年之子。留與復美同寓。亦令和雙鴛珮詩。似道方造十二樓。起半閒堂。與門客廖瑩中及諸姬妾鬬促織爲樂。銜匡首沮公田。見湖賊甚張。遂薦匡督師往勦。賊用妖術禽匡。迫降不從。將殺之。義忠勸止。拘置營中。初、匡女游園。見二生所和雙鴛珮詩。淸麗可喜。姊妹皆屬意。乳媼遂索雙珮以贈二生。復美潛知之。竊陸韜珮以告匡。匡怒。逐二生。方究二女。會有詔促行。遂倉卒去。復美見匡行。則乘夜入內室圖誘二女。爲乳媼所辱。與羣僕謀而逐之。懷憤而還。私結瑩中謁似道。誣匡賴婚。且言二女皆絕色。匡已降賊。請籍其家逮二女。第以一與己。可留其一也。似道從其言。匡僕聞之。告夫人與二女。買舟遁江南。似道使瑩中與復美掩捕之。適珏往探復美。意珏藏匿。擒見似道。珏以言侵之。似道怒。繫之獄中。獄官朱恩。昔爲珏父長班。感其舊德。縱珏出獄。遂自盡。匡妻女避難。素娥方抱疾。中途遇賊黨。與乳媼並棄于岸。而刦夫人與青霞。欲獻再芳。會義忠見之。詢是匡妻女。遂留養橘園。欲乘機送匡同歸。素娥見母妹被刦。自投于河。爲女眞觀道姑所救。留與乳媼權棲觀中。珏之出獄也。道遇賊黨。亦爲所擒。與匡所拘地咫尺。聞匡浩嘆。方與共訴踪跡。適義忠至。詢珏近狀及被掠之故。珏具言其詳。義忠遂告珏。言匡妻女皆在。惟失素娥。乃令珏出鴛珮。許爲尋覓素娥。而縱珏出營。令速應試。陸韜于女眞觀遇乳媼。告以素娥在觀。青霞被掠。立辭乳媼。欲訪青霞。與珏遇逆旅中。韜告珏會見素娥。珏亦告韜青霞之信。乃同入京應試。而復美與瑩中遍覓二女不得。一日見素娥于觀中。乃與僕刦之去。乳媼仆地痛哭。義忠適至。詢其由。乳媼告素娥被刦事。義忠率勇士尾之。復美之意。謂似道必以素娥爲己配也。似道則令瑩中舁入府中。欲以爲妾。復美方大悔恨。而義忠于途中奪之。出珏鴛珮以示素娥。送至橘園。與母妹相聚。珏、韜入京。虞似道爲難。珏改姓名馬雙玉。陸改龍韜。皆擢高第。似道陪宴瓊林。識珏。仍欲陷之。奏令督師。以韜爲監軍。共勦湖賊。珏、韜致書義忠。令爲内應。義忠勸再芳納款。堅不肯從。遂紿領全軍以對敵而密詣珏降。邀再芳入營議事。恐其遁去。以鷄犬血灑于地。遂擒再芳班師入京。義忠奏明匡忠烈狀。詔復原職。珏、韜奏復原名。珏授修撰。韜授編修。義忠授都督同知。而似道爲珏、韜所劾。貶循州校尉。鄭虎臣押解。死於木棉庵。義忠復以雙鴛珮訂盟事奏聞。詔賜二女與珏、韜爲夫婦。

幻奇緣

未知何人作。所演豐瑞兄弟事。謂出東魏時。史傳無其人。蓋鑿空造出也。兄弟兩人姻緣甚幻。故曰幻奇緣。中州人豐瑞、字有年。堂弟祥、字有歲。並爲諸生。瑞每夜夢登仕籍。由令作守。遷兗州兵巡道。至山東巡撫。弟每夜夢一丐者拉往求乞。如是各半歲。書童獻計。請畫兩圖。其一日出賣榮華。其一日出賣窮神。使書童持入市中。有買去者。其夢或隨以去。同里巨富董齊、字青疇。妻馮已逝。一女貞貞。與乳娘同居。齊使賣花取給。謂之花婆。每與貞貞竊議。以齊慳吝特甚。勸導不納。思得一法鎭壓其財星。適遇書童。乃買其窮神之畫。使貞貞藏於篋。又有松一枝者。貧窶乞丐。而氣甚豪俠。力舉千鈞。善使槍棒。其女福兒。自負才貌。以針指自活。見所賣榮華之幅。取其吉利。買藏篋中。瑞祥兄弟自此遂不復夢。是時東魏胡太后握權。西廠內監榮華以剪滅邛州王羽。官銜邛州神武團練使。出鎭關東。壓伏齊梁六鎭。朝廷崇尙釋氏。方作永明、閑居寺。親講佛書。奉胡太后懿旨。使榮華賫帑百萬建造瑤光寺。有鄒之極者。瑞、祥同庠而齊之表內姪也。欲得貞貞爲妻。齊不允。且詬辱之。之極大恨。之極嘗邀豐氏兄弟賞春於杏花村。瑞於送春之日邀鄒答席。

祥小恙未與。而之極淹留博場。久之未至。適一枝求乞而來。瑞見其氣概軒昂。談吐不凡。留與快飲。迨之極至。見有乞兒在座。以爲輕己。遂與訂仇。乃投榮監於瑤光。出首云。中州秀士豐有年、有歲兄弟。謂上公猖狂亂法。暗謀行刺。所謀不遂。畫圖二幅。寫姓名官銜。在街坊出賣。肆行無忌。其畫在松福兒、董貞貞家。華問云何。之極答曰。出賣榮華。榮華者。上公之姓名也。出賣窮神。窮神者。隱邛神二字。邛州神武將軍。上公之官銜也。華以之極盡忠於己。收爲義子。委授七品之職。而立捕其兄弟。酷刑拷訊。使中州牧守發配寧夏衛充軍。并遣卒捕二女入獄。胡太后幸火鷄山。恐承值女士鄉音不通。遣內史屬華買本地女子二人入侍。二女被禁。共商買畫之事。恐一承認。則實豐氏兄弟之罪。定計堅抵無有。而華聽之極謀。竟以二女送入行殿承值胡太后。於時東山葛榮倡衆作亂。以瑤光財賄山積。引兵襲之。殺華于寺。盡劫其貲。且聞胡太后欲幸瑤光寺建圓滿道場。謀欲劫胡太后駕。太后聞之不復赴寺。葛榮直逼火雞山。太后下旨。有退榮兵擒得榮者。不論軍民人等。賜爵一品。食祿萬戶。董齊聞其女被禁。正覓一枝相商何策救女。付五十金俾爲料理。途遇二豐爲解差所扼。自述受之極賄。使在榆林山路殺之。一枝遂殺解差。予二豐以五十金。令入京赴試。轉至驛前。恰遇之極。遂幷殺之。與齊同入火雞山。探二女之信。聞山中大呼有懿旨召勇士殺賊。一枝即拔一棗樹爲兵器。直前搏殺葛榮。榮兵盡竄。太后還朝。授爲東山鎭守掛印總兵。太后因問二女履歷。二女恐以無夫答。則被留宮中。遂言有夫。名曰豐有年、豐有歲。蒙賜黃金綵緞。俾其父領出以歸其夫。及見殿試榜發。榜眼即豐有年。探花即豐有歲。太后大喜。宣問姻事。皆答未聘。太后以爲薄倖。立褫冠帶。令禮部押回與二女面對。乳娘乃爲二人具述二女被鄒之極陷害。指爲豐氏兄弟之妻。獄中相商。藏畫不認。以出二人之罪。及入宮喚問。恐留不出。乃指夫名以應。二豐乃並認爲妻。自承己悞。求巡按高拔奏明。奉懿旨以福兒配有年。貞貞配有歲。按明汪直開西廠。魏忠賢稱上公。前代無有也。作者當是明末人。

白玉環

不知何人作。事無可考。以高女贈蔡生白玉環。故名。前後落場詩句。並集西廂記中語。其關目亦仿彿西廂。中間閨詞一首。用溪西雞齊啼爲韻。而中藏一二三四五六七八九十百千萬兩丈尺雙半字。三十年前。南方盛傳此體。文人墨士。作者甚多。恐是有人見此劇而偶然效之。遂致流傳也。然其原作。甚不爲佳。殆無足取。劇云。長安人蔡莧雙、字單撰。世居東溪。年少高才。未有妻室。與同窗田偕行善。莧雙欲就試乏資。以家傳世寶白玉環一雙。命僕隨游典賣。千戶高月旦者。有一子一女。女名蒲玉。貌美通詩書。及笄未字。子名湖龍。尚幼。清明節。月旦挈家祭掃。遇隨游持環欲售。月旦以厚價得之。付與蒲玉。時外番十央王一草王等內侵。朝廷命月旦隨總兵白亦馬出師往討。莧雙試歸。節屆端陽。出觀競渡。經月旦門遇蒲玉。一見目成。移時分散。蒲玉病。田偕行者善醫。即玉之表兄也。玉母延之診視。偕行見其表弟湖龍。年長而未就塾。因薦莧雙爲師。莧雙赴館。蒲玉之婢曰蓮翹。端陽日與蒲玉同見莧雙。且知玉之屬意也。告玉。玉方作詩懷所見。詩置杯底。蓮翹取杯貯茶送莧雙。而詩黏杯底。誤入雙手。雙狂喜而和之。欲託蓮翹轉達而未付。湖龍竊紙。使其姊剪馬爲戲。亦愰竊雙詩。玉與己作溪西雞齊啼詩同置書中。湖龍復愰取玉作歸雙。雙以玉眷己之至也。告諸蓮翹。翹使作簡約玉私會。玉得簡怒甚。欲責蓮翹。雙聞之。積想成疾。疾且危。翹以告玉。玉大憐愍。遂約雙夜會於書齋。玉以白玉環贈雙。爲終身之訂。是夜爲其母所覺。將近中秋。具脩脯。附以贐儀。陰辭雙。雙不得已辭歸。月夜方思玉不置。而偕行來邀飲。醉後出遊。不覺遺環。月旦凱旋。得環於路。心疑其女。將欲拷蓮翹。會朝命至。陞江南總兵。即日挈眷同行。莧雙失環。鬱鬱不樂。偕行來勸同遊江上觀燈。

遇月旦。兩人同求見。月旦愛莧雙才。留署中。未幾應試。莧雙偕行皆得第。雙囑偕行爲媒求蒲玉爲婦。月旦欣然應允。合巹之夕。重出玉環。各言始終得失。以爲前緣定數。不偶然也。

珊瑚釧

不知何人所作。所演秦一木遇段如圭事。具見西湖記（西湖記。本書未收入。）中。而改作珊瑚釧者。西湖記云拾得珊瑚樹。於理未協。此處改換爲是。其關目亦屢有異同處。應並存也。　巫山秦一木。已登秋榜。未有子嗣。辭妻葉氏。遊學杭州。寓姚愛溪客店。春色融和。買艇遊西湖。適段百萬名人言者。挈子奇聞、女如圭出游孤山放鶴亭。如圭顧秦生留意。天暮風雨。忽遽散去。遺失珊瑚寶釧。秦生拾之。（西湖記作寶樹。）乃倩姚愛溪、弓佳之二人薦入段宅傭書。改名何易。遣僕秦旺歸家。奇聞性癡騃。畏父師督課。每倩秦生代作文。則父師大悅。一日不能離秦生。偶偕其姊于書室外門百草。秦生誘奇聞去。突出見如圭。敍相慕之意。以還珊瑚釧爲辭。奇聞忽衝散。不勝悵怏。葉氏令秦旺寄書促生會試。生方以戀如圭致病。如圭憐之。以厚實胭脂五枚花一枝檀香等一把封付奇聞。詭云海上仙方。付生治病。奇聞願秦生病愈代已作文。不疑姊之有私也。秦生與姚愛溪詳謎。愛溪指出。約於後花園相等。西湖記云。秦旺詳謎。此云姚愛溪。蓋以秦識見不應遜其館童也。似此爲優。夜至園中。如圭果來。而頗持正論。不肯苟合。請俟來春會試得雋。倩媒合婚。乃復以珊瑚釧贈生。幷銀十兩爲旅資。遂偕秦旺歸家。西湖記中。有知風考女一折。言段父已知其情。如圭以死嚇。父乃不敢究。此記無有。槐陰送別一折。西湖記謂奇聞攪散。此改其父、西湖記又有追生遇寇一折。言奇聞追生。爲倭所擄。綁于樹上。藥酒除倭一折。言胡宗憲令高千總毒殺倭賊。此亦删去。入京會試。探花及第。告假祭祖娶妾。同年仝其美授仁和知縣。秦生以珊瑚釧付之。即爲聘如圭之禮。其美抵任。富豪成尙難謀娶如圭。人言已允。而如圭堅守秦約。尙難控縣。仝其美受秦生之託。以爲六禮未行。勒揹八字不還。反告悔賴人妻。將尙難責譴。而出秦生珊瑚釧以聘如圭。於是人言備奩具迻至秦生家。正妻葉氏不得已而納之。其後歡好無間云。按無錫蔡瓊枝。其父賣腐爲生。瓊枝傭書于大族秦氏。每代其二子作文。師輒嘆賞。後知瓊枝所作。盡以法脉授之。瓊枝遂成順治丁亥進士。劇內代子作文之事。頗與相似。而瓊枝亦似一木。但未聞有段女一番事情也。

賜繡旗

清薛旦撰。

所載漢光武及鄧禹、岑彭、馬武、銚期等。與正史不合。劇中大概以光武爲主。岑彭馬武爭武狀元爲眉目。而所標賜繡旗三字。則謂王莽以賜陰后兄蘇成者。餘並雜綴。演義以馬武、銚期、岑彭、杜茂爲四勇將。故此劇亦以四人串入。光武本紀。王莽遣王尋、王邑將兵百萬到潁川。旌旗輜重。千里不絕。時有長人巨無霸。長一丈。大十圍。以爲壘尉。又驅諸猛獸虎豹犀象之屬以助威武。光武將數千兵徼之於陽關。諸將見尋、邑兵盛。反走。馳入昆陽。尋、邑兵圍之數十重。光武出戰。尋、邑兵卻。諸部共乘之。連勝。光武乃與敢死士衝其中堅。尋、邑陣亂。乘銳殺尋。莽兵大潰。死者以萬數。王邑等乘死人度水逃去。按本紀。光武未起兵時。但云避吏新野。續漢書曰。伯升賓客劫人。上避吏新野鄧晨家。是也。今劇云避陰后家。王莽演武場較藝。光武改名金禾。箭射莽冠。莽欲擒光武。光武化金龍遁去。此本演義而又小異。演義云。光武搭箭欲射莽。力猛弓折。莽欲殺之。竇融諫止。後在太學。臥榻有金龍護體之異。莽復以爲妖人而捕之。此即並作一事。漢書未嘗有光武逃遁之說。皆本演義而增飾之也。演義云。光武奔逃。擲玉環地下。黑鴉引路。至劉良宅。劇云。烏鴉銜環至陰長者宅。皇后紀。陰皇后諱麗華。南陽新野人。初、光武適新野。聞后美。心悅之。後至長安。見執金吾車騎甚盛。因歎曰。仕宦當作執金吾。娶妻當得陰麗華。更始元年六月。遂納后於宛當成里。時年十九。鄧奉起兵。后兄識爲之將。后隨家屬徙淯陽。止於奉舍。光武即位。令侍中傅俊迎后到洛陽。以爲貴人。東觀漢記。有陰子公者生子方。方生幼公。公生君孟名睦。即后之父也。世本睦作陸。後贈宣恩侯。陰后紀。后母鄧氏。光武詔大司空曰。吾微賤之時。娶於陰氏。因將兵征伐。遂各別離。幸得安全。俱脫虎口。又陰后紀。七歲失父。雖已數十年。言及未嘗不流涕。按史。陰后歸光武始末如此。其父母名姓亦具見。無所謂蘇虎改姓名之說。劇中載蘇成事極多。郊壇箭射王莽。莽賜黃旗一面。親書奉勅叛國降漢蘇成八字。令出叫有叛莽興漢者否。此段據演義。其後宜秋山招兵。與鄧禹攻昆陽。及引兵入長安等。俱以成作大關目。加之緣飾。又以成爲陰后兄。則更與演義不同者也。演義云。成射莽。中平天冠。劇云。光武射莽。中平天冠。旣移成事於光武。故又以爲成欲刺莽云。　按正史無蘇成。係演義撮撰。演義賜黃旗。劇改賜繡旗。且用爲戲名云。

漢書外戚傳。孝平王皇后。安漢公莽女也。自劉氏廢。常稱疾不朝會。莽敬憚傷哀。欲嫁之。乃更號爲黃皇室主。及漢兵誅莽。后曰。何面目見漢家。自投火中而死。元后傳。莽欲得漢傳國璽。太后不肯授莽。莽使王舜求璽。太后怒罵之。出璽投之地。今劇云投玉璽撞死。是以元后平后合爲一事也。元后投璽本漢書。其撞死則本演義。而又移作平后。蘇獻殺劉登。本演義。莽用獻謀。亦本演義。蓋影響王舜事也。

鄧禹傳。禹、字仲華。南陽新野人。受業長安時。光武亦游學京師。遂相親附。及漢兵起。禹聞光武安集河北。即杖策北渡。追及於鄴。任使諸將。多訪於禹。每有所舉。皆當其才。光武即位。拜大司徒。鄧禹與光武游學相親。殆故交也。嚴子陵亦光武故交。劇中記禹及子陵決光武爲眞主。雖本演義。而不爲無因。至云說馬武郅惲從光武。則全非事實。禹從光武。已在光武安集河北時也。

岑彭傳。彭、字君然。南陽棘陽人。王莽時守本縣長。漢兵起。攻拔棘陽。彭將家屬奔前隊大夫甄阜。阜怒彭不能固守。拘彭母妻。令効功自補。彭將賓客戰鬬甚力。及甄阜死。彭被創。亡歸宛。與前隊貳嚴說共城守。漢兵攻之數月。城中糧盡。人相食。彭與說舉城降。乃封彭爲歸德侯。據史。彭本莽將。後始降光武。今劇據演義爲主。遂加以附會云。彭中武狀元。官金吾。追光武至陰麗華宅。又追至杜茂宅。又爲巨無霸先鋒。爲姚期杜茂所禽。母又被賺。始降光武。姚期傳。期、字次況。潁川郟人。長八尺二寸。容貌絕異。矜嚴有威。父猛。爲桂陽太守卒。期服喪三年。鄉里稱之。光武略地潁川。聞期志義。召署賊曹掾。從徇薊。光武即位。封安成侯。史本作銚期。今劇與演義皆作姚期。東觀漢記。銚期疾病。使使者存問。加賜醫藥甚厚。其母問期當封何子。期言受國家恩深。常慚負。何宜封子也。上甚憐之。劇云。期與母居。光武被追入其家。期藏匿光武。期偶出。光武被禽。期知而疾追。會馬武鬬聲。突出共戰。衝散莽兵。問知爲光武。乃同往奪回。武約期隨光武。期以母老不顧出。期母乃自殺。以堅期志。後與杜茂禽岑彭。及昆陽大戰。功多。此皆據演義也。期從光武。在略潁川後。至臨歿時。母尙在。蓋因其孝而附會云爾。馬武傳。武、字子張。南陽湖陽人。少時避讐。客居江夏。王莽末。竟陵西陽三老起兵於郡界。武往從之。後入綠林中。遂與漢軍合。更始立。以武爲侍郎。與世祖破王尋等。拜爲振威將軍。世祖擊賊。武常爲軍鋒。力戰無前。即位封山都侯。帝與功臣讖語。從容言。諸卿不遭際會。自度何所至。武曰。臣以武勇可守尉。督盜賊。帝笑曰。且勿爲盜賊。自致亭長。斯可矣。劇云。武與岑彭。爭武狀元不得。怒題反詩而去。鄧禹說武於新安。侍光武。與姚期救光武出檻車。迎岑彭母於棘陽。遂于昆陽力戰。大段本之演義。謂武醜漢。亦本演義。惟昆陽之戰。武實與焉。史所云同破王尋也。劇云昆陽之戰。二十八宿皆與。則大謬矣。

杜茂傳。茂、字諸公。南陽冠軍人。初歸光武於河北。爲中堅將軍。常從征伐。世祖即位。拜大將軍。劇云。光武被追至茂宅。茂敗岑彭。其後投光武。與姚期同擊禽彭。亦本演義。岑彭學武藝於茂父。惟茂能制彭。亦本演義。

郅惲傳。惲、字君章。汝南西平人。治韓詩、嚴氏春秋。明天文曆數。王莽時。寇盜羣發。惲占象。謂漢必受命。西至長安。上書王莽。令就臣位。莽大怒繫獄。會赦得出。南遁蒼梧。傅俊聞惲名。請爲將兵長史。有功。惲恥以軍功取位。辭歸鄉里。久之。郡舉孝廉。爲上東城門候。帝出獵夜還。拒關不開。詔賜布帛。令惲授皇太子韓詩。惲友董子張。痛父仇不復。惲令客遮仇人。取其頭以示子張。劇云。惲剪徑。逢鄧禹。乃同歸光武。令以兵迎陰后。且禽巨無霸。惲本文人。安得有剪徑事。蓋因禹有殺董子張仇人一節。遂加附會耳。

王莽傳。夙夜連率韓博上言。有奇士長丈。大十圍。來至臣府。自謂巨毋霸。出於蓬萊東南五城西北昭如海瀕。昭如海名也。軺車不能載。三馬不能勝。即日以大車四馬建虎旗載霸詣闕。莽留霸在新豐。更其姓曰巨毋氏。光武記。巨無霸爲壘尉。是後不詳。應沒昆陽之戰。謂耶惲禽無霸則謬平帝紀師古注。莽因朝臘日上椒酒。置藥酒中。故翟義移書云。莽鴆孝平。劇云。莽殺平帝。本此。光武紀。九月庚戌。三輔豪傑共誅王莽。傳首詣宛。劇云。蘇成入長安。莽自刎。亦附會也。

定天山

不知誰作。清鐵笛道人撰。名里待考。演薛仁貴三箭定天山事。仁貴本由張仕貴而起。仕貴亦無妬害仁貴之事。薛宗顯則無其人。劇以仕貴婿宗顯冒仁貴之功。因百計阻遏仁貴。非也。劇云。仁貴子丁山。黄禪老祖遺黑虎獸入深山。教以兵法。薛宗顯途中遇虎。仁貴正逐虎。搏殺之。宗顯遂拜仁貴爲兄。令投其妻父張仕貴。仁貴方天畫戟。及銀盔銀甲。皆逐虎時所得神賜也。皆係生撰。又云。蓋蘇文駐鳳凰城。截奪百濟所貢明珠龍馬。大誆太宗。太宗遂親征。殿開山程咬金秦懷玉等皆從。秦瓊已病。尉遲恭亦老。軍師徐勣言將星已現。聖駕渡海後。自來相助云云。亦係生撰。仁貴訴十大功勞。歸結于三箭定天山。按天山在西北塞外。劇即幷入高麗。亦非也。十大功勞·一曰平蠻論·二曰過海瞞天計·三曰免朝牌·四曰打破黑峯口·五曰直入鳳凰城·六曰箭射蓋蘇文·七曰蓋牟城活捉高天英·八曰白岩城刺殺洪飛虎·九曰智取黃龍坡·十曰三箭定天山·皆係緣飾·鄂公憤奏·又于功臣宴上索鬧·上遣英鄂偕裴寂研出眞情·罪士貴宗顯·而封仁貴·亦非實事·黃禪遣丁山救父殺賊·後與高麗寶珠公主爲配·亦是增飾示奇·高麗公主向鐵勒島借金勒、銀勒、烏賽神三人把守天山。皆爲仁貴所殺。此則因本傳擒葉護兄弟三人。而加以點綴者也。高麗閉道隔絕新羅百濟。在蓋蘇文前。蘇文卒于高宗時。未嘗被戮。江夏王道宗從征高麗。未嘗居守。當以正史爲據。按唐書。薛仁貴。絳州龍門人。少貧賤。以田爲業。將改葬其先。妻柳曰。天子自征遼東。君盍圖功名以自顯。富貴還鄉。葬未晚。仁貴乃往見將軍張士貴。應募至安地。會郎將劉君卬爲賊所圍。仁貴馳救之。斬賊將。係首馬鞍。賊皆懾伏。由是知名。王師攻安市城。高麗莫離支遣將高延壽等率兵二十萬拒戰。倚山結屯。太宗命諸將分擊之。仁貴驍悍。欲立奇功。乃著白布自標顯。持戟。腰鞬兩弓。呼而馳。所向披靡。軍乘之。賊遂奔潰。帝望見。遣使馳問先鋒白衣者誰。曰薛仁貴。帝召見嗟異。賜金帛馬口甚衆。授游擊將軍。還師。帝謂曰。朕舊將皆老。欲擢驍勇付閫外事。莫如卿者。朕不喜得遼東。喜得虓將。遷右領軍中郎將。高宗顯慶三年。詔副程名振經略遼東。破高麗於貴端城。斬首二千級。明年與梁建方契苾何力遇高麗大將温沙多門戰橫山。仁貴獨馳入。所射皆應弦仆。又戰石城。有善射者殺官軍十餘人。仁貴怒。單騎突擊。賊弓矢俱廢。遂生禽之。俄破契丹於黑山阿卜固。拜左武衛將軍。時九姓衆十餘萬。令驍騎數十來挑戰。仁貴發三矢。輒殺三人。敵氣懾皆降。轉討磧北餘衆。禽僞葉護兄弟三人以歸。軍中歌曰。將軍三箭定天山。壯士長歌入漢關。九姓遂衰。久之。與李勣攻降扶餘。威鎮遼海。詔鎮平壤。封平陽郡公。

金貂記

按唐書薛仁貴傳。仁貴。絳州龍門人。少貧賤。以田爲業。妻柳曰。今天子自征遼東。求猛將。君盍圖功名以自顯。乃應募。立奇功。遷右領軍中郎將。顯慶三年。詔副程名振經略遼東。破高麗于貴端城。明年。遇高麗大將温沙多門。生擒之。拜左武衞將軍。封河東縣男。未幾。高麗餘衆復叛。出爲雞林道總管。坐事貶象州。會赦還。帝思其功。乃召見。又按高麗傳。顯慶龍朔中。仁貴數與高麗戰。數有功。及破平壤。剖其地爲都督府者九。而以仁貴爲都護總兵鎭之。又按尉遲敬德傳。敬德性悻直。頗以功自負。嘗侍宴慶善宮。有班其上者。敬德曰。爾何功。坐我上。任城王道宗解喻之。敬德勃然。擊道宗目幾眇。太宗不懌。敬德頓首謝。及帝討高麗。敬德上言諫不納。詔以本官行太常卿。爲左一馬軍總管。師還復致仕。又按宗室道宗傳。帝將討高麗。營州都督張儉不敢深入。道宗請以百騎往。且約還期。帝曰。賁育之勇何以過此。及從李勣戰。亦數著奇績。不聞有誣搆仁貴一事。今本中所演。與正史殊多不合。鎖陽城之被困。既各傳俱不載。而敬德黜免歸田佯疾自廢。作者於此極意模寫。或採諸野史。或別有寄託。俱未可考。其詆誣道宗處。似從敬德慶善宫爭功一節。曲意點綴而出。此亦傳奇家借以抑揚。用成關目云。其曰金貂記者。言太宗得白袍將之救。賜以金貂。而不知其姓名。後仁貴貧窘。以金貂賣于人。其人持此以獻于太宗。乃憶當時所賜陣中救主之將。于是仁貴之功得白。故以爲標目也。作者未詳誰手。大約明中葉時人手筆。

狀元香

不知何人所作。演蔡襄造洛陽橋事。與四美記四美記。見本書卷十七。詳略互異。謂襄母誦普門大士號十萬遍。以香瓣識之。襄得狀元。故名狀元香。關目最荒幻。按四美記。謂蔡興宗忠懸日月。王玉貞節勁冰霜。吳自戒義重交游。蔡端明孝能竭力。故名四美。與此各異。其辨證已詳四美記中。按廣輿記諸書。洛陽江在福建泉州府晉江縣。唐宣宗微行至此。覽山川之勝。歎曰大類吾洛陽。因名。洛陽橋在府東北。跨洛陽江。一名萬安橋。郡守蔡襄建。其事詳襄自記及愼蒙志。錄載于後。又有以爲蔡錫事者。已辨證于四美記中矣。按襄曾爲泉州郡守。建洛陽橋。劇稱八閩安撫。非是。又按史。仁宗至和二年。以趙抃爲殿中侍御史。抃彈劾不避權倖。聲稱凜然。京師目爲鐵面御史。（劇中引爲法司・本此・）又包拯事屢見諸劇。此云爲浙閩採訪使。亦係捏造附會。劇云。泉州蔡襄。母張氏。（四美記云・襄父興宗・母王氏玉貞・玉貞母張氏・四美從興宗敍起・此竟從襄說起・）嘗夢神令持誦大悲觀世音菩薩。滿十萬。當生子作狀元。遂如法持誦。每千遍以信香一瓣記之。香滿百。果有身。（四美記中・以二官神力・送狀元之子・又有明惠禪師作緣・此作觀音・）三月而夫已逝。送葬渡洛陽江。遇風舟將覆。空中語云。船中有蔡狀元。風遂息。（愼蒙志云蔡學士・）同舟無蔡姓者。母感神祐。許他日生子建橋。以濟行人。（四美記相同・添出渡夫預夢蔡狀元之說・）及生襄。既長。母出香告以故。命入京應試。遇大士像即焚此香。時太尉刁斁擅權。子征居泉州造渡船二隻。踞東西岸婪詐渡者。甚且劫財漁色。襄母同襄妻吳氏過渡。索詐不已。劫吳氏歸。征見其美。逼之不從。撲死。沉屍于海。洛陽龍神奉大士旨救甦。養于宮爲己女。張氏知媳遇害。欲自盡。爲府吏夏龍勸止。語以浙閩採訪使包拯將到。宜往控告。張乃北上。會拯微行入閩。過洛陽渡。衙索渡錢不敷。縛懸于廠。夏龍過而解之。拉至酒肆。悉衙凶惡。拯出使印示之。命龍隨後來京。以爲款證。此段與四美記全異。四美記言。襄父興宗。出使高麗。欲招爲壻。不從。被拘。妻王氏在家。興宗友吳自戒。不知興宗之妻。遣媒強聘。王氏割耳自誓。自戒大悔。聞是興宗之妻。認以爲嫂。久之自戒與襄同中。以女許襄。而求使高麗。以訪興宗。襄擢狀元。奉母命奏請建橋。刁斅恐橋成其子失利。乃誣襄欲通倭。褫職回籍。遇母于觀音庵。斅遣卒尾害襄。卒入庵。張氏喊救被踢死。襄逸出。遺衣給卒取。乃得脫去。張氏得大士救甦。謂子被殺。赴闕鳴寃。以無證下獄。襄不知母復生。亦詣闕上書。朝廷以母子皆誣奏。皆命處決。會拯至京。劾刁父子害襄狀。旨以拯越期出位。與襄母子俱付法司。遣司禮監潘隆同法司趙抃于午門審鞫。斅賂隆左袒。而抃執法不徇。夏龍又途獲殺襄之卒以爲證。襄寃乃白。拯復原官。襄授八閩安撫使。母封一品夫人。妻贈貞烈夫人。斅父子伏法。此段亦四美記所無。關目全異。四美記云。蔡襄中後。其母語及渡海事。乃乞守泉州造橋。驛中遇吳自戒偕興宗自高麗還，遂同往泉州也。四美記，蔡襄字端明，又云爲洛陽太守，可笑。襄因奏請設法建橋。不支國帑。朝旨褒嘉。即日赴任鳩工。而潮水衝湧。不能下礎。襄移文檄泉州府。化于龍王廟中。懇停潮三日。初夏龍除惡有功。同事相慶。號曰得海。泉守見檄。謂須人下海。乃集衆役。詢何人下得海。龍謂呼其號。遽出應命。及令以文入海。乃泣別妻子。醉卧海厓。巡海水族見其文。取入宮。龍王他出。公主故襄妻也。知其夫欲建橋。矯龍王命停潮三日。密附小札候姑及夫。得海醒。見文已換。遂繳於襄。襄大喜。及見妻書。知尚未死。時潮果三日不至。四美記無此周折，亦載夏得海，不言爲夏龍也。襄本守泉，此言安撫使，另添一泉守，亦非。然基址得立而費用已竭。襄乃立關于通衢。募人助工。至六日。無樂輸者。襄餓垂斃。母鬪而舁歸署。四美記，無襄餓事。于是普門大士化爲美女。自稱新寡。挾千金裝坐舟中。環行城河中。有能以金銀遙擲。中者即嫁之。舉國若狂。金銀滿船。總無一著。適呂純陽過。以遊戲神通擲金著身。美女赴水現大士像。命純陽送金至襄所。襄尚未蘇。純陽以金一錠接其口。即平復如初。純陽忽不見。遺一束于舟。知大士助金始末。刻日成功。四美記中、有觀世音化美女事相合。但彼言純陽欲擲金、觀音已去、此言擲金著身、各異。遂設醮于龍王廟。龍王送還吳氏而去。此段亦四美記所無。姑媳夫婦相見驚喜。備述大士龍神之力。上疏請封。朝命包拯賫敕賜橋名曰萬安。橋名不謬、但無包拯賫勑之說。晉蔡襄工部尙書。兼領東閣大學士。宋無此官。母妻加封。夏龍授工部主簿。按蔡襄萬安橋記。泉州萬安渡石橋。始造於皇祐五年庚寅。以嘉祐四年辛未訖工。纍趾于淵。釃水爲四十七道。梁空以行。其長三千六百尺。廣丈有五尺。翼以扶欄。如其長之數而兩之。糜金錢一千四百萬。求諸施者。渡實支海。去舟而徒。易危而安。民莫不利。執其事。盧實、王錫、許忠、浮圖義波、宗善等十有五人。太守莆陽蔡襄爲之合樂讌飮而落之。明年秋。蒙召還京。道由是出。因紀所作。勒于岸左。又按愼蒙載蔡襄事。萬安橋未建。舊設海渡。渡人每歲遇颶風大作。或水怪爲祟。沉舟被溺而死者無算。宋大中間某年日月。濟渡者滿載。至中流風作。舟將覆。忽聞空中有聲云。蔡學士在。

宜急拯之。已而風浪少息。舟人皆免於溺。既渡。舟人細詢同渡者之姓。一皆無。止有一婦之夫。乃蔡姓也。時婦方娠。已數月矣。舟人心異之。往而其母。其母感衆人之言。亦以爲異。即發願禱於天曰。吾今懷妊若生子。官至學士。必造輿梁以免病渡之苦也。後生子。即忠定公襄。以狀元及第。後守泉州。追憶前日得免覆舟之難。促公創建此橋者至於再三。公私計海之深千丈。若欲築趾壘石。將從何處著力。違命者踰年。夫人復督責不已。一日忽命工房吏寫文一道。申報海神。公亦勉承母命。自以爲迂誕而不經也。乃皂隸投文海濱。隸畏溺死。衆皆受責。無一肯從命者。有一風皂隸出而倡曰。吾願齎文以往。既至。即就酒肆痛飲畢。酣睡于海厓。潮至。有死而已睡及半日而始醒。醒後退潮。起視之。則文書已易封矣。封上無他書。止一字。乃返而呈於公。公拆而閱之。內一醋字在焉。翰墨如新。舉郡莫之識也公夜臥展轉思之。方悟其意曰。醋字以酉配昔。神其令我廿一日酉時興工乎至期潮果退舍。沙泥壅積者丈餘。潮之不至者聯以八日。遂創建此橋。又時有讖云。若要此橋成。除是狀元生。則公之默承天祐。感通神明者。蓋有自也。愼蒙、號山泉。常令漳浦。會泉州士夫談及此事。父老相傳。故作文以記之。但襄自作記中。反不言及。未知的否。按樵書初編朱國楨云。宋蔡忠惠創洛陽橋。橫亘江中。選時揆日。畫基所向。鍥趾所立。皆預移檄江神。神得其吉告之。至鑿石伐木。激浪以漲舟。懸機以弦縴。每有危險。神則來相。趾石所累。蠣輒封之。至今泉州人能言。而公自作橋記。直言丈尺。費金錢成數。與年月時日。首尾不及百字。噫。若在今日。不知許多誇張。并及神異夢寐已。俗傳端明造橋。移檄海神。一卒應募。得醋字還。解曰酉月廿一日。此事亦奇。然實國朝蔡錫之事。名賢錄云。蔡錫、字廷予。鄞人。中永樂癸卯鄉試。入胄監。以學行選授兵科給事中。陞知泉州府。時洛陽橋圮。發故石。有刻文云。石頭腐爛。蔡公再來。遂捐俸修之。橋故跨海。潮日奔濤。施工極難。錫乃爲文檄海神。募賫批者皆莫應。忽一醉卒踉蹌而前曰。我能往。乃飲酒大醉。自沒于海。若有神接之者。遂得批以還。復于錫。上有一醋字。錫妄意曰。得非八月二十一日耶。剋以是日興工。潮不至者旬日。橋遂訖工。更其名爲萬安。民德之。立祠其旁。配享端明。錫累官至湖廣巡撫。又仁和鍾化民、字維新。其母夢蔡忠惠襄而生。宰惠安時。洛陽橋壞。渡者苦溺。橋工鉅。且架海。難爲力。化民毅然修復之。既剋期。爲文告海神。海不揚波者五日。人稱神明。及更新忠惠祠。於座前土中得碣云。五百年後爲怪濤所折。繼我者其維新焉。後化民以太常少卿巡撫河南。卒於官。上特賜祠額名忠惠。出於宸斷。不由擬撰。而適與蔡端明之祠諡合。亦可異也。按鍾化民、萬曆己卯舉人、庚辰進士。又何士晉曰。沈存中言水以漳洛名者甚衆。洛。落也。水落于下謂之洛。舊號洛陽。九域志作樂洋江。後乃以洛陽名之。洛陽橋名萬安橋。蔡忠惠襄所造。橋心有洲。洲上有關門。晉惠二邑界此江也。懸榻篇云。丹陽人姜志禮、字同節。萬曆己丑進士。其爲泉州太守時。值地震。洛陽橋圮過半。公鳩工更理。造墩凡三十二。經始之際。波浸瀰漫。公禱于神。潮不至者數日。匠師因獲措手。其上某石梁。舟重水淺。不克致。公曰。昔蔡忠惠公以八月二十一日安橋。第需之。至日。有水滔天。自東方至。舟頃刻濟。蓋忠惠公夙有橋斷我來修之說。衆謂太守公實再來云。泊宅編載泉州萬安渡。水闊五里。蔡忠惠造石橋。兩岸依山。非也。余往來此橋及按端明自爲記。長三百六十丈。非五里。岸左面山。非依山。右則去山尚遠也。按忠惠母盧氏。忠惠於慶曆初爲諫官。有除授非當者屢封還。仁宗遇忠惠益厚。曰。有子如此。母賢可知。特賜冠帔以處之。

曲海總目提要卷三十七

丹心照

不知何人作。演楊繼盛事。因閱鳴鳳（*鳴鳳記。見本書卷五。）舊編。翻換爭奇。謂繼盛一片丹心。故曰丹心照。其事蹟眞者居多。而亦不免附會。至謂繼盛之女爲穆宗皇后。則謬極矣。（茲爲按劇敍次。加以辨證。）略言楊繼盛。別號椒山。直隸保定容城人。中丁未進士。拜車駕司員外郎。見嚴嵩擅權。仇鸞被寵。夏言、曾銑受譴下大理獄。繼盛與妻張氏、妾槐月娥、子應尾、應箕云。欲劾嚴嵩以報國。（按繼盛自著年譜。原口外小興州人。國初徙入內地。祖百源。徙保定府容城縣。入樂安里籍。居城東北河照村。世業畊讀。嘉靖丁未年三十一歲。中一甲進士。選南京吏部驗封司主事。辛亥陞兵部車駕司員外。劇中繼盛自白。我故小興州之羈客。容城縣之農夫。與年譜合。但繼盛於嘉靖三十年陞車駕員外。夏言曾銑於二十七年被戮。劇言繼盛官車駕。言銑方在獄中。失考。）車駕郎中王繼津。名遴。與繼盛同年進士。來告夏、曾被戮。繼盛益慷慨欲擊嵩。其子應尾。已聘同窗李鶴峯之女。遴遂爲子求繼盛女。而以女許聘其次子應箕。按繼盛二子、據王世貞行狀云、長應尾、娶教諭李九皋女、次應箕、娶都御史王遴女、王君爲兵部時、聞公下獄、慨然以女許聘者也、按九皋即鶴峯、遴即繼津、其許女在繼盛第二次入獄後、非此時也、遴于萬曆初官至戶部尚書、以氣節著、爲時名臣、又繼盛雖以子女屬遴、其女不嫁遴子、劇失考牽扭、繼盛遂上疏諫阻開馬市。論其十不可五謬。以痛詆嚴嵩。世宗批本云。繼盛之言是也。會帝與嵩弈。嵩因袖本而出。改竄蒙蔽。令錦衣衛拏送大學士趙錦。於武英殿鞫審。重刑酷訊。貶謫臨洮狄道典史。按世宗中年、俺答大入、庚戌之變、仇鸞承命爲大將軍、自敵退去、不過虛張聲勢、養寇邀功、會俺答獻叛人錦寶等、上書求開馬市、而其語頗嫚、下兵部尚書趙錦咸寧侯鸞議、鸞主開市、羣臣皆如鸞言、帝頗難之、以問嚴嵩、嵩曰、非謂恃市忘戰也、以緩寇而修備焉、遂許開大同宣府延綏寧夏四鎮、一歲兩市、召致仕侍郎史道、往大同經略、時嘉靖三十年也、道既行、繼盛上疏諫阻、劇中十不可五謬、皆疏中語、然未嘗傷嚴嵩、考繼盛年譜云、時有開馬市之議、欲遣予行、予草開市稿、條陳五事、本部尚書趙守樸公錦知之、乃別遣知事張才行、予遂上阻馬市之疏、上連三閱、即勅曰、繼盛之言是也、乃下閣臣擬票、閣臣聞上旨票語甚温、而仇鸞有揭帖進、乃下八臣會議、大學士嚴嵩李本禮部尚書徐階兵部尚書趙錦侍郎張時徹聶豹成國公朱希忠幷鸞、鸞寵勢甚盛、而諸老無實心幹天下事者、共以爲馬市必可開、會議本上、遂下錦衣獄、降狄道典史、按此疏非面奏、亦無一語傷嵩、是時徐學詩沈練皆已抗疏劾嵩、而繼盛論兵部職掌、第攻仇鸞、於嵩無與也、年譜幷稱嵩爲諸老、其無嫌可知、劇言以五謬詆嚴嵩、甚誤、世宗批本語、與年譜合、其云、帝與嵩弈、嵩袖本出而改竄、則齊東野人之語也、繼盛下錦衣獄、無武英鞫問之事、趙錦本兵、劇云武英殿大學士、甚誤、錦衣拷訊、亦與趙錦無與、形容拶敲夾處、與史傳合、世宗批馬市本云、這事邊臣奏來已久、又會官集議、楊繼盛既有所見·何不早言·今差官已行·卻乃肆意瀆奏·好生阻撓邊機·搖惑人心·又本內脫一字·着錦衣衛拿送鎮撫司·打着問了來說·劇中所載相同·而改鎮撫司爲武英殿·可怪·王繼津李鶴峯保奏之說·更村陋·

繼盛至狄道。因縣令李魚泉考滿。上司委掌縣印。巡按姚景弘發官銀買羢千疋。價直止四之一。繼盛責打差官。執其所發之票。聲言必欲奏聞。馳馬徑行。景弘至跪門請罪。又屬臨洮知府應養虛追回。繼盛勒令開通洮水。以溉民田乃已。會給事中厲汝進劾景弘貪酷。而大學士徐階特薦繼盛。擢陞武選員外郎。遂承命還京。

劇言臨洮二害·一則撫按買褐·一則洮水淤塞·繼盛執景弘票·勒開洮水·二害并除·按年譜云·城西一帶·俱園圃·種蔬菜·先年借洮水灌溉·甚有大利·歲久淤塞·園圃漸廢·予乃募各園戶疏通之·而水利之盛·倍于昔時·又云·邊方愚民·惟以織褐爲生·上司差來承差書吏·或減價和買·或以雜物易換·雖撫按守巡·亦多若此·然一褐不得其價·則一家不得其養·故有號泣于道者·有求死于河者·予遂出告示·禁約公差人員買褐·蓋陰寓各上司之發價府縣買褐也·無何·巡按差人買褐·予乃拘其差人·收其牌票·欲爲申請·而府掌印官相講乃已·此聲一聞·再無一上司來買褐·百姓所得之利·視昔年加倍·王世貞行狀亦云·有稱巡按御史使下邑責鬻褐者·公持其人曰·御史無責褐也·責褐·即御史吾且得請之·其人大窘·郡守尉爲旁解·乃得脫去·據此二事皆實·但本兩截·不宜牽合爲一·譜狀不載巡按名·劇云巡按姚景弘·知府應養虛·未的·且形容已甚·言費五十四萬金·開洮水二十七里·大失眞面目矣·劇云·縣令李魚泉考滿·繼盛署印·按年譜·魚泉·平定州人·與繼盛相愛·委之以事·非署令印也·厲汝進爲給事中·二十六年論戶部尚書王杲·語侵嚴嵩父子·廷杖降邊方雜職·在繼盛謫官前·劇所引亦誤·仇鸞既死·世宗怒甚·剖棺梟首·傳示九邊·時嚴嵩恨鸞刺骨·以繼盛劾鸞不得立貴之爲恨·遂起爲諸城知縣·月餘·陞南京戶

部主事。甫三日。遷刑部員外。方在道。復調兵部武選司。半年之內凡四遷。皆出嵩意。于徐階無與。劇謂徐階所薦。亦誤。應養虛與繼盛相善。三十三年爲刑部主事提牢。爲繼盛檢湯藥。視飲食。出之老監。遷之外庫。又爲奔走救解。劇言爲臨洮知府誤。上疏劾嚴嵩十大罪五姦。時嘉靖三十二年也。嵩激帝怒。令校尉拏送刑部。嵩門生何鰲爲尚書。世蕃又令刑部員外李天榮囑鰲害繼盛。嚴刑拷訊。逼供主使。以疏中有或問二王令其面陳嵩惡語。乃引詐傳親王令旨律。定繼盛大辟。在獄三年。王遴探視。報以兇信。刑科鮑道明監斬。繼盛妻張氏代夫尸諫。道明雖憫惻而不敢奏。張自刎死。妾槐氏。金山衛充軍。長子應尾。榆林衛充軍。次子應箕。臨洮衛充軍。李天榮受嵩父子指。囑解役中途害二子。王遴以繼盛故。被貶榆林驛。驛丞目擊解役行兇。令家人永文毆役。救應尾同行。曾銑部下副將葉眞因銑寃倡亂。道劫遴與應尾。遴以大義曉之。眞乃帖服。按繼盛劾嵩下獄定辟是實事。然先送錦衣衛打一百棍。乃送刑部從重議罪。非令校尉徑送刑部也。旨云。這厮因謫官懷怨。摭拾浮言。恣肆瀆奏。本內引二王爲詞。是何主意。着錦衣拿送鎮撫司好生打着。究問明白來說。劇內所引相合。何鰲是嵩門生。方繼盛擬罪。郎中使朝賓欲從輕議。鰲與侍郎王學益引詐傳親王令旨律。擬絞監候。學益乃世蕃姻家也。李天榮者。年譜云。鎮撫司受棍後。校尉推入包袱。擡至法司門口。巡風官乃同年江西李天榮者。遂革出門扇。將藥餌諸物一皆阻住。是其爲小人無疑。劇內引此是實。而形容有過當處。言其初本世蕃同窗。因考劣落魄京師。爲世蕃所責逐。行乞大雪中。繼盛見而憐之。贈五十金爲資斧。後得成進士。及官刑部。種種毒害繼盛。至賄囑解役欲殺其子。此則惡皆歸焉也。天榮本繼盛同年。劇云繼盛貶官時。天榮初中進士。亦誤。又繼盛所指提牢司官之惡者。有劉檟曹天祐。天祐本人家奴僕。讀書中進士後。方出姓。無恥小人且指爲江西奸黨。劇蓋合天榮天祐事爲一人也。癸丑下獄。乙卯被難。劇云在獄三年是實。張氏願代夫死疏。載繼盛集中。並無自刎之說。作者誤也。王遴以經紀繼盛家事獲罪是實。其途救應尾及遇葉眞等。皆緣飾也。劇又撰出一段。言狄道百姓爲繼盛造生祠。姚景弘見其劾嵩下獄。令拆毀之。萬民共憤。擊殺景弘。縣令李魚泉僅以十三人蔽獄。按此亦是緣飾。世宗時無擊殺巡按事。神宗萬曆中年。湖廣楚宗毆殺巡撫趙可懷。作者影借此事也。劇中世蕃自敍。票殺七十二諫臣。乃齊東妄語。並無此事。劇又云。繼盛將典刑。取一竹盒付其子。使待嵩敗露開看。按行狀云。公臨難赴義。出所著年譜。授其子應尾曰。後十年可開。蓋謂此也。劇云被斬。亦誤。蓋坐絞耳。槐月娥抱幼女流徙金山。避雨至董家莊。乃鄉官董傳策家也。時松江知府嚴元即嵩之僕。李天榮囑解役殺槐母子。役以告傳策。傳策婢秋香願代槐死。其夫人又願以女代槐女。及送秋香與女至府。元欲占秋香爲妾。役遂誑取所抱女以還傳策。而秋香竟刺殺元而自刎。此段皆不實。蓋因董傳策後來有劾嵩事。故附會之耳。應箕解至臨洮界。入一廟中。即繼盛生祠。百姓方紛紛祭享。見應箕。詢得其故。共迎養於家。解役告以李天榮囑殺應箕。因念忠臣後不忍之故。遂僞報嚴氏云。應箕已死。此亦緣飾。非實事。久之。朝命總兵葉眞籍沒嚴嵩家。貶嵩養濟院。世蕃處斬。應尾、應箕等赦還。兄弟連科同榜進士。繼盛贈太常正卿。謚忠愍。應尾兄弟得官。應箕與王氏成婚。按世蕃處斬，及嵩寄食而死，乃是實事，應尾錄授太學生，無兄弟連科之事，繼盛贈少卿，非正卿，此是穆宗時事，劇與狀誌合，劇云應尾兄弟成名，啓視竹盒，乃其父所記生年事蹟，蓋年譜也，至云槐氏之女，選入宮，待年爲皇后，則妄誕極矣，王遴爲右都御史，亦是萬曆間事，此處官銜尚早，奏以李天榮發與應尾兄弟聽憑致死，亦非實事，劇末又云，繼盛受玉帝勅，爲天下都城隍，流俗相傳有此，作者遂以繼盛酷訊嵩世蕃，下之油鍋鋸解地獄，以示生前冤報，且洩世人公憤云。

投唐記

演尉遲恭投唐。眞姓名作假故實。半出俗傳。足以淆亂正史。惑人聽聞。按之大抵多不合也。建成、元吉乃二人名。今曰世安、世福。將二名換去。劉文靜誤作文進。魏王李密開宴。軍師李勣。大將程咬金、秦瓊。丞相魏徵。徵嘗仕于密，然非大寮，至唐太宗時始爲宰相。秦王之鎭秦州。路遇李密。言語不遜。密令程咬金、秦瓊追趕。咬金獲秦王。囚在南牢。密破孟愷公兵。又得生子之信。衆囚竝赦。獨不赦秦王。李勣、魏徵、秦瓊改詔書一字。私自釋之。密歸逐三人。咬金亦遂逃去。同歸秦王。瓊獨投紫陽觀入道。秦王過羑梁城北關。劉武周遣將胡敬德攻之。程咬金戰敗。秦王乃令徐勣激瓊出山。瓊與敬德大戰。三鞭換兩簡，世俗所盛傳也。敬德屢追秦王。小秦王三跳澗，亦世俗所盛傳也。被秦王箭中幞頭鳳眼。秦王及瓊勸敬德降。敬德云。武周若死則降。秦王令劉文進用反間計於可汗。可汗怒殺武周。文進持首歸示敬德。敬德遂降唐。敬德禽孟愷公。及其妻黑氏夫人白氏女。俱配與敬德。建成、元吉定計令秦王伐王世充。世充將燕夷追秦王。敬德方洗馬。赤身上馬。射殺燕夷。世充將單雄信又追秦王。敬德持單鞭至御花園。與雄信力戰。彼此奪槊。救出秦王。卒滅世充。大抵屬附會，出于隋唐演義者爲多，奪槊事已見三奪槊雜劇，敬德洗馬，單鞭救主，皆世俗所盛傳也，非與單雄信交戰事。

西川圖

演劉永誠事也。明史宦官傳。中官劉永誠。永樂中爲偏將。累從成祖北征。宣德正統中。再擊兀良哈。後監鎭甘凉。戰沙漠有功。景泰末。掌團營。英宗復辟。勒兵以從。官其嗣子聚爲錦衣僉事。成化時。永誠歿。聚後以征西功。封寧晉伯。鄭曉吾學編太傅彭文憲公傳。彭時、字純道。正統十三年進士第一人。成化五年爲吏部尙書大學士。太監劉永誠歿。家人陳有軍功。乞贈伯爵。時力沮。寢其事。按永誠累立戰功。實中官最有勳名者。故史館特爲立傳。彭時沮其贈爵。則以明朝祖制。中官無封侯伯之例。時本賢相。非忌嫉也。後其子聚有功。自得封爵。無可沮者。記中言有大臣梁甫爲難。乃從空點綴。彼時未嘗有此人也。弇州史料。正統九年。太監僧保出喜峯口。曹吉祥出界嶺口。劉永誠出劉家口。俱駐古北口。同成國公朱勇等。各率精騎萬人。征兀良哈。陞賞有差。又景泰三年。總督少保尙書于謙。總兵武淸侯石亨等。議選精兵十五萬。分爲十營。俱聽謙、亨及太監劉永誠、曹吉祥節制。又天順元年。

以迎駕功。太監劉永誠姪聚爲錦衣衛。世襲指揮僉事。且賜永誠勅書奬諭之。成化初。御馬監太監劉永誠姪聚封寧晉伯。從永誠積戰功至都督。自以破西番功世襲。按永誠有監鎮甘涼戰沙漠之功，而聚又以破西番功世襲，此西川圖之所以名也，然西番甚遠，西川則蜀中，甚近，作者但據西字，遂指西川爲西番，失考甚矣，所當改正。

醉將軍

不知何人所作。演鮑宣、董賢事。略得影響。而荒唐者居多。以中間有所謂辛十郎者。漢帝封以爲醉將軍。故標此名也。按史。鮑宣、字子都。渤海高城人。劇作襄陽人誤。哀帝建平中。爲諫大夫。上書論事。譏切幸臣董賢等。上以宣名儒優容之。尋復上書。中言董賢以令色諛言自進。賞賜無度。竭盡府藏。誠欲哀賢。宜爲謝過天地。解讐海內。免遣就國。收垂輿器物。還之縣官。是宜結怨董賢之實。然上因此徵宣爲司隸。賢初未嘗能害宣也。元壽二年。下司隸鮑宣獄。髡鉗之。劇中剪宣鬚髮。本此。然此因宣没入丞相孔光車馬。御史坐以摧辱宰相。距閉使者。乃抵宣罪。不由董賢也。其初以王商之辟薦爲議郎。劇以爲髡鉗後賴王商復官。事則有因。而前後顚倒也。宣貶後竟爲王莽所殺。未嘗復官。宣子永。光武時復爲司隸。其妻述先姑之言。蓋桓少君。劇云宣妻錢氏。亦誤也。宣傳云。王莽召捕隴西辛興。興與宣女婿許紺俱過宣一飯去。宣不知情。坐繫獄自殺。劇中辛十郎。蓋謂辛興也。女婿本許紺。劇妄以爲帝子也。女載月之名。亦是添出。引及龔勝、梅福者。宣書中薦勝可大委任。而勝與福之去。皆在此數年間。高節相似。然謂時人皆以掛冠而去。爲董賢所收拷。則謬也。勝于平帝元始二年。以王莽專政乞骸骨。太后優禮而遣之。梅福亦知莽必篡漢。一朝棄妻子去。不知所之。皆平帝時事。董賢已亡。且安得有拏問拷訊之事。綱目書法云。建平四年後。封拜誅斥凡十九。其十一皆爲董賢。蓋因賢而誅斥者。鄭崇、孫寶、毋將隆、王嘉、丁明諸人。非宣與勝、福也。賢爲大司馬衛將軍。年纔二十二。美麗自喜。侍中驂乘。雖曰黃門郎。非中官也。劇云賢是內監。亦謬。百官因賢奏事。寵在丁傅之右。孔光不敢鈞敵。權與人主侔。劇云位在百官之上。坐大堂理事。先要百官過堂。科部齊來。蓋本於此。董貴妃雖則寵幸。漢史無專傳。亦并無害皇后事。哀帝皇后傅氏。傅太后從弟之子。並非王氏。劇云王皇后。又以王商爲后族。是誤爲孝元后也。傅后至平帝時。王莽白皇太后貶居桂宮。復廢爲庶人。就其園自殺。乃王莽害傅之族。與董妃無與也。哀帝諱欣。劇乃以爲太子之名。且帝本未生子。更不必辨矣。董賢之縊在平帝時。亦是王莽承太后指誅之。劇作王商逼哀帝殺賢。王商成帝時已亡矣。劇中大略。言董賢恣横。朝臣多爲所陷。鮑宣髡鉗貶劍州。其女載月與僕遁走。至大鵬岡爲妖僧所迷。殺僕留女。方欲圖姦。善拆字欒嚼者言亂嚼也。與猛士辛十郎言妖僧截路之故。十郎乘醉殺僧。救鮑女。送于鵲橋集賢堂尼菴中。宣既貶徙。賢囑解差于途中害宣。十郎復以僧頭充宣之首。令差報賢。

而指示宣使至鵲橋。遂與女遇。王皇后母子皆爲董貴妃所陷。辛十郎於古廟中救皇子之危。亦請赴集賢堂與宣相見。辛投大將軍王商。授以都尉。戕董賢于水中。又使以兵挾制漢帝。罪董妃而迎后。復鮑宣之官。以其女爲皇子妃。封辛十郎爲醉將軍。其情蹟關目。俱是幻出。

天燧閣

不知何人所作。演明太祖時沈萬三事。言萬三家中建天燧閣。設太祖龍牌。朔望祝聖。被陷謫戍。後得辨明。故以閣標記名。其事跡即聚寶盆故實也。互見聚寶盆記（*聚寶盆，見本書卷二十八，）中。略言沈萬三。蘇州吳縣人。其父雲路。元朝別駕。爲張士誠所逼。殉節而亡。（此是揣摩未的。）萬三捕魚吳淞三泖間。妻趙氏。田家女也。萬三與樵夫張留兒善。偶遇青田劉伯温基。言萬三十日內富可敵國。留兒亦官至三品。而虎眼非善相。約三年後與萬三見於金陵。萬三捕魚。入水得一瓦盆。

歸家貯飯餵犬。隨盡隨滿。更投以錢。錢亦立滿。乃換金銀等物投之。皆立滿。蓋此盆乃聚寶盆也。萬三移家金陵。爲海內富民第一。留兒遂以妹麗娘爲萬三妾。其家男女三百七十五口。住房一萬三間。市産官田一萬三頃。租房一萬三所。明太祖定鼎後。劉基爲弘文館學士。按基爲弘文館學士·乃洪武三年事·劇記在北伐前誤·往晤萬三。見其宅法不佳。犯寒冰壓鯉之勢。謂旦暮即有不測奇禍。使建天燧閣以鎭之。劇中伯溫云·欲解寒冰·必藉太陽·令于宅後隙地·起三層高閣·名曰天燧·最上一層·懸燈一盞·以仿太陽爍冰之象·題扁曰天燧閣·中層設龍牌二座·上書洪武及馬后寶座·每月朔望·萬三率全家人口叩頭朝謁·下層設櫃·置二册于中·一名朝聖册·每次筆記某年某月臣沈某率領男婦幾百幾十口感恩朝謁·一名散財册·每月濟貧仗義等項·皆一一登記于册·時太祖在宮中。以軍需缺乏爲憂。馬后勸取戶口册籍檢視。令富民輸貲。閱册惟萬三最富。太祖心動。劇又言太祖欲造寶鈔·嘗夢見金甲神人云·須用秀才心肝·太祖意欲屠戮諸生·馬后云·國子監中·現存試卷·乃秀才心肝也·太祖依奏行之·寶鈔遂成·按此事·明人稗乘中多載·乃實事也·會徽行。憩一茶館中。乃萬三揮萬金予留兒開設者。而留兒狠毒無良。極言萬三之富。且謂其建閣以詛太祖。太祖於是授留兒爲錦衣指揮。而語李善長、徐達、常遇春、劉基等。按吳元年始封宣信鄂三國公·宣李善長·信徐達·鄂常遇春也·劇中自道爵名極合·惟劉基則此時未封。不宜稱誠意伯耳。言萬三建高閣與宮殿相亞。可闞禁中。令遇春率兵滅其家。基力諫乃止。按明太祖初即位。置儀鸞司。掌侍衛法駕鹵簿。十五年罷。改設錦衣衛。其指揮使一人。秩三品。劇言留兒為指揮使。以應前三品之相法耳。但洪武初基。未設衛使。其錦衣衛僅與諸衛等耳。安得有所謂張留兒為錦衣指揮也。又聽留兒言。以教場大閱。使萬三辦蓋廠窰瓦十萬片。擺宴紅桌萬張。果品肴饌萬桌。遇春奉命操演。萬三果立辦。劇言窰瓦非金陵所出。麗娘設計。以住沈氏租房者。不下三千餘間。令每間借瓦三十片。各館鋪中有租桌萬張。令購油紅紙料糊裱以應。城內辦肴饌者。令攜置教場。每桌酬銀二兩。于是三事皆咄嗟而辦。按此不過欲誇張此女子有才耳。萬三欲犒軍。太祖卻之。未嘗實辦也。留兒又獻計。令萬三築西南外羅城。限一月完工。其城如限皆繕。惟西城三十餘步。隨築隨倒。命以繩懸萬三于長竿。促限滿不完。即斷繩墜萬三于江中。竟賴神力。其場陷處亦得完工。劇云。太祖作鏈頭之會。盡殺諸僧。如來化身。擁出地上。口宣偈言。漸往西方而去。偈末一句云。飛飛燕子城邊過。信信西方佛教尊。留兒奏太祖言。佛偈言城太低。於是再築外羅城九十五里。令萬三築西南一帶四十七里許。一月以內。日夜督工。已將竣矣。其三十餘步不可築。萬三急欲成工。取聚寶盆投之。盆被留兒誑去。工卒不就。麗娘求救于劉基。基言此處係鬼子母汛地。五鼓時分。脫鞋一隻。汲江水以潑城墻上。日色一晒。其墻立頹。乃教麗娘候於槐樹之下。至五更初。候鬼子母出。緊執衣袂。哀哭跪求。乃許借一更天。遂得完工云云。此甚荒誕。其城工實萬三力也。太祖乃授萬三戶部司務之職。建鬼子母祠。名其門曰聚寶。按聚寶門乃取義於二字。本非以聚寶盆之故。蓋流傳者妄相扭合也。又相傳此門每夕只打四鼓。遂附會因沈萬三之妾。求救於鬼子母。於此一更築完西城。故令止報四更。劇據俗傳演入也。宋太祖因陳摶有寒在五更頭之讖。乃令宮中轉六更。孰知太祖以建隆元年庚申即位。又閱五庚申。至理宗景定元年。則爲元世祖中統元年矣。此宋時故事。此云只打四更。恐係牽扯。賜銀錢一文。令每日輪對合之利。通計一月。應一萬七百三十七萬四千八百八十二兩四錢。按太祖實與銅錢。非銀錢也。如劇言。則太甚矣。戶工二部估計家產。略如其數。尚虧一百八十二兩二錢。奏請依違悞軍需律斬。羣臣共爲求寬。乃謫三千里外充軍。令張指揮押赴燕地。留妻趙于家。而挈麗娘同行。會常遇春破元都。追至漠北。劇言元兵遁去。遇春追至海邊。忽見萬丈金橋。元兵由此而去。遇春復欲渡海。遇角端而止。按金橋渡海之說。鑿空荒誕。元兵向直北去。亦並未渡海也。遇春兵破上都而還。角端則元太祖西征事。非明初事。劇又以爲順帝已亡。亦誤。班師抵燕京。按遇春克上都。班師至柳河川而卒。未嘗抵燕京也。於諸衛中撥軍妻以造棉甲。麗娘與焉。遇春見其色美。欲逼汚之。麗娘知遇春素畏其妻。遂呼救于鄂國夫人。夫人陳氏根究其情。勒令遇春上章奏明萬三寃狀。夫人亦自奏馬后。白萬三之寃。斥留兒之惡。按遇春畏妻。明人傳記多載。劇中形容太甚。且遇春妻乃藍玉之姊。今曰陳氏。亦誤。馬后親至沈宅。啓天燧閣視之。見龍牌及兩册。始盡悉其寃。會太祖亦至。知留兒陷害之故。立命召萬三還。復其職。以所籍物賜之。又命誠意伯劉基鞫定留兒之罪。初、留兒誑得聚寶盆。竊取試之。投金寶於內。失墮燭煤。立時火滿盆中。燬其屋舍什物幾盡。基用楊柳水灑之。火即隨息。基語留兒云。聚寶盆是妖物禍根。須持去以滅其跡。留兒遂以予基。萬三南還。基已奏殺留兒。以聚寶盆復還萬三。萬三乃對衆人將盆擊碎。會麗娘已生一子。遂與妻妾安居樂業。以終其身。餘冬敍錄。舊稱沈萬三家有聚寶盆事。云在沈氏。貯少物經宿輒滿。百物皆然。他人試之不驗。事聞。太祖取入。試不驗。遂還沈氏。後沈氏籍沒。乃復歸禁中。嘗疑世豈有此物。物安有是理。比見宋初人吳淑秘閣閒談云。巴東下巖院主僧。水際得一青磁碗。攜歸折花供佛前。明日花滿其中。更置少米。經宿米亦滿碗。錢及金銀皆然。自是院中富盛。院主年老。一日過江檢田。懷中取碗。擲於中流。徒弟驚愕。師曰。吾死。爾等寧能謹飭自守。棄之。不欲使爾增罪戾也。然則昔人亦嘗傳此。世果有此物乎。院主之識高矣。七修類稿。國初南都沈萬三秀者甚富。今會同館是其故宅。後湖中地是其花園。原住蘇之周莊。京城自洪武門至水西門是其所築。太祖常犒軍。萬三欲代出犒銀。上曰。朕有百萬軍。汝能遍濟之乎。對曰。每一軍犒金一兩。上曰。此雖汝至意。不須汝也。由此遂欲殺之。太后苦諫彼固富敵國。然未嘗爲不法事。奈何殺之。得流雲南。其壻余十舍亦流潮州。今聞二家子孫尚富。富乃點化之術也。詳近峰聞略。據此築城是實事。犒軍固未嘗行也。流徙雲南。亦非北徙。天祿識餘。沈富、字仲榮。行三。人因以萬三秀呼之。元末富甲江南。其弟貴以詩諷萬三云。錦衣玉食非爲福。檀板金樽可罷休。何事子孫長久計。瓦盆盛酒木棉裘。萬三不能聽。貴遂隱於終南。不知所終。洪武初。每縣分人爲哥畸郎官秀五等。家給戶田一紙。畸最下。秀最上。每等中又各有等。鉅富者謂之萬戶三秀。如沈萬三秀。乃秀之三者。又按稗乘。言萬三有子。當永樂時。爲錦衣帥紀綱入幕之賓。假借聲勢。復致巨富。劇言張麗娘有子。或即其人也。翦勝野聞。太祖嘗於上元夜微行京師。時俗好爲隱語相猜以爲戲。乃畫一婦人。赤脚懷西瓜。衆譁然。帝就視。因諭其旨。甚啣之。明日命軍士大僇居民。空其室。蓋馬后祖貫淮西。故云。此事雖頗載雜說中，未可遽信，劇又實之曰傪棋盤街一帶居民，亦鑿。野聞又云。洪武二十五年。下度僧之令。天下沙彌至者三千餘人。中有冒名倩代者。帝大怒。悉命錦衣衛戮之。吳僧永隆請焚身以救免。帝允之。勑中官以武士衛其龕。至雨花臺。出龕望闕拜辭。入龕書偈一首。又取香一瓣。上書風調雨順四字。語中侍曰。煩語陛下。若遇旱。以此香祈雨必驗。乃秉炬自焚。骸骨不倒。異香逼人。羣鶴盤旋舞於龕頂上。乃宥三千人誅。時大旱。命以所遺香至天禧寺禱雨。至夜雨大降。上喜曰。此眞神聖永隆雨也。御製落魄僧詩以美之。劇中鏟頭會一折，緣此而增飾也。

龍興慈記。太祖憫常開平遇春無嗣。賜二宮女。妻悍不敢近。晨起捧盂水盥櫛。開平曰。好白手。遂入朝去。及回。內出一紅盒。啓之乃斷宮女手也。太祖命力士支解其妻。分賜功臣。上寫悍婦之肉。開平回不見其妻。驚成癲癇。劇中極摹遇春畏妻，蓋本於此，但此段甚謬，洪武二年，遇春自上都還，卒於柳河，三年，其子茂封鄭國公，其女選爲懿文妃，安得云無嗣，且茂又有弟昇也，遇春妻藍氏，凉國公玉之姊，遇春歿後無恙，支解者又何人也，劇敘遇春北伐，回至燕京，妻救張麗娘，更謬，軍中安得與妻行也。

王肯堂筆麈。俗傳沈萬三家有聚寶盆。

以物投之。隨手輒滿。用是致富敵國。後爲高皇帝碎而埋之金陵南門下。故名爲聚寶門。初疑其誕。今觀聞見錄所紀。則宋時有是事矣。主父齊賢自言少羈貧客齊魯。村落中有牧羊兒。入古墓中求羊。得一黄磁小褊瓶。樣製甚樸。時田中荳莢初熟。因用以盛之。纔投數莢。隨手輒盈滿。兒驚以告同隊兒。三四試之皆然。道上行人見之。投數錢。隨手亦盈滿。遂奪以去。兒啼號告其父。父方耕田。持鋤追行人及之。相爭競。以鋤擊瓶破。猶持碎片以示齊賢。其中皆五色畫人面相聯貫。色如新。夫金翅鳥心之爲如意珠也。有此功用矣。然彼神物也。此陶人之所爲耳。而其神如之。異哉。

天中天

不知何人所作。演釋迦牟尼佛出世。以至雪山修道。忉利天宫說法。一家眷屬。皆成正果。其說大概本諸內典。間雜以小說家言。取本行經天中天三字以爲劇名。

略云。迦毗兜施羅國淨飯王。懿摩王孫。尸休羅子也。遷都雪山之北。因其地有釋迦樹。遂號釋種。元妃摩耶夫人。德冠後宮。次妃大愛道。賢推列嬪。中年未有太子。摩耶夫人夜夢天神乘白象趨入右脇。覺而有娠。自是得種種異兆。踰年四月八日。在園林宴賞。俄有五色祥雲盤繞其間。又有仙樂從無憂樹杪擁護玉幢雲車而下。摩耶夫人心動。以手攀樹。而太子從右脇生。無乳。乳于大愛道。就浴金盆。卓然直立。周行七步。一手指天。一手指地。忽有金龍九條。口噴清泉。從頂灌足。太子毫無懼色。浴罷。莊嚴相好。愈加豐滿。時有三十四種瑞應。各國皆來貢獻。偷羅厥叉國王獻七寶毗羅帽。跋羅國獻錦斕袈裟。德乂尸羅國獻金鉢盂。拘姿國獻錫杖。各有天人先期指授。至是來獻。有淨居天王知佛出世。因緣化爲仙人。來見淨飯。指言四物。皆太子所用。爲將來出家之具。言訖不見。稍長。名曰悉達。從左相跋陀羅尼受書。悉達具夙慧。無書不知。輒以難其師。師愧服。悉達常欲棄家修道。淨飯命內監車匿以五百蒼頭防護。爲聲色玩好之樂以悅其意。而悉達一無所嗜。出遊郊外。有獻猿猴鸚鵡者。喜猴能爲和尙。鸚鵡能念佛。命解縚釋之。時淨居天王復化作生老病死四相。指點開示。悉達出家之志愈堅。初自悉達生七日。摩耶夫人即升忉利天宮。善覺國王有女曰耶輸。德容俱美。各國求婚。未得佳偶。耶輸夢遊天宮。見摩耶夫人。授以偈語云。挽琱弓。透鐵鼓。天中天。定婚譜。醒而告諸國母云。國中舊傳鐵鼓七面。曾懸賞募射。無能射者。疑因緣在此。即下令各國太子。有能射透鐵鼓者。即以爲壻。聞聲而至者紛紛。悉達本無室家之想。淨飯王强促之行。至則一發而洞中。遂擇吉婚娶。合巹之後。名雖爲夫婦。而無男女之事。淨飯王使大愛道曲諭。耶輸亦對天禱告。願和諸生子。而悉達卒不動。天神感耶輸意。爲降甘露與夫婦共飮。耶輸一飮而有娠。時悉達年十九。棄家求道之心日切。而淨飯防之益至。不得脫。中秋夜。淨居天王來。以法使防衞之人悉酣睡。悉達乃得乘寶馬出城。淨飯及耶輸聞。遣車匿追之。悉達剃髮。使車匿攜歸謝其父。而飛錫雲遊。所遇皆旁門外道。惟目犍連見而知爲古佛降生。禮足立誓而別。瀕行謂有舍利弗及迦葉可與談道。囑向北行。渡恆河。經跋迦嶺。路途艱險。卒無退悔心。攀援前進。有白猿獻菓。鸚鵡供花。知爲釋放前因而至也。淨飯知悉達遠去。使跋陀羅尼同車匿窮追。相遇于嶺間。勸諭回家。悉達不從。忽有流泉一道自山頂而下。匯爲深澗。隔斷來人。跋陀羅尼不得已而返。車匿投身入澗。願從悉達行。引之而去。淨飯王之從子提婆達多。悉達之從弟也。爲人凶惡。知悉達出家。覬淨飯王國位。而悉達去後。耶輸產一子。名曰羅睺羅。提婆達多謂非悉達所生。淨飯亦疑之。命達多持刀直入。殺其子母。空中有神。格刀墮地。得不死。悉達至雪山尼連河畔修持六載。大道將成。爲邪魔所妬。初使天女勾引。繼以毒龍猛獸刀輪鐵丸種種怪異相加。欲破眞修。悉達金光普照。羣魔隨至隨滅。各各皈依。頂禮而退。因緣既至。遂成無上菩提。號釋迦牟尼佛。阿難、舍利、目犍連、迦葉仙人諸大弟子先後皆來侍座。欲建道場說法。諸弟子皆爲化緣。而提婆達多思欲壞道。百端謗毀。阻撓善緣。目犍連引之入地獄。使遍觀諸苦。猶不省悟。至後欲出不得。目犍連使誦本師釋迦牟尼佛。即時地獄光明得出。隨即皈依。羅睺羅漸長。佛使阿難以神通攝歸佛所。耶輸追之不得。發狂叫號。阿難引至佛前。開示數語。亦願出家。佛母摩耶夫人在忉利天宮。佛至天宮爲母說法。隨歸本國。爲父淨飯王上壽。王亦修行數年矣。上壽之日。摩耶夫人亦至。於是人天大會。舉家眷屬。皆成正果云。本行經曰。淨飯王嚴駕抱太子。謁自在天神廟。神像起。禮拜太子足。王驚曰。我子於天神中更爲尊勝。宜字天中天。即佛第二小字也。此劇命名本此。周書異記曰。周昭王即位二十四年四月八日。江河泉忽然泛漲。井水溢出。山川震動。有五色光入貫太微。徧於四方。盡作青紅色。太史蘇由奏曰。有大聖人生於西方。一千年外。聲教及此。昭王即敕鐫石記之。埋于南郊天祠前。此即佛生之時也。又曰。周昭王二十四年。天竺迦維衛國淨飯王妃摩耶氏。夢天降金人。遂有孕。於四月八日。太子生於右脅。名悉達多。年十九。入檀特山修行證道。元妙內篇曰。老子入關之西。天竺維衛國國王夫人名淨妙。老子因其晝寢。乘日之精。入淨妙口中。後年四月八日夜半時。剖右脅而生。墮地即行七步。舉手指天曰。天上天下。唯我獨尊。三界皆苦。何可樂者。於是佛教興焉。（按春秋時。老子尚在。佛生於昭王時。相去已久。此說不的。）普曜經曰。佛兜率天降神于西域迦維衛國淨梵王宮。摩耶夫人剖右脅而生。時多靈瑞。生而能言。本相經曰。牟尼佛年十九。踰城出家。學道勤行。精進禪定。六年成道。具三十二相八十種好。釋道安西域志曰。摩訶賴國有阿耨達山。王舍城在山東南角。竹園精舍在城西。又有佛浴所。六年苦行處。發跡經云。淨名大士是往古金粟如來。釋氏稽古略。按明教大師正宗記曰。天地更始。閻浮洲方有王者興。曰大人。大人者沒。後王因之繼作而不已。古今殆不可勝數。後世有王者曰大善生。大善生出懿師摩。懿師摩出憂羅陀。憂羅陀出瞿羅。瞿羅出尼浮羅。尼浮羅出師子頰。師子頰出淨飯王。然此七世皆王。獨懿師摩淨飯號爲聖王。如來即出於淨飯聖王者也。始如來以往世會然燈佛於蓮華城。然燈授之記曰。汝後成佛如我。號曰釋迦牟尼。更劫無數。逮迦葉佛世。乃以菩薩成道。上生於覩史陀天。應其補處。號護明大士。及其應運適至。大士乃以迦毗羅國。處閻浮提之中。白淨飯王。眞轉輪族。宜因之以生。即捐天壽。示乘白象。從日中降神。於其母摩耶夫人右脅而止。及其將生。摩耶乃往國苑無憂木下。其花方妍。夫人欲取之。舉手。聖子乃自其右脅而誕。神龍澍水以澡之。地發金蓮以承之。聖子乃四方各踏七步。以手上下指之曰。四維上下。唯我最尊。王尋持之。與謁天廟。天像起爲之致禮。還宮大集賢者爲其名之。號曰薩婆悉達。稍長。命師傅敎以世書。未幾立爲太子。爲娶。太子已大潔淸。雖示同世娶。而非有凡意。以夙業緣。乃指其妃之腹云。卻後六年。汝當生一男。一旦命駕欲遊。雖更出四門。而皆有所遇。終以其老病死。與沙門者感之。而出家之意愈篤。太子時年十九歲。二月八夜。乘馬出自北門。至檀特山。小息林間。遂釋衣冠。自以其所佩寶劍截其鬚髮。誓曰。願共一切斷此煩惱。淨居天化人。以僧伽梨致太子。因得法服服之。進入其山嘉處。彌樓寶山。居其阿藍伽藍。習不用處。定三年。復進鬱頭藍處。習非非想。定三年。進象頭山。雜外道輩爲之苦行。日食麻麥。居六年。以無心意無受行。而外道亦化。聖人乃自思之曰。今此苦行。非正解脫。吾當受食而後成佛。即沐浴於尼連河。受牧牛氏女所獻乳糜。尋詣畢鉢木下。天帝化人。擷瑞草以席其坐。以二月七日之夕。周建子爲正月。丑爲二月。漢正復建寅。丑爲十二月。入正三昧八日明星出時。示廓然大悟。乃成等正覺。陞金剛座。天帝師之請轉法輪。先是憍陳如五人侍從。於山中至此。首與度之。故入鹿野苑。談四諦法。然因是而得道果者亦億計。遂獨之摩竭提國。化優樓迦葉弟兄三人。時國主瓶沙王有竹林園。施佛爲精舍。請如來館之。未幾。王舍城舍利弗目犍連皆從受化。如來曰。彼二來者。當爲我上足弟子。於是度之。初、大迦葉入山習禪。至是趣竹林精舍。如來起迎。謂衆曰。吾滅後而法被來世六萬歲者。此人之力也。是時如來成道已六載矣。後迎之還國。以見父王。父王大喜。因詔其族五百貴子從之出家。及其還宮也。其子羅睺羅禮之。持聖人之衣而告衆曰。此正如來也。用是爲母釋其羣疑。其後以化期將近。乃命摩訶迦葉曰。吾以清淨法眼。涅槃妙心。實相無相。微妙正法。今付於汝。汝當護持。幷敕阿難副貳傳化。無令斷絕。而說偈曰。法本法無法。無法法亦法。今付無法時。法法何曾法。偈已。復爲大迦葉曰。吾將金縷僧伽梨衣亦付於汝。汝其轉授補處慈氏佛。竢其出世。宜謹守之。大迦葉敬奉佛勅。世尊一旦往拘尸那城娑羅雙木之間。欲般涅槃。會純陀長者懇獻供養。如來因之。復大說法。度須跋陀羅。右脇而臥。泊然大寂。內之金棺。待大迦葉至。而後三昧火燔然而焚。燼已。而舍利光燭天地。天人神龍。分而塔之。又曰。稽夫如來之生也。當此周昭王七年甲寅之四月八日。其出家也。當昭王之二十七年壬申之二月八日。其成道也。當昭王三十三年之戊寅。其滅度也。當穆王三十六年壬申之二月十五日。化已凡一千一十七年。以漢孝明帝永平十年丁卯之歲而敎被華夏。嗚呼。如來示同世壽凡七十九歲。以正法持世方四十九年。化度有情。不可勝數。若如來之生與滅。及其出家成道。或當周昭王、穆王之年。然自周武王至厲王皆無年數。及宣王方有之。舊譜乃曰。昭王九年、二十七年、三十三年。穆王之三十六年。或者頗不以爲然。吾嘗辨之。故考太史公三代世表。視其序曰。余讀諜記。黃帝以來皆有年數。稽其曆譜諜終始五德之傳。古文咸不同乖異。夫子之弗論次其年月。豈虛哉。以此驗三代以前。非實無年數。蓋太史公用孔子爲尚書之志。故不書其年。乃作世表。嵩又評曰。其付法於大迦葉者。其於何時。必何以明之。曰。涅槃會之初。如來告諸比丘曰。汝等不應作如是語。我今所有無上正法。悉已付囑摩訶迦葉。是迦葉者。當爲汝等作大依止。此其明矣。涅槃經第二卷。正宗記又評曰。寶林傳燈一書。皆書天竺諸祖入滅之時。

以合華夏周秦之歲甲。然周自宣王已前。未始有年。又支竺相遠數萬餘里。其人化滅。或有更千餘歲。其事渺茫隔越。吾恐以重譯比校。未易得其實。輒略其年數甲子。且從而存其帝代耳。唯釋迦文佛菩提達磨至於中國六世之祖。其入滅年甲。稍可推校。乃備書也。傳法正宗記者。宋杭州佛日禪師契嵩之所作也。

大椿樓

不知何人所作。演唐李泌功成歸隱衡山。詔有司治室。御題所居樓曰大椿。故名。中間事蹟。與正史離合參半。前後歲月。亦多不符。略云。李泌、字長源。荆州人。按史。魏八柱國弼六世孫。徙居京兆。非荆州人也。與肅宗爲布衣交。參帷幄。克復兩京。性耽高隱。辭歸衡山。聞山中有懶殘和尚者過訪之。懶殘方食芋。見即知泌姓名。謂必高隱絕俗。然尚須向富貴場中打破錢關。方能入道。囑出山領取十年宰相。泌果奉召入京。回紇入寇。逼近靈州。靈州人盧從愿官尚書。解組家居。按史。從愿臨漳人。有一女。小字和璧。德容俱美。性喜淡泊。及笄未字。從愿有兩姨表妹。爲宰相元載妻。聞警。遂挈女避兵至京。以女託載夫婦。愿則返靈州。時載方通賄賂。尚豪奢。極聲色之欲。娶妾曰薛瑤英。善歌舞。載寵之。居處服食若仙神。瑤英有心疾。惟食胡椒即止。有贈者輒收之。至八百石。泌至陝。肅宗與行軍。軍士指黃衣者爲聖人。白衣者爲山人。即賜紫授官。（此在靈武事。非衡山再起後。）載與內官魚朝恩皆妬泌。謀中傷之。懶殘知泌方有事。入京與語。幻爲名韁利鬭。使泌入夢。知世人於錢關爲最難破。時載與朝恩皆貪墨。外雖合而中實水火。載言于上。遣朝恩與回紇議和。朝恩啣之。使回紇索載女爲其子配。方許和。上命載如其請。載惟一女。不忍嫁外國。乃欲以從愿女和璧爲己女代嫁。和璧許之。而請自見上。見則直陳姓氏。謂不宜失信于異域。上怒。立命朝恩勒載親女出嫁。而問和璧以所願從。璧奏願適一白衣以終老。不樂富貴也。帝乃於光福坊置第一區賜泌。與和璧爲婚。回紇得載女。嫌其貌醜。且無奩贈。置其女於陰山。復大舉入寇。朝命郭子儀爲元帥。長史泌爲參謀。率兵拒勦。泌知回紇貪甚。欲以金錢餌之。和璧亦知兵。言與泌合。遂以計告元戎。子儀用金錢數萬。糗糧百斛。與敵對陣時。抛擲誘之。敵爭得錢。負重不復進。泌與子儀率兵奮擊。回紇敗走被擒。凱還。子儀晉封汾陽王。泌封鄴侯。載、朝恩爭寵。互收款迹劾奏。上命誅朝恩。勒載自盡。籍其家。妻妾沒入宮。和璧不念舊惡。勸泌爲載言於上。得稍寬。且以銀贈之。泌力請歸山。御制詩贈行。詔于衡山下建樓房一所。御書大椿樓額以賜之。泌生一子。與子儀聯姻。且勸之早退。迎從愿俱去。後數年。子儀亦隱。泌復生孫。生日設壽筵於大椿樓。麻姑送酒至。舉家眷屬共飲之。皆成仙。按通鑑云。唐天寶十五載。李泌至靈武。初、京兆李泌以才敏著聞。元宗欲官之不可。使與太子爲布衣交。楊國忠惡之。奏徙蘄春。後隱居潁陽。上自馬嵬遣使召之。謁見於靈武。上大喜。出則聯轡。寢則對榻。事無大小皆咨之。上欲以泌爲右相。泌固辭曰。陛下待以賓友。貴於宰相矣。上乃止。九月。以廣平王俶爲天下兵馬元帥。李泌爲侍謀軍國元帥長史。上與泌出行軍。軍士指之竊言曰。衣黃者聖人。衣白者山人。上聞。以告泌曰。艱難之際。不敢相屈以官。且衣紫袍。以絕羣疑。泌不得已受之。上笑曰。既服此。豈可無名稱。出懷中敕。以泌爲侍謀軍國元帥府行軍長史。泌固辭。上曰。俟賊平。任行高志。肅宗至德二載。李泌歸山。泌求歸山不已。上固留之。不能得。乃聽歸。敕郡縣爲築室於山中。給三品料。乾元元年。册命回紇可汗爲英武威遠毗伽闕可汗。以上幼女寧國公主妻之。按此則非元載女。又時以僕固懷恩女妻吐蕃。亦非元載女。寶應元年。以元載同平章事。代宗大曆三年。徵李泌於衡山。泌既至。復賜金紫。爲之作書院於蓬萊殿側。上時過之。欲以泌爲相。固辭。按此則非肅宗時事。五年。魚朝恩伏誅。十二年。誅元載。載妻子皆伏誅。有司籍其家。胡椒至八百石。他物稱是。劇以爲薛瑤英事啖胡椒所致。可供一哂。又按唐書李泌傳云。初泌無妻不食肉。帝乃賜光福里第。詔食肉。爲娶朔方故留後李暐甥。婚日。敕北軍供帳。（按此則賜婚非元載甥。亦非盧從愿之女。劇中借此一段事影射。）地志。衡山烟霞峯。僧懶殘居此。旁即李鄴侯讀書處。又云。天寶初。懶殘居衡嶽寺。爲衆僧執役。食退即收所餘。性懶而食殘。因名懶殘。李泌寓衡。嘗夜訪懶殘。方撥火中煨芋。出半芋食之曰。愼勿多言。領取十年作相。後果然。其事互見鄴侯家傳等書。情史云。元載末年。納薛瑤英爲姬。處以金絲帳卻塵褥。衣以龍綃衣。載以瑤英體輕。不勝重衣。於異國求此服也。惟賈至、楊炎雅與載善。時得見其歌舞。至贈詩云。舞怯珠衣重。笑疑桃臉開。方知漢武帝。虛作避風臺。炎亦作長歌美之。略曰。雪面澹娥天上女。鳳簫鸞翅欲飛去。玉釵碧翠步無塵。楚腰如柳不勝春。國史補。李相泌以虛誕自任。有人遺美酒一榼。會有客至。乃曰。麻姑送酒來。與君同傾。傾之未畢。閽者云。某侍郎取榼子。泌命倒還之。略無作色。（劇中麻姑送酒。本此。）

曲海總目提要卷三十八

合歡圖

不知何人所作。以寒山、拾得與金仙、玉眞犯律被謫。男則降生於名醫堯典家爲弟兄。女則降生安南國爲姊妹。劉海蟾示以合歡圖。使各成夫婦。行滿歸眞。故曰合歡圖。按寒山、拾得見天台志。豐干謂寒山文殊。拾得普賢。則二人乃菩薩化身。安得有犯律謫降之事。蓋齊東語也。平定交南錄云。安南國王陳日焜。爲其臣黎季犛所殺。季犛詭姓名爲胡一元。子蒼爲胡奆。矯稱陳氏絶嗣。奆其甥。請署國事。踰年。陳氏孫添平從老撾遁至京。愬其實。明太宗命朱能、沐晟、張輔等率師討平之。以其地爲郡縣。後交人叛服不常。輔凡三擒僞王。而犁利爲最劇。劇云。堯典、字舜臣。天台人。以醫爲業。採萬山中仙授祕方。活人無算。中年孿生二子。啼哭不止。有賣歡喜圖者。不言姓名。云能止兒啼。典抱子見之。果不復啼。遂呼其人爲歡喜兒。留爲二子伴。二子稍長。長名鼎。次名鼐。鼎嗜書。鼐好武。典命各習其所好。元宵節。歡喜兒隨二子出看燈。引之一處。山水奇麗。鸞鶴紛然。非人間境也。俄有二仙以龍章鳳篆一册。辟麟符一道。分授鼎、鼐而歸。歡喜兒身騎蝦蟇。騰空而去。遺下一束。視之。始知爲劉海蟾也。時安南國王黎利有二女。曰瓊琳、瓊瑛。琳知書。瑛善武藝。姊妹獵於山。見劉海蟾貽以合歡圖一幅。又遇麒麟出。爲瑛收服。百獸見者輒倒。黎利以二女才。坐大一方。不通朝貢。海外諸國入貢者。輒爲邀截。明成祖數遣使詰責。利令瓊琳草蠻表。作蝌蚪字。云中國有人能辨者。即願率諸國通貢。會鼎擢狀元。能辨其字。按此借用李白醉草嚇蠻書事。謂白能辨番書。亦本稗乘。非出正書。劇又云。主考梁棟。按永樂間梁潛嘗作主考。遂受命使安南。海外諸國大集。各以其國珍寶炫鼎。鼎皆以辭折服之。琳窺見鼎。悅其貌。且與合歡圖中人相類。告其父願委身焉。利使人語鼎。鼎不從。乃閉置之宮中不放歸。太宗聞。命朱能、張輔率師征討。皆爲瑛所敗。按永樂四年秋，以成國公朱能爲大將軍，統兵征安南，凡二十五將，能卒於龍州，未嘗戰敗，且所征者胡奃，非黎利也，能卒，遂以新城侯張輔代將，輔凡三下交南，從未一敗，輔歸，黎利始反，方政陳智等數敗績，與輔無涉，劇所載失實。而鼎弟鼐又擢武狀元。憤其兄被拘。請往討之。至則恐麒麟衝突。令馬首各懸鏡一面。畫符於馬尾而進。屢戰皆捷。瑛乃設計。誘之入險狹而斷其路。亦遣人語鼐。欲鼐允姻乃釋兵。會鼎在宮中。得見所謂合歡圖。上有男子二人。一持節。一執戈。酷似其兄弟。女子二人。則宛然琳、瑛也。知有宿緣。乃見鼐。與利約。必皈命本朝。始可相從。利如其言。成婚後。鼎、鼐班師。率諸蠻朝貢。兄弟皆封拜。琳、瑛爲夫人。復遇劉海蟾。告以鼎、鼐本寒山、拾得。琳、瑛乃金仙、玉眞。暫謫塵寰。宜各修省歸眞去。

東軒筆錄云。李觀遇劉海蟾曰。奉煩寄語養素先生藍方。十月懷胎。如何得出。觀至南嶽語方。方驚曰。吾養聖胎已成。患無術以出之。念非海蟾。不足以成吾道。是年方卒。紀事云。永樂十六年春正月。交趾淸化府俄縣土官巡檢黎利反。利初從陳季擴。充僞金吾將軍。後降。以爲巡檢。然中懷反側。張輔還京。僭稱平定王。以弟黎石爲相國。段莽爲都督。聚黨肆出剽掠。仁宗洪熙元年春二月。以榮昌伯陳智爲征彝副將軍。討黎利。宣德元年春三月。總兵陳智方政討黎利。進至茶龍川。敗績。上御文華殿。謂蹇義、夏原吉、楊士奇、楊榮曰。太宗因黎氏弑主虐民。有弔伐之師。蓋欲興滅繼絕也。而陳氏子孫已盡。不得已。徇土人之請。建郡縣。置官守。自是以來。交阯無歲不用兵。皇考念之。深爲惻然。咋反覆思之。欲如洪武中使自爲一國。歲奉常貢。以全一方民命。卿等以爲何如。義、原吉曰。太宗平定此方。勞費多矣。二十年之功棄於一旦。臣等以爲非是。上顧士奇、榮曰。卿兩人云何。對曰。交阯。唐虞三代皆在荒服之外。漢唐以來雖爲郡縣。叛服不常。漢元帝時珠崖反。發兵擊之。賈捐之議罷珠崖郡。前史稱之。夫元帝中主。猶能布行仁義。況陛下父母天地。豈與豺豕較得失耶。上頷之。十二月。參將馬瑛大破賊于清威。尚書陳洽入賊陣死之。失亡二三萬人。以安遠侯柳升爲征彝副將軍。二年。上御文華殿。召大學士楊士奇、楊榮諭曰。太宗初得黎賊。定交趾。即欲爲陳氏立後。今欲承先志。使中國之人皆安無事。卿等爲朕再思。士奇、榮對曰。此盛德事。惟陛下斷自聖心。上曰。朕志已定。無復疑者。九月。柳升等師至交趾。升輕敵急進。遇伏敗歿。冬十月。黎利遣人奉表及方物至。乞以陳日煊三世孫暠爲主。上出表示羣臣。且諭以養兵息民意。羣臣頓首稱善。于是遣使封暠。即遣使受封朝貢。又勑即日班師。內外鎮守三司衛所府州縣文武吏士攜家來歸。利閉留不遣者無算。先是太宗時。用兵交趾。侍讀解縉力言交趾古羈縻國。通正朔時賓貢而已。得其地不足郡縣。文皇不悅。至是言始驗云。又按漢建武中。南越女子徵則、徵貳反。馬援討平之。劇中琳、瑛姊妹。借此影射也。又按永樂二年。永豐曾棨擢狀元。應制賦天馬海青歌于上前。棨先成。賜寶帶名馬。劇言吐蕃貢千里馬。春闈以馬爲題。蓋指此也。又按洪武中貴州土司奢香。馳驛入謁馬皇后。劇內琳、瑛姊妹亦借此事。　又按永樂中。有蘇州盛啓東治弘熙張妃疾事。東宮妃張氏十月經不通。衆醫以爲胎也。而脹愈甚。一日上謂曰。東宮妃有病。汝往視之。東宮以上命醫也。導之惟謹。既診。出復曰。使長痛狀。早若何。晚若何。一一如見。妃遙聞之曰。朝廷有此醫。不早令視我也。出而疏方。皆破血之劑。東宮視之。大怒曰。好御醫。早晚當誕皇孫。乃爲此方何也。遂不用。數日病益急。乃復召診之。曰。再後三日。臣不敢用藥矣。仍疏前方。乃鎖之禁中。家人惶怖。或曰死矣。或曰將籍家矣。既三日。紅棍前呼。賞賜甚盛。蓋妃服藥。下血數斗。疾遂平也。既而上亦賜之。曰非謝醫。乃壓驚也。劇內云皇后欠安。太醫院官皆不諳病源。以堯典名醫。欽命特召。蓋影借此事也。　又按永樂中。遣太監鄭和下西洋。收錄各國珍寶無算。時人謂之三寶太監。劇內馬三保口中敘出下西洋事。本此。但其時無所謂堯典也。　又按朱勇乃朱能之子。劇內先演出朱勇。其後乃云朱能爲安南殺敗。甚謬。又既以黎利爲安南國王。而于利口中又云南降交趾。東破無餘。亦謬。解縉、夏元吉、薛彪皆隨意竄入。薛彪云陽武侯不誤。謂其應武舉則非。然明時公侯之子。以入學坐監爲榮。應舉之說。非無因也。

馬陵道

演孫臏殺龐涓於馬陵道事。未詳誰作。史記云。孫臏常與龐涓俱學兵法。龐涓既事魏。得爲惠王將軍。而自以爲能不及孫臏。乃陰使召孫臏。臏至。龐涓恐其賢於己。疾之。則以法刑斷其兩足而黥之。欲隱勿見。齊使者如梁。孫臏以刑徒陰見。說齊使。齊使以爲奇。竊載與之齊。齊將田忌善而客待之。忌數與齊諸公子馳逐重射。孫子見其馬足不甚相遠。馬有上中下輩。於是孫子謂田忌曰。君第重射。臣能令君勝。田忌信然之。與王及諸公子逐射千金。及臨質。孫子曰。今以君之下駟與彼上駟。取君上駟與彼中駟。取君中駟與彼下駟。既馳三輩畢。而田忌一不勝而再勝。卒得王千金。於是忌進孫子於威王。威王問兵法。遂以爲師。其後魏伐趙。趙急。請救於齊。齊威王欲將孫臏。臏辭謝曰。刑餘之人不可。於是乃以田忌爲將而孫子爲師。居輜車中。坐爲計謀。田忌欲引兵之趙。孫子曰。夫解雜亂紛糾者不控捲。救鬭者不搏撠。批亢擣虛。形格勢禁。則自爲解耳。今梁趙相攻。輕兵銳卒必竭於外。老弱罷於內。君不若引兵疾走大梁。據其街路。衝其方虛。彼必釋趙而自救。是我一舉解趙之圍而收弊於魏也。田忌從之。魏果去邯鄲。與齊戰於桂陵。大破梁軍。後十五年。魏與趙攻韓。韓告急於齊。齊使田忌將而往。直走大梁。魏將龐涓聞之。去韓而歸。齊軍既已過而西矣。孫子謂田忌曰。彼三晉之兵。素悍勇而輕齊。齊號爲怯。善戰者因其勢而利導之。兵法。百里而趣利者蹶上將。五十里而趣利者軍半至。使齊軍入魏地爲十萬竈。明日爲五萬竈。又明日爲三萬竈。龐涓行三日。大喜曰。我固知齊軍怯。入吾地三日。士卒亡者過半矣。乃棄其步軍。與其輕銳倍日幷行逐之。孫子度其行。暮當至馬陵。馬陵道狹而旁多阻隘。可伏兵。乃斫大樹。白而書之曰。龐涓死於此樹之下。於是令齊軍善射者萬弩。夾道而伏。期曰。暮見火舉而俱發。龐涓果夜至斫木下。見白書。乃鑽火燭之。讀其書未畢。齊軍萬弩俱發。魏軍大亂相失。龐涓自知智窮兵敗。乃自剄曰。遂成豎子之名。齊因乘勝盡破其軍。按今人所演全本。大抵據元劇。元劇標曰孫臏晚下雲夢山。龐涓夜走馬陵道。云孫龐同學于鬼谷。（鬼谷名曰王蟾。是添出。）龐先入魏爲大將。以兵威服六國。皆每年進貢。龐薦孫于公子申。召令演陣。龐不能識。孫于陣上擒龐。龐因大恨。紿孫云。熒惑失位。令三更三點領兵宮門外。連射三箭。鳴鑼擊鼓。鎭壓火星。遂譖于申。言孫反叛。縛赴法場。龐欲得其天書。復僞作爲求救于申。免死刖足。使抄天書。孫詐瘋。臥羊圈中。齊大夫卜商入魏貢茶。私載至齊。（劇云。卜商字子夏。故取名賢戲弄。）宣王使田忌爲先鋒。以孫臏爲軍師。率諸國之將同時伐魏。（趙將李牧。楚將吳起。秦將王翦。韓將馬服子。燕將樂毅。隨意點入。皆非事實。）甕之馬陵山。擒龐殺之。（按涓乃射死。劇則云生擒。又云涓刖臏足時。曾誓云。若非眞心救孫。身隨燈滅。故臏擒涓時。掛一燈于樹上。以應其誓。皆飾說也。

豹凌岡

不知誰作。謂文彦博禽王則於豹凌岡。按貝州王則反。明鎬討之。久不克。彦博請行。命爲宣撫使。旬日賊潰。檻則送至京師。明鎬傳。鎬知開封府。王則叛。命鎬爲體量安撫使。則未下。又命參知政事文彦博爲宣撫使。以鎬副之。王則者。本涿州人。歲饑。流至恩州。自賣爲人牧羊。後隸宣毅軍爲小校。恩冀俗妖幻。相與習五龍滴淚等經及圖讖諸書。言釋迦佛衰謝。彌勒佛當持世。初則去涿。母與之訣別。刺福字於其背以爲記。妖人因妄傳字隱起。爭信事之。而州吏張巒、卜吉主其謀。黨連德齊諸州。約以慶曆八年正旦。斷澶州浮梁。亂河北。會其黨潘方淨以書謁北京留守賈昌朝。事覺被執。故不待期。亟以七年冬至叛。則僭號東平郡王。以張巒爲宰相。卜吉爲樞密使。建國曰安陽。牓所居門曰中京。居室廒庫。皆立名號。改年曰得聖。以十二月爲正月。百姓年十二以上。七十以下。皆涅其面。曰宜軍破趙得勝。旗幟號令。率以佛爲稱。城以一樓爲一州。每面置一總管。則期正月十四日出要劫。契丹使諜者以告鎬。遣殿侍安素伏兵西門。賊果以數百人夜出。伏發皆就獲。城峻不可攻。乃爲距闉。將成。爲賊所焚。遂即南城爲地道。日攻其北牽制之。及文彥博至。穴通城中。選壯士中夜由地道入。衆登城。賊縱火牛。官軍以槍中牛鼻。牛還攻之。賊大潰。開東門遁。總管王信捕得則。其餘衆保村舍皆焚死。檻送則京師。支解以徇。則叛凡六十六日。按劇中所演本此。至聖姑姑、胡永兒、左黜等關目。則悉本平妖傳小說。非實事也。聖姑姑等事蹟。詳載井中天劇內。

天錫福

與三元記（三元記。見本書卷十八。）事實頗同。皆記馮京父力行善事。子中三元。而曲白各殊。

關目亦不全相合。三元記載臧晉叔六十種內。本不知出誰手。此劇亦未知何人翻改標題。蓋取力行善事天錫之福而名也。三元記云。姓馮名商。表字民未。別號海舟。鄂州江夏縣人。此云姓馮名善。江夏鄂州人。以其少商賈。因此盡稱馮商。中間情節。如賑濟貧人。三元記云大雪·此記云上年大雨·三元記中受濟者陳肇畊稽種杏衛冰月·此記中改爲施有緣祿有功命必靈·贖還難婦。三元記中胡大才謀王以德之妻·陷之入獄·以德賣妻以償贓·馮商予金而御婦·後至中都驛道·過其家·以德令婦夜侍·商書四句于紙·終不與亂·此記相同·而鋪敘點染·則各不相侔·偷墳樹者宛轉以避之。失腰纏者停留以俟之。認失馬者嬉笑以與之。三元記云·邀看風水者曰徐曉山·此云徐地仙·三元記云·宿祥符飯店者趙乙孫與之曾福壽·此云趙甲孫丙錢乙李丁·亦皆互異·而其妻金氏令挾眥娶妾。以百金買得張氏。見其慘悴。詰而問之。云係運使張祖之女。賠累官糧。不得已而賣女。遂令媒氏即晚送還。不索聘資。其父母以嫁丞相富弼爲繼妻。兩記相同·中間亦有微異·三元記云李都憲爲富丞相說親·此云樞密爲媒·又云李指揮來說·按宋時無都憲之稱·此記爲是·後生一女。與商子京爲室。兩記相同而渲染各異。星者衛冰月算富女之命云。辛卯年辛卯月甲子日甲子時。冰月因云。江夏馮商之子京。八字無異。張夫人聞之。因告於弼。

必欲得京爲壻。京果一舉成名。連中三元。遂娶張夫人之女。按京實中三元。且係富弼之壻。兩記俱與相合。但京庚戌參政。非辛卯生。富弼爲晏殊之壻。今云繼娶張氏。亦未的。按李卓吾因果錄云。馮商有陰德。將生子。里人皆夢鼓吹喧闐。送狀元至馮家。果生京。三舉皆第一。拜太子少師。劇因此遂以種種陰德事。皆歸于商。不盡實也。按楊式傳果報聞見錄。明慈谿縣王福徵爲諸生時。偶赴館過溪。得遺金一袋。計十七封。因不至館。坐而俟之。至晚。見一人惶遽而來。王問之曰。汝有所失乎。曰。我揭債作本。得銀一百七十兩。欲過江買米。脫襪渡溪。遺失于此。有拾得者。願分半相酬。王問其銀數物色相符。曰。幸我得之。舉以還汝。若欲其半。勿如不還矣。其人叩謝而去。是年即發鄉榜。中萬曆己未進士。由部屬歷官蘇州太守。致仕歸。享大壽。劇中所記趙乙失金。馮商拾得。守六七日而還之。其數百七十金。乙亦願分其半。然則此記殆爲王福徵作無疑也。

宋史袁韶傳。韶父爲郡小吏。五十無子。之

臨安。妻勸之置一妾。察有憂色。問之泣曰。妾故趙知府女也。家四川。父歿家貧。故鬻妾以爲歸葬計耳。即送還之。其母泣曰。計女聘財。猶未足以給歸費。且用破矣。將何以酬。徐曰。賤吏不敢辱娘子。聘財盡以相奉。且出囊中物以益之。遂獨歸。告妻以故。且曰。無子命也。若有子。汝豈不育。必待他人哉。妻曰。君心如此。必有子。明年生詔。劇中送還張氏事。本此。列卿記。尙書徐晞初爲郡吏。有富家謀鄰産。陷以殺人罪。其人誣服。晞導其家訴監史。下府。晞爲知府言得釋。其人德晞甚。邀至家。飮之酒。避去。其妻曰。吾夫感君恩。無所報。欲使妾侍君。晞大驚曰。是何言。聲色皆厲。妻乃呼夫還。相與感泣。劇中王以德使妻侍商。商力卻之。本此。

文犀帶

不知何人作。演李林甫之女雲容救蘇彥璋于難。以文犀帶贈之。約爲夫婦。後終獲遂所約。故名。其事不實。唐開元天寶遺事。李林甫有女六人。各有姿色。林甫于廳事壁間。開一横窗。飾以雜寶。縵以絳紗。於常日使六女戲于窗下。每有貴族子弟入謁。林甫即使女于窗中自選可意者壻之。謂之選婿窗。劇中寶窗選壻本此。但小説不載其女名。亦不載其壻姓氏。所謂月容、雲容、彦璋俱僞撰。中間以猿公爲關目。尤荒唐無據。略云。蘇彦璋、字廷實。會稽人。讀書山中。步屧巖下。遇一黄衣老人。自稱猿公。邀飲酒酣。忽不知所往。遺一錦囊。中有句云。十八孩兒雜寶窗。草頭季子作東床。雲容離合文犀帶。禾换刀旁笑十郎。不知所謂。未幾遊學京師。寓於宰相李林甫宅後尼菴中。林甫有女數人。設寶窗於廳事。有貴介來謁者。使女自從窗間擇配。第四女雲容不肯窺窗。謂富貴子弟必無當意者。其姊月容。貌醜早寡。遊菴見彦璋而悦之。陰使尼通辭。欲來奔。彦璋正色以拒。尼慚而退。時彦璋上書林甫。登其堂。面陳時事得失。林甫怒。揮使去。而爲雲容所見。頗屬意焉。月容候尼信。

尼至。諗彥璋不置。月容羞忿。使尼灌彥璋醉。扶入園中醉春亭。將命力士黑彪兒搗殺之。雲容之婢墨娥聞其謀。以告。雲容與墨娥夜至亭前。果見彥璋醉臥。扶入密室中。呼醒。使脫衣井旁。黑彪兒至。則以打死投尸井中報月容。而彥璋在密室不得出。室與月容臥房近。聞月容有懼心。乃僞作鬼聲。露其形。向月容索命。月容驚怖發癲。雲容恐事泄。乃助彥璋銀。出其父文犀帶贈之。訂終身之約。乘間使逸去。月容癲日甚。林甫邀道士禳解。家人洩其隱。道士託神語以示林甫。林甫疑之。會月容死。呼婢拷問。求彥璋尸不得。窮追及墨娥。墨娥不勝榜掠。盡吐其實。林甫怒。幽雲容于別室。遣人捕彥璋。彥璋至京口。值迎春。出旅舍往觀。其帶爲偷兒竊去。渡江至揚州。捕役見帶。以爲即彥璋也。縛送羅希奭。斃之杖下。而以帶歸報彥璋已死。林甫信之。雲容聞。亦以爲眞死矣。彥璋被盜。窮途無措。復遇猿公。授以金丹療飢。囑其改姓名應試。乃改名薊奇。附同鄉官上任者入都。一舉狀元。明皇知其未娶。命娶林甫女。林甫受命。納以爲壻。而雲容閉閤堅拒。林甫不得已。輒館之園內。墨娥偶出見之。驚以爲鬼。彦璋乃備告以遇盜改姓名始末。墨娥轉報雲容。乃成夫婦之禮。於是錦囊中語。至是一一皆驗云。劇中云。文犀帶乃安祿山之物。林甫與祿山鬬蟋蟀。以身上紫袍相賭。勝而得之。此借用狄梁公與張昌宗賭集翠裘事。鬬蟋蟀則用賈似道事也。又按蘇頲、字廷碩。劇云蘇彦璋、字廷實。蓋附合影借。非眞有其人也。又按江西志。廬山有相辭澗。初、李騰空事女冠蔡尋眞。入廬山學三洞法。以丹藥符籙救世。道成告歸。別於此澗。故名。其延眞觀即女眞李騰空所居。李白贈李騰空詩云。多君相門女。學道愛神仙。素手掬青靄。羅衣躡紫烟。一往屏風疊。乘鸞著玉鞭。又贈內云。君尋騰空去。應到碧山家。水舂雲母碓。風拂石楠花。若戀山居好。相邀弄紫霞。騰空。宰相林甫女。所居乃昭德皇后施建。又名昭德里。據此。林甫之女。賢否不一。不可因選壻窗一事。盡行抹摋。此記所載雲容。不爲無因也。

鞏皇圖

不知何人所作。演漢耿弇父子祖孫事。帝命二十八宿降生。輔光武。滅王莽。蓋以雲臺二十八將附會爲二十八宿也。按玉匣記等書。以二十八將配二十八宿。蓋出於道家。明成祖永樂二年。選庶吉士二十八人。以配二十八宿。周忱自請欲與。增忱二十九宿。時謂忱爲挨宿。事與正史多舛錯。而中間耿弇子秉與卓茂女素娥成婚。及秦廣初從光武。因劫素娥乃降賊。則係作者僞撰爲關目。至謂姜太公爲火德星君。命太歲殷郊以兵書寶劍授秉。尤荒誕無據。按漢書。明帝永平三年。帝思中興功臣。乃圖二十八將於南宮雲臺。以鄧禹爲首。次馬成、吳漢、王梁、賈復、陳俊、耿弇、杜茂、寇恂、傅俊、岑彭、堅鐔、馮異、王霸、朱佑、任光、祭遵、李忠、景丹、萬修、蓋延、邳彤、銚期、劉植、耿純、臧宮、馬武、劉隆爲二十八將。益以王常、李通、竇融、卓茂合三十二人。馬援以椒房之親。獨不與焉。劇云。耿弇、字伯昭。扶風茂陵人。累官浙東都尉。加鎮海將軍。父況。以上谷郡守告假。母周氏。妻鄭氏。俱同居署中。弇方爲父上壽。東郡太守翟義移文。以王莽篡逆。誅殺劉氏宗黨。會同起兵討賊。況痛憤。擲杯而起。率弇發兵進討。時徐鄉侯劉快。東郡太守翟義。皆起兵討莽。此皆實事。莽心腹劉歆爲莽謀。遣將嚴尤統兵二十萬拒況父子。況兵少被圍。弇突圍單騎馳歸。爲其母切責。弇計無所出。聞潁川馮異隱於陽山。潛往求助。異占星象。見一將星爲妖氣所掩。一星光射其室。預知弇來。告弇云。帝星已現中央。但時尚未至。當積糗糧招豪傑以待之。周鄭姑媳以況被圍。弇無消息。幽居思念。周遂得疾。醫藥弗效。鄭割股以進。疾得平。弇出時鄭懷孕。至是舉一子。周名之曰秉。未幾。漢宗室長沙定王之後劉秀起兵。卓茂、李通、吳漢、秦廣皆從之。秀以茂爲褒德侯。茂置酒招諸人商勸進。席竟。茂之女素娥爲廣窺見。會光武即位。親率師與茂拒賊劉歆、陳茂。而命秦廣進兵葉縣。與王尋戰。廣潛至茂室。劫素娥欲强爲妻。素娥以死拒之。其乳母奔告茂。茂移軍討廣。奪其女歸。廣敗降賊。借兵刦營。圍光武。茂急救得脫。北至滹沱。三面皆賊。無船可渡。河冰適合。乃渡。茂勸光武赴信都。與太守任光、邳彤會。以圖再舉。時耿弇集兵三萬。恢復洛陽。鐵騎三千。馳渡滹沱。迎駕還洛陽。而馮異亦募兵來會。受命討王郎。況自被圍兵潰。爲嚴尤所擒。下獄。莽使尤說況降。況怒斥之。莽亦不敢加害。弇既迎還帝。練兵討逆。復中尤計被圍。其子秉年十四而勇略。夜夢姜太公告以天目山之麓。有寶劍一口。兵書一册藏地中。取此可以得功名。明日獵於山中。遇白鹿引之。果得書劍。遂辭其祖母及母。募兵三千人。馳往救父。破圍斬尤。父子始得相識。光武以馮異爲帥。遣將祭遵、蓋延、邳彤、馬武、朱祐、陳俊、任光、劉隆分兵討王郎。卓茂亦以兵入長安誅莽。縛劉歆、秦廣。出況於獄。弇、秉至長安與況會。茂奏之光武。以歆、廣發弇勘問。伏誅。天下既定。大封功臣。況晉國公。弇、秉爲侯伯。其妻三代皆爲一品夫人云。　綱目。新莽地皇三年。漢宗室劉縯及弟秀起兵舂陵。興復帝室。新市平林兵皆附之。目云。長沙定王發之後南頓令欽。生三男。縯、仲、秀。秀隆準日角。嘗受尚書。性勤稼穡。宛人李守好星曆讖記。嘗謂其子通曰。劉氏當興。李氏爲輔。及新市平林兵起。通從弟軼謂通曰。今四方擾亂。漢當復興。南陽宗室。獨劉伯升兄弟泛愛容衆。可謀大事。通笑曰。吾意也。會秀賣穀於宛。通遣軼往迎。秀與相約結定謀。按此則從光武初起兵者。惟李通。餘皆牽合。又更始元年。莽遣其司徒王尋、司空王邑大發兵。會嚴尤、陳茂圍昆陽。秀使王鳳、王常守昆陽。夜與李軼等十三騎出城外收兵。無耿況被圍事。六月。秀大破莽兵於昆陽下。殺王尋。秀徇潁川。馮異以五城降。目云。秀復徇潁川。屯兵巾車鄉。郡掾馮異監五城。爲漢兵所獲。異曰。異有老母在父城。願歸據五城。効功報德。秀許之。異歸。謂父城長苗萌曰。諸將多暴横。獨劉將軍所到不虜掠。觀其言語舉止。非庸人也。遂與萌率五縣以降。按此無隱陽山。及募兵會滹沱事。秋。莽將軍王涉、國師劉秀自殺。按此劉秀即劉歆。成帝綏和二年。莽薦歆爲侍中。貴幸。改名秀。莽腹心與甄豐王舜唱導在廷褒揚功德。及莽篡位。爲國師。至是道士西門君惠謂涉曰。讖文。劉氏當復興。國師姓名是也。涉遂與秀及大司馬董忠等謀刼莽降漢。謀泄。皆自殺。據此則歆死在莽前。劇中與此皆不合。

更始遣王匡攻洛陽。申屠建攻武關。建入關。衆共誅莽。傳首詣宛。按此。則莽誅在更始元年。光武未即位之前。十月。分遣使者徇郡國。曰先降者復爵位。至上谷。太守耿况迎。上印綬。使者納之。一宿無還意。功曹寇恂勒兵入見使者曰。天下初定。使君建節銜命。郡國莫不延頸傾耳。今使至上谷而先墮大信。將復何以號令他郡乎。使者不應。恂叱左右以使者命召况。取印綬帶之。使者不得已。乃承制詔之。按此則况未嘗請假。以劉秀行大司馬事。遣徇河北。十二月。王郎稱帝於邯鄲。徇下幽冀。更始二年春正月。大司馬秀北徇薊。大司馬秀以耿弇爲長史。耿况遣其子弇詣長安。弇時年二十一。至宋子會王郎起。從吏曰。子輿成帝正統。捨此不歸。遠行安之。弇按劍曰。子輿弊賊。卒爲降虜耳。我至長安。陳漁陽上谷兵馬。歸發突騎以轔烏合之衆。如摧枯折腐耳。公等不識去就。滅族不久也。弇聞大司馬秀在盧奴。乃馳北上謁。秀留署長史。與俱北至薊。令功曹王霸募人擊王郎。市人皆大笑。霸慚而返。秀將南歸。弇曰。今兵從南方來。不可南行。漁陽太守彭寵。公邑人。上谷太守即弇父也。發此兩郡。控弦萬騎。邯鄲不足定也。秀官屬皆曰。死尙南首。奈何北行入囊中。秀指弇曰。是我北道主人也。（按此則無父子同起兵被圍事。）薊城反應王郎。大司馬秀走信都。和戎發兵擊邯鄲。秀趣駕出城。晨夜南馳。至蕪蔞亭。時天寒。馮異上豆粥。至饒陽。官屬皆乏食。晨夜兼行。至下曲陽。傳聞王郎兵在後。至滹沱河。候吏還白。河水流澌。無船不可濟。秀使王霸往視。霸恐驚衆。還即詭曰。冰堅可渡。遂前至河。冰亦合。乃渡。未畢數騎而冰解。（今深澤縣危渡口。即光武渡滹沱處。）至南宮遇風雨。入道傍空舍。馮異抱薪。鄧禹爇火。秀對竈燎衣。異復進麥飯。（無以兵來會事。）至下博城西。惶恐不知所之。有白衣父老指曰。努力信都爲長安城守。去此八十里。秀即馳赴之。（劇中以白衣爲茂也。）耿弇以上谷漁陽兵行定郡縣。會大司馬秀于廣阿。以其將寇恂、吳漢等爲將軍。夏四月。進拔邯鄲。斬王郎。（劇中弇以兵來會。指此也。）秀部分吏卒。皆言願屬大樹將軍。大樹將軍者。馮異也。爲人謙退不伐。敕吏士非交戰受敵。常行諸營之後。每所止舍。諸將並坐論功。異常獨屏樹下。故軍中號曰大樹將軍。劇中以異爲元帥，分兵討王郎，本此。更始立大司馬秀爲蕭王。乙酉六月。蕭王即皇帝位。改元大赦。九月。以卓茂爲太傅褒德侯。宛人卓茂。寬仁恭愛。恬蕩樂道。雅實不爲華貌。行己在淸濁之間。哀平間爲密令。愛民如子。及王莽居攝。以病免歸。上即位。先訪求茂。茂時年七十餘。詔曰。夫名冠天下。當受天下重賞。今以茂爲太傅。封褒德侯。按此光武即位以後，始訪求茂，封侯，不同諸人佐命起南陽也。考茂本傳，無所謂女名素娥者。耿秉在明帝時立功，亦不在佐命中興之列。

呼雷駮

不知何人所作。演唐將段志玄事。姓名雖眞。事蹟全假。其所引隋唐英雄及唐初將相事。與正史合者少。得之隋唐演義爲多。而所揑造志玄事。又演義所不載也。呼雷駮者。馬名。劇謂志玄歸唐。其根因此馬而起。故以爲名也。略言隋末時。臨淄段志賢、志玄兄弟。武藝出衆。志賢濟州當軍。（按史段志玄傳。無有兄志賢。係揑出。）志玄至太原。汾陰柴紹薦入唐公之幕。（唐公即高祖也。）其二公子善待之。（二公子。即太宗也。）志玄憶其兄。回家省視。時歷城羅士信大鬧山東。與秦叔寶、程咬金等同上瓦岡寨聚義。煬帝遣閿鄉張須陀爲山東黜陟討捕大使。叔寶令士信下山探信。與志玄相遇酒肆中。意氣投合。志玄告以李公子招賢納士。俟探兄後。當至寨招叔寶等仝往。及過熊耳山。山寨齊國遠、李如珪久據落草。如珪妹韞珠。善用九絨絛。使喪門劍。百萬軍中。取上將首級如戲。如珪吐番市馬。得龍駒一疋。曰呼雷駮。遣卒牽送叔寶。以結聲援。其寨下頭目。設伏擒志玄上山。韞珠見其所佩寶劍。問所從來。志玄即怒叱韞珠。韞珠亦自負其勇。釋縛還劍。俾與交鋒。勝負未分。如珪、國遠勸解。留入山寨。以韞珠許嫁焉。及歸家。則志賢已娶妻白氏玉英與婢倩雲。皆美麗自喜。志賢奉其將高統制之命。差往江都。因留志玄掌家政。叔寶方與咬金等賞雪。如珪所遣卒至。言送馬中途。爲行臺總管張須陀詰問。奪馬而截卒之耳。使報其魁。令喪膽也。士信探須陀信還告叔寶等。亦與相同。且甚言須陀之武勇。因請間行至齊州。與志玄計盜呼雷駮以歸。共投唐公。志玄嫂婢嘗誘志玄爲所叱。而二女皆有淫行。懼志玄管束。士信來訪志玄。語盜駮事。倩雲竊聽知之。私告淫夫。首志玄於官。士信去。志玄歸家。被官捕入獄中。是時國遠及如珪兄妹皆已投唐公。公取長安稱帝。用國遠等爲將帥。如珪兄妹爲平陽公主左右先鋒。率兵攻齊州。煬帝遣蕭懷靜爲山東道監軍總督。以轄須陀。須陀方遣高統制援聊城。而己守齊州。懷靜面加叱辱。掣其兵于己麾下。志賢由江都還。遭李密、杜伏威之亂。展轉至瓦岡寨。叔寶、士信等邀入。與言其家事。因率衆偕志賢至齊州。伏卒于大華雲寺。舉火爲號。劫獄以救志玄。懷靜兵尚未發。而其步將已縛懷靜投降于平陽公主。志賢引士信、咬金等于中秋夜劫獄。大牢節級殷開山導之。士信等焚燬齊州。志賢殺妻與婢及其奸夫。須陀聞變走避。爲士信等夾攻。自刎于陣。羣英遂相挈歸唐爲佐命功臣。而平陽公主奏聞高祖。令秦叔寶、齊國遠爲媒。以韞珠配志玄爲妻。按段志玄傳。志玄。齊州人。父偃師。隋郢州刺史。（傳無志賢。且其父固刺史也。劇言兄弟以勇力當軍。誤。）志玄姿質偉岸。少無賴。數犯法。大業末。從父客太原。以票果。諸惡少年畏之。爲秦王所識。高祖興。以千人從。授右領大都督府軍頭。從文靜拒屈突通。後從討王世充。破竇建德。遷秦王府護軍。累遷左驍衛大將軍。封褒國公。（劇言其先從高祖。不謬。其餘皆非事實。）秦瓊傳。瓊、字叔寶。以字顯。齊州歷城人。始爲隋將來護兒帳內。俄從通守張須陀擊賊盧明月下邳。賊衆十餘萬。須陀所統纔十之一。叔寶與羅士信奮行。乃分勁兵千人伏莽間。須陀委營遁。明月悉兵追躡。叔寶等馳叩賊營。門閉不得入。乃升樓拔賊旗幟。殺數十人。營中亂。即斬關納外兵。縱火焚三十餘屯。明月奔還。須佗回擊。大破之。以功擢建節尉。從須陀擊李密滎陽。須陀死。率殘兵附裴仁基。仁基降密。

密得叔寶。大喜。以爲帳內驃騎。後歸王世充。與程齩金計。來降高祖。俾事秦王府。後封胡國公。按叔寶士信未嘗作賊・且係須陀部將也・劇誤・士信・唐書無傳・程知節傳。本名齩金。濟州東阿人。善馬矟。隋末所在盜起。知節聚衆數百保鄉里。後事李密。號內軍。密敗爲王世充所獲。惡其爲人。與秦叔寶來奔。授秦王府統軍。從破宋金剛、竇建德、王世充。後封宿國公。按史無瓦岡寨等事・劇妄引也・隋書張須陀傳。須陀。弘農閿鄉人。勇決善戰。又長於撫馭。得士卒心。論者號爲名將。討平諸賊。威震東夏。以功遷齊郡通守。領河南道十二郡。黜陟討捕大使。賊盧明月衆十餘萬將寇河北。次祝阿。須陀邀擊。殺數千人。尋將兵拒東郡賊翟讓。前後三十餘戰。每破走之。讓與李密逼滎陽。伏兵邀擊。須陀戰死。按須陀事蹟如此・劇稍得彷彿・記爲士信志玄等所逼・則謬・資治通鑑。大業十年。涿郡賊帥盧明月衆十餘萬軍祝阿。須陀將萬人邀之。相持十餘日。須陀委柵而遁。使羅士信、秦叔寶二人分將千兵伏葭葦中。明月悉衆追之。士信、叔寶馳至其柵。柵門閉。二人超升其樓。各殺數人。營中大亂。

二人斬關以納外兵。因縱火焚其三十餘柵。烟焰張天。明月奔還。須陀回軍奮擊。大破之。俘斬無算。按此乃叔寶士信火燒敵營事。而劇以爲反燒須陀之營。大謬。又大業十一年。宇文述誘李敏妻宇文氏。爲表誣告李渾謀逆。劇云。段志賢妻令人首夫謀反。影借此事也。又翟讓亡命于瓦岡爲羣盜。同郡單雄信聚少年往從之。李密因王伯當見讓。爲讓畫策。往說諸小盜。皆下之。破金堤關。攻滎陽。帝徙張須陀爲滎陽通守。引兵擊讓。讓屢數爲須陀所敗。聞其來大懼。將避之。密曰。須陀勇而無謀。兵又驟勝。旣驕且狠。可一戰擒也。密分兵伏于大海寺北林間。須陀素輕讓。方陳而前。讓與戰不利。須陀乘之。逐北十里。密發伏掩之。須陀兵敗。密與讓及徐世勣、王伯當合軍圍之。須陀潰圍出。左右不能盡出。須陀躍馬復入救之。來往數四。遂戰死。按注云。瓦岡在東郡界。據此。其地當在今東昌大名間。據爲盜者翟讓。非秦瓊輩也。其時小盜甚多。頗有姓名載在通鑑。而無齊國遠李如珪之名。且熊耳山在洛陽。今河南府地。與瓦岡亦遠。且劇云。段志賢自江都還齊州。安得由瓦岡乎。圍須陀者。李密徐世勣等。非羅士信等也。又恭帝義寧元年。裴仁基每破賊。得軍資。悉以賞士卒。監軍御史蕭懷靜不許。士卒怨之。懷靜屢求仁基長短。劾奏之。仁基恐獲罪於朝。李密使人說之。昭以厚利。賈閏甫勸仁基降密。仁基請降。懷靜密表其事。仁基遂殺懷靜。帥其衆。以虎牢降密。密得秦叔寶及東阿程咬金。皆用爲驃騎。選軍中尤驍勇者八千人分隸之。號曰內軍。曰。此八千人足當百萬。咬金後更名知節。據此。懷靜乃監裴仁基軍。爲仁基所殺。仁基乃須陀死後。代領其部衆。懷靜亦止監軍御史。非總督也。叔寶、咬金於此時爲密得。其初當尙在仁基部下。且從李密。非遽歸唐也。劇俱妄牽不合。柴紹、平陽公主。唐書皆有傳。平陽公主兵。即所稱娘子軍也。然無所謂李韞珠者。劇揣摩附會耳。

瑤觴記

不知何人所撰。（*清朱㿥撰。）演劉基事而神奇其說。謂基未遇時。得天書寶劍及瑤觴一隻。後佐命功成。以觴上壽。故謂之瑤觴記。又曰萬年觴。事蹟有虛有實。關目多與史繆戾。按錢謙益列朝詩集小傳云。基、字伯温。青田人。元至順癸酉明經。登進士第。累仕皆投劾去。方谷眞反。爲行省都事。建議招捕。省臺納方氏賄。羈管紹興。感憤欲自殺。門人密里沙抱持。得不死。太祖定婺州。規取處石。抹宜孫總制處州。爲其院經歷。宜孫敗走。歸青田山中。伏匿不肯出。孫炎奉上命鉤致之。乃詣金陵。後以佐命功。官至御史中丞。封誠意伯。正德中謚文成。紀事云。元至正十八年十二月。太祖遣使徵青田劉基、浦江宋濂、龍泉章溢、麗水葉琛。胡大海薦四人賢。故遣使以書幣徵之。明年三月。劉基、宋濂、章溢、葉琛至建康入見。太祖喜甚曰。我爲天下屈四先生。命有司創禮賢館處之。基自幼聰明絕人。凡天文兵法性理諸書。過目洞識其要。至正初以春秋舉進士。授高安縣丞。累官江浙儒學副提舉。元政亂。投劾去。常建議勦方國珍。不用。安置紹興。遊西湖。有異雲起西北。諸同遊者以爲慶雲。將分韵賦詩。基獨縱飲不顧。大言曰。此天子氣也。十年後應在金陵。我當輔之。時杭州猶全盛。皆大駭以爲狂。無知基者。惟西蜀趙天澤奇之。以爲諸葛孔明之流。（劇中訪臥龍傳道，皆本此。）客有說基者曰。今天下擾擾。以公才略。下括蒼。併金華。明越可折簡而定。因畫江守之。此勾踐之業也。舍此不爲。欲悠悠安之。基曰。我生平忿方國珍、張士誠等所爲。用子計。與彼何殊耶。且天命將有歸。子姑待之。會太祖下金華。定括蒼。基乃指乾象謂所親曰。此天授。

非人力也。既而總制官孫炎以上命遣使來聘。基遂決計趨金陵。陳時務十八策。太祖嘉納之。留帷幄預機密事。　劇云。劉基、字伯温。處州青田人。舉進士。累官江浙儒學提舉。投劾歸。遊西湖見王氣。知應在金陵。此段是實。　夜過荒坵。得天書三卷。寶劍一口。瑤觴一隻。觴上鐫天子萬壽。天書皆蝌蚪文不可識。卷末有貞字云。欲貫通。訪臥龍。乃以觴付其妻袁氏。而攜書劍出訪所謂臥龍者。行至山陰。見漁樵二人。以道服易其衣。引至一處。復見一書生。令改裝閉目。攝之凌空而行。頃刻開眼。則已至成都山中。諸葛孔明之仙居也。遂拜爲師。留與談道。其妻使蒼頭訪之。途遇獵者于黃羊嶺。言猛虎害人。而基衣在林中。爲獵者所得。蒼頭訪得故衣。以爲必遭虎噬。歸報袁氏。招魂服喪。此皆捏造。　時元末盜起。明太祖方晦迹皇覺寺。掃地叱金剛。金剛出走。太祖逐之。遇徐達。勸太祖起義。卜筶得吉。遂與常遇春、李善長等二十三人同會於馮勝家。俱往投郭子興。按記事等書。載太祖微時。有雷雨成塋紫衣視疾伽藍卜筶諸異。而無叱金剛事。又太祖既見子興爲婿。乃歸鄉里募兵。濠人徐達湯和皆歸，不在皇覺寺。至於馮國用兄弟及李善長常遇春雖皆先後爲佐命，而遇太祖不同時，皆在達等後。其所謂二十三人者，蓋陰指太祖略定遠時所與徐達等二十四人也。子興奇太祖狀貌。以所撫馬氏女。贅以爲婿。而子興之子晞妬之。置毒酒中欲加害。馬后知之。以告太祖。太祖與晞俱行。佯與空中語。謂神相告。晞以毒謀害。晞驚駭。自是不敢復害。此段是實事。基得孔明傳授。精曉天文兵法。出山來投滁陽郭子興。與子興議論不合。欲殺之。太祖救免。基掉臂歸。太祖追及之。此用蕭何追韓信事影射。實則基以太祖聘至金陵，在元至正二十年，太祖起兵已七八年矣。基何嘗有自投子興之事。子興卒。太祖欲立其子。基與諸將皆不從。太祖乃即吳王位。按至正二十一年春正月朔，中書省設御座，奉小明王行慶賀禮。劉基怒曰：彼牧豎耳，奉之何爲。不拜。太祖召基入，問之。基遂陳天命有在。太祖大感悟，乃定征伐之計。所謂小明王者，乃劉福通等所立韓林兒，建號龍鳳者也。非子興子。至太祖即吳王位，又在二十四年，其稱吳元年，則在二十七年，非此時也。張士誠据姑蘇。遣兵四出。掠民間婦女充後庭。其將李伯昇兵至處州。基妻袁氏被擄。威逼不從。幾見殺。得士誠子救脫。幽承天寺。此段皆捏造。太祖既定金陵。分兵四出。徐達、常遇春等討士誠。士誠屢敗。達、遇春等進圍姑蘇。久之。城中食盡。李伯昇陰遺書約降。按士誠遣伯昇援湖州，其降在破湖州時，至是，達遣伯昇至士誠所諭意，劇誤，士誠妻劉氏，劇言伯昇女。亦誤也。城破。士誠死。劇云。士誠自盡。其子虬降。按士誠被擒至中書省。李善長問之。其語不屈。卒自縊死。未嘗自盡於蘇也。其養子曰五太子。在湖州時。以舊館降。非降於蘇也。李伯昇降後。卒以罪死。亦非徐達令遍游諸門致之死也。劇皆妄。達檢戶口得袁氏。詢之知爲伯溫妻。袁氏始知其夫之未亡也。攜至金陵重聚。而所謂瑤觴者亦無恙。基佐太祖定天下。即帝位。大封功臣。基爲誠意伯。宴於朝。出觴上壽。以慶當時符瑞云。

按劇中敍劉基點將。以仿韓信、諸葛亮。宣李善長、徐達、常遇春、李文忠、馮勝、鄧愈等聽令。皆是捏造。徐、常取姑蘇是實。善長諭元官民。文忠攻陳友諒。馮、鄧攻方國珍。皆誤。蘇城如蟹。盤門是頭。堅不可破。齊門是臍。一攻即破。此吳下相傳俗說。其實達破葑門。遇春破閶門。諸將乃蟻附登城也。劇中帶敍常遇春采石先登是實事。而元將姓名狼牙哈里不奮則僞造。時守將乃平章完者不花也。按庚巳編。誠意伯劉公未遇時。知靑田山有靈異。日手一編。面山而坐。目不暫釋。經歲。忽崖上豁開二扉。公亟擲書趨入。聞有呵之者曰。此中惡毒。不可入也。公不顧。力排而進。其中日色明朗。有石室方丈。

壁上七大字云。此石爲劉基所破。公喜。引巨石推之。應手折裂。得石一函。中有古鈔兵書四卷。懷之出。纔展之而壁合如故。歸誦之甚習。然猶未得其肯綮。乃多遊深山崇刹。以訪異人。久之。入一山寺。見老道士憑几讀書。知其隱者。拜之請教。道士不顧。公力懇之。道士舉所讀書以授之曰。讀此旬日。能背誦則可。不能姑去。書厚二寸。公一夕記其半。道士驚嘆曰。子天才也。遂傳其學。後佐高皇帝。嘗對御言及道士。上令驛召至闕。年且八十。而容色甚少。命誠意伯及張鐵冠擇建宮之地。初各不相聞。既而皆爲圖以進。尺寸若一。上欲留之。不可。遂放還山。不知所終。劇中劉基得兵書事本此。而粧點作往青城山尋臥龍。其實則青田老道士也。

雄精劍

不知何人所作。演唐張巡、許遠、雷萬春、南霽雲討賊。及守睢陽城陷殉義。

多與史傳合。惟云巡命子鎬走靈武乞師。殺賊報讐。則添出揑合。其事蹟互見雙忠記。*雙忠記、見本書卷四十四。略云。許遠、字令威。右丞相敬宗之孫。杭州鹽官人也。舉進士。歷任睢陽刺史。聞貴妃以安祿山爲養子。欲離任入京廷諫。會朝命爲太守。不果行。明皇賜貴妃洗兒錢。又以妃言授祿山范陽節度使。之鎮。舉兵反。鄧州張巡時任譙郡眞源縣令。譙郡太守楊萬石欲降賊。使雍丘令令狐潮說巡俱降。巡罵拒之。集父老哭廟。募召義師討賊。魏州南霽雲、涿郡雷萬春皆歸之。萬石、潮旣降賊。巡斬潮妻子以徇。潮引賊攻城。巡與霽雲、萬春屢擊敗之。斬潮。乘勝逐北。擄獲甚衆。萬春守北門時。面中六矢。屹立不動。巡憤其子鎬臨戰不前。欲收斬之。諸將爲哀懇得免。潼關失守。明皇幸蜀。祿山僭位。百官降者甚衆。明皇有馬能御盃獻酒。有象能舞。祿山設宴。使馬御盃。馬不動。作啼嚙狀。使象舞。象欲以鼻捲祿山。復召伶人供奉。樂官雷海青痛哭罵賊而死。明皇西行至馬嵬。六軍不進。殺楊國忠。賜楊妃縊。始得入蜀。賊將尹子奇以兵圍睢陽。許遠告急於巡。巡與霽雲、萬春統兵破賊。與遠合。賊復引兵至。圍城數重。遠等守禦百端。而孤城無援。乃遣霽雲突圍往河南臨淮。請兵救援。許叔冀及賀蘭進明皆不肯發兵。叔冀以布千疋贈霽雲。霽雲麾之而去。進明設席款霽雲。雲謂睢陽危在旦夕。食不下嚥。斷一指以示賀蘭。賀蘭終無出師意。霽雲歸。時肅宗已即位靈武。巡之子鎬。乞巡血疏。僞爲丐者。赴靈武求救。子奇圍城。爲霽雲射中一目。賊稍退。祿山病瞽。內侍李猪兒刺殺之。其子慶緒復益子奇兵。圍睢陽。睢陽困守數月。糧盡。人相食。巡烹然感巡遠威德。守城卒不破。巡有愛妾吳氏。見事急。請先死。遂自盡。巡烹以享士。遠有義僕慶童。聞風亦自頸。遠從其志。亦以享士。士死守。惟餘三百六十人。城陷。巡、遠、萬春、霽雲皆罵賊死。以下皆史所無。鎬至靈武。肅宗嘉其忠孝。授河南節度使。賜錦衣戰馬。命督龍驤軍十萬討賊。鎬星馳至睢陽而城已陷。巡與遠等皆徇難。鎬發喪縞素。奮勇殺賊。手擒尹子奇斬首以祭其父及遠等。賊平。李、郭復兩京。肅宗迎上皇還轅。上皇聞巡等忠烈。繞道至睢陽。設祭祭諸忠魂。立廟曰雙忠祠。賜鎬爵忠烈侯。平章軍國事。遠等子孫皆加恩優卹云。按史。天寶十四載十一月。安祿山反。十五載。以許遠爲睢陽太守。二月。眞源令張巡起兵雍丘討賊。劇中事實皆同。而前後互異。史無巡斬令狐潮妻子及斬潮事。遠僕亦未載慶童名。遠非同時罵賊死。韓文書張中丞傳後敍云。愈嘗從事於汴徐二府。親祭於其所謂雙廟者。其老人往往說巡遠時事云。南霽雲之乞救於賀蘭也。賀蘭嫉巡遠之聲威功績出己上。不肯出師救。愛霽雲之勇且壯。不聽其語。强留之。具食與樂。延霽雲坐。霽雲慷慨語曰。雲來時。睢陽之人。不食月餘日矣。雲雖欲獨食。義不忍。雖食且不下咽。因拔所佩刀斷一指。血淋漓以示賀蘭。一座大驚。皆感激爲雲泣下。雲知賀蘭終無出師意。即馳去。將出城。抽矢射佛寺浮圖。矢着其上甎半箭。曰。吾歸破賊。必滅賀蘭。此矢所以志也。愈貞元中過泗州。船上人猶指以相語。又云。巡於書讀不過三遍。

終身不忘。初守睢陽時。士卒僅萬人。城中居人戶亦且數萬。巡因一見問姓名。其後無不識者。肅宗至德二載。上皇遣中使祭始興文獻公張九齡。思其先見也。劇中繞道祭巡遠。影借此事。又房琯罷。以張鎬同平章事。秋七月。以張鎬兼河南節度使。又張鎬聞睢陽圍急。倍道亟進。且檄譙郡太守閭丘曉救之。曉不受命。鎬至睢陽。城已陷三日矣。鎬召曉杖殺之。杜甫洗兵馬詩。關中既留蕭丞相。幕下復用張子房。張公一身江海客。身長九尺鬚眉蒼。徵起適遇風雲會。扶顛始知籌策良。指張鎬也。按鎬非巡子。其爲河南節度使及救睢陽則有之。劇中牽合爲父子。大謬。又楊萬里誤作萬石。亦非是。摭青雜說云。紹興辛巳冬。有小校何兼資者。領兵至六合縣西。夜與鬼兵遇。叩其主帥。則張、許及南、雷也。兼資少亦讀書。頗記張、許事。因再拜頂禮曰。二大王忠義之節。史書所載。其皆實乎。巡曰。史有何疑。資曰。史言大王城守。凡食三萬餘人。不知果否。巡曰。有之。而實不然也。其所食者。皆已死之人。非殺生人也。

資又曰。史言張大王殺愛妾。許大王殺愛奴。果否。巡曰。非殺也。妾見孤城危逼。勢不能保。欲學虞姬、綠珠之效死於吾前。故自刎。許大王奴亦以憂悸暴死。遂烹以享士。蓋用術以堅士卒之心耳。兼資顧見雷萬春面上止有一疤。因再拜問曰。史言將軍面着大箭有六。而一疤何也。萬春曰。當時實着六箭。而五着兜鍪。人人相傳。謂吾面着六箭不動。吾亦當之。庶揚聲以威之也。兼資後以功至正使。在西京多與士大夫言之。嘉話錄云。張巡之守睢陽。城孤勢蹙。人食竭。以絺布切煮而食之。時以茶汁和之。而意自如。其謝加金吾表曰。想峨眉之碧峰。豫遊西蜀。追綠耳于元圃。保壽南山。逆賊祿山。迷逆天地。戮辱黎獻。臣被圍七旬。親經百戰。主辱臣死。當臣致命之時。惡稔罪盈。是賊滅亡之日。又激勵將士賦詩曰。接戰春來苦。孤城日漸危。合圍占月暈。分守苦魚麗。屢厭黃塵起。時將白羽揮。裹瘡猶出陣。飲血更登陴。忠信應難敵。堅貞諒不移。無人報天地。心計欲何施。

曲海總目提要卷三十九

千里駒

近時人所作。關目頗新。未免頭緒繁多。亦太奇幻。言揚州劉廷鶴。吏部尚書劉俊子也。（正德時尚書無此人，係空中造出。）家有千里驌驦馬。廷鶴入京探父乘之。旅店中遇李夢熊。與妹桂金打花鼓覓食。夢熊善飛刀。百步取人首級。如探囊取物。桂金袖箭二十四枝。百發百中。皆暗藏兵器於鼓。人不知也。廷鶴獨偉其貌。贈之金。又有張大奇者。廷鶴亦醉以酒。潛龍寺僧性空。盜黨也。母張氏。其舅即大奇。大奇女曰曉煙。依張氏以居。張氏爲性空耳目。設飯店以誘行旅。廷鶴投寺宿。性空欲殺之。扃空室中。令自盡。大奇適見。教廷鶴越牆走。奔二里餘。入張氏宅。張氏即往報性空。曉煙告廷鶴主僕令疾走。贈之金。且令縛己於柱。（此事本小說，但小說以爲楊廷和事，姓名稍異。）比性空至。則廷鶴去遠矣。大奇父女既兩釋廷鶴。念性空必害己。乃入京投廷鶴。廷鶴父俊。數上疏攻劉瑾。瑾恨入骨。潛以書予性空。令糾黨於道劫駕。而箭上書吏部劉三字。武宗方危急。李夢熊兄妹突出救駕。武宗獲安。立封夢熊鎮國大將軍。桂金鎮國侯。而視箭上有吏部劉字。回鑾即下俊獄。盡捕其家屬。廷鶴入京甫謁父。張曉煙改妝男子。持刺拜廷鶴。廷鶴方延見。留居後花園。而捕者已至。曉煙竟代廷鶴入獄。而令父隨廷鶴潛逃。武宗令錦衣押俊戮於市。夢熊知爲廷鶴之父。自縛詣闕。請暫寬俊死。而已與廷鶴同緝賊。然不知廷鶴之爲曉煙也。抵家知之。桂金遂代曉煙緝賊。兄妹投僧母張氏店中。張誘夢熊出追賊。而用蒙汗藥麻倒桂金。負至破廟中。將獻於潛龍寺。大奇、廷鶴晚至破廟。聞張氏語。大奇謂己女被縛。負桂金還家。天明見非己女。問知爲桂金。廷鶴與認兄妹。同入京。黑風山萬人敵者。賊魁也。張誘夢熊出追。取其批文予性空。入京投劉瑾。乘千里駒。萬人敵以爲夢熊也。誘至山入夥。而縣榜云夢熊投賊。以絕其歸路。朝廷見榜大怒。命抄夢熊家。曉烟遂被擒入獄。萬人敵殺解差。救曉烟入黑風山。曉烟自認爲桂金。性空自認爲夢熊。萬人敵不知其非兄妹。兩人亦不敢道眞姓名也。彼此認爲兄妹。曉烟乘間賺得劉瑾所約性空刦駕書。誑性空令箭。騎千里駒入京見廷鶴。廷鶴與大奇、桂金入京。往獄中探俊。知夢熊入黑風山。桂金仍扮打花鼓者。與大奇入黑風山。探聽夢熊蹤跡。時瑾方矯旨發諭單示獄吏令殺俊。爲廷鶴所知。廷鶴、曉烟並叩閽奏其事。上立拏瑾下獄。拜俊大將軍。廷鶴參謀。曉烟封夫人。同討萬人敵。夢熊爲萬人敵所汚。遁跡久之。聞俊爲將。入轅門謁見。俊署夢熊先鋒。改姓爲熊。大奇與桂金入黑風山。性空欲桂金壓寨。桂金僞允。花燭時。用袖箭射傷萬人敵。與戰相當。暫留山寨。俊父子討賊。夢熊力戰。萬人敵窘促。用桂金出戰。夢熊兄妹設計禽敵。萬人敵以投降免罪。而劉瑾、性空俱讞出眞情。令俊正法誅之。

十大快

不知何人作。*清郎潛長撰，字里待考。姚燮今樂考證又著錄無名氏撰十大快一種，云與郎潛長作異。演余孝克事。書生爲駙馬。一大快也。金榜三元。二大快也。天仙送子。雙產麟兒。三大快也。勦滅猩猩。班師奏凱。四大快也。立非常之業。兼兩王之封。五大快也。二子文武高魁。六大快也。女寇入境。不動干戈。反成秦晉。七大快也。兩女聯姻。贈無限金珠。得無窮至寶。八大快也。壽登七十。金玉滿堂。窮奢極慾。九大快也。長生不老。與天地同休。十大快也。劇以是名。殆如莊生寓言。遊戲筆墨耳。其事荒誕無據。略云。余孝克、字振先。山東東昌府人。父爲大司馬。母一品夫人。俱早棄世。桃花山中一老人。善風鑑。孝克往詢之。老人云。富貴之相。必至王侯。更有奇緣配合。遺一錦囊。囑其榮顯已極。子孫滿堂。壽登古稀之日。方可開看。是時大晉天子雍熙二十二年。公主瓊霄年十五歲。才貌無雙。值春景融和。御園萬卉芳妍。帝同公主賞玩。命宮娥舞花。公主賦舞花詩二絶句云。春風次第到瑶臺。萬紫千紅一夜開。鸞鳳半空翔彩翼。盡啣花片自天来。祥雲靄靄護蓬萊。玉樹瓊林紫禁開。無數仙姬爭窈窕。散花飛下九霄来。帝大喜。命司禮監將舞花詩掛於午門外。徧選天下才人依韵和詩。佳者即爲駙馬。赴選者三千二百人。獨取中余孝克。即賜配瓊霄。浙江地界海外之國。有猩猩三千。入境侵犯。禮部尚書賈仁奏秋闈暫停。以此一項錢糧充兵餉。待春闈應試。解元即爲會元。帝允之。命兵部出師。孝克與瓊霄靜好無間。已及一年。適遇春闈。孝克辭公主仍以書生赴試。監臨爲左都御史孫秀。主考則翰林院侍讀劉卞、編修王國也。取孝克以解元爲會元。殿試又擢狀元及第。榜眼曰楊廷文。探花曰顧松。帝知即駙馬。大喜。而玉帝以孝克累世積德。陰功浩大。命張仙同送生仙女。送和合二仙爲嗣。遂於中秋日雙生二子。周歲時。大兒取書。因名廣文。次兒取劍。因名廣武。適浙江報猩猩猖獗。請兵助勦。孝克疏奏願往。即賜上方劍便宜行事。加封兵部尚書。太子太保。總制浙江地方。都督大元帥。統轄文武。率兵五千。至浙江。駐紮瓦鹿上。探得猩猩好飲酒。以酒三千罈。木屐三千隻。列於三叉路口。猩猩果中計被擒。奏凱班師。晉封二王。兼攝文武朝政。賜御宴。黄金萬兩。華蓋殿大學士黄廷用。兵部尚書周昌陪宴。孝克與瓊霄諧姻已十六年。兩兒俱十五歲。同時赴試。主考禮部尚書文宗。兼文武兩場。廣文文狀元。廣武武狀元。俱大魁天下。廷用遣媒議親。兩兒以其女貌陋。遂婉辭之。廷用大怒。值西洋女國侵犯。遂奏余廣文、余廣武文武全材。命之出師。率兵五千。與女將戰。而女將見二人美貌。即輸情云。非敢侵犯。實求姻緣。具表奏聞。帝心喜悦。賜西洋女黄金千兩。彩緞千端爲聘。即于金鑾殿結婚。花花配廣文。哈哈配廣武云。孝克與瓊霄備享福祿。年俱七旬。帝賜百歲坊扁額。侑以黄金千兩。壽星圖一軸。賀夫妻雙壽。奉旨大宴三日。文武官祝壽者概不接見。西洋女國送五色明珠二百顆。犀牛八寶四十對。扶餘玉水倉珠一盤。琥珀杯二十隻。靈草長生果四盒。東方朔變道人。手執漁鼓。以蟠桃一盤進獻。道情勸其出世修行。不可久戀迷途。因述九大快事。所欠者長生不老耳。孝克與瓊霄。俱恍然覺悟。約於十二月二十四日相晤。孝克憶桃花山風鑑老叟言。開錦囊視之。有詩曰。君今欲覓無窮樂。須仗東翁指示迷。二子二媳亦願同謝職歸山。因齋戒沐浴。羣仙東方朔、漢鍾離、呂岩果于是日降臨指示仙機。同詣洞天福地。玉帝勅封孝克爲大羅天仙。瓊霄封痲姑仙。廣文、廣武仍歸和合二仙位。西洋女屬係喜慶子、瑞鶴仙謫凡。封地形仙女。並受長生不老之方。與天地同休焉。按蜀志曰。封溪縣有獸曰猩猩。體似豬。面似人。音作小兒啼聲。既能人語。又知人名。人以酒取之。猩猩初暫嘗之。得其味。甘而飮之。終見羈緤也。裴炎序曰。阮汧曾使封溪。見邑人云。猩猩在山谷間。嘗有數百爲羣。里人以酒幷糟設於路側。又愛著屐。里人織草爲屐。更相連結。猩猩見酒及屐。則知設者祖先姓字。及呼名云。汝欲殺我。舍爾而去。復自再三相謂曰。試共嘗酒。及飲甘味。逮乎醉。因取屐而著之。乃皆獲。輒無遺者。劇中計擒猩猩本此。據蜀志、獨異志。皆云猩猩出封溪。廣志亦云出交阯封溪。華陽國志云出永昌郡。南方草方狀云出交阯武平興古。唐蒙博物志云出日南。周密齊東野語云出南丹州。雲嶠類要云出嶺南。皆與浙江相遠。劇中取荒唐。故隨意點入地名耳。

河燈賺

記雷横、朱仝事也。大段本雷横枷打白秀英。及朱仝誤失小衙內兩回。其前後事蹟。亦俱與水滸傳相合。以朱仝抱高衙內看河燈被賺。故曰河燈賺也。其與水滸傳不合者。蜈蚣嶺殺賊道乃武松事。今移入雷横名下。且傳無張太公女嫁雷横之説。劇中張端娘許嫁雷横。後來孤身往投。至朱仝宅。與仝妻共居。縣令拿朱仝家屬。並執兩人。李逵直入縣堂救出雷横。接應入山。俱是爲團圓地步。非傳中事。李逵嘗於壽張縣坐衙審事。今作鄆城縣坐衙。因此救出朱全之妻。又李逵負母至沂嶺。母爲虎食。逵怒。連殺四虎。今云雷橫母爲猩猩負去。解珍、解寶射中猩猩。猩猩遁去。橫母得生。亦係移花接木。李逵在顧大嫂酒店中漏泄殺小衙内語。公人白於官。遂拿仝妻。亦與傳不合。

通天犀

近時人所作。年代亦近時事。然俱是憑空結撰。地名官名皆無照應。作者亦未知何人。莫遇奇。世居天木。因稱天木十一郎。少遇異人。收養雲夢山中。傳授武藝。及長。往雲中覓食。傭工于學究程老學家。探叔汝甯。至彝陵白水灘。大將劉子明之子仁傑。方與賊將交戰。勢垂危。遇奇救出之。仁傑感其恩。贈通天犀玦一枚。佩之赴水不沒。相與結爲兄弟。仁傑者。劉挺孫也。其父子明。爲雲貴總兵。蒙化苗蠻許起英。號靑面虎。據豹兒崖爲亂。有妹飛珠。美而且勇。靑面虎醉臥酒肆。軍士縛送子明。遣副將夏之來解京師。飛珠至白水灘劫去。之來被殺。仁傑幾斃。遇奇救之。脫回父所。右軍督僉柏達者。當朝繆太師賢之壻也。欲得雲貴總兵。搆之于賢。謂子明私通反賊。擅殺部將。賢奏遣柏達馳拏子明父子。解京讞問。時遇奇至汝寧。叔以公事他出。不能相值。將歸依老學。道逢檻車。乃子明父子也。遇奇與仁傑語。爲軍士所叱。拳毆叱者而去。柏達遂訴于賢。言有賊黨十一郎者。途中欲劫囚。以激賢怒。賢即令達捕遇奇于老學家。老學妻曹氏。女珍奴。珍奴美豔。有山賊假集成知飛珠欲得美女爲部將。遂掠珍奴。欲以獻飛珠。會遇奇抵老學家。聞其事。急奪珍奴歸。而柏達欲捕遇奇不得。縛老學夫婦去。遇奇與珍奴至。則已不相及。遂與珍奴訂姻盟。用通天犀爲聘物。而身詣京師投到。柏達聞遇奇還。即回捕遇奇。遇奇已出。乃捉珍奴去。暮抵驛中。迫姦不從。自投于井。以佩犀不死。驛夫救出之。詭而鬻于渭南之倡家。繆賢之鞫子明也。幷鞫老學。指爲同謀。羈老學妻曹于大理。押老學赴雲南。責令必獲遇奇。而戍子明于嶺南窩角寨。戍仁傑于關西慶陽衛。即以柏達代子明之職。遇奇赴京至大盤關。解子受繆賢囑。欲于松林中殺子明。被遇奇見。乃不敢害。子明告遇奇云。老學已押赴雲南。遇奇遂奔往雲南。老學甫解至。遇奇亦投至。柏達定遇奇斬罪。而仍戍老學于關中。飛珠居山寨。頗動懷春之心。常念交戰時少將。可相配偶。乃獨身下山訪之。抵高平廟中。適遇仁傑。詢知其父子被害。并知前救仁傑者乃莫遇奇也。飛珠詭姓名曰午言。以妹與仁傑訂婚約。實即以身許也。兩人語次。解子具悉仁傑之寃。縱仁傑去。而以中途身故報於官。仁傑行訪親。抵渭南。爲珍奴贖身。令別居以待遇奇。而飛珠還山。道遇老學。引入起英寨中。令抄寫文册。詢知遇奇之豪俠。起英遽爲劫法場奪之歸山。使爲偏將。吏部尚書懷其清者。子明之妻弟也。問解差得繆賢謀害子明父子狀。而柏達又失機陷地。乃具疏劾賢。且恤子明寃。奏上。革賢職。復子明官。拜平蠻將軍。星馳討賊。幷出老學妻曹氏於獄。曹至渭南。獲遇其女。子明知遇奇在賊中。發令箭取程女於渭南。以爲招安之地。而令子仁傑爲先鋒。及戰。仁傑爲飛珠所擒。逼使成婚。堅拒不可。乃告遇奇以代爲贖妻之故。令老學、遇奇共說起英投降。乃奏聞於朝。晉加官爵。而遇奇與珍奴。仁傑與飛珠。各相婚配焉。按劉綎明。萬曆間大將也。父劉顯。南昌人。官總兵。征蜀有功。綎更驍勇。累著勳績。而討楊應龍時。直入水龍囷。搗其巢穴。播州遂平。論功第一。劇中江右人名傳蜀粤。其後又云劉大刀。皆不謬也。綎子招孫亦甚驍勇。今所云子明。當即指招孫也。萬曆四十六年。四路出兵。楊鎬爲經略。劉綎、杜松、馬林、李如柏爲總兵。綎、松、林皆爲大兵所殺。鎬、如柏論斬。劉是時招孫爲先鋒。亦陣亡。未聞綎復有子爲總兵也。蓋或別有所指。借以立名目云。

鐵弓緣

未知何人所撰。中間名姓。俱屬子虛。惟關白是日本大頭目。名曰平秀吉。於萬曆中與高麗搆兵。神宗命總兵劉綎、李如松、陳璘、麻貴等分路征討。文臣督兵者。則顧養謙、楊鎬等。連兵甚久。不能服。廷臣紛紛議勦議撫。且議封貢。勳衛李宗城奉命撫倭。委曲順從。遁歸繫獄。劇中祁飛龍賄倭獲罪。似指李宗城。後關白自斃。彼時推功諸將。謂白被殺。其實關白自斃。劇云熊祥兵至。其帳下內應殺之。熊祥二字。翻切楊字。蓋暗指楊鎬也。鎬於征倭不爲無功。然關白非其所殺。袁黃爲贊畫主事。劇云贊畫匡鎮。當亦以袁黃二字翻匡字也。又顧養謙。揚州通州人。劇云匡鎮維揚人。亦暗相影射。其左右頭目行長淸正不睦。諸將乃獲奏功班師。大略言揚人匡鎮。以鄉科授別駕遷潞安同知。一女瑞香。及笄未嫁。家丁匡忠。勇健無敵。令護女赴任。道遇冀州總兵祁飛龍之子啓新。爲盜皇甫剛所困。忠射傷剛。救啓新之厄。而啓新窺見瑞香於車中。遣旗牌席都求婚匡氏。鎮見啓新陋劣。拒不允。元彩霞者。酒媼蕭氏女也。美而勇。力敵萬夫。其父故綠林之魁。遺一鐵胎弓。强力者皆不能引。惟彩霞引之。媪夢夫告云。女姻在此弓。乃懸肆中索重價。以陰求引弓者。會匡忠入肆沽酒。引滿有餘力。媪即以女許之。啓新方與匡議親。其僮譽酒家女之美。謂可先佔爲妾。直入其肆。喻令侍酒。媪怒。毆啓新之僮。而女以是日嫁忠。啓新圖兩女俱不得。大恚。與父謀。欲陷搆鎭之主僕。會關白兵亂。劇中有山西冀北字面·大謬·關白兵但在高麗·李如松輩戰於平壤風月樓等處耳·飛龍乃檄鎭解兵餉於軍前。而屬席都勾通關白。中道劫糧。因殺於路。即不死。失糧罪亦重。席引白兵遇糧車。果劫去。忠方與戰不能支。鎭已爲所縛。勢危甚。一男子衝殺甚力。忠乃得與捄鎭回。男子即皇甫剛也。初被忠傷。幸不死。悔過徙業。欲訪忠投鎭。遇忠困。故力救之。鎭、忠旣脫。剛遂投督府熊祥幕効用。飛龍聞失糧。席都沒於兵。則遣人捕鎭與忠。鍛其罪。鎭抗辯且指飛龍遺都勾白。飛龍益怒。擬鎭大辟。忠充軍雍州。彩霞與忠別。忠爲言荆州皇甫剛之義俠。令心識之。初、彩霞嫁忠。其母即往雍州投其兄。兄從軍他往。母乃復爲酒媪。彩霞與忠言。母在雍州。忠至果遇媪。彩霞奉瑞香寄居茆舍中。啓新益視爲籠檻中物。誘瑞香嫁己。則爲薄其父罪。彩霞與瑞香計。謬許之。至期啓新至。彩霞誘啓新。令其左右皆引避。閉門殺啓新。負瑞香遁走。恐二女同行被詰問。彩霞改男裝。自稱皇甫剛。詭云夫婦。道遇闖白兵與戰。稍得利。白好詞招之。彩霞方慮無避仇處。即入白軍爲先鋒。剛既投祥爲軍校。即力薦匡忠之材武。并爲鎮訟冤。祥素知飛龍惡。具疏劾之。發令箭。提鎮與忠親審問。剛奉命。提鎮送往祥所。欲一探鎮女消息。而行至其處。則啓新已被殺。從者方喧鬧。不知主名。遂擒剛見飛龍。指爲殺啓新者。飛龍拷致剛罪。申文於祥。祥即令提剛并審。祥審鎮。察其冤。釋使爲贊畫。審忠亦無罪。會飛龍與倭將交鋒。爲所殺。諜報殺飛龍者曰皇甫剛。而剛適解至。祥細詰其情。亦察剛無罪。乃使忠與剛爲左右先鋒。元媪自雍欲還訪女。道中遇倭被獲。見一將乃其女也。遂留軍中。剛初率兵與彩霞戰。敗走。忠繼進。彩霞引退。謂其母曰。交鋒者吾夫也。令母男裝入忠軍。以鐵胎弓爲据。相約內應。斬關白以降。於是諸人並受封爵。而鎭以女嫁剛。其關鍵在匡忠、彩霞。其緣起結束俱在鐵胎弓。故曰鐵弓緣也。按韓琦經略西夏用神臂弓。即鐵胎弓也。小說云起於鄭信。未知的否。

順天時

係近時人作。內演封神傳鄧九公、土行孫一節。稍加删改。九公本殷將。後順天歸周。故名順天時也。略云。鄧九公守三山關。妻趙氏。子鄧秀。女嬋玉。秀、玉皆善戰。九公素忠勇。奉命率師拒岐周。値炎暑。子牙令軍士挾棉衣。憑高結壘。時果降雪。九公紮平坡。被擊敗績。（此與封神傳不同。）初、子牙詣崐崙。謁其師元始天尊。師付封神榜。令滅紂興周。有黠徒申公豹忌子牙。必欲滅周興紂。唆使諸截教與子牙抗敵。遂之飛龍洞。說懼留孫門人土行孫。盜師法寶。與薦書。令投九公。當富貴兼得佳偶。行孫善地行術。倏詣商營。遞所薦書。九公見孫貌不揚。令充催糧使。時周將搦九公戰。公與女嬋玉。皆被周將楊戩神犬所傷。苦不能勝。行孫運糧歸。即敷以金丹。立愈。且言可計刻擒子牙等。九公喜。授以先鋒。令出戰。用綑仙繩。遂擒哪吒、黄天化。九公設席賀。欲其委心効力。紿以女妻行孫。行孫急欲婚。夜劫周營。子牙預令楊戩用變化法擒行孫。縛者纔易手。行孫即用術遁歸。戩知綑仙繩係懼留孫法寶。遂詣請所由。懼留孫即至周營。使引行孫出。立擒之。詢其故。知爲申公豹所誘也。責以逆天背師。欲誅之。行孫告以九公許婚事。師知夙有前緣。與子牙議。遣散宜生往說鄧。鄧僞諾。紿子牙親納綵。欲伏兵擒子牙。懼留孫知其計。預令埋伏。使行孫擒嬋玉歸。迨入鄧營。伏兵起。周將與戰。鄧復敗績。嬋玉被擒。或勸以婚。玉以無父命寧殞。子牙益重其節。令之商營招其父。嬋玉知天命歸周。至營見父。適其母趙氏聞九公困。亦至營欲同殉國。嬋玉具以人心天命曉之。九公遂悟天不可違。棄殷歸周。以嬋玉妻行孫云。按封神傳係元時道士陸長庚（陸長庚，名西星，明代人。此云元時，誤。）所作。未知的否。觀傳內燃燈、慈航、接引、準提皆稱道人。文殊、普賢、懼留孫皆稱元始弟子。其崇尚道家。疑必道家之作。但封神事屬荒唐。而商周臣宰。內中半實半虛。大略扭合粧點。以伐紂爲題目。蔓引釋老以封神作演義耳。商臣無鄧九公之名。封神傳。子牙即九良星。鄧九公靑龍星。鄧嬋玉六合星。土行孫土府星。黃天化即炳靈公。俱屬子虛。元始天尊門人曰闡教。通天教主門人曰截教。申公豹本闡教。因與姜子牙交惡。故徧糾截教以害子牙。且每誘闡教弟子往投截教云。

同昇記

冶城老人序云。海內梵刹。間設三教之堂。龕三師於上。有儒者進曰。吾孔氏之尊。豈居二氏之下。奉而中移。嗣道者進曰。孔子。吾師之弟子也。而位師上耶。又奉而中移。主僧更復其故位。嗣是屢屢更移而像旋壞。三師因相謂曰。吾三人本相忘。乃各爲劣徒搬壞。嗚呼。達三聖相忘之旨者。幾何人哉。達者閱之。思借人間之戲劇。以寓省悟之微機。此雖循人間讌樂之習。而究其不得已之心。則良苦矣。如余之傳柳翠。亦遇賞音。第余專明佛乘。未及三教。茲有東海一衲。與無無居士、赤肚子、了悟禪師三數人。初遇各持門戶。若相矛盾。而卒乃相忘於無言。於是東海一衲耳既有覺。便思覺人。演六賊之竊發。歸一將之擒獲。卓爾三家。渾同一事。不廢讌笑而直啓元扃。不離聲色而竟收太乙。茲同昇之所爲作也。記內有潘太史。則東海一衲所自寓也。按余之傳柳翠一語。似爲徐渭序。序中無無居士即汪廷訥。第六折所謂全一眞人。亦即廷訥別號。廷訥有劇數種。大都留心佛乘。假託神仙。此劇爲東海一衲

●明汪廷訥撰。東海一衲即汪別號之一。

所撰。中多演廷訥事。其意不過紐合三教。儒則潘凌雲。釋則了悟禪師。道則全一眞人。皆即當時所交。而改易姓名。現身說法。後三十

一折又有僧圓通。道士張胃。亦同此意。六賊亦借用釋家語。至穎二陽、留尙志等。皆憑空撮撰。中間有妓白玉蘭與穎生設誓。後復叛盟。蓋借他事點入者。其餘博濟贅婿送子等折。則皆世俗所樂道。故點染作關目。非實事也。

雲臺記

不知何人所作。（明薄俊卿撰。名里待考。）按劉縯起兵。王莽購之不得。安有廷奏莽及爲莽所誅之事。陰皇后雖光武微時所納。然實光武適新野時聞后美。心悅之。曰娶妻當得陰麗華。至更始元年。遂納后於宛當成里。亦非避難時所婚也。馮異於光武攻父城時。爲所獲而得見。亦非縯故友。郅惲未嘗從光武軍。何從殺巨無霸。渡滹沱河乃光武徇薊而爲王郞所迫時事。此則以爲敗於巨無霸時事。作者大抵以王莽更始間事合而爲一。取雲臺二十八將爲名。光武帝紀云。光武皇帝諱秀。字文叔。南陽蔡陽人。高祖九世之孫也。身長七尺三寸。美鬚眉。大口隆準日角。性勤於稼穡。而兄伯升好俠養士。常非笑光武事田業。王莽末。南陽荒饑。諸家賓客多爲小盜。光武避吏新野。因賣穀於宛。宛人李通等以圖讖說光武。光武遂與定謀。於是乃市兵弩。十月。與李通從弟軼等起於宛。十一月。光武將賓客還舂陵。時伯升已會衆起兵。光武殺新野尉。進屠唐子鄉。又殺湖陽尉。進拔棘陽。更始元年。與甄阜、梁丘賜戰於沘水西。大破之。斬阜、賜。伯升又破王莽納言將軍嚴尤。秩宗將軍陳茂於淯陽。進圍宛城。三月。光武別與諸將徇昆陽。定陵郾。皆下之。莽大懼。遣大司徒王尋。大司空王邑。將兵到潁川。復與嚴尤、陳茂合。初、王莽徵天下能爲兵法者。六十三家數百人。並以爲軍吏。時有長人巨無霸。長一丈。大十圍。以爲壘尉。又驅諸猛獸虎豹犀象之屬以助威武。光武將數千兵徼之陽關。諸將見尋、邑兵盛。反走馳入昆陽。時城中唯有八九千人。光武夜自與李軼等於外收兵。時莽軍到城下。圍之數十重。光武遂與營部俱進。連勝。遂前。尋、邑陳亂。乘鋭崩之。

遂殺王尋。城中亦鼓譟而出。中外合勢。莽兵大潰。光武因復徇下潁陽。會伯升爲更始所害。光武自父城馳詣宛謝。未嘗自伐昆陽之功。又不敢爲伯升服喪。更始以是慙。拜光武爲破虜大將軍。封武信侯。九月。三輔豪傑共誅王莽。傳首詣宛。更始至洛陽。乃遣光武以破虜將軍行大司馬事。十月。持節北渡河。鎮慰州郡。所到部縣。輒除王莽苛政。進至邯鄲。故趙繆王子林說光武。光武不答。去之眞定。林於是詐以卜者王郎爲成帝。立郎爲天子。都邯鄲。二年。光武以王郎新盛。乃北徇薊。王郎移檄購光武十萬戶。而故廣陽王子劉接起兵薊中以應郎。於是光武趣駕南轅。不敢入城邑。舍食道傍。晨夜兼行。蒙犯霜雪。天時寒。面皆破裂。至呼沱河無船。遇冰合得過。未畢數車而陷。信都太守任光開門出迎。因發旁縣得四千人。先擊堂陽、貰縣。皆降之。邳彤亦舉郡降。又昌城人劉植。宋子人耿純。各率宗親子弟。據其縣邑以奉光武。於是移檄共擊邯鄲。會上谷太守耿況。漁陽太守彭寵。各遣其將吳漢、寇恂等。將突騎来助擊王郎。四月。進圍邯鄲。連戰破之。五月。拔其城。誅王郎。更始立光武爲蕭王。悉令罷兵。詣行在所。光武辭以河北未平。不就徵。自是始貳於更始。是時四方背叛。光武乃擊銅馬。破青犢赤眉賊。青犢赤眉賊入函谷關攻更始。光武乃遣鄧禹引兵而西。以乘更始赤眉之亂。建武元年。朱鮪遣討難將軍蘇茂攻温。馮異、寇恂與戰。大破之。於是諸將議上尊號。光武不聽。行至鄗。羣臣復奏。光武於是命有司設壇場於千秋亭五成陌。六月己未。即皇帝位。逸民傳云。嚴光、字子陵。一名遵。會稽餘姚人也。少有高名。與光武同學。及光武即位。乃變姓名。隱身不見。後齊國上言有一男子。披羊裘釣澤中。帝疑其光。乃遣使聘之。三反而後至。除爲諫議大夫。不屈。乃耕於富春山。後人名其釣處爲嚴陵瀨。馮異傳。異、字公孫。好讀書。通左氏春秋、孫子兵法。漢兵起。異以郡掾監五縣。與父城長苗萌共城守。爲王莽拒漢。光武略地潁川。攻父城不下。屯兵巾車鄉。異間出行屬縣。爲漢兵所執。時異從兄孝及同郡丁綝、呂晏。並從光武。因共薦異。得召見。自伯升之敗。光武不敢顯其悲戚。枕席有涕泣處。異獨叩頭寬譬哀情。光武止之曰。卿勿妄言。及王郎起。光武自薊東南馳。晨夜草舍。至饒陽無蔞亭。時天寒烈。衆皆飢疲。異上豆粥。及至南宮。遇大風雨。光武引車入道傍空舍。異復進麥飯菟肩。因復度虖沱河。至信都。使異別收河間兵。還。拜偏將軍。從破王郎。封應侯。　齊武王傳云。齊武王縯。字伯升。光武之長兄也。自王莽篡漢。常憤憤懷復社稷之慮。不事家人產業。傾身破產。交結天下雄俊。莽末。盜賊羣起。南方尤甚。伯升分遣親客使鄧晨起新野。光武與李通、李軼起於宛。伯升自發舂陵子弟合七八千人。部署賓客。誘新市平林兵。合軍而進。王莽素聞其名。大震懼。購伯升邑五萬戶。黃金十萬斤。位上公。諸將會議。立劉氏以從人望。豪傑咸歸於伯升。而新市平林將帥。樂放縱。憚伯升威名。而貪聖公懦弱。先共定策立之。聖公既即位。拜伯升爲大司徒。封漢信侯。而伯升兄弟威名益甚。更始君臣不自安。遂共謀誅伯升。伯升部將宗人劉稷聞更始立。怒曰。本起圖大事者。伯升兄弟也。今更始何爲者耶。更始君臣聞而心忌之。以稷爲抗威將軍。稷不肯拜。乃與諸將陳兵數千人。先收稷將誅之。伯升固爭。李軼、朱鮪因勸更始並執伯升。即日害之。

鈎弋宮

不知誰作。漢武帝事雜見諸書。作者又取西王母、東方朔、宛若等紐合。以鈎弋夫人爲主。漢書外戚傳云。李夫人本以倡進。初、夫人兄延年。性知音。善歌舞。武帝愛之。每爲新聲變曲。聞者莫不感動。延年侍上起舞。歌曰。北方有佳人。絶世而獨立。一顧傾人城。再顧傾人國。寧不知傾城與傾國。佳人難再得。上歎息曰善。世豈有此人乎。平陽主因言延年有女弟。上乃召見之。實妙麗善舞。由是得幸。李夫人少而蚤卒。上憐憫焉。圖畫其形於甘泉宮。初、李夫人病篤。上自臨候之。夫人蒙被謝曰。妾久寢病。形色毀壞。不可以見帝。願以王及兄弟爲託。上曰。夫人病甚。殆將不起。一見我屬託王及兄弟。豈不快哉。夫人曰。婦人貌不修飾。不見君父。妾不敢以燕媠見。上曰。夫人第一見我。將加賜千金。而予兄弟尊官。夫人曰。尊官在帝。不在一見。上復言欲必見之。夫人遂轉鄉。歔欷而不復言。於是不悅而起。夫人姊妹讓之曰。貴人獨不可一見上。屬託兄弟耶。何爲恨上如此。夫人曰。所以不欲見帝者。乃欲以深託兄弟也。我以容貌之好。得從微賤愛幸於上。夫以色事人者。色衰而愛弛。愛弛則恩絕。上所以攣攣顧念我者。乃以平生容貌也。今見毀壞。顏色非故。必畏惡吐棄我。意尙肯復追思。閔錄其兄弟哉。及夫人卒。上以后禮葬焉。其後。上以夫人兄李廣利爲貳師將軍。封海西侯。延年爲協律都尉。上思念李夫人不已。方士齊人少翁言能致其神。乃夜張燈燭。設帷帳。陳酒肉。而令上居他帳。遙望見好女如李夫人之貌。還幄坐而步。又不得就視。上愈益相思悲感。爲作詩曰。是耶非耶。立而望之。偏何姍姍其來遲。上又自爲作賦。以傷悼夫人。又云。孝武鈎弋趙倢伃。昭帝母也。家在河間。武帝巡狩過河間。望氣者言此有奇女。天子亟使使召之。既至。女兩手皆拳。上自披之。手即時伸。由是得幸。號曰拳夫人。進爲倢伃。居鈎弋宫。按劇中以鈎弋夫人爲李夫人再世。蓋據明人李夫人傳也。傳云。夫人母娠時。夢仙官以玉鈎見贈。寤而生夫人。志夢之異。遂以玉鈎名之。時武帝希心神仙。西王母嘗降而與帝談道。解所佩玉鈎贈帝。且囑帝當有宛轉情緣。會夫人兄延年侍上歌云云。帝嘆息曰。世豈有此人乎。延年因言有女弟李玉鈎。帝愕。憶名與王母贈鈎適符。遂召見之。由是得幸。定情之夕。賜佩玉鈎。寵冠六宫。後病卒。帝思念不已。方士齊人少翁致其魂。令上居他帳遥對。果見夫人生動如平時。悲敍款訴。且語及再生數定。十五年後。訪民間女子有拳手者即是。帝頷之。太始元年。帝巡狩河間。望氣者以爲其下有奇女。帝使求之。得陳氏女。一手屈拳。帝起自披手。手即伸。玉鈎鏗然。宛然李夫人進御定情之物也。帝大感悼。始信再生之數非妄。此傳出自後人傅會。不可盡信。鈎弋本趙氏。今改作陳。劇中據此敷演。又曰河間陳守之女。皆屬撮撰。拾遺記云。帝息於延涼室。臥夢李夫人授帝蘅蕪之香。帝驚起而香氣猶著衣枕。歷月不歇。帝彌思求。終不復見。涕泣浹席。遂改延涼室爲遺芳夢室。帝貌顦顇。嬪御不寧。詔李少君與之語曰。朕思李夫人。其可得乎。少君曰。可遙見。不可同於帷幄。得暗海石刻作夫人形。置於輕紗幕裏。宛若平生。帝大悦。問少君曰。可得近乎。少君曰。譬如中宵忽夢。而晝可得近觀乎。按劇中方士作李少翁。蓋合漢書及拾遺記而名之也。漢武故事云。漢武帝起柏梁臺以處神君。神君者長陵女。嫁爲人妻。生一男數歲死。女悼痛之。歲中亦死。死而有靈。其姒宛若祠之。遂聞言。宛若爲主。民人多往請福。說人家小事頗有驗。平原君亦事之。其後子孫尊顯。以爲神君力。益尊貴。武帝即位。太后迎於宮中祭之。聞其言不見其人。至是神君求出。乃營柏梁臺舍之。後神君去。東方朔娶宛若爲小妻。生子三人。漢書東方朔傳云。上以朔爲常侍郎。伏日。詔賜從官肉。大官丞日晏不來。朔獨拔劍割肉。謂其同官曰。伏日當蚤歸。請受賜。即懷肉去。大官奏之。朔入。上曰。昨賜肉不待詔。以劍割肉而去之。何也。朔免冠謝。上曰。先生起自責也。朔再拜曰。朔來朔來。受賜不待詔。何無禮也。拔劍割肉。壹何壯也。割之不多。又何廉也。歸遺細君。又何仁也。上笑曰。使先生自責。迺反自譽。復賜酒一石。肉百斤。歸遺細君。劇中第三十四折用此事．又插入侏儒作關目．趙飛燕外傳云。倢伃接帝於太液池。作千人舟，號合宮之舟。后歌舞歸風送遠之曲。帝以文犀簪擊玉甌。令后所愛侍郎馮無方吹笙以倚后歌。中流歌酣。風大起。后順風揚音。無方長噏細嫋與相屬。后揚袖曰。仙乎仙乎。去故而就新。寧忘懷乎。帝曰。無方爲我持后。無方捨吹持后履。久之風霽。后泣曰。帝恩我。使我仙去不得。劇中第九折借用此事．又曰。昭儀夜入浴蘭室。膚體光發占燈燭。

帝從幃中竊望之。侍兒以白昭儀。昭儀覽巾使徹燭。他日帝約賜侍兒黃金。使無得言。劇中第十一折借用此事。

金丸記

明史槃撰。按此劇曲品。新傳奇品。今樂考證。曲錄等俱題姚茂良撰。惟曲品又稱武康姚靜山僅存一帙。惟覩雙忠。今依黃宗羲思舊錄定爲史氏作品。

指宋李宸妃事。宋眞宗御花園中。以金丸打鸞。宸妃拾得。召幸生仁宗。說本抱妝盒。不見史傳。與明代紀太后事相類。或作者借宋事以寓意耳。太后乃憲宗妃。孝宗生母也。太后賀縣人。本土官女。以征蠻俘入掖庭。通書史。命守內藏。時萬貴妃專寵而妬。後宮有娠者。皆治使墮之。一日帝行內藏。妃應對稱旨。悅之。一幸有身。萬貴妃知而恚甚。令婢鈎治之。婢繆報曰病痞。乃謫居安樂堂。久之生孝宗。貴妃使門監張敏溺焉。敏佯奉命而密藏之他室。至五六歲猶未剪胎髮。成化十一年。帝偶召敏櫛髮。照鏡曰。老將至而無子。敏伏地曰。萬歲已有子也。帝愕然問安在。太監懷恩頓首曰。皇子潛養西內。帝大喜。即日遣使迎皇子。懷恩赴內閣具道其事。羣臣皆大喜。明日入賀。頒詔天下。而萬貴妃日夜泣。怨羣小紿我。其年妃暴薨。敏亦吞金死。孝宗立。悲念太后。遣官之賀縣訪其家。得紀父貴、紀祖旺以聞。俱授錦衣衛指揮同知等官。然太后入宮時年尚幼。實不能知親族也。蠻中紀與李同音。遂有韋父成者。冒姓李氏。有司以聞於朝。而貴、旺又曰我實姓李氏。乃逐父成。後帝耑官訪知貴、旺亦僞。遣戍邊海。而太后家族卒不可得。按宋史。章獻劉太后善播鼗。十五人襄邸。眞宗即位。入爲美人。久之立爲后。李宸妃生仁宗。以爲己子。與楊淑妃撫視甚至。又云。太后保護帝旣盡力。而仁宗所以奉太后亦甚備。上春秋長。猶不知爲宸妃所出。終太后之世。無毫髮間焉。又按李宸妃爲章獻太后侍兒。莊重寡言。眞宗以爲司寢。旣有娠。生仁宗。章獻以爲己子。仁宗即位。妃嘿處先朝嬪御中。未嘗自異。人畏太后。亦無敢言者。又按楚王元佐。太宗長子。封楚王。有狂疾。廢居南宮。眞宗即位。復封楚王。元佐生日。眞宗賜以寶帶。仁宗即位。兼江陵牧。

無收養太子之事。亦無劉后使太監溺死之說。故似指紀太后事。况紀姓當時曾以爲李也。元人百種有金水橋陳琳抱粧盒雜劇。即此事也。然無撰者姓名。恐是明弘治後所作。而嫁名於元人者。劇中情蹟。以陳琳、寇承御共救仁宗爲大關目。本抱粧盒而增飾之。大段皆抱粧盒事。詳載元劇中。所增者契丹南來。眞宗與大臣共議。陳堯叟請幸蜀。王欽若請幸南京。惟寇準決計勸幸澶淵。而畢士安贊其議。此乃据宋史實事添出點綴者。金丸之說雖無所本。王建宮詞云。衆裏遙抛金吉子。就中收得便承恩。恐是因此詞而緣飾云然也。

開口笑

不知何人所作。*一名胭脂虎。清葉稚斐撰。本獅吼記而緣飾加甚焉。獅吼名陳慥。故此字小造。其名曰守一者。婦人當從一。言陳雖男子。不啻婦人也。開口笑三字本出莊子。杜牧詩云。塵世難逢開口笑。誚陳懼內如此。則一月之內。開口而笑者能有幾日。又摹寫種種情態。皆極可笑。故名開口笑也。略云。陳守一、字小造。爲諸生。娶秦氏。性悍妬。陳甚畏之。一日。會諸懼內者結社。云妻虐夫者共出攻之。里有學士馬廷臣、號休菴者。馬融後裔也。置十二歌姬於樓中。號十二樓。原配已逝。聲妓爲郡中冠。諸生慕其爲人。且以其善齊家。皆趨走門下。陳聞之。亦往從學。馬一一指示治室家之法。陳歸。毅然無懼色。秦度必爲人所誘。以杖痛擊之。陳不能支。密使僕告諸生奔救。秦閉中門。諸生蜂擁而入。秦登樓傾溺器。諸生皆驚走。秦知馬學士所敎。隔牆即馬園居。于樓窗大詬。馬語陳云。我有如是妻。當痛懲以法。秦竊計之。葫蘆村有女子曰醋大王。其夫亦儒者。爲妻虐致斃。度必改適。使馬娶此婦。必爲所制。可以洩忿。密屬王媼爲媒。皆允諾。及迎娶。裝奩無他物。惟一木槌甚巨。花燭後。廷臣令衆姬見禮。醋大嚷云。我豈容若輩耶。持槌欲擊夫。衆姬奪之。欲毆衆姬。衆姬并力毆醋。醋力怯。伏閨中哭。廷臣與諸姬共笑。大哭則助以鑼鼓。小哭則唱歌。醋術窮。以投繯怖其夫。廷臣愈笑。使加繯結緊縛之。與衆姬持誦往生咒爲送。醋知不可罔。遂鞠躬謂夫。既娶我。當居正室。廷臣始允。令與衆姬和好。醋皆如命。遂劈槌與諸姬甚相得。廷臣欲愧秦。以所劈槌之半貽秦。秦益怒。用其半毆夫。廷臣攜妻往勸。秦怯不敢拒。廷臣令陳買妾。秦亦强諾。廷臣以小鬟贈陳。秦謬作謙和。以酒勸夫醉。令婢探夫馬學士所教何法。具知之。遂無所懼。閉鬟别室。且閉鎖陳。陳託老僕詣馬求計。馬密與書。令以應試爲辭。秦利夫出可賣小鬟。允之。馬匿陳于密室。令老僕紿秦云。陳歿途中。秦痛哭欲賣小鬟。鬟不從。馬復遣媪密語鬟。而令人僞作賈人買鬟。俾與陳居。復遣媪誑秦。言鬟不欲從賈人赴水矣。秦甚惶懼。馬令妻弟謬爲鬟兄。與秦索妹。秦願還所售價。且輸金哀懇。始得無恙。既而小鬟生一子。秦家計日索。馬復遣媪勸秦改字。秦初不允。媪言彼家富而才品甚美。秦乃從之。馬使鬟易男粧娶秦。秦心頗慙。攜奩具潛往。及花燭。鬟紿陳附魂。訴責秦氏。秦跪懇。饗僞醒。倦臥別室。秦獨坐久。無一人至。愧赧莫測其故。黑夜遁歸。適陳已就試得第授職歸。秦謂夫出現。跪懇云。己本不欲他適。爲媼所誤。饗直入責秦云。已嫁我。奈何潛遁。秦愧無地。乞陳恕前罪。陳始令饗易女粧。攜子拜嫡母。秦大驚駭。馬復遣媼送還粧奩。秦慚不敢啓。媼爲啓之。乃其夫請封秦之官誥也。秦惶恐不敢受。馬具述始末。秦甚悔悟。乃受之。遂厚遇饗。夫婦相敬云。

慶有餘

係近時人作。內述呂夷簡、魯宗道并譏丁謂女巫事。雖與正史有異同。但言呂氏累世積善。而子孫科第聯綿。所謂積善之家。必有餘慶。故名慶有餘也。略云。呂夷簡、字坦夫。江南壽州人。妻馬氏。父蒙亨。任大理寺丞。乞老林下。母王氏。子公著尙幼。夷簡別父母任絳州軍事推官。有異政。民咸頌德。

魯宗道、字貫之。原籍亳州。遷洛邑。官參知政事。鰥居止一女。名叔貞。美姿容。性愷悌。夷簡父家居雖淸苦。力行諸善事。丁謂復起用。過絳州。召女巫于舟中問禍福。值夷簡往謁見巫。以正言詆謂。謂啣之。至京欲奪其職。而宗道特舉夷簡入政府。謂力詆毁。帝從宗道議召夷簡。絳民遮道焚香以送。時李元昊跳梁。謂方結壇祈神以決勝負。夷簡與宗道覘破。謂大慚。宗道即請命自往招元昊。說以利害。元昊素聞宗道魚頭參政之名。遂納款。前蒙亭頤養時。聞擊壤村楊遐舉一門多壽。往訪之。見其五代期頤皆矍鑠。又有九世祖。莫知壽算幾何。不言語。惟食蔬果。蒙亭歎羨。以爲太平之上瑞也。此借用列仙傳鷄窠小兒事。夷簡在政府。子公著擢大魁。謂復嫉忌。帝知之黜謂。即以宗道女賜婚公著。蒙亭壽百歲。一門榮顯。皆沐寵眷云。按宋史丁謂傳。女道士劉德妙者。嘗以巫師出入謂家。謂敗。逮德妙鞫之。語涉妖誕。遂貶崖州司戶參軍。劇中女巫事本此。魯宗道傳。拜參知政事。貴戚用事者皆憚之。目爲魚頭參政。因其姓。且言骨鯁如魚頭也。又云。雷允恭擅易山陵。詔與呂夷簡等按視。丁謂之罪。本因允恭。宗道、夷簡皆勘允恭事。是果與丁謂不合也。劇亦有據。然宗道無招降元昊事。呂夷簡傳。進士及第。補絳州軍事推官。是其初任官也。其後與魯宗道驗治雷允恭。始以給事中參知政事。蓋數十年矣。劇中徑由推官召執政。太遼闊矣。本傳但言祖龜祥。未載其父名。公著其第三子。此云長子。亦誤。呂蒙正傳。上謂蒙正曰。卿諸子孰可用。對曰。諸子皆不足用。有姪夷簡。任潁川推官。宰相才也。夷簡由是見知于上。又云。蒙正父龜圖。起居郎。龜圖弟龜祥。殿中丞。知壽州。子蒙亨舉進士第高等。官至大理寺丞。子即夷簡也。夷簡本傳未詳。附考於此。

錦蒲團

一名金不換。係近時人作。*清吳龐撰。本之張孝基事。而又据所撰小說情節。更易姓名。牽引明胡宗憲征倭。以軍功貴顯結束。蒲團愧責。復得錦簇花攢。故曰錦蒲團。諺云敗子回頭金不換。故曰金不換也。　略云。富紳姚指揮者。晚失偶。家甚饒裕。惟一子名英。聘同里巨室上官氏女。英才品頗佳。能騎射。顧性豪侈。放縱不羈。日與無賴子賈親甫、趙能武爲伍。呼盧博弈。問柳尋花。父嘗痛責。英愈不悛。蒼頭姚勤勸爲完婚。復不改。父恚成疾。邀姻家上官以英託之。上官撫慰令勿憂。父沒。英益無忌憚。與賈、趙恣遊蕩。千金一擲。習以爲常。妻日勸諫。英迷不能改。上官乃接女歸。聽英自由。英家資漸索。大售田產。上官浼人潛買之。後復困乏。以祖房售。上官亦潛買。戒毋洩。故英不知之。後以父遊擊劄副出售。賈、趙議同買更迭爲官。趙先冒英姓名。投總督胡宗憲。時倭婦胡孫擾江浙間。宗憲以姚英名授稗將。令出勦。趙素懦怯。逃歸。宗憲坐名捕英。英力辯不聽。繫獄中。姚勤以賣劄情仰控。憲亦未信。駕炮擊勦以試眞僞。勤抱炮願速燃之。宗憲度必有冤。詢諸軍卒。辨逃將之狀貌。知其果贋。英得釋歸。而貧苦愈甚矣。初、英以金聘賣腐查女。未簉而英家大敗。其父令改適。女不從。父知英妻甚賢。遂送女歸於姚。依正室以居。上官撫之甚厚。英不能餬口。故宅皆鬻。上官僞令女索英休書。誑以改嫁。使查女易男裝。入英大宅與女居。令姚勸報英。英欲投河。勸力沮止。英夜宿古廟。日中無食。投賈、趙寄食。皆棄不恤。雪中饑甚。見丐者席地飲。涎流竚立。丐醜言辱之。慚汗無地。上官乃令勸引英至富人查宅。傭工鋪中。鋪中人故折磨之以鍊其性。英受恥辱。屢欲自盡。値歲暮。上官復令僕勸使投女處爲守後戶。英不得已從之。歲除抵故宅。凄然感愧。上官以其父像置壁間。設蒲團竹篦於地。英瞻仰父像。不禁大哭。恨已不肖落魄至此。上官遣童賞錢一貫。以菜二碗酒一壺度歲。童挾骰子紿與博。英憤憤言此物悞我。童辭去。英以酒菜置父像前哭拜。願痛改而無由。坐蒲團上。以竹篦自擊。僕呼英使上廳侍酒。英不能拒。以帽覆其半面。見其妻與一少年對飲。令之斟酒。愧且恨。失手傾杯。妻使僕呵叱之。席散。英歸臥痛責己罪。上官知其果悔。告二女知之。值宗憲屢征倭女不能捷。聞謠云。孫胡怕鷄鷹。遂思及姚英名 遣人邀之。使者訪英。遇諸塗。即赴軍前贊畫。臨敵拒戰。大破倭女。以軍功奏捷。授世襲總兵。仍衣藍縷歸覘。上官具禮迎入。英責其不相贍給。且令女改嫁。上官言其實。英殊不以爲然。乃令婿出。英見之。即査女也。向所賣田宅皆在。於是妻妾共諧伉儷。而感上官之德終其身。厚德錄。張孝基。許昌士人。娶同里富人女。富人只一子。不肖。斥逐去。富人病且死。盡以家財付孝基。孝基與治後事如禮。久之。其子丐於塗。孝基見之惻然。謂曰。汝能灌園乎。答曰。若得灌園就食。亦幸矣。其灌園稍自力。孝基復謂曰。汝能管庫乎。曰。得管庫。又何幸也。孝基使管庫。覺馴謹無他過。知其能自新。遂以其父所委財產悉歸之。其子自此勵操。小說因此曲折摹寫·淋漓盡致·此劇皆本之·小說名遏邏·此名姚英·小說係郎舅·此作翁婿·小說無查女爲妾一節·其互異也·孝基沒後爲神·可補劇所未載·

曲海總目提要卷四十

賺青衫

不知何人作。言舟人賺王生所贈呂醫青衫。訛詐人命。故曰賺青衫。本之小說而改換事蹟。其關目緊簇。頗中情理。可爲讞獄之助。淮安諸生王人杰。字文豪。遠館宿遷李學士宅。其妻劉氏以稚兒患病。使家僮胡虎兒至館。趣令回家。道遇涿州人任英者。因遭兵火。同妻張氏流落宿遷。有地棍李二毆賣雜貨老人。傾其貨物于河。英性粗直。路見不平。突毆李二。力重致斃。地方擒送于官。斷悞傷贖徒。無錢以贖。遂斷其妻官賣。夫婦號哭甚慘。人杰惻然。以館穀三十金俾贖罪完官。任英未及問姓名而人杰已去。其妻但記爲淮安秀才而已。人杰抵家。劉氏問其館金。言予任英。劉頗詬誶。鄰居强中巧者。爲之勸解。拉人杰至家。小酌排悶。人杰遣虎兒迎醫而已輒赴飲。杭醫呂慕陽。久僑淮郡。虎兒請至投劑。兒病已篤。服藥旋斃。虎兒與慕陽語次。嘗露背主之意。慕陽以正義相責。虎兒恨之。人杰歸。見婦哭子。虎兒謂爲醫所殺。人杰乘醉揮拳毆之。劉氏亟語夫云。兒已垂危。何與醫事。命留慕陽宿于書館。人杰曉起慚謝。且以青衫贈之。慕陽持衫負藥箱而去。念此事必敗聲名。有同業之友居寶應。不如往彼。乃賃舟南下。船戶周四者。黠人也。與慕陽語。慕陽悉以眞情告之。會有失水之舟。流一尸于岸。與慕陽貌頗相似。慕陽令四撈取。使以衫掩而薶之。四因生心。細問其姓名居趾及欲往寶應云云。即勸慕陽還杭。言客中倘有意外虞。不如歸家過臘也。慕陽果聽其言。四送至柴家潭而止。予舟金不受。索得其藥箱。言有弟行醫可用。乃回故處載浮尸。夜抵人杰家。出衫箱以示。嚇以殺醫。人杰夫婦大恐。急與簪珥等約三十金。令虎兒偕四埋之祖墳側隙地。虎兒回。欲挾取主人十金。人杰方怒其挑毆醫者。又不堪其背逆。

忿而責之。虎兒遂走與中巧商。欲首于官。中巧即爲寫狀。趣令出首。郡守石萬程讞問人杰。以爲實事。從直供認。守斷醉毆誤傷。徒配山西楡次驛五年。夫婦于觀音庵分別。以禍從青衫而起。即取青衫兩分之。各執其一。他日會面則衫合也。任英既歸里。以打獵爲生。方出外覓獐兎。人杰與解差行近涿州。借宿其宅。英婦見而駭之。因其罪人。疑非秀士。不敢認。而虎兒見人杰僅斷徒罪。恐他日翻寃。與中巧謀。潛尾人杰後。將至涿州。侵曉。相遇荒僻地。先殺解差。次欲殺人杰。任英獵回見之。以棍擊虎兒。虎兒遁走。人杰怖絶而蘇。救已者乃英也。挈歸其家。令妻出見。與結兄弟。改姓名爲任杰。藏身于涿。虎兒歸。告中巧以實。中巧云。解差既殺。人杰當以殺解差得罪。即不啻殺人杰也。使其妻朱氏往告劉氏。言解差久不回。府官行文往查。知解差及犯人皆中途被殺。劉氏大號慟而心疑其詐。久之查無消耗。以其信爲的矣。淸明之日。素服往祖墳拜哭。擬于是晚自盡。巴陵監生勞鐸者。尙書之子。揚州覓妾。不稱意。適抵淮安。見劉于郊外。方欲調戲。中巧見之。詢知爲貴家子。即紿云。此我外甥女。心不願嫁。我當力主之。予我多金。乘夜至其家。見戴素髻者挾之而去可也。鐸從其計。中巧持金歸。付其妻朱。即令朱往王宅賺出劉氏。劉氏方懸梁。人杰父魂潛至。語劉云。汝夫應客死。因救任英夫婦。壽延五紀。祿食千鍾。今未死。現居涿州任英家。强中巧逼汝改節。汝速逃去。前路有恩人相救也。朱氏入覓劉氏。見其懸梁。爲解而救之。墜髻于地。急拾戴之。則已誤戴劉氏孝髻矣。勞鐸家人蜂擁而入。見朱髻即挾而去。朱本貴家婢。見勞富貴。甘心爲之妾。認作人杰妻。鐸喜其色美。亦不復問也。中巧伺之久。不見妻歸。至王宅。獨劉氏在。問其若何。云不知名姓多人。搶若妻去矣。中巧急覓勞公子之舟。則已遠去。而所得聘物黃金數十金。歸與朱氏。朱未及藏篋。尚在懷中。仍爲所挈。徒手無所得。空失其妻。忿恨之至。歸欲與劉大鬨。强佔爲妻。而劉氏知其必至。且聞翁告以夫在涿州。遂急竄于路。徐抵山東。倦坐亭上。人杰念妻遠離。不敢回家相探。任英慨然願爲杰取妻至涿。而勸杰用己涿籍入京取功名。人杰付以青衫。俾用爲證。英至山東。亦憩亭畔。懸衫樹上。乘涼片時。劉氏見衫疑爲夫物。與相問訊。始知夫使迎己。乃隨往涿州。人杰入闈就試。第三場與勞鐸同號。鐸因憶妾。潦草欲出。人杰試詰之。則言己之愛妾。乃在淮安所買。已故生員王人杰之妻。强中巧爲媒。人杰聞妻改適。亦草草交卷而出。奔還涿州。則任英已偕劉氏來涿。夫婦相晤。大喜過望。報捷者至。獲中房魁。入京殿試。三甲。擢授御史。刷卷南京。以己原姓名有命案。恐負累。不便封贈祖父。欲翻易讞詞。入境先提此案。則郡守已改招矣。蓋是時呂慕陽復來淮郡。趨訪人杰。聞其家破人亡。禍因己而起。乃詣府控訴。言己南還。船戶誑詐人杰之故。石守慚原審之誤。立提周四、胡虎兒、强中巧與慕陽對質。三人辭屈。斷周四、虎兒充軍。中巧徒配。人杰見案已翻。且有慕陽口供。即使中軍提慕陽等面訊。幷得虎兒中途殺解差之情。且供中巧主謀。於是改中巧、虎兒大辟。周四充軍。而心感慕陽。贈之千金。奏請復還原籍姓名。且題授任英冠帶。以報其德云。據小說。王生名杰。劇增作人杰。温州永嘉人。劇改作淮安人。小說薑客呂大湖州人。劇改醫生呂慕陽杭州人。家童胡阿虎。劇云胡虎兒。薑客竹籃。劇改醫生藥箱。王生贈呂白絹。劇改青衫。王生初悞傷呂客。其後因女出痘。使阿虎請醫生。阿虎酒醉失帖。悞期一日。其女痘殤。王生痛責阿虎。乃被出首。劇合兩段事爲一節。問官永嘉令明時佐。劇作淮安守石萬程。阿虎、周四俱斃杖下。劇云虎兒大辟。周四充軍。此其異同處。其任英、强中巧夫婦情節。俱係添出。虎兒中途殺人。亦係添出。

滿牀笏

近時人所作。一名十醋記。清范希哲撰。合肥龔鼎孳。文章翰墨。藝林宗仰。康熙九年。以禮部尙書總裁會試。十二年。復以戶部尙書爲總裁。門下多知名士。其繼室顧氏名湄。有才藻。善治家政。鼎孳賓客甚衆。有求于鼎孳。顧輒爲賙給。無少吝。門下皆感激。而鼎孳亦頗從顧言。鼎孳他姬有子。顧無所出。門下士作此劇。於顧生日演之。摹寫節度使龔敬懼內情形。至于跪門請罪。以悅其意。揑名龔敬者。取姓同也。節度使者。鼎孳時爲兵部尙書。齣中所言上馬管兵也。妻生子妾生女者。祝其妻之本旨也。唐時節使無龔敬。若以領朔方又能薦郭子儀者當之。則惟王忠嗣庶幾近之。史傳初無懼內事。知其隨意假託也。略言郭子儀未遇時。于郊外射獵。翰林學士李白見而奇之。遂與訂交。齣中白自述有竹溪六逸，詳於後。以書薦于朔方節度使龔敬。力言其材武可以大用。子儀中武舉還家。其子周晬。歡讌之頃。聞安祿山節度范陽。知其懷不軌志。遂往朔方投敬。敬妻嚴且妬。能箝制其夫。敬四十無子。私買部民蕭然女爲妾。未告其妻。屬左右置之密室中。敬行部演武。妻偵知之。呼蕭至。立還其女。不與索値。旣而敬還。妻責以大義曰。若取部民女子。不虞獲罪天子乎。敬唯唯不能詰也。旣而蕭然復堅請于敬。未得指揮。不敢嫁其女。敬妻知之。即納蕭女。和好無間。妻生一子。妾生一女云。敬妻雖妬。然明達解事。才勝于敬。祿山之鎮范陽。妻料其必叛。郭子儀至。敬猶以稠人遇之。妻謂敬曰。李學士目空天下。所薦必英傑。不可忽也。敬乃拭目子儀。未幾祿山果叛。敬奏子儀爲大將。竟平賊。收復兩京。初、祿山嘗假糧于朔方。妻勸敬少與以塞其意。及叛。遣兵來攻。妻令敬毋出。使蒼頭代敬乘城。爲賊炮所斃。而敬幸脫免。子儀既果勝。祿山被李豬兒刺殺。餘黨破散。奏功于朝。推原其故。由敬所薦。乃召敬入相。封子儀爲汾陽王。時抵國門。天子置酒望春樓。欲親爲子儀解甲。子儀力辭。乃令敬與李白代。時魚朝恩亦爲子儀置酒。邀龔、李爲客。元載告子儀云。朝恩伏甲。宜謹備之。子儀不聽。率數騎往。座間出所得朝恩與祿山書。納其袖中。朝恩大感泣。會子儀六十大壽。七子八壻並通顯。孫復登第。王公卿士。畢聚祝筵。子孫次第入侍。奉觴上壽。堆笏滿牀。極富貴之盛。故以滿牀笏名焉。唐書郭子儀傳。

郭子儀、字子儀。華州鄭人。以武舉異等。補左衛長史。劇中稱武舉相合。累遷九原太守。安祿山反。詔子儀爲衛尉卿靈武郡太守。充朔方節度使。率本軍東討。劇云、龔敬所薦。無出。其戰功甚多。不能詳載。功成。封汾陽郡王。本傳無唐皇欲爲子儀解甲事。然云令百官往慶。勑射生五百騎執戟寵衛。蓋相近似。朝恩嘗約子儀脩具。元載使人告以軍容將不利公。其下束甲願從。子儀不聽。但以家僮十數往。朝恩曰。何車騎之寡。告以所聞。朝恩泣曰。非公長者。得無致疑乎。劇所載但增飾還祿山書札事。子儀校中書令考二十四。八子七壻。皆貴顯朝廷。諸孫數十。不能盡識。俗傳七子八婿。誤。然相沿已久。按王忠嗣傳。節度朔方。安祿山城雄武。扼飛狐塞謀亂。請忠嗣助役。因欲留其兵。忠嗣先期至。不見祿山而還。數上言祿山且亂。劇中祿山借糧龔敬。敬亦料其必叛。似暗用忠嗣事。李白傳。客任城。與孔巢父、韓準、裴政、張叔明、陶沔居徂徠山。號竹溪六逸。又云。白游幷州。見郭子儀奇之。子儀嘗犯法。白爲救免。按此。白與子儀舊交。今增飾薦子儀事。

墜樓記

未知撰人姓名。清雪溪散人撰。名里待考。演王素貞事。在康熙二十八年。南城御史奏明恩准完配。蓋事實也。有刻烈女尋夫墜樓傳。雖係鼓詞俚俗。其事蹟首尾。詳晰可據。但巡城御史載姓失名。未免脫漏。金龍顯聖。恐是揑造。兄嫂毒計。似亦摹寫過情。李範同王邁遷吳伯從周全義姓名。亦似有心結撰。李範同。言李犯通賊之罪也。王邁遷。言王志在賣錢也。吳伯從。言其無不從也。周全義。言代李當差。有周旋之義也。大抵本非的名姓。而增飾之耳。傳略云。江南鳳陽亳州。有宦族李範同。布政之孫。知府之子。俱未載其名。妻張氏。生子殿機。妾趙氏。生子殿樑。住本州南門內。家計豐裕。殿樑居長。殿機其次也。富戶王廷才。住本州東關。生子一人。女五人。子曰邁遷。第五女生三月。有道人募緣。言此女容貌端莊。婚姻遲滯。未過週歲。當先尅母。三十以外。始可議親。名當取爲素貞。俟其長成。教以列女傳諸書可也。廷才念己素封。安有令女三十議婚之理。乃遵道人之言。取名素貞。而屬媒與李宅訂婚約。蓋王李本舊交。而殿機、素貞。同丁酉年正月初十日生。殿機辰時生。

素貞寅時生。是年初十卯時立春。素貞以丙申推算。殿機以丁酉推算。廷才以此決意。爲媒者吳伯從。及範同母舅薛乾來。席間彼此割襟訂定。至中秋。廷才妻去世。範同雇南鄉范一魁妻。至王宅爲素貞乳母。未幾。範同以海賊奸細。引爲通謀。逮捕正法。妻子皆沒官。給發象房。張氏配校尉王福。福本姓鄢。殿機隨母改姓。名曰鄢承亮。趙氏配校尉吳某。殿樑隨母改姓。名曰吳黑子。殿機解京纔三歲。自此後王氏不相聞問。倏踰十四五年。廷才見素貞已長。與子商酌。欲送女入都。以踐舊盟。邁遷言李發象房。不可復合。薛乾來已沒。而吳伯從向在門下。無不順從。不如使妹別嫁。廷才以子欲悔親。大怒呵叱。適第三女婿李寧儉之妻產亡。邁遷與叔中凡計。欲使寧儉續娶素貞。中凡遇寧儉與言。寧儉大喜。厚出聘資。俾中凡攜奉廷才父子。又私賄中凡。中凡持聘金示邁遷。邁遷使妻郎氏巧說其姑。素貞言幼讀列女傳。義無改適。堅謝不可。中凡乃與邁遷力勸廷才。俾許寧儉。廷才亦不可。邁遷令中凡强納聘金。廷才氣憤痰擁。遂成瘋疾。叔姪無計。仍以聘金還寧儉。其事遂止。旣而殿機年踰四十。鄒校尉已沒。殿機頂名當差。有媒議親。母張氏始告以曾割襟訂王素貞之事。殿機欲得消息而無由。適范一魁之兄一倫在京推車。爲殿機言王女守節未嫁。弟一魁乃其乳母之夫。知之最確。乃作家信付殿機。令至亳覓其弟以訪素貞。殿機乞假于馴象所。不能得。其友周全義勸令潛往。而已爲覓人應差。殿機遂往亳州。抵北關。憩茶館中。欲問范家村路以覓一魁。不意中凡亦在坐。爲敍親情。誑至已宅。密令邁暹出首。言殿機私自逃回。州官懼逃人累己。急令肘解還京。本管惡其私往。革差不用。殿機大困。邁暹旣用官法逐殿機。諱不令妹知。令人僞作殿機書。言殿機母子皆沒。素貞意兄所爲。疑信參半。于所居志貞樓。爲姑張氏、夫殿機設靈座。供于九蓮菩薩之前。日夜縞素。焚香誦觀世音呪。擬終其身。隣女楊氏。一魁之甥。偶過素貞。見所設座大駭。言母舅處初不聞信。今方入京。素貞乃取銀幣。屬一魁寄李母。言己爲夫守節狀。一魁至京見張氏。張氏感慟。作書付一魁令寄素貞。踰年始達。素貞聞殿機果存。處樓中堅守。久之張氏病没。殿機困愈甚。賣身廂紅旗擺牙喇厄爾庫爲奴。邁遷援例入太學。進京考職。聞殿機已入旗。大喜。留滯五六年歸家。素貞已三十四歲。叔中凡語邁遷。有臧典史欲以五百金聘素貞爲繼室。當使伯從爲媒。邁遷夫婦同至樓説素貞。且告殿機入旗。今已絶望。必須改嫁。素貞堅執不從。兄嫂竟執素貞毒毆。繼母梁氏奔救始解。又斷素貞飲食。令餓七日。將以毒藥和飯飼之。絶其命而後止。梁氏生子孟遷。年已十八。娶孫氏。婦姑皆賢。且敬素貞之節。其小婢聞郎氏計。告于主母。孫與梁設計。使隣女楊告其舅一魁。伺于後園牆外。密掘園内陰溝。半夜啓樓門之鑰。以白綾繫素貞腰。於樓窗墜下。穴溝而出。令小童喜兒。隨之入京。明晨。邁遷知之。與中凡往追。數日抵黄河岸。則素貞已在舟中。二人急覓舟渡。至中流。兩船相近。金龍四大王默諭水族起狂風。覆邁遷舟。二人溺河中幾斃。賴救以免。狼狽還家。而素貞舟無恙。過河乘騾轎入都。時己巳年閏三月初十日。抵順成門。有朱四美者。引至象房橋吳黑子宅。先見趙氏母子。趙言殿機已投旗。且配大同女子蕭氏爲妻。生子三歲。素貞志不可移。言甘爲婢僕。必無後悔。趙乃呼殿機相見。痛哭交訴。觀者皆泣下。殿機以有妻。無可爲計。哭別還家。其主厄爾庫本姓李。爲人謙和。有好人之稱。見殿機慘狀。細詢其故。夫婦二人反爲畫策。令素貞、殿機各具情實。控于南城御史。已亦具呈。願使爲民南去。並蕭氏及子皆與之。御史審問。衆口如一。令媼驗素貞。實係處女。乃具疏直陳始末。蒙恩俞允。脫籍爲民。同歸亳州完聚。

新節孝記

一名截髮記。近時人作。舊有節孝記。（節孝記、見本書卷三十五。）已經別見。與此不同。中編謝萬程、李氏節孝處。皆足使人感泣。然歷來狀元無謝萬程。所謂馮國珍者。亦假借以立名目。當別有所指耳。

謝萬程。河南唐縣人。娶李氏。夫婦皆賢

孝。萬程爲諸生。讀書至王凝之妻事。與婦相歎美。父儀年老。有田在拐河。令萬程同往取租。指視疆界。同里王全夫婦者。刻苦治家。中年無子。全繼母前夫之子曰甄伯仁。鬬賭無賴。妻姜媚兒。尤妖邪。全父分產與伯仁。令其歸宗。伯仁蕩盡。奔走於總兵馮國珍之門。一日向全假貸。全拒之。乃挾媚兒爲國珍壽。令勾國珍。欲借其勢以奪全產也。國珍竟與伯仁易內朋淫。共爲奸利。國珍使人僞逋餉。數人毆于途。佚有勸者。則濳釋逋者使逃。而以劫奪陷勸者。責令償逋。儀父子從拐河歸。適陷其計。縛獻國珍。勒賠千金。繫儀而釋萬程。限三日贖。萬程盡鬻其產及李氏裝。獻六百金。乃許贖父。逼儀立賣身契。並及子媳。儀不肯。伯仁代書之。儀歸憤恨。未幾病沒。無以爲殮。萬程願鬻身以殮之。無售者。李氏奮然。願鬻身以殯翁。適王全欲娶妾。媒以告李。李親書賣契易銀。儀始得殮。至全家。則甘爲婢役。而誓死不失節。屢自縊。救而甦。全夫婦畏禍不敢逼。萬程負土葬親。飢欲死。鄉人感其孝。共助之。李氏復截髮寄書與萬程。使勵志復仇。萬程亦喜其妻之能砥節也。未幾。仝妻劉氏舉一子。伯仁至仝家。窺見李氏于機中。戲之。李氏以梭擲伯仁。伯仁怒。知爲萬程妻。潛與媚兒謀。以仝窩逃軍婦。誣首于國珍。國珍抄仝家。擒仝及李氏去。而劉幸得脫。鳴寃於兵道卓異。異有直節。方惡國珍驕恣。理仝寃並及前事。知萬程孝。李氏節。深敬禮之。出俸贖李氏歸萬程。並助其膏火。而痛懲伯仁。劾國珍于朝。萬程于是得勤學。一舉登第。以仇上聞。國珍、伯仁、媚兒皆伏誅。而旌表萬程、李氏節孝。以風示天下云。

蘆夜雨

近時人所撰。用王有道棄妻事。而變其姓名曰宋介。又添出柳生春之名曰柳鼎。以情蹟因避雨而起。故名蘆夜雨云。據小說。錢塘王有道。娶妻孟月華。其父嗚時。武林門外湖市新河壩邊居住。而有道居門內之一畝田頭。淸明時。嗚時接有道夫婦。祭掃玉泉墳塋。月華之母張氏。遂留女于家。住十餘日。時已季春之望。天氣煩熱。月華念有道春衣皆鎖箱中。欲歸檢視。其母苦留不從。倉卒覓輿不能得。月華輒趁船而行。將抵城門。忽遇大雨。不得已。避于空園之小亭。頃之。一男子亦避雨而至。覿面相對。無可迴避。雨初止而門已閉。兩人乃俱止亭中。月華念暮夜與男子遇。懼爲所汙。而男子以禮自防。勿及于亂。天明送月華至家。月華與姑淑英言其事。且賦詩以紀曰。前宵雲雨正掀天。拚赴陽臺了宿緣。深感重生柳下惠。此身幸比玉貞堅。蓋言非此男子。則已當不免也。不意有道知之。疑其妻有私。竟作書與鳴時。休月華于母家。月華自悔恨。已無及矣。其秋大比。房考湖廣推官中高。閱一卷甚平平。棄之落卷中。已而其卷忽在所取之列。如是者三。疑其有陰隲。乃易去一卷。而薦是卷以獲雋。榜發。房首則王有道。而七十一名柳生春。則所欲棄卷也。新雋者同謁房師。高語柳生以棄卷復取之故。問何德以致之。柳生乃具述亭中遇雨不起邪念之事。于是有道悉其妻之無他。而房師及同門生。皆勸有道迎還月華。有道詢柳斷絃未續。乃以淑英嫁焉。按小說載月華詩數首。情蹟委婉。其事當實。而鄉試主考用京官。則是明萬曆以後事也。已前惟直隸用京官。各省則巡按主之而已。劇中避雨之故。緣白蛇精駕霧興雲。故得大雨。白蛇精者。嘗幻女子以惑人。曰白娘子。妖迹甚多。後爲法海禪師所攝伏。造雷峯塔以壓之。雷峯不倒。西湖不枯。則白蛇不出。杭州府志、西湖志諸書。頗載其事。今借以作關目。謂白蛇爲木咤所收。後在闈中監試。易去他人之卷而中柳生。即其神通也。劇云。月華趁尼舟而行。柳鼎與苗天振、賈文學。亦另一舟同行。天振私窺月華。愛其美豔。月華爲夫所休。父予藥酒令自斃。木咤救之。留四字曰月明如水。母知女寃。送尼菴中。即前趁其舟之尼也。天振與文學謀。屬尼圖月華。尼不可。天振遂謀月華。欲劫之。尼令月華避之母家。天振至而月華已去。竟搥尼立斃。闈中天振文已雋。白蛇精暗中易柳生卷。下第之後。復被尼索命。而賈文學亦終身轗軻云。萬曆壬子科。武進諸生惲道生、徐瑋同寓江寧。居停有女甚美。語挑二生。瑋卻避不可。而道生登樓就其約。瑋復力阻之。道生不聽。夜半。道生夢文昌定天榜。己名第一。左右云。道已作失行事。不可。文昌以倉卒之際。無人可易。左右云。其同寓張瑋。見色不亂。即其人也。遂易瑋爲第一。道生向瑋言之。甚悔恨。但訝徐何故稱張。而瑋實張姓嗣于徐者也。瑋是年解首。旋成進士。官至副都御史。以清節著。而道生終身不第。改名曰向。文章書畫。知名一時。柳生之事。與瑋相近。

魚籃記

畫家有魚籃觀音像。菴寺中亦多塑魚籃觀音者。於是龍圖公案。裝點金鯉作祟一段。而作劇者又小變其關目云。公案。揚州儒生劉眞。字天然。宋仁宗皇祐三年。入東京應試。寓居開元僧房。劇云。劉珍字白圭。吉陽東客人。囊篋蕭然。作草書求售。爲金丞相所賞。延置西館教子弟讀書。衣食充裕。益攻書史。劇云。珍父爲刑部侍郎。與相國金寵。指腹爲婚。寵念珍父母俱亡。接至府中攻書。眞偶入園中。見金女金線之美麗。心渴慕之。先時牡丹盛開。金女倚闌飲酒。池中金鯉揚鬐水面。女傾殘酒。爲鯉所吸。金鯉者。妖魚也。素居碧油潭。幻化不測。徙入金氏園池。既吸金女酒。知其性愛牡丹。每夜吐氣噴之。花色愈鮮。引女日攀翫。且覺劉生慕女情切。遂幻作女形。叩書館惑之。既而與眞潛遁歸揚。金父由生去。不問也。劇云。金女字牡丹。蓋以女愛牡丹花。故爲易此名也。又云。東海鯉魚精。與三江口赤蝦精。洞庭湖螃蟹精。結爲姊弟。牡丹食酸梅。唾於水。鯉吸其津。遂變牡丹形以蠱珍。珍明日見牡丹於園。欲趨與語。侍婢以告女父母。女父母呼劉叱之。鯉遂誘劉遁走。鯉既去。牡丹枯萎。女思憶成病。父命覓此花於揚州。惟劉生宅最佳。金僕訪之。見女立簾下。問之。曰。我即金女也。已而見劉生。即劉眞也。告以女病覓花。眞笑曰。女從我半年矣。安得在家。金僕大駭。歸報其主。遣人迎假女歸家。假女即與劉生偕至。劇云。金寵聞珍去。即遣僮僕邀回。於路見牡丹。遂與偕至。兩女如一。父母童婢皆不能辨。父母不能辨。乃質之開封尹包拯。懸軒轅照魔鏡于堂上。令二女並照。爲妖魚黑氣所昏。及氣散而二女皆失。拯乃牒城隍神。使陰兵察覆。知其妖爲碧油潭之鯉也。牒龍王遣水族神兵捕之。戰皆敗。龍王奏于上帝。遣天兵討之。又不能得。包拯索之急。龍王緝搜甚迫。鯉乃竄南海普陀蓮葉之下。觀世音大士取入魚籃中。（劇云。龍圖用斬妖劍。照妖鏡。俱不驗。蟹精竟僞作龍圖。及龍圖請張天師至。蝦精又僞作天師。天師奏聞玉帝。玉帝遣馬、趙、温、關四大元帥。領天兵討之。鯉乃懼而遁走。道逢大士。用魚籃蔽之。四元帥知觀音慈力。乃引還。添出蝦蟹變化。乃借用公案中五鼠鬧東京事。其曰漢朝天師二十七代孫者。宋時虚靖張眞人。靈通廣大。有捕同州妖蛇等事。故以取相影射也。）都下鄭翁家。日懸淡墨觀音像。敬事無厭。夜夢云。汝明日至河岸。引我見包大尹。次早。果見中年婦人。手執竹籃。立楊柳樹下。告翁以妖魚被攝入籃之故。翁遂導之謁拯。拯欲殺魚。婦人不可。攜籃竟去。拯給賞錢五十貫。婦人以錢與翁曰。報汝三年奉事之勤。將此事傳於世上。鄭翁方憶家中奉觀音一事。請畫工繪水墨觀音之像。手提魚籃。京都人傚之。今所謂魚籃觀音是也。（劇中不載鄭翁一節。世傳魚籃觀音由此而起。似不宜略。）初、鯉攝金女入碧油潭巖穴中。拯遣人尋得。令劉眞以氣呵之。金女乃蘇。拯爲作伐成婚。明年眞遂得登第。（劇稍略。）

揚州夢

近時人所撰。與太平廣記所載杜子春事。及醒世恆言中杜子春三入長安皆合。杜子春。長安人。爲揚州巨商。後遇老君得道。故采杜牧之十年一覺揚州夢爲名也。此載杜子春事。又一揚州夢乃元人雜劇。所載則杜牧之事也。杜子春娶妻韋氏。韋杜皆長安大族。而子春世爲揚州巨商。生長富室。性慷慨。喜豪奢。廣召賓客。與輕薄少年。爲狹邪博塞。逞快一時。及家破。賓客少年皆散去。子春無以自存。因歸長安。求親戚資助。而親戚皆以子春爲敗家子。無肯顧者。一日雪後。方悵嘆道旁。遇一老者。道貌偉然。問子春何嘆。子春遂詳告之。老者曰。明日午時至波斯館會我。明日往。則老者已先至。出銀三萬贈之。不道姓名而子春亦不問。甫至揚。賓客少年復集。子春揮霍如故。不兩年罄盡無餘矣。子春再至長安。復遇老者。贈以十萬。子春輦金而歸。又不問老者姓名。未幾復盡。因念長安有祖居屋。棄之可得萬金。遂三入長安。此醒世恆言所謂三入長安也。居久之。屋不得售。復遇老者。子春慚謝。老者曰。我當再助爾。明日至館。出三十萬以助。于是子春感極。願以身報。而敬問姓名。老者終不言。但約三年後至華山雲臺峯老君祠相見。子春得銀。長安親戚知之。置酒相餞。子春益嘆世情冷暖。銀錢之不可忽視也。至揚。謝絕舊游。恢復故業。廣行善事。遠近皆以子春爲豪傑。三年子春如約赴華山。老者出見。引至一室。室有藥竈。命子春坐竈旁。戒之曰。子但安坐。即有所見。皆非實境。不可出聲。子春應諾。頃之。有甲兵數千及毒蛇猛獸霹靂諸幻境。簸撼子春。子春不動。移時。六甲神攝韋氏至。捶數百。瀕死哀呼。子春若不聞。因並殺子春。子春遊魂地獄。託生於宋州王家爲女。啞而色美。長適進士盧珪。生一子。盧抱子强王氏語。不答。盧怒。提子向石上捽之。子春不覺失聲曰噫。而藥竈火驟發。室幾燬。老者出。嘆曰。惜哉。子六情皆盡。愛情未斷。稍忍須臾則我丹成。子亦同上昇矣。子春悔恨。願隨老者薰脩。不許。及歸。重自脩省。越三年復至雲臺。訪老者不見。子春亦不歸。住祠內。草衣木食三年。作文祈告于老君前。忽見老者從祠後出。子春驚喜。注視之。與神像無異。乃知向所遇即老君也。伏地求傳道。老君笑曰。我以七情試子。今幸已清淨。又何言哉。與丹三丸。囑以一付韋氏。時韋氏亦奉道齋居久矣。子春回。與韋俱至長安。募親族出黃金鑄老君像。改造祖居供奉之。人皆笑其癡。數日。忽徧約諸親。奉像升座。至則屋宇巍煥。金像丈六。相好莊嚴。親族皆驚嘆。頃之。像頂出白雲三朶。中坐老君。左子春。右韋氏。子春抗手辭衆。告以勿惜錢財。須知大道。冉冉上昇而去。（此事本太平廣記。非無據。）

混元盒

近時人作。荒誕不根。大約仿封神演義、西游記等書。憑空結撰。以悅一時之耳目也。略云。明嘉靖時。世宗好長生之術。有陶謙者。本民間皮匠。以妖言獲罪當誅。世宗聞其能點石成金。召見。惑其說。用童女燒煉。怨氣干九霄。玉帝怒。命凶神降罰。收取惡人。大孤山下有水神。曰金花聖母娘娘。與張眞人世仇。欲乘此機興妖滅法。出聚妖旛以集羣妖。擇其尤者。曰白氏夫人、紅衣道人、洪氏夫人、吳公長老、白衣娘子、黄衣娘子、蛙子妹妹、獨角大王、華石精、黑石精、蝎子精、大毛、二毛、狐仙、七怪等。分授法術。令云。洪教眞人張節。吾世仇也。其祖傳九宮八卦五雷神印。爲世異寶。爾等用吾法先破其印。俟其出。邀截于路誅滅之。羣妖受教。散處民間爲害以伺眞人。眞人祖道陵知之。降于昇仙臺。授節太乙圖。九龍神帕。豚妖金簪。信香盒。如意金盒。信香盒者。有急以盒中香焚之。老眞人即至。如意金盒者。即所謂混元盒也。降妖伏怪。乃取用之。時有趙國盛者。將門之子。以蔭入監。嘗登奎星閣。閣舊有妖。國盛負氣。按劍坐閣中。至夜分。見一美婦人。國盛知爲妖。

飲以酒。妖飲而醉。口中吐一物如珠。國盛吸之。五臟如焚。須臾。身體輕健欲飛。妖醒恚且哭曰。吾必有以報汝。國盛就試稱旨。擢御史。巡按江西。抵任忽失印。託疾不理事。俄有兩道者。自言能治奇疾。見國盛。則已知失印事。爲求得于江中。厚酬之。謝不取。以素紙一幅。浼國盛求眞人印。眞人召火德星君以眞火炙之。化一婦人。云本良家子。爲二怪攝去。剝皮爲紙。求眞人洩寃。眞人作法收妖。則葦花、黑花二石。幷收其黨獨角大王。則白脛大虎也。國盛慚。反誣眞人不法。世宗遣廷臣陸炳、薛保召眞人赴京。時洪氏夫人化作美女。蠱村民富氏子。召龍貯桶中。欲灌江邊民而害眞人。眞人用符授富氏子壓之。乃大白蟒蛇也。吳公長老等亦來害眞人。趙天君以鞭揮之。縛付眞人。俱收入混元盒內。而紅衣、白衣、黃衣三怪奔告金花。金花出與眞人戰。諸神將俱不能勝。眞人法寶皆爲金花所收。遂被獲。以眞人乃水官星君化身。不敢傷。困之水府。老眞人奏玉帝。命諸天王將天兵十萬討之。而金花以寒光冷氣護其居。天王兵將無能入者。乃請西方鬭戰勝佛孫大聖。與二郎神以神通破其寒光冷氣。金花乃敗走。求救于其師老母元君。元君至。大聖亦如束手無策者。玉帝甚怒。查閱仙籍。知元君是女媧弟子。乃告女媧。女媧責元君而貶金花。收三怪還其主。三怪者。普門白鸚鵡。南極山中猴精。及南極老人所乘鹿也。眞人得出。行至張家灣。收白氏夫人貯盒中。白氏夫人者。千年老狐。神通廣大。眞人訪求四依山中散仙陸壓道人。始得收之。一路擒怪無算。至崇文門。遇火德星君。眞人與語。知奉玉旨將焚張志家。眞人以親故洩天機。後眞人邸第亦焚。眞人入朝質辨。世宗知其寃。立置國盛於法。國盛臨刑脫去。不知所終。時蝎子精盛行。世宗命陶謙治之。謙懼而逃。死于道。廷臣共舉眞人。眞人治蝎精。世宗嘉之。眞人于是奏謙妖妄。前以誤聽觸天帝怒。以致妖氣盛行。勸世宗宜崇正法。勿信妖誣。世宗聞其有混元盒。令出盒現諸妖元神。眞人一一使現而復收之。辭歸龍虎山。作羅天大醮酬諸天神。未幾。玉帝召眞人歸水官星君位。眞人遂沐浴上昇云。按陶謙即陶仲文。明世宗篤信道教。尊禮仲文。備極優渥。欲去張眞人而以仲文代之。後知眞人所傳。的係正法。乃止。眞人符籙。能劾治妖魅。其家牒中多有事蹟。非無因也。又聞眞人祖遺玉印信香指甲三種。有急則燒信香指甲。而以玉印印所奏章。則道陵立至。其他寶物。未知果否。陸炳。平湖人。時爲錦衣衛指揮使。薛保。陽武侯薛祿之後。以勳臣掌都督印者也。

雙盃記

不知何人所作。清薛旦撰。大略據醒世恆言張廷秀逃生救父一節。劇中小有異同。因兄弟聯登。故又名喜聯登。明萬曆間。江西進賢人張權。祖係富民。至權貧窶。以匠作糊口。妻陳氏生二子。長曰廷秀。次曰文秀。家雖窘。皆就塾讀書。甚聰敏。因避差役擾。徙僑蘇州閶門外。有專諸巷王憲者。富而無嗣。止生二女。長瑞姐。字同里趙昂。次玉姐。未納采。時爲瑞治粧奩。顧權作奩具。見廷秀俊偉。收爲嗣。助權資斧令改業。後覘廷秀勤學。即以次女訂絲蘿。初、昂利憲財產而入贅。及見憲待廷秀厚。夫婦深嫉之。欲陷權父子。遂賄捕卒楊洪。

誣權以盜。逮繫獄中。且唆憲逐廷秀。憲妻聞甚恚。取二玉盃。一付己女。一遺廷秀而遣之。期後當再合也。廷秀痛父寃。與弟詣上司辨控。昂復囑洪害于途。洪乃紿廷秀兄弟同舟。投之江。適有河南商人褚衛販布潤州。聞呼撈救。得文秀。衛乏嗣。即以文秀爲子。挈歸河南。廷秀亦得神力吹傍蘆洲。遇金陵客船救之去。憲遂逼玉改適。玉不從命自經。母知急救醒。遂不復奪其志。廷秀在金陵貧無倚。混迹俳優間。値台州邵承恩任南京禮部。觀劇之次。見廷秀品不凡。詢其故而憫之。遂收爲子。令勤讀。無幾。與弟文秀各魁其鄉薦。明年並成進士。文秀擢巡按山西。（醒世恒言授庶吉士。與劇不同。）廷秀授常州推官。文秀之官。而廷秀以蘇常咫尺。先抵蘇。微服過憲。適昂以粟監補山西洪同主簿。方款客演劇。廷秀以優人入謁。客皆哂之。而昂獨駭然。謂已斃江中。何由復活也。憲怒詰廷秀。秀紿以落魄無如何。遂登場作王十朋之態。憲益怒。倏聞府廳官畢至。客皆驚避。廷秀即出迎與坐談。憲覥知愧無地。昂知事敗。急促裝避至洪同。及謁文秀。立鞫其罪而誅之。此與小說不同。昂妻愧。遂自投繯。廷秀擕父出獄。杖斃楊洪。憲迎權夫婦謝罪。憲妻乃擇吉使秀與玉成婚。雙盃復合。此劇雖屬子虛。但聞蘇州專諸巷。尚存王玉盃之名。疑果有其事也。分盃事小說所無。劇名取此。乃添出為關目者。

合歡殿

係近時人作。其姓名事蹟。皆屬子虛。代父從軍。影借木蘭女事。劇內以陳國籌尚河陽公主。于合歡殿成婚。故以是名。略云。樊鼎、字象九。江左人。漢舞陽侯噲裔。美才貌。幼與母舅陳天祥女雙娘議婚。失怙恃。惟與老僕居。天祥。梁谿人也。妻劉氏。女即雙娘。子名國籌。並優才品。女年及笄。祥嘗致書于鼎。令往梁谿與國籌同肄業。兼諳鳳卜。英宗時。占城國擾邊。鎮天關守將鄭龍失利告急。詔以民丁充伍。吏知天祥富。欲漁利。遂以名報。祥方窘急。適九天元女請女媧氏于瑞雲峯。議宋國運綿遠。孰與退蠻兵。玉帝降旨。以武曲星附于雙娘。命女媧授天書兵法。代祥詣塞立功。女媧攝雙娘元神。食以九龍膏助其力。贈寶劍曰芙容霜。且敎兵法。授天書。令如意道人送歸。既醒。乞代父行。弟國籌爭往。雙以籌宗祀所係。遂易粧冒弟名。充隊長。詣邊。屢克捷。鄭龍見其勇。改姓名曰鄭虎臣。蓄爲繼子。授先鋒職。占城復借安南兵助戰。虎臣率師衝擊。皆敗走。龍上表奏功。以虎臣代己。乃乞老歸。初、天祥訛聞邊將失利。謂女斃軍中。日夜哀泣。適樊鼎來就婚。知其故。必欲詣邊訊虛實。國籌亦願同往。其老母勸且會試。倘得第。以雙代父事明奏。詔必嘉獎。迨試畢。國籌擢大魁。鼎擢探花。値占城復邀賓童龍國王助敵。用幻術及象陣。詔加虎臣神策將軍九邊都招討使。鼎請爲虎臣參謀。意欲借是訪雙娘也。敵兵搦戰。鼎輕視虎臣。自往迎敵。被困幾危。虎臣力救得還。欲誅之。鼎言書生本不知兵。因妹從軍爲敵所斃。故恚恨欲復仇耳。虎臣詢知爲結婚之表兄。遂令戴罪共平賊。奏凱還都。虎臣封太原公。鼎遷兵部尚書。而國籌亦已遷端明殿學士。英宗設功成宴。詔丞相富弼、靖邊侯呼延贊、學士國籌皆主宴。國籌與虎臣相視驚駭。不敢言。英宗欲令虎臣尚河陽公主。虎臣力辭。不允。召拜花燭。虎臣紿以心痛。出走國籌家。具言本末。國籌與鼎各疏奏明。太后召虎臣入謁。英宗潛聽之。果通兵略。試以劍器。變動若神。力舉金獅。遶殿三匝。英宗大悅。令復女裝。撫作公主。封之太原。以嫁于鼎。而以河陽公主下嫁國籌。同拜花燭於合歡殿。　按安南。古南越地。漢武帝時取南越。設九郡。置交阯刺史領之。唐時改安南都護府。至宋復名交阯。劇云安南。誤。叛服不常。占城在中國西南。西與雲南北與驩州界。陸行至賓陀羅國一月程。宋時交阯叛服不常。占城數入貢。賓陀羅未通。夷門廣牘。賓童龍國。占城之屬郡。出則騎象或馬。打紅繖。從者百人。佛書言王舍城。即此地也。又夷門廣牘。黃帝授三子元女經。有論兵法孤虛六壬遁甲之訣。呼延贊。太宗時邊將。鄭虎臣。宋末人。殺賈似道者。隨意借用。

天緣記

其名曰擺花張四姐思凡。出於鼓詞。荒唐幻妄。然鋪設人物兵馬旗幟戈甲戰鬬擊刺之狀。洞心駴目。可喜可愕。亦有足觀者。段成式諾皐記云。天翁姓張名堅。字刺渴。漁陽人。然則謂天女姓張。固非無因也。大略云。張女四姐。玉皇之女。王母所生。王母若指西王母，則不在天宮，此蓋因玉皇而稱王母耳。姊妹共七人。居斗牛宮中。宋仁宗時。東京崔文瑞者。貧士也。奉母居破廟中。女與崔有仙緣。故下嫁之。崔一旦巨富。金珠寶貨。不可算數。富人王員外誣崔爲盜。張指揮納其賄。酷刑拷崔。女乃入獄救崔出。盡縱獄囚。殺王員外。指揮奏于朝。遣包拯捕女。又爲所擒。已而釋還。奏請用楊家將討之。此又參用楊家將演義。楊文廣、呼延慶與戰。皆爲收入攝魂瓶中。復用楊家女將木桂英、李三娘、查查公主、藍峰小姐、賽花小姐五人。皆能駕霧騰雲。飛沙走石。交戰時各顯神通。復盡被收入攝魂瓶。包拯入地府。又往佛國徧察之。皆不得其根底。乃至南天門謁老君。引奏玉皇。查點斗牛宮。始知其下界三日。乃命火龍、哪吒、齊天大聖三天將同往。令取還天宮。及交戰復皆大敗。訴於王母。令其姊妹六仙女共說之。令謁玉皇。復還天上。乃呼崔母及文瑞同昇。俱證仙果。其所盜用天上三寶。一曰鑽天帽。戴之則三十三天任其獨往獨來。一曰入地鞋。履之則十八層地府任其自出自入。一曰攝魂瓶。用之則天神天將皆爲所攝。其說頗仿西游記、封神演義。各齣皆仙女當場。戎裝武飾。他劇所無也。

按劇指張四姐爲織女·雖甚誕妄·然太平廣記所載·唐人郭翰乘夜臥庭中·空中有人冉冉而下·鳳冠瓊履·曰吾天上織女也·仰慕清風·願託神契·如是者凡一年·劇蓋本此·又韋安道遇后土夫人·天后以爲魅物·令正諫大夫明崇儼·用太乙符籙法治之·不效·因致壇醮之籙·使徵八極厚地·山川河瀆·丘墟水木·主職鬼神之屬·其數無闕·又徵人世上天界部八極之神·具數無闕·崇儼請自見而索之·忽若爲物所擊·奄然斥倒·稱罪請命·其後安道隨與俱去·夫人被法服·居大殿·奇容異人·來朝皆華冠長劍·被朱紫之服·此記言張氏靈通·包拯徧察·不能知其根柢·天神與戰·亦皆不勝·鋪敘點染·彷彿近之·

昇仙記

不知何人所作。（祁彪佳明劇品著錄兩本。一無名氏撰。一題錦窩老人。按錦窩老人疑即錦窠老人。明朱有燉別號。）劇中大概。據韓仙傳組織而成。然其事多誣。今詳載於後。按韓愈集。公詩題云。左遷至藍關示姪孫湘。則湘乃愈之姪孫。非姪明矣。又按唐世系表。湘字北渚。愈姪老成之子。長慶三年進士。又按愈集有宿曾江口示姪孫湘二首。而賈島集寄韓湘詩。又有過嶺行多少。潮州瘴滿川之句。則愈之赴潮。湘實從行。非邂逅不期之遇也。而湘第進士。去是年纔四年耳。後官至大理丞。湘固愈輩人。何得有神仙事耶。且愈素好奇。彌明聯句猶爲誌之。豈有親姪成仙而不爲之傳者乎。考之段成式酉陽雜俎。載韓愈侍郎有疎從子姪自江淮來。年甚少。韓令學院中伴子弟。子弟悉爲凌辱。韓遂假僧院令讀書。經旬。僧復訴其狂率。韓遽令歸。且責之曰。市肆賤類。尚有一事見長處。汝竟作何物。姪拜謝。徐曰。某有一藝。

因指堦前牡丹曰。叔要此花靑紫黃赤。唯命。韓大奇之。遂給所須試之。乃豎箔曲尺遮牡丹叢。不令人窺。掘窠四面。深及其根。寬容人坐。賫紫鑛輕粉朱紅。旦暮治其根。凡七日乃塡坑。牡丹本紫。及花發。色白紅歷綠。每朶有一聯詩。乃是韓出官時詩一韻。曰。雲横秦嶺家何在。雪擁藍關馬不前十四字。韓乃驚異。姪且辭歸江淮。竟不願仕。據此則愈自有疎從姪。挾術自售。非湘明甚。而花上之句。即姪於愈還朝之後。述其初赴潮之詩。亦非愈姪之逆自爲也。又公遺集有贈族姪詩云。擊門者誰子。問言乃吾宗。自云有奇術。探妙知天工。疑謂此人事記。成式與公同時不誣。其餘則唐時人因愈闢佛老。故多造異說謗之。韓仙傳則殊冗雜。不能典雅。必是明朝請仙或道士手筆。靑瑣集亦載此事。且謂湘送愈藍關。一宿即辭去。愈留之不可得。作別湘詩云。舉世都爲名利醉。伊予獨向道中醒。他時定是飛昇去。衝破秋空一點靑。旣雅非愈本趣。兼詞句凡猥。決非愈作。至謂湘出藥一瓢。戒愈日服一粒。以禦瘴烟。愈謝湘有慮不脫死。魂游海外。一思至此。不覺垂淚之語。愈素骨鯁。一旦衰颯狂惑。遂至此乎。必不然矣。韓仙傳云。上帝召湘謂曰。卿叔韓愈。乃吾仙甫冲和後身也。子何不往度乎。湘遂領旨而下。元和十年。愈爲考功郎中。知制誥。十二年。憲宗宴愈。問曰。去冬無雪。可禱乎。愈曰。人主至誠。熒惑失度尚從之。况雪乎。憲宗出旨。遂限愈三日内精禱致雪。愈大惶措。湘遂出榜檐頭曰。賣風雲雨雪。市夫報於愈。愈收湘。湘已異形不能識。愈曰。汝能祈。爲我試之。湘遂登壇。半日雪立降。深可尺許。愈謬不信。是日拜刑部侍郎。宴賀。湘謁之。微勸以急流之說。叔果大怒。湘曰。神仙有變化之妙。愈曰。汝能盡一杯之酒。能置諸公醉耶。湘遂取所佩葫蘆寸許。盛酒半杯。因而遍席勸之。中宵不竭。愈曰。汝可召一妓飲舞乎。湘面空召之。仙妓立降。愈曰。可召鶴乎。湘即召鶴下舞。尋化爲羊。口出歌賦。其中無過勸愈之修省也。愈皆以爲幻。次日復謁。愈曰。何來。曰。上壽耳。愈曰。何貺。曰。金蓮耳。遂索火一缶。投以丹。少頃蓮花大發。中一葉自然成聯云。雲横秦嶺家何在。雪擁藍關馬不前。愈曰。此何語也。湘曰。公遭竄當驗之。愈大忌之。執湘書供狀。狀有云昌黎郡淸夫（湘字也。）謹狀。湘遂示以原形。愈大哭。湘百計諭之。愈終不就。湘乃去。上迎佛骨。愈表諫。上怒。貶潮之刺史。經藍關値大雪。從者二人皆遁去。湘冒雪見之。愈悲喜交集。始曰。子先言誠有驗。予迷耳。遂攜湘往入潮。溪有鱷魚食人及畜。愈作文祭。湘勅神殺之。民大驚異。常教愈導引。長慶二年。召歸。拜國子祭酒。五月。復拜吏部侍郎。湘復諭之。愈遂隨遁。湘復命於帝。帝命度之。湘詭號雙目。爲愈之師。授以至道。始入太淸。帝遣送於崑崙爲使焉。

錦上花

抄本云霅川樵者編。西泠釣徒校。不著姓名。蓋湖州人所作。杭州人所校也。

事無可考。其關目以屈志隆訪仙得寶藏。既富。復建軍功。一門皆貴。又得餌丹上昇。譬如錦上添花。故謂之錦上花也。屈志隆、字道卿。楚三閭大夫之後。僑居燕市。有妻孫氏。長子升。娶媳王氏。幼子亨未聘。一門和順而家甚蕭條。志隆與劉耀先、何秉忠兩人相友善。耀先富。常周之。然終不足以自給。武林人趙噩自號天涯散人。負俠氣。好神仙。亦流寓燕都。郊游入西山。遇張、周二仙求度、授以陰符寶劍。且云尚有屈某亦有夙緣。當約同至九泉山石室中相訪。翌日志隆與三人遇。遂訂噩入山之期。妻子阻之不聽。如期軼出。與噩偕行。迷道。逢漁樵二人指引。即張、周所化也。自春徂夏。閱歷萬山。又得山神指其處。見有篆刻九泉山石室。雲鶴翛然。無門可入。兩人拱候於石壁下。夜有魔化爲女子來試。皆不爲動。質明得見二仙。引至室中。修煉久之。謂兩人塵緣未斷。當爲世立功。請之九天玄女娘娘。傳授奇門遁甲。又有萬山寶藏神。謂藏數當出。屬之志隆。仙令神隨志隆。隆拜受。與噩俱下山歸家。令其子升主藏。遂巨富。時有巫雲洞女僚慕容氏。色美而驍勇。諸僚中無可與偶。出兵騷擾。意在擇配。噩雲游遇之。召天丁神將與戰。慕容氏屢敗。拜噩爲叔父。使主兵。噩勸其斂兵以聽招撫。而朝命方招集義勇進討。志隆約其友耀先、秉忠及次子亨俱應募。朝授志隆爲行軍總管。耀先督糧僉判。秉忠前鋒驍騎。亨爲後軍校尉。同率兵征討。噩聞之。單騎見志隆請撫。又見其次子亨。英儁亞於慕容。遂爲媒使爲夫婦。班師復命。噩與志隆皆拜宣撫使。亨晉安遠將軍。慕容爲郡君。耀先、秉忠皆晉將軍。衣錦還鄉。張、周二仙復來授噩丹。噩早謝事。登仙。赴蟠桃會。王母授爲冲虛闡教仙卿。未幾。志隆亦入山仙去。劇中屈志隆貧困遇仙得寶藏。暗用杜子春事。其傳授奇門。役使六丁。則借張殖師姜元辨事。杜子春已別見。仙傳拾遺云。至德中。張殖之師姜元辨。於九龍觀捨力焚香數歲。因拾得殘缺經四五紙。是太上役使六丁法。呪術備足。乃選深山幽谷無人之處。依法作壇。持呪晝夜精勤。九日而應。忽有黑風暴雨驚駭於人。視之。雨下而壇場不濕。又有雷電霹靂。亦不爲驚懼。良久。見奇形異狀鬼神繞之。亦不爲畏。須臾。有鐵甲兵士數千諠噪而下。亦不驚怖。久之。神兵行列。如有所候。即有天女著繡履繡衣。大冠佩劍。立問元辨曰。既有呼召。有何所求。元辨亦以術數爲請。六丁兵仗。一時引去。自此每日有一丁侍之。凡所徵求。無不立應。其所謂慕容公主。則既稱洞僚。又稱倭寇。揑撰無疑。張三丰見鄭曉今言等書。三丰。遼東懿州人。名君實。字全一。別號保和容忍三丰子。不飾邊幅。人號張邋遢。日行千里。靜則瞑目旬日。一啖斗升輒盡。又或辟穀數月。洪武初至太和山。往來長安隴西岷州甘肅。又至揚州。成祖遣禮科都給事中胡濙指名求邋遢。或曰。三丰死於元末。斂矣。臨窆復生。入蜀遊行襄陽間。周顛見洪武御製文集周仙人傳。他書所載相同。顛名周姓。南昌屬郡建昌人也。年十四。患癲疾。入武昌乞食。凡新官到任。必謁見訴之曰。告太平。時元末天下無事。不數年亂。太祖起兵取南昌。見於道旁。隨至謁見。每見必曰告太平。後顛日甚。太祖命蒸之。以巨缸覆之。圍蘆薪。緣缸燃火。薪盡火消。揭缸而視。儼然如故。如是者三。卒無恙。命寄食於蔣山寺。與沙彌爭飯。不食半月。太祖命禁其食。至二十三日不飲膳。於是知其出凡人也。太祖及諸將士共以酒殽餉顛。盡納之。百姓聞者爭供養。常以手畫地成圈。謂太祖曰。你打破箇箍做一箇箍。後征九江。問顛曰。此行可乎。應聲曰可。曰彼已稱帝。與戰豈不難乎。顛故作顛態。仰面視上。久之曰。上面無他。與俱往至湖口。有十七八人將顛去。久而復歸。整頓衣服。若遠行狀。鞠躬舒項謂太祖曰。你殺之。太祖曰。且縱你去。後莫知所在。洪武癸亥。有赤脚僧云來自匡廬。見一老人使之奏云。國祚殿廷儀禮司。又四年。太祖患熱症。赤脚僧復至。言天眼尊者及周顛仙人遣某送藥至。如法服之果驗。太祖常以詩寄之。赤脚僧言見其和作。太祖命錄出。則麤俗無韻無聯。似乎非詩也。遣使者詣匡廬踪跡之。則杳然矣。

曲海總目提要卷四十一

奪崑崙

作者未詳。記狄青奪崑崙關。青。汾州人。從軍累立戰功。官至樞密副使。廣源川蠻儂智高以其衆叛。乘南方無備。連破邕賓等七州至廣州。所至殺吏縱掠。東南大駭。朝廷遣驍將張忠、蔣偕馳驛討之。甫至皆爲所摧陷。又遣楊畋、孫沔、余靖招撫。皆久之無功。仁宗憂之。遂遣青爲宣撫使。率衆擊之。青所居。四面陳兵彀弓弩皆數重。所將精鋭列布左右。守衛甚嚴。戒諸軍毋得妄與賊鬭。廣南西南鈐轄陳曙乘青未至。以步兵八千犯賊。潰於崑崙關。知邕州蘇緘與賊戰。復敗走。青至賓州。斬曙械緘以聞。時智高還守邕州。青懼崑崙關險阨爲所據。乃按兵不動。下令賓州具五日糧。休士卒。值上元節。令大張燈燭。首夜宴將佐。次夜宴從軍官。三夜饗軍校。首夜樂飮徹曉。次夜二鼓時。靑忽稱病。暫起如內。久之使人諭孫沔。令暫主席行酒。少服藥乃出。數使勸勞坐客。至曉。客未敢退。忽有馳報者云。是夜三鼓。元帥已奪崑崙矣。初、賊諜知靑宴樂。不爲備。是夜大風雨。靑率兵半夜時度崑崙關。旣度。喜曰。賊不知守此。無能爲也。已近邕州。賊方覺。逆戰於歸仁舖。賊之標牌軍爲馬軍所衝突。又縱馬上鐵連枷擊之。遂皆披靡。賊大敗。智高焚城遁去。先是謠言。農家種。糴家收。智高爲靑所破。皆如其謠。初、諫官韓絳言。靑武人。不足專任。請以侍從文臣爲之副。宰相龐籍曰。靑起行伍。若以侍從之臣副之。彼視靑如無。靑之號令。不得行矣。靑昔在鄜延。居臣麾下。沉勇有智略。若專以智高事委之。必能辦賊。於是詔嶺南用兵皆受靑節度。及捷書至。上喜謂龐籍曰。今日皆卿功也。靑還。加護國軍節度。仍遷其子官。未幾。擢靑樞密使。左綿。智高兵敗。奔邕州。其下皆欲窮其窟穴。靑不從。智高獲免。天下皆罪青不入邕州。脱智高於垂死。然青主勝而已。不求奇功。卒爲名將。又云。青始與孫沔破賊。謀一出青。賊已平。經制餘事。悉以委沔。沔始服其勇。又服其爲人莫及也。蔡絛鐵圍山叢談。南俗尚鬼。狄武襄青征儂智高時。大兵始出桂林之南。道旁有一大廟。人謂其神甚靈。武襄遽爲駐節而禱之。因祝曰。勝負無以爲據。乃取百錢自持之。且與神約。果大捷。則投此期盡錢面也。左右諫止。倘不如意。恐沮師。武襄不聽。萬衆方聳視。已揮手倏一擲。則百錢盡紅矣。於是舉軍歡呼。聲震林野。武襄亦大喜。顧左右取百釘來。即隨錢疏密布地而釘帖之。加諸青紗籠覆。手自封焉。曰俟凱旋。當謝神取錢。其後破崑崙關。敗智高。平邕管。及師還。如言取錢。與幕府士大夫共視之。乃兩字錢也。按史孫沔與狄青本非舊交。劇言沔與青微時契好。沔所聘妻有婢。爲青之舅所殺。青方爲卒徼巡。其舅以殺婢之刀置于關廟周倉手中。侵晨。道路行者見婢尸。共報于官。執巡更者。則青也。其舅又挺身證成青罪。問大辟。繫獄。沔成進士。爲御史。心疑青屈。託言須審周倉。密令人以炭塗倉刀上。遠近聞之。以審周倉爲異事。觀者無算。青舅亦在衆中。沔忽閉門。使衆人先後捫倉刀。有殺人者倉即殺之。青舅獨不敢捫。沔使衆人出手觀之皆黑。惟青舅白。鞫問乃服罪。于是出青。往投韓琦。立軍功。沔娶後。官亦漸顯。兩人偕承命征儂智高。遂破賊于崑崙關。此段情節。皆係增飾。青由韓琦賞識。則是實事。狄青舅名時漢。無所出。

出師表

此記明嘉靖中沈鍊子沈襄事也。楚人江進之。嘗作沈小霞傳。小霞即襄字。而今古奇觀小說有沈小霞重會出師表。出師表事。江傳未及。其妾姓及年家何人。中道何地。傳亦未詳。須參小說看之。乃爲完備。沈小霞傳。錦衣衛經歷沈鍊以攻嚴相得罪。謫佃保安。時總督楊順、巡按路楷皆嵩客。受世蕃指。若除吾瘍。大者侯。小者卿。順因與楷合策。捕諸白蓮教通俺答者。竄鍊名籍中。論斬。籍其家。沈鍊字青霞。浙江紹興人。嘉靖十七年戊戌科進士。歷任溧陽茌平清豐知縣左遷錦衣衛經歷。嘗與嚴世蕃會飲。世蕃以巨卮強灌馬給事酒。給事不能堪。鍊卽取灌給事卮。屬世蕃飲。語甚厲。世蕃不得已而盡。鍊等上疏劾嵩父子。嵩激上怒。謫佃保安州。保安子弟多從鍊游。暇則縛草人朋戲角射。書其一曰。唐奸臣李林甫。一曰宋奸相秦檜。一日明奸相嚴嵩。中則讙呼痛飲。嵩父子聞之。大恨。屬宣大總督楊順。巡按使路楷。共密圖之。遂竄鍊名于白蓮教中。白蓮教者。妖人蕭芹所倡也。以術聳動俺答。且時時爲嚮導。總督史道。開馬市以餌俺答。令誘芹至邊殺之。而其黨頗衆。閻浩楊引夔。亦其餘孽也。爲蔚州衛所獲。順楷言浩等師事沈鍊。鍊失職怨望。教浩等煽妖勾敵。事下兵部。嵩屬尚書許論。議如所請。當鍊大辟。而順恐鍊語不遜。潛斃之獄中。此事皆關正史。卽小說所書亦不謬。小說以許論爲刑部尚書。非是。是時以機密邊事。徑下兵部行之。許論以復定沈鍊之罪。大爲公議所不與。順以功廕一子錦衣千戶。楷俟補五品卿寺。順猶怏怏曰。相君薄我賞。猶有不足乎。取鍊三子杖殺之。而移檄越逮公長子諸生襄。至則日掠治。困急且死。會順、楷被劾。卒奉旨逮治。而襄得末減問戍。鍊妻徐氏。長子襄。紹興府廪生。次衮。次褒。幼子袠。年甫周歲。惟襄在浙不從行。世蕃初許殺鍊則重酬順楷。然所誅妖黨。非俺答部人。敘功廕遷。已屬冒濫。順意猶未愜。故殺鍊子以重媚嵩也。衮褒被殺。袠幼。無杖殺事。江傳誤也。鍊妻徙雲州極邊。傳亦未及。襄之始來也。止一愛妾從行。及是與妾俱赴戍所。中道微聞嚴氏將使人要而殺之。襄懼欲竄。而顧妾不能割。妾曰。君一身沈氏宗祧所係。第去勿憂我。襄遂給押者。城中有年家某。負吾家金錢。往索可得。押者恃妾在不疑。縱之去。久而不返。押者往某家詢之。云未嘗至。還復叩妾。妾把其襟大慟曰。吾夫婦患難相守。無頃刻離。今去不返。必汝曹受嚴氏指。戕殺吾夫矣。觀者如市不能判。聞于監司。監司亦疑嚴氏眞有此事。不得已。權使寄食尼菴。而立限責押者跡襄。押者物色不得。屢受笞。乃哀懇于妾。言襄實自竄。毋枉我。因以間亡命去。久之嵩敗。襄始出訟寃。捕順、楷抵罪。妾復相從。襄妾從行一段。史書不載。江傳亦大略耳。據小說。襄妻徐氏留家。妾聞氏。小字淑女。從襄行。所謂中道者。濟寧也。年家某者。馮主事也。押者。張李二人也。監司者。王兵備也。吳時來劾罷順楷。藍道行扶乩。暗詆嵩父子。鄒應龍劾戍世蕃。林潤再劾世蕃通倭。法司復奏斬抄。沈襄辨寃。沈鍊復官。妻子召還原籍。沒入財產給還。沈襄訴順楷于朝。論治其罪。皆與史合。劇中大關目在出師表一節。史傳未載。但載保安州學生聞世蕃正法。割其片肉以祭鍊。而保安州至今有沈靑霞祠。其賈石事未知的否。然所據小說。其首尾皆不謬。則當眞有其事也。據云鍊生平最喜前後出師表。手自抄錄凡數百篇。其謫佃保安也。州人賈石夙慕其名。空宅讓鍊。自居他所。石兄衛千戶。石亦宣府衛舍人也。兄沒應代襲。棄而務農。鍊見其仗義。與結爲兄弟。及鍊瘐死。石買尸棺殮。埋于隙地而默記之。勸袞、褒走避。兩人不能從。石知禍必及。將徙河南。見鍊有手書兩出師表黏于壁上者。問袞、褒索之去。未幾二子果被難。順、楷幷欲捕其居停。不得而止。及沈襄雪冤受官。至保安訪父遺殖。茫然不能知。久之有老父延入草堂。挂一軸子。乃楷書前後出師表也。表後但寫年月。不書姓名。襄注視之。乃其父筆。老父爲言往日與鍊交及鍊被禍本末。云已因此避難。順、楷罷去。始還故鄉。鍊妻在雲州。幼子已入學。不久將至。語未畢而袞至。石引二子至鍊墓所。又言袞、褒死。賴毛獄卒藁葬于城西。乃破土棺殮。車載三柩南還。向賈石乞出師表歸。懸供祠堂中。

豐年瑞

不知何人作。以山農時畯累代積善。天賜雙珠。子孫榮顯。夫婦壽登百齡。福祿希有。故作此劇。抽出賞雪一節。名曰豐年瑞云。老農時畯、字守畦。常熟濱湖人。妻殷氏。弟時良。習匠業。長子時雍。世崇善德。上格蒼穹。小普陀菴中觀世音大士。敕利市、招財、龍王、家宅土地、錢神、文昌、田公田母、南極、王母、天仙、張仙諸神皆默佑之。畯於雪中偕長子雍鋤田。湖中忽見蜃樓放光。龍女奉大士命。以寶珠二顆置蚌內。畯父子網得之。妻適產次子。弟良攜酒共飲。即取名曰時敏。良勸使雍出外經商。以珠一顆付之。行至松江。收綾布貿易。遇利市、招財幻作商人。授以武藝全書、兵法便覽二策。幷傳劍法。雍攜貨抵劉河海口。颶風忽來。不得已投以寶珠。波濤始息。飄入扶南國。國中盡是女子。國主河東吼愛雍少年聰俊。逼諧伉儷。與東西女國八百媳婦交易。得玉鞭、海馬、竹箭、膠弓。滯留三載。雍思親。別女主浮海而歸。行抵常熟。適穿窬貝戎夜竊其家。爲諸神呵擊。一無所獲。方喘息林中。自語驚悸。爲雍所覺。拔劍欲誅之。貝戎哀訴饑寒所迫。時雍憫之。贈以白金十兩。戒其改過。雍歸家見父母。始知弟時敏已過繼嘉禾豐姓。亦帶一寶珠去。豐姓者。乃文華殿大學士相度。字休文。止生一女。名夢花。因詣闕。舟泊濱湖。閒步遇時畯耕田。殷氏饁餉。見敏而愛之。且與夢花同年月日時。即繼作螟蛉焉。時良因雍歸家。辭往京師。是時干城大將軍侯封。字定遠。鎮守沿海地方。其女繁弱。母早亡。獨居豐城閱韜略書。初夏驟雨。以水甌受天泉。有龍吐珠甌內。即雍所拋也。河東吼念雍不置。興師泛海索雍。侯封與戰敗之。吼復引兵圍城。繁弱同蒼頭詣任省親。借小普陀尼菴暫憩。適相女夢花亦來進香。一言投契。結爲姊妹。夢花以母授寶珠贈繁弱。繁弱亦以天雨寶珠贈夢花。皆時畯所獲之珠也。繁弱聞扶南侵犯。急易男粧往。因天暮借宿畯家。雍願同往軍前效力。至城下。繁弱與河東吼大戰良久。時雍接戰。女主見之。責其薄倖。懇使歸國。雍以家有父母。堅執不允。以玉鞭膠弓竹箭贈之。吼皆擲之海中。大慍而去。侯封敘時雍功上聞。賜以明珠。其叔時良至京。爲木工。承役造麒麟閣。掘地得太平錢一千萬貫。乃仙人劉海默運至此也。良以貢於朝。授工部司務。敏在相家。聞其妹之乳母言已係螟蛉。于是潛入閨房。竊明珠與夢花。私訂婚姻之約。家人促赴試。文昌命魁星助其文思。朱衣點頭。三場既畢。閑游街市。入酒樓沽飲。適雍齎捷奏來京。良亦登樓敍話。各出明珠相示。知相敏即時敏。骨肉歡聚之頃。報相敏中狀元。時雍代侯封掛干城將軍印。同賜宴麒麟閣。時敏乃具疏陳情。請得歸宗。且娶夢花。奉旨授翰林學士。賜夢花爲配。侯封女繁弱亦賜婚時雍。俱以明珠爲聘。接時畯殷氏入京。花燭之夜。夢花、繁弱各出明珠。即濱湖所獲。始信天緣。非偶然也。夢花、繁弱各產五子。時畯、殷氏百歲齊眉。壽誕日值第九第十兩孫彌月。朝廷賜百壽冠服。進封壽寧公。殷氏封齊國夫人。以表尙德尙齒之意。時雍加武靖侯。時敏加文安伯。侯氏、相氏封一品夫人。出仕各孫俱加一級。未仕者並送入翰林院充庶吉士讀書。九孫十孫各賜洗兒錢萬緡。闔門歡宴。又值瑞雪。共慶豐年之兆。按此乃劇中串合關目，始終以雪爲豐年之瑞也。忽仙樂鳴空。異香繞室。壽星王母及上八洞羣仙、東方曼倩、靈芝仙子俱降。各持物爲壽。漢鍾離長生丹一丸。曹國舅百壽圖一軸。呂純陽流霞酒一壺。張果老靈壽杖一枝。韓湘子安期棗百枚。何仙姑靑精飯一盂。藍釆和如船藕二枝。李鐵拐麟脯饌一盤。東方曼倩蟠桃四顆。靈芝仙子靈芝三樹。一門福祿壽俱全。備人間盛事云。按劇本空中樓閣。非是實事。然明崇禎時有時敏。即係常熟人。庚午舉人。甲戌進士。官至兵科給事中。地與名姓皆合。此劇或即以指敏。未可知也。女國數處。出梁四公記。相度、河東吼、貝戎、俱係詭託。

善慶緣

不知何人所撰。演竇儀、竇儼事。因易云積善之家。必有餘慶。而周興嗣千文又云福緣善慶。故名善慶緣。其事俱有影響。然謬誤不合者甚多。蓋作者但聞竇十郎之說。而未諳宋史及考范仲淹集也。其略云。洛州竇天光。官庭邑侯。中保大將軍。年八十致仕。夫人姚氏。生五子。長曰倫。翰林。次曰信。探花。三曰仁。榜眼。其四曰儀。五曰偃。俱中鄉舉。家道饒裕。性好行善。嘗濟人緩急。一日于園中觀梅。有太平州錢姓者。以販油虧本。丐于途中。天光贈以資斧歸鄉。天賜天光藏金。即以金糴米。大賑貧者。庠生趙星。舊逋官糧數十金。追比甚急。女瑚璉。不忍父受辱。倩張媼鬻身天光家爲婢。父母哭于途。儀糴米歸。于路見之。詢其故。遂贈生八十金。令攜女歸。以半完官。以半自給。復有貧民許有才鬻子于天光。贈之銀而不留其子。有才忽遽失銀于地。儀拾得憩道旁。俟其至而還之。一門積德皆類此。儀、偃詣長安會試。父夢神人贈丹桂三枝。自念僅二子與試。未詳三桂之意。然知爲吉兆無疑也。儀、偃過宜山界。渴欲飲池中水。有一人止之云。此水有蛇毒。食之殺人。詢其姓名。即向日失銀人也。偃分路探母舅。而儀抵太平州投宿。其店主即天光昔日贈貲者。留儀居停。殷勤款待。天遣金精化爲婦人。紿言鄰女。夜扣儀門。儀閉戶不納。女詐稱投水自盡。儀不得已開門。女百方誘之。儀不爲動。至拔劍逐之。女化金光入地。掘視之乃金一錠也。儀謂取之非義。乃仍埋地中。及就試。偃中狀元而儀得榜眼。趙星亦中探花。偃以弟不敢先兄。具疏力讓。詔以榜定不可改。而兄弟友愛可嘉。亦賜儀狀元。初、趙女鬻身救父。孝感上帝。太白金星授以天書寶劍。且予神力。夢中囑付云。西番有變。當效力勤王。醒而得劍與書。遂白其父。及是西番果叛。星薦其女能破敵。詔授瑚璉貞淑護國大將軍往勦。偃謂女子將兵。薦紳無色。遂請將兵五千以援秦州。與統制李子通被困。乃潰圍乞女救。至則解其圍。偃始大服。敗番凱旋。値唐太宗萬壽之辰。即賜女爲武狀元。與偃諧伉儷。殿上結姻。三桂之兆始驗。天光壽百歲。子孫盡榮顯云。按竇禹鈞。范陽人。五子皆貴。馮道贈之以詩。所謂燕山竇十郎。敎子以義方。靈椿一株老。仙桂五枝芳也。范陽當云涿州。今竇店即其故址。劇誤涿爲洛。又稱天光不稱禹鈞。亦誤。禹鈞諫議大夫。劇中官名杜撰。亦誤。禹鈞五子曰儀、儼、侃、偁、僖。劇有倫、信、仁。而無侃、偁、僖。亦誤。儀長子。儼次子。劇云第四第五子。亦誤、儼稱曰偃。亦誤。禹鈞五代時人。儀、儼皆宋官。劇稱唐太宗時人。亦誤。禹鈞有僕盜用房廊錢二百千。寫券係女臂云。永賣此女與本宅。償所負錢。自是遠逃。禹鈞即時焚券。留女付妻養育。及笄。以二百千擇良匹。得所歸。僕歸訴前罪。禹鈞不問。父子奉禹鈞像日夕供養。劇中毁券釋趙女。暗仿其事。移在儀名下。禹鈞元夕往延慶寺燒香。拾銀二百兩。金三十兩持歸。明日詣寺。守候失物主。一人涕泣至。問其所因。曰父犯大辟。貸得金銀。將贖父罪。昨暮一相知置酒。酒昏忽失去。今父罪不能贖矣。禹鈞驗其實。遂與同歸。以舊物還之。加以惻憫。復有贈賂。劇中劉有才失銀事本此。亦移在儀名下。夢贈丹桂三枝。即因丹桂五枝芳而約略點綴者也。卻弃、埋金。借他人事飾之。亦想當然耳。宋天聖二年。宋祁擢第一。兄郊第十。章聖謂弟不可先兄。改郊第一。明永樂二年。周孟簡擢第二。兄述第三。成祖謂弟不可先兄。改述第二。孟簡第三。劇中並賜狀元。借此二事而小變其說者也。

四全慶

一名三鼎爵。未知作者何人。所演漢霍仲孺事。與史傳全不合。蓋俗語云妻財子祿前生定。謂妻之財。子之祿。皆前生所定也。作者誤分爲四項。以爲妻財子祿俱全。謂之四全慶。又不悉故事。妄相牽引。其曰三鼎爵者。以仲孺父子三人皆受顯爵也。略云。霍登遺、字仲孺。平陽人。居東城坊、讀書好飲。天性豪放。初春雪霽。登三仙閣。值僧設讌款鄧通。登遺踞坐飲噉。通與之訴。登遺云。吾當盡得妻財子祿。視爾富貴蔑如也。相士瞿岳者。傳達摩異術。其妻劉氏。平陽公主園吏衞忠次女之乳娘也。岳相法通神。而性最戇直。

適至三仙閣。相二人云。登遺富貴。不求自得。通行早運。後當餓殍。通怒。令家人毆岳。獵者東方豹挺身救之。通僕不能敵。乃去。岳觀豹相云。豹當作十年草寇。其結果在登遺手。三人遂相訂交。通以相者言。必欲妻財子祿兼全。使其術不驗。聞薄昭女夢雲。衛忠女少兒。皆擅才貌。並欲娶爲妻。蜀道有銅山。請得鑄錢。主簿逢仁。參軍史美。撫爲己子。且冒邊功得萬戶侯。食千鍾祿。則四事全矣。慮昭不允姻。遂僞作昭家書。持庚帖選日。俾贅東城坊崔鄧通爲壻。通本姓崔也。薄夫人陸氏無子。以内姪爲子。性愚魯。悮讀崔鄧通爲霍鄧遺。遂以夢雲贅之。通恚登遺誤贅。以告薄昭。昭怒。遣人召登遺詢問。至絳州草庵。通密令人害登遺。瞿岳適至。察登遺氣色不佳。僞作薄氏之僕。言夢雲有恙。呼之速歸。指令遠遁。通僕追甚急。乃竄入平陽公主府中。通僕不能入。歸誑通云已殺登遺。乃止。衛少兒者。其父忠。生二女一子。長女子夫已入宮中。子曰青。爲羽林侍衛。次女少兒未嫁。少兒晝寢。夢一書生折花相贈。夢神示以詩云。雨下佳人合。登臨遺舊歡。行將韋幼息。好結夢中緣。乳媼劉氏驚醒之。占其夢云。雨下佳。霍字也。登臨遺舊歡。非登臨即登遺也。行將韋幼息。行與韋合。衛字也。幼息。少兒也。夢中之語。當有姓霍者與少兒有緣也。登遺竄園中。倦臥廊下。爲少兒所見。劉媼蹴之醒。問其姓名與夢合。媼遂主婚。使少兒贅登遺。時鄧通求得詔旨。使娶少兒。其兄青未知少兒嫁霍。歸與妹言之。少兒大驚。會生一子。即挈投乳媼家。東方豹之救瞿岳也。鄧通遷怒。使人捕之。豹殺捕者。遂入太行山爲盜魁。大擾州郡。少兒遭亂。以子付乳媼。易男裝隨登遺他徙。遇賊衝散。登遺被擒。見寨主即豹也。遂留寨中。而少兒隻身無依。乃至京師訪登遺。初、登遺之遁。不及與夢雲別。夢雲已懷孕。未幾生一子。其父昭接女入京。令棄其子。夢雲乃刺霍登遺所生子六字於兒股。而棄之途中。瞿岳抱歸知爲故人子。育之於家。見其妻抱少兒子亦登遺所生。乃並撫之。兒名霍光。弟名霍去病。光讀書甚聰慧。去病多膂力。擅武藝。少兒在京。度登遺或入考場。遂更姓名曰韋幼息。亦進場赴考。擢得大魁。薄昭强贅爲壻。使夢雲配之。少兒爲夢雲述已之行藏。夢雲戒令勿洩。結爲姊妹。共留意以訪登遺。景帝嘗微行。遇霍光於鄉塾。與談經書。大異之。復進香堯廟。過太行。爲東方豹所犯。霍去病突出擊退豹兵。問其姓名。知即光弟。默記二人名而捕太行賊甚急。登遺力勸豹納款。豹不肯降。即自刎以爲登遺功。登遺散遣其衆。函豹首以獻。詔封萬戶侯。景帝以鄧通吮癰。故銜之。籍沒通家產以賜登遺。且令捕通。通入古廟。僵臥廊下。登遺緝至廟中。見通已斃。瞿岳相見。謂相法皆驗。邀歸。令二子出認其父。少兒又奉詔召岳。並召二子。抵岳家。忽見登遺。驚駭。易妝出認。相與具疏奏明其事。二子後皆大顯。按漢書霍光傳。霍光、字子孟。驃騎將軍去病弟也。父中孺。河東平陽人。以縣吏給事平陽侯家。與侍者衞少兒私通而生去病。按仲孺並無他名。劇造出登遺之名。仲孺本給事平陽侯家。劇謂贅薄昭之女。又逃入主家。甚謬。薄昭。文帝之母舅。平陽公主。武帝之姊。公主出嫁平陽侯。仲孺乃在侯家給事。與薄昭相去甚遠。安得爲其壻。謬甚。鄧通。文帝時幸臣。景帝初年餓死。安得與仲孺爭婚。中孺吏畢歸家。娶婦生光。因絕不相聞。久之。少兒女弟子夫得幸於武帝。立爲皇后。去病以皇后姊子貴幸。既壯大。乃自知父爲霍中孺。未及求問。會爲驃騎將軍擊匈奴。道出河東。河東太守郊迎。負弩矢先驅。至平陽傳舍。遣吏迎霍中孺。中孺趨入拜謁。將軍迎拜。因跪曰。去病不早自知爲大人遺體也。中孺扶服叩頭曰。老臣得託命將軍。此天力也。去病大爲中孺買田宅奴婢而去。還復過焉。乃將光西至長安。時年十餘歲。任光爲郎。去病爲驃騎將軍。光止十餘歲。劇言光爲去病兄。大誤。仲孺吏畢歸家娶婦。乃民間女子也。史未言其姓。又按史記衛將軍傳。大將軍青者。平陽人也。其父鄭季爲吏。給事平陽侯家。與侯妾衛媼通。生青。青同母兄衛長子。而姊衛子夫。自平陽主家得幸天子。故冒姓爲衛氏。字仲卿。長子更字長君。長君母號爲衛媼。媼長女衛孺。次女少兒。次女即子夫。按史。少兒子夫。皆衛青之姊。劇言青姊子夫。妹少兒。誤。少兒乃子夫姊。劇言是妹。亦誤。衛媼。史記言平陽侯妾。平陽侯妾則不宜稱衛。故註云侯妾衛媼。則似無夫。漢書云。與主家僮衛媼通。小顏云。衛者舉其夫家姓也。於義爲優。劇中衛忠之名。亦係造出。又按史記佞幸傳。鄧通。蜀郡南安人也。以濯船爲黃頭郎。文帝幸之。賞賜通巨萬以十數。官至上大夫。上使善相者相通。曰當貧餓死。文帝曰。能富通者我也。何謂貧乎。賜通蜀嚴道銅山。得自鑄錢。鄧氏錢布天下。景帝時。有告通盜出徼外鑄錢。下吏驗問。盡沒入鄧通家。尙負責數巨萬。一簪不得著身。寄死人家。劇言通事本此。相者本無姓名。劇造出瞿岳。通姓鄧。劇云崔鄧通。可怪。東方豹亦無其人。

兩榮歸

係近時人作。演劉天生激弟天成登第事。兄弟俱擢大魁。同日晝錦。故名兩榮歸。其事無所據。略云。江西金谿縣庠生劉天生。字子俊。其弟天成。字子英。後母余氏所出也。天生娶張氏。天成幼未聘。弟兄於祖塋別墅讀書。天生遵父遺訓。嚴課其弟。母舅余見波拉天成觀劇。冒雨得恙。天生諫母勿使弟曠逸。見波在座有愧色。嗾姊拒天生言。復勸爲天成援例南畿而伴之入監。厚索賫斧以行。蓋欲漁其利也。天生謂金陵繁華花柳之場。弟年少恐蕩心志。母謂生妬忌。天生遂不敢言。向父塋前泣訴。遇錢塘人石攻玉字他山者。詢其故。天生告以先人遺命敎弟。今母誤聽舅言納監金陵。必廢業放蕩。失足無籍。予負不孝不悌罪。是以泣訴先人耳。石慨然云。弟若落魄。予當拯之。生問何策。石言予早失偶。有女七歲被拐。遍覓數載。茫無踪跡。故託風鑑遊都會。今欲至金陵。潛窺若弟舉止。當爲指點迷途也。生告石云。弟少不省人事。待其稍嘗苦味。始能發憤成名耳。天成果與徽州劣生江有才嬉游放逸。妓平採蓮。即石所失女也。雖入烟花。憶父姓名。念名門女。不與客接。假母無計。紿令自擇配。利相見者輸金也。慕蓮才貌者日至。無可意者。江邀天成往。蓮喜成俊雅。獨留茶飲。意甚款洽。欲以終身許之。攻玉至金陵。詣天成談相。言當富貴。若戀花酒。必致落魄。天成恚而遣之。與見波謀。欲聘採蓮。波允爲納采。費三百金。始得與蓮居。揮金悦鴇無所惜。見波又令黠友誘令賭博。輸則共分之。資斧漸乏。乃遣童筆蛟歸家向母索金。母詢童云。若主何所費。所攜貲頓盡。何也。童以實告。母悔不勝。適天生中鄉榜歸。母言其事。天生慰母勿憂。如從兒謀。當使弟成功名。母問何策。天生勸母勿與盤費。童亦勿復往。隨兒詣京會試。弟有緩急。兒當使人照拂耳。母從其言。天成日翹首以望而家書杳然。愧憤成疾。蓮殷勤奉湯藥。其母即欲逐成。江有才覸知之。予攜金謀娶蓮爲妾。紿天成就醫。棄於途。報蓮云天成已斃。肩輿往殮。遂挾以登舟。發金陵往湖廣。天成疾不能行。遇博友詢採蓮所向。云嫁商人遠遁矣。窮途悲泣。計無所出。攻玉忽至。謂曰。昔日言驗否。天成慚謝之。攻玉扶歸寓中。詢所愛妓姓氏。生具言本末。攻玉大駭云。此吾女也。相失數載。孰知落風塵中。辱君憐愛。今雖遠遁。當蹤跡之。二人遂稱翁壻。時得會試錄。天生已擢大魁。攻玉俟天成疾瘳。偕詣京師。俾謁其兄。有才載採蓮入楚。舟中欲與成婚。拒不從。屢欲自經。抵洞庭湖。遇水寇與獠合。劫蓮見洞主。殺攜與有才。獠酋欲汙蓮。其妻不容。留以作伴。遂得全節。天生授翰林。詔問剿蠻策。奏答稱旨。命撫湖廣。將行。值天成往見。故慢不理。天成愧無地。兄復逐使去。成憤歸以告攻玉。天生密授玉資斧藥餌。令調養天成。復以奇書秘本。令勸勤讀。爲改入北監。囑攻玉使毋言己所贈。成名之後方可洩也。至楚招撫。獠感其德化。悉皆納款。其所劫子女。按籍釋歸。採蓮具言父名。且云已嫁劉天成。天生知爲攻玉女也。告以天成即其弟。復命帶歸金谿。先入謁母。天成連捷。亦中狀元。乞假省親。感攻玉恩。與同舟歸。母不勝喜。令謁天生。天成泣訴其母。兄無手足情。身被恥辱。賴攻玉提挈。始得有此。母亦信其言。甚啣天生。而邀攻玉叩謝。攻玉一一剖明。始悟皆天生暗助。得以成名。流涕謝罪。天生紿云。我已爲弟聘婦矣。天成守採蓮約。堅不肯從。攻玉亦勸毋念己女。天生知弟守義。令採蓮出認。攻玉見之。父女相抱悲慟。天生乃告其母。擇吉復結花燭云。

三虎賺

不知何人作。演趙岐觸勢被殺。三俠士扮虎救之。妻子離而復合。報仇完聚。故劇名三虎賺。借正史姓名點綴。其事無所據。略云。趙岐、字邠卿。京兆長陵人。妻馬氏。外戚馬融兄女。一子名璧。尚在齠齡。顧乳母周氏撫育。岐官東京監察御史。是時漢靈帝寵用閹宦唐衡專政。由司禮監新進侯爵。各官往賀。岐不屑屈節媚之。馬氏勸其明哲保身。岐先詣妻叔馬融處飲。醉後詣唐衡。以詩譏刺其假冒邊功。夤緣侯爵。衡大怒。命吏部謫岐太原府清源縣典史。衡兄唐玹。官虎牙都尉。致仕在家。限邑中獵戶獻貂皮虎皮狐皮鹿角。需索無厭。衆苦之。告于趙岐。岐差役拏唐玹。被責。岐親至玹宅。玹因本府刺史曹孟德。大父亦內監。與唐衡係世戚。密囑害岐。遂特疏參之。除冠帶監禁。衆獵戶劫出岐。并攢毆唐玹殞命。俠士孫嵩。字賓石。將妻劉氏。周歲女淑兒。託往北海村避難。自往救岐。適守備追兵至。嵩擊死守備而岐已逸去。妻馬氏聞信。將子璧託乳母周氏。往其弟周義處斂跡。己身被逮。至太原。刺史曹孟德即僉解詣京。途經南嶺山。被黃巾賊張角劫入營。威逼不從。乳母弟周義善醫馬。周氏因遇解役。述馬氏被擄。命其弟投張角。私入後營救馬氏歸家。與乳母相依。趙岐自首投到。曹孟德即奏聞。將處決。俠士孫嵩偕勇士勝天王、活羅刹、賽金剛等。扮三虎劫之。避難于北海。改姓孫。字臺卿。孫嵩亦棄獵戶業爲商賈。積資累萬。訛傳趙岐已被虎啖。馬氏悲慟欲絕。岐子璧年長十四。有勇力。適黃巾賊至。璧擊死張角。餘賊三千願推爲主。璧命換白旗素甲。旗上書孝子大將軍趙。盡誅閹宦與父報仇。母大怒。責其爲寇墮家聲。欲斬之。衆賊哀求方已。命書大漢孝子大將軍趙。請誅閹宦與父報仇。易赤幟。時曹操爲唐衡所薦。授驍騎將軍征剿趙璧。被圍山谷之內。孫嵩經商過此。奮勇救出。與璧大戰。亦被擒。而岐及嵩女淑兒俱被擄。曹操懼甚。周義因善醫馬。在其帳下。勸操請旨誅唐衡。趙璧即投誠矣。操即遣義至璧營說之。璧知係救母恩人。具表付周義。詳奏唐衡惡款。靈帝大悟。命曹操籍唐衡家產。是時趙璧營中。趙岐、馬氏、孫嵩女淑兒及乳母周氏。俱相聚大喜。璧入朝待罪。奉旨斬唐衡。嘉趙岐之忠。趙璧之孝。馬氏之節。孫嵩、周義、周氏之義。岐封光祿大夫同知中書省。馬氏封吳郡夫人。趙璧封龍衞將軍。孫嵩封虎衞將軍。周義爲太醫院大使。周氏賜黃金五十兩。着有司歲給膳米百石。周義爲媒。孫嵩女淑兒配趙璧完婚。趙岐與孫嵩。親情友誼。迥超流俗云。後漢書趙岐傳云。岐、字邠卿。京兆長陵人也。初名嘉。生于御史臺。因字臺卿。注云。以其子爲御史。故生於臺也。今劇中云岐避難孫嵩處。改姓孫。改字臺卿。非是。後避難。故自改名字。永不忘本土也。按此則避難後乃改字邠卿耳。岐少明經有才藝。娶扶風馬融兄女。融外戚豪家。岐常鄙之。不與融相見。劇言妻叔馬融相合。三輔決錄注。則言岐娶馬敦女宗姜爲妻。敦兄子融。嘗至其家。多從賓。與從妹宴飲作樂。日夕乃出。岐不以妹壻之故。屈志於融也。是言岐爲融妹壻。與此不合。永與二年。辟司空掾。其後爲大將軍梁冀所辟舉。爲皮氏長。中常侍左悺兄勝爲河東太守。岐恥疾宦官。即日西歸。京兆尹延篤復以爲功曹。先是中常侍唐衡兄玹。爲京兆虎牙都尉。岐數貶議。玹深毒恨。延熹元年。玹爲京兆尹。岐懼禍。乃與從子戩逃避之。玹果收岐家室宗親。陷以重法。盡殺之。岐遂避難四方。江淮海岱。靡所不歷。自匿姓名。賣餅北海市中。時安丘孫嵩年二十餘。游市見岐。察非常人。停車呼與共載。岐懼失色。嵩乃下帷。令騎屛行人。密問岐曰。視子非賣餅者。又相問而色動。不有重怨。即亡命乎。我北海孫賓石。闔門百口。勢能相濟。岐素聞嵩名。即以實告之。遂以俱歸。嵩先入白母曰。出行乃得死友。迎入上堂。饗之極歡。藏岐複壁中數年。後諸唐死滅。因赦乃出。三府聞之。同時並辟。乃應司徒胡廣之命。擢并州刺史。年九十餘卒。官太常。按岐事如此。劇本以緣飾成之。傳中無子璧及與孫嵩作姻事。想當然耳。司禮監封侯。及假冒邊功夤緣侯爵等語。似指天啓時魏良卿事。當暗有所託也。

鳳和鳴

不知誰作。事實即本梁辰魚鳴鳳記。（鳴鳳記。見本書卷五。）以其記下本增飾鄒應龍、林潤、郭希顏事。謂能繼跡夏、楊。故曰鳳和鳴也。略云。陝西長安鄒應龍。與福建莆田林潤。曾共受業于江西郭希顏。鄒、林遂結爲異姓兄弟。其妻亦稱妯娌。同居臨安。時希顏已爲翰林。鄒、林成進士。謁選。以不關通嚴世蕃。遂使應龍巡邊。潤安緝滇南。因兩地軍情叵測。倘至激變。必當受害也。禮部主事董傳策。與工科給事吳時來。兵部郎中張翀連名劾嵩父子。嵩誣以毀謗大臣。詔皆杖八十遣戍。錦衣衛指揮朱希孝憫之。令校衛用出頭杖以存其命。時鄢懋卿爲都巡鹽。趙文華官兵部尙書。皆嵩牙爪。趨承恐後。懋卿惡文華每事居其先。潛詣西山。求赤肚子長生丹進嵩。文華亦詣其所求藥。二人諂諛皆類此。江西解元易弘器。有田近嵩北莊。逼令獻納。弘器崛强。拂世蕃意。値會試入京。世蕃與鄢、趙謀。邀飲。醉以巨觥。酣臥書室。以醜婢充家人妻。斷其首。欲并殺弘器。因誣以奸。世蕃表姑陸氏聞其謀。竊匙鑰釋弘器。慮禍及身。自投于井。郭希顔令弘器逃往邊塞。俾謁應龍。遂具疏劾嵩父子。世蕃遏其本不奏。希顔知之。掛冠歸江西。過臨安。以信慰鄒、林家屬。值緹騎追逮希顔。繫江西獄。嵩誣以逃職毀謗。勒斃獄中。應龍以恩信賞邊軍。士皆感德。復命歸。遇張翀、易弘器。言皆受嵩誣陷。應龍乃剴切奏嵩奸惡。詔奪嵩職歸田里。世蕃戍南雄。應龍陞通政使。被害者盡赦歸。林潤按滇復命。即授江西巡按。訪世蕃不赴戍所。居家益横。令受害者皆具控。即據實奏聞。詔誅世蕃。發嵩入養濟院。沒其家產。追贈夏、曾、楊、郭。即以嵩宅建祠祀之。鄒、林皆陞都御史。其妻並授封誥云。按此劇事實。大段詳鳳鳴記。其易弘器一段。又互見鳴鳳、飛丸二記中。史傳無鄒應龍、林潤受業郭希顔之説。三人異地。本不相涉也。巡邊及安緝滇南。皆御史之職。若云初謁選。豈能遽受此任。且不得云世蕃所排也。二人劾嵩。亦未聞有宿怨。自以公論耳。郭希顏因疏中有建帝語。因此被戮。其時世宗以論羣臣。嚴嵩以同鄉故。尙爲委曲。非以劾嵩誅也。希顏方宴客。使者即家誅之。亦非斃于獄也。應龍陞通參。世宗諭徐階。猶指爲邪物。非通政使也。夏、楊等追贈在隆慶初。非世宗時也。其餘大略與史相合。

財星現

近時人作。不知誰筆。所演秦子西事。謂子西乃天上財星。閱歷艱苦之餘。不意中獲資百萬也。情蹟鑿空。無所原本。其名曰秦金。明嘉靖中有此人。官至南京吏部尙書。不過姓名偶同。非謂即其人也。惟田爾耕是眞姓名。而官階履歷不符。亦不過影借云耳。略云。秦金、字子西。祖籍關中。僑居白下。拋書業賈。囊空乏資。時有巨富楊叟。名立、字伯信。別號覺庵道人。風鑑通神。素性偏執。人所輕賤者必愛敬之。人所尊奉者必棄絶之。衆因指目爲偏員外。又目曰偏不信。金陵桃葉渡有吳蘭者。素善經商。向叟貸五百金往江西販米。子西亦向叟貸五百金爲貲。叟細察其面貌。又爲起數。謂必大富。遂立付之。且導往江西商販。時有邢子璣亦金陵人。家道小裕。同時向伯信貸銀。貌與子西酷似。叟見其氣色昏滯。堅不肯借。子璣不忿。棄産得金二千。欲買川廣藥材。抵南昌界。大盜赫連霸刦其金去。子璣無所歸。遂從霸入山。在寨書寫。揚州別駕田爾耕解餉雁門關。道經香草鎮。（按揚州赴雁門・安得入南昌界・劇誤・田爾耕亦非進士・未嘗爲揚州通判・）餉銀爲霸所刦。子璣請殺爾耕。霸不從而止。爾耕詢得子璣姓字。恨之入骨。竟以失餉擬辟。起解進京。惟得千金餽東廠魏忠賢。禍可立解。其妻馮氏生女玉娟。美而且孝。插標賣身。願得千金以贖父罪。子西之往江西也。途間與吳蘭遇。以蘭年長。事之如兄。同赴江西。寓于南昌城外糧食牙行甄老實家。初、蘭出外時。使妻張氏料理行囊。張父贈錢二貫。包裹篋中。而金未挈去。蘭行。妻始知誤。以爲必返。蘭竟去不顧。且不知金之在家也。蘭與子西同寓于甄。子西先行糴米。蘭檢其囊。僅錢二貫。心甚驚駭。店主輩皆謂必同行人所竊。急追子西還。子西云。若果失銀物色錠件相對。即認是吳物。蘭開數目。衆檢子西之囊。一一符合。衆遂以銀付蘭。而欲執子西拐銀之罪。蘭頗忠厚。勸止衆人。子西遂素手而歸。見叟羞慚滿面。而叟相子西必富。復以千金貸之。子西携金以行。適遇玉娟賣身不得售。玉投井自盡。子西沮止問故。玉娟具告其實。子西憐其孝女。願以所携付之。田氏之僕至。乃携金同往。付其母馮夫人。爾耕用以結交于忠賢。不惟免罪。且擢靑徐道副使。馮氏以全家並子西所救。留贅于家。許以同抵任所。還叟本銀。及爾耕相見。其貌似邢子璣。問姓氏籍貫。則云金陵秦子西也。爾耕誤聽。以爲即子璣。是從前劫銀者。立命擒之。欲斃于杖下。垂絕而巡按至。爾耕出接。老僕以己衣衣子西。縱令遁去。撞死堦前。以絕其迹。爾耕歸。知子西走。告其女云已死。欲令改嫁。玉娟不從。既而生子三歲。爾耕必欲嫁女。將棄其外孫。玉娟乃以金陵秦子西子六字刺兒背上。送養于育嬰堂。會楊叟廣行善事。給育嬰堂乳母一年工食。見兒喜之。收以爲子。遂改姓名曰楊秦。初、子西垂斃而走。逃至江濱。復遇叟。叟方以通洋利重。買得藥材絲絹等物。計直萬金。欲附海船往日本貨賣。而未得其人。見子西則大喜。悉以付之。海船將開。子西用姓名圖記以識。遂與叟别。赫連霸聞有貨船出洋。入海劫之。盡投舟中人于海。子西幸附一板。漂至普陀山岸。樵夫引至大士行宫。曰大悲禪院。其僧普濟。收作香火。取名曰來道人。時日本方患瘟疫。遍染國中。會奪赫連霸之舟。盡得藥材。療治立愈。國主亦因此獲瘳。檢得秦子西圖記。知是其物。估價值二十萬。封貯庫中。俟覓得子西以還之。赫連霸之入海也。邢子璣乘間席捲金珠而去。易名納監。媒聘爾耕之女。選吉入贅。玉娟聞之。盡剪鬟髮。爾耕使妻伴女。而已出慰壻。見其貌。以爲子西已死而魂出索命也。大怖而走。子璣又見爾耕即失鍮之官。懼其縛己。奔竄而去。玉娟遂擇園中空屋爲靜室以居。書亡夫秦子西牌位。日供奉焉。久之。楊秦入都應試。道過山左。抵靜室中。見所書牌與己背上之字相合。細問始知是生身之母。哭認而去。登科入詞林。還家告于叟。方欲遣使迎母。會奉命封王日本。叟告以生父未亡。飄洋海外。比至日本訪之。國主言舟人盡沒于海。久訪無跡。度不復存。因以所貯庫銀令盡挈歸。又贈珍寶無算。舟還泊普陀。入寺禮佛。獲與父見。迎歸金陵。而吳蘭居外久。獲利至二十萬。歸家見妻。始知從前之誤。欲訪子西以金盡還之。子璣流落娼家爲僕。蘭見而呼之。與言其故。子璣遂冒認子西。偕蘭抵楊宅。時子西父子同歸。爾耕亦以璫敗貶官。自悔殺壻。聞外孫已貴。壻亦未死。挈家至金陵。求楊叟爲之解說。而蘭與子璣同至。子西、子璣皆自以爲子西。面貌相同。一時莫辨。叟記子西泛海時。其物有秦子西圖記。語兩人云。有此記者是眞。否則是假。子西出圖記於袖中。叟乃記從前有貌相肖者。即子璣也。送官究治。而官即爾耕。被貶爲應天府經歷。子璣知事敗。撞階下死。吳蘭遂以女嫁楊秦。楊秦具疏復姓名曰秦楊。擢陞學士。其父秦金欽天監奏財星降世。正與相應。授爲常盈庫大使。楊伯信、吳蘭並授七品冠帶。田爾耕以原官致仕。伯信、蘭及爾耕皆無子。三家所蓄、盡歸於秦。按田爾耕兵部尚書田樂之孫。以軍功襲錦衣。遷至指揮。附璫獲罪。非文職也。劇中借用其姓名。非實事。

求如願

近時人作。劇以歐陽名三代淸白。虔誦法華經。青湖龍王女如願。亦誦法華經。感呂純陽眞人指示結姻。廣行善事。飛昇仙去。故曰求如願也。事皆有所影借。但非歐陽修孫耳。略云。歐陽名、字紹堯。廬陵人。歐陽修之孫。妻胥氏。累世淸廉積德。值靑苗法爲害。貧愈甚。惟祖遺玉麈尾、古端硯、黃庭堅詩扇、李廷珪墨、定武蘭亭法帖、蘇軾文集。寶愛不忍釋。夫妻同誦大乘妙法蓮華經。於人日備香楮。祈錢神送窮。典賣田園。學爲貨殖。舟行過彭蠡湖。風浪驟起。投以玉麈尾古端硯。未息。復投黄庭堅書扇并自書法華經。風浪忽止。行至湖廣。遇呂洞賓。知名本金童。龍王女如願本玉女。偶謫塵凡。數當配合。因語之曰。龍王獲汝經扇。欲酬汝德。凡珍珠寶玩。決不可受。惟說求如願三字足矣。龍王果遣靑衣童子邀至宮中。設宴款之。贈一丈珊瑚樹、明月珠二顆、通天犀俱不受。但曰求如願。龍王大驚。詢之。名以純陽之言對。即命與如願諧伉儷於龍宮。三日後。水部送歸家。時蔡京深嫉元祐正人君子。親書黨人三百九十人名。立碑於端禮門。禁行三蘇文集。名藏之石壁中。值江右亢旱。斗米千錢。名以數千金糴米煮粥。廣救飢民三百餘萬。是時徽宗寵信林靈素。正登壇作法。擒李師師。以其爲野狐精也。適童貫捧詔至壇。師師遂得逸去。封靈素通眞達靈先生。於上淸寶籙宮上表章。册徽宗爲教主道君皇帝。上玉帝徽號曰太上開元執符御歷含眞體道昊天玉皇上帝。未幾大金南侵。

復命靈素具奏玉帝。以劫運之故。不能上達。蘇軾爲天上奎宿。代之轉奏。玉旨云。天數已定。不必再奏。靈素伏陰回。不敢泄漏天機。但奏蘇軾是天上奎星。豈可稱爲黨人。即於半夜毀黨人碑。召購蘇軾文集。而歐陽名所藏軾文集已十年。生一子。取名曰攀狗。亦已十齡。因以蘇軾文集上獻。即拜翰林學士。命草詔罪己。更革弊端。俾人心悅。天意回。則備禦之事。將帥可以任之。李綱復奏當整飭軍馬。固結民心。相與堅守。以待勤王之師。蔡京請遷移襄鄧。李綱復奏六軍父子妻孥。皆在都城。萬一中道散歸。誰爲護衛。敵兵逼近。知乘輿未遠。以健馬來追。何以禦之。蔡京之言。切不可聽。因命李綱兼親征行營使。种師道爲大將軍。歐陽名爲參謀。大金粘沒喝以六萬師據牟駝崗。勤王之師集城下者已二十餘萬。遂出封丘門大戰。粘沒喝退去。李綱、种師道、歐陽名各加二級。玉帝以歐陽名正直無私。虔誦妙法蓮華經。救濟飢民三百餘萬。陰功浩大。勑呂洞賓及諸仙官天將。以幢旛寶蓋接之。妻胥氏、龍女如願。俱白晝飛昇。先列仙班。後歸佛剎。以彰爲善之報云。按搜神記。歐明經彭澤湖。有數吏來候明。云是青洪君使要。明甚怖。吏曰。青洪君必有重遺君者。君勿取。獨求如願耳。明既見青洪君。求如願。如願者。青洪君婢也。明將歸。所願輒得。數年大富。搜神記。干寶所撰。事在晉前。劇以歐明爲永叔之孫。可哂。宋稗類鈔。載宣和間林靈素希世寵倖。數召入禁中。賜坐便殿。時露臺妓李師師者。出入宮禁。靈素見之。怒目攘袂。亟起取御鑪火箸逐而擊之。內侍救護得免。靈素曰。若殺此人。其屍無狐尾者。臣甘罔上之誅。上笑而不從。又李廷珪爲江南李國主父子作墨。彭門寇鈞國家其先世所藏李廷珪下至潘谷十三家墨。斷珪殘璧。粲然滿目。東坡先生臨郡取試之。爲書杜詩十三篇。各於篇下書墨工姓名。因第其品次云。又王榮老嘗官於觀州。欲渡觀江。七日風作不得濟。父老曰。公篋中必蓄寶物。此江神極靈。當獻之得濟。榮老自顧無所有。唯一玉麈尾。即以獻之。風如故。又以端硯獻之。風愈作。又以宣州包鼎畫虎障子獻之。皆不驗。夜臥念曰。猶有黃魯直草書扇頭。題韋應物詩。即取視之。儻恍之際曰。我猶不識。鬼寧識之乎。試持獻之。香火未收。天水相照。如兩鏡展對。南風徐來。張帆一餉而濟。按范成大臘月村田樂府敍。余歸石湖。往來田家。得歲暮十事。採其語各賦一詩。以識土風。號村田樂府。其十曰打灰堆詞。除夜將曉鷄且鳴。婢獲持杖擊糞壤。致詞以致利市。謂之打灰堆。此本彭蠡淸洪君廟中如願故事。惟吳下至今不廢。詞曰。除夜將闌曉星爛。糞掃堆頭打如願。杖敲灰起飛撲籬。不嫌灰涴新節衣。老媼當前再三祝。只要我家長富足。輕舟作商重船歸。大特引犢鷄哺兒。野繭可繰麥兩歧。短衲換着長衫衣。當年婢子挽不住。有耳猶能聞我語。但如我願不汝呼。一任汝歸彭蠡湖。

兩卷雲

是以名兩卷不知何人所作。演錢月遇氤氲使者。撮合璧雲、珠雲共諧伉儷。父雲。蓋取珠聯璧合之義也。其事無所本。略云。金陵諸生錢月。字朗生。原官浙江中丞。早歿。愛吳中山水。與母魏氏僑居蘇州。有李秀、字文長者。籍襄陽。亦寓蘇州。父曾官兩廣提督。歿於任。秀蔭游擊。命未下。在蘇與月相友善。期游虎丘。秀有事爽約。月獨閒步過酒肆。遇老叟乘醉與肆主爭酒價。月代償之。叟邀回寓。設異品佳餚款月。復奏霓裳羽衣。詢其姓名。云姓申屠。人皆稱申屠丈。感君高誼。待有緩急。當相拯也。遂別。叟蓋氤氲使。月本文星下降。與璧雲、珠雲有夙緣。故奉元女命臨凡。濟月危困。令配二雲。璧雲者姓宗氏。名家女也。幼失怙恃。族叔賣入烟花。善琴棋詞翰。名傾吳郡。欲嫁才子。不輕會客。黠僧寂如。拉秀、月往訪。欲從中漁利。璧與月款洽。遂訂終身。宰相裴倫。字梅川。居金陵。其子元詣蘇謁巡撫。過錫山遇虎。會秀較獵救之。元致書與父。實授秀游擊。鎮守采石磯。初、元慕璧美。

欲娶爲妾。璧拒不從。元啣之。誣月通李闖。逮繫獄。秀白其寃釋之。母令出避金陵。元强璧爲妾。母利其財。誘璧乘輿入元寓。璧堅不從。幽於密室。申屠丈遣神誅佞兒。救投鎭江尼庵。以侯姑息相逢。重續舊盟。有兵科給事范裻、字闇然者。與倫不合。奪職歸。乃月父執也。月往謁。裻有女。以夫人蘇氏夢呑珠而孕。故名珠雲。裻甚鍾愛。謹於擇壻。必欲明珠爲聘。月寓于范。適遇珠園中。彼此留意。裻亦欲以女妻月。時倫乞假歸葬。于裻園飲。月亦在坐。見其才品。亦有女未字。使門客執柯。欲以字月。月拒之。倫度裻必以己女配月。故梗之。且欲聘其女爲媳。裻以聘必明珠爲辭。申屠丈乃攝倫家珠以聘范女。倫恚裻逆己意。誣其與流寇通。陷裻。逮赴京師。裻先令月歸。囑夫人攜女詣蘇州就親。月過丹陽。海慧庵僧寂如行刦。殺其僕。申屠丈遣神負月至采石。與秀敍始末。秀助資斧。令入京會試。珠母女詢月母錢夫人。夫人云月未歸。母女驚異。夫人知珠與月締姻。因留同居。適珠詣寺進香。裴元遣僕爲盜。劫珠入舟中。珠急投水。寂如方爲水寇。拯起獻於頭目。秀引兵巡江討水寇。獲珠。知月所聘妻。奉以居别室。初、裘被逮。鞫問無罪。詔釋出獄。即命剿撫流寇。秀往協助。屢奏捷。會月成進士。劾倫父子奸惡。詔逮倫赴法司勘問。而授月監軍道。解糧助裘。及賊平奏凱。遣人接家眷入京。月母與范夫人路過尼庵遇璧。知其爲月守志。攜載赴京。氤氳使者申屠丈又運神通。令其母子夫婦舟皆泊江口。適裴元探父過揚子江。覆舟波中。裘妻月母。既各會合。李秀載珠雲擒寂如亦至。月以寂如正法。裘與錢夫人擇吉。即於舟次。令月與二雲諧花燭焉。按劇中有潛通李闖語。則所指乃明末事也。明末宰相無所謂裴倫者。劇云金陵人。崇禎中。上元程國祥由戶部尚書入閣。疑其所影射。然國祥未聞有過失。或有惡之者。亦未可定。

曲海總目提要卷四十二

清平樂

不知何人所作。以書生時化從軍。遇高麗女主。得其所撰清平樂詞。遂成夫婦。後以勤王功受封。故名。劇中姓名事蹟。皆屬子虛。無可據也。略云。玉泉山清隱道人。脩煉得長生之術。知趙宋將有事。欲煉一鏡以助兩俠靖妖氛。與其徒淨凡在爐間談道。淨凡私自出山而去。時當宋季。常州人時化。字繼先。儒家子也。父善長。母穆氏。家貧親老。抱才未遇。將赴京應試而苦無資。金陵人金濟者。任俠不羈。佯狂行乞。人皆呼爲金花子。與化遇于途。問狀。告以苦衷。濟許其以行資相助。遂結爲兄弟。濟之鄰居有李氏慧貞。司馬李勳之女。家世富。兩親俱亡。獨居未字。濟雖許化而無從得銀。乃求見慧貞以實告。慧貞素重其俠。出金付濟使助化。化乃辭親與濟偕行。無賴田又三嗜賭負債。爲同夥所逼。路逢大賈。爲償所負。挈以同行。又竊賈銀。爲其僕所覺。將送官懲治。乞哀於道。化適見之。贈銀排解。與俱宿店。又三復竊化資而逸。投將軍天元和尙幕下。時化途窮。仗濟相扶到京。時高麗國女主賽昭君。航海入寇金陵甚急。而朝所用事者。曰平章柴朗。魏國公朱參。吏部尙書牛偉。左都御史羊健。皆庸鄙貪財無遠略。聞寇警。漫無禦敵之策。天元和尙者。少林寺僧。以羊健薦。奏對稱旨。授爲將軍。帥兵勦寇。軍興乏餉。牛偉請令應試者捐貲方許入場。化不得與試。値天元招軍。濟與化遂俱投軍効用。天元貪婪無忌。生殺自恣。借徵餉爲名。誅求郡縣。羽檄旁午。當是時。山東河北年荒饑饉。流離載道。淨凡適至。衆擁爲主。起兵攻天元。天元遣化取民間少年女子爲女兵。實欲取樂也。化不奉令。天元怒甚。提至將殺之。而所遣往提者乃金濟。濟縱化走。己則潛至中軍欲刺元。元覺被擒。會淨凡兵將至。元倉惶應敵。羈濟于後營。營中被擄民間女甚衆。李慧貞亦在焉。有惡弁欲逼與爲婚。濟殺弁而釋慧貞及衆女。皆使逸去。弁即田又三也。化南走投高麗軍。女主悦其才。留爲參軍。女主方欲擇配。心屬化而未言。作清平樂詞一闋云。天分南北。芳心一樣熱。關關鳩鳥河頭立。守盡等閒風月。千里赤繩繫早。一見夢魂顛倒。鶼鶼共效于飛。舉案齊眉同老。爲化所見。女主以爲天緣。遂與成夫婦。濟既釋慧貞。恐其獨行受侮。送之歸。遇化父母。使同居一室。而脱身訪化于高麗軍。果得見。時淨凡破天元。遂引兵内逼。濟説化夫婦返正勤王。朝命以濟爲先鋒。與淨凡戰。淨凡能爲百里霧。而賽昭君有神劍寶瓶。能攝雲霧。遂破淨凡軍。淨凡又善幻。化作其夫化狀。賺去劍瓶。賽昭君困甚。而清隱道人以照妖鏡至。收其徒歸。化與賽昭君及濟。乃得戮力平亂。方淨凡之引軍内逼也。朝廷率六軍禦之。敗績。賴濟之救。宋帝微行至一村。叩門見二老一少女。則時化之親及李慧貞也。留帝信宿。濟引軍至。迎回宫中。事平。化封靖南侯。榮加三代。賽昭君爲長洲郡主。以慧貞爲公主。而即以濟爲駙馬。欽賜完婚。遙授清隱道人爲元宗教主云。按劇中稱趙宋時事。而其中姓名皆宋史所無。高麗國亦無女主嗣位者。其爲揑造無疑。仙釋傳中亦無所謂清隱道人及淨凡名。又按明嘉靖中。東南倭寇縱横。都督萬表建議。欲練少林僧兵禦之。劇中少林兵本此。又按劇云。高麗國航海入寇金陵甚急。記明嘉靖中。倭寇十七人直犯應天。兵部尚書張時徹等。聽其出入不能制。城内人甚喧擾。疑暗指此也。魏國公。應是暗指徐中山之後襲爵者。柴朗、朱參、牛偉、羊健。俱非眞姓名。蓋影射豺猪牛羊。以示譏也。

小江東

一名補天記。刊本云小齋主人作。不著姓名。●清范希哲撰。其自序云。見舊有單刀赴會一劇。首句辭曰。大江東巨浪千疊。蓋言江水之大。今改爲小者。乃以當日孫權君臣。局量狹隘。志氣藐小也。又言孫氏踞江東數十年。皆魯肅善謀。視孫劉爲一家之力。議者不察。以爲各立門戶。惟荆州是圖。遂將臨江一會。演出關夫子披堅執鋭。詭備百端。拳臂自雄。効鄙夫之排擊。故作此劇以翻單刀會之案。其又名補天記者。言伏后以曹操之惡。訴于女媧氏。女媧使覩操受地獄之苦。以彰果報。女媧鍊石補天。故曰補天記也。其情節多係揑造。綱目。建安十九年十一月。魏公操弑皇后伏氏。目云。帝自都許以來。守位而已。左右侍御。莫非曹氏之人。議郎趙彥嘗爲帝陳言時策。操惡而殺之。操後以事入見殿中。帝不任其懼。因曰。君若能相輔則厚。不爾幸垂恩相捨。操失色。俛仰求出。舊儀。三公引兵朝見。令虎賁執刀挾之。操出汗流浹背。自是不復朝請。董承女爲貴人。操誅承。求貴人殺之。帝以貴人有姙爲請。不得。伏后懼。與父完書。令密圖之。事泄。操使郗慮持節。策收皇后璽綬。以尚書令華歆爲之副。勒兵入宮收后。后閉戶藏壁中。歆壞戶發壁就牽后出。時帝在外殿。后被髮徒跣而泣過訣曰。不能復相活耶。帝曰。我亦不知命在何時。顧謂慮曰。郗公。天下寧有是耶。遂將后下暴室。以幽死。兄弟及宗族死者百餘人。按劉備、關羽、張飛、魯肅、及甘寧、呂蒙事蹟。互見赤壁、四郡諸記考略中。不復多引。劇云。劉先主入蜀。留軍師諸葛亮。及前將軍關羽鎮守荊州。先主入涪。命龐統分路取雒城。統軍失利。中弩死。先主退保涪。使關平以書迎亮來援。時曹操專恣。獻帝、伏后不能堪。以密詔授宮監穆順。命后父伏完結劉備討操。華歆知之以告操。操至宮門搜得詔。殺順害后而收完族誅之。伏后靈不散。飛至天闕。入一殿宇。甚巍煥。則補闕元君女媧氏所居也。后訴其寃於女媧。求爲報讐。女媧慰留之。而后欲使獻帝知其身後情狀。女媧因遣侍女同后至江東。託周倉身達之關羽。使聞于先主。而并囑其奮勇勤王。先是亮得先主書。以兵往援。而留羽獨鎮荆襄。吳人甘寧、呂蒙欲謀害羽。魯肅不從。以書約會于臨江亭。羽單舸往。甘、呂伏兵江上欲邀截。肅陰令人轂兩人兵。終不得害。周倉督糧回聞之。急渡江。風起舟覆。羽適宴罷回。救而視之乃倉也。方以其不奉命而擅渡。欲斬之。倉不省人事。俄作女人聲。言我伏后也。以被曹操所害。及在天庭事告羽。囑與備亮同報讐。羽謹受命。倉醒而免其罪。甘寧、呂蒙怨魯肅之脫羽也。借巡江名。欲相機圖羽。月夜與伏后陰靈相遇。以風簸其舟至江北岸。爲周倉所擒。羽聞之。令釋去。寧、蒙乃俱愧伏。魯肅以吳君臣皆欲附操而仇蜀。憤甚。嘔血死。伏后茹怨不已。女媧氏使侍女引后入意中天。開天隙使視果報。初見操逆狀。已乃見其銅雀分香。及入地獄吞鐵丸受鞭扑狀。后乃大快。穆順魂無所歸。上帝憫其忠。封爲酆都神。女媧復令夢神攝獻帝、先主。及諸葛亮、關羽、張飛、趙雲、周倉諸人至。與后見。囑以復讐。乃謂后曰。汝知前世之事乎。獻帝即高祖。后即呂后。操乃韓信也。後先主王蜀。關羽一敗曹仁。再擒于禁。水淹七軍。斬龐德。孫、曹皆震恐。勅賜大旗一面。上書威鎮華夏四字。樹之軍中。羽乃設祭遙叩東京。奠伏后以報命云。按小說中有言曹操、劉備、孫權。是韓信、彭越、黥布轉世者。總屬荒唐。劇後暗取其說。

瓦崗寨

不知何人作。（清劉百章撰。百章字景賢。廣東樂昌人。）演裴元慶與華氏締姻。以程皎金聚瓦崗寨串合闘目。事本野乘。與正史不符。略云。程皎金、字知節。濟州東阿人。家貧樵採爲生。有勇力。時當隋末。與賈潤甫、秦瓊、尤俊達、王伯當、徐茂公、齊國遠等三十六人結納。七月晦日。地藏大士誕辰。皎金閒遊。遇潼關總管裴天柱夫人華氏及女蘭英。亦至地藏庵酬願。皎金見蘭英美麗。忽前揖華氏。遽稱岳母。華氏大怒。遣僕呼子元慶來。皎金與鬭。仆於地。幸尤俊達勸釋。探知濟州起解錢糧。路由長葉林。乃同往刼之。隨被歷城縣擒獲。將二人解至皇叔楊林軍前。林赴京慶賀。暫繫歷城獄中。潤甫等設計救出。各散去。

濟州刺史劉文靖。于潤甫處搜得三十六人册籍。啓知楊林。是時秦瓊在楊林麾下爲十三太保。與上官儀交契。賀方嫉之。譖瓊。林召瓊。方復遣人詭作儀使。於中途阻瓊云。林將害之。須介胄往。瓊惑其說。果甲而詣營。方并譖儀與瓊交私。儀被殺。瓊與方戰。斬之。以令箭賺出潼關。林追不及。以罪裴天柱。將斬之。天柱子元慶來省親。願擒瓊以贖父罪。林乃許之。元慶于鄧家堡與瓊大戰。瓊力竭被獲。徐茂公遣王伯當于榆柳村救回。因攻金提關。守將華公義年老。楊林命元慶協守。元慶即公義之甥。與公義女中表聯姻已久。茂公知元慶勇敵萬人。不可力擒。因誘之離關。急攻破關。斬公義。秦瓊母收華氏爲義女。命瓊禮葬其父。遂占瓦崗寨。推程齩金爲混世魔王。裴元慶戰敗。往龍井關見父。而楊林差官齎公文至。責元慶封疆失守。并亡大將。罪及天柱。氣噎身死。元慶逃至陝右萬雉巖。巖中有嗣漢天師十代孫赤松子。悟太上眞詮。乘千里夜光犀。兩腋有光。夜則如晝。又煉一降魔鐵杵。牧犀仙童牽犀下山飲水。遇元慶引見赤松子。傳以秘書。且授犀杵。楊林合四路節度使勦瓦崗寨。徐茂公擺蚩尤布霧陣。以秦瓊守左營。齊國遠守右營。程皎金守中軍。林所部河東節度滕蛟。陝右節度潘陶俱戰敗。林親攻中軍。爲霧所迷。大敗。元慶乘犀持杵救林以免。皎金被杵擊。昏暈三晝夜方甦。茂公復擺五虎陣。元慶大破之。時其母及妹蘭英避兵來訪元慶。經過查樹邨。茂公刼留營中。命軍士僞作龍井關卒。賺元慶母親筆書。誘元慶刼營擒之。其母勸之降。因以華女配元慶。裴女配皎金。按隋書列傳。惟楊子崇爲高祖族弟。無所謂皇叔楊林也。演義鼓詞小說又稱楊齡。皆無據。唐書。秦瓊、字叔寶。始爲隋將來護兒帳內。俄隨通守張須陀擊賊。大破之。又與孫宣雅戰海曲。先登。以前後功擢建節尉。從須陀擊李密滎陽。須陀死。率殘兵附裴仁基。仁基降密。密得叔寶大喜。以爲帳內驃騎。後歸王世充。署龍驤大將軍。與程皦金計曰。世充多詐。非撥亂主也。因約俱西走。策馬謝世充曰。自顧不能奉事。請從此辭。賊不敢逼。於是來降。高祖俾事秦王。拜馬軍總管。戰美良川。破尉遲敬德。功多。授秦王右三統軍。走宋金剛於介休。拜上柱國。從討世充、建德、黑闥二盜。未嘗不身先鋒鏖陣。前無堅對。進封翼國公。及平隱巢功。拜左武衛大將軍。實封七百戶。卒贈徐州都督。陪葬昭陵。貞觀十三年。改封胡國公。後四年。詔叔寶及諸功臣。並圖形凌烟閣。高宗永徽六年。遣使致祭。名臣圖於凌烟閣者凡九人。叔寶與焉。按此、無在楊林麾下事。程知節本名齩金。劇云齩金、誤。濟州東阿人。善馬矟。常聚衆數百保鄉里。後事李密。爲驃騎內軍。王世充與密戰。襲單雄信營。密遣知節及裴行儼助之。行儼中流矢墮馬。知節抱行儼重騎馳。追兵以槊撞之。知節折其槊。斬追者。乃免。後密敗。爲世充所獲。惡其爲人。與秦叔寶來奔。授秦王府左三統軍。從破宋金剛、竇建德、王世充。並領左一馬軍總管。搴旗先登者不一。以功封宿國公。尋遷右武衛大將軍。實封七百戶。貞觀中。歷瀘州都督左領軍大將軍。改封盧國公。顯慶二年。授葱山道行軍大總管。致仕卒。贈驃騎大將軍。益州大都督。陪葬昭陵。（按此無在瓦崗寨爲混世魔王。及娶裴氏女蘭英爲妻事。）唐書上官儀傳。儀、字遊韶。陝州陝人。父弘。爲隋江都宮副監。大業末爲陳稜所殺。時儀幼。左右匿免。冒爲沙門服。寖工文詞。涉貫墳典。貞觀初擢進士第。召授弘文館直學士。遷秘書郎。（按此。無與秦瓊交契事。）隋唐列傳內。無裴天柱及元慶名。亦無所謂華公義。劇不過添設點綴耳。

晉陽宮

不知何人作。演唐高祖太宗起兵晉陽。而關鍵則在高士廉。其名曰晉陽宮者。歸重於高祖之意。實則鋪敍士廉爲主也。與正史多繆戾。言高士廉。山西太原仗義村人。父官兵部尚書。雙親已亡。妻秦氏。字冰姑。河南朱粲曾悞傷人命。發配充軍。士廉父活之。收爲家將。劉文靜者。士廉父之門生也。由吏部侍郎謫官陽曲縣令。唐高祖封唐國公鎮守山西。羣方告變。高祖承制。遣馬三寶討王世充於洛陽。段志元討孟宣於曹州。殷開山討唐弼於山東。劉洪基討劉武周於三關。（按劇中平陽總兵・山東軍門・三關總兵等・皆明時制度・與隋唐時異・）李靖與文靜舊交。來謁高祖。識高祖太宗爲眞主。相訂而別。飲餞之次。宇文化及奉煬帝命。使高祖建造晉陽宮。且抽撥民夫開掘便河。工程止限一月。高祖以錢糧無出爲憂。劉文靜因言。士廉父曾許建泰安州神州娘娘宮殿一所。尙未酬願。若往借用。異日補還。可應一時之急。士廉適謁文靜。高祖遂邀二人共計。士廉聽命。出其貲以給之。時曹州孟宣、號慨公。有二妻曰藍、白二夫人。皆受異人秘術。能呼風喚雨。撒豆成兵。宣藉其助。取定陶濟寗鄆城東平附近之地。自立爲曹王。出兵犯山西界。爲志元所敗。其友許靈鏡者薦士廉于宣。宣欲聘爲元帥。遣人奉黃金白璧。明珠綵緞。致書敦請。士廉怒而叱去。宣欲引兵攻士廉。其妻力勸不可。宣復率衆親往。請士廉爲謀主。至則士廉已赴高祖。方共議造殿開河。宣不見士廉。而覩其妻之美。竟令從者挾秦氏登車而去。士廉于途次。遇百姓紛紛不寧。皆怨宇文化及誘煬帝爲不道。多方擾民。而河南劉黑闥。方以路見不平。縱化及所拘里長。爲化及部役所毆。且搶去白金二百。士廉問其故。以語侵化及。令放黑闥。役不肯從。士廉令朱粲放黑闥。役遂奔控化及。云士廉擊碎聖諭牌。化及立遣卒捕士廉。酷刑拷之。奏其與李淵謀爲變。使劉文靜點兵押解入京。候旨裁奪。朱粲隨行在路。百姓從者成羣。俱欲救士廉者。黑闥亦以士廉因己被禍。邀之於路。與衆相合。士廉堅守大節。叱衆無妄爲。衆心喧忿。共殺解卒。擁粲與黑闥而去。奉粲至河南爲南陽王。士廉與文靜無如何。文靜思李藥師臨別時嘗留記云。途中禍起莫回程。閒津越渡尋幽徑。遂與士廉倉卒共遁。投奔李靖。化及已建晉陽宫。且開河數百里。遂引煬帝乘舟看瓊花。至四屏山。各路叛寇共謀劫駕。隋將韓擒虎被殺。竇建德敗回。高祖太宗父子引兵勤王。諸寇始解去。煬帝遂撫太宗以爲子。已而入揚界。以瓊花爲觀名。將往看之。其花一夕爲風霆攝去。煬帝謂居民所誑。欲遣兵抄城。太宗力勸而止。化及又謂非民誑。乃守土者之罪。煬帝信其言。誅留守楊道靈。又逼其女墜樓而斃。太宗目擊煬帝所行。潛逃欲歸。化及知之。遣將引兵捕高祖父子。言其背叛。太宗至泗水。化及所遣將追及欲擒之。李靖以錦囊計授士廉。令之往救。一面令文靜救高祖于晉陽。士廉救出太宗。偕靖同赴高祖。則高祖方爲化及將所擒。送禁獄中。晉陽百姓皆欲爲變。文靜與衆共救高祖。奉以爲主。高祖堅執不從。而太宗與士廉已至。衆心並合。又聞化及謀逆事成。自立僞號。高祖乃建義旗。居尊位。以李靖、劉文靜爲左右丞相。士廉爲大將軍。即遣士廉率先鋒馬三寶討孟宣、朱粲等。初、士廉妻秦氏爲宣所得。欲汚辱之。方將自刎。黑、白二氏聞之。叱罵宣而引秦侍己。秦得無汚。其後宣、粲共獵。宣留粲至己帳。粲見秦氏。乃與黑闥共議。以蒙汗藥醉宣酒而擒之。並殺黑、白二氏。遂與黑闥歸唐。士廉夫婦復合。按唐書。高儉、字士廉。以字顯。齊清河王岳之孫。父勱樂安王。入隋爲洮州刺史。劇言爲隋兵部尚書，誤。士廉敏惠有度量。狀貌若畫。觀書一見輒誦。敏於占對。自以齊宗室。不欲廣交。屛居終南山下。吏部侍郎高孝基勸之仕。仁壽中。舉文才甲科。補治禮郎。劇言居太原仗義村，誤。又以爲從高祖起兵，亦誤。貶朱鳶主簿。以母老不可居瘴癘地。劇言雙親已亡，亦誤。乃留妻鮮于奉養而行。劇言妻秦氏，亦誤。會世大亂。京師阻絕。交趾太守丘和。署司法書佐。因爲行軍司馬。高祖遣使徇嶺南。武德五年。與和來降。秦王爲雍州牧。薦士廉爲治中。親重之。按武德中，士廉始爲唐臣，劇言與高祖同起兵，誤。言挺身救太宗，亦誤。太宗時。官尙書僕射。同中書門下三品。知政事。卒贈司徒。謚文獻。配享太宗廟廷。士廉少識太宗非常人。以所出女歸之。是爲文德皇后。按士廉本文臣，非武將也。長孫后是其甥女，則與高祖太宗故當有交，但不如劇所言耳。

劉文靜、字肇仁。世居京兆武功。父韶。仕隋戰死。贈上儀同三司。文靜以死難子。襲儀同。倜儻有器略。大業末爲晉陽令。按彼時止稱晉陽，劇改名陽曲，非也。云以吏部侍郎貶官，亦繆。高祖爲唐公鎭太原。文靜深自結。旣又見秦王曰。公子非常人也。豁達神武。漢高祖、魏太祖之徒歟。殆天啓之也。俄坐李密姻屬繫獄。秦王私入視之。文靜挑言曰。喪亂方剡。非湯武高光不能定。王曰。安知無其人哉。欲共大計。試爲我言之。文靜曰。上南幸。兵塡河洛。盜賊蜉結。大連州縣。小阻山澤。以數萬。劇中言各路之兵・本此・須眞主取而用之。誠能投天會機。奮欃大呼。則四海不足定也。今汾晉避盜者皆在。文靜素知其豪傑。一朝號召。十萬衆可得也。加公府兵數萬。一下令誰不願從。鼓而入關以震天下。王業成矣。王笑曰。君言正與我意合。乃陰部署賓客。將發。恐唐公不從。文靜謀因裴寂開說。於是介寂以交王。遂得進議。及突厥敗高君雅兵。唐公被劾。王遣文靜、寂共說曰。公據嫌疑之地。勢不圖全。今部將敗。方以罪見收。事急矣。尚不爲計乎。晉陽兵精馬强。宮庫豐饒。大事可舉也。願公引兵西誅暴亂。乃受單使囚乎。唐公私可。會得釋而止。既而人心愁擾。益思亂。文靜、寂乃勸起兵。唐公開大將軍府。以文靜爲司馬。唐公踐天子位。擢納言。按文靜本與高祖同起兵・然非因宇文化及・文靜亦未嘗有押送高士廉事・高祖亦未嘗被禁・太宗與文靜同謀・亦未嘗入隋・爲煬帝撫以爲子・自隋逃歸・李靖乃後來所用・初起時未嘗與・文靜與靖・非舊交・馬三寶。柴紹家僮。紹尚平陽公主。高祖兵起。紹間道走太原。三寶奉公主遁司竹園。撫接羣盜。兵至數萬。唐公濟河。授三寶左光祿大夫。秦王至竹林宮。三寶以兵詣軍門謁。遂從平京師。按傳中。未嘗有討王世充孟海公事。段志元、殷開山、劉弘基皆高祖功臣。段志元傳。無討孟海公事。殷開山傳。無討唐弼事。劉弘基傳。劉武周犯太原。弘基屯平陽。詔賊。俄自拔歸。授左一總管。從秦王屯柏壁。以勁卒二千。由隰州趨西河。邀賊歸路。賊銳甚。弘基堅壁儲勇。及宋金剛遁走。率騎尾之介休。與王合擊。大破之。劇言弘基討武周。本此。明時乃有三關軍門。三關者。偏頭寧武雁門。傳中由隰州趨西河。隱相合也。朱粲傳。粲亳州城父人。初爲縣史。大業中。從軍伐長白山。亡命去爲盜。號可達寒賊。自稱迦樓羅王。衆十萬。度淮。屠景陵、沔陽。轉剽山南。僭號楚帝。攻拔南陽。顯州首領楊士林、田瓚起兵攻粲。粲大敗。遣使乞降。高祖使段確勞之。粲收殺確奔王世充。東都平。斬洛水。按粲非高士廉家將。劇中事蹟皆不實。竇建德傳。濟陰賊孟海公。兵三萬。據周橋城。以掠河南。建德自擊之。克周橋。擄海公。高祖本紀。孟海公據曹州號錄事。武德四年二月。竇建德陷曹州。執孟海公。按海公。劇誤作慨公。又言其名曰宣。據史。海公即其名。未嘗名宣也。事蹟亦添出。又按隋末。韓擒虎已不存矣。竇建德亦非隋將。劇言擒虎被殺。建德敗回。皆謬。

鴛鴦箋

不知何人所作。演水滸傳王英、扈三娘事。謂兩人各以鴛鴦箋賦詩。時遷於暗中互換。使兩相思慕。後成伉儷。因用是名。與水滸情節大異。略云。淮北人王英。字子千。僑寓蘇州。短小多勇力。粗知書。號矮脚虎。避亂逃生。至鄆州境上。聞祝家莊祝龍、祝虎兄弟豪邁。欲往投之。時雲龍山公孫勝往投宋江。英與遇於酒肆。二人暢飲。結義而別。祝家莊者。土豪祝太公之家。太公二子。長龍次虎。皆勇悍絶倫。莊東曰李家莊。莊主李應。號撲天鵰。與妻杜瓊英並驍勇。善使飛刀。莊西曰扈家莊。莊主扈成。其父道隆。祝氏之壻也。道隆已歿。子成爲祝太公甥。其妹三娘長大姣好。號一丈青。善使日月雙刀。馬上慣用紅緜套索。李扈兩莊。皆奉祝爲主而羽翼之。時祝莊教師欒廷玉死。龍、虎方欲别聘一人。而英適至。兄弟皆待之甚厚。然英謂龍、虎佻達。其心顧傾於宋江。龍與英射獵。扈三娘亦率女侍出獵。猛虎突出。英手搏殺之。三娘見而羨其勇。龍呼英與三娘相見。英窺三娘之美。特鍾情焉。時遷於翠屏山覩楊雄、石秀殺潘巧雲事。聞秀欲因戴宗投梁山。遂與結伴而行。嗾雄、秀先往。遷抵李應酒肆。偷食其鷄黍酒食。醉臥庭中。應覺欲擒之。遷乃縱火焚其室。自詫云。我梁山泊好漢時遷也。應莊失火。乃走訴於祝。而瓊英往投三娘。祝太公欲使人追捕時遷。英欲藉遷以通江。遂自請行。途遇鄭天壽。英故交也。方偕遷行。問英何往。英不識遷。告欲追賊之故。天壽邀英入已莊。問其行止。英言本意欲投宋江。天壽言非時遷不可。因以遷告。三人共相結。遷見英情狀恍惚。假寐竊聽之。英念扈三娘不置。中夜出鴛鴦箋一幅。書絶句云。秦國佳人映彩霞。懸山隔水路途賒。有時邀請飛仙至。定折嫦娥鏡裏花。遷俟英熟寐。竊其箋。潛詣三娘臥室。三娘亦思英。書一絶於鴛鴦箋云。花影移階夜已深。空庭寂寞且回身。低頭懶上妝臺望。人在吳宮月在秦。詩成。三娘隱几而臥。遷潛以英詩換之。兩人見所易牋。各驚駭以爲神異。時宋江已招公孫勝入山。欲與祝家莊結爲脣齒。勝言王英正投祝氏。可令說祝。江即遣秦明下山覓英。而高俅授祝太公父子爲武寨都總。豎大言牌於寨口曰。塡平水泊擒晁蓋。踏破梁山捉宋江。秦明見之。怒而擊碎。祝虎率衆追明。天壽、英、遷衝出。虎乃退去。明出公孫勝書。致江請英之意。三人遂偕明共投梁山。宋江聞大言牌怒。遣頭領石秀、花榮、劉唐、張順等共攻祝家莊。榮、唐、順皆被擒捉。英請自往招三娘入寨。及戰各相認識。英自述姓名及詩箋事。三娘心甚留戀。而一時莫爲計。遂擒歸禁置空屋。令老僕守之。且戒勿令祝氏兄弟知。蓋意欲納爲夫也。祝虎於元宵燈節。見李應妻瓊英觀燈於扈氏。欲誘奸之。會宋江兵至。應夫妻出戰。與三娘並得勝。置酒宴之。虎于筵上捉瓊英手。瓊英怒詬。爲虎母柴氏所知。責罵其子。瓊英不復言。虎復用計遣應擊燕順。燕順者。鄭天壽所招淸風寨之盜魁。歸於宋江者也。虎遣應出。欲潛圖瓊英。瓊英與應謀。詭言家出怪。請虎來護。虎謂得計。亟至李莊。瓊英醉之以酒。潛塗其面。令入帳中。喚云妖至。虎家丁入內。虎聞喧攘而出。家丁以爲妖。共擊殺之。應夫婦同上馬去。祝龍聞而追之。瓊英飛刀殺龍。遂往投江。江方以榮、唐等被擒。使時遷密往。屬爲內應。且遣武松、林冲等率兵亟攻之。祝太公無計。使英作書致江。進金銀請降。會三娘于陣上爲林冲所追。落馬陷坑中被擒入寨。江使李應夫婦守之。其兄成叉歿於陣。英致江書。並附鴛箋於內。江遂納祝太公降。使英與三娘結夫婦。共受招安。隨征方臘云。按水滸傳。王英與燕順、鄭天壽共據淸風山。宋江過之。爲順所擒。及聞江名。起拜置酒。留飲山中。英聞有女轎在山下過。即往劫之。乃文知寨劉高之妻。欲占爲室。江力勸送還。英未從而順立遣擡轎下山。英甚忿悒。江力任後當覓好女以妻英。及江下山投武知寨花榮。榮留署中。元宵出市看燈。爲高妻所見。指以爲盜。擒送獄中。花榮引兵奪回。遣江潛避靑風山。復爲高所擒。中文靑州守慕容彥達。彥達遣都監黃信並擒榮、江。用四車解送。道上爲燕順等劫去。守復遣統制秦明往討。復爲誘敗。明旣被擒。並誘信降江。王英得劉高妻。復欲納之。爲燕順所殺。英怒。欲與順幷命。江勸英勿傷舊好。必得好女配之。其後攻祝家莊擒扈三娘。乃以配英。英未嘗先與三娘有情也。傳云英形貌崢嶸。性粗鹵。安得有貌爲三娘所喜。且安能作詩。三娘亦村莊之女。但言其善戰。未言其能詩也。王英隨打祝家莊。爲三娘所擒。三娘旋被李逵追趕。林冲擒捉。未曾擒榮、唐等也。李應本巨富之家。劇言受祝家莊約束。若其所管轄者。亦謬。應僕杜興。楊雄嘗救其死。故與爲雄與石秀求應書救時遷。祝彪裂書大駡。且射中應。應遂歸心宋江。劇言以妻杜瓊英受侮之故。亦謬也。時遷偷祝莊之鷄。石秀縱火而去。天壽、燕順先與江共赴梁山。祝龍、祝虎兄弟尙有祝彪最勇。即聘扈三娘爲妻者。宋江攻祝家莊。欒廷玉未死。種種情節皆不合。大言牌所書塡平水泊二句。是水滸傳中實事。在宋江勒馬獨龍岡時敍出。

狀元堂

亦名月華緣。一名齊天福。劇内用宋朝御史中丞平章軍國重事等官名。然又用登萊督府經略總鎭等名。則明代始有。蓋近時人所作。參錯用之也。其名狀元堂者。言其父子兄弟叔姪皆擢大魁。朝廷書狀元堂扁額以賜。故取爲名。其名月華緣者。因看中秋月華。覓得漁家之女。生子登第。故取爲名。大段以一門榮貴。備壽筵吉席之宴。其末云太師有子有孫。有福有壽。河南秀氣。俱被一人占盡。似有所指。而河南人爲宰相者。明代李賢、劉健、焦芳、劉宇、劉忠、賈詠、許讚、高拱、郭朴、沈鯉。在成化以後。萬曆以前。是時未有登萊巡撫。安得預設登萊督府之稱。自後惟本朝宋權。順治年間拜大學士。其子孫貴盛。疑作此者不過一二十年以內。爲商丘宋氏而作也。自古未有父子兄弟叔姪俱中狀元者。極力鋪張。不嫌過量。借用呂蒙正、祖謙、文彥博等姓名。隨意點染。又故顚倒錯雜。以見子虛無是之意。按呂蒙正。河南人。太平興國二年榜第一人。非太祖開國第一科也。呂祖謙乃夷簡之元孫。於蒙正爲五世從孫矣。劇云父子。太舛。又蒙正子皆排簡字爲名。劇云蒙正孫一簡。亦舛。宋時宰相惟文彥博拜平章軍國重事。更無他人。蓋在元祐時。以其年老。惟重事與平章也。今蒙正彥博並見劇中。卻移彥博官銜在蒙正名下。蒙正再入相。則是實事。又劇以蒙正子爲范仲淹之壻。蒙正仲淹不得同時。呂夷簡與仲淹不合。亦不得連姻。又云祖謙爲文彥博之壻。彥博祖謙。相去甚遠。不得同時。祖謙於初娶時作東萊博議。亦無離合等情。其石浩夢中登第之兆。則影射明費宏焦竑事。略言蒙正辭相位林居。年已七十。與鄉榜同年石浩。慶賞中秋。見月華五彩。紅光下注漁舟。蹤跡得漁人張少璞之女芬蘭。娶爲繼室。生子祖謙。其長子祖約娶妻范氏。四十無子。自蒙正娶張。而范亦生子一簡。叔姪俱長成英發。祖約久宦爲顯官。少司馬文彥博有女名玉紅。才且美。嘗登樓爲祖謙所窺見。會彥博妻病。召畫工寫眞。祖謙故善畫。僞充畫工入內室。見玉紅侍病。先描女容。乃圖母象。夜宿彥博書館。又描己容與女相並。及明還家。而雙容墜于地。玉紅拾得之。密藏奩其中。祖謙擢魁遊街。玉紅樓上望見。心知祖謙。頗屬意焉。初、漁人少璞已嫁其女。偶游海上。爲婆羅國女主所獲。以爲參謀。久之婆羅寇邊。彥博奉命往討。祖謙監其軍。對陣時。婆羅悅祖謙之美。言得祖謙伉儷。即止不攻。時城已大困。束手無策。玉紅乃僞充祖謙往以救父。而祖謙乘間逸出。婆羅得玉紅大喜。尋知被紿。怒欲烹之。少璞力救免。乃送於海邊之問心庵。會祖謙兄祖約引兵來援。婆羅女主敗沒。少璞降于軍。石浩者。蒙正同年。同邑老孝廉也。夢見天榜。狀元呂祖謙。探花則浩。會試十七次。登一甲第三名。其狀元果祖謙也。封王高麗。明時如羅汝敬劉一燝等。皆以翰林封王高麗。此爲有據。慰海邊問心庵。挈玉紅歸。以爲女。彥博、祖約、祖謙先後抵庵。兄弟相晤而玉紅已去不值。及班師還。蒙正先與浩訂婚。爲祖謙聘其女。祖謙心憶文女。不願婚石氏。婚夕殊怏怏。既而見其貌儼若文女。詢之果然。其畫卷猶在奩具中也。乃皆大喜。是時少璞投降。且招他部落來附。授爲將軍。祖約等皆晉爵。而一箇又擢高第。天子賜扁。一門榮貴。海內衣冠之盛。無過此者矣。夷門廣牘異域志云。娑羅國男女皆佩刃而行。但與人不睦即刺殺之。若國人至。捫其婦人乳者。自喜曰。你愛我。若有私意。即出刃刺殺之。劇中敍婆羅女主之雄。蓋本於此。但誤娑羅爲婆羅耳。若婆羅門則在大西。今云近高麗。不相涉也。明成化初。有一舉人忘其名。會試。夢中費宏榜進士。醒而徧訪公車者。無其人。至二十三年丁未。鉛山費宏狀元。其人始雋。洪甫二十。當其夢時。宏未生也。又上元焦竑。嘉靖己酉登鄉榜。讀書金山。夢明日有同年之父至。比曉出寺門候之。未幾一縉紳入。揖問。則華亭陸樹聲也。樹聲辛丑會元。官翰林。竑大喜。既而細詢。則樹聲未有子也。竑乃大感。其後樹聲得子曰彥章。竑往視之。彥章微笑。竑乃歲歲往視。迨萬歷十七年己丑。彥章登第。而竑爲是科狀元。竑會試十四科。與劇中石浩相彷彿。夢祖謙狀元。則又與費宏彷彿。

西遊記

相傳西遊記小說。乃元丘處機所作。●西遊記小說，有明楊志和四十一回本，吳承恩百回本兩種，另有長春眞人西遊記，乃元李志常撰，記丘處機應元太祖召赴雪山相見時西行往返之事，並無唐僧取經故事，此誤。處機道家北宗七眞人之一。所記乃唐僧取經事。蓋緣修煉之說。以釋氏極樂國實產金丹。宗旨相通。欲合爲一。其說見于悟眞篇。處機作記本此。而此劇則就小說中提出數節以成編。未嘗別搆鑪錘也。悟眞篇云。釋氏教人修極樂。只緣極樂是金方。大都色相唯兹實。餘二非眞謾度量。註曰。極樂淨土在西方。西者金之方。此中唯產金丹。一粒如黍。其重一斤。釋氏餌之。故有丈六金身。妙色身相。蓋亦由金丹而產化也。丈六亦按二八之數。西方即金也。世人莫能曉此。古仙明有歌曰。借問瞿曇是阿誰。住在西方極樂國。其中二八產金精。丈六金身從此得。若人空此幻化身。親授聖師眞軌則。霎時咽罷一黍珠。立化金剛身頃刻。斯言盡之矣。外此議論。謾爾度量。王褘青巖叢錄。唐貞觀三年。三藏玄奘往西域諸國。會戒賢于那蘭陁寺。因授唯識宗旨以歸。授慈恩基。乃網羅舊說。廣製疏論。是爲慈恩之宗。太平廣記。沙門玄奘。俗姓陳。偃師縣人也。幼聰慧。有操行。唐武德初。往西域取經。行至罽賓國。道險虎豹不可過。奘不知爲計。乃鎖房門而坐。至夕開門。見一老僧。頭面瘡痍。身體膿血。牀上獨坐。莫知來由。奘乃禮拜勤求。僧口授多心經一卷。令奘誦之。遂得山川平易。道路開闢。虎豹藏形。魔鬼潛跡。遂至佛國。取經六百餘部而歸。其多心經至今誦之。初、奘將往西域。于靈巖寺見有松一樹。奘立于庭。以手摩其枝曰。吾西去求佛教。汝可西長。若吾歸。即卻東迴。使吾弟子知之。及去。其枝年年西指。約長數丈。一年忽東迴。門人弟子曰。教主歸矣。乃西迎之。奘果還。至今謂此松爲摩頂松。釋氏稽古略。三藏玄奘法師。貞觀三年冬。往西域取未至佛經。詣闕陳表。帝不許。師私遁。自原州出玉關。抵高昌葉護等國而去。貞觀七年。至中印度。遇大乘居士。受瑜珈師地。入王舍城。止那蘭陀寺。從上方戒賢論師。受瑜珈唯識宗旨。留十年。歸自王舍城。貞觀十九年正月丙子至京師。長安留守房玄齡表聞。壬辰。法師如洛陽。二月己亥。見於儀鸞殿。帝曰。師去何不相報。曰。當去時表三上。不蒙諒許。乃輒私行。帝曰。師能委命求法。惠利蒼生。朕甚嘉焉。師因奏西域所獲梵本經論六百五十七部。乞就洛陽嵩山少林寺。爲國宣譯。帝曰。朕頃爲穆太后椒弘福寺。可就彼翻譯。勅平章房玄齡專知監護。資備所須。一從天府。貞觀二十二年六月。帝製法師新譯經大唐三藏聖教序。時皇太子覩聖序。遂撰述聖記。詔皇太子撰菩薩藏經後序。八月。帝賜法師百金磨衲幷寶剃刀。法師奉表謝。略曰。忍辱之服。彩合流霞。智慧之刀。銛逾切玉。謹當衣以降煩惱之魔。佩以斷塵勞之網。高宗永徽三年。法師于慈恩寺將建大塔。奉安西取經論梵本。表奏。勅賜大內及東宮掖庭等七宮亡人衣物。助師營辦。法師授以西域制度。塔成。高二百尺。顯慶四年十月。制以玉華宮爲寺。追崇先帝。詔法師居之。次年。師于玉華譯般若經。麟德元年二月。法師命弟子大乘光抄錄所譯經論。凡七十五部。一千二百三十五卷。又召門人造像設齋。與衆辭決。令左右念彌勒如來。初五日中夜。右脇安臥而逝。壽六十五。帝輟朝三日。勑斂以金棺銀槨。四月。塔於滻東原。弟子神泰、棲元、會隱、慧立、明濬、義褒、大乘光。皆法門龍象。法師以西域戒賢論師處。所得瑜珈師地唯識宗旨授窺基。相傳夏均政撰。今此刻曰陳龍光撰。或當有二本。演義諸妖。已具大略。可謂簡而該矣。

錦雲裘

係近時人作。不知誰筆。衛化龍以錦雲裘覆韓舞霓。後成夫婦。指爲戰國時人。荒誕無所據。燕上大夫韓仲。女舞霓。仲使魏。下大夫卜成輔行。以女託其舅田允。仲至魏爲成所賣。魏相趙秘留仲。獨遣成歸。成譖仲降于魏。燕王信之。捕仲家屬。舞霓懼而逃。有衛化龍者。奉母曾氏有孝行。貧不能自存。居仲園草屋一間。舞霓聞其孝。心憐之。與金令出外尋立身之地。而留其母爲伴。捕者將至。曾氏偕舞霓出走。化龍至魏無所遇。乞於路。茶媼李氏。有女青青。收化龍使爲傭保。趙秘之壻花有容。强納青青爲妾。青青不從。化龍毆有容從者。有容訴之官。枷化龍于市。青青往探。而有容方命僕毆化龍。化龍用枷觸有容。立死。比到官。青青供係已殺。縣令釋化龍而拘青青于後堂。令妻見令有狎侮心。潛縱青青去。秘欲殺青青不得。而舞霓適逃入魏。捕者竟執送秘。以爲青青。將斬于市。化龍劫之不能脫。秘欲並斬二人。化龍言女非青青。乃燕大夫韓仲女也。秘念仲方抗己。留其女爲姬。可以辱仲。乃釋女而用化龍爲家將。以錦雲裘賞之。迨逼舞霓不從。怒而擊死。令化龍投諸河。化龍覆以裘暫去。將覓地埋之。舞霓復活。有飛天母夜叉令狐氏者。嘯聚五龍山。徧掠女子爲裨將。青青、曾氏皆爲所得。又掠舞霓。悉用爲將。秘念已殺舞霓。他日仲還國必報怨。不如幷殺之。乃使化龍刺仲。化龍反以秘謀告仲。回身殺秘。而隨仲還燕。因田允奏使魏曲折。燕王乃治卜成罪。復仲官。使允率化龍討五龍山賊。賊誘化龍入擒之。欲用爲將。使曾氏與語。以舞霓、青青配之。四人合謀。殺夜叉以降。舞霓、青青並歸化龍。母夜叉事與母大蟲相類，作者當是萬曆以後人也。野獲編。萬曆乙未丙申間。畿南霸州文安之間。忽有一健婦剽掠。諢名母大蟲。其人約年三十。貌亦不陋。雙趺甚纖。能于馬上用大鎗。置一足于地。馳騎過之。下一鎗則剖爲二。再馳再下則劈爲四。其精如此。遇之者不知其能。或與格鬬。必爲所殺。横行者三四年。前後有夫數人。稍不當意。手即刃之。有一徽人王了塵者。善用鐵鞭。聞此婦絕藝。棄死與角。半日未解。此婦即放仗講解。留以爲夫。王有嫪毒之能。恨相見晚。王尋見此婦所殺甚多。官兵漸謀取之。恐并入網。遂潛逃入京。此婦恨極。挈精卒數騎。入京城踪跡之。都下見其異。亟集選鋒輩往捕。此婦馳出城。追騎及之郊外。內一人敗爲所殺。然諸軍愈盛。其從騎俱逃散。

就陣生擒之。磔于市。

胭脂雪 清盛際時撰。際時字昌期。江蘇吳縣人。

所記白皂隸修行。厥子顯貴。當有所指。然未見其事蹟。中間御史失印。及盜用木瞎子劫其家。則二事皆智囊所載也。言洛陽人白懷。本縣之隸。立意爲善。於公門中廣行方便。生子白簡。英敏絕倫。道過鐵嶺山。爲盜魁公孫霸號賽虬髯者。禽至山寨。簡以大義相感動。賽虬髯心敬之。贈以貂裘一領。其名曰胭脂雪。賽虬髯掠一女子韓氏。即託簡挈歸。送還其家。韓氏者。淘沙韓若水之女。名曰青蓮。若水貧甚。負本邑富豪莫亮之債不能償。若水與同業秋愛川。爲賽虬髯誆入山中作工。未及歸家。亮遣家人索債。逼奪其女。亮置女東莊。欲强爲妾。青蓮不從。會盜至。大掠亮家。且劫女去。知其有志節者。故以託簡。簡蒼頭爲畫策。恐送歸而莫亮以盜案相牽也。蒼頭有妹居梁店鎭。遂送韓氏於妹處。而隨簡入京師。莫亮家有比明鏡。乃三寶太監下西洋時所得。分爲兩片則無異頑銅。合之則上矚重霄。下徹江海。中見千里之遥。瞽目一照。鬚眉畢現。天下至寶也。盜劫其家。此鏡亦失。若水、愛川於虬髯寨中砌路拾得之。至杏花渡。以其半予舟人。舟人以予白簡。若水知女在莫宅。急往贖之。而半鏡在銀包內。亮遂以爲盜。執送縣官眞瑞圖。傅致死罪。羈禁獄中。又得亮賄。令白懷討若水氣絕病呈。亮令家人賄禁子金。爲懷所持。責禁子保任若水。若水得無死。而縣官追半鏡甚急。愛川許爲遍索。仍至杏花渡唱道情。具述其事。爲之訴冤。白簡在京師作寓。朝廷忽微行至其寓中。簡不知爲上也。談論良久。天氣漸寒。簡以胭脂雪進。服之而去。明日令中貴傳旨召簡。賜進士第。授廉訪使之職。因其以裘獻。賜名裘御天。簡亦不敢復姓。私行至新橋。見愛川唱冤情。說至比明鏡事。簡探懷中欲與之。而人叢中爲剪綹者所竊。并失廉訪之印。剪綹者。即蒼頭妹之子也。持鏡與印歸家。青蓮見之。出汲水忽遇愛川。言若水罪禁。幷求半鏡始末。青蓮即取鏡印幷付愛川。愛川獻于縣官。縣官即將愛川監禁。而藏廉訪之印。簡失印大窘。會縣官遣役迎簡。中有白懷名。簡密致之舟中與商其事。懷教簡僞失火。以印箱授縣令。火滅還印箱。則印已完璧矣。於是開門理事。若水妻訴寃。簡盡翻其獄。釋若水愛川。定亮反坐之罪。招降賽虬髯。而納青蓮爲正室焉。智囊。瞽者朱化凡居吳江。善卜。就卜者如市。家道浸康。一日晡時。忽有青衣二人傳主人命。欲延朱於舟中問卜。其主人貴公子也。朱辭以明晨。青衣不可曰。主人性卞急。且所占事不得緩。固請同行。因左右翼而去。良久至一舟。似僻地而人甚夥。坐定且飲食之。謂朱曰。吾儕探囊者。實非求卜。今宵擬掠一大姓。借汝爲魁。朱大恐。自云盲人無用。答曰無佗。但乞安坐堂中。以木拍案。高叫快取寶來而已。得財當分惠汝。不然者。斫汝數段。投波中矣。朱懼而從之。夜半。如前翼之而行。到一家。坐朱堂中。朱如其戒。且拍且叫。羣盜罄所藏而去。朱猶拍呼不已。主人妻初疑賊尚在未敢出。久之竊視止一人。而其聲頗似習聞者。因前縛。舉火照之。乃其夫也。所劫即化凡家。驚問其故。方知羣賊之巧。智囊。有御史怒其縣令。縣令密使孌兒侍御史。御史暱之。遂乘間竊其篋中篆去。御史顧篆篋空。心疑縣令所爲而不敢發。因稱疾不視事。嘗聞某教諭有奇才。因其問疾。召至床頭訴之。教諭教御史夜半於廚中發火。火光燭天。郡縣俱赴救。御史持篆授縣令。他官各有所護。及火滅。縣令上篆篋則篆在矣。或云。此教諭乃海瑞也。

水滸青樓記

不知何人作。全據羅貫中水滸傳。敍宋江逃竄戰鬭之事甚多。詞意粗鄙。不逮梅花墅所編（即水滸記，見本書卷十四）遠矣。第二齣宋江自敍。至認宋玉爲遠祖。宋庠爲從兄。尤可噴飯。續通鑑綱目。宋徽宗宣和三年。淮南盜宋江掠京東諸郡。知海州張叔夜擊降之。宋江起爲盜。以三十六人横行河朔。轉掠十郡。官軍莫敢攖其鋒。知亳州侯蒙上書。言江才必有過人者。不若赦之。使討方臘以自贖。帝命蒙知東平府。未赴而卒。又命張叔夜知海州。江將至海州。叔夜使間者覘所向。江徑趨海濱。刼巨舟十餘載鹵獲。叔夜募死士得千人。設伏近城。而出輕兵拒海。誘之戰。先匿壯卒海旁。伺兵合。舉火焚其舟。賊聞之皆無鬬志。伏兵乘之。擒其副賊。江乃降。演義全本皆宋江事蹟。据劇所演亦皆江事。凡作四卷。卷一第三折議取生辰。四折衆劫生辰。晁蓋、吳用、公孫勝、劉唐、阮小二、阮小五、阮小七、白勝皆見。六折晁蓋上山。宋江因何濤下文書緝晁蓋、走馬通信于蓋、從前七盜俱見、添出朱仝雷横兩都頭、又添黄團練、安緝捕、八折劉唐送書。單敘送金與江、口中帶出林冲火併王倫、讓位晁蓋、以吳用爲軍師、五折始交婆惜。七折文達詞情。十折江殺婆惜。敘出青樓正面、十一折宋江逃罪。敘出朱雷縱江、卷二第一折清風相遇。敘宋江于清風山遇燕順王英鄭天壽、口中帶說遊柴進孔明孔亮莊中、住過多時、二折江投花榮。口中敘出在清風山勸釋劉知寨妻、三折劉高觀燈。四折榮救宋江。五折智捉花榮。七折秦明中計。八折黃信入火。皆敘清風寨事首尾、九折郭呂鬬戟。

敘於對影山遇呂方郭盛事。六折家書寄江。十折石勇遇江。十一折宋江回家。十二折受配江州。敘江父令宋清作書寄江，誑其回家，趙能趙得捕江，刺配江州一段。卷三第一折義別梁山。敘晁蓋留江，江不肯住事。二折揭陽相遇。敘遇李俊，帶出李立童威童猛。三折薛永賣武。四折穆莊聚會。敘江賫助薛永，激怒穆春，逃至江邊，幾爲張横所害。李俊救之，復至穆莊，與穆弘兄弟等相聚，張横寄書與弟張順，令交宋江事。五折管營厚江。六折戴宗初識。七折李逵賭博。八折張李相爭。十折潯陽誤題。十一折文煥抄詩。卷四一折戴宗授計。二折鞫審宋江。三折戴宗拜別。四折信至梁山。五折僞書救友。六折通判辨譌。七折衆劫法場。八折無爲報仇。皆敘宋江江州事，張李相爭者，張順李逵水陸互搏也，潯陽誤題者，題反詩也，文煥，黄文煥也，抄反詩，以示蔡九知府也，授計，令妝瘋也，拜別，往京投知府家書也，信至梁山，帶出朱貴晁蓋吳用等，蓋戴宗至梁山，報江被擒之信也，僞書，吳用誘蕭讓金大堅，作蔡京假書也，通判辨訛，黄文煥指明僞書也，報仇，殺黄文煥也。九折衆英上山。添出歐鵬蔣敬馬麟陶宗旺。十折私奔回家。十一折宋江受難。十二折元女賜書。敘宋江回家，爲趙能趙得所追，躲入九天玄女廟中，夢神賜書事。十三折父子團圓。敘宋江迎父入山事。十四折反邪歸正。敘宋江招安事。

曲海總目提要卷四十三

尺素書

一名空柬記。又名空緘記。明王元壽撰。小說中劉元普雙生貴子。即其事也。雖無確證。事當有之。足以勸世勵俗。裨助風教。蓋佳話也。宋眞宗時。洛陽劉弘敬、字元普。官至靑州刺史。年甫六旬。告歸林居。與繼室王氏相得。富而好義。揮金如土。四方聞其名。但以無子爲憂。家事一切委妻姪王文用。時有李遜者、字克讓。本粤西人。寓居京師。成進士。授錢塘縣令。抵任未一月。病垂危。念無可託妻子者。惟洛陽劉元普名聞天下。而素未相識。不可以自通。旣而心計非此人不可。乃作空函。緘封甚固。書函面曰。辱弟李遜書呈洛陽恩兄劉元普親拆。呼妻張氏子彥靑付之曰。此吾八拜交也。可往投之。必能濟汝母子。遜沒。權厝浮丘寺中。彥靑母子執書往投弘敬。弘敬默計遊好中無所謂李克讓者。函面語甚暱。而展函則無一字。茫然不能解。已而悟曰。我知之矣。乃呼妻王氏出見之曰。此吾故交妻若子也。舍之南樓。飮食家具悉備。張氏性温淑。有遺腹數月。彥靑、字春郞。英敏老成。弘敬視同骨肉。且遣使迎遜柩于錢塘。弘敬愛彥靑。每自傷無後。王氏曰。當亟娶妾。不可遲也。姪文用往汴京。即以屬之。襄陽刺史裴習、字安卿。汴人也。妻鄭氏早亡。惟一女蘭孫隨于任所。習居官淸謹。性尤慈仁。暑月飮水。因念獄囚拘禁之慘。命獄吏散禁諸囚。日給涼水。獄囚竟乘懈脫逃。盡殺獄卒及府佐貳。事聞。逮繫法司。家產沒官。蘭孫借淸眞觀棲息。習瘐死獄中。蘭孫不能殯。乃插標號慟。賣身葬父。媒氏薛媼。引王文用視之。買歸謁其姑。姑大喜。勸弘敬納爲側室。弘敬察其體態不似民女。而愁恨之色。若有大冤者。細詰之。盡得其實。憮然曰。此賢使君女也。安可辱爲小星。乃令別居內室。而遣使迎習柩于襄陽。會兩柩俱至。即爲買兩地。擇吉俱葬焉。王氏猶勸弘敬納蘭孫。弘敬乃認爲女。以絶其念。且選吉日以蘭孫嫁彥青。三人者感弘敬入於骨髓。一日弘敬夢兩人紫袍象簡。且拜且言曰。某襄陽刺史裴習。某錢塘縣令李遜也。上帝憐兩人清忠。封習爲天下都城隍。遜爲天曹府判官。習繫死。幼女無投。承公大恩。賜之佳婿。又賜佳城。遜與公無交。難訴衷曲。故以空函寓意。公慨然認義。養生送死。已出殊恩。淑女承祧。尤爲望外。吾兩人合表上奏天庭。官加一品。壽益三旬。子生雙貴。遜有遺腹小女鳳鳴。明早出世。以奉長郎君箕箒。公與我媳。我亦與公媳。略盡報効之私。弘敬夢覺。而張氏、彥青、蘭孫得夢皆相同。翼日張果生女。未幾弘敬妻王氏果生一子。弘敬以夢中示兆。取名天祐。字曰夢禎。是時年已七旬。洛陽人皆以爲陰隲之報。周晬之後。乳母偕天祐遊戲。侍婢朝雲抱天祐。失手墮地。乳母大詬之。朝雲不能堪曰。七十生子。事多可疑。一跌耳。何足詬也。弘敬聞其言。夜呼朝雲侍寢。明歲亦生一子。取名天錫。字曰夢符。蘭孫之舅氏鄭某。故西川節度使。召擢樞密副使。以書抵蘭孫。令入京相見。彥青母子遂偕入京。彥青就試擢大魁。歸探弘敬。以妹字天祐。又以鄭女素娟字天錫。三姓爲至戚。而鄭與彥青。前後奏聞弘敬陰功盛德。天子爲進爵加秩。果至一品。弘敬乃集賓親。語及空函認義之事。其初並未令王氏知也。厥後兩子皆登第。而年果至百歲。小說中言彥青天祐皆爲狀元。彥青登第。十年便至禮部尚書等語。皆誇張不合。反令人不信眞有此事。作劇者粧點好看。則無不可。

按明正德初。同安林瀚爲南京兵部尚書。年已七十。建造房屋。匠斲巨梁未上。一婢偶出橫騎此梁。衆共叱之。婢怒而罵曰。公卿將相豈不自此出。騎一梁何訴也。瀚聞異之。呼侍寢。生子名曰庭機。時南京兵部銜曰參贊機務也。至嘉靖中。庭機亦爲南京兵部尚書。此頗與朝雲事相近。太平廣記云。唐彭城劉弘敬、字元溥。世居淮淝間。資財豐盛。長慶初。有善相人于壽春相逢。決其更二三年必死。元溥信之。乃爲身後之計。有女將適抵維揚。求女奴資行。用錢八十萬。得四人焉。內一人方蘭蓀者。有殊色。而風骨姿態。殊不類賤流。

元溥詰其情。對曰。賤妾家本河洛。先父卑官淮西。不幸遭吳寇跋扈。緣姓與寇同。疑爲近屬。身委鋒刃。家仍沒官。以此湮沈無訴。賤妾一身再易其主。今及此焉。元溥太息久之。因問其親戚。知其外氏劉也。遂焚其劵。收爲甥。以家財五十萬。先其女而嫁之。蘭蓀旣歸。夢見一人披靑衣秉簡望塵而拜曰。余蘭蓀之父也。君壽限將盡。余感君之恩。當爲君請于上帝。後三日。復夢蘭蓀之父立於庭。紫衣象簡。侍衞甚嚴。前謝元溥曰。余幸得請君于帝。許延君壽二十五載。富及三代。其殘害吾家者。悉獲案理。帝又憫余之寃。署以重職。獲主山川于淮海之間。嗚咽再拜而去。後三年。相者復至。迎而賀元溥曰。君壽延矣。自眉至髮而視之。有陰德上動于天者。元溥始以蘭蓀之父爲告。相者曰。昔韓子陰存趙氏。太史公以韓氏十世而位至王侯者。有陰德故也。

翻千金

不知何人作。千金記所重在韓信報漂母之恩。今以漢誅韓信結局。而於蒯通口中敍信功。似指高帝待信寡恩之意。其首尾述張良事。以便作團圝也。劇中節目。如韓信登壇拜將。定三秦。破齊魏。會垓下。王齊楚。皆見千金。（千金記。見本書卷十三。）大略相彷。張良得倉海君。博浪沙中副車。遇黃石公圯橋上傳兵法。及後從赤松子游。皆見赤松記。項羽爲虞公贅壻。調伏烏騅。見玉麟符記。（赤松記及玉麟符均見本書卷二十四。）宴鴻門別虞姬。分見千金、赤松記。其蒯通說信鼎立。信不肯聽。通揣信必敗。乃生祭信。及信受誅鐘室。云悔不用通言。高帝擒通欲烹。通歷數信十大功勞。高帝亦以其言近理。特釋通罪。則他本所無。雖有增飾。非無根也。漢書蒯通傳。（史記通事只附韓信傳中。不詳。）通、范陽人。本與武帝同諱。（本名爲徹。）楚漢初起。武臣略定趙地。通說范陽令徐公降武臣。後漢將韓信擄魏王。破趙代。降燕。定三國引兵將東擊齊。聞漢使酈食其說下齊。信欲止。通說信襲齊王。定齊地。自立爲假齊王。項王遣武涉說信。欲與連和。蒯通知天下權在信。

說信令背漢。云當今之時。足下爲漢則漢勝。與楚則楚勝。莫若兩利而俱存之。參分天下。鼎足而立。其勢莫敢先動。信曰。漢遇我厚。吾豈可見利而背恩乎。通曰。勇略震主者身危。功蓋天下者不賞。足下涉西河。擄魏王。禽夏說。下井陘。誅成安君之罪以令於趙。脅燕定齊。南摧楚人之衆數十萬衆。遂斬龍且。西向以報。此所謂功無二於天下。略不世出者也。按通數信十大功勞。據此爲本。又添九里山會垓滅楚。此在通說後。足下挾不賞之功。戴震主之威。歸楚楚人不信。歸漢漢人震恐。足下欲持是安歸乎。信曰。生且休矣。吾將念之。數日。通復說曰。時乎時不再來。願足下無疑臣之計。信猶豫不忍背漢。又自以功多。漢不奪我齊。遂謝通。通說不聽。惶恐。乃陽狂爲巫。按通自信封齊時已去。今劇以僞遊雲夢時。信將迎謁。通活祭之。與史不合。天下既定後。信以罪廢爲淮陰侯。謀反被誅。臨死歎曰。悔不用蒯通之言。死於女子之手。高帝曰。是齊辨士蒯通。迺詔齊召通。通至。上欲烹之。史記有寃哉烹也句。劇中稱寃本此。曰。若敎韓信反何也。通曰。狗各吠非其主。當彼時臣獨知齊王韓信。非知陛下也。上迺赦之。齊悼惠王時。曹參爲相。請通爲客。通論戰國時說士權變。亦自序其說。號曰雋永。

善惡報

近時人作。演禪眞逸史林太空、鍾守靜事。以林修善而成正覺。鍾行邪而變猛虎。因果分明。故云善惡報也。按史無此二人。係空中撰出。略云。魏將林時茂與高歡子澄不合。懼禍。遂出家爲僧。法名太空。道號澹然。持一銅禪杖。萬夫莫當。聞梁武帝好善。去魏投梁。道殺人熊以除害。初、武帝造妙相寺。請僧鍾守靜住持。有司奏林義勇。詔林爲副。帝幸寺聆鍾講經。甚致敬禮。七寶莊嚴。金爐珠珞。爲諸寺冠。有盜乘夜入劫。縛鍾欲殺。林逐盜去。鍾賴以全。鍾談論鋒起。若有道者。持戒不篤。鄰居沈全妻黎賽玉入寺禮佛。鍾忽情牽。賄趙嫗勾與淫蕩。林知。恐其敗露。邀鍾茶話。具論律中色慾之戒。最宜毖愼。以隱諷之。鍾面發赤。抵云。地獄當自受耳。何與他人事。林屢諫不悛。鍾啣甚。譖于武帝云。林本魏人。潛與魏通。恐謀不軌。帝遣逮林。林覺先遁。初、林逐盜不殺。頗給以金。盜感泣而去。林遁走夜過一山。盜知是林。留數日。林抵汴。爲捕者所獲。送都督杜成治所。成治父悦嘗受林恩。乃取囚類林者殺之。函首京師。鍾奏非是。激帝怒。遣校尉逮成治。成治自裁。其妾馮有遺腹。生子伏威。成治既釋林。林即入魏。而諸盜聞鍾害林狀。沈全亦在盜中。遂相率之金陵。焚妙相寺。殺鍾與黎而去。帝聞。遣將討賊。賊首薛志義被戮。其黨沈全等匿其子舉入魏。林之入魏也。投張太公莊。張有子爲狐所魅。林爲執狐。狐引林入山。獲天書符籙。太公之子生子善相。與薛舉、杜伏威同入鄉塾讀書。皆事林如父。舉、伏威皆有神力。童稚時。共搏猛虎溪澗中殺之。林因授三人以兵法。其後三人者皆建功業于隋唐之世。而沈全遂爲薛部將。一日林趺坐。有白犬黑猪吐人言乞救。及訊之。犬乃趙媼。猪即賽玉也。且言鍾破禁戒已變爲虎矣。嗔黎、趙等壞其淸修。欲齧殺之。乞林解救。林許諾。未幾一虎咆哮而至。林爲說因果。使居石洞中。與猪犬蹲伏聽法。林後成正覺云。唐書。薛舉。蘭州金城人。容貌魁岸。武敢善射。殖產鉅萬。好結納邊豪爲長雄。隋大業末。任金城府校尉。隴西盜起。與子仁果劫金城令郝瑗于坐。即起兵。自號西秦霸王。所徇皆下。盡有隴西地。嘗攻扶風。秦王擊破之。逐北至隴。舉踰隴走。武德元年。屯兵析墌。以遊軍掠岐豳。秦王禦之。次高墌。大敗劉文靜、殷開山兵。欲乘勝趨長安。方行而病卒。子仁杲代立。旋滅。杜伏威。齊州章丘人。少豪蕩。不治生貲。與里人輔公祏約刎頸交。公祏數盜姑家牧羊以餽伏威。縣迹捕急。乃相與亡命爲盜。時年十六。伏威狡譎多算。每剽劫。衆用其策皆效。嘗營護諸盜。出爲導。入爲殿。故其黨愛服。隋大業九年。入長白山。依賊左君行。渡淮。攻歷陽據之。徙丹陽。自稱大行臺。越王侗以爲東南道大總管。封楚王。是時秦王方討王世充。遣使招懷。伏威乃獻款。高祖授以東南道行臺尙書令江淮安撫大使。上柱國。吳王。賜姓。豫屬籍。入朝。留京師。位在齊王元吉上。武德七年卒。張善相。襄城人。大業末爲里長。督兵迹盜。爲衆附賴。乃據許州奉李密。密敗。挈州以來。詔即授伊州總管。王世充攻之。屢困賊。遣使三輩請救。朝廷未暇也。城陷被執。罵賊見殺。高祖歎曰。吾負善相。善相不負我。乃封其子襄城郡公。按三人傳皆未言其父何人。想無可考。舉父爲盜。揣摩近是。伏威父爲都督。則無是理。善相祖曰張太公。則因爲里長而推原之也。薛舉驁悍。伏威年十六而作賊。皆與史合。但人地各異。未必曾相識。

三世記

未知誰作。演王桂香三世脩行前因後果。故曰三世記也。有刻釋家因果事蹟。名曰寶卷。詳載其事。略云。泗州雲河寺中老衲道人。自幼出家。專心念佛。年近七十。晨夕禮拜金剛經。里民王進達者。富而好善。妻胡氏。四十無子。觀音大士化身。導令廣種福田。夫婦詣寺中祈嗣。老衲爲言嘗許禮拜金剛經五年。未得圓滿。進達請延僧代拜。以月易年。衲感其意。云君能了吾之願。吾當繼君之後。進達如言禮經。功德圓滿。胡氏得孕。及期生女。異香滿室。而衲于是日坐化。宋仁宗時。駙馬錢景臻尙主。太后令夫婦入佛院求嗣。有老道者見其富貴。願爲主子。已而主果有姙。生子之日。道者化去。其事與此相類。同邑趙耆祥與進達交好。生子令芳。遂與進達聯姻。久之胡氏去世。進達繼娶馬氏。挈其子侯七同居。母子濟惡。欲吞進達之產。乘進達行視莊田。索租徵債。馬氏逼桂香庫房鑰匙。桂香不肯與。乃恣意毒捶。罰令擔水推磨。奪取鑰匙。桂香受苦不堪。赴母墳自縊。進達適過。救還家。問馬氏母子。抵云女有私情。與所歡逃去。進達出女與視。遂逐馬不容入己房。馬頗自愧。而侯七頓起惡心。乘闇持刀欲殺進達。竟誤弒其母。明晨進達見妻被殺。不知所因。方大驚駭。侯七脅持進達。進達予之金。七遂持金詣官。告進達父女。以行金爲證。女恐父不任受刑。自認殺母。問官憫其幼。減等擬絞。押赴市曹。忽焉天地昏慘。雷轟電掣。失去桂香。雷神攝置石崖之上。而擊殺侯七。進達與耆祥父子。根躡桂香。得之崖畔。乃以歸于令芳。桂香自七歲持誦金剛經。及歸令芳。生一男一女。已而功德圓滿。天曹召赴陰司講經。事畢當還陽。而棺閉難返。會有張門王氏妙元樂施好善。乃以桂香轉女成男。爲其遺腹之子。稍長讀書報國寺中。名曰善慶。大士於夢中示現。指明三世因緣。又于其左脇下。刺寫王進達之女王桂香八字。善慶一舉成名。選得縣令。值淸明節。王趙皆上墳掃墓。善慶直詣其處。與父進達夫令芳。說明轉身三世。更啓脇字示之。且呼男女共見。同歸極樂。參見如來。中有三教赴會一齣。演文昌達摩洞賓。用格致誠正修。苦空禪戒定。淸虛元妙覺。盡心知性。明心見性。修心煉性相配。亦頗工切。然降龍羅漢非達摩弟子。又達摩隻履西歸。遇見宋雲于葱嶺。劇云。柳樹精偷去禪鞋一隻。達摩遂隻履西歸。降龍爲師追柳。水淹石崖。未免太幻。

竹葉舟 淸畢魏撰

元人所撰竹葉舟竹葉舟雜劇。見本書卷三。雜劇。乃陳季卿本事。已經另見。此則借用在石崇名下。以竹葉舟爲僧家妙用。譬之邯鄲之枕。入夢出夢。將石崇實跡皆作幻境。

借舟爲喻。示宦海風波之意也。晉書石崇傳。崇、字季倫。侍中石苞第六子。生于青州。故名齊奴。苞臨終。分財物與諸子。獨不及崇。其母以爲言。苞曰。此兒雖小。後自能得。劇云。崇出身漁家。海邊捕魚。網得金鯉。縱去。乃海龍王子也。引崇謁王。王贈珍寶無算。崇因以起家。此係撰出。與史不合。後爲城陽太守。伐吳有功。封安陽鄉侯。累遷侍中。出爲南中郎將荊州刺史。領南蠻校尉。加鷹揚將軍。任俠無行檢。在荊州劫遠使商客。致富不貲。按是時荊州所轄甚大。既領南蠻校尉。嶺外皆其所管。遠使商客。海船居多。劇云。崇於佛寺見僧。語以心慕富貴。僧取竹葉爲舟。令上此舟。則富貴可得。崇視舟中種種具足。披篷鼓棹。縱其所如。網鯉謁龍。遂獲聚寶盆之賜。其後功名富貴。閲數十年。被戮市曹。厥夢初醒。葉舟如故。僧尚在旁。遂豁然醒悟。相從學道。蓋因崇本凶終。難以團圓。故影借設幻。以作關目。亦因崇劫海船。故以舟爲張本也。徵爲大司農。復拜大僕衛尉。崇有別館在河陽之金谷。一名梓澤。送者傾都。帳飲于此焉。與潘岳諂事賈謐。謐與之親善。號曰二十四友。劇內與潘岳劉琨賈謐等。飲宴金谷園中。據此。又文選載崇金谷園序。財產豐積。室宇宏麗。後房百數。皆曳紈繡。珥金翠。絲竹盡當時之選。庖膳窮水陸之珍。與貴戚王愷、羊琇之徒。以奢靡相尚。愷以粭澳釜。崇以蠟代薪。愷作紫絲布步障四十里。崇作錦步障五十里。武帝每助愷。嘗以珊瑚樹賜之。高二尺許。枝葉扶疎。世所罕比。愷以示崇。崇便以鐵如意擊之。應手而碎。愷以爲疾己之寶。聲色方厲。崇乃命左右悉取珊瑚樹。有高三四尺者六七株。條幹絕俗。光彩耀日。如愷比者甚衆。（劇中大略相仿。）劉輿兄弟（輿弟琨）少時爲王愷所嫉。愷召之宿。因欲坑之。崇素與輿等善。聞當有變。夜馳詣愷。問二劉所在。愷迫卒不得隱。崇逕造于後齋索出。同車而去。語曰。年少何以輕就人宿。（劇中亦載崇救劉琨事。）及賈謐誅。崇以黨與免官。時趙王倫專權。崇甥歐陽建與倫有隙。崇有妓曰綠珠。美而艷。善吹笛。孫秀使人求之。崇時在金谷別館。方登涼臺。臨清流。婦人侍側。使者以告。崇盡出其婢妾數十人以示之。皆蘊蘭麝。被羅縠。曰。在所擇。使者曰。君侯服御。麗則麗矣。然本受命指索綠珠。不識孰是。崇勃然曰。綠珠吾所愛。不可得也。使者出而又反。崇竟不許。秀怒。乃勸倫誅崇。崇正宴于樓上。介士到門。崇謂綠珠曰。我今爲爾得罪。綠珠泣曰。當効死于官前。因自投于樓下而死。載詣東市。崇歎曰。

奴輩利吾家財。收者答曰。知財致害。何不早散之。崇不能答。按史傳。崇與孫秀初本無交。亦無仇隙。止因綠珠起釁耳。劇云。秀起微賤。由崇所拔。爲崇趨走。聘取綠珠。其後附倫背崇。皆係增綴。秀爲小吏。潘岳嘗狎侮之。非石崇也。綠珠別傳。綠珠者姓梁。唐白州博白縣人。漢合浦縣地。州境有博白山。博白江。盤龍洞。房山。雙角山。山上有池。池中有婢妾魚。綠珠生雙角山下。美而艷。越俗以珠爲上寶。生女爲珠娘。生男爲珠兒。綠珠之字。由此而稱。晉石崇爲交趾採訪使。以眞珠三斛致之。喬知之綠珠詩。明珠十斛買娉婷。崇有別廬在河南金谷澗。澗中有金水。自太白源來。崇即川阜製園館。綠珠能吹笛。又善舞明君。明君即昭君也。崇以此曲教之。自製新歌。又製懊惱曲以贈綠珠。珠墜樓死。時人名其樓曰綠珠樓。劇內綠珠事實本此。季倫死後十日。左衛將軍趙泉斬孫秀于中書。又按翾風傳。崇擇美容姿相類者數十人。聽珮聲。視釵色。玉聲輕者居前。金色豔者居後。又屑沈水之香如塵末。布致象床上。使所愛踐之。無迹者即賜眞珠百琲。若有跡者則節其飲食。令體輕弱。故閨中相戲曰。爾非細骨輕軀。那得百琲明珠。

劇言崇以香塵試珠，踐之無跡，故以明珠十斛買之，本此。江總詩。綠珠銜淚舞。孫秀强相邀。晉書。王愷。文明皇后之弟。字君夫。爲射聲校尉。轉後將軍。世族國戚。性復豪侈。所欲之事。無所顧憚。

不了緣

未詳誰作。清碧蕉軒主人撰，名里待考，所載鶯鶯事。据會眞記後段。崔已委身于人。張生以外兄求見。崔賦詩與張云。棄置今何道。當時且自親。還將舊來意。憐取眼前人。由是張生志絕。作者以爲此不了之緣也。故名曰不了緣云。劇中崔所嫁即鄭恆。是据西廂記中姓名。非會眞所有。鄭恆墓誌娶崔氏。應即是鶯。西廂各種。皆取與鶯完配。蓋据會眞前半而翻易其後半也。作者以後半乃實蹟。而西廂面目全改。遂成此數折。以鶯歸鄭恆。而崔張爲不了之緣。觀棄置一詩。有憐取眼前人之句。則是元稹已娶韋氏之後。白居易和稹夢遊春詩，韋門女清貴，裴氏甥賢淑，稹妻韋氏，字柔之，能詩善音律。其亡也。稹悼之云。犀梳鈿朶香膠解。盡日風吹瑇瑁箏。又爲求誌文於昌黎韓愈。其門第品流。視崔不相上下。稹詩云。謝公最小偏憐女。然則稹妻或係相國之女。而作西廂者牽合爲崔歟。其詞雖怨。而相戀之意殆猶有之。不了緣之名。蓋佛法所謂招因帶果。又添一重公案也。

摘星記

不知誰作。明金懷玉撰 演霍仲孺事也。仲儒本與衛少兒私通。劇以爲原屬夫婦。衛媼三女。長君孺。次少兒。又次子夫。劇則去君孺而增一淑女。且幷爲霍仲孺妻。衛媼本平陽公主家僮。劇以爲張湯首媼。是衛律宗族。故將少兒入官爲奴。仲孺河東人。吏畢歸家。少兒所生子去病爲驃騎將軍。道出河東。至平陽傳舍。遣吏迎仲孺。大爲仲孺買田宅奴婢而去。劇以爲仲儒以修玉牒功。拜副中郎。與蘇武偕使外國。去病破匈奴回。始得相遇。仲孺別娶婦生霍光。劇以爲淑女所生子。少兒更爲詹事陳掌妻。劇以爲平陽公主欲寘少兒于死。仲孺以計出之。卒爲夫婦。平陽侯本名曹壽。劇作曹時。凡此關目。皆屬作者隨手結撰。非實事也。第六折衛媪與三女夢遊天上。子夫摘紫薇星。少兒摘武曲星。淑女摘文曲星。後子夫爲后。少兒子去病爲將。淑女子光爲相。皆應其夢。情蹟亦屬子虛。

種玉記

作者未詳。*明汪廷訥撰　以少兒生去病爲種玉也。按史。霍光。去病弟也。父中孺。河東平陽人。以縣吏給事平陽侯家。與侍者衛少兒私通而生去病。中孺吏畢歸家。娶婦生光。因絶不相聞。久之。少兒女弟子夫立爲皇后。去病以后姊子貴幸。既壯大。乃自知父爲霍中孺。未及求問。會爲驃騎將軍擊匈奴。道出河東。遣吏迎中孺。大爲中孺買田宅奴婢。而將光西至長安。任爲郎。又按衛青傳。大長公主囚青欲殺。其友公孫敖往篡之。故得不死。後敖爲騎將軍。與青、去病同出擊匈奴。傳奇中前後事蹟。依約史傳而作。惟衛少兒未聞與和親之選。霍光亦無舉賢良科及尚主之事也。

投筆記

不知誰作。*明邱濬撰。按後漢書班超傳。超、字仲升。扶風平陵人。彪之少子也。家貧。爲官傭書以養母。久勞苦。嘗輟業投筆嘆曰。大丈夫無他志略。猶當效傳介子、張騫立功異域以取封侯。安能久事筆硏間乎。其後有相者謂之曰。生燕頷虎頸。飛而食肉。此萬里侯相也。久之除蘭臺令史。十六年。竇固出擊匈奴。以爲假司馬。復遣使西域。超到鄯善。鄯善王廣奉超禮敬甚備。後忽疎懈。超意必有匈使來。乃悉會其吏士三十六人。因夜以火攻之。會天大風。超乃順風縱火。前後鼓噪。匈奴衆驚亂。遂斬其使。餘悉燒死。明日召鄯善王。以匈奴使首示之。一國震怖。超曉告撫慰。遂納子爲質。是時于寘王廣德新攻破莎車。雄張南道。超復至于窴。亦殺其匈奴使者。廣德大惶怖而降超。超又劫縛疏勒王兜題。示以威信。釋而遣之。超欲悉平諸國。復上疏請兵。平陵人徐幹素與超同志。願奮身佐超。五年。遂以幹爲假司馬。將千人就超。超遂與幹擊番辰。大破之。又上言願遣使招慰烏孫。八年。拜超爲將兵長史。以徐幹爲軍司馬。別遣衞候李邑使烏孫。李邑始到于窴。而值龜茲攻疏勒。恐懼不敢前。因上書毁超。帝知超忠。乃切責邑。超因擊莎車。降康居。走龜茲。定月氏。破焉耆。于是西域五十餘國。悉皆納質內屬焉。明年。下詔封超爲定遠侯。超自以久在絕域。年老思土。上疏願生入玉門關。而超妹同郡曹壽妻昭。亦上書請超。帝感其言。乃徵超還。超初被徵。以戊己校尉任尙爲都護。與超交代。尙謂超曰。君侯在外國三十餘年。而小人猥承君後。宜有以誨之。超曰。塞外吏士。本非孝子順孫。皆以罪過徙補邊屯。今君性嚴急。宜寬佚簡易。寬小過。總大綱而已。超去後。尙私謂所親曰。我以班君當有奇策。今所言平平耳。

又按列女傳。扶風曹世叔妻者。同郡班彪之女也。名昭、字惠班。博學高才。世叔早卒。有節行法度。兄固著漢書。未及竟。和帝詔昭踵而成之。數召入宮。命皇后諸貴人師事焉。號曰大家。鄧太后臨朝。特封子成關内侯。本中事蹟。全與正史相合。但本傳止云傭書。而此即借任尙以實之。以尙後與超交代。有易超之言。遂從此生波。其實超與尙本無宿嫌也。徐幹因佐超于外域。遂用幹以終始之。此傳奇家布置之法。其班超之母。本傳未載。超在西域三十餘年。不應其母尙存。又班昭子名成。而此云轂。與後漢書不符。餘悉彷彿焉。

壽榮華

壽榮華者。玉名也。相傳有美玉三塊。皆有刻文在上。一曰壽。一曰榮。一曰華。壽榮二玉在富室藍田璧家。華字之玉在武將公羊瓚所。時有壽希文。與藍氏榮娘、公羊氏華娘爲配。三玉並聚。故以壽榮華爲劇名也。未知何人所作。

清朱佐朝撰　其事亦憑空造出。壽希文者。泗水人。父沒。惟與母居。其姑嫁滎陽藍田璧。藍女滎娘。兩家父母。曾有婚姻之約。年既長。母遣希文探田璧。且欲申前盟。藍子雙玉。失學無賴。匪人都有用。其最契也。一日游獵。與勇士卞九州爭雉。爲所毆歸。甚憤恨。値將改年。欲絶應酬。有用令書制中不敢領帖字于門。希文遠至。見而大駭。値田璧出。始知無恙。而門帖乃雙玉所妄爲也。希文以告田璧。田璧怒責雙玉。希文亦微誚之。雙玉大恨。而田璧因此抱病垂危。語希文令入贅。出所藏壽滎二玉。一予希文。一付其女。遣人取希文母來居。時儐相皆集矣。會田璧沒。雙玉不令成婚。而逐希文。且銜宿憾。賄有用令殺之。希文被逐。方無所寄宿。有用僞作瞽道人。誘至桃花塢。欲殺希文。爲九州所覺。即用其劍殺有用。而偕希文入都。令應舉。至半途。九州抱恙。乃囑希文獨往。而九州留寺中養病。是時有司求殺人賊。見劍鞘刻藍雙玉字。遣捕之。雙玉遁走。乃執其妹滎娘。置獄中。會希文母已至藍宅。乃爲料理家事。送飯食于榮娘。公羊瓚者。眶陽關之鎮將也。女曰華娘。美而且武。祖傳一玉。刻華字于上。瓚與華娘佩之。叛賊刁七郎攻破綿竹、牛渚等關。遣部卒僞作緹騎。若奉朝命逮瓚者。華娘虞變。改男粧屬櫜鞬以從。夜抵九州所寓寺內。九州與華娘語。悉其情。疑逮騎非實。及四鼓。緹騎即趣瓚行。兩人大疑。踵其後。抵曠野。騎欲殺瓚。九州即奮擊。所殺十餘人。其半逸去。適藍雙玉以懼禍逃竄。七郎之卒諸遇道。斬其首以充瓚。歸報七郎營。瓚命九州爲先鋒。乘七郎之懈。共討誅之。方具疏敘功。而九州以希文故。脫身往滎陽。爲探視藍宅。至則聞榮娘繫獄。乃告滎陽令曰。殺有用者我。非雙玉也。令即釋榮娘。繫九州。朝命九州爲總兵官。華娘至滎陽訪之。知在獄中。告令以其故。令大窘。立出九州。九州不願得官。棄而爲僧。以希文之託。囑華娘以藍氏。華娘乃迎希文母及榮娘往眶陽。逆旅中。故戲調榮。榮怒而峻拒。華告以實。乃偕行。會希文已中鼎元。奉使封王。道經瓚地。瓚令華僞娶榮以給希文。面擁榮入內。希文謂榮果別嫁。怒甚。瓚遂以己女字之。比成婚則榮也。盛怒之次。母爲希文分析明白。乃復娶華。榮父所予壽榮二玉。榮已進于姑。及瓚嫁華。付以華字之玉。瓚亦知此玉有三。謂天緣配合。故欣然嫁女。以應玉符云。

俠彈緣

一名桃林賺。所演李祐事。祐爲吳元濟僞將。李愬得之以平賊。劇中惟此是實。其與裴吳二女爲夫婦。及前後關目。皆係增飾。賈元虛、鐵性成。則子虛烏有也。作者不知何人。略言。李祐。江右人。父母在時。曾約婚裴垍之女。名蘭芳。垍任中書舍人。祐欲入京謁之。至崤函逆旅中。與賈元虛、吳素芳相遇。元虛者。貧而無行。以誆誘財物爲生涯。素芳則吳元濟之妹。美艷雄猛。服男子服。爲其兄詗事關陝。元虛見祐挾彈。語之曰。此地多綠林。當戒懼。祐逞其能曰。我彈百發百中。彈丸雜鉛鐵。盜賊如我何。素芳出己彈示之。祐輕其年少。殊不爲意。素芳曰。幸同行。當護我。祐應曰諾。明日素芳先行。祐未幾及之。素芳曰。請試君彈。祐一發而樹枝拉然折其半。素芳微哂馳去。忽彈聲自祐耳過。打山嘴片石于地。祐大驚。騎已至。視之乃素芳也。祐曰。君欲何爲。素芳曰。我即綠林之豪也。欲得君貲。更何說。祐度終不能與敵。乃傾囊畀之。素芳特與戲。無取貲心。會元虛至。不可以實告。乃馳去。而心已屬祐。孑身往長安。比至而裴垍劾奸相皇甫鎛。爲所中傷。貶桃林令。即日攜女去。祐方大窘。而朝廷以淮蔡之變。暫停選舉。益彷徨無所依。元虛雖小人。頗有智計。念祐豪傑。終當得其力。乃解己囊以資祐。令訪垍于桃林。又念淮蔡方亂。不如往唐鄧。可乘機以取利。乃出關南行。而素芳在道改女裝。復遇元虛于逆旅。元虛不知爲素芳也。見其貌美獨行。將紿而鬻之。極言道梗多險。令認己爲父。可同行。素芳念惟元虛識祐踪跡。僞從其計。已而拔劍欲斬元虛曰。若識我耶。我即前與若遇。綠林之豪也。元虛大怖。素芳則告之以實曰。予若一令箭。俟我于鄧州。素芳歸與兄元濟誆取鄧州。元虛持箭入謁。素芳語其兄以遇李祐始末。欲令元虛訪之。元濟亦夙聞祐名。曰是可壻也。謂元虛若能致祐。畀若官。元虛遂趨桃林。時祐已謁𡍬。𡍬大喜。館之神廟中。卜日以鼓樂輿馬迎入贅。元虛訪知其事。先以輿待。令健卒亟舁而行入舟中。祐覺非是而元虛在焉。曰。君第從我。花燭俄頃耳。挾至鄧州。元濟欲嫁以妹。祐不肯從。元濟曰。吾妹君舊識。何堅卻也。祐茫然不解。素芳出相見。祐睨視之。即向時挾彈者也。祐默計不能脫。而此女天下英雄。與之締婚。他日圖事殊易。遂與成親。皇甫鎛偵知曰。𡍬壻從賊。𡍬反矣。奏捕𡍬入詔獄。蘭芳大慟。訴之安撫使。而使即鎛黨。抑不爲理。蘭芳欲叩閽。使恐且怒。密遣健卒。令要殺諸途。頭陀鐵性成途遇健卒。卒使避道。方爭言。見卒意不善。稍稍避去。潛伺之。卒候蘭芳與乳母至。引刀欲殺兩人。頭陀突出。揮禪杖擊殺卒。送蘭芳至長安。祐聞垍入獄。夫婦密計。遣元虛入京圖取垍。元虛僞稱西平王李愬所使。入獄與垍見。置酒相對。而以毒酒徧飲獄中人。獄中人盡昏臥。元虛挾一丐者爲家人自隨。乃醉丐者毒酒。易垍衣衣之。遂偕垍出獄。星奔鄧州。獄卒醒。知已失垍。聞朝命即决垍。乃以木塞丐者口。送西市。丐者不能言。頭陀聞垍將誅。覓城外幽僻地以居蘭芳。而刦垍于法場以歸。蘭芳趨哭。則非垍。去其口中之木而問之。曰丐者也。頭陀問丐者。知元虛所爲。乃令丐者爲蘭芳之役。而訪元虛于鄧。元虛之挾垍出也。垍深感其德。及將抵鄧。告以李祐事。及元濟兄妹欲垍相羽翼之故。垍大驚曰。我世爲朝官。可從賊乎。必欲强我。有死而已。元虛不敢逼。令寄僧寺中。是時皇甫鎛以他罪被戮。而李愬方率大兵征淮蔡。遇垍于僧寺。引爲參謀。令立功自贖。元虛料元濟無成。自拔歸愬。以軍情告垍。乃射書城中。風曉李祐。祐心固不能無動。而素芳與愬戰。愬已大敗。將追及之。鐵頭陀適至。力戰素芳。愬得走免。而素芳無功。元濟聞垍在愬軍。已疑祐。及素芳戰。忽進忽退。遂大疑。懼其夫婦合于愬而圖己。召祐切責之。素芳趨辨。并訴素芳。兩人大懼。祐乃射書答垍。許爲內應。於是愬以垍及元虛爲謀主。鐵頭陀爲先鋒。引兵入蔡。祐夫婦內變。遂擒元濟送京師。垍遷中書令。愬益封。祐擢隴右節度使。素芳封夫人。元虛、頭陀皆授職。祐與蘭芳成婚。蘭芳受夫封。而素芳自以功得封。因祐與素芳以挾彈相遇。祐俠而素芳更俠。故名曰俠彈緣也。祐在桃林將婚而被賺。故曰桃林賺也。按唐書。憲宗時。裴垍爲中書舍人。其後爲平章政事。未嘗貶官縣令。更無得禍之事。垍之入相在李吉甫後。是時未征淮蔡。而皇甫鎛之用乃在末年。前後不相值。李祐本吳元濟之將。未嘗應舉。亦不得爲裴垍之壻。李愬之節度也。實兼唐鄧。其破元濟。祐之力居多。後祐亦官至節度。此數節與正史合。賊將董重質則吳少誠之壻。于元濟當爲姊妹之夫。從賊中歸正。亦累官節度。然其妻亦無事實也。六朝時有李波之妹。從其兄作賊。褰裙逐馬。左射右射。中必疊雙。時人爲作李波小妹歌。劇中素芳善彈。有似于此。

雙忠俠

未知何人所作。演雲霄、平公謹二人。救李宗勉、孟珙。以其爲國爲忠。排難爲俠也。宗勉、珙俱名將相。然所演皆揑造。非實事。雲霄、字瓊卿。常山人。與燕山平公謹爲莫逆交。偕謁坤元道母。授霄兵書。授公謹劍法。霄欲入京求功名。公謹欲往楚投孟珙。時珙爲荆湖制置使。元將ㄖ温不花與珙相角。每苦不勝。遣人以寶貨番女送右丞相史嵩之。欲其專主和議。撤回孟珙之師。諫議大夫劉晉之爲之交關。嵩之受不花之賄。廷議時言珙虐兵殃民。不如撤回。專與元將通和爲便。晉之等皆附會其說。左丞相李宗勉以其言爲謬。面斥嵩之。嵩之遂與晉之謀。令朝臣共奏珙有叛心。恃宗勉爲黨。奉旨下二人獄。且捕其家屬拘囚。珙至中途。嵩之又遣家將。於途中殺以滅ㄖ。公謹方欲投珙。旅次中徵聞家將語及殺珙事。明日遇諸道。家將拔刀行兇。公謹立殺家將。救珙使潛逃。而己入京訪霄。霄初抵京寓靈隱寺。甚困。宗勉偶入寺。見而奇之。贈以資斧。霄感其德。嘗圖報之。嵩之既構陷宗勉、珙。怒猶未已。晉之復設計。以珙女秋紅。宗勉女玉華。送與口温不花以辱之。坤元道母知其事。遣桃柳二妖變作二女而往。而留二女於左右。以待嵩之之敗。不花得二妖。方欲與昵。忽變奇鬼。怖而避走。乃遣卒持書責嵩之。時霄欲救宗勉而無策。會嵩之欲覓一幕客以掌書札。霄謀得之。與嵩之甚昵。不花之卒持書至。嵩之以示霄。令作回札。霄乃備悉從前不花通賄事。持其書首於朝。理宗詰嵩之與晉之。皆辭屈。乃治二人罪。出宗勉及珙妻韓氏於獄。復宗勉官。赦珙私遁之過。授以前職。並授霄官。公謹投珙爲前鋒。用道母所授迷魂陣。手擒不花。珙與班師。道母送二女與珙。挈回京師。黄門内官奏於理宗。以玉華嫁霄。秋紅嫁公謹。宋史。李宗勉、字彊父。富陽人。開禧元年進士。爲殿中侍御史。時淮西制置使兼沿江制置副使史嵩之。兼知鄂州。就鄂建牙。宗勉言荆蠻殘破。淮西正當南北之交。嵩之當制置淮西。則脈絡相連可以應援。邈在鄂渚。豈無鞭不及腹之慮。當別選鄂守。徑令嵩之移師齊安。又云。進同僉書樞密院事。史嵩之開督府。力主和議。宗勉言使者可疑者三。嵩之職在督戰。如收復襄光。控扼施澧。招集山砦。保固江流。皆今所當爲。若所主在和。則凡有機會可乘。不無退縮之意。必至虛損歲月。坐失事功。進參知政事。及拜左丞相兼樞密使。卒謚文淸。孟珙、字璞玉。隨州棗陽人。嘉熙元年。授鄂州諸軍都統制。大元大將忒沒鮮入漢陽境。大將口温不花入淮甸。珙入城。駐帳城樓。指畫戰守。卒全其城。御筆以戰功賞將士。特賜珙金盌。珙益以白金五十兩賜之。二年春。授鄂州江陵府諸軍都統制。未幾升制置使兼知岳州。屢以捷聞。久之珙沒。封吉國公。謚忠襄。史嵩之傳。嵩之常言江陵非孟珙不可守。史論以嵩之爲將才。續通鑑綱目。宋理宗嘉熙二年春二月。以史嵩之參知政事。督視京湖江西軍馬。

置司鄂州。夏四月。李宗勉參知政事。秋九月。以孟珙爲京湖制置使。冬十月。珙復郢州荆門軍。三年春正月。李宗勉爲左丞相兼樞密使。史嵩之爲右丞相。督視江淮四川京湖軍馬。三月。孟珙復襄陽。十二月。孟珙復夔州。四年二月。以孟珙爲四川宣撫使。夏四月。召史嵩之還。冬閏十二月。李宗勉卒。淳祐四年秋九月。詔起復史嵩之。按宗勉、嵩之。同時爲左右丞相。劇中所記相合。本傳宗勉所議雖與嵩之微有不同。然未有隙。且俱非並相時事。珙本在嵩之部下。其後同將兵。亦未嘗有隙。且嵩之尙薦珙守江陵。何嘗害珙。宗勉、珙皆未嘗受禍。嵩之亦未嘗被收也。至兩家女子事。係添出。不見史傳。

忠義烈

不知何人作。自嚴嵩父子及海瑞外。姓名悉詭託。劇內有杜憲盡忠。周仁仗義。仁妻激烈。故以是名也。略云。杜憲與嚴嵩不合。洞蠻擾滇。嵩奏憲往征。

有貧士周仁者。逋官糧。貸于憲子文學。助貲還券。仁感其恩。欲爲僕以報。學與結爲弟兄。學妻與仁妻稱姊妹。留與同居。勇士張武烈應試。嵩爲考官。嫌烈貌陋責逐之。烈憤投河。爲文學所拯。憐其勇。作書寄父。令持往効力。烈詣滇。馬蹈蠻陷坑。被擒用爲將。使搦戰。烈佯敗不與憲敵。而嵩素啣憲。遂劾憲按兵不進。私與蠻通。詔令賜鴆。嵩並逮憲子文學繫獄。時海瑞爲都御史。劾嵩誣憲。以毁謗大臣論辟。令嵩監赴市曹。瑞曾爲世宗皇子傅。皇子親往送。延過午時三刻。令宦官罵嵩。拔其髯。嵩以手掩。互觸皇子。皇子自裂袍袖。奏于世宗。罰嵩月俸。赦瑞復其職。令招撫洞蠻。文學妻被寇。入寺祈安。適嚴世蕃至。覘其美。欲圖之。使門客鳳承東往説。承東以世蕃勢壓周仁。令主其事。仁無可爲計。謀於其妻。妻云。不從必罹禍。可佯諾之。當挾刃代往。誅此賊洩恨。報杜氏恩。仁乃紿世蕃毋害文學。當如命。蕃喜不勝。囑部與承東及仁經歷冠帶。以酬其意。出文學於獄。戍之滇南。及花燭。仁妻手刃蕃。

怯弱不能斃。遂自刎。里中父老。皆恨周仁負恩義。仁不與辯。文學戍滇遇瑞軍。往投謁。瑞令贊畫立功。瑞以大義曉洞蠻。武烈首倡納款班師。論功文學武烈皆授職。學奏妻被蕃逼勒。周仁負義。詔瑞與學研審。仁具言始末。學始知仁夫婦仗義。而妻故無恙。於是世蕃與承東皆伏罪。文學夫婦復得團聚云。

按明世宗時。滇南苗蠻雖有梗化。其時委之巡撫呂光洵。光洵與嚴嵩無讐怨。未嘗得重禍。據劇云被鴆而殺。疑暗指張經、翟鵬、王忬、楊選輩也。經禦倭寇。劇云洞蠻。疑指經事。嵩居相位。海瑞未爲朝官。安得爲都御史。瑞于萬曆十一年。以吏部侍郎召。逾一二年。始遷右都御史。與嵩相去二三十年。太遼闊也。瑞由舉人得官。未嘗爲皇子傅。世宗時。高拱乃裕王之傅也。瑞嘗撫蘇松。又常爲操江。無撫洞蠻事。其他盡屬空中樓閣。

莽書生

未知何人所作。紀高賢寧、鐵鉉事。實蹟頗多。而增換亦不少。就所敷演。略加辨證。以其中間關係明代史事。恐眞僞混淆也。賢寧以諸生上書成祖。勸其罷兵。故名之曰莽書生。劇中大略。言鐵鉉、字鼎石、爲濟南布政。燕王起兵。與盛庸幷力同抗。庸初戰勝。旣而被殺。姚廣孝爲燕王畫策。引兵南下。直抵金陵。但令張玉圍濟南。濟陽諸生高賢寧。上燕王周公輔成王論。玉爲逡進。燕王答以謁陵淸宮之後。始議罷兵。賜賢寧令箭一支。聽其自便。按鐵鉉以山東參政。督餉濟南。李景隆兵旣敗。單騎入城。燕王列陣圍之。鉉悉力捍禦。即擢布政使。而召景隆還朝。以都督盛庸代景隆總兵事。燕兵圍濟南。久乃堰水灌城。鉉撤守具出居民詐降。迎王入城。王下令退軍。率數騎渡橋。直至城下。城門開。守者皆伏堵間。王入門。鐵板急下。傷馬首。王驚。易馬而馳。濟南人挽橋。橋堅。燕王竟從橋逸。復合圍。以礮擊城。鉉書高皇帝神牌懸于城下。燕兵不敢擊。鉉每出不意。令壯士突擊燕兵。皆破之。燕王撤圍還北平。

鉉庸復德州。兵勢大振。上即軍中擢鉉兵部尚書。贊理軍事。封庸歷城侯。劇內掛軸溝城詐降等。正其事也。但盛庸以守濟南功封侯。又與鉉同守東昌。大敗燕兵。殺張玉於陣。其後猶數有戰功。建文四年。浦口戰敗乃降燕。永樂元年。都御史陳瑛奏以怨望下獄死。今云陣亡。謬也。東昌之守。鉉功最大。至告捷于太廟。劇既以鉉爲綱。而不叙守東昌事。亦太疎漏。張玉戰没于陣。劇云燕兵南下。而命玉圍濟。亦謬也。燕王射書濟南城內招降。高賢寧在圍城中作周公輔成王論答射。請罷兵。不報。劇所演是實。賢寧乃教諭王省之門人。省已於濟陽殉節。劇云鐵鉉門人。蓋射書答燕。當屬鉉所指授。不爲紐合。其云身造張玉營。又云燕王授以令箭。則涉妄矣。劇又云金川不守之後。鐵司馬殉節。成祖捕其家屬。賢寧用令箭於驛中誑出一子壽安。寄養於天界寺宗泐禪師處。聞鐵司馬見法。往哭其尸。旨問何人。賢寧奏師生誼篤。成祖知是射書之人。使紀綱傳旨。准令收葬。授賢寧給事中之職。賢寧不受而去。成祖以鐵夫人予高麗使臣。其二女發教坊。賢寧復持令箭至舶中。詭以追回鐵夫人。潛挈逃竄。夜投姚廣孝姊之家。素知廣孝姊負俠名。告以實情。遂留鐵夫人同住。賢寧又入京訪鐵二女。時有張太宰沃之子。欲犯二女。爲所斫傷。太宰控於錦衣指揮使紀綱。欲重罪二女。綱訊得二女守節狀。又得其所題箋。乃爲奏聞於朝。恩許選士人以配。綱又奏賢寧摯誼俠骨。請以二女配之。詔依所奏。且授賢寧爲建文榜進士。令綱主婚。賢寧接鐵夫人至京。乃畢姻事。而壽安亦隨母至京。詔旨授爲監生。初、姚廣孝佐成祖殺戮建文諸臣。探宗泐於天界寺。宗泐以壽安予廣孝爲子而雲游遠方。廣孝攜歸蘇州。探其姊于村中。爲姊所痛詈。廣孝乃遺姊書。付之以子。姊固知有因果。留居於家。俾與其母相會。故得偕至京師也。按成祖初。賢寧被執。成祖曰。是作論秀才耶。好人也。欲官之。賢寧固辭。其友紀綱爲錦衣指揮。勸令就職。賢寧曰。子以軍旅出身。予書生也。食廩有年。於義不可。綱言於成祖遣歸。年至九十有七。劇中授職固辭。

乃係實蹟而稍文飾之。其救鐵司馬一家。則無此事。成祖縛鐵司馬入見。不肯一顧。遽令族之。無發姚廣孝審鞫事。鉉妻楊氏。劇云秦。亦誤。妻與二女發教坊。楊即病死。楊無給高麗使臣之說。二女誓不受辱。成祖曰。彼竟不屈耶。赦出皆適士人。未嘗云適賢寧也。相傳有鐵女二詩。末句云。春來雨露深如海。嫁得劉郎勝阮郎。然此本元時妓女詩。亦不似鐵女所作。其子福安、寧安。一發河池編伍。一發鞍轡局充匠。卒皆被殺。無獨存一子之說。廣孝謁姊。姊駡曰。做和尚不了。豈有好人。劇中痛駡廣孝本此。廣孝晚年收得一子。取名曰繼。故劇中借此以爲鐵壽安也。宗泐明初名僧。頗多著述。廣孝未遇時。嘗題詩僧寺。語多不順。宗泐呼其字曰。斯道斯道。汝薄南朝矣。是二人本相厚。而意見不相同也。張太宰沃。亦無其人。紀綱於成祖時大市威福。劇中未免全然做好。賢寧哭鐵司馬。成祖褒嘉其義。本係添飾。蓋影借漢高賞欒布哭彭越事也。

曲海總目提要卷四十四

錦囊記

未知何人所作。明張翀撰。以諸葛亮用錦囊三策。授之趙雲。故以爲名。其說本於三國演義。正史所無。中間不合處甚多。緣演義相傳已久。習見共聞。據爲實事。所作傳奇者凡有數種。此其一也。據演義。赤壁鏖兵。曹操敗走。劉備掠得四郡。據有荆州。周瑜與孫權畫策。聞備喪甘夫人。權僞以妹許備。紿至南徐。幽禁於獄。即遣將取荆州。諸葛亮勸備因計就計。使瑜墮其計中。密授趙雲三錦囊。內藏三計。危急之際。即開一囊。其一。孫權非實嫁妹。特欲計取荆州。雲展亮策。先語大喬之父。令告權母吳太夫人。太夫人盛怒叱權。力主婚事。權遂不得不嫁妹於備。其二。周瑜勸權以金玉玩好豢養劉備。備在東府燕樂。

不復思歸。雲展亮策。使備誑孫夫人以荆州危急。欲自回荆。夫人願與同往。乃共設計。託江邊祭祖爲辭。出南徐而去。其三。權聞備去。遣諸將急追。至封刀與蔣欽、周泰令殺備。且並殺妹。雲展亮策。令備以情力懇夫人。追者四將。皆被夫人叱駡而去。及欽、泰追至柴桑江口。則亮先以船二十候於江邊。接備與夫人絶江而去。瑜令水軍追至黄州。關羽、黄忠、魏延拒戰。亮令軍士誚瑜云。周郎妙計高天下。賠了夫人又折軍。初、瑜欲取南郡。親攻曹仁。而亮已遣趙雲入南郡。是爲一氣周瑜。瑜以美人計誑備。而孫夫人竟從備去。是爲二氣周瑜。其後瑜託言親往西川伐劉璋。道由荆州。使備供應。實爲假途滅虢之計。規取荆州。亮令備僞許瑜。待其抵荆。四面以兵相拒。瑜爲所誑。箭瘡迸裂。行至巴丘而卒。是爲三氣周瑜。既而備取西川。權令人紿報孫夫人云。吳太夫人薨逝。迎取回家。夫人抱阿斗入船。趙雲截江奪得幼主。劇皆據此成編。全本關目在亮與雲。而尤以雲爲主。插入當陽長坂事。爲雲前後兩大勳績。

其間眞僞相錯不可不爲辨別也。　蜀志穆后傳。先主穆皇后。陳留人也。劉焉爲子瑁納后。後寡居。先主既定益州而孫夫人還吳。羣下勸先主娉后。注漢晉春秋曰。先主入益州。吳遣迎孫夫人。夫人欲將太子歸吳。諸葛亮使趙雲勒兵斷江留太子。乃得止。（劇與此合。）　又甘后傳。先主甘皇后。沛人也。先主臨豫。居小沛。納以爲妾。先主數喪嫡室。常攝內事。隨先主於荊州。產後主。値曹公軍至。追及先主於當陽長阪。於時困逼。棄后及後主。賴趙雲保護。得免於難。后卒。葬於南郡。章武二年。追謚皇思夫人。丞相亮上言。皇思夫人履仁修行。淑愼其身。嬪配作合。載育聖躬。春秋之義。母以子貴。宜有尊號。以慰寒泉之思。（劇載當陽長阪事亦合。演義云。先主以喪甘夫人。續孫夫人。正史雖無確據。然甘隨至荊州。又葬南郡。則喪甘娶孫。實與史合。且可點明陳壽所未備。）　劉先主傳。建安十二年。與曹公戰於赤壁。大破之。先主表琦爲荊州刺史。琦病死。羣下推先主爲荊州牧。治公安。權稍畏之。進妹固好。先主至京見權。綢繆恩紀。注、江表傳曰。備立營於油口。改名公安。又注、山陽公載記曰。備還謂左右曰。孫車騎長上短下。其難爲下。吾不可以再見之。乃晝夜兼行。按正史云京。今之京口。演義所云南徐也。南徐州乃六朝時僑置。此時不宜先有此名。晝夜兼行。演義與夫人同歸之說也。然據正史。似孫權以妹嫁於公安。劉備至京相結。居亦不久。無流連歲月之事。後主傳。後主諱禪、字公嗣。先主子也。裴松之曰。按二主妃子傳曰。後主生於荊州。後主傳云。初即帝位。年十七。則建安十二年生也。十三年敗於長阪。備棄妻子走。趙雲抱以免。魚豢魏略曰。備在小沛。曹公卒至。遽棄家屬。後奔荊州。禪時年數歲。竄匿。隨人西入漢中。爲人所賣。及建安十六年。關中破亂。扶風人劉括避亂入漢中。買得禪。問知其良家子。遂養爲子。初、禪與備相失時。識其父字元德。及備得益州。張魯爲洗沐。遂詣益州。松之曰。備敗於小沛。建安五年也。魏略妄說。按劇據演義云阿斗年數歲。與正史合。此亦可闢魚豢之謬。趙雲傳。雲、字子龍。常山眞定人也。本屬公孫瓚。瓚遣先主爲田楷拒袁紹。雲遂隨從爲先主主騎。及先主爲曹公所追於當陽長阪。棄妻子南走。雲身抱弱子。即後主也。保護甘夫人。即後主母也。皆得免難。遷爲牙門將軍。先主入蜀。雲留荊州。

劇與史合。又按趙雲別傳。雲身長八尺。姿顏雄偉。從公孫瓚征討辭歸。先主就袁紹。雲見於鄴。先主與雲同床眠臥。遂隨至荆州。從平江南。以爲偏將軍。領桂陽太守代趙範。範寡嫂樊氏有國色。範欲以配雲。雲固辭。其後爲翊軍將軍。夏侯淵敗。曹公爭漢中。雲被圍。大開營門。偃旗息鼓。公軍疑有伏兵引去。雲以戎弩射公軍。先主至雲營視昨戰處。曰子龍一身都是膽也。軍中號雲爲虎威將軍。又別傳曰。先主入益州。雲領留營司馬。留營在公安。此時先主孫夫人以權妹驕豪。多將吳吏兵。縱横不法。先主以雲嚴重。必能整齊。特任掌內事。權聞備西征。大遣舟船迎妹。而夫人內欲將後主還吳。雲與張飛勒兵截江。乃得後主還。劇與傳合。但先主取益州而孫夫人尙多將吳吏兵。安得初嫁時。有孫權遣將欲要殺其妹於路之理。演義妄說也。吳志吳夫人傳。夫人吳主權母也。本吳人。徙錢塘。生四男一女。傳不言女何人。當即是嫁先主者。權少年統業。夫人助治軍國。甚有裨益。建安七年薨。會稽典錄言夫人有智略權譎。又志林按會稽貢舉簿言吳后以建安十二年薨。據此。吳夫人已逝而權妹始嫁於備。劇據演義。言將婚時。吳夫人於甘露寺觀婿。旣婚得以無患。皆夫人之力。又云權迎妹歸。託言吳夫人隕逝。皆妄說也。又按孫策攻皖。得喬公二女。策納大喬。橋公即後漢司空橋元也。建安之初。已無橋公。安得有喬國老。在建安十四年救劉先主事乎。亦妄說也。通鑑綱目。建安十四年十二月。孫權表劉備領荊州牧。目云。權以周瑜領南郡太守。屯江陵。會劉琦卒。權以備領荊州牧。周瑜分南郡地以給備。備立營于油口。改名公安。權以妹妻備。妹才捷剛猛。有諸兄風。侍婢百餘人。皆執刀侍立。備每入。心常凜凜。集覽。地名油口。今屬江陵府。蘇軾詩。披扇當年笑溫嶠。握刀晚歲戰劉郎。又綱目。十六年冬。法正至荊州。陰說備取益州。乃留諸葛亮、關羽等守荊州。自將步卒數萬而西。孫權聞備西上。遣船迎妹。而夫人欲將備子禪去。張飛、趙雲勒兵截江。乃得禪還。又綱目。或謂諸葛亮曰。法正太横。宜稍抑之。亮曰。主公之在公安也。北畏曹操。東憚孫權。近則懼孫夫人生變於肘腋。法孝直爲之輔翼。令翻然翺翔。不可復制。今奈何禁止孝直。使不得稍行其意耶。按孫夫人歸吳以後。正史及演義俱不載其結局。太平府志。蟂磯上有孫夫人廟。香火極盛。序記詩文不下百十。俱云旁考傳記。

孫夫人以孫、劉不睦。互相攻擊爲讐。痛自憤恨。投水於蟂磯之下。以故後人祠之。此說必有所據。又按周瑜以建安十五年卒。是時適權嫁妹於備之時。演義因造爲三氣周瑜之說。又按備自詣權求都督荆州。瑜請徙備置吳。權不從。備還乃聞之曰。天下智謀之士。所見略同。前時孔明諫孤莫行。其意亦慮此也。既生瑜又生亮之說本此。正史無有。又周瑜與權牋云。曹操在北。疆場未靜。劉備寄寓。有似養虎。按演義本此。作周瑜百計謀備之說。多屬妄揣。

雙忠記

未知作者何人。明姚茂良撰 演唐張巡、許遠故事。皆是實跡。蓋巡、遠同守睢陽。後先殉節。時人目爲雙忠。睢陽立廟曰雙廟。故此記名雙忠記也。按此記作於明代。明建文時山東布政使鐵鉉。力抗成祖。王世貞嘗以配張巡。名曰雙忠。作者或由此而起。又正德中。江西巡撫孫燧。副使許逵。抗寧王不屈。於是又有雙忠之稱。或因此而借張許以相影託。未可知也。

通鑑綱目。至德元載二月。眞源令張巡起兵雍丘討賊。秋七月。令狐潮圍雍丘。

張巡擊走之。十二月。張巡移軍寧陵。與賊將楊朝宗戰。大破之。二載春正月。賊將尹子奇寇睢陽。張巡入睢陽與許遠拒卻之。三月。尹子奇復寇睢陽。張巡擊走之。秋七月。尹子奇復寇睢陽。冬十月。尹子奇陷睢陽。張巡、許遠死之。陳留人殺尹子奇。舉城降。十二月。追贈死節之士。譙郡太守楊萬石以郡降安祿山。逼眞源令張巡爲長史。使西迎賊。巡至眞源。帥吏民哭於老君廟。起兵討賊。西至雍丘與賈賁合。初、雍丘令令狐潮以縣降賊。引精兵攻雍丘。賁出戰敗死。巡力戰卻賊。積六十餘日。大小三百餘戰。賊遂敗走。令狐潮與張巡有舊。以書招巡。大將六人白巡。以兵勢不敵。不如降賊。巡設天子畫像。引六將於前。責以大義。斬之。城中矢盡。巡縛藁爲人千餘。被以黑衣。夜縋城下。潮爭射之。得矢數十萬。其後復夜縋人。賊笑不設備。乃以死士五百斫潮營。潮軍大亂。焚壘而遁。追奔十餘里。潮益兵圍之。巡使郎將雷萬春於城上與潮相聞。語未絕。賊弩射之。面中六矢而不動。潮疑其木人。使諜問之。

乃大驚。遙謂巡曰。向見雷將軍。方知足下軍令矣。令狐潮築城雍丘之北。以絶其糧援。河東節度使虢王臣屯彭城。假巡先鋒使。是月。魯東平濟陰陷於賊。賊將楊朝宗帥馬步二萬。將襲寧陵斷巡後。巡遂拔雍丘東守寧陵以待之。始與睢陽太守許遠相見。朝宗至。巡、遠與戰。晝夜數十合。大破走之。勅以巡爲河南節度副使。安慶緒以子奇爲河南節度使。子奇以歸檀兵十三萬趣睢陽。許遠告急於張巡。巡自寧陵引兵入睢陽。巡有兵三千人。與遠兵合。合六千八百人。賊悉衆逼城。巡督勵將士。晝夜苦戰。一日或二十合。凡十六日。擒賊二十餘人。殺士卒二萬餘。衆氣自倍。遠謂巡曰。遠懦不習兵。公智勇兼濟。遠請爲公守。請公爲遠戰。自是之後。遠但調軍糧。修戰具。居中應接而已。戰鬬籌畫。一出於巡。尹子奇復引兵攻睢陽。巡椎牛饗士。盡軍出戰。賊望見兵少。笑之。巡執旗帥諸將直衝賊陣。賊乃大潰。晝夜數十合。屢摧其鋒。賊以飛樓瞰城中。無所見。遂解甲休息。巡與南霽雲、雷萬春等十餘將。各將五十騎。開門突出。直衝賊營。斬賊將五十餘人。巡欲射子奇而不識。剡蒿爲矢。中者喜。謂巡矢盡。走白子奇。乃得其狀。使霽雲射之。中其左目。子奇乃走。子奇復徵兵數萬攻睢陽。城中食盡。將士人廩米日一合。雜以茶紙樹皮爲實。饋救不至。士卒消耗至五六百人。皆饑病不堪鬬。遂爲賊所圍。賊爲雲梯鉤車木驢以攻。又以土囊積柴爲磴道。欲登城。巡皆應機力拒。賊不敢攻。士卒纔六百人。賀蘭進明在臨淮。擁兵不救。巡令霽雲犯圍而出。告急於臨淮。進明愛霽雲勇壯。具食延之。霽雲泣曰。睢陽之人不食月餘矣。霽雲雖欲獨食。且不下咽。因嚙落一指以示進明。座中皆爲泣下。霽雲至寧陵。與城將廉坦同將步騎三千人。且戰且行。僅得千人入城。賊圍益急。城中食盡。張巡、許遠堅守。茶紙既盡。遂食馬。馬盡羅雀掘鼠。雀鼠又盡。巡出愛妾。殺以饗士。所餘纔四百人。賊登城。將士病不能戰。巡西向再拜曰。臣力竭矣。生既無以報陛下。死當爲厲鬼以殺賊。城遂陷。遠、巡俱被執。子奇問曰。聞君每戰皆裂齒碎。何也。巡曰。吾志吞逆賊。但力不能耳。子奇以刀抉視之。所餘纔三四。並南霽雲、雷萬春等三十六人皆被殺。生致許遠於洛陽。張鎬聞睢陽圍急。倍道亟進。且檄譙郡太守閭丘曉救之。曉不受命。鎬至睢陽。城已陷三日矣。鎬召曉杖殺之。書法。巡、遠之死。異時異地。此其並書之何。解惑也。當其時。巡子去疾已有異議。李翰傳巡事復不及遠。綱目等而書之。所以破千載之惑也。發明。許遠生致洛陽。而綱目已書其死者。遠雖不死於睢陽。未幾亦死于偃師。故綱目等而書之。李愷、盧奕、顔杲卿、袁履謙、許遠、張巡、張介然、蔣清、龐堅等皆加追贈。官其子孫。唐書張巡傳。巡字巡。鄧州南陽人。開元末。擢進士第。由通事舍人出爲清河令。調眞源。又云。子奇將同羅突厥奚勁兵十餘萬攻睢陽。遠自以材不及巡。請稟軍事而居其下。巡受不辭。又云。詔拜巡御史中丞。遠侍御史。又云。巡出愛妾。殺以大饗。遠亦殺奴童以哺卒。又云。霽雲見賀蘭進明。進明無出師意。霽雲請置一指以示信。因拔佩刀斷指。一坐大驚。抽矢回射佛寺浮圖。矢著甎曰。吾破賊還。必滅賀蘭。此矢所以志也。劇與此合，是據韓愈張中丞傳後序，綱目據柳宗元南霽雲碑，故云自齧其指。霽雲得兵三千。夜冒圍入。賊覺拒之。且戰且引。兵多死。所至才千人。方大霧。巡聞戰聲曰。此霽雲等聲也。乃啓門入。相持大哭。城陷。子奇以刃脇降。巡不屈。又降霽雲未應。巡呼曰。南八。男兒死耳。不可爲不義屈。霽雲笑曰。欲將有爲也。公知我者。敢不死。亦不肯降。乃與姚闇、雷萬春三十六人遇害。初、子奇議生致一人慶緒所。或曰。用兵拒守者巡也。乃送遠洛陽。至偃師。亦以不屈死。巡長七尺。鬚髯盡怒。讀書不過三復。終身不忘。又云。天子下詔。贈巡揚州大都督。遠荊州大都督。霽雲開府儀同三司。再贈揚州大都督。巡子亞夫拜金吾大將軍。遠子玫婺州司馬。皆立廟睢陽。歲時致祭。德宗差次至德以來將相功效尤著者。以顏杲卿、袁履謙、盧奕及巡、遠、霽雲爲上。又贈姚闇潞州大都督。貞元中。復官巡他子去疾。遠子峴。贈巡妻申國夫人。大中時。圖巡、遠、霽雲像于凌烟閣。睢陽至今祠享。號雙廟云。許遠傳。右相敬宗曾孫。嘗爲高要尉。祿山反。或薦遠於玄宗。召拜睢陽太守。遠與巡同年生而長。故巡呼爲兄。南霽雲傳。魏州頓丘人。少微賤。爲人操舟。祿山反。鉅野尉張沼拔以爲將。尙衡擊汴州賊。以爲先鋒。遣至睢陽與張巡計事。退謂人曰。張公開心待人。眞吾所事也。遂留巡所。始被圍。築臺募萬死一生者。數日無敢應。俄有喑嗚而來者。乃霽雲也。巡對泣下。霽雲善騎射。見賊百步內乃發。無不應弦斃。雷萬春傳。不詳所來。事巡爲偏將。方略不及霽雲。而彊毅用命。每戰。巡任之與霽雲均。按明末流賊攻保定。知府何復。同知邵宗元。鎭監方正化。率里紳張羅俊羅彦兄弟。及金毓峒等。固守。後爲流賊所破。皆抗節以殉。當時衆論。亦以何邵爲雙忠。作者或因此事。借張許以表章。亦未可定。按許眞人玉匣記。張巡、許遠皆受上帝命爲神。又按今各州縣多有東平王祠。即張巡也。

三星照

所演皆非事實。蓋近時人所作。取福祿壽三星拱照之意。借陳摶、曹彬點綴生色耳。全璧、字趙珍。湖廣麻城人。後周時嘗爲別駕。夫人安氏孿生二子。長天佐。次天佑。天佐讀書。天佑經商。陳摶嘗過其門。言福祿壽三星。拱照本家。是時趙太祖陳橋即位。命曹彬伐南唐。彬有二女。亦係孿生。長女喜讀書弄筆。次女喜說劍談兵。彬往江南。次女以男粧相從。軍中皆呼爲小將軍。天佑至蘇州。買得蟬蛻八包。會宋與南唐交兵。唐軍患痘。非蟬蛻不能治。天佑獲金錢無算。遂成巨富。時彬用其女之策。江南得平。而女亦患痘。李後主薦天佑以蟬蛻治之。立愈。彬遂以女嫁天佑焉。天佐入汴。中狀元。彬因以長女嫁天佐。漢兵方强。募人出使。天佐應募往。而漢主以大將歐鵬爲陳摶所說。出家脩道。無人可將。竟飄然棄國而去。天佐因此成功。所云福祿壽三星者。全璧夫婦高年。應星之壽。天佐巍科顯爵。應星之祿。天佑田園萬頃。富敵侯王。應星之福也。中間關目有湯白嚼者。教天佑買蟬蛻。因此致富。以策題誑天佐。果合闈題。二事俱有影響。明時有程姓者。遇海神女教以製貨。凡當時所最以爲無用者。立得數倍之價。此蟬蛻事之假借也。又有一舉子於場前日夜禱神。求得闈中題目。有一友與相戲。書數題置爐灰內。舉子得之。以爲神賜。默作此題。場中一一相符。遂爾登第。此策題事之假借也。劇云天佐狀元。宋準第二。王嗣宗第三。按狀元無所謂全天佐。而準與嗣宗爭元。太宗令二人手搏。嗣宗獲勝。遂爲狀元。二人皆太祖時鼎甲也。言行錄。王嗣宗知長安。种放至。通判以下羣拜謁。放小俛垂首接之而已。嗣宗內不平。放召其姪出拜嗣宗。嗣宗坐受之。放怒。嗣宗曰。向者通判以下拜君。君扶之而已。此白丁耳。嗣宗狀元及第。名位不輕。胡爲不得坐受其拜。放曰。君以手搏得狀元耳。何足道也。

杏花山

未知何人所作。劇中姓名皆是生造。以吉世芳逃入杏花山莊。遇祥景之女。故以爲名。吉祥樂之姓及吉郡殷州。但取美名。非實事也。黨傑則指桓溫。或借溫以另刺他人。未可知也。吉世芳、字公珩。吉郡殷州人。州郡皆生造。在大將軍黨傑麾下爲前軍校尉。傑、字元子。蘄城人。都督荆襄全楚諸軍。當東晉時。謀略蓋世。平蜀以後。大震威名。按東晉無此人。桓溫字元子。而此人云字元子。自稱平蜀之功。溫嘗平蜀李勢。又自述云。殷浩弔譽沽名。應辟督師。擁兵壽陽。今北伐無功。按溫極詆殷浩。此蓋指桓溫也。奉勑北伐。欲自圖大事。按兵不動。先鋒柳成龍。其心腹也。記室參軍安文俊。年少奇才。立心忠直。議事之際。見其恧縮。面譏切之。劇中文俊責備黨傑之詞。有云。不能流芳百世。當遺臭萬年矣兩句。本桓溫語。益知指桓溫也。傑不能聽。檄示府縣。協濟軍需。稍有缺供。縱兵搶掠。有樂天民者居內鄉菊潭。一女雲生。年弱未字。聞兵至不戢。欲挈女遠避山東。途遇成龍。逐父而掠其女。天民見文俊軍後至。以爲主帥。號呼求救。文俊告以己乃參軍。非元帥也。及詢奪女狀。心爲不平。馳見成龍。切加誚讓。奪女以還其父。女已釋而父猶未至。兵馬倥傯。女恐難脫。由小道投一邨家。邨嫗楊氏。子曰上官毅。勇力絕人。用鐵扁擔一條。萬夫莫敵。人呼鐵閻羅。專好兜不平事。然孝以事親。恪遵母教。斫柴爲生。不營分外。楊嫗見樂女無所倚。姑留之。俟子歸。與言女情。俾訪樂父。毅出覓與樂父遇。未及抵家。而安文俊忽急竄入楊宅。蓋成龍因文俊釋女恨甚。必欲殺之。知其押餉在城。欲遣兵縱火殺之以滅口。世芳適奉帥令送密札于成龍。使無進兵。成龍以爲此人乃元帥腹心。與己必無相左。竟諉以焚安之事。世芳僞應之而私告文俊。即與俱走。用成龍令箭誑出南城。比火起索文俊不得。成龍乃率兵急追。兩人見追急。分道而走。世芳入一山莊中。而文俊至楊嫗家。女出見之。感其救己。與嫗共議。取布衣氈笠。換其戎裝。使若鄉邨人者。女又流涕述感恩之深。文俊心亦憐之。與訂姻盟而去。成龍遠見文俊入此村中。及至不得。入門窺之。見有戎衣在內。且見前所掠女。遂令兵士擁女及楊嫗而去。毅偕樂天生歸。則母與樂女皆不見矣。鄰居告曰。已被先鋒掠去。毅失母。

憤怒甚。持鐵械追之。世芳所入山莊。曹郡刺史祥景之園居也。家在杏花山旁。景之任所。惟女瓊英在家。見世芳忽遽跳入園中。疑以爲賊。使婢覘之。恍惚見一虎。女親視之。貌偉而氣爽。莊居兩山間。園西廳後。直通山路。左右無踪跡。女乃取父衣冠使衣之。贈以金。啓角門縱之。俾謁父于濟陽。成龍率兵追世芳。見其入園。遍索無有。欲搜內室。瓊易男裝出見。以理諭之。成龍卒不聽而挾使偕行。會毅趨搏成龍。里民亦皆被兵擾。洶洶並集。共助毅出力。立擊殺成龍。衆已殺官。知事大裂。即擁毅爲寨主。毅見瓊英改裝。不知其爲女。問以姓氏。瓊英恐直言未便。謬稱諸生吉本祥。毅乃用爲參謀。令與樂天民結爲父子。朝廷以成龍激變。歸罪主帥。罷黨傑官究治。而拜祥景爲大將。都督荆襄。使討上官毅。楊嫗脫成龍之禍。聽樂女言。投山東之親戚。道遇景軍。收爲義女。命楊權作乳母。以待迎己女來。結爲姊妹。時賊勢猖獗。世芳、文俊同投景麾下爲偏將。世芳出戰被禽。毅欲殺之。本祥救免。夜與相見使從中取事。而楊媼以賊即己子。告景知之。遣文俊招降。縠得母書。即刻卸甲。奏聞於朝。景進爵秩。世芳、文俊皆擢顯職。縠免罪授官。本祥改原姓爲世芳妻。雲生爲文俊妻。

玉蜻蜓

蘇州人所撰。演申時行事也。時行狀元宰相。謝政以後。優游林下。富貴壽考。一時獨擅。子孫科甲蟬聯。爲吳門望族。然起家頗微。有云其母實某庵尼者。輕薄之士。遂作此劇以實之。言其父與尼通而生時行。父死於庵中。其母守節撫之。遂至鼎貴。大率不根之談也。小說有赫大卿遺恨鴛鴦縧事。言大卿誤入尼庵。爲羣尼所暱。委頓而斃。其所佩帶曰鴛鴦縧。爲匠氏所拾。以眎其妻。妻往驗得實。鳴於官。正尼之罪。此劇采其說而附會之。又小說有陳大郎者。吳江人。嘗至蘇州。見一人髭髯滿面。欲觀其餔餟何狀。乃市酒肴與飲食。而其人以爲知己。心甚銜感。後大郎舟中遇盜。則盜魁乃其人也。厚贈金帛。護舟還家。今劇內亦點入。申時行、字汝默。長洲人。嘉靖四十一年壬戌。廷試第一。授修撰。榜姓徐。後復本姓。歷諭德。充經筵講官。進左庶子。掌翰林院事。萬曆五年。由禮部右侍郎改吏部。六年三月。以左侍郎兼東閣大學士。入預機務。已進禮部尚書兼文淵閣。累進少師兼太子太傅。吏部尚書。中極殿大學士。爲元輔九年而歸。歸二十有三年。壽八十。考終於里第。主眷優渥。三詔存問。太平宰相。風流弘長。吳人以爲盛事。劇言申時行之父名曰桂生。與友沈君卿嘗同至尼庵遊翫。見尼志貞之美。桂生心愛之。一日孑身造庵。志貞與其師弟輩共留庵中。不使歸家。久之。桂生以怯症斃。而志貞生一子。即時行也。初、桂生以玉蜻蜓贈志貞。志貞生時行。庵中不可育。乃書生年月日。以玉蜻蜓繫臂送置道旁。又密書桂生牌位供之。自誓終身潔守。蘇州郡守徐姓道聞兒啼。拾以爲子。取名時行。時行嫡母張氏。尙書之女。有才而剛。見夫不歸。謂沈君卿當知其情。辛僕詬辱。然終不得其踪跡。志貞亦與張氏善。常至其家。而張氏不知根由。歲月已久。惟辛勤作家。廣營家業而已。時行年長。頗聞己非徐氏子。一日喚婢至密室。委曲問之。婢乃告以玉蜻蜓之故。既而擢大魁還蘇。偶至尼庵禮佛。志貞見其貌酷似桂生。心甚驚訝。時行見所書牌位。亦疑而問志貞。志貞不能隱。乃具述始末。時行知即生母。出玉蜻蜓于袖中。因與志貞共還家。認其嫡母張氏。按此蘇人相傳之説。其來已久。然恐未的。申登第時榜姓徐。然是本籍。若蘇守則非蘇人矣。雖云蘇守老而僑居。恐未可即用蘇籍也。明時蘇人張姓爲尚書者。止一太倉張輔之。今云申母張尚書女。未知是否。又劇中沈君卿遇李翁。其事載小説。乃陳大郎事。亦未知確否。

紫金鞍

不知何人所作。係憑空結撰。姓名具屬揑造。似受青樓局騙。演此以泄憤。其命名亦不甚貼切。據劇內以平賊榮封作收場。賜以紫金鞍。取安貞之意。故題是名也。略云。蘇州潘次安、（言其貌次於潘安也。）字再貞。（始逐邪而後爲諸生返正。故云再貞耳。）美才貌。幼失怙恃。依姑丈莊正儒。（謂係儒家也。）以女淑娘割襟許字安。正儒歿。姑因乏嗣。教育安甚摯。安與舅兄戚尊誼相得。爲道義交。（謂至戚而能尊道誼耳。）黠友曹二植者。（取亞於曹植之意。然其人既大壞。不宜取此名。）誘安與狹邪女陸么鳳游。（謂其妖媚耳。）甚暱。植與鳳及幫閒詹會趨。（言專會趨奉耳。）局安費多金。姑知怒。責館童春兒。（謂蠢兒也。）蒼頭莊科勸令畢姻以束其心。遂結褵莊宅。安迷于么鳳。嫌姑禁制。密攜么鳳之西湖。沉湎花酒。（此倣元劇李亞仙花酒曲江池而作。）歲科兩考皆不赴。學使除其名。漸乏資斧。植與么鳳以計脫安。適賈尚書子南京應試。附其財勢。挈么鳳往投。匿鴇桂媽家。安踪跡之南畿。無所遇。適尊誼以學使臨場大收。其同寓友匿喪。被攻不許入。誼勸安貸其卷入試。及放榜。安名第一。誼亦中式。么鳳知之。復與親密。誼勸安歸慰其姑。安戀么鳳。遂攜之京師。尋擢大魁。賜宴瓊林。緣與么鳳遊春郊野。誤不赴宴。遂被黜革。而二植以賈尚書力。補武林驛丞。么鳳復棄安隨植南歸。㑳誼登進士。授部曹。勸安毋戀青樓以圖進取。安迷不悛。猶以么鳳爲植所誘往也。氣憤成狂疾。其姑遣僕探安。遂勸之歸。時屆端陽。植與么鳳于水次觀龍舟。安疾少瘳。急往瞰鳳。鳳謂植云。今不拒絶。纏繞無已。遂厲聲拒安。安始悔悟。初、館童春兒因安迷戀。自西湖遁歸。遇太湖賊擒授僞職。留賊中。二植攜么鳳赴任武林。亦被擒。欲誅之。春兒係舊識。叩賊求免。植遂從賊。㑳誼念安負才遭困。薦勦湖賊。春兒潛與安約爲內應。賊俱被縛。並擒么鳳。二植罪應大辟。遂正法焉。春兒以功免罪。㑳誼、次安皆遷官。姑與妻皆封誥云。按坊刻有王翠珠傳。云翠珠禾城名妓也。聲色絶羣。慕之者非重價不輕接。國學生潘某聞其名。挾重貲往。情甚綢繆。分釵破鏡。翦髮焚香。誓同生死。歲餘。潘橐十蕩八九。赴試秋闈。臨歧戀戀不能捨。潘以家業中落。淹逆旅者兩載。歸即候翠。翠與富商對飲。若不識一面者。發言先以姓問。潘大駭。意其以商故。

明日亦然。潘怒。出所翦髮擲還之。翠始回笑呼茶。意殊不浹。潘歸大恨。欲礪刃磔之。友人勸解。潘乃作解嫖論以示人。後復就秋試。夜泊江邊。見富商立舟上。顏枯衣縷。爲人執簿籍。潘詰其故。則其家貲盡耗于翠。爲其所紿。流落無倚。寄食于人。潘出囊貲十緡贈之。潘是年領薦回。翠母子先艤舟迎矣。潘乃揚帆不顧而去。劇所本乃此傳也。傳又言翠母子竟託生潘宅爲犬。此蓋潘惡翠之極。故作是語。此劇或即其所爲。未可知也。按情史。吳中陳體方暱妓黄秀雲。雲喜詩。謬謂體方。吾必嫁君。然君貧。乞詩百首爲聘。體方苦吟。至六十餘首。遂歿。時人多誚其老耄被紿。而體方每誇於人。以爲奇遇。劇内次安爲么鳳尋蹤。痛哭成疾。亦影射此事。

百鳳裙

未知何人所撰。演魯翔、魯會離合聚散事。似無所據。但中引平妖傳。此傳雖有舊本。而明末馮夢龍增半刊行。始流傳於世。則作者亦近時人也。内以楚娘百鳳裙爲關目。故名。略云。宋仁宗時。貝州魯翔。妻石氏。子會。年弱冠有美才。秉性敦厚。翔在京會試。娶妾咸楚娘。迨成進士。選授廣西上林知縣。攜至家。石氏頗妒。心害其寵。翔將赴任。聞儂智高作亂。欲孑身攜兩僕行。時楚娘有數月娠。石念夫第緣楚娘故。恐道中不便。並已不挈。益恨楚娘。俟夫登程後。即託媒媪鬻楚娘。會力勸母俟其產。產子未幾即出痘。驟驚隕絕。謂已不育。楚娘檢奩中有百鳳裙一事。前後兩幅。每幅繡鳳五十。精巧絕倫。楚娘痛兒。取裙一幅包裹。付之家人。覓一郊外空地。同居民劉二埋之。未卒事。家人先回。兒得土氣復活。劉二抱回其家。不數日。痘如期愈。蘭芽玉茁。眉目如畫。柳州團練使昌期。本貝人也。有女月仙。美且能詩。顧未得子。昌有世職。使僕季某覓一兒撫之。他日可承襲也。季還貝。見劉二所抱子。肌膚玉瑩。出重價買歸。以奉於期。期夫婦亦大喜。謂天所賜。育以爲子。名曰賜兒。石氏見楚娘失兒。益迫令嫁。楚娘誓不肯。適僕何某從翔抵廣回。報翔有凶信。石愈促楚娘嫁。會爲畫策俾出家。乃從何僕之姊女爲尼。初、翔赴廣西。

抵界上。聞智高甚猖獗。得一官。輒索厚價以贖。與相梗者殺之。乃以文憑付僕李忠。與之易服偕前。而令僕何還家。前則果遇賊。忠被殺。賊欲殺翔。翔言是某令方赴官。賊遂羈營。俟其家賄贖。安撫使狄青令昌期視賊。且檢察諸被害者。見李忠衣內有文憑。告於青。棺而瘞之。標曰上林令魯翔。以爲識。昌使僕季還貝。道遇何。與之語。何往視不謬。故亟歸以報于主人也。會聞父信。即星夜奔赴粵中。以昌期瘞父。趨謁致感謝。因詢所標在何處。期言道枳難行。盍留我署。俟賊平無梗。當使人往覓之。會不得已。下榻於期署。狄青逐賊。智高敗走。以己衣衣死賊。去其首。青軍得之。謂已獲智高。屬期作露布。期轉以屬會。文成送青覽。青大悅。邀會至幕。欲宣露布。會言露布不可宣。恐其中有詐。青大然之。使諜者細察。果僞也。乃大發兵。入崑崙關擣巢。遂擒智高。會在期署中。期愛其才。欲妻以女。索所爲詩。令女代己和以示會。會歎服。不知女作也。期面語會。以女許之。會以無母命。不敢遽承。而是時期所撫子賜兒已七歲。姊月仙愛之甚。勝於同懷。且時取百鳳裙。描其樣置於奩具。月仙聞父母欲以己許魯生。與婢竊窺。見與弟賜兒貌相似。默自驚訝。私作詩以紀。其母見詩。亦知女已屬意於會。決以女字之。狄青既獲智高。錄其簿籍。有上林令魯翔名。乃拘繫不降者。知翔尚在。爲魯語之。魯訪得。迎至期署。父子相聚。始就姻。且知前所標者即翔僕忠也。青命魯復作露布。並具疏奏捷。而叙翔被執不屈。魯參謀有功。忠代主受難。詔旨召青爲樞密。以昌代其職。翔遷郡守。魯授州牧。令期等皆還里。稍治家事。然後赴官。蓋貝州方遭王則之亂。故恩旨相體恤也。王則事。具見豹凌岡井中天二劇內。此劇竟稱彈子。不言改名諸葛遂智。與井中天異。又言彈子張鸞。皆返邪歸正。佐彥博滅賊。亦小異。則叛時。遍掠男婦。而以聖姑姑與約。不許擾寺院菴觀。翔妻石氏事亟無所措。乃反投楚娘菴中。又恐形跡易露。亦改道裝。時何至觀已逝。惟楚娘在。不念前忿。竭心力事之。石氏甚悔且感。及翔、會歸已無家。暫借菴寓。見石與楚娘。急買宅迎歸。爲子畢姻。楚娘見月仙奩中有百鳳裙。

心甚感動。適昌期已自生一子。其家婢僕每竊言賜兒爲假子。賜兒亦自疑。及來姊家戲。其貌與魯大相似。家人盡以爲訝。而楚娘以裙故不能默。密詢月仙。月仙以弟非父出。及李僕買得根由以告。於是翔呼李問狀。李云劉二所賣。又呼劉。劉初不肯言。變色詰之。欲加拷問。劉始吐實。且云初見兒復生不相聞者。知石夫人之妒。恐不能容也。翔恕劉不究。賜兒復歸宗。按狄青傳。廣源州蠻儂智高反。陷邕州。又破沿江九州。圍廣州。嶺外騷動。除青宣撫湖南北路經制廣南盜賊事。置酒垂拱殿以遣之。智高還據邕州。青合孫沔、余靖兵次賓州。一晝夜絕崑崙關。出歸仁鋪爲陣。青執白旗麾兵。出賊不意大敗之。追奔五十里。智高夜縱火燒城遁去。時賊屍有衣金龍衣者。衆謂智高已死。欲以上聞。青曰。安知非詐也。甯失智高。不敢誣朝廷以貪功也。還至京師。帝嘉其功。拜樞密使。劇中所載俱實。但以不認智高爲魯會所諫。是增飾語。傳記多言智高未獲。即青傳亦未能指實。言擒智高不的。青將有張玉孫節。無昌期。上林縣屬賓州。與史合

射鹿記

不知何人所作。凡演三國事者。俱各提一事爲主。此則據演義曹操許田射鹿一段以作根柢。而要緊人物。則劉備、馬超。謂其初董承、劉備、馬騰等合謀圖操。其計不就。演至馬超歸先主以結局。與正史離合參半。不可盡信。亦不爲無本也。據演義。曹操殺呂布。自下邳班師回許昌。以劉備爲徐州牧。令入朝見帝。拜左將軍宜城亭侯。自此稱爲皇叔。（史無皇叔之稱）程昱勸操興霸王之業。操因朝廷股肱尙多。請獻帝田獵以觀動靜。並馬而行。駕至許田。獻帝令劉備射兎。忽見林中大鹿衝出。帝三射不中。顧操使射。操借帝雕弓射中鹿背。將校皆以天子射中。踴躍同呼萬歲。操竟勒馬遮于帝前以當之。關羽大怒。提刀欲斬操。而備搖首送目。羽乃按止。（許田射鹿。正史所無。關羽一段。實有其事。詳見于後。）帝回泣語伏后。后父伏完力薦董承。乃縫密詔于玉帶襯中賜承。承遂與侍郎王服。將軍吳子蘭。

長水校尉种輯。議郎吳顧。西涼太守馬騰。豫州牧劉備等協謀圖操。正史但載王服种輯劉備。而馬騰事蹟。不載與董承共謀。其說詳見于後。會袁紹滅公孫瓚。袁術僭爲帝。棄淮南欲歸河北。操令備擊術。至徐州。張飛殺袁術將紀靈。關羽殺車冑。懼操來攻。求救於紹。時董承等謀操事發。爲操所殺。操以其黨尙有劉備、馬騰。遣兵攻備。備走靑州投袁紹。中間關張等事。多載古城記中。及取荆州入漢中。而馬騰子超爲操所虜。亦至蜀投先主。劇中情節。大略如此。按蜀志先主傳。建安二十四年秋。羣下上先主爲漢中王。表于漢帝曰。曹操階禍。竊執天衡。殘毀民物。欲盜神器。左將軍領司隸校尉豫荆益三州牧宜城亭侯備。受朝爵秩。念在輸力。以殉國難。覩其機兆。赫然憤發。與車騎將軍董承同謀誅操。將安國家。克寧舊都。承機事不密。令操游魂。得遂長惡。殘泯海內。臣等夙夜惴惴。戰慄累息。以備肺腑枝葉。宗子藩翰。心存國家。念在弭亂。自操破于漢中。海內英雄。望風蟻附。而爵號不顯。非所以鎭衛社稷也。先主亦上言漢帝曰。曹操久未梟除。侵擅國權。恣心極亂。臣昔與車騎將軍董承圖謀討操。機事不密。承見陷害。臣播越失據。忠義不果。遂得使操窮凶極逆。雖糾合同盟。念在奮力。懦弱不武。歷年未效。常恐隕沒。辜負國恩。寤寐永歎。夕惕若厲。應權通變。寧靜聖朝。雖赴水火。所不得辭。敢慮常宜。以防後悔。董承與先主協謀圖操。具見于此。劇與史合。關羽傳注蜀記曰。初、劉備在許與曹操共獵。獵中衆散。羽勸備殺公。備不從。及至夏口。飄搖江渚。羽怒曰。往日獵中若從羽言。可無今日之困。備曰。是時亦爲國家惜之耳。若天道輔正。安知此不爲福耶。裴松之以爲備後與董承等結謀。但事泄不克諧耳。若爲國家惜曹公。其如此言何。羽若果有此勸而備不肯從者。將以曹公腹心親戚。實繁有徒。事不宿構。非造次所行。曹雖可殺。身必不免。故以計而止。何惜之有乎。既往之事。故託爲雅言耳。演義射鹿本此。不爲無因。但未嘗有並馬遮帝等事。係增飾也。後漢書獻帝紀。建安元年八月辛亥。鎮東將軍曹操自領司隸校尉錄尚書事。封衛將軍董承爲輔國將軍。庚申。遷都許。己巳。幸曹操營。冬十一月丙戌。曹操自爲司空。行車騎將軍事。百官總己以聽。四年春三月。衛將軍董承爲車騎將軍。五年春正月。車騎將軍董承。偏將軍王服。越騎校尉种輯。受密詔誅曹操。壬午。曹操殺董承等。夷三族。（演義與正史大段相合。）通鑑綱目。漢獻帝建安四年三月。以董承爲車騎將軍。十一月。劉備起兵徐州。討曹操。操遣兵擊之。五年正月。操殺車騎將軍董承。遂擊備破之。備奔青州。目云。初、董承稱受帝衣帶中密詔。與劉備謀誅曹操。操從容謂備曰。今天下英雄。惟使君與操耳。本初之徒。不足數也。備方食。失匕箸。（演義所謂青梅煮酒論英雄也。）遂與承及种輯等同謀。會操遣備邀袁術。備遂殺徐州刺史。（即車冑。）留關羽守下邳。身還小沛。郡縣多叛操爲備。備衆數萬人。遣使與袁紹連和。操遣長史劉岱擊之。不克。備曰。使汝百人來。無如我何。曹公自來。未可知耳。董承謀洩。操殺承等。皆夷三族。操欲自討劉備。諸將皆曰。與公爭天下者袁紹也。今紹方來而棄之東。紹乘人後。若何。操曰。劉備人傑也。今不擊。必爲後患。郭嘉曰。紹性遲而多疑。來必不速。備新起。

衆心未附。急擊之必敗。操師遂東。田豐說袁紹曰。曹劉連兵。未可卒解。公舉軍而襲其後。可一往而定。紹辭以子疾。操擊劉備破之。獲其妻子。進拔下邳。擒關羽。備奔青州歸袁紹。紹去鄴二百里迎之。駐月餘。亡卒稍歸之。演義大段相合。發明。自曹操劫天子以來。天下已非漢有。董承以元舅之尊。親承密詔。與昭烈謀誅操而不克。故昭烈在徐。因遂起兵。然前史未有書其討操者。獨范史載董承等受密詔誅操。其立義頗精。然不言昭烈討賊之舉。至陳壽志魏。反謂董承等謀反伏誅。其謬妄無理。莫甚于此。及其志蜀。始於昭烈稱漢中王之下。錄其與董承等同謀誅操之語。此則實事難泯。不可得而曲說者也。後漢書漢獻帝紀。建安十六年秋九月。曹操與韓遂、馬超戰于渭南。遂等大敗。關西平。十七年夏五月。誅衛尉馬騰。夷三族。未言騰與董承謀。蜀志馬超傳。超、字孟起。右扶風茂陵人。父騰。與邊章、韓遂等俱起事西州。初平三年。遂、騰率衆詣長安。漢朝以遂爲鎮西將軍。遣還金城。騰爲征西將軍。遣屯郿。後騰襲長安。敗走。退還涼州。司隸校尉鍾繇鎮關中。移書送騰。爲陳禍福。騰遣超隨繇討郭援。斬援首。後騰與韓遂不和。求還京畿。于是徵爲衛尉。以超爲偏將軍。封都亭侯。領騰部曲。超與韓遂合從。進軍至潼關。曹公與遂、超單馬會語。超負其多力。陰欲突前捉曹公。曹公左右將許褚瞋目盻之。超乃不敢動。曹公用賈詡謀離間超、遂。更相猜疑。軍以大敗。超走保諸戎。曹公追至安定。會北方有事。引軍東還。超投涼州刺史韋康。自稱征西將軍。領幷州牧。督涼州軍事。韋康故吏民合謀擊超。超奔漢中依張魯。聞先主圍劉璋于成都。密書請降。先主遣人迎超。超將兵徑到城下。璋即稽首。以超爲平西將軍。督臨沮。因爲前都亭侯。演義大段相合。典略。建安十六年。超與關中諸將韓遂等凡十部俱反。其衆十萬。同據河潼。建列營陣。是歲曹公西征。與超等戰于河渭之交。超等敗走。超至安定。遂奔涼州。詔收滅超宗屬。超復敗于隴上。後奔漢中。從武都逃入氐中。轉奔往蜀。建安十九年也。按典略。魏文帝所撰。言建安十六年超反。則已前超未與曹貳。董承受密詔。

與馬騰共謀之說。附會無疑。

銀牌記

不知何人所作。本元人兒女團圓雜劇。（兒女團圓見本書卷三）中稍加增飾。情節相同。添出銀牌各半爲會合符驗。故名銀牌記也。略云。蠡吾白鷺村富人韓弘道。妻張氏。四十乏嗣。妾李春桃懷娠。（元人劇云春梅）寡嫂陳有子曰安童。與弘道同居。欲獨吞其產。唆張逐春桃。弘道欲留之。張不可。弘道乃以所佩銀牌。上刊己名。分其半贈之。他日生子可爲據也。春桃無所歸。遇女醫。使投巡鋪李寡婦同棲。新莊店人俞循禮晚年無子。叩太乙山仙姑祈嗣。妻得孕。復卜男女。籤云。萬物各有主。不好明明許。是女不是男。是男還是女。俞不能解。春桃居鋪中產子。而寡媼適出。度不能保。方啼哭。有獸醫王姓者。俞舅也。贈銀二兩取之去。春桃繫銀牌付之。俞妻生一女。王以春桃子易之。而名其女曰彩鸞。俞不知也。滿月時。王以銀牌爲賀。母令繫之。稍長讀書。取名元豹。春桃與媪亦移居他所。初、春桃既逐。陳氏分弘道財產。子皆蕩盡。及陳氏歿。安童益無藉。弘道怒逐之。夫婦皆悔遣春桃。致己乏嗣。逾十七載。男女皆長成。王貸牛於循禮。循禮拒之。王恨其慲。王嘗貸弘道銀。往償之。弘道念其貧。不肯受。遂還其券。且謂云。予無子。蓄財何爲。取借券盡焚之。王謂弘道云。公有盛德。何乏嗣。弘道告以春桃被逐事。王念所易子即其出也。云别時有記驗否。弘道述銀牌各半爲驗。王吞吐欲言。細詢之。復贈以金。王遂以實告。持銀牌往逕元豹於别墅。豹從塾中讀書歸。途遇王。告以本生父母。出銀牌相合。遂隨弘道歸家。俞知而訊其妻。妻度不能隱。具告其情。俞索己女。王亦送歸俞。元豹試擢大魁。特疏尋母。遇於井邊。迎歸奉養。念俞撫育恩。常往省視。王爲執柯聘彩鸞爲配。且與安童和好。以家貲賙恤之。

傑終禪

近時人作。演夏言、曾銑子事。皆屬子虛。結局時以相扶翼者三人。從僧修道。名曰悟傑、悟終、悟禪。故曰傑終禪也。略曰。曾銑以仇鸞忌功及嚴嵩誣陷。與夏言皆棄市。言妻孥徙廣西。復逮銑家屬。有舊部中軍參將李珍。匿其子士天小字寄郎者。遁歸湖廣。銑妻莫氏投繯。嵩遣緹騎往追。珍之德州。撞倒修織人尤若虛。執其裾大鬧。僧雲行見而問之。得其情。爲匿士天於菴中。珍即受逮。尤亦仗義尾至京探珍狀。初、徐學詩亦以劾嵩受害。妻亦隨殞。有女文華。遇許飛瓊妹許仙姑救入山。授以劍術五行之法。以其未了塵緣。使幻入茶肆。居汴梁道上以俟英才。會僧雲行處匿士天不密。攜出同朝名山。士天染恙。途中過茶肆。文華見其品不凡。留肆養疾。僧飄然獨往。及病瘳。各述家世。乃年家也。遂與訂盟。仙姑云汴當有盜。令文華授士天兵法。兵部丁汝夔以酷刑拷珍。令供士天。珍不吐一詞。尤若虛至京。獄卒孫自矜帶入獄中修織。乘間易衣帽。令珍以擔遮面。混出獄。孫知窘甚。詢尤以故。尤述珍仗義。故欲代之。孫亦憐尤。歸告其女英娥。娥素習槍棒。性任俠。乞父救尤命。孫以他四代棄市。父女與尤俱遠遁。値白蓮妖賊王汝賢。以妖女蓮岸爲軍師。擾山東一帶。詔胡宗憲勦捕。自矜等過山東。被劫入寨。士天出探賊信。亦被劫。蓮岸覘士天美。用爲參謀。以英娥爲近侍。令娥說士天與蓮爲夫婦。士天細詢娥。知其父爲己事貽累。邀敘始末。定計擒賊。密遣尤訪文華。同詣宗憲。使娥謬諾蓮姻。及尤之茶肆。見許姑書於牆。有往廣西尋我之字。遂入粵訪之。遇李珍、夏經於途。夏經即相國言子也。有膂力。能扼猛獸。珍於粵中遇之。授以武藝。及長。母易氏故聞憲招賢。共往投之。珍改姓名曰陶春。詢尤何往。尤云訪許仙姑。經識其處。遂同詣姑。姑授文華破邪正法。及見宗憲。乃授兵符令箭。與珍並爲將。與妖賊戰。賊大敗。復用霧迷官軍。適雲行于泰安得神呪。

抵戰處持咒。霧立開霽。蓮遁入營。士天與英娥紿以結花燭。醉之酒而刺之。復紿汝賢議事。亦殺之。拔營歸宗憲。奏功疏上。詔賜士天翰林。夏經龍驤將軍。文華配士天。英娥配經。夏經告妻以父仇未雪。文華乘鸞于宮中奏嵩奸惡。逮入養濟院。世蕃、仇鸞皆伏誅。李珍、孫自矜、尤若虛不受職。從雲行修道。雲行取名珍曰悟傑。孫曰悟終。尤曰悟禪。按夏言有一子。年將冠。幾得官而夭。曾銑子孫不乏。崇禎時有中舉人者。嘗與嚴嵩後裔同席。席間大鬨。主人甚窘。徐學詩有兩人。此則劾嵩者。刑部郎也。其疏不列嵩款。而摹寫情狀曲盡。革職回籍。隆慶元年。奉旨召擢。不至。夫婦皆殞。亦未聞其女何若也。時蘇州徐學詩爲禮部郎。恐嵩以同名誤害己。乃改名學謨。後至禮部尚書。乘鸞奏嵩奸之說。蓋因藍道行以扶鸞揭嵩短。故影借也。仇鸞身後伏誅。相去已久。王汝賢以白蓮教擾山東。乃天啓年間事。酒醉蓮岸而殺之。乃借唐賽兒事。然亦非正史。乃小說所編也。餘並幻出。又按嘉靖時有常熟人楊儀。作保孤記一篇。夏言子蘇夫人所出。儀爲保全之。故作此記。儀彼時部郎也。劇中李珍影借此事。其後未得官而夭。無所爲破賊拜將軍之說也。

君臣福

未知何人撰。係近時人手筆。演范雍父子祖孫事。謂其生宋仁宗之世。賴朝廷之福。一門三代。盡被恩榮。是以標曰君臣福也。事蹟多係增飾。略言范雍河中人。官知制誥。乞假里居。妻閔氏。子奇。奇妻鄭氏。按奇係雍孫。雙名子奇。皆力行善事。朝旨擢雍樞密使。毀里民貸券而後入京。是時天下太平。兗州民家有產麟之瑞。雍子奇已登會榜。殿試之日。試麒麟賦一篇。稱旨。擢狀元及第。雍由樞使改官大學士。子奇又生一兒。一日內三喜畢集。趙元昊竊延州。命雍父子率兵往剿。交鋒之際。大敗元昊兵。奏凱班師。雍拜丞相。奇掌制誥。坦八歲以神童薦。曹皇后召見宮中。試詩被獎。仁宗賜爲小狀元。官以秘書正字。

其後三世重加恩錫。遣官爲雍治第。又以王家之女下嫁於坦。榮寵貴盛。冠絕一時。雍夫婦年躋百齡。特賜錦袍玉帶。御書燕喜堂扁額。開筵之日。南極老人星暨長眉大仙。使青衣童子送金丹一粒。東方朔亦捧蟠桃。爲雍夫婦祝壽云。

宋史范雍傳。雍、字伯純。家世太原。後爲河南人。雍中進士第。歷河北陝西轉運使。以尚書工部郎中爲龍圖閣待制。遷右諫議大夫。加龍圖閣直學士。拜樞密副使。趙元昊反。拜振武軍節度使。知延州。元昊遣人通款于雍。雍信之。不設備。一日。引兵數萬破金明砦。乘勝至城下。會大將石元孫領兵出境。守城者纔數百人。雍召劉平于慶州。平帥師來援。元孫兵與賊夜戰三川口。大敗。平、元孫皆爲賊所執。雄閉門堅守。會夜大雪。賊解去。城得不陷。左遷戶部侍郎。又爲資政殿大學士。知永興軍。遷尚書左丞。加大學士。後贈太子太師。謚忠獻。子宗傑。陝西轉運使。宗傑子子奇。字中濟。階祖雍蔭。簽書幷州判官。以唐介薦。神宗賜對。提舉脩在京倉。元祐初爲集賢殿脩撰。累遷吏部侍郎。以待制致仕。子坦。字伯履。以父任爲開封府推官。金部員外郎。大理少卿。改左司員外郎。押伴夏國使。應對合旨。賜進士第。擢起居舍人。嘗官集賢殿脩撰。歷戶部侍郎。按雍及孫子奇與曾孫坦。本傳官序如此。劇云祖貫襄陽。誤。祖從龜爲右屯衛將軍。葬河南。遂家河南。劇云祖爲河南廉訪。亦誤。子奇本雍孫。劇云雍子。又單名奇。亦誤。雍爲龍圖閣待制。又嘗加龍圖閣直學士。又嘗爲資政殿大學士。贈官宮師。然未嘗拜宰相也。作者見大學士之稱。以爲宰相。遂云拜龍圖閣學士。已進中堂。又云陞禮部尚書兼左丞相。又云進吏部尚書同平章事。又云進太師極品。不知宋時殿閣學士。固非宰相之職也。雍在延州嘗爲元昊所欺。夏人曰。小范老子胸中有數萬甲兵。不似大范老子可欺也。小范指仲淹。大范指雍。劇中鋪詡雍功。以爲大敗元昊。非實蹟也。子奇與坦皆嘗爲集賢殿脩撰。自明迄今。狀元皆授脩撰。作者以其父子爲狀元。蓋因此耳。其中關目。多係添飾點綴。選舉志。眞宗景德二年。撫州晏殊。大名府姜蓋。始以童子召試詩賦。賜殊進士出身。蓋同學究出身。尋復召殊試賦論。帝嘉其敏贍。授祕書正字。後或罷或復。自仁宗即位至大觀末。賜出身者二十人。建炎二年。用舊制親試童子。召見朱虎臣。授官賜金帶以寵之。後至者或誦經史子集。或誦御製詩文。或誦兵書習步射。其命官免舉。皆臨期取旨無常格。淳熙中。王克勤始以程文求試。内殿引見。孝宗嘉其警敏。補承事郎。令祕閣讀書。會禮部言本朝童子以文稱者。楊億、宋綬、晏殊、李淑後皆爲賢宰相。名侍從。今郡國舉貢。問其所能。不過記誦。宜稍艱其選。理宗後罷此科。劇中范坦以神童召見。試深宮春麗之題。坦無此事。而亦非無因也。仁宗曹后召令朝見之説。是因内殿引見語。加之文飾耳。小狀元三字。見王禹偁集。禹偁送孫僅詩。明年再就堯階試。應被人呼小狀元。蓋其兄孫何已作狀元也。是年僅果復爲狀元。范坦授祕書正字之説。則借用晏殊事也。

曲海總目提要卷四十五

繡衣郎

不知何人所作。大略與胭脂雪。胭脂雪。見本書卷四十二。相彷。而稍有同異。以白回贖授巡按御史。取漢書暴勝之繡衣持斧之義。名之曰繡衣郎也。其事無所本。明隆慶年間。河南洛陽縣皂役白施。字心懷。妻黃早沒。子名回贖。施天性仁厚。在公門四十年。力行善事。奉公守法。排難解紛。合縣中皆呼白佛子。其子好讀書。因功令倡優隸卒子弟不得應舉。乃屬內姪黃一庭爲子。援例入監。改籍更姓。但名回贖。趣令赴京到監。使老僕安泰隨行。時有窮民冷若水者。妻柴氏。女靑蓮。一家三口。女色甚豔。其父小橋嘗負仇宦二十金。先後償息數倍。而未獲折券。比鄰倪愛秋以淘沙爲業。挈與同伴。抵城外五十里地曰梁店者。淘沙于市河中。仇宦名亮。咸寧侯鸞之姪。世襲百戶。爲富不仁。雙目並瞽而谿刻滋甚。其僕刁鑽、房恩相助爲惡。至冷宅索逋。見若水遠出。即拽其女靑蓮以歸。柴氏隨往哭求。亮堅不肯放。反令僕毆柴氏。亮有祖傳玉簪名曰玉蟠龍。胭脂雪云木亮。此云仇亮。胭脂雪云比明鏡。此云玉蟠龍。皆互異處。雌雄兩隻。馬伏波征珠崖所得。亮曾祖成爲將時得之。此俱飾說。非事實。傳爲世寶。持簪而飲。玉龍能吸盃中之酒。又能自舞。且酒盡輒滿。亮邀縣令黑有天飲。嘗出以侑觴。時有荊楚大盜賽虬髯。雖居綠林。豪俠尚義。聞亮富而多非。使其黨執亮別館中。挾至亮家。令大叫速取財物。劫其貲甚厚。中有玉蟠龍。其黨又幷冷氏擒去。至舟中。虬髯見擒女。心大不悅。置之岸上。玉蟠龍亦誤失水中。劇云賽虬髯有令。不許掠婦女。甚言仇亮盤債之惡。謂不如盜賊也。回贖舟行。見女號呼求救。使舟人與僕共扶入船。欲送回家。恐爲盜累。安泰有妹嫁于張而寡。住梁店鎭。其子張小舍。孟津縣捕役也。泰與主謀。載冷氏往。謂是己女。俾依妹以居。而小舍已徙二十里之新橋鎭。回贖停於路以俟之。倪、冷二人方淘沙歸。出所淘二簪以示贖。贖以五星買得愛秋之一。若水欲持歸以爲女飾。獨不肯售。及歸家。遇亮僕刁鑽。始知女入亮宅。偕往謁亮。欲以所淘金若干爲息。贖女還家。而銀包內玉蟠龍一簪爲亮僕所見。指爲盜贓。執送縣令。拷打誣服。并拶其妻柴氏。使白施押保。令又給若水云。兩簪並得。便可釋放。愛秋不知其給。謂果得簪則可救若水。乃縛黄紙于背。述若水被難始末。冀遇從前買簪人也。令將若水三日一比。白施心憫。每每潛照拂之。周給飲食。其妻或至。亦導與夫相見。夫婦皆深感其德。按令云姓黑。而皂隸云姓白。言令不明。斷此事如黑獄。不若其役之能分皂白也。皆非眞姓名。他贓既不得。而簪亦未全。若水雖擬辟。其案未結也。回贖至京。大雪中沽飲于酒肆。穆宗微行。先在肆中。白稱大學生。與論時事。心大嘉賞。天方甚寒。脱一御袍賜之。明旦令司禮監宣入陛見。授爲御史。巡按河南。緣贖冒籍。不知爲本省人也。按明太祖微行。遇監生。其詩云。他年若得臺端任。敢向人間擊不平。立授爲御史。隆慶時無此事也。穆宗亦未嘗微行。贖入河南境。即易服私行。道遇愛秋。見其唱叫若水事。欲取玉簪與之。簪與印同裏。人叢中爲翦綹者竊取。急與老僕安泰相商。泰言己甥張小舍。最善捕賊。可以此事委之。方與僕偕往。翦綹者皮子衿。素畏小舍。得簪印卽叩其宅以送小舍。而小舍他出。子衿呼其內室云。有物置桌上。卽去。冷青蓮出見得之。會暮汲井。愛秋倉皇與相遇。爲言若水監禁。須得玉簪可免。青蓮卽取出與之。愛秋忽遽並攜印去。比贖與泰至。則無及矣。亟至縣門追之。愛秋獻簪幷露其印。縣令以爲大盜。監禁獄中。而視巡按之印。知其已失。謂奇貨可居也。贖失印甚急。適遇其父施。共相計議。立赴察院到任。各屬晉謁俱不見。獨召洛令。語次報云。內署失火。親捧印匣付令。旋報火滅。令與施計。欲無還印。施以利害怵之。不得已乃置印於匣。贖既得印。乃出檄招賽虬髯降。出冷若水、倪愛秋于獄。治仇亮豪惡之罪。大著廉明之譽。乃奏明原籍原姓。穆宗以其招降有功。擢授侍郎。其父貤封脫隸籍。娶冷女爲媳。不以其賤爲嫌也。胭脂雪劇云。所賜御衣。名曰胭脂雪。此劇無衣名。故以繡衣爲名。成婚之時。儐相贊禮云。聲聲慢唱皀羅袍。又云。聲聲慢唱浪淘沙。以示諧謔云。

雙錯巹

一名魚籃記。不知何人作。•清范希哲撰•其自序曰魚籃道人。言舊有弋陽調。演普門大士收青魚精一劇。辭旨俚鄙。今特踵其名而名之。另作崑腔魚籃記。述事不同。而辭旨排調。亦與迥別。劇中之事。本之禪史載花船。以于楚寓居魚籃庵。與尹若蘭相遇。故名魚籃。然于、尹婚合非正。而劇中秦婉娘所適非耦。後得改配聞人傑。亦非正理。故名雙錯巹。所載天后時事。按之正史。離合參半。劇中有司禮監秉筆。蓋作者乃明時人也。考唐書。狄仁傑卒於天后之聖曆三年。新書則云。久視元年九月辛丑。狄仁傑薨。再參甲子會紀。則云仁傑實卒於天后之久視元年六月。久視元年即聖曆三年之改元歲也。後張柬之等舉兵誅二張。乃在神龍元年。去久視元年六載。此云狄公尙在。則據稗史。與正史不合。其自序亦云。又按長安五年。即神龍元年。五月癸卯。張柬之、崔元暉及羽林衛將軍敬暉、桓彥範等。率左右羽林兵以討亂。張易之、張昌宗等伏誅。丁未。徙后於上陽宮。戊申。上后號曰則天大聖皇帝。（劇與史合。但復爲尼之說。則係揑添。又按三思本傳。其誅由節愍非出自中宗也。至于聞尹詹諸姓氏。皆稗史揑造。正史所無。）略云。雲間于楚、字粲生。唐天后時人也。才美而學富。見天后所行不道。放情詩酒。與彭若齡、效彌顰輩遊狹。當是時。張昌宗、張易之、武三思輩擅權驕恣。宮人尹若蘭本名家女。貌美通詩書。后以封章委之。使僞作內官裝束。賜名尹進賢。借稱總管天下兵馬錢糧鹽鐵屯漕水利等事。兼訪隱逸遺賢。招募技勇。頒給勑命。即日起行。若蘭初辭不允。後乃承命行。其不堅辭者。欲借此自擇所從也。中州秦氏婉娘。其父母悞聽媒妁。錯配市井鄙隗。年踰七旬。婉娘有怨容。數加鞭扑。鄰生聞人杰者。少年才士也。彼此互見。目交心許。鄰有惡少常挑婉娘不應。甚憾。窺其隙。僞爲婉娘書。招杰至家。因而糾衆捉奸。適尹巡歷至中州。途遇其事。拘衆至驛親鞫。憐兩人才貌。捐俸銀給鄙老另娶。以婉娘斷歸杰。且助以膏火。初、若蘭改名作內官出使。三思遇於端門。心疑其事。後訪得情實。心悅若蘭之貌。遂與張昌宗、來俊臣密謀。欲害狄仁傑、張柬之等。而圖若蘭爲己妾。若蘭至建康。私行山僻。冀遇知音。時當夏五。于楚亦游建康。寓居魚籃庵。與僧不塵題詩勝處。爲若蘭所見。方心嘉所作而邂逅相遇。若蘭遂聘楚入幕。楚豔其色美。初不知爲女身也。久之相得甚歡。若蘭始傾露。相與盟於大士之前。約爲夫婦。時天后下璽書責尹不稱職。尹又爲三思二張所搆。危不自安。竟與于楚遁跡。翩然作五湖之遊。湖中大盜甄儀道。有衆數千。于尹夫婦泛湖被獲。以其爲儒生也。敬禮之。適吳縣令遣一介至湖招撫。儀道猶豫未決。楚與若蘭請往見令。與訂盟誓。令即閻人杰也。夫婦日夜念尹恩不置。一見遂與儀道約。解甲歸降。并作書薦之仁傑。後得立功邊地。官至節度使。天后春秋高。狄、張輩誅昌宗、易之。三思漏網。復柄用。閻人杰已爲諫議大夫。薦于楚才。楚與若蘭雖遇赦。而以踪跡未明不自安。亦上疏自白。三思見疏。假旨收若蘭。而於中途劫之入私第。若蘭欲自殺。有命婦駱仁恕之妻詹氏亦被陷在第。救之得免。然不能脫去。偶見案上有扇。乃來俊臣所獻以媚三思。語皆不道。詹乃與尹作書封扇。密遣人致仁傑。據以發三思奸。并奏尹、詹遭陷。而聞人杰等亦交章劾三思。中宗乃誅三思。而以若蘭歸楚。送詹還籍。且欲授楚官。楚上章辭。時太后復爲尼。聞之。召楚若蘭面詢其詳。設宴賜爵。以榮其歸。

四郡記

此記未知何人所作。與古城記（古城記見本書卷十八。）皆以劉備、關羽爲主。古城所演。係劉、關前截。在徐沛間事。四郡所演。係劉、關後截。與孫氏爭荆州事。劉、關起手。大略相仿。諸葛亮、魯肅、周瑜等。則皆古城所無也。（華容放操單刀赴會二折。流俗艷傳。華容放操出於假託。單刀赴會。乃是實事。）大略載劉備與孫權共破曹操。操既還許。荆州本應屬權。而備用計得之。及取益州。權復來索。備令羽守。魯肅爭而不得。其後權遣陸遜、呂蒙圖羽。則不復載。蓋爲羽諱也。情節與正史頗合。劇據演義爲多。演義之指。以爲諸葛亮、周瑜鬭智。着着爭先。凡瑜所規畫計謀。皆不出亮所料。瑜至氣死。而荆州終屬于劉。然若所言。無論權、瑜智勇。非演義之策所能籠絡。而備、亮無一毫信實。專以反覆詭詐。貪小利而忘大義。志苟得而昧遠圖。反曹操之不若矣。彼時孫、劉幷力禦曹。駏蛩相倚。備娶權妹。權借荆州。犄角爭衡。同舟共濟。一以自救。一以謀敵。雖未必推心置腹。而拒操方急。豈暇相圖。迨局勢稍定。備無立錐。荆州尙非己物。于是規取西川以爲進步。及既得益州。而荆州要地亦不肯復還。其初周瑜有先見之明。勸權及早箝制。不幸短折。魯肅又材不及瑜。嫌隙漸開。交猜互搆。孫、劉若爭荆州。而曹勢彌成矣。杜甫詠諸葛亮詩云。江流石不轉。遺恨失吞吳。蘇軾言甫託夢于軾。謂亮恨先主失計欲吞吳也。亮草廬畫策。即云孫權可以爲援。豈有百出詭變以誑權、瑜之理。流俗豔稱三氣周瑜。不可不辨。綱目。建安十三年十二月。劉備徇荆州江南諸郡。降之。劉備表劉琦爲荆州刺史。引兵南徇武陵長沙桂陽零陵皆降備。以諸葛亮爲軍師中郎將。督諸郡賦稅以充軍實。按此所謂四郡也。十四年十二月。孫權表劉備領荆州牧。按此荆州歸備。本由權請。十六年冬。劉璋遣使迎劉備。備留兵守荆州而西。後漢書獻帝紀。建安二十四年夏五月。劉備取漢中。冬十一月。孫權取荆州。孫劉始末荆州之事凡十年。劉先主傳。建安十二年。劉表卒。子琮代立。先主屯樊。不知曹公卒至。至宛乃聞之。遂將其衆去。過襄陽。諸葛亮說先主攻琮。荆州可有。先主曰。吾不忍也。乃駐馬呼琮。琮左右及荆州人多歸先主。比到當陽。衆十餘萬。輜重數千兩。日行十餘里。別遣關羽乘船數百艘。使會江陵。曹公到襄陽。聞先主已過。將精騎五千急追之。及于當陽之長坂。棄妻子。與諸葛亮、張飛、趙雲等數十騎走。斜趣漢津。適與羽船會。得濟沔。遇表長子江夏太守琦。衆萬餘人。與俱到夏口。先主使亮自結于孫權。權遣周瑜、程普等水軍數萬。與先主并力與曹公戰于赤壁。大破之。追到南郡。曹公引歸。先主表琦爲荆州刺史。又南征四郡。劇中本題正面。武陵太守金旋。長沙太守韓元。桂陽太守趙範。零陵太守劉度皆降。琦病死。羣下推先主爲荆州牧。治公安。十六年。益州牧劉璋遣法正迎先主。先主留諸葛亮、關羽等據荆州。將步卒數萬人入益州。璋增先主兵使擊張魯。明年。璋斬張松。嫌隙始搆。先主引兵到涪。諸葛亮、張飛、趙雲等泝流定白帝江州江陽。惟羽留鎮荆州。按羽鎮荆州最久。十九年。進圍成都。先主領益州牧。二十年。孫權以先主已得益州。使使報欲得荆州。先主言須得涼州。當以荆州相與。權忿之。乃遣呂蒙襲奪長沙零陵桂陽三郡。先主引兵五萬下公安。令關羽入益陽。是歲曹公定漢中。張魯遁走巴西。先主聞之。與權連和。分荆州江夏長沙桂陽東屬。南郡零陵武陵西屬。引軍還江州。遣黄權將兵迎張魯。張魯已降曹公。二十四年。先主有漢中。羣臣尊爲漢中王。還治成都。關羽攻曹公將曹仁。擒于禁於樊。俄而孫權襲殺羽。取荆州。諸葛亮傳。先主問計安出。亮曰。荆州北據漢沔。利盡南海。東連吳會。西通巴蜀。此用武之國。而其主不能守。此殆天所以資將軍。按先主見亮於草廬。首建此策。主不能守。謂劉表父子也。又曹公敗於赤壁。引軍歸鄴。先主遂收江南。以亮爲軍師中郎將。使督零陵桂陽長沙三郡。建安十六年。劉璋迎先主。亮與關羽鎭荆州。成都平。以亮爲軍師將軍。署左將軍府事。關羽傳。從先主就劉表。表卒。曹公定荆州。先主自樊將南渡江。別遣羽乘船數百艘會江陵。曹公追至當陽長阪。先主斜趣漢津。適與羽船相値。共至夏口。孫權遣兵佐先主拒曹公。曹公引軍退歸。先主收江南諸郡。乃封拜元勳。以羽爲襄陽太守。盪寇將軍。駐江北。先主西定益州。拜羽董督荆州事。先主爲漢中王。拜羽前將軍。假節鉞。率衆攻曹仁于樊。曹公遣于禁助仁。禁降羽。羽又斬將軍龐德。梁郟陸渾羣盜。或遥受羽印號。爲之支黨。羽威震華夏。曹公議徙許都以避其鋭。演義云。令羽取長沙。羽傳不載。魯肅傳。肅、字子敬。臨淮東城人也。吳書。肅體貌魁奇。少有壯節。渡江見孫策。策雅奇之。周瑜薦肅。權引肅合榻對飮。肅因請鼎足江東。以觀天下之釁。劉表死。肅請奉命弔表二子。說劉備使撫表衆。同心一意。共治曹操。行至夏口。聞曹公已向荆州。晨夜兼道。比至南郡。而表子琮已降曹公。備惶遽奔走。欲南渡江。肅逕迎之。到當陽長阪。勸備與權並力。時諸葛亮與備相隨。肅與定交。備到夏口。遣亮使權。肅亦反命。會權得曹公欲東之問。諸將勸權迎之。肅獨進曰。將軍迎操。欲安所歸。願早定大計。乃勸召還周瑜。任以行事。以肅爲贊軍校尉。助畫方略。曹公破走。權大請諸將迎肅。傳又云。備詣京見權。求都督荆州。惟肅勸權借之。共拒曹公。曹公聞權以土地業備。方作書。落筆于地。周瑜疏請代已。拜奮武校尉。代瑜領兵。令程普爲南郡太守。轉橫江將軍。劉備既定益州。權求長沙零陵。備不承旨。權遣呂蒙率衆進取。備聞自還公安。遣羽爭三郡。按此孫劉相失之始。在先主已定益州之後。吳始索地。尚未全索荆州。只求二郡也。演義云。劉琦死。魯肅即索荆州。未的。又云。先主立一紙文書。俟得西川。便還荆州。孔明居間。魯肅爲保人。直與借券相似。可哂。又先主已取益州。云俟取涼州。乃還荆州。非在荆州時。云俟取益州還荆州也。蓋益州未得。劉甫借荆州。孫亦豈遽催索。既得益州。劉已有立業之地。故孫欲索荆州耳。肅住益陽。與羽相值。肅邀羽相見。各住兵馬百步上。但諸將軍單刀俱會。此單刀會正面也。肅因責數羽曰。國家以土地借卿家者。卿家軍敗遠來。無以爲資故也。今已得益州。既無奉還之意。但求三郡。又不從命。語未究竟。坐有一人曰。夫土地者。惟德所在耳。何常之有。肅厲聲呵之。辭色甚切。此人不載何名。乃諸將軍中一人也。今單刀會惟周倉持刀在旁。然周倉不見正史。羽操刀起謂曰。此自國家事。是人何知。目使之去。備遂割湘水爲界。於是罷軍。吳書。肅欲與羽會語。諸將疑恐有變。議不可往。肅曰。今日之事。宜相開譬。劉備負國。是非未決。羽亦何敢干命。乃趨就羽。羽曰。烏林之役。左將軍身在行間。寢不脫介。戮力破魏。豈得徒勞無一塊壤。而足下來欲收地耶。肅曰。始與豫州覲于長阪。豫州之衆不當一校。計窮慮極。志勢摧弱。圖欲遠竄。望不及此。主上矜愍豫州之身無有處所。不愛土地士人之力。使有所庇廕。以濟其患。而豫州私獨飾情。愆德隳好。今已藉手于西州矣。又欲翦幷荆州之土。斯蓋凡夫所不忍行。而況整領人物之主乎。肅聞貪而棄義。必爲禍階。吾子屬當重任。曾不能明道處分。以義輔時。而負恃弱衆。以圖力爭。師曲爲老。將何獲濟。羽無以答。山陽公載記。曹公船艦爲備所燒。引軍從華容道步歸。遇泥濘。道不通。天又大風。悉使羸兵負草塡之。騎乃得過。羸兵爲人馬所蹈。陷泥中死者甚衆。軍既得出。公大喜。諸將問之。公曰。劉備吾儔也。但得計少晚。向使早放火。吾徒無類矣。備尋亦放火。而無所及。按此無關羽華容放曹之說。作者似爲先主補此一着耳。綱目集覽。襄陽。春秋楚邑。秦兼天下。自漢以北爲南陽。今鄧州是。自漢以南爲南郡。今荊州是。襄陽乃南陽南郡二郡之地。隋唐爲襄州。宋陞襄陽府。荊州。楚之郢都。秦漢置南郡。今江陵府是。質實。荊州。舜之所置。春秋時爲楚郢都。秦拔郢。置南郡。漢初爲臨江國。尋改爲臨江郡。後置荊州刺史。南郡隸焉。三國初屬蜀漢。後屬吳。

滕王閣

明季有鄭瑜撰滕王閣雜劇。●滕王閣雜劇本書未收入。此斅作全劇也。不知何人所作。●清周皚撰。皚別號梅花詞客、字里待考。內演王勃、駱賓王事。半屬牽引。劇內以王勃省父。舟至馬當山。之南昌。程七百里。遇神以順風送勃。一夜即抵昌。詣閻都督作滕王閣序。故以是名。略云。王勃、字子安。絳州龍門人。自幼英絕異敏。有神童之目。父福時。作宰嶺表。勃往省。舟至馬當山。時都督閻公。於九月九日大宴滕王閣。宿命其婿吳子章作序以誇客。勃至馬當山。謁神致禱。山神以順風送勃舟。夜行七百里抵南昌。獲與重陽之宴。勃居末坐。染翰如飛。立就滕王閣序。閻大歎服。厚贈遺勃。時天后潛圖改物。徐敬業貶柳州司馬。駱賓王貶臨海丞。俱客揚州。敬業令賓王作檄。起兵數月。敬業走死。賓王亡命。不知所之。賓王即福時甥也。勃登第授官。被譖削籍。福時官雍州司功參軍。亦坐勃故。左遷交趾令。中宗時。詔購賓王文。復勃原職。召福時詣京。過杭州。遊靈隱寺。遇賓王。與共作靈隱寺詩。賓王訴遇僧薙染免患之故。福時言已赦免。勸令歸俗。賓王不從。福時乃與勃還京。一門並得榮顯云。按馬當神事。傳記中頗及之。郡志亦載。而醒世恒言最詳。雖加點綴。而實跡爲多。云高宗時王勃十三歲。從金陵欲往九江。路經馬當山下。乃九江第一險處。（陸龜蒙馬當山銘。山之險莫過於太行。水之險莫過於呂梁。合二險而爲一。吾又聞乎馬當。）勃舟至山下。風波亂捲。碧波際天。水響翻空。舟將傾覆。勃吟詩一首。書擲水中云。唐聖非狂楚。江淵異汨羅。平生仗忠節。今日任風波。須臾雲散霧收。風浪俱息。舟泊馬當。勃行至一古廟。額云勅賜中元水府行宮。勃至神前焚香祝告。見一老叟坐塊石之上。神清氣爽。貌若神仙。曰。子非王勃乎。來日重陽佳節。洪都閻府君欲作滕王閣序。子往獻賦。可獲貲財數千。勃問路程。叟曰。水道共七百餘里。勃云。今已晚矣。止有一夕。焉能得達。叟曰。子但登舟。當助清風一帆。使子明日早達洪都。吾即中元府君也。須臾舟至。勃辭別上船。解纜張帆。頓失故地。天明已到洪都。勃乃入城。直詣帥府。閻都督方開宴。遍請名儒秀士。俱會堂上。坐有儂州牧學士宇文鈞、進士劉神道、張禹錫等。其他抱玉懷珠者百餘。勃年幼坐于座末。閻公使人捧筆硯。請坐客作序。諸人悉固讓。至勃獨不辭。閻公起身更衣。入小廳內。使吏覿其所作。即來報知。至落霞與孤鶩齊飛。秋水共長天一色。不覺以手拍几曰。若子落筆若有神助。眞天才也。須臾文成。閻公大喜。徧示諸儒。莫不愧服。閻公之婿吳子章有冠世才。初閻公欲侫諸人並讓。則令婿作文以誇座客。及勃文成。子章離席而起曰。此舊作也。遂對客朗誦。一字不錯。衆賓並驚曰。子安之作性。子章之記性。皆天下罕有。可稱雙璧。子章與勃遂成厚契。次日勃辭去。閻公贈五百縑。及黃白酒器。共値千金。勃至馬當。備牲醴酬謝。復見老叟云。其後有水厄。勃後果溺于海。乃叟迎去云云。此段大半有據。以後來事牽合耳。

羅天醮

不知何人所作。（清李玉撰。）或因嫌貧悔婚。故託劇以泄忿。內插王守仁擒宸濠。及孫燧、許逵死節事。不過點綴作關目耳。後因設醮會合收韻。故名羅天醮焉。
略云。蘇州龍履祥。幼時父母與門氏割襟。定其女秀鴦爲室。及長。彼此失怙恃。不能諧伉儷。鴦依表兄戚維榮。榮妹秀英。與鴦皆美豔。而鴦擅詞賦。王守仁總督兩廣。履祥其甥。致書邀赴廣。履祥志遠大。不屑就幕。家居自如。時孫燧巡撫江西。許逵爲副使。而蘇州陸寬新任兵巡道。維榮與寬子德咸善。置酒賀咸。邀祥爲客。二秀于屏後瞰祥風貌。竊相喜悅。會行酒令。維榮無所答。屏後詢鴦。一一指教。座中皆疑。詰榮孰代答者。榮露鴦名。祥始悉已聘之才。浼咸與榮述割襟事。而榮以祥貧咸富。竟背祥盟而以鴦字咸。鴦聞欲作詩致祥。不得便。會榮出。祥乘間入。鴦急走避。使青衣以所作詩付祥。令速歸作迎娶計。祥貧無措。榮益逼鴦。鴦紿以疾。召女醫孟媼胗視。以書浼媼約祥。夜至後戶。贈畢姻資。祥亦以回札附媼覆鴦。媼遇榮惶遽。遺祥書。榮知。遂與家人伏暗處。候祥至。用器皿納祥袖中。誣以盜。控之學博。褫革懲罪。

祥乘押差出。脱身至廣詣守仁。榮紿鴦言祥已斃。使咸强娶鴦。鴦計無所出。潛投江中。兵備楊銑赴安慶任救之。撫爲義女。時宸濠叛。孫燧、許逵駡賊不屈。皆死節。惟陸寬降。逮寬子付京定罪。而王守仁與吉安知府伍文定等率兵討濠。奏祥贊畫功。命代寬職。及入京獻俘。陞江西巡撫。過吳門。學博與榮皆懼禍。謀贖前罪。紿己妹爲鴦。懇祥續舊盟。祥亦釋怨成花燭。及訊往事。英語皆不符。細詢其故。知鴦已沉江。此其妹也。祥初不欲婚。强而後可。乃攜榮夫婦同赴任。時宸濠已平。兩江寧靖。有司設羅天大醮于朝天宫。邀天師結壇。薦諸盡節者。祥憫鴦守節。繕疏附薦。鴦亦懇銑薦祥。祥見己名甚驚異。詢銑。銑述女夫事。祥猶以爲同姓名者。祈天師伏壇查二人名。天師徧索無有。叩之三星。言二人在陽世。當貴顯。銑心大疑。細詢鴦。鴦爲述前事。出舊聘玉鴛一枚付銑。又詢祥。語皆合。遂以配祥。榮疑祥别聘。使妹拒之。祥述始末。乃悟。及成婚。果鴦也。二女仍敍姊妹。與祥偕老焉。按明正德十四年。

寧王宸濠反。江西巡撫孫燧。副使許逵。抗節不屈。皆被殺。南贛巡撫王守仁。與吉安知府伍文定等率兵討濠。不久擒濠。劇中所引。蓋實事也。然是時守仁非總督。其督兩廣在嘉靖五六年間。姚鏌討岑猛叛黨未平。乃用守仁代之。守仁至。其黨盧蘇王受來降。守仁令不釋甲而杖之。遂以無事。此倒說在征濠前。燧、逵不屈。餘官頗降賊。無所謂陸寬。初、宸濠請復護衛。尙書陸完議從之。濠數與完通。及誅濠。大學士楊廷和以完爲濠黨。奏完下獄遣戍。陸完蘇州人也。作者諱而爲寬。以其附濠。故託名陸寬降濠也。兵備楊銳守安慶。亦屬近是。當時守安慶者。乃參將楊銳也。宸濠攻其城。銳固守不下。濠不敢越而東。守仁乃得平濠。厥功甚大。今云楊銳。當改正。龍履祥爲守仁甥。則妄牽合耳。劇內同守仁討賊者。伍文定及臨江知府戴德孺。贛州知府邢珣。皆實。濠平以後。功賞甚薄。守仁累疏爭之。文定陞僉都御史。久之。官至尙書。而戴邢僅稍遷。不得重用。從濠反者劉養正。劇云爲其參謀。亦實。養正江西舉人。初嘗講學。與守仁甚善。及濠擒。瘐死獄中。守仁收瘞。以文祭之日。誅者國法。祭者友誼也。然時人頗議其非。御史程啓珫劾守仁先與濠通。擒濠非其本意。且指及瘞養正事。彼時楊廷和與王瓊不協。以守仁乃瓊所薦。每抑其功。然平濠實出守仁。啓珫之疏。報聞而已。

奪秋魁

係近時人作。淸朱佐朝撰。內演岳飛初年事。與史傳不甚合。半據小說。半屬粧點。飛本傳于宣和四年。眞定宣撫劉韐募敢戰士。飛應募。請百騎。擒相州劇賊陶俊、賈進和。復招賊吉倩。補承信郎。無應舉事。今劇內武闈赴試。甚謬。但作者以奪秋元起波。故云奪秋魁焉。

略云。岳飛、字鵬舉。相州湯陰人。父早背。父名和。世力農。能節食以濟飢者。有耕侵其地。割而與之。貰其財者不責償。今劇內無父名。母姚氏。貧未娶。惟務農業。嫻弓馬。好讀左氏春秋。生有神力。挽弓三百斤。弩八石。此本與傳合。時居淸明。

與母掃祖塋。牛皋、王貴慕飛名往投。遇于塋。義結兄弟。訂赴秋試武闈。時宋高宗將遣使通問於金。前往者相繼受拘。皆畏避。有殿中御史崔縱字庭直者。毅然請行。崔本傳。字元矩。非庭直。官承議郎。使金時授朝請大夫右文殿修撰。非殿中御史。崔毅然請行。與洪皓先後使金。乃實事。但非爲皓副也。副洪皓使金。斡離不點南使名。縱、皓仗節不屈。秦檜、湯思退匍匐拜伏。湯思退無使金事。縱皓使北時。檜已還。俱係竄入。金發皓、縱于冷山。值縱病。遂于途中觸崖盡節。崔以恚疾。握節死北地。無觸崖事。此係點染。飛請母以盡忠報國四字刺於背。此與如是觀不同。與皋、貴赴武闈。有小梁王柴貴。恃勇悍。立生死劵。與武舉敵。如勝貴者擢武元。衆皆怯。飛即與鬥。悞毆斃之。繫飛獄。節推張世麟女善子平。嘗謂其父言。當以八字勁者爲匹。值麟監武場。覘飛勇。欲字以女。飛母姚知子逮獄。叩麟辨控。畏柴勳戚勢赫。計無所措。牛皋狼狽。于崔縱簷下避風雪。崔女憐其義。贈之衣帛。時秦檜爲禮部尚書。素忌縱。誣縱降金。逮其女付宜城縣訊鞫。適皋大醉。臥伏案下。縣尹高球酷訊崔女。值皋醒。遂劫崔女歸。與飛母僑居。飛既坐大辟。值宗澤監市曹。世麟知澤忠。令飛母懇澤保救。澤知其枉。遂奏免飛罪。時湖賊楊么據洞庭。即薦飛往討。討么一事係實事。么方浮舟湖中。以輪激水。其行如飛。旁置撞竿。官舟迎之輒碎。飛以草浮湖中。作巨筏塞諸港。與賊戰。賊舟輪被礙不能行。遂大潰。么欲赴水走。牛臯預設網。遂擒么。及凱旋。授飛招討使。臯亦授職。初、縱羈北地。以書託洪皓遺宗澤。代字其女。澤欲以配飛。世麟先浼澤執柯。以女字飛。澤知牛臯忠勇。亦浼世麟作伐。以崔女字臯。兩諧伉儷云。　劇大半據演義及小說而作。其柴貴、張世麟、崔連姑等事。俱屬揑造。又高球爲宜城令。前後顚倒。太屬荒唐。　岳飛事已詳載精忠記。牛臯、王貴亦具載。宗澤授陣圖。亦詳如是觀劇內。　岳飛傳。賊么恃其險。嘗曰。欲犯我者。除是飛來。及飛擒么。人以其言爲讖。　崔縱傳。字元矩。撫州臨川人。政和五年進士。歷確山主簿。仙居丞。累遷承議郎。使北以大義責金。怒徙窮荒。縱不少屈。久之金許南使自陳。而聽其還。縱以王事未畢。不忍言。又以官爵誘之。縱恚恨成疾。握節以死。洪皓、張邵還。歸縱之骨。詔以兄子延年爲後。洪皓傳。皓、字光弼。番陽人。政和五年進士。建炎三年。擢徽猷閣待制。假禮部尚書。爲大金通問使。至太原。留幾一年。及至雲中。黏罕迫仕劉豫。皓不從。黏罕怒。流遞冷山。久之。與張邵、朱弁同遣還宋。按皓未嘗與崔縱同行。劇係點綴。湯思退傳。紹興二十五年。參大政。秦檜病篤。招董德元及思退。屬以後事。各贈黃金千兩。思退不敢受。高宗以爲非檜黨信用之。累進左僕射。侍御史陳俊卿言。觀其所爲。多效秦檜。遂以觀文殿學士。奉祠隆興。符離師潰。召復相。金帥紇石烈志寧遺書三省。索海泗唐鄧四郡。思退遣盧仲賢報書。擅許四郡。上批示三省。言思退議論。秦檜不若。已而惑之。仍命思退作書。許金四郡。按思退無使金事。劇以黨秦檜割四郡。故增飾詆之也。

赤壁記

未知何人所作。演周瑜赤壁燒船。本是事實。但此舉皆瑜勳績。而演義歸美諸葛亮。創爲祭風之說。又增飾種種變詐。以術制瑜。劇遂據爲牆壁。此與正史不合也。劇中劉備自冀投荆。關、張輔翼。諸葛入幕。結好孫權。種種情跡。已互見錦囊、古城、草廬、四郡諸記（*錦囊記，見本書卷四十四，古城記，見卷十八，草廬記，見卷三十四，四郡記，見本卷。）中。即祭風燒船。亦俱互見草廬記。然赤壁爲此劇正面。所宜詳載。綱目。漢獻帝建安十三年秋七月。曹操擊劉表。八月。劉表卒。九月。操至新野。表子琮舉州降。劉備奔江陵。操追至當陽。及之。備走夏口。操進軍江陵。冬十月。曹操東下。孫權遣周瑜、魯肅等。與劉備迎擊于赤壁。大破之。操引還。目云。初、魯肅言于孫權。請與劉備結好。肅到夏口。聞操已向荆州。兼道至南郡。而琮已降。遂迎備于當陽長坂。勸令自結于東。備進住樊口。操將順江東下。亮謂備曰。事急矣。請奉命求救于孫將軍。遂與肅俱詣孫權。見于柴桑。說曰。將軍起兵江東。劉豫州收衆漢南。與曹操並爭天下。今操芟夷大難。略已平矣。

遂破荆州。威震四海。英雄無用武之地。故豫州遁逃至此。將軍若能以吳越之衆。與中國抗衡。不如早與之絕。若不能。何不按兵束甲。北面而事之。今將軍外託服從之名。而内懷猶豫之計。事急而不斷。禍至無日矣。權曰。苟如君言。劉豫州何不遂事之乎。亮曰。田横齊之壯士耳。猶守義不辱。况劉豫州王室之胄。英才蓋世。衆士仰慕。若水之歸海。若事之不濟。此乃天也。安能復爲之下乎。權勃然曰。吾不能舉全吳之地。十萬之衆受制于人。吾計決矣。非劉豫州莫可以當操者。然豫州新敗。安能抗此難乎。亮曰。豫州軍雖敗于長坂。今戰士還者及關羽水軍精甲萬人。劉琦合江夏戰士。亦不下萬人。曹操之衆。遠來疲敝。聞追豫州輕騎一日一夜行三百餘里。此所謂强弩之末。勢不能穿魯縞者也。故兵法忌之。曰必蹶上將軍。且北方之人。不習水戰。又荆州之民附操者。偪兵勢耳。非心服也。今將軍誠能命猛將。統兵數萬。與豫州協規同力。破操軍必矣。操軍破。必北還。如此則荆吳之勢强。鼎足之形成矣。成敗之機。

在于今日。權大悅。時操遺權書曰。近者奉辭伐罪。劉琮束手。今治水軍八十萬衆。方與將軍會獵于吳。權以示羣下。張昭等謂不如迎之。魯肅獨不言。權起更衣。肅追于宇下。曰。向察衆人之議。專欲誤將軍。願早定大計。時周瑜受使至鄱陽。肅勸權召瑜還。瑜至謂權曰。操雖託名漢相。實漢賊也。將軍以神武雄才。兼仗父兄之烈。割據江東。地方數千里。兵精足用。英雄樂業。當橫行天下。爲國家除殘去穢。况操自送死。而可迎之耶。今北方未平。馬超、韓遂爲操後患。而操舍鞍馬。仗舟楫。與吳越爭衡。又今盛寒。馬無藁草。驅中國士衆。遠涉江湖之間。不習水土。必生疾病。此數者。用兵之患也。而操皆冒行之。將軍擒操。宜在今日。瑜請得精兵數萬人。進住夏口。保爲將軍破之。權曰。老賊欲廢漢自立久矣。徒忌二袁、呂布、劉表與孤耳。今數雄已沒。惟孤尚存。孤與老賊。勢不兩立。君言當擊。甚與孤合。因拔刀斫前奏案曰。諸將吏敢有復言當迎操者。與此案同。瑜請精兵五萬。權撫其背曰。已選三萬人。

船糧戰具俱備。卿與子敬、程公。便在前發。孤當續發人衆。多載資糧。爲卿後援。遂以周瑜、程普爲左右督。與備并力逆操。以魯肅爲贊軍校尉。助畫方略。劉備望見瑜船。乘單舸往見瑜。問戰卒有幾。瑜曰。三萬人。備曰。恨少。瑜曰。此自足用。豫州但觀瑜破之。備深愧喜。進與操遇於赤壁。時操軍已有疾疫。初一交戰。操軍不利。引次江北。瑜等在南岸。瑜部將黄蓋曰。今寇衆我寡。難與持久。操軍方連船艦。首尾相接。可燒而走也。乃取艨艟鬬艦十艘。載燥荻枯柴。灌油其中。裹以帷幕。上建旌旗。豫備走舸。繫於其尾。先以書遺操。詐云欲降。時東南風急。蓋以十艦最著前。中江擧帆。餘船以次俱進。操軍吏士皆出營立觀。指言蓋降。去北軍二里餘。同時發火。火烈風猛。船往如箭。燒盡北船。延及岸上營落。頃之烟焰張天。人馬燒溺者甚衆。瑜等率輕鋭繼其後。擂鼓大進。北軍大壞。操引軍走。遇泥濘。道不通。悉使羸兵負草塡之。蹈藉死者甚衆。天又大風。劉備、周瑜水陸並進。近至南郡。操軍死者大半。操乃留曹仁守江陵。樂進守襄陽。引軍北還。甘寧徑進。取夷陵守之。曹仁圍甘寧。瑜大破仁兵。乃渡江屯北岸。與仁相拒。杜牧赤壁詩。東風不與周郎便。銅雀春深鎖二喬。因東南風急一段。發此論也。演義緣此。遂謂多月必無東南風。造出孔明祭風之説。云周瑜僞病。亮與魯肅言。惟某能醫。及入見。索紙書十六字云。欲破曹公。須用火攻。萬事俱備。只欠東風。乃爲瑜畫策。於南屏山下築三層七星壇。用百二十人圍繞。作法三日。借三日夜東南風。十一月二十日甲子祭起。至二十二日丙寅風息。瑜遂以此破曹。劇亦據此作要緊關目。蓋見景生情。將無作有也。至云瑜俟三更風轉。令丁奉、徐盛潛殺孔明。追及其船。趙雲射斷篷脚而去。則太誣矣。魏志武帝紀。公至赤壁。與備戰不利。於是大疫。吏士多死者。乃引軍還。備遂有荆州江南諸郡。按陳壽力護魏武。深没瑜功。故其所紀失實如此。山陽公載記。公船艦爲備所燒。引軍從華容道步歸。江表傳。瑜之破魏軍也。曹公曰。孤不羞走。後書與權云。赤壁之役。值有疾病。

孤燒船自退。横使周瑜虛獲此名。胡曾赤壁詩。火烈西焚魏武旗。周郎開國虎爭時。兵交不用揮長劍。已挫曹瞞百萬師。蘇軾赤壁賦。東望夏口。西望武昌。山川相繆。鬱乎蒼蒼。此非孟德之困於周郎者乎。又軾念奴嬌詞。大江東去。浪淘盡千古風流人物。故壘西邊。人道是三國周郎赤壁。亂石穿雲。驚濤拍面。捲起千堆雪。江山如畫。一時多少豪傑。遙想公瑾當年。小喬初嫁了。雄姿英發。羽扇綸巾。談笑間看檣艣灰飛煙滅。故國神遊。多情應笑我。早生華髮。浮生若夢。一尊還酹江月。詞話云。當以銅琵琶鐵綽板唱大江東去。高啓二喬觀兵書圖絕句。共凭花几倚新粧。越女兵符讀幾行。銅雀安能鎖春色。解將奇策敎周郎。（此蓋翻杜牧詩。按若云火燒赤壁之策。小喬所敎。亦巧於立論。）周瑜傳。瑜、字公瑾。廬江舒人。長壯有姿貌。建安三年。授建威中郎將。年二十四。吳中皆呼爲周郎。攻皖。得橋公兩女。皆國色。策納大橋。瑜納小橋。（江表傳。策從容戲瑜曰。橋公二女雖流離。得吾二人作婿。亦足爲歡。）後漢書獻帝紀。十三年冬十月。曹操以舟師伐孫權。權將周瑜。敗之于烏林赤壁。黃蓋傳。建安中。隨周瑜拒曹公于赤壁。建策火攻。語在瑜傳。吳書曰。赤壁之役。蓋爲流矢所中。時寒墮水。爲吳軍人所得。不知其蓋也。置厠床中。蓋自强以一聲呼當。當聞之曰。此公覆聲也。向之垂涕。解易其衣。遂以得生。演義云。被張遼射中肩窩。乃係懸擋。韓當傳。以中郎將。與周瑜等拒破曹公。又與呂蒙襲取南郡。周泰傳。與周瑜、程普拒曹公于赤壁。攻曹仁于南郡。甘寧傳。隨周瑜拒破曹公于烏林。攻曹仁于南郡。未拔。寧建計。先徑取夷陵。往即得其城。因入守之。凌統傳。爲承烈都尉。與周瑜等拒破曹公于烏林。遂攻曹仁。

集覽。赤壁。按方輿勝覽黃州注。引水經載赤鼻山。齊安拾遺遂以赤鼻山爲赤壁山。其說乖謬。蓋周瑜自柴桑至武昌縣樊口。而後遇於赤壁。則赤壁當臨大江。在樊口之上。今赤鼻山在樊口對岸。何待進軍而後遇之乎。又赤壁初戰。操軍不利。引次江北。而後有烏林之敗。則烏林當在江之北岸。赤壁在江之南岸。今乃云赤壁在江之北。亦非也。然蘇子瞻赤壁賦云。此非孟德之困於周郎者乎。乃疑似語。其大江東去之詞。亦云人道是三國周郎赤壁。此又可見矣。且子瞻嘗言黃州守居之數百步。爲赤壁。或云即周瑜破曹公處。不知是否。又按鄂州赤壁山注。引郡縣志云。赤壁在蒲圻縣西北二十里。北岸烏林。與赤壁相對。此即周瑜用黃蓋策。焚曹公船處也。今江漢間言赤壁者五。謂漢陽漢川黃州嘉魚江夏。其說雖各有所據。惟江夏之說。近古而合於中。烏林與赤壁。即非一地也。又云。樊口即武昌縣樊口。赤壁居其上游。又方輿勝覽。黃州烏林　按水經述江水源流。至今巴陵之下云。江水左逕。止烏林南。酈道元注云。右逕赤壁山北。則赤壁烏林。相去二百餘里。又赤壁初戰。操軍不利。引次江北。而後有烏林之敗。二戰初不同日。後漢紀乃總書爲烏林赤壁。故荊州記漢陽臨嶂山南岸。謂之烏林峯。又謂之赤壁。寰宇記引圖經。亦以烏林爲赤壁。亦失之矣。要之道元後魏人。去三國尚近。考驗必得其眞也。

百花記

未知誰作。其情蹟多係空中樓閣。以百花點將爲關目攢簇處。故曰百花記。略云。秀水鄒化、字玉林。宋鄒鳳之曾孫。妻江氏。鄱陽江萬里之裔。妻父江洪。妻母歐陽氏。妻弟江六雲。元皇慶二年。左丞相鐵木迭兒奏請開科取士。六雲約化同入京應試。化令妻向岳父母借貸資斧。六雲先行。訂于蘇州相晤。時有安西王阿難答。世祖開國勳臣。鎮守嘉興等處。廣積糧儲。羅網豪傑。與右丞相阿忽台表裏爲奸。蓄謀叵測。女百花公主。美而且武。恃其材勇。常欲集師數萬。以圖大舉。江氏道過安西府門。家將擒入。指爲探聽軍情。安西問係鄉人。即欲縱去。百花見其姸慧。啓父留以侍己。名曰江花右。使習陰符。

化見妻一去三日。疑其父母不肯借貸。親往岳宅。與妻握别而行。及至妻家。洪夫婦云未見女。洪疑化竊賣其女。化又疑洪轉嫁其妻。同控縣令。令斷化無故謀妻。擬戍爲羽林衛卒。解至京師。鐵木迭兒憐其才。授爲侍衛指揮使。安西故與迭兒交惡。迭兒奏免各路糧稅差徭。安西不從。轉加田賦。陳兵出入。反形漸露。迭兒奏其不軌。阿忽台力庇之。旨以事跡未彰。干戈不可輕動。令迭兒選廉能官十二員。分十二道巡察天下。其轄安西地者。即以安西委之。六雲進士及第。授浙江道御史。膺命採訪浙地。兼探安西王謀反一事。易服私行。至安西府門。被拏送入。安西方惡人探聽。六雲乃改名海俊。自稱鄉里蒙師。安西愛其才。授爲參軍。委以兵事。俊因僞作心腹以俟機便。八竦鐵頭者。安西近侍也。恐安西暱俊而疏己。欲陷誅之。公主每於百花亭演武。如有人擅進此亭。即時處斬。八竦以酒醉俊。令人舁入百花寢床。會花右先至。見而大驚。使匿書案下。未幾百花入内室見之。呼出問姓名。知爲八竦所陷。令越牆去。

然眷戀之色爲俊所覺。因潛伺之。百花復呼俊與訂終身。以所佩雙劍。分其一贈俊。已而安西果叛。築壇仿漢制。拜百花爲大將。百花點將時。分南北二部。以俊爲總提南北兵馬參贊軍務考功護軍使。花右爲南部掛印先鋒女將。用軍法斬八竦於轅門。以報俊讐也。俊既授僞職。令駐平望鎮以防湖。俊即脱身赴京師。仍名江六雲以復命。而潛謁迭兒。具言被執始末。迭兒許爲轉達表章。令六雲密往。無使安西覺。俟大兵來討作内應。迭兒遂薦鄒化爲總兵都督。率領鐵騎征勦安西。安西盡力攻蘇州。州守伯顔堅拒。不能克。聞化兵至。百花即遣花右將前部迎之。及對壘。夫婦皆驚駭。戰未合。花右鳴金收軍。遣火頭軍吳壽星投戰書。密與化約。許爲内應。大戰之日。俊與花右佯敗走。化引兵追。與百花戰。化亦佯敗走。百花追之。俊與花右忽反戈襲其後。百花大敗。化等遂率兵圍安西父女于鳳凰山。安西尋被獲。百花遁走德清庵爲尼。六雲失百花。悵甚。方遣卒分道尋覓。而百花令壽星以所佩雙劍之一持寄六雲。言身已入空門。留示憶念。於是化與六雲親詣庵中。迎百花至營奏捷。疏中飾言百花率先歸順。並請少寬其父。朝旨超擢化三邊總督。六雲兵部侍郎。貸安西之死。以六雲、百花婚配爲夫婦。按元史鐵木迭兒傳。皇慶中正爲中書右丞相。則所指是其人也。但此劇以迭兒爲忠臣。言其奏准官家。詔赦天下軍民。罷役免差。減商旅之税十三。田糧十二。薦賢討賊。皆其首功。史傳則迭兒在姦臣之列。遣使分行各省。括田增税。苛急煩擾。南方騷動。遠近驚懼。再入中書居首相。怙勢貪虐。兇穢滋甚。劇所載正與相反。又劇云伯顏守蘇州抗安西。蓋指伯顏與迭兒爲一路人。據史則伯顏持正。迭兒以其不附己。譖而殺之。亦不相合。元史宗室世系表。世祖十子。次三安西王忙哥剌。諸王表。忙哥剌。至元九年封。出鎮長安。子阿難答。至元十七年襲封。大德十年誅。劇云佐世祖一統之基。封王爵。居百寮之上。又云亦係奇握温氏苗裔。多與史合。（按史，阿難答乃世祖孫。）武宗本紀。成宗末。安西王阿難答。與左丞相阿忽台等。謀推成宗皇后伯要眞氏稱制。阿難答輔之。仁宗定計誅阿忽台。遣使迎武宗至上都。執阿難答賜死。按此阿難答不應在嘉興。宰相年表。成宗大德七年癸卯。左丞相阿忽台。至十一年止。武宗至大四年辛亥。右丞相帖木迭兒。兩人未常同相。又迭兒左。阿忽台右。元制右在左上。劇亦未合。科白內浙江道御史三邊總督。皆明代官制。元時無有。按諸公主表云。秦漢以來。惟帝姬得號公主。而元則諸王之女。亦槩稱焉。劇稱公主。與史相合。又按表高昌公主位下石魯罕公主。太宗孫女。適火赤哈兒子高昌王紐林的斤。主薨。繼室以其妹八卜叉公主。又薨。繼室以兀剌眞公主。世祖之孫安西阿難答女也。據此是安西王女。但不名百花。或另有一人。未定。但史云。元室之制。非勳臣世族及封國之君。則莫得尙主。是江六雲尙百花之說。未爲當也。

慶豐年

一名三多記。作者大指。以運値太平。世躋極盛。明良際會。河海澄淸。玉燭常調。金甌永固。取豐年爲瑞。和氣致祥。以申華祝三多之意。郭子儀最有福澤。用作通本關鍵。和英、韋遠、桂金元者。取義於和爲貴也。鋪張瑋麗。攢簇鮮新。具見雍熙氣象。老子一氣化三清。白鶴翔空。四仙童隨侍。天將環列。太白金星捧玉旨。遇治世人王佛萬壽之期。命衆仙修合長生丹藥。正須九葉靈芝。白鹿自西王母瑤池啣芝來獻。乃命二十八宿向靈寶仙界。同護八卦丹鑪。五采騰霄。結成金牌。上現悠久無疆四字。靈丹既就。仙童捧丹。隨侍老子獻祝。而八羅漢隨侍釋迦文佛。捧鉢西來。善財龍女捧甘露瓶。隨侍觀音大士。諸天星宰。並十洲三島仙子。絡繹後先。二仙童隨侍南極壽星。執五色瑞芝。二仙女隨侍西池王母。執千葉蟠桃。一時並集。佛鉢內現出白雀金蓮壽山。各種靈異。老子進仙丹。大士進甘露。王母進蟠桃。壽星進靈芝。仙鶴自雲端飛舞筵前。啣圖以獻。赤文金字。書曰乾坤不老。天地同春。郭子儀出鎮朔方。夫人趙氏一胎三女。皆已長成。長曰淑娟。次曰愛娟。三曰蘤娟。長眉仙捧旨示快活仙云。此王母駕前法瀛、雙成、飛瓊三仙女也。有文昌座下兩侍者及武曲星。俱已久謫人間。令快活仙下界。巧合婚配。子儀巡邊回。快活仙化爲道者。云從蓬島而來。贈以小畫一軸。曰此中有三多湊合之兆。且不日封王。又贈以一枕。名曰通仙。展畫視之。一羽士赤足蓬頭。飄然不俗。玩賞之次。道人已去。未幾歲暮雪晴。子儀晝卧書室。快活仙引入枕中。身遊閬苑。一生折荷花。一生折桂花。一生金甲戎裝。相繼而至。仙告子儀曰。此皆公東床妙選也。多福之徵。當應於此。又見五老執杖。皆童顏鶴髮。曰此公多壽之徵也。又見七小兒爭入懷中。嘻笑環繞。曰此公多男子之徵也。子儀旋醒。已而衆妾各生子女。子得七人。女得八人。（按世俗相傳如此。子儀實八子七婿也。）時有和英者。成都人。桂金元者。朔方人。韋遠者。淮郡人。和、韋並遊朔方。與桂結異姓兄弟。和、桂習文。韋習武。邊地有金銀八鑛。鑛神化黃白二熊當道。能制伏者金銀即歸之。子儀出示募擒熊者。韋應募執鋼叉入深山。見二小兒舞崗上。疑爲妖物。急追之。滾入地中。二熊突至。與戰。熊敗走。亦入地中。用叉掘地。得金銀窖。乃以土掩之。而馳告於節度之轅門。盡以金獻。內有叉尖一錠。予韋壓驚。會歲晚。子儀召桂生代作元旦昇平朝賀表。遣使於進朝。並以金進。奏明金係韋所獻。表係桂所作。韋見和貧窘。遂以叉痕之錠送和。時春正朝賀已畢。將及上元。有旨命李白品定各鎮表章。取桂所作爲第一。元宵之日。子儀設宴。蒞娟忽沈睡。其二姊以通仙枕枕之。又以子儀鎮魔寶劍壓之。頃之遽醒。則寶劍已失。手持一叉痕之錠。蓋快活仙引入月宮。使以劍與和英易其金也。子儀出示覓劍。和英乃持以獻。李白方奉詔授韋桂官。封子儀爲王。且目擊劍與金互易之異。遂爲三人作伐。同贅于郭。淑娟嫁于桂。愛娟嫁于韋。蒞娟嫁于和。還奏于朝。並授和官。久之子儀八十。七子八婿。俱膺顯爵。諸孫進酒。同展仙畫。快活仙復雲端示現云。當是之時。四海朝宗。八蠻修貢。年豐人樂。率土之濱。伏臘宴飲。而永豐鄉安樂邨富仁忠爲社長。首倡耆老。祀神報賽。億衆歡呼。拜舞雀躍。百戲畢陳。以答豐年之慶。是以名曰慶豐年也。

寶釧記

一名七紅記。不知何人所撰。與八黑劍丹記（按劍丹記，明謝天瑞撰，見本書卷二十六。）似出一手。皆上虞魏浣初評。李裔蕃釋。或即二人筆。未可知也。朱陳相遇。以寶釧作合。故名寶釧。又始終賴漢壽亭侯神力。同赤面者七人相助。故又名七紅也。略云。

襄陽儒生朱聘、字達夫。美才品。幼失怙恃。寓城之衍慶寺讀書。與黠僧如眞善。奉關侯像。朝暮焚香不少懈。有巨室陳諧女芳華。攜婢碧桃。遊吳平章集芳園。適聘亦至。眷華之美。華亦喜聘英俊。目成而去。詢知陳女。遂竊入其園內。見華倚欄玩花。遣婢候母。直前與揖。告以佳人宜匹才子。華已心許。囑使行媒。聘訴己貧。華則贈以寶釧。婢碧桃至。亦慫恿之。且使聘於望日詣園。贈以納采資斧。及期僧邀聘飲。聘辭不勝。僧詰之。告以故。僧紿爲稱慶。

強聘沈醉。即潛入陳園。適華有母族至。邀華會飲。華不敢拒。以銀付碧桃遺聘。及見僧叱之。僧求歡。桃堅拒。僧手刃遁歸。華父聞桃斃。且懷白金。心知非盜。必華有所私也。責婢紅杏。杏以實告。鳴于官。擒聘酷訊。不能自白。哭禱漢壽亭侯。祈示凶身以明己冤。侯示夢責聘品不端。故及于禍。然與華本有夙姻。冤當爲汝明。値御史葉夢弼巡楚。侯示兆於葉。言朱聘之冤。葉細鞫。知僧假冒。擒送獄中。而釋聘俾與華諧伉儷。僧素習幻術。遁出獄。投北寇旭烈爲軍師。大擾邊塞。朝廷遣馬光祖往征。屢敗。會聘擢大魁。賈似道欲妻以女。不從。用計薦爲光祖參謀。遭僧幻術。亦大困。關侯指示。令布八門金鎖陣。又會七神以十萬衆助之。七神者。張道陵天師、赤心忠良王元帥、劍仙崑崙、虬髯張仲堅、唐將秦叔寶、上仙鍾離權及漢壽亭侯也。皆秉南方丙丁之氣。故赤心赤面。聘遂大捷。擒妖僧正法。凱旋具奏。勅封七神。光祖及聘皆晉爵。芳華封國夫人。按馬光祖傳。嘗爲沿江制置大使。江東安撫使。兼行營留守。脩飭武備。防扼要害。邊賴以安。劇引入亦非無據。龍圖公案。孝感諸生許獻忠。與屠家女蕭淑玉相慕。蕭以梯引許入樓。後用白布下垂相接。有僧明脩攬布而上。女不肯從。僧竟殺女。鄰人告女父輔漢云。許生素有奸狀。女父訟於官。包拯察許慈祥。非殺人者。問云。汝平日往來樓下。曾見何人。答云。惟有叫街僧敲木魚而已。包乃諭二胥。使娼僞作女。乘僧夜行。啼哭索命。僧盡吐眞情。二胥捕僧送讞。乃出許生。劇中僧入園殺婢。似用此事。

曲海總目提要卷四十六

雙熊夢

一名十五貫。聞係近時人撰。*清朱皤撰* 或云亦尤侗筆也。記中熊友蘭、友蕙皆獲重罪。蘇州守況鍾禱於神。夢雙熊訴冤。因爲研審而出其罪。故曰雙熊夢。友蘭、友蕙皆因十五貫鈔無端罹罪。故又曰十五貫。其情節甚緊湊。唱演最動人。然大抵皆鑿空也。友蘭事則小說中有錯斬崔寧一段。略云。有一女嫁人作妾。因夫醉歸攜鈔十五貫。誑云賣妾所得。妾懼。晨往母家。道中與寧相値。問路同行。而其夫是晚爲賊殺。竊其鈔去。鄰里方共追妾。見與寧同行。而寧適攜鈔十五貫。遂鳴於官。官不能白。竟坐斬寧。相傳宋時即有此小說。則或當有其事也。此記姓名各異。且云友蘭得生。與女配合。則又將情事改換生色矣。友蕙因鄰女失環及鈔。含寃受屈。後於鼠穴中蹤跡得之。乃釋罪成婚。則借用李敬事。問官況鍾讞出兩事之寃。按鍾事蹟頗多。亦無及此者。乃借以點綴。如每本雪寃必演包龍圖之意。謝承後漢書。汝南李敬爲趙相奴。於鼠穴中得繫珠璫珥相連。以問主簿。對曰。前相夫人昔亡三珠。疑子婦竊之。因去其婦。敬乃送珠付前相。相慚。追去婦還。劇中本此兩事串合爲一。言淮安人熊友蘭、友蕙兄弟。皆讀書。家甚貧窘。友蘭出外營生。爲舵工以自給。友蕙居家誦讀。鄰居典鋪某者。其子甚醜。養媳何氏美而慧。其室與友蕙僅隔一壁。聞友蕙書聲。嘗歎羨之。翁頗以爲疑。移其室于後。友蕙嫌太逼鄰女之室。亦移于後。友蕙書籍屢爲鼠損。市藥欲殺鼠。置熱餅中。鼠穴通兩家。鼠竟銜餅入何氏室。其夫不知。取食而斃。翁嘗以鈔十五貫及釵環等物予媳藏之。鈔環皆被鼠銜入穴。一環銜入友蕙室中。友蕙方乏米。謂是天賜。持至鄰鋪易米。適何氏夫死。翁遂執友蕙與媳送于官。以爲因奸而殺也。推官不能辨。抵二人重罪。而索十五貫于友蕙家。則無有也。追責甚苦。友蘭舟抵蘇州。方執舵。且持書。舟中衆客聚談新聞。言及友蕙事。友蘭仆于舟。問之則友蕙親兄也。有陶客者老而好義。立取十五貫資之。友蘭負而行。天甫明。至無錫之高橋少憇。有一女子亦至。詢某村之路。友蘭道所必經也。曰我力竭。憇此少頃。我先行。汝隨後。相去數丈許。抵其地當指示汝。語未畢而追者至。送兩人到官。蓋其女曰侯三姑。女父曰油葫蘆。屠戶也。賭得鈔十五貫持歸家。女問何從得。誑云賣汝爲婢。此即身價也。女大感。及天將明。姑避于母族。以故早行。有劉阿鼠者見其門開。潛入室內。欲取鈔去。葫蘆醒而禦之。阿鼠即取屠刀殺之去。比明。鄰里見葫蘆尸。覓女不得。追而跡之。適見兩人。即並縛。推官不能辨。亦抵二人重罪。推官自淮改調。即前定友蕙罪者也。會是時况鍾新授蘇州知府。巡撫則周忱。秋審奏已下。熊兄弟皆當决矣。鍾宿廟時。夢兩熊跪而乞哀。又有猴鼠現形種種變異。及得决熊友蘭、友蕙案。二人皆熊姓。三姑又侯姓。心大疑之。夜半詣撫軍轅門擊鼓請見。願毋遽決。任其緝訪。兩月不得眞情。受罰無所避。忱始以爲奔。既而歎其存心之厚。一聽所爲。予檄令得兼攝他府。抵淮。親往友蕙書室及何氏所居内室。細驗之。見有鼠出入毁垣。視之。毒鼠餘餅及鈔皆在其中。乃出友蕙、何氏罪。復抵常。僞作拆字者在廟中行術。劉阿鼠聞友蘭未決。亦心驚。詣鍾以鼠字求拆。鍾云。鼠者竊也。必曾有竊盜事。加蓋爲竄。必當竄乃可。阿鼠以爲神。以實情告之。鍾云。入吾舟可竄也。誑阿鼠入舟。已悉友蘭之冤。而陶客聞友蘭抵罪。大憤。詣鍾陳情。友蘭所得鈔。其所贈也。乃又出友蘭、三姑罪。兄弟皆復就試。並登第。俱出推官之門。鍾念二女無所歸。撫以爲女。即使推官爲媒。嫁三姑于友蘭。何氏于友蕙。

登樓記

所載崔護事。見桃花人面雜劇。（桃花人面，見本書卷八。）記中正旦爲莊小姐。與桃花劇互異。

蓋護所遇之女本無姓名。故作者隨意結撰也。謂崔護本于莊宅儒書。莊女慕瓊獨居小樓。護見其美。乘夜登樓。慕瓊背燈解衣。持針縫紉。護突前戲調。慕瓊甚持正。而心亦愛護。不忍聲張。及聞人聲。護不得已而出。故以登樓作關目。言前後事蹟皆因此也。大段則據本事。作者亦未知何人。莊宅儒書。莊女慕瓊。全與金懷玉桃花記（*桃花記，見本書卷十。）相似。但彼改姓名曰秦晉。而此直曰崔護。此則其各異者也。關目亦此直而彼曲。或先有登樓記。而懷玉又加改竄。未可知也。

雙蝴蝶

不知何人所作。事本小說龍圖公案。開封尹包拯宿城隍廟。夢見蝴蝶一雙。醒而遣人捕蝶。後果以此明冤獄。故以爲名。元人百種曲中有雙勘蝴蝶夢。（*蝴蝶夢見本書卷一。）與此劇中姓名關目迥異。而斷事則皆包尹也。包尹事蹟。屢見元曲考略中。葛藤二姓。作者蓋取斬斷葛藤之義。其人無考。　羅浮山中產仙蝶。卵生。五彩陸離。大者如車輪。見羅浮山志。　略云。滕仲文、字可聞。庠名斐。江左安慶人。拔貢生。妻葛氏。子繼京。時當大比。仲文欲入京應試而無行資。惟祖傳漢玉墜一枝可售。急切無主。謀諸葛氏。葛氏謂有姑在京長安寺出家。可與俱投。乃以所居託鄰人郝新典賣。得二十金。挈室赴京。有僕陳義往嶺南經商未歸。仲文以破書一篋及舊衣巾留新處。囑俟僕歸付之。並令到京。仲文將至汴。遺金於店中。行數里始覺。急返店求金。留妻子坐山坡以待。俄而虎出啣子繼京去。葛氏方驚仆。有葛登雲者。國戚也。獵于山前。遇葛氏。悅其貌。劫之歸。强逼謀歡。葛以死拒之。登雲素恣橫。有女曰顏珠。賢孝。數諫其父。不從。至是聞葛氏被劫。急往救。挈歸繡閣。與同寢處。虎啣繼京走。遇賣糖人唐老擊鑼。虎懼而逸。繼京墜地。唐負歸養之。陳義經商獲利而歸。並攜仙蝶一雙。將以進主人。遇郝新。始知其主全家入都。遂挈所留衣巾亦赴汴。仲文得遺金而返。妻子皆失所在。四面叫呼。毫無踪跡。投一店。乃登雲責逐長班所開。以其主劫良家婦語于仲文。問其姓則葛。其籍則安慶也。仲文知即己妻。大憤。奔至其門痛詈。登雲佯款之齋中。而夜命僕殺之。上帝遣煞神救護。使作瘋癲狀。刀不能傷。登雲令置空箱中。舁棄荒野。樵夫見而開視。因得逸去。陳義之行也。郝新有子在京賣麪。新囑義訪之。義至京不見其主。遇雨。道逢郝子。留至家。義以衣濕。開囊取其主衣巾暫換。囊中有金爲郝所見。勒殺義。以磨壓其屍。取金放蝶飛去。龍圖閣待制包拯知開封府。蒞任宿廟。夢見雙蝶狀甚異。醒而命役捕蝶。役見有蝶栖糖擔。荷擔者唐老也。繼京與同覓父。遇役蝶飛去。役拘二人見拯。得其父子離散狀。乃釋唐而使繼京即以父名應試。仍遣役再捕。限期必得。時有高僧道隆爲國師。住華嚴寺開講。登雲之女痛父不悛。夜焚香祝天。默佑其父改過。爲登雲所聞。痛悔前非。皈依道隆求懺。道隆講法。聽者甚衆。拯則奉命爲設齋。適有瘋癲人闖入。道隆予棒。殞絶於地。拯怒而去。時繼京應試得售。擢探花。上命以登雲之女顔珠配之。顔珠念己將成婚。葛氏獨居不便。送入皇姑寺。皇姑寺即長安寺也。女僧爲葛氏從堂姑。亦即登雲之姑也。始知互有瓜葛。葛氏行。以漢玉墜留顔珠處。以爲非持此相驗。雖召不至也。繼京與顔珠合巹之夕。見玉墜。詢所自。知其母在寺。亟奔赴之。中途遇唐老。告以拯命捕蝶。蝶飛至郝家磨下。獲一尸。尸腐而衣巾可疑。繼京即往視。以爲其父也。時郝又投庇于登雲。繼京遂以爲登雲使郝殺其父。見母哭告而劾登雲於朝。顧休妻報讐。拯亦奏登雲不法。並劾道隆殺人。朝旨命拯鞫。拯將殺登雲而道隆攜瘋癲人至。則已醒然一滕仲文也。乃知被殺者其僕陳義。遂以郝抵命。釋登雲。賞唐老。仲文仍應試擢狀元。而繼京顔珠復而夫婦。

雙巹緣

不知何人作。演王尙友爲友翟斌代聘文氏女。斌亦爲尙友作伐娶史氏女。同時合巹于繡谷園。故謂之雙巹緣。中有王守仁延斌入幕。用其謀以平宸濠。及破賊劉六、劉七。此特借以爲關目。非眞事也。略云。翟斌。河南洛陽人。本姓王。憎世俗附會其宗譜。改姓翟。以文武全才自任。故名斌。僑居金陵之繡谷園。里中戚新、陸羨約爲文昌社。屬斌草疏。新、富家兒。羨、南康守道扶輪之子。皆騖名結社而不讀書。及期。斌攜疏稿赴戚家禮神。新表妹文桂娘有才貌。幼孤。新母撫爲女。見斌疏草。愛其詞。加評語。獎嘆而藏之。斌等夜飲。桂娘從屛間窺斌。并悅其貌。翌日斌來謝。遇桂娘。桂娘趨避。遺疏稿於地。斌拾得之。既驚其豔。又感其知己。而不知何名。歸詢園主花婆。囑爲媒妁。並以浼羨。羨素知桂娘美。佯領之。竟造新求爲己室。新許之。花婆適至。以斌意達新母。桂娘意屬斌。而新輒詬花婆。花婆以告斌。斌怒。登羨門大詈。羨僞爲不安狀。留斌强醉。使人邀於途。將殺之。文昌帝君陰令天聾地啞救免。

告以難。連夜出城他往。時斌祀神疏流傳至會稽。才士王尙友深慕其人。尙友伯守仁赴任江西。尙友送之。繞道至金陵訪斌。斌適逃難。遇于江干。尙友薦斌于守仁幕。談兵。恨相見晚。會宸濠反。用斌謀破濠。初、斌遁去。羨將强娶桂娘。桂娘哭別其姑。懷利刃。欲至羨家殺羨而自刎。會羨父扶輪降濠。官籍其家。捕羨解京。桂娘得免。然與新已大不合。借居繡谷園以待斌。斌之年伯御史史一淸。有女素瓊。通詩書。知大義。勸其父劾劉瑾。瑾伏誅。一淸受命巡按江南。微行。爲流賊劉六、劉七所劫。羈寨中。竊其印賺官糧。瑾黨劾一淸從賊。素瓊刺血叩閽以伸父寃。請兵討賊。會宸濠平。守仁奏凱。薦斌功。守仁封新建伯。斌賜進士。官兵部郎中。即命兩人討流賊。尙友已得第。授應天府司李。戚新聞其未娶。囑尙友同年爲媒。欲以桂娘結婚。尙友告以斌爲己好友。代斌下聘。俟其歸娶。素瓊叩閽得俞旨。潛至江南訪其父。與桂娘同寓繡谷園。守仁偕兵與流賊戰。一淸聞。盡以賊虛實作書射守仁軍中。許爲內應。

斌斬劉六。一淸縛七以獻。與斌會。欲以女妻斌。斌以實對。乃爲尙友作伐。一淸許之。遂俱至金陵繡谷園中。分東西兩寓。同時合巹云。按平宸濠功。無翟斌名。從逆者亦無所謂陸扶輪。兵部尙書陸完。曾任江西按察司。及掌中樞。爲濠題復護衛。後以濠黨被罪。劇中借此影射。守仁之封新建伯。則在嘉靖初。非正德時事也。劉六、劉七。初發難于霸州。趙鐩、邢老虎、劉三等附之而愈劇。後沿江掠聚。駐兵武昌陽邏團風鎭。湖廣巡撫馬炳然攜家赴官。遇賊于爛泥舖。脅與俱至南京。炳怒罵之。遂遇害。劇中所謂史一淸。借用馬炳然事。其平賊者。陸完、彭澤等。非守仁也。且劉瑾、劉六、劉七、宸濠。雖俱是正德間事。而瑾在初年。劉六等在中年。宸濠又在後來。不宜妄串爲一。又按應天。明之京府也。其推官非進士初任官。巡按有上下江。不宜云江南。守道不宜但標南康。俱誤。王守仁只平宸濠。無討流賊事。劉六、劉七在前。陸完旣平流賊。始召入爲兵部尙書。完轉吏部。繼之者王瓊。始薦守仁爲南贛巡撫。劇先敍守仁平宸濠。後及劉六、劉七。蓋但知守仁以軍功封。未考其事實也。

表忠記

一名虎口餘生。近時人作。聞出織造通政使曹寅手。未知是否。按本劇爲清曹寅撰。寅字子清。號荔軒。又號楝亭。別號遺民外史。滿洲正白旗人。所撰除本劇外。尚有續琵琶一種。演明末李自成之亂。本朝大兵聲討。小醜殄滅。死難忠魂。俱得昇天。故曰表忠記。其端則自米脂縣令邊大綬掘闖賊祖父墳塋。後爲賊擊幾死。皇師討賊。大綬獲全。且得邀恩至顯官。其自述有虎口餘生記。故又謂之虎口餘生也。事非無因。擇其有可據者。詳載於後。略云。明崇禎初年。延安賊李自成作亂。自稱闖將。流劫海內。屠毒生靈。任丘人邊大綬除授陝西延安府米脂縣知縣。捕賊黨薛老紫、喬齊文等正法。撫輯瘡痍。民賴以稍蘇。大綬志在滅賊。念賊本邑人。欲掘其祖父墳墓以舒積憤。

（此時有各上司主張，大綏自記，專歸於己耳。）訪知貢士艾詔。知有石匠李成曾築賊墓。詢得賊葬其祖李海。及其父守忠處。地名三峯子。穴中有黑椀可識。遂率兵民發之。日暮雪深。宿於窰舍。夢賊祖先皆伏地乞哀。大綏叱退之。明日復發一塚。果得黑椀。取海骨驗之。其堅如鐵。額上生白毛六七寸許。再掘守忠墓。內有白蛇。長尺餘生角。守忠骨皆生黃毛。大綏斬蛇取骨。聚火悉焚之。時自成嘯聚百萬。自號闖王。與其黨牛金星、楊承裕、劉宗敏等議所向。承裕勸賊先據留都。宗敏謂宜先攻河南。牛金星則主先取關中。然後旁掠三邊。攻取山西。後襲居庸。賊從其說。先分兵四出牽制官軍。賊乃長驅入關。當是時官軍屢覆。羽書旁午。大學士范景文請親征。都御史李邦華請遷都。或請徵天下兵。或請太子監國南都。而閣臣李建泰、兵部尙書陳演素與兵部侍郎孫傳庭有隙。薦爲督師。欲以傳庭嘗寇也。（按此段不甚的，崇禎十七年，范景文始拜大學士，孫傳庭已沒矣，陳演則已在內閣，且演未嘗爲本兵也。）傳庭方臥病。聞命蹶起。即日就道。（此段亦爲傳庭裝點，傳庭以耳聾辭致，崇禎大怒，作者以其殉節，曲全飾美耳。）旣涖任。檄召各省總兵卜從善、白廣恩、秦翼明、牛成虎等各率所部聽調。乘夜微行。登山相度形勢。遙望賊營。天明未歸。虎等疑其怯賊遠遁。各欲散歸。頃之。大開轅門召諸將。諸將倉皇奔命。各授命進勦。遇賊大戰。賊屢敗。所至皆有伏。自成欲自殺。衆抱持得不死。以兜鍪與小卒易冠而逃。至七盤山。遇成虎縛卒。傳庭以爲自成也。詢知其僞。憤甚。嘔血數斗。自成得脫。至襄陽。與其弟一隻虎養子李雙喜等會。畏傳庭。欲率衆匿山險中以避其鋒。俄聞傳庭臥病。用牛金星計。以婦女散入孫部。誘其屬。醉而襲之。官軍大敗。傳庭死。賊遂入山西。巡撫蔡懋德控制有方。中軍應時盛。及所屬將朱孔訓、沈萬登、牛勇、宋正奇等皆忠勇。懋德方分遣守禦。而爲巡撫汪宗友誣劾解任。懋德欲行。官民閉城保留。復蒞事。時宗友巡歷平陽府。自成子雙喜。以孩兒兵僞爲歌童。賺宗友入城殺之。平陽陷。自成大喜。遂僭號。改雙喜名洪基。即以爲僞年號。自成方患懋德守太原不得破。而參將張雄與洪基通。許爲內應。兵至太原。懋德坐城樓罵賊。發矢中自成左目。此事不合，辨證於後。出兵擊賊。賊敗去。諸將奮勇擊。墮陷坑。孔訓爲砲擊。賊以內應猝入城。懋德知不能支。將自盡。忽見時盛手提四首至。問之則其妻子也。恐遭賊辱。手斬之。從懋德入關壯繆廟同縊死。百姓亟埋之廟後。賊至代州。守將周遇吉出奇兵大破之。擒其子洪基。洪基素驍。爲自成所愛。聞被擒。徒步至城下。獻賂求釋。遇吉懸洪基於竿首。諭自成解甲歸命始釋之。自成欲降。牛金星等阻之不果。遇吉遂斬洪基。自成悉衆攻城。遇吉退保寧武關。乘間至所居辭其母。母勉以大義。其妻子及僕皆從容自盡。其母積薪閉戶自焚死。遇吉益奮勇殺賊。連斬驍將數員。身被箭如蝟。猶以鞭擊一隻虎墮馬。賊圍益急。遂拜闕自刎。賊逼京師。舉朝無措。飛檄召左良玉、黃得功、劉澤淸、唐通等入衛。不至。命太監王承恩提督禁城內外。賊勢如潮湧。攻平則彰義門。守卒皆饑餒不用命。先是太監杜勳奉命監宣府軍。降賊。訛傳死于亂軍。朝命建祠賜祭。至是入城。欲說城中降賊。承恩拔劍斬之。此事不實。

司禮王德化竊玉璽欲奔賊。爲承恩覺。搜出璽。亦斬之。此事亦不實。城破。周后、袁妃皆自盡。袁妃之殉。亦不實。懷宗手刃公主。走縊煤山。承恩聞之。急赴亭上。縊于旁。宮女投御河死者無算。招費氏。費以爲徒死無益獨不死。賊入城。廷臣范景文、李國楨、李邦華、王家彥、吳麟徵、施邦耀、孟兆祥、倪元璐、劉理順等皆死之。彼時死節者尚多。今據劇所載如此。賊至承天門。引弓欲射天字不中。入宮。聞懷宗周后及袁妃等自殉。命殯之。並殯承恩。大索宮中。得費氏。自稱長公主。賊黨勸自成納之。自成不肯。以付其弟一隻虎李過。過喜。置酒成婚。費氏紿使醉。出匕首刺殺之。因自刎。費氏所殺非李過。辨證于後。諸盡節者忠魂不散。玉帝使眞武、伏魔二帝收錄。隨懷宗上昇。而命諸天神俱下界。輔我大淸掃蕩妖氛。龍飛定鼎。永奠中原。時賊方使僞相牛金星以嚴刑拷掠巨室。索獻藏金。劫掠子女。恣意淫樂。聞天兵至。急載輜重。狼奔鼠竄。我師追擊連破之。金星爲衆軍踐爲泥。賊黨殆盡。自成孑身走入九宮山。居民覺。羣聚毆之。旣以鋤擊殺。分裂其尸。

以首獻軍前。賊遂平。邊大綬之任米脂也。失上官意。被劾歸任丘。賊偵知掘墳墓事。檄僞官械解。行至中途。見賊敗逃。解者散去。大綬匿林中遇虎。幾爲所噬。出投大軍。以情告。軍中驗僞檄。知狀實。聞于朝廷。憐其孤忠。授官。仕至山西巡撫。綏寇紀略云。邊大綬。河間府靜海縣舉人。後遇執。而以自成兵敗得脫。仕至廣平太守。有不死餘紀紀其事。劇言山西巡撫。互異。按綏寇紀略。自成破洛後。聲勢日益張。或獻策疑其先塚有異者。上密下陝撫汪喬年圖之。米脂縣邊大綬者。健令也。有縣役詭孫姓。實自成族。瞯知之。執而加拷。則曰。吾祖墓去此二百里。在萬山中聚而葬者十六冢。中一冢始祖也。相傳穴爲仙人所定。有鐵燈檠。燃火壙中。曰。鐵燈不滅。李氏當興。如言跡之。山徑仄險。林木晦黑。果得李氏村。村旁纍纍十六冢。中一冢。發之。有螻蟻數穴。火光尚熒熒然。斷其棺。骨青黑色。毛被體而黃。腦後一穴。如錢大。中盤赤蛇。長三四寸。有角。見日而飛。高丈許。以口迎日色。而吞咋者六七。反而仍伏。喬年瘞髗骨。并蛇腊之。以聞。又按塘報云。陝西延安府米脂縣邊大綬爲塘報事。職自正月初二日奉制臺密札。隨喚貢士艾詔面諭機宜。尋訪李成去訖。至初八日。艾詔回縣云。自榆林尋得李成來見。職隨喚進堂後詢問。稱言係闖賊里人。曾爲賊祖葬墳。因識其墓所。賊祖李海。父守忠。係本縣雙泉都二甲人。闖賊名李自成。幼曾爲僧。俗名黃來僧。爲姬氏牧羊兒。自崇禎三年。西川賊不沾泥作亂。流入賊營。

不知下落。至崇禎九年。賊領人馬千餘來縣城外。自通姓名。同家祭祖。號稱闖將。人始知其姓氏。今年月已深。不記其祖葬處。當日葬時。開土是三空穴。內有黑梡一箇。因塡其二穴。用一穴葬。仍以黑梡點燈置墓內。今但發有黑梡者。即賊祖也。職隨喚練總黑先正堡長官王道正。率領箭手三十名。鄉夫六十名。即刻起身入山。晝夜行二百里。始到其地名三峯子住宿。是爲初九日。夜下大雪。深二尺餘。山路陡滑。馬不能進。職下馬步行五六里至其山。鳥道崎嶇。久絕人跡。旋開道攀援而上。又一里許。見窰舍十餘處。墻垣尙存。即賊村莊。再過一山。則其墓也。四面山勢環抱。林木叢雜。大小墓二十三所。伐五六塚。其骨皆血色油潤。不似遠年枯骨。然皆無黑梡。天晚難以下山。遂至賊舊窰內向火。至天明。再掘數塚。而黑梡見。即李海也。其骨黑如墨。頭額生白毛六七寸許。其左側稍下一塚。是李守忠墓。頂上長榆樹一株。其粗如臂。根枝四圍籠罩。用斧斫斷。其墓始開。中間盤白蛇一條。長一尺二寸。頭角嶄然。揚起向日張口。復盤臥。隨取裝入黑光正順帶中。伐其骨骸。凡骨節間皆綠如銅青。生黄毛五六寸許。其餘骨骸有毛者七八塚。盡數伐掘。聚火燒之。大小林木千餘株。悉行斫伐。斷其山脉。賊墓已破。賊勢自敗。其黑椀白蛇呈驗軍門訖。理合塘報。崇禎十五年五月十四日塘報。劇中據此詳載。但塘報云。向火至天明。則無賊祖託夢乞哀事。又云奉制臺密札。則大綏特奉上官行事。非出本意。又鄒漪明季遺聞云。陝西參政都任。憤李賊所至掘陵塚。甫蒞延安。即拘李氏宗。而詰自成父母骸骨何在。初噤不言。則大呼吾將盡掘李姓墓。始有報者。發視則顏色如生。骨且有肉。乃刃挫而糞瀦之。紀事則云。崇禎十四年十一月。陝西巡撫汪喬年率馬步三萬。總兵鄭家棟牛成虎賀人龍將之趨河南。先是喬年于陝西發自成先冢。得小蛇。即斬以徇。誓師兼程進兵。其說皆與塘報不符。崇禎元年。延安大飢。不沾泥、楊六郎等掠富家粟。有司捕之急。遂爲盜。米脂人李自成狡黠善走。能騎射。家貧爲驛書往投焉。一云。自成初名鴻基。祖海。父守忠。世農頗饒。自成幼好勇。與姪李過爲暴于鄉。娶妻有淫行。手刃之。以負債故。受逼于艾同知。并殺艾。懼罪逃入甘肅爲兵。以功陞把總。又殺王參將。遂爲賊。不沾泥等相繼俘獲。自成走匿山澤間。二年。山西兵潰于涿鹿。叛走。自成出與之合。旬日間衆至萬餘。推高迎祥爲首。稱闖王。轉寇山西河南。賊中稱自成爲闖將。已而官軍擊斬迎祥。羣盜推自成爲王。七年。總督洪承疇率兵先後勦賊。李自成與張獻宗奔盩鄠間。六月。總督陳奇瑜圍李自成于漢中車廂峽。自成請降。奇瑜許之。給免死票。自是復縱横不可制矣。八年。洪承疇擊李自成于秦平。連敗之。九年。左良玉擊敗李自成于朱仙鎮。自成誘別賊入河南。當官兵。而自帥麾下奔漢南。循南山踰商雒而行。復出陜西。官軍敗績于羅家山。夏四月。賊分陷米脂延安綏德。賊本延安人。至是再入延安。衣錦繡晝遊。從亂者益衆。是即塘報所稱賊領人馬來城外時也。十年。官軍敗績于寶雞。李自成寇涇陽三原。十月。李自成同過天星等九股陷寧羌。分三道入西川。十一月。洪承疇敗賊于梓潼。十二月。秦兵大破李自成于函谷。自成窮蹙。欲自殺者數四。養子李雙喜救之。自成因令軍中盡殺所掠婦女。以五十騎衝圍而南。初、諸將左良玉等困自成崤函諸山中。斷其要害。合圍甚密。將生獲之。督師楊嗣昌曰。圍師必鈌。不若空武關一面。設伏以縛之。自成乘隙突走。諸將不能禦。遂自武關逃入鄖陽。息馬深山中。時河南大饑。饑民從賊者數萬。勢復大振。按自崇禎八年洪承疇連敗賊于秦中之後，官軍討賊，惟此爲大捷。劇中借此段并入孫傳庭名下，其實傳庭在後，非其事也。十二月。陷永寧。羣盜響應。十四年。陷河南府。福王遇害。二月。羣盜圍開封府。四月。以陝督丁啓睿督師。楊嗣昌飲藥死。九月。陝督傅宗龍兵敗死之。十一月。襄陽陷。陝撫汪喬年自刎。十五年春。起孫傳庭兵部侍郎。督西兵勦寇。傳庭檄召諸將于西安聽令。縛總兵賀人龍。數其罪斬之。賊聞人龍死。酌酒相賀曰。賀瘋子死。取關中如拾芥矣。劇中獨不載此。丁啓睿兵敗下獄。河決。開封陷。孫傳庭自若。傳庭治兵於登封。十六年。賊陷承天府。欽天監博士楊永裕降賊。羣賊推自成爲大元帥。據襄陽。號曰襄京。益兵攻郿陽。王光恩禦之。賊屢戰不利。孫傳庭復遣高傑以兵援。擊賊敗之。賊退屯襄陽。謀向潼關。踰越山險。六月。進孫傳庭兵部尚書。督師七省。七月。自成聞秦督兵將至。留賊守襄陽。率精鋭往河南。庚子。孫傳庭發兵潼關。分道進討。以總兵牛成虎副將盧光祖爲先鋒。令河南總兵卜從善、陳永福合兵洛陽。檄左良玉赴汝寧夾擊。八月。傳庭師次闖鄉。自成悉發荆襄諸賊會於河南。賊將渡河。總兵劉行起以兵逐之。牛成虎遇賊於洛陽擊破之。再敗之河岸。追奔至汝州。九月。傳庭次汝州。進拔寶豐。擣唐縣。盡殺賊家口。復郟縣。自成將步騎萬餘迎戰。官軍前鋒擊斷自成纛。進逐之。賊披靡。逃亡者相屬。自成復遣其弟一隻虎迎戰。三戰三北。自成奔襄城。諸軍進逼之。自成累敗而懼。挑土築牆自守。（劇中孫傳庭分遣諸將。與賊大戰。大略本此。而并前後增飾之。）大雨連旬。傳庭軍乏餉。與賊戰陷伏中。大敗。傳庭及白廣恩退屯渭南。賊合衆數十萬陷渭南。傳庭沒於陣。賊屠渭南。陷臨潼。關中瓦解。復陷西安延安。三邊皆沒。賊無後顧。長驅而東矣。賊前鋒入山西。巡撫蔡懋德先屯平陽。至是以歲暮還太原。賊至河津陷平陽。懋德死之。十七年正月。李自成稱王於西安。賊薄寧武關。總兵周遇吉悉力拒守。戰三日。殺賊萬餘。賊引兵復進。遇吉敗。闔室自焚。揮短刀力鬭。被流矢。牙兵且盡。見執罵賊死。（一云。遇吉夫婦臨陣。殲賊無數。力盡。赴火自焚。）李自成嘆曰。使守將盡周將軍者。吾安得至此。三月乙巳。李自成自山西抵京師。丁未。京城陷。懷宗殉國。丙辰。我大淸兵入關討賊。傳檄遠近。自成聞之大驚。率兵六萬東走。大兵追之。所向披靡。賊遂大潰。奔竄還京。丙戌。自成僭號。丁亥。焚宮殿。出齊化門西走。大兵追之。賊連敗。入山西。大兵西伐。自成棄陝出關。我師定三秦。下河南。入楚取荆襄。自成南奔辰州。爲我大兵所逼。勢日蹙。食盡。逃者益衆。走村落中求食。村民合圍。伐鼓共擊之。自成陷於淖。衆截其首驗之。左臚傷鏃。始知爲自成。按諸書皆以自成圍汴梁時。總兵陳永福從城上射中其左目。幾死。劇中謂爲蔡懋德所射。不實。紀事云。賊至太原。太原無重兵。巡撫蔡懋德遣牙下驍將牛勇、朱孔訓出戰。孔訓傷於炮。牛勇陷陣亡。懋德知事不可支。寫遺表令監紀賈士璋間道奏京師。中軍應時盛見之。退歸先殺其妻子。誓戰死。賊登城。懋德時盛策馬赴敵死。劇中所載略同。但所謂宋正奇沈萬登。則不屬懋德麾下。乃襄洛中豪傑。集鄉兵禦賊者。賊入宮時。宮人魏氏大呼曰。賊入大內。吾輩必遭所汚。有志者早爲計。遂躍入御河。從死者積一二百人。宮人費氏年十六。投眢井。賊鈎出之。

見其姿容爭相奪。費氏紿曰。我長公主也。若不得無禮。必告汝主。羣賊擁見自成。自成命內官審之非是。賞部校羅賊。羅攜出。費氏復紿曰。我實貴裔。義難苟合。請將軍擇吉行禮。生死惟命。賊喜。置酒極歡。費氏懷利刃。俟賊醉。斷其喉。立死。因自刎。按此、費氏所誅者、乃羅賊、非一隻虎也。太監王承恩從死煤山。諸書所載皆同。李賊性慘酷。斷耳剔目。截指折足。剖心鋸體。日以爲常。談笑對之。刳人腹爲馬槽。實以芻椒飼之。飲馬則牽人貫耳流血雜水中。馬習見。遇人則嘶鳴思飲噉焉。殺人數萬。聚尸爲燎。名曰打亮。無子。以李雙喜爲養子。嗜殺更酷於自成。自成在襄陽。以搆殿鑄錢皆不成。斬一謀士。令術士問紫姑。卜之不吉。因立雙喜爲僞世子。改名洪基以厭之。鑄洪基年爲錢。又不成。劇中所載皆合、但立雙喜、改名洪基、前後時小異耳、寶豐舉人牛金星。向有罪當戍邊。自成以其女爲妻。一云、自成止一妻一妾、皆老嫗、金星薦卜者宋獻策善河洛數。獻策長不滿三尺。見自成獻圖讖。自成大喜。拜軍師。劇中扮金星爲矮子、蓋以金星獻策、合而爲一也、

全家慶

不知何人所作。演富錦章積善感天。父子同膺顯爵。夫婦齊眉。闔門元吉。故名全家慶。然事蹟荒唐無據。略云。富錦章、字雄文。雲間人。少失怙恃。年二十。讀書入泮。尙未有室。慨然慕陶朱公、郭汾陽之爲人。聞廬山紫雲道人善卜。往決行藏。於中途遇桂榮留宿。榮有女青娥。年方及笄而喑啞。乞錦章代卜。錦章行至淮水。倦甚。小憩財神廟。見一女子跣足蓬頭。抱孩童欲投黃河。錦章急救之。女云黃氏。夫錢德周。畜家數口。將貨以納糧。不意夫入城。一人以假銀十兩售之。畏夫詰責。故投水耳。錦章以行笈中銀十兩贈之。勸令速歸。而財神鑒察錦章捐金救女陰隲。奏聞上帝。即以天寶庫藏金銀各十窖。賜爲積善報。錦章行至小湖山。山中勾簾洞。有青松一株。二千餘年矣。受天地精華。雨露培養。能幻成人形。與長江驪龍。俱有志修仙。而青松忽患癱症。驪龍又患懶病。遣卒邀錦章至洞。囑其往廬山代占。幷餽赤金三百兩。錦章遂詣廬山。紫雲道人者。即王子喬也。託云賣卜。實度羣迷。已知錦章是天富星來問卜。命僮迎之。錦章大驚。因入叩謁。先代桂榮、驪龍、青松子占三事。紫雲斷云。桂榮之事。乃天風姤卦。主啞女見夫能言。婚姻成就。驪龍乃否卦。主否極泰來。飛騰之象。但須摘去項下一珠耳。青松子則泰卦。欲病愈。必須陰陽配合仙丹。因以二粒贈之。錦章復自占終身。紫雲言。汝一生事業。盡在前三卦中。不必再問矣。因留飲桃源洞口萬花叢中。錦章大醉而別。歸至小湖山。見青松子、驪龍備述始末。驪吞丹。即吐出一明珠。胸中淸爽。青松子吞丹。步履如舊。深感錦章。驪贈以明珠。青松子贈以如意火煉成寶劍。能避刀兵護體。龍與青松俱飛昇去。錦章至桂榮家。述仙師斷語云。來占女啞。藏珠待價。一見丈夫。能言能話。即以珠贈榮女。青娥見珠與錦章即能言。榮喜甚。即以女配之。未幾懷孕。青娥於花園祈禱。見百道火光。白鼠旋繞庭階。

錦章掘之。有金銀十窖。俱鐫錦章名。青娥旋生一子。是時正統土木之變。倭寇侵犯。錦章應試闈中。誤落燈煤。燒第三篇題目中二字。朱衣使者暗取印卷官處餘卷。同奎宿密置錦章號房。且警覺之。另謄交卷。遂獲狀元及第。而司禮監王振。以錦章策論中譏刺時事。深憾之。與其黨大理寺卿聞可思謀。奏請督師。授錦章兵部尚書。賜上方劍。率兵五萬征勦倭寇。青松子來晤云。但禦敵。不可戰。待十五載後自定。錦章子昌宗年已十七。淹通經史。應試亦狀元及第。景泰帝賜碧雲公主爲配。昌宗奏父出師海上未歸。願助父勦寇。功成乃婚。景帝念其忠孝。即授都統制。率兵十萬往。昌宗途遇難民千餘。即捐萬金救濟。各歸田里。父子相逢。同心征勦。倭寇大敗。追至北海岸。賊急登戰艦。而驪龍已爲金龍總管。暗助錦章父子。陡起風濤。倭寇悉沉沒。遂班師奏凱還朝。景帝大喜。授錦章建極殿大學士。昌宗武英殿大學士。婚配公主。闔家歡慶。值錦章五十誕辰。青松子獻蟠桃長生果。驪獻靈芝瑞草。景帝賜以壽詩。

恩寵無比。五福堂前霞光忽現。掘得金銀二十窖。皆鐫富錦章名。福祿壽考。共享厚德之報焉。按正統景泰時。無富錦章、富昌宗二人。亦無公主婚配之事。青松子、驪龍俱作者添設。正統十四年有土木之變。景泰在位七年。安得倭寇侵犯十四年之久。且景泰時王振已歿。其害富錦章事尤屬子虛。作者借此紐合關目。而不知其荒謬可哂也。劇又云富錦章爲建極殿大學士。按明初三殿。曰奉天、華蓋、謹身。至嘉靖四十二年。始改皇極、中極、建極。建極殿即謹身殿也。景泰天順時。未有建極殿。此明代故事。不可不核。

雙玉人

近時人撰。演張善相事。而夾入杜伏威、薛舉。撮取禪眞逸史內一節。善相避段韶園中。段女琳瑛以雙玉人訂約。故名。略云。廣甯縣張完淳子杙。被狐所媚。値僧林澹然借寓。以力降狐。獲其天書。張感澹然恩。留居石樓山莊。

時杜伏威、薛舉少遭家難。顚沛流離。林與二人先世有舊。撫育爲弟子。令習弓馬及天書符籙。伏威幼時嘗竊書試之。天神忽降。驚避厠中。神乃退。杙妻令狐氏生子善相。與二人同業。皆通文武。結金蘭契。杜居長。薛次之。善相又次之。及長。杜薛辭林出建功業。時隋氏之季。杜與薛據有隴右。張猶居家。郊外馳劣馬。誤觸人斃。棄馬遁入花園。園係齊都督段韶宅。韶二女。長球瑛。字翰林張雕。次琳瑛。未納采。張入園中。匿於靈應王神廚之下。其神乃漢將馬騰。託夢示功名婚媾事。及覺。拾得羅帕。上有卜算子詞一闋。書琳瑛題字於後。張袖而藏之。晚即宿神前。明日琳使婢春香覓帕。見張酣臥。告琳共出視之。呼問其入園之故。具以實對。言出恐被擒。琳見其英俊。亦心憐之。春香即畫策。令張佯病風。而走白於琳母曹夫人。夫人出視之。見其年少淸奇。亦頗心賞。因係園中突入。恐人聽聞。妄生談論。令留宿園之東軒以養病。而誡諸婢不許人知。及春香餽食。張遂告以曾拾羅帕。欲使通誠於琳。春香已心慕張。張亦愛春香風韻。遂留與狎。竟導張入琳室。與月下訂盟。張口吟所和琳卜算子詞。琳使張書於帕。後各分半幅。且出所佩玉美人二枚。以一贈之。玉美人者。異國所貢。其國去占城三萬里。奇香撲鼻。希世珍也。男一女一。琳以己書之帕裹女美人以付張。曹夫人稍疑之。張乃辭去。遂詣隴西投伏威。時伏威已徇岐陽。令善相爲將。累戰皆捷。齊師大敗。韶遣段韶往討。韶過其家。知女以失玉美人病。不知其贈張也。善相聞韶至。則以韶女訂盟事告伏威。威設計困韶於枯株灣。而縱所縛副將齊穆等使風韶。若以女許善相。圍即解。韶令伏威等歸降乃議婚。且索玉美人爲聘。伏威等悉如其言。遂解甲。韶爲奏聞。率之詣闕。伏威等皆授節鎭。以韶女妻善相。及婚始知先曾訂盟。而春香已委身於張。乃並以春香爲妾。張挈歸省親。攜家之任。與伏威並躋榮顯云。

劇又帶演杜伏威事。伏威至成州。曾過傅司農宅。其姪女舜華被魅。伏威作法驅邪。其女始痊。初、伏威遇姚眞卿、褚一如二仙。引見天主。言伏威本仙童。

看守丹爐。有罪貶謫。琴中有慢商調廣陵散曲。嵇叔夜後無能知者。命二仙傳與伏威。特留後序八段不傳。留以待姻緣配合。獨舜華善此。感伏威拯其命。欲傳此八段與之。伏威遂告於師澹然。娶爲正室。按北齊書。段韶。僕射段榮之子。字孝先。顯祖時爲六州大都督。世祖時除左丞相。累立大功。謚曰忠武。然皆與宇文護相角。於杜伏威、張善相等。時世甚懸。不得攻戰。亦不得以善相爲壻也。張雕亦北齊人。世祖時嘗官國子祭酒。後至開府侍中。其爲韶壻與否。蓋未可知。然韓長鸞、穆提婆專政時。雕被難。已年五十。亦不得與善相爲婭也。杜伏威自稱吳王。後歸於唐。薛舉自立爲西秦王。其子仁杲。爲唐太宗所滅。張善相初據許州以奉李密。密敗投唐。授伊州總管。爲王世充所攻。城陷不屈。罵賊見殺。載唐史忠義傳中。傳云襄城人。非廣寧也。大業末爲里長。督兵迹盜。爲衆附賴。乃據許州。蓋本善良。非自投賊黨者。又杜伏威、薛舉、張善相並起隋末。唐初各在一方。未嘗共事。逸史不足信也。

鸞刀記

作者無可考。劇中事實。全本水滸演義。但亦有撮撰處。不盡與演義合。盧俊義妻賈氏。本與李固同謀。宋江救俊義時。與李固俱爲所殺。今劇中以爲貞烈自守。且先上梁山。此大不合也。又李固隨俊義被擄。吳用縱之歸。乃鳴之於官。而劇中第十齣車夫云。我等隨員外去至山東。被宋江等將我員外拿去。坐了第二把交椅。李固云。有這等事。謝天謝地。又燕青本爲賈氏所逐。而劇中第十四齣燕青云。從那日李固出奸惡之言。竟投他處潛身。此小不合也。作者之言。蓋以戲取團圓。雖淫如賈氏者。亦必曲爲之說。以歸於正。然目今梨園所演。多從改本。改本亦不知何人所定。所增石秀劫法場等齣。俱實據演義。而敍賈氏、李固處。亦一一與演義脗合。與此較異。據水滸傳云。山東呼保義。河北玉麒麟。其後石碣鐫名。宋江曰天魁。盧俊義曰天罡。則盧與宋並稱。

視他盜有鉅細輕重。通鑑云。張叔夜擒其副將。殆指此人。故羅貫中爲之描寫。亦異於他人也。然由傳觀之。盧本富室良民。宋江先令吳用詐作術士。誘令避災出外。道經梁山。又使羣盜次第引誘。令入寨中。盧不肯從。又造詩暗藏盧俊義反四字于句首。流傳蜚語。遂至李固首官。捕鞫定辟。種種禍變。相挺而起。江之設心。雖虎豹蛇蝎。不若是之毒也。放冷箭燕青救主。劫法場石秀跳樓。時遷火燒翠雲樓。吳用智取大名府。是水滸傳中熱鬧筆墨。而亦此劇中要緊關目。內中黑旋風裝啞。戴太保神行。蔡福、蔡慶之周旋。李成、聞達之戰鬭。皆據傳敷衍。惟罪僅歸李固。而與賈氏團圓。與傳爲異。別本標名曰聚星者。以梁山全局而論也。此劇標名曰鸞刀者。指俊義一身而言也。蓋皆記盧事而變文以示異耳。然按別本殺李固與賈氏。此卻不及賈氏。則宜以鸞刀名別本。以聚星名此本爲當。又按水滸羣盜。多在齊魯左右。今乃因一俊義騷擾河北。梁中書世傑以蔡京之壻坐綰重鎮。帳下又多猛將。而大名爲所蹂躪。則其關係殆非小也。然梁世傑亦係生撰。未嘗的有其人。餘更不必論矣。

天錫貴

不知何人作。清張大復撰。演梅芬事。本屬子虛。以芬安貧守道。神錫之以富貴。因用是名。擢大魁。獲藏金。得佳偶。故又名喜重重。略云。梅芬、字芳英。世居建業爲諸生。偃蹇不遇。人以窮酸目之。遇者皆掩面而唾。一日得金簪于途。拾視之變爲麥。及擲于地復爲金。入手又成草。心覺其異。乃俟于旁。同學諸生黄尤孔者。富而不仁。沉醉過此。見金簪于地。令僕拾歸。芬自愧薄福而已。秦儀、字鳳羽。亦芬同學。所聘東方氏女。隨父官荆楚。被寇劫歸。教以武藝。寇歿衆推爲寨主。儀不知也。儀孀姑河北總兵盛德妻。有二女。長曰檀梅。麗而多才。兼通文武。許字尤孔。即儀作伐。次曰玉梅。陋而拙。未字人。秋闈届期。尤孔欲娶而後試。偶與儀入祠山神廟。相者袁如綱言儀必貴。

而尤孔當作狀元。且極富貴。芬亦旋至。如綱相之云。當極貧苦。芬訴於神。神爲之不平。命功曹查二人功過。尤孔祖曾積善。其前生亦樹德。是以享富貴。今則狂暴多過。嘗發藏金一窖。埋於厠底。殺墁者以滅口。又逼其女爲婢。芬祖積惡。其生前無德。當貧窮。今則守分多陰德。鄰有婦女奔之。芬力卻而去。神乃命以二人姓名更換。示善惡果報。芬得之夢中。尤孔不知也。檀梅在家。聞尤孔狡黠。意殊怏怏。忽夢皂袍神人披髮仗劍云。汝無憂。速詣我。還汝佳配。及醒告於母。母言必眞武也。曾許武當山香願。亟往進香。及往。遇賊劫檀梅上山。東方氏令充記室。與結姊妹。拜爲軍師。練女兵甚精熟。其母與玉梅歸。尤孔婚期已迫。姑與儀計。以玉梅嫁之。尤孔見婦陋。欲鳴之官。其僕勸云。得第後。多娶美妾可也。何怒爲。及抵京。聞宰相丁謂爲考官。可賄以進。尤孔必欲得狀元。揮數萬金。爲人所紿。而芬以秦儀助。獲計偕入京。尤孔夢中觀榜。榜首非其名。急詢送榜官。官使自爲計。及醒。遂使僕遍貼無名子云。今科狀元有弊。闈卷進呈。朝命宰相寇準重加檢閱。準聞狀元有弊之謠。乃以他卷與之互易。尤孔遂落第。而芬擢大魁。授翰林院承旨。儀亦成進士。授荆州淸軍同知。芬給假葬親。儀以孀姑託其照拂。尤孔下第。又失金。厠底埋金。又變石塊。漸至貧窶。乃以產售芬。童僕亦皆投芬。芬見金光起厠中。問之尤孔舊僕。言昔日埋金事。啓視皆金磚。乃以其一贈儀孀姑。常往周恤。以其一濟貧者。時東方氏猶踞山寨。儀奉命往討。檀梅知即東方之夫。毖而不言。與戰。儀兵敗。告急於朝。丁謂嗾寇準拔芬。遂薦芬討賊。芬往楚會儀同剿。皆被困。三軍大飢。檀梅乃餽以羊酒。約芬射書招安。乃偕東方氏解甲納款。班師奏捷。東方氏賜婚秦儀。詢之即原聘妻也。檀梅賜芬爲婚。芬念尤孔貧。且爲僚婿。乃以所得金還之。割宅分居。尤孔遂力行善事。卒成進士。

半臂寒 雜劇

近時人作。（*清南山逸史撰。名里待考。）記宋祁事也。祁前後頗有事蹟。以諸姬爭送半臂。祁忍凍爲風流話柄。故名。宋祁兄弟同行。逢一異僧相曰。小宋當大魁天下。大宋亦不失甲科。後十年。大宋復遇諸塗。僧乃大驚曰。公丰神特異如此。豈活數萬命者乎。大宋曰。素貧安得有此。僧曰。姑思之。宋良久曰。北堂有蟻穴。忽爲大雨所浸。某尋編竹爲橋以渡。豈此是耶。僧曰。必是也。小宋合當首魁。公終不出其下。比唱第。小宋果大魁。章獻太后乃謂弟不可以先兄。因命大宋爲第一。小宋爲第十。（出事文類聚。）大宋名郊。改名庠。字公序。小宋名祁。字子京。堯山堂外紀。宋子京過御街。逢內家車子中有褰簾者曰。小宋也。子京歸。遂作鷓鴣天云。寶轂彫輪狹路逢。一聲腸斷繡幃中。身無彩鳳雙飛翼。心有靈犀一點通。金作屋。玉爲籠。車如流水馬如龍。劉郎已恨蓬山遠。更隔蓬山幾萬重。其詞傳達禁中。仁宗知之。問內人第幾車子。何人呼小宋。有內人自陳。頃侍御宴。見宣翰林學士。左右內臣曰小宋也。時在車子中偶見之呼一聲耳。上召子京。從容語及。子京惶懼無地。上笑曰。蓬山不遠。因以內人賜之。鴻書。宋子京修唐書。嘗一日大雪。添帟幕。然椽燭一。秉燭二。左右熾炭兩巨爐。諸姬環侍。方磨墨濡毫。以澄心堂紙。草一傳未成。顧諸姬曰。汝輩在人家。頗見主人如此否。皆曰無有。其間一人來自宗子家。子京曰。汝太尉遇此天氣。亦復如何。對曰。只是擁爐命歌舞。間以雜劇。引滿大醉而已。如何比得內翰。子京點頭曰。亦自不惡。乃閣筆掩卷起。索酒食之。幾達晨。明旦對賓客自言其事。每譏集。必舉以爲笑。東軒筆記云。宋子京博學能文章。天資蘊藉。好遊宴。以矜持自喜。晚年知成都府。帶唐書於本任刊修。每宴罷盥漱畢。開寢門垂簾。然二椽燭。媵婢夾侍。和墨伸紙。遠近觀者。皆知尚書修唐書矣。望之如神仙焉。多內寵。後庭曳羅綺者甚多。嘗宴於錦江。偶微寒命取半臂。諸婢各送一枚。凡十餘枚皆至。子京視之茫然。恐有厚薄之嫌。竟不敢服。忍冷而歸。按半臂者。猶今所言背心也。唐鄭愚好穿錦半臂。蓋唐宋人多服此。以其便于添減也。宋祁又有上元張燈。及九日題糕。亦皆韻事。此第舉一節耳。

鞕詩讖 雜劇

不知何人所作。清土室遺民撰。名里待考。按貫休署號禪月大師。乃入蜀後孟昶所賜。今劇中白云。長安天子賜我法號。喚做禪月大師。是以爲唐昭宗時事。前後不合。又貫休去吳越。游荆南。見放於成汭。被疎於高季昌而後入蜀。今劇中白云。西蜀峨眉。原是文殊道場。若得於此栖遲。可了暮年時日。爲是別了寺主。持鉢西行。亦未考實。又錢鏐待貫休。本有二說。一以爲令改十四州爲四十州。貫休不可而去。未嘗得見。一以爲武肅遺贈甚豐。今劇中錯綜用之。十國春秋云。僧貫休、字德隱。俗姓姜氏。婺州蘭谿人也。乾寧中。謁吳越武肅王。獻詩云。滿堂花醉三千客。一劍霜寒十四州。武肅王命改四十州。乃可相見。

貫休曰。州亦難添。詩亦難改。閒雲孤鶴。何不可飛。一云。貫休投詩於武肅。甚愜志。遺贈亦豐。王立功臣碑。列平越將校姓名。遂刊貫休詩於碑陰。見重如此。遂擔簦遊荆南。節度使成汭患之。遞放黔中。久之再至荆南。高季昌館之龍興寺。感時政作酷吏辭。復被疎遠。鬱悒中題硯子曰。入匣始身安。或以爲匣者蜀也。相勸來蜀。遂至成都。上陳情頌。復獻詩。有云一瓶一鉢垂垂老。萬水千山得得來。高祖大悅。呼爲得得和尚。留住東禪院。賜賚優渥。署號禪月大師。鯁詩識者。言貫休爲人骨鯁。偶作一詩。似無關輕重。而其性鯁。必不肯改。竟爲詩識也。

曲海總目提要索引

檢字

一畫

一文錢　徐復祚撰。盧至事。卷十二，五五七頁
一文錢　又名兩生天。龐蘊事。卷十八，八八九頁
一合相　邱園（沈蘇門？）撰。方繼祖，方瑤草事。卷二十八，一三三三頁
一品爵　李玉，朱佐朝等同撰。莘藏事。卷二十五，一二二九頁
一封書　又名劍雙飛。丁鈺撰。金鑾，姜鶴事。卷二十四，一一五七頁
一笑緣　又名醒世圖。孔慕麟，羞花事。卷十七，八三一頁
一捧雪　李玉（范允臨？）撰。莫懷古事。卷十九，九二三頁
一種情　又名墜釵記。沈璟撰。崔興哥，吳興娘，吳慶娘事。卷二十一，九九五頁

二畫

七紅記　又名寶釧記。朱聘，陳芳華事。卷四十五，二〇七五頁
七國記　李玉撰。孫臏事。卷十九，九四〇頁
七勝記　紀振倫校。諸葛亮，孟獲事。卷三十四，一六一三頁
九更天　又名未央天。朱㿥撰。馬義事。卷十八，八八三頁

九蓮燈　朱佐朝撰。閔覺，閔遠，富奴事。卷二十七，一二九六頁
九錫記　范雍事。卷三十，一四三〇頁
九龍池　薛旦撰。顧況，賀蘭洛珠事。卷十九，九一八頁
二十四孝　又名孝順歌。女媧事。卷十五，七一八頁
人天樂　黄周星撰。軒轅載事。卷三十一，一四七七頁
人獸關　李玉撰。施濟，桂薪事。卷十九，九二六頁
八珠環記　鄧志謨撰。全劇皆用骨牌名。卷二十四，一一五三頁
八黑記　又名劍丹記。謝天瑞撰。劉桀，劉貴事。卷三十六，一六六九頁
八義記　徐元撰。程嬰，公孫杵臼等事。卷十三，六四一頁
十大快　郎瀟長撰。余孝克事。卷三十九，一七九〇頁
十五貫　又名雙熊夢。朱皠撰。熊友蘭，熊友蕙事。卷四十六，二〇七九頁
十錦堤　蓝楼居士撰。白居易事。卷二十六，一二六九頁
十錦塘　馬佶人撰。和鼎事。卷十九，九〇一頁
十錯認　又名春燈謎。阮大鋮撰。宇文彥事。卷十一，五三一頁
十義記　韓朋事。卷十八，八五四頁
十醋記　又名滿牀笏。范希哲撰。郭子儀事。卷四十，一八三二頁

三畫

三元記　又名斷機記。商輅事。卷十六，七八八頁
三元記　沈受先撰。馮京事。卷十八，八七九頁
三世記　王桂香事。卷四十三，一九六一頁
三多記　又名慶豐年。郭子儀事。卷四十五，二〇七一頁
三孝記　謝琦，劉保等事。卷三十二，一五〇四頁
三虎賺　趙岐事。卷四十一，一八九二頁
三星照　全璧，曹彬事。卷四十四，二〇〇三頁
三桂記　紀振倫校。全正事。卷十六，七九三頁
三祝記　汪廷訥撰。范仲淹事。卷八，三七一頁
三報恩　畢魏撰。鮮于同事。卷十六，七九一頁
三殿元　竇禹鈞事。卷三十，一四三三頁
三鼎爵　又名四全慶。霍登遺事。卷四十一，一八八三頁
三奪槊　尙仲賢撰。尉遲恭事。卷二，六九頁
三闗記　施鳳來撰。楊六郎事。卷十一，四九六頁

上林春　姚子翼撰。武則天事。卷十六，七五四頁
千忠戮　又名千鍾祿。李玉撰。程濟，建文帝事。卷三十，一四一二頁
千里舟　李玉撰。雙漸，蘇卿事。卷十八，八七二頁
千里駒　劉廷鶴，張曉煙事。卷三十九，一七八七頁
千金記　沈采撰。韓信事。卷十三，六〇八頁
千鍾祿　又名千忠戮。李玉撰。程濟，建文帝事。卷三十，一四一二頁
千祥記　無心子撰。賈鳳鳴，賈誼事。卷三十五，一六五四頁
大椿樓　李泌事。卷三十七，一七四一頁
女狀元　徐渭撰。黃崇嘏事。卷五，二三七頁
女紅紗　來鎔撰。試官事。卷九，四三一頁
小天台　馮玨，陸韜等事。卷三十三，一五四一頁
小江東　又名補天記。范希哲撰。關羽，伏后事。卷四十二，一九一四頁
小忽雷　孔尙任撰。梁厚本，鄭中丞事。卷二十九，一三九五頁
小河洲　又名雙奇俠。李應桂撰。鐵中玉，水冰心事。卷二十三，一一〇七頁
小英雄　又名續精忠。湯子垂撰。岳雷，岳電等事。卷十四，六六八頁
小桃園　劉方撰。劉淵，關謹，張賓事。卷十九，九〇七頁

小尉遲　尉遲保林事。卷四，一六七頁

四畫

不了緣　碧蕉軒主人撰。崔鶯鶯事。卷四十三，一九六七頁
中山狼　康海撰。東郭先生事。卷五，二〇九頁
中庸解　又名雙瑞記。范希哲撰。周處，吉時中事。卷三十三，一五七〇頁
丹心照　楊繼盛事。卷三十七，一七一三頁
丹青記　又名還魂記，牡丹亭。湯顯祖撰。柳夢梅，杜麗娘事。卷六，二六五頁
五代榮　朱佐朝撰。徐晞事。卷十八，八九二頁
五倫全備綱常記　又名綱常記。丘濬撰。伍倫全事。卷二十九，一三九九頁
五福記　徐時敏撰。徐汝璋事。卷五，二二三頁
五福記　又名五福堂，五福星。鄭若庸撰。韓琦事。卷十五，六九七頁
五福星　又名五福記，五福堂。鄭若庸撰。韓琦事。卷十五，六九七頁
五福堂　又名五福星，五福記。鄭若庸撰。韓琦事。卷十五，六九七頁
五龍祚　又名後白兎。劉智遠，劉承祐事。卷三十一，一四六〇頁
井中天　張大復撰。文彥博，李遂，王則等事。卷二十八，一三五一頁

元宵鬧　又名玉麒麟。李素甫撰。盧俊義事。卷十四，六五七頁
元寶媒　周穉廉撰。張尙禮事。卷二十二，一〇五八頁
分金記　葉良表撰。管仲，鮑叔事。卷十一，四八九頁
分鞋記　陸采撰。程鵬舉，白玉娘事。卷七，二九六頁
切鱠旦　關漢卿撰。譚記兒事。卷一，二一頁
午日吟　許潮撰。嚴武，杜甫事。卷七，三二九頁
反三關　石敬瑭事。卷三十一，一四五八頁
天下樂　張大復撰。杜平，鍾馗等事。卷二十一，一〇三三頁
天中天　釋迦牟尼事。卷三十七，一七三一頁
天仙記　又名織錦記。顧覺宇撰。董永事。卷二十五，一一九〇頁
天有眼　張大復撰。程子忠事。卷十二，五八一頁
天函記　文九玄撰。汪廷訥事。卷十，四四七頁
天馬媒　劉方撰。黃損，裴玉娥事。卷十九，九〇五頁
天福緣　鹿陽外史撰。張福，彭素芳事。卷十六，七八〇頁
天樞賦　房一夔事。卷三十二，一四九八頁
天緣記　張四姐，崔文瑞事。卷四十，一八五九頁

天錫福　馮京事。卷三十八，一七五七頁
天錫貴　又名喜重重。張大復撰。梅芬事。卷四十六，二二一二頁
天燧閣　沈萬三事。卷三十七，一七二四頁
太平錢　李玉撰。張果老事。卷十八，八八六頁
尺素書　又名空柬記。王元壽（？）撰。劉元普事。卷四十三，一九五一頁
幻奇緣　豐瑞，豐祥事。卷三十六，一六八六頁
幻緣箱　邱園撰。方礐，劉琬容，陳月娥事。卷二十八，一三三〇頁
弔琵琶　尤侗撰。王昭君，蔡琰事。卷二十，九五四頁
文星現　朱㍿撰。祝允明，唐寅等事。卷二十，九七九頁
文犀帶　李雲容，蘇彥璋事。卷三十八，一七六〇頁
文章用　固無居士撰。蕭然事。卷十二，五七〇頁
文媒記　秋閒居士撰。盧儲事。卷十六，七六八頁
月華緣　又名狀元堂，齊天福。呂祖謙事。卷四十二，一九三四頁
水滸記　許自昌撰。宋江事。卷十四，六七二頁
水滸青樓記　宋江等事。卷四十二，一九四七頁
王粲登樓　鄭光祖撰。王粲，蔡邕事。卷三，一〇六頁

五畫

仙桃種　又名瓊花記。史磐撰。慈雲公主事。卷三十一，一四六三頁
冬青記　卜世臣撰。唐珏，林德陽事。卷七，二九九頁
半臂寒　南山逸史撰。宋祁事。卷四十六，二一一四頁
占花魁　李玉撰。秦種，王美娘事。卷十九，九二九頁
出師表　沈襄事。卷四十一，一八七二頁
巧雙緣　又名夢磊記。史磐撰。馮夢龍改訂。文景昭事。卷九，四一三頁
巧團圓　又名夢中樓。李漁撰。姚繼事。卷二十一，一〇一六頁
巧聯緣　又名石榴花。王元壽撰。張幼謙，羅惜惜事。卷十八，八六三頁
古城記　關羽事。卷十八，八九四頁
四大癡　李逢時撰。分酒色財氣四部。酒，姜應召事。色，莊子事。財，盧至事。氣，黃巢事。卷十一，五〇二頁
四全慶　又名三鼎爵。霍登遺事。卷四十一，一八八三頁
四奇觀　朱皠，朱佐朝等四人合撰。包拯斷酒色財氣四案事。卷二十五，一二一五頁
四美記　蔡襄事。卷十七，七九九頁

四郡記　劉備，關羽事。卷四十五，二〇四二頁
四異記　沈璟撰。劉璞，孫潤事。卷五，二四六頁
四嬋娟　洪昇撰。謝道韞，衛茂漪，李清照，管道昇事。卷二十三，一一一四頁
四喜記　謝讜撰。宋郊，宋祁事。卷十三，六三〇頁
四節記　沈采撰。共四段，見曲江記，東山記，赤壁記，郵亭記。卷十七，八四一頁
四賢記　烏古孫澤事。卷四，一九九頁
平山冷燕　又名玉尺樓。朱夰撰。沈韻等事。卷二十四，一一四八頁
平津閣　蓬棲居士撰。汲黯，公孫弘事。卷二十六，一二六八頁
未央天　又名九更天。朱㬢撰。馬義事。卷十八，八八三頁
正朝陽　石子斐撰。劉皇后，李宸妃事。卷二十九，一三九三頁
永團圓　李玉撰。蔡文英事。卷十九，九三二頁
玉尺樓　又名平山冷燕。朱夰撰。沈韻等事。卷二十四，一一四八頁
玉杵記　楊之炯撰。裴航，崔護事。卷十，四五六頁
玉花記　黄日撰。韓翃，陳瓊姬事。卷十六，七七五頁
玉馬珮　路術淳撰。黄損，裴玉娥事。卷二十五，一一九七頁
玉帶鈎　李夔事。卷三十四，一五八四頁

玉連環記 鄧志謨撰。全劇皆用曲牌名。卷二十四，一一五五頁
玉釵記 心一山人撰。何文秀事。卷十二，五五八頁
玉壺春 賈仲明撰。李素蘭事。卷二，五八頁
玉搔頭 又名萬年歡。李漁撰。明武宗，劉倩倩等事。卷二十一，一〇二〇頁
玉瑑緣 鮮于同事。卷十六，七四七頁
玉殿緣 又名金鸞配。陳子玉撰。江箏，何玉娟，胡素娟事。卷三十六，一六七九頁
玉蜻蜓 申桂生，志貞事。卷四十四，二〇〇九頁
玉樓春 謝宗錫撰。拜住事。卷二十二，一〇八一頁
玉禪師 又名翠鄉夢。徐渭撰。柳翠事。卷五，二三一頁
玉環記 楊柔勝（？）撰。韋皋，玉簫事。卷十四，六八〇頁
玉簫女 喬吉撰。韋皋，玉簫事。卷三，一〇九頁
玉鐲記 房衣冏，胡香玉事。卷二十七，一二七七頁
玉麒麟 又名元宵鬧。李素甫撰。盧俊義事。卷十四，六五七頁
玉麟符 薛旦撰。楚懷王孫心，項羽等事。卷三十四，一五八一頁
瓦崗寨 劉百章撰。裴元慶，華蘭英事。卷四十二，一九一八頁
生金閣 包拯事。卷二，六〇頁

白玉樓　蔣麟徵撰。李賀事。卷十，四七五頁
白玉環　蔡蒐雙，高蒲玉事。卷三十六，一六九〇頁
白兎　謝天祐校。劉知遠事。卷四，一五二頁
白紗記　又名合紗記，雙緣舫。史磐撰。崔衮事。卷十，四四四頁
白蛇記　鄭國軒撰。劉漢卿事。卷五，二一六頁
白羅衫　蘇雲事。卷十六，七八三頁
目連　鄭之珍撰。目連事。卷三十五，一六三八頁
石榴花　又名巧聯緣。王元壽撰。張幼謙，羅惜惜事。卷十八，八六三頁
石麟鏡　朱佐朝撰。蕭謙，秦玉娥事。卷二十七，一二九四頁
立命說　蒙春園主撰。袁黃事。卷十六，七九四頁

六畫

任風子　馬致遠撰。馬眞人，任屠事。卷一，一〇頁
伍員吹簫　李壽卿撰。伍員事。卷二，六五頁
全忠孝　又名龍泉劍。沈受先（？）撰。楊鵬，楊鳳事。卷十八，八七〇頁
全家慶　富錦章事。卷四十六，二二〇三頁

全德記　王穉登撰。竇禹鈞事。卷十一，四九三頁
再生緣　吳仁仲撰。李夫人事。卷十二，五六七頁
合同文字　包拯事。卷四，一六五頁
合汗衫　張國賓撰，陳虎，趙興孫事。卷四，一四九頁
合紗記　又名白紗記，雙緣舫。史磐撰。崔袞事。卷十，四四四頁
合釵記　又名清風亭。秦鳴雷撰。薛榮事。卷九，四二六頁
合劍記　劉鏈邦撰。彭士弘事。卷十一，五四三頁
合縱記　又名金印記，黑貂裘。蘇復之撰。蘇秦事。卷五，二一九頁
合璧記　王恆撰。解縉事。卷十，四四九頁
合歡殿　樊鼎，陳國籌事。卷四十，一八五六頁
合歡圖　吳麗撰。堯鼎，堯鼒等事。卷三十八，一七四七頁
合歡錘　又名雙錘記。看松主人撰。陳大力事。卷二十六，一二三五頁
吉祥兆　張大復撰。公孫禎事。卷二十九，一三六七頁
吉慶圖　又名南瓜傳。朱佐朝撰。柳芳春事。卷二十七，一二八七頁
同甲會　許潮撰。文彥博等事。卷七，三三四頁
同昇記　汪廷訥撰。全一眞人等事。卷三十九，一八〇四頁

名花譜　種花儂撰。陸龍，黃素娥事。卷二十六，一二六四頁
因緣夢　石龐撰。木涇，田娟娟事。卷二十二，一〇七三頁
如是觀　又名翻精忠，倒精忠。張大復（吳玉虹？）撰。岳飛事。卷十一，五一一頁
曲江池　石君寶撰。李亞仙，鄭元和事。卷二，七五頁
曲江記　沈采撰。四節記第一卷。杜甫事。卷十七，八三四頁
有情癡　徐陽輝撰。衛叔卿事。卷八，三五七頁
江天雪　崔君瑞，鄭月娘事。卷十七，八二〇頁
灰闌記　李潛夫撰。張海棠事。卷二，九一頁
牟尼合　又名牟尼珠，馬郎俠。阮大鋮撰。蕭思遠事。卷十一，五三八頁
牟尼珠　又名牟尼合，馬郎俠。阮大鋮撰。蕭思遠事。卷十一，五三八頁
百子圖　鄧攸事。卷三十，一四四五頁
百花亭　王煥，賀憐憐事。卷四，一八頁
百花記　江六雲，百花公主事。卷四十五，二〇六七頁
百順記　王曾事。卷十四，六九四頁
百歲圓　司馬光事。卷三十五，一六二三頁
百壽圖　又名柏壽圖。趙瑋等事。卷三十五，一六五九頁

百福帶　又名御袍恩。邱園撰。高瓊，呂惠卿事。卷二十八，一三二五頁
百鳳裙　魯翙，魯會事。卷四十四，二〇一四頁
竹塢聽琴　石子章撰。秦脩然事。卷二，八五頁
竹葉舟　范康撰。陳季卿事。卷三，一〇八頁
竹葉舟　畢魏撰。石崇事。卷四十三，一九六三頁
老生兒　武漢臣撰。劉從善事。卷二，五七頁
耳鳴冤　侯野龍事，卷三十一，一四八七頁
衣珠記　又名珠衲記。趙旭事。卷十三，五九五頁
西川圖　又名錦繡圖。洪昇（？）撰。劉備事。卷三十二，一五二七頁
西川圖　劉永誠事。卷三十七，一七一九頁
西來記　張中和撰。達摩等事。卷二十四，一一五九頁
西廂印　程端撰。崔鶯鶯事。卷二十五，一二〇三頁
西廂記　王德信撰。崔鶯鶯事。卷一，一五頁
西遊記　陳龍光撰。玄奘事。卷四十二，一九三八頁
西園記　吳炳撰。張繼華事。卷十一，五一九頁
西臺記　陸世廉撰。文天祥，謝翶等事。卷九，四二八頁

西樓記　袁于令撰。于叔夜，穆素徽事。卷九，三九四頁

七畫

別有天　朱雲從撰。佘璧事。卷二十九，一三七二頁
君臣福　范雍事。卷四十四，二〇三〇頁
孝順歌　又名二十四孝。女媧事。卷十五，七一八頁
宋弘不諧　鮑天祐撰。湖陽公主，宋弘事。卷三，一〇九頁
完璧記　又名箱環記。翁子忠撰。藺相如事。卷十七，八四四頁
忍字記　鄭廷玉撰。劉均佑，布袋和尚事。卷一，三九頁
快活三　張大復撰。蔣霆事。卷二十八，一三五六頁
投唐記　尉遲恭事。卷三十七，一七一八頁
投筆記　邱濬撰。班超事。卷四十三，一九七〇頁
扯淡歌　嵇永仁撰。劉基事。卷二十二，一〇四六頁
折桂記　紀振倫撰。梁灝事。卷二十六，一二五三頁
李逵負荊　又名杏花莊。康進之撰。李逵事。卷三，九九頁
杏花山　吉世芳事。卷四十四，二〇〇五頁

杏花莊　又名李逵負荊。康進之撰。李逵事。卷三，九九頁
杜鵑聲　畢魏撰。王幻，秦嬌哥事。卷二十一，九九一頁
杞梁妻　孟姜女事。卷三十五，一六四二頁
求如願　歐陽名，如願事。卷四十一，一九〇三頁
沒名花　吳麗撰。吳興弼事。卷二十三，一一〇五頁
沈香亭　雪簑漁隱撰。楊貴妃事。卷十五，七三九頁
牡丹亭　又名還魂記，丹青記。湯顯祖撰。柳夢梅，杜麗娘事。卷六，二六五頁
牡丹圖　朱佐朝撰。孫漢夫事。卷二十七，一三一二頁
狂鼓吏　徐渭撰。禰衡事。卷五，二二八頁
赤松記　張良事。卷三十四，一六〇一頁
赤壁記　沈采撰。四節記第三卷。蘇軾事。卷十七，八三九頁
赤壁記　諸葛亮，周瑜事。卷四十五，二〇五九頁
赤壁遊　許潮撰。蘇軾事。卷七，三三二頁
赤龍鬚　朱雲從撰。李玨，趙婉娘事。卷三十二，一五一一頁
辰鈎月　吳昌齡撰。陳世英事。卷二，五一頁
阮步兵　又名英雄淚。來鎔撰。阮籍事。卷九，四三四頁

八畫

來生債　劉君錫撰。龐藴事。卷四，一六二二頁
兒女團圓　楊文奎撰。韓弘道事。卷三，一三六頁
兒孫福　朱雲從撰。徐瓊事。卷二十九，一三八三頁
兩生天　又名一文錢。龐藴事。卷十八，八八九頁
兩卷雲　錢月事。卷四十一，一九〇八頁
兩香丸　顔潔，白眉事。卷三十五，一六二九頁
兩榮歸　劉天生，劉天成事。卷四十一，一八八八頁
呼雷毆　段志玄事。卷三十八，一七七〇頁
和戎記　王昭君事。卷十八，八六一頁
夜光珠　王維新撰。馬燧事。卷二十二，一〇六一頁
奈何天　又名奇福記。李漁撰。闕素封事。卷二十一，一〇〇二頁
孟良盜骨　又名昊天塔。朱凱撰。楊業，孟良事。卷三，一一八頁
孤鴻影　周如璧撰。蘇軾事。卷二十，九四三頁
定天山　鐵笛道人撰。薛仁貴事。卷三十六，一六九九頁

屈原投江　睢景臣（？）吳仁卿（？）撰。屈原事。卷三，一一五頁
岳陽樓　馬致遠撰。呂洞賓事。卷一，二頁
並頭蓮記　鄧志謨撰。全劇皆用花名。卷二十四，一一五六頁
奇福記　又名奈何天。李漁撰。闕素封事。卷二十一，一〇〇二頁
忠孝錄　又名錦江沙。蔡東撰。趙慶麒事。卷二十五，一一八一頁
忠義烈　杜文學，周仁事。卷四十三，一九八三頁
念八番　萬樹撰。虞柯事。卷二十四，一一四六頁
抱妝盒　陳琳，寇承御事。卷四，一七八頁
昊天塔　又名孟良盜骨。朱凱撰。楊業，孟良事。卷三，一一八頁
昇平樂　又名圓圓曲。陸次雲撰。吳三桂，陳圓圓事。卷二十二，一〇六九頁
昇仙記　朱有燉撰。韓湘子事。卷四十，一八六一頁
明珠記　陸采撰。王仙客，劉無雙事。卷七，二九三頁
易水寒　葉憲祖撰。荆軻事。卷八，三三九頁
易水歌　汪光被撰。荆軻事。卷二十九，一三八九頁
東山記　沈采撰。四節記第二卷。謝安事。卷十七，八三六頁
東坡夢　吳昌齡撰。蘇軾事。卷二，五四頁

東堂老　秦簡夫撰。李實事。卷三，一一六頁
松筠操　又名高士記。田璋，王瑜事。卷三十二，一五一五頁
武陵春　許潮撰。桃源漁夫事。卷七，三二八頁
武當山　李玉撰　楊瑞寰事。卷二十七，一二八六頁
河燈賺　雷横，朱仝事。卷三十九，一七九四頁
泥神廟　嵇永仁撰。杜默事。卷二十二，一〇五一頁
泮宮緣　又名鴛鴦鬧。巫高，山衣雲事。卷三十五，一六三四頁
爭報恩　關勝，花榮，徐寧事。卷四，一四六頁
牧羊記　蘇武事。卷十四，六九〇頁
狀元香　蔡襄事。卷三十六，一七〇三頁
狀元堂　又名月華緣，齊天福。呂祖謙事。卷四十二，一九三四頁
狀元旗　薛旦撰。趙鼐事。卷二十七，一二七八頁
空東記　又名尺素書。王元壽（？）撰。劉元普事。卷四十三，一九五一頁
卧冰記　王祥事。卷三十五，一六四六頁
芙蓉屏　崔英事。卷三十一，一四七二頁
芙蓉劒　汪愷撰。杜璦事。卷三十一，一四九〇頁

芙蓉影　西泠長（泊菴）撰。韓樵事。卷二十六，一二五一頁
芙蓉樓　汪光被撰。杜弱蘭，李倩華事。卷二十六，一二四三頁
花舫緣　又名花前一笑。孟稱舜撰。唐寅事。卷八，三八七頁
花前一笑　又名花舫緣。孟稱舜撰。唐寅事。卷八，三八七頁
虎口餘生　又名表忠記。曹寅撰。李自成事。卷四十六，二〇九〇頁
虎符記　張鳳翼撰。花雲事。卷十七，八〇四頁
虎頭牌　李直夫撰。山壽馬事。卷一，四七頁
虎囊彈　邱園撰。魯智深事。卷二十七，一三一〇頁
邯鄲記　湯顯祖撰。盧生事。卷六，二七五頁
金丸記　史磐撰。李宸妃事。卷三十九，一八一六頁
金不換　又名錦蒲團。吳龐（？）撰。姚英事。卷三十九，一八二三頁
金印記　又名合縱記，黑貂裘。蘇復之撰。蘇秦事。卷五，二一九頁
金剛鳳　張大復撰。錢鏐事。卷二十八，一三六〇頁
金貂記　薛仁貴事。卷三十六，一七〇一頁
金魚墜　姜以立撰。李日才事。卷十，四八五頁
金童玉女　賈仲名撰。金安壽，嬌蘭事。卷三，一二八頁

金線池　關漢卿撰。杜蕊娘事。卷一，一九頁
金蓮記　陳汝元撰。蘇軾事。卷十三，六二五頁
金錢記　喬吉撰。韓翃事。卷三，一一二頁
金鎖記　葉憲祖撰。竇娥事。卷十八，八六〇頁
金鸞配　又名玉殿緣。陳子玉撰。江筆等事。卷三十六，一六七九頁
金蘭誼　羊角哀，左伯桃事。卷三十一，一四五一頁
金鏡記　樂昌公主事。卷十六，七八二頁
長生記　汪廷訥撰。呂洞賓事。卷八，三六一頁
長生像　李玉撰。倪守謙事。卷二十七，一二八四頁
長生樂　張匀撰。劉晨，阮肇事。卷三十三，一五七四頁
長城記　孟姜女事。卷三十五，一六四三頁
青衫記　顧大典撰。白居易事。卷十三，六二一頁
青衫淚　馬致遠撰。白居易事。卷一，一頁
青虹嘯　又名簷頭水。鄒玉卿撰。董承事。卷三十四，一五九七頁
青袍記　梁灝事。卷十八，八五一頁
青鋼嘯　馬超事。卷十四，六六六頁

非非想　王香裔撰。佘重，佘千里事。卷二十，九四七頁

九畫

俠女新聲　又名鐵氏女。來鎔撰。鐵鉉女事。卷九，四三五頁
俠彈緣　又名桃林賺。李祐事。卷四十三，一九七五頁
南西廂　崔時佩，李日華合撰。崔鶯鶯事。卷七，二九八頁
南瓜傳　又名吉慶圖。朱佐朝撰。柳芳春事。卷二十七，一二八七頁
南柯記　湯顯祖撰。淳于棼事。卷六，二七一頁
南桃花扇　顧彩撰。侯方域，李香君事。卷二十四，一一三五頁
南樓月　許潮撰。庾亮事。卷七，三三一頁
威鳳記　汪廷訥撰。韓周，韓用事。卷八，三六九頁
度柳翠　李壽卿撰。月明，柳翠事。卷一，一三頁
建皇圖　朱佐朝撰。朱元璋事。卷二十七，一二九八頁
後白兎　又名五龍祚。劉智遠，劉承祐事。卷三十一，一四六〇頁
後庭花　鄭廷玉撰。劉天義事。卷一，三八頁
後漁家樂　李燮，杜年事。卷三十，一四二五頁

後尋親　姚子懿撰。周羽，周瑞隆事。卷二十二，一〇七八頁
挑燈劇　來鎔撰。馮小青事。卷九，四三七頁
春秋筆　又名龍燈賺。朱雲從撰。王璧事。卷二十九，一三七七頁
春燈謎　又名十錯認。阮大鋮撰。宇文彥事。卷十一，五三一頁
柏壽圖　又名百壽圖。趙璋等事。卷三十五，一六五九頁
柳梢青　楊景賢撰。劉倩嬌事。卷三，一二〇頁
柳毅傳書　尙仲賢撰。柳毅，龍女事。卷二，六六頁
相思硯　梁孟昭撰。尤星，衛蘭森事。卷二十五，一一九二頁
珊瑚玦　周穉廉撰。卜青事。卷二十二，一〇五一頁
珊瑚釧　秦一木，段如圭事。卷三十六，一六九二頁
珍珠記　又名珍珠米糷記。高文擧事。卷三十六，一六六七頁
珍珠米糷記　又名珍珠記。高文擧事。卷三十六，一六六七頁
盆兒鬼　張𢤱古事。卷四，一七九頁
眉山秀　李玉撰。秦少遊，蘇小妹事。卷三十二，一五〇五頁
看錢奴　鄭廷玉撰。賈仁事。卷一，四三頁
秋胡戲妻　石君寶撰。秋胡事。卷二，七二頁

紅梅記 周朝俊撰。裴禹，盧昭容事。卷七，三〇一頁
紅梨花 張壽卿撰。謝金蓮事。卷三，一〇一頁
紅蓮案 吳麗撰。柳翠事。卷二十三，一一〇三頁
紅蓮債 陳汝元撰。五戒事。卷十二，五五五頁
英雄淚 又名阮步兵。來鎔撰。阮籍事。卷九，四三四頁
英雄槩 葉稚斐撰。李存孝事。卷三十三，一五六五頁
范張鷄黍 宮天挺撰。范式，張劭事。卷三，一〇二頁
表忠記 又名虎口餘生。曹寅撰。李自成事。卷四十六，二〇九〇頁
迴文錦 洪昇撰。蘇蕙事。卷二十三，一一二二頁
迴龍記 洪昇撰。韓原睿事。卷二十三，一一二七頁
重重喜 長孫貴事。卷三十一，一四五五頁
風月牡丹仙 朱有燉撰。牡丹花仙事。卷五，二〇五頁
風流夢 即牡丹亭。馮夢龍改訂。柳夢梅，杜麗娘事。卷九，四〇七頁
風雲會 李玉撰。趙匡胤事。卷二十七，一二八二頁
風箏誤 李漁撰。韓世勳等事。卷二十一，一〇〇八頁
飛來劍 楊雍建門人撰。巨德事。卷二十四，一一八〇頁

飛龍鳳　朱佐朝撰。王猷，王勉事。卷三十四，一五八五頁
香山記　羅懋登撰。觀世音事。卷十八，八五六頁
香囊怨　又名劉盼春。朱有燉撰。劉盼春事。卷五，二〇三頁
香囊記　邵璨撰。張九成事。卷五，二一八頁

十畫

凍蘇秦　蘇秦，張儀事。卷四，一五六頁
修文記　屠隆撰。李賀事。卷七，三二〇頁
倒精忠　又名翻精忠，如是觀。張大復（吳玉虹？）撰。岳飛事。卷十一，五一一頁
倒銅旗　羅成事。卷三十，一四四八頁
倒鴛鴦　又名鬧鴛鴦。朱英撰。司馬清事。卷十，四七五頁
城南柳　谷子敬撰。呂洞賓事。卷三，一二八頁
埋輪亭　李玉，朱佐朝合撰。張綱事。卷二十五，一二二二頁
射鹿記　曹操事。卷四十四，二〇一九頁
晉陽宮　李淵事。卷四十二，一九二三頁
桃林賺　又名俠彈緣。李祐事。卷四十三，一九七五頁

桃林賺　李祐事。卷三十二，一四九五頁
桃花人面　孟稱舜撰。崔護事。卷八，三八五頁
桃花女　王曄撰。桃花女，周公事。卷四，一四二頁
桃花記　金懷玉撰。崔護事。卷十，四五八頁
桃花莊　又名題門記。崔護事。卷十七，八一七頁
桃花嶨　衛石，霍鬉雲事。卷十七，八二八頁
桃花源　尤侗撰。陶潛事。卷二十，九五七頁
桃符記　沈璟撰。劉天儀，裴青鸞事。卷十三，六一五頁
氣英布　尙仲賢撰。劉邦，英布事。卷二，七〇頁
浣花舟　石樵山人撰。杜遠事。卷二十六，一二六二頁
海棠記　王國柱撰。金言，金策事。卷二十六，一二四九頁
海潮音　張大復撰。觀世音事。卷二十一，一〇二六頁
珠衲記　又名衣珠記。趙旭事。卷十三，五九五頁
留生氣　又名詞苑春秋。王翊撰。裴伷先事。卷十六，七六四頁
眞傀儡　王衡撰。杜衍事。卷七，三二六頁
破窰記　又名綵樓記。呂蒙正事。卷三十六，一六七二頁

祝髮記　張鳳翼撰。徐孝克事。卷七，三〇五頁
神奴兒　李神奴事。卷四，一六八頁
耆英會　沈自晉撰。文彥博事。卷八，三五四頁
胭脂雪　盛際時撰。白懷，白簡事。卷四十二，一九四四頁
荊釵記　朱權撰。王十朋，錢玉蓮事。卷四，一九一頁
草廬記　諸葛亮，劉備事。卷三十四，一六〇五頁
豹凌岡　文彥博，王則事。卷三十八，一七五六頁
財星現　秦子西事。卷四十一，一八九八頁
酒家傭　陸弼，欽虹江合撰。馮夢龍改訂。李燮事。卷九，四〇五頁
馬上郎　梅先春，木瓊桃事。卷十六，七七一頁
馬郎俠　又名牟尼合，牟尼珠。阮大鋮撰。蕭思遠事。卷十一，五三八頁
馬陵道　孫臏，龐涓事。卷三十八，一七五三頁
高士記　又名松筠操。田琦，王瑜事。卷三十二，一五一五頁

十一畫

乾坤嘯 朱佐朝撰。烏廷慶事。卷二十七，一三〇六頁

勘頭巾 孫仲章撰。張鼎，王小二事。卷三，九五頁

僉甲記 又名雁翎甲。范希哲撰。徐寧事。卷十二，五五二頁

僉桃記 吳德修撰。東方朔事。卷二十五，一一八八頁

問牛喘 李實甫撰。丙吉事。卷二，九一頁

崔護渴漿 白樸撰。崔護事。卷一，三二頁

張生煮海 李好古撰。張羽事。卷二，八三頁

張善友 鄭廷玉（？）撰。張善友，崔玨事。卷四，一四八頁

彩燕詩 劉奇事。卷三十，一四三六頁

彩霞旛 柳春事。卷三十，一四四一頁

情不斷 許炎南撰。衛密事。卷十，四七八頁

情郵記 吳炳撰。劉乾初事。卷十一，五二三頁

御袍恩 又名百福帶。邱園撰。高瓊，呂惠卿事。卷二十八，一三二五頁

御雪豹 朱佐朝撰。湯惠事。卷二十七，一二九二頁

敎子記　又名尋親記。王錂重訂。周羽，周瑞隆事。卷十四，六八四頁
救孝子　王仲文撰。楊興祖，楊謝祖事。卷二，六二頁
救風塵　關漢卿撰。趙盼兒事。卷一，二三頁
望湖亭　沈自晉撰。顏俊，錢選事。卷五，二四七頁
梁狀元　馮惟敏撰。梁灝事。卷七，三二二頁
梅花樓　馬佶人撰。蘇彥，巫婉娘事。卷十五，七二四頁
梧桐雨　白樸撰。唐明皇事。卷一，二六頁
殺狗記　徐晒撰。孫榮，孫華事。卷五，二二五頁
混元盒　金花聖母等事。卷四十，一八五〇頁
清忠譜　又名精忠譜。李玉撰。顏佩韋等事。卷十九，九三五頁
清平樂　時化事。卷四十二，一九一一頁
清風亭　又名合釵記。秦鳴雷撰。薛榮事。卷九，四二六頁
清風寨　史集之撰。花榮事。卷三十，一四二九頁
硃砂擔　白正事。卷四，一四一頁
祥麟現　姚子翼撰。楊文鹿事。卷十四，六五〇頁
紫金魚　李天馨事。卷三十五，一六五六頁

紫金鞍 潘次安事。卷四十四，二〇一一頁
紫珍鼎 魏錦事。卷三十二，一五一七頁
紫釵記 湯顯祖撰。霍小玉事。卷六，二五五頁
紫瓊瑤 張大復撰。燕脆事。卷二十九，一三六八頁
紫簫記 湯顯祖撰。霍小玉事。卷六，二四九頁
脱囊穎 徐陽輝撰。毛遂事。卷八，三五八頁
訪友記 梁山伯，祝英臺事。卷三十五，一六四五頁
貨郎旦 李彥和事。卷四，一八一頁
逍遙樂 蕭允讓，姚輔德事。卷十六，七五一頁
通天犀 莫過奇事。卷三十九，一七九五頁
通天臺 吳偉業撰。沈炯事。卷十九，九〇〇頁
通仙枕 又名雙恩義。劉弘敬事。卷三十四，一六一六頁
連環計 王允，呂布，董卓，貂蟬事。卷四，一八九頁
連環記 王濟撰。王允，呂布，董卓，貂蟬事。卷四，一九五頁
郵亭記 沈采撰。四節記第四卷。陶穀事。卷十七，八四一頁
釵釧記 王玉峯撰。皇甫吟事。卷十四，六七四頁

釣魚船　張大復撰。劉全事。卷二十八，一三四六頁
陳州糶米　包拯事。卷四，一六〇頁
陳搏高臥　馬致遠撰。陳搏事。卷一，五頁
雪香園　程子偉（?）撰。劉思進事。卷三十二，一五三六頁
雪裏梅　劉文光事。卷十六，七七一頁
魚兒佛　湛然撰。金嬰事。卷十二，五四七頁
魚籃記　劉眞，金線事。卷四十，一八四五頁
魚籃記　又名雙錯香。范希哲撰。于楚，尹若蘭事。卷四十五，二〇三九頁

十二畫

傑終禪　夏言等事。卷四十四，二〇二七頁
傷梅香　鄭光祖撰。樊素，小蠻事。卷三，一〇四頁
善惡報　林時茂，鍾守靜事。卷四十三，一九五八頁
善慶緣　竇儀，竇儼事。卷四十一，一八七九頁
喜重重　又名天錫貴。張大復撰。梅芬事。卷四十六，二一一二頁
喜聯登　又名雙盃記。薛旦撰。張廷秀事。卷四十，一八五四頁

報恩亭 吳修，陸企事。卷三十二，一五三二頁
富貴仙 又名萬全記。范希哲撰。卜豐事。卷二十六，一二四〇頁
尋親記 又名教子記。范受益撰。王錂重訂。周羽，周瑞隆事。卷十四，六八四頁
揚州夢 喬吉撰。杜牧事。卷三，一一一頁
揚州夢 杜子春事。卷四十，一八四八頁
朝陽鳳 朱確撰。海瑞事。卷十八，八七五頁
焚香記 王玉峯撰。王魁事。卷十四，六四七頁
琵琶記 高明撰。蔡伯喈事。卷五，二〇六頁
畫中人 吳炳撰。庾長明事。卷十一，五一五頁
登樓記 崔護事。卷四十六，二〇八二頁
絡冰絲 徐爔撰。沈休文事。卷九，三八九頁
萇園記 梁木公撰。梅逢春事。卷二十五，一二〇七頁
莽書生 高賢寧，鐵鉉事。卷四十三，一九八五頁
詞苑春秋 又名留生氣。王翃撰。裴仙先事。卷十六，七六四頁
雄精劍 張巡，許遠等事。卷三十八，一七八一頁
量江記 佘翹撰。馮夢龍改訂。樊若水事。卷九，四〇九頁

鈎弋宮　鈎弋夫人事。卷三十九，一八一一頁
開口笑　葉稚斐撰。陳守一事。卷三十九，一八一八頁
雲臺記　薄俊卿撰。劉秀事。卷三十九，一八〇六頁
順天時　鄧九公，土行孫事。卷三十九，一八〇二頁
馮玉蘭　馮玉蘭事。卷四，一八六頁
馮驩市義　周起撰。馮驩事。卷二十三，一一一〇頁
黄粱夢　馬致遠等四人合撰。漢鍾離，吕洞賓事。卷三，一三八頁
黄粱夢　蘇漢英撰。吕洞賓事。卷八，三五五頁
黑白衞　尤侗撰。聶隱娘事。卷二十，九六一頁
黑貂裘　又名合縱記，金印記。蘇復之撰。蘇秦事。卷五，二一九頁
黑鯉記　劉才，劉鼎儀事。卷十五，七〇二頁

十三畫

割犀劍　崔湝事。卷十六，七七七頁
圓圓曲　又名昇平樂。陸次雲撰。吳三桂，陳圓圓事。卷二十二，一〇六九頁
想世情　劉闢，張桃，袁三事。卷三十，一四四四頁

意中緣 李漁撰。楊雲友，董其昌事。卷二十一，一〇二三頁
慎鸞交 李漁撰。王又嬙，鄧蕙娟事。卷二十一，一〇一一頁
新節孝記 又名截髮記。謝萬程事。卷四十，一八四〇頁
新灌園 張鳳翼撰。馮夢龍改訂。田法章事。卷九，四一一頁
楚江情 即西樓記。袁于令撰。馮夢龍改訂。于叔夜，穆素徽事。卷九，四〇三頁
楚昭公 鄭廷玉撰。楚昭公事。卷一，三五頁
楞伽塔 又名鎮靈山，鎮仙靈。石子斐撰。商尹事。卷二十五，一二一〇頁
滄浪亭 薳棲居士撰。蘇舜欽事。卷二十六，一二七三頁
照膽鏡 朱雲從撰。張欽事。卷二十九，一三七〇頁
獅子賺 阮大鋮撰。陳仲子等事。卷十一，五四〇頁
瑞霓羅 朱佐朝撰。夔吉事。卷二十七，一二九〇頁
綈袍記 范雎，須賈事。卷十五，七〇六頁
羣星會 萬康事。卷三十五，一六二七頁
羣星輔 又名漢中興。劉秀事。卷三十四，一五八六頁
義犬記 陳與郊撰。袁粲事。卷七，三二四頁
義乳記 顧大典撰。李善，李續事。卷七，三一四頁

義俠記　沈璟撰。武松事。卷五，二四四頁
義貞緣　陳多壽，朱多福事。卷二十九，一四〇三頁
義烈記　汪廷訥撰。張儉等事。卷八，三七六頁
萬仙錄　呂洞賓事。卷三十一，一四八三頁
萬民安　李玉撰。葛成事。卷十六，七五八頁
萬全記　又名富貴仙。范希哲撰。卜豐事。卷二十六，一二四〇頁
萬年觴　又名瑤觴記。朱皠撰。劉基事。卷三十八，一七七六頁
萬年歡　又名玉搔頭。李漁撰。明武帝，劉倩倩等事。卷二十一，一〇二〇頁
萬里圓　又名萬里緣。李玉撰。黄向堅事。卷三十五，一六四八頁
萬里緣　又名萬里圓。李玉撰。黄向堅事。卷三十五，一六四八頁
萬事足　即萬全記。馮夢龍改訂。陳循，高穀事。卷九，四二二頁
萬花亭　郎玉甫撰。馮小青事。卷二十五，一一八六頁
萬花樓　朱佐朝撰。衛茁事。卷二十，九六五頁
萬倍利　徐阿寄事。卷三十一，一四七〇頁
落花風　李素甫撰。江練，韋珠娘事。卷十，四六八頁
葛衣記　顧大典撰。任昉事。卷十三，六一九頁

葵花記　紀振倫（?）撰。高彥眞，孟日紅事。卷十三，五九七頁
蜀鵑啼　邱園撰。吳繼善事。卷二十，九七七頁
蜃中樓　李漁撰。柳毅事。卷二十一，一〇〇五頁
裙釵壻　王鑨德撰。陳子高事。卷十二，五八八頁
補天記　又名小江東。范希哲撰。關羽，伏后事。卷四十二，一九一四頁
詩賦盟　張楚撰。駱俊英，于如玉事。卷十二，五六〇頁
運甓記　吾邱瑞撰。陶侃事。卷十四，六八七頁
隔江鬥智　周瑜，諸葛亮事。卷四，一七六頁
雌木蘭　徐渭撰。木蘭事。卷五，二三四頁
雷鳴記　許宗衡撰。王裒事。卷十，四八六頁

十四畫

壽爲先　郭魚事。卷三十，一四一九頁
壽榮華　朱佐朝撰。壽希文事。卷四十三，一九七二頁
夢中樓　又名巧團圓。李漁撰。姚繼事。卷二十一，一〇一六頁
夢磊記　又名巧雙緣。史磐撰。馮夢龍改訂。文景昭事。卷九，四一三頁

奪秋魁　朱佐朝撰。岳飛事。卷四十五，二〇五六頁
奪崑崙　狄青事。卷四十一，一八六九頁
對玉梳　賈仲名撰。荆楚臣，顧玉香事。卷三，一三二頁
慈悲願　陳玄奘事。卷三十，一四〇九頁
截髮記　又名新節孝記。謝萬程事。卷四十，一八四〇頁
摘星記　金懷玉撰。霍仲孺事。卷四十三，一九六八頁
摘纓記　筆花主人撰。楚莊王事。卷十二，五七八頁
滿牀笏　又名十醋記。范希哲撰。郭子儀事。卷四十，一八三二頁
漁家樂　朱佐朝撰。鄔飛霞事。卷二十七，一三一五頁
漁樵記　朱買臣事。卷三十四，一五八三頁
漢中興　又名羣星輔。劉秀事。卷三十四，一五八六頁
漢宮秋　馬致遠撰。王昭君事。卷一，七頁
瑤觴記　又名萬年觴。朱皠撰。劉基事。卷三十八，一七七六頁
瑪瑙簪記　鄧志謨撰。全劇皆用藥名。卷二十四，一一五六頁
碧桃花　張道南，徐碧桃事。卷四，一八三頁
碧紗籠　來鎔撰。王播事。卷九，四三七頁

種玉記　汪廷訥撰。霍仲孺事。卷四十三，一九六九頁
種種情　吉莘龍事。卷三十六，一六七五頁
稱人心　陳二白撰。文懷事。卷二十九，一三八八頁
箜篌記　韋宓撰。盧二舅事。卷十七，八一四頁
精忠記　姚茂良（？）撰。岳飛事。卷十三，五九九頁
精忠旗　李梅實撰。馮夢龍改訂。岳飛事。卷九，三九九頁
精忠譜　又名清忠譜。李玉撰。顏佩韋等事。卷十九，九三五頁
綠牡丹　吳炳撰。謝英，顧粲事。卷十一，五一八頁
綵樓記　又名破窰記。呂蒙正事。卷三十六，一六七二頁
綰春園　沈嵊撰。楊珏事。卷十，四六三頁
綱常記　又名五倫全備綱常記。丘濬撰。伍倫全事。卷二十九，一三九九頁
翠屏山　沈自晉撰。楊雄，石秀事。卷八，三五二頁
翠鄉夢　又名玉禪師。徐渭撰。柳翠事。卷五，二三一頁
翡翠園　又名翡翠緣。朱㿥撰。舒芬事。卷二十，九八六頁
翡翠緣　又名翡翠園。朱㿥撰。舒芬事。卷二十，九八六頁
聚星記　張子賢撰。盧俊義事。卷二十五，一二〇六頁

聚寶盆　朱㿥撰。沈萬三事。卷二十八，一三三九頁
誤入桃源　王子一撰。劉晨，阮肇事。卷三，一二六頁
趙氏孤兒　紀君祥撰。趙武，屠岸賈等事。卷二，八〇頁
趙禮讓肥　秦簡夫撰。趙孝，趙禮事。卷三，一一七頁
遠塵圜　護春樓主人撰。江鶴事。卷十二，五七四頁
酷寒亭　楊顯之撰。鄭嵩事。卷二，七九頁
銀牌記　韓弘道事。卷四十四，二〇二五頁
領頭書　袁聲撰。金定，劉翠翠事。卷二十三，一〇九一頁
鳳求凰　又名鴛鴦賺。李漁撰。呂曜事。卷二十一，一〇一三頁
鳳和鳴　鄒應龍等事。卷四十一，一八九六頁
鳳頭鞋記　鄧志謨撰。全劇皆用鳥名。卷二十四，一一五六頁
鳳鸞鳴　雲鳳岐，竇鸞仙事。卷十七，八二三頁
鳳鸞儔　沈名蓀撰。華登事。卷二十二，一〇六六頁
鳴鳳記　王世貞撰。楊繼盛事。卷五，二三八頁
齊天福　又名月華緣，狀元堂。呂祖謙事。卷四十二，一九三四頁
齊天樂　薛旦撰。漢武帝，東方朔事。卷三十三，一五七六頁

十五畫

劉盼春 又名香囊怨。朱有燉撰。劉盼春事。卷五，二〇三頁
劍丹記 又名八黑記。謝天瑞撰。劉棨，劉貴事。卷三十六，一六六九頁
劍雙飛 又名一封書。丁鉎撰。金鑾，姜鶴事。卷二十四，一一五七頁
墜釵記 又名一種情。沈璟撰。崔興哥事。卷二十一，九九五頁
墜樓記 雪溪散人撰。王素貞事。卷四十，一八三六頁
嬌紅記 沈受先撰。申純事。卷五，二二二頁
廣陵仙 胡介祉撰。杜子春事。卷二十三，一〇九六頁
廣寒香 汪光被撰。米遙事。卷二十六，一二四五頁
慶有餘 呂夷簡事。卷三十九，一八二一頁
慶豐年 又名三多記。郭子儀事。卷四十五，二〇七一頁
憐香伴 李漁撰。范石，崔雲箋事。卷二十一，一〇〇三頁
憤司馬 嵇永仁撰。司馬貌事。卷二十二，一〇五〇頁
撮盒圓 磊道人，癯先生合撰。聞人淵事。卷十五，七一五頁
樓外樓 又名鵲梁記。姚曼殊事。卷三十三，一五五五頁

盤陀山　澹臺勉事。卷三十，一四二一頁
滕王閣　周𡸄撰。王勃事。卷四十五，二〇四九頁
節孝記　黄覺經事。卷三十五，一六四九頁
節俠記　許三階撰。裴伷先事。卷十四，六八六頁
箱環記　又名完璧記。翁子忠撰。藺相如事。卷十七，八四四頁
練忠貞　荆溪老人撰。練子寧事。卷二十六，一二五八頁
蓮花筏　朱佐朝撰。齊玉符事。卷三十五，一六五一頁
蓮囊記　陳顯祖撰，徐嘉，文娉事。卷十二，五八五頁
蝴蝶夢　關漢卿撰。包拯，葛彪事。卷一，二四頁
蝴蝶夢　石麗撰。莊周事。卷三十，一四〇七頁
誶范叔　高文秀撰。范雎，須賈事。卷一，三四頁
賜繡旗　薛旦撰。漢光武事。卷三十六，一六九四頁
賣愁村　李素甫撰。石祐仁事。卷十四，六五四頁
醉西湖　時可比，吳雲衣事。卷三十三，一五五三頁
醉將軍　鮑宣，董賢事。卷三十七，一七二一頁
醉菩提　張大復撰。濟顛事。卷二十一，一〇二九頁

霄光劍 徐復祚撰。衛青事。卷十七，八〇二頁
犖皇圖 耿鼐事。卷三十八，一七六四頁
鬧花燈 羅成事。卷三十，一四二八頁
鬧荊鞭 又名蘆中人。薛旦撰。伍員事。卷十九，九一二頁
鬧門神 茅維撰。門神，灶君事。卷十三，六三五頁
鬧高唐 洪昇撰。柴進事。卷二十三，一一二九頁
鬧鴛鴦 又名倒鴛鴦。朱英撰。司馬清事。卷十，四七五頁
魯齋郎 包拯，魯齋郎事。卷一，二五頁
雁翎甲 又名偷甲記。范希哲撰。徐寧事。卷十二，五五二頁

十六畫

曇花記 屠隆撰。木清泰事。卷七，三一五頁
燕子箋 阮大鋮撰。霍都梁事。卷十一，五二五頁
燕青博魚 李文蔚撰。燕青事。卷一，四五頁
蕉鹿夢 車任遠撰。烏有辰，魏無虛事。卷八，三八七頁
蕭淑蘭 賈仲名撰。張世英，蕭淑蘭事。卷三，一三四頁

衛花符　堵廷棻撰。崔懸徵事。卷二十，九四四頁
輭藍轎　許炎南撰。季天倫，李仙鄰事。卷十四，六五九頁
醒世圖　又名一笑緣。孔慕麟，羞花事。卷十七，八三一頁
醒世魔　弓德等事。卷十五，七一一頁
遺愛集　陸曜，程端合撰。于宗堯事。卷二十五，一二一三頁
錦上花　霅川樵者撰。屈志隆事。卷四十，一八六四頁
錦江沙　又名忠孝錄。蔡東撰。趙慶麒事。卷二十五，一一八一頁
錦衣歸　又名雙容奇。朱㿥撰。毛瑞鳳，白鎬娥事。卷十八，一三三七頁
錦西廂　又名翻西廂。周公魯撰。崔鶯鶯事。卷十一，五〇七頁
錦雲裘　朱佐朝撰。衛化龍事。卷四十二，一九四一頁
錦繡圖　又名西川圖。洪昇（?）撰。劉備事。卷三十二，一五二七頁
錦箋記　周螺冠撰。梅玉，柳淑娘事。卷七，三〇五頁
錦蒲團　又名金不換。吳龐（?）撰。姚英事。卷三十九，一八二三頁
錦囊記　張狆撰。劉備事。卷四十四，一九九一頁
鴛鴦被　張瑞卿事。卷四，一五八頁
鴛鴦鬧　又名泮宮緣。巫高，山衣雲事。卷三十五，一六三四頁

鴛鴦夢　採芝客撰。秦璧，崔嬌蓮事。卷十二，五五三頁
鴛鴦箋　王英，扈三娘事。卷四十二，一九二九頁
鴛鴦賺　又名鳳求凰。李漁撰。呂曜事。卷二十一，一〇一三頁
龍山宴　許潮撰。孟嘉事。卷七，三三三頁
龍泉劍　又名全忠孝。沈受先（？）撰。楊鵬，楊鳳事。卷十八，八七〇頁
龍華會　王翔千撰。龍瑞，華貞香事。卷十，四八一頁
龍鳳合　周平王事。卷三十二，一五二〇頁
龍鳳圖　劉堿事。卷三十二，一五一九頁
龍鳳錢　又名雙跨鸞。朱㿥撰。崔白，周琴心事。卷二十八，一三四一頁
龍劍記　吳大震撰。魏學曾，葉夢熊事。卷十，四五一頁
龍燈賺　又名春秋筆。朱雲從撰。王璧事。卷二十九，一三七七頁

十七畫

牆頭馬上　白樸撰。裴少俊，李千金事。卷一，二九頁
臨春閣　吳偉業撰。譙國夫人事。卷十九，八九七頁
舉案齊眉　梁鴻，孟光事。卷四，一七三頁

薛仁貴　張國賓撰。薛仁貴事。卷三，一二三頁
薦福碑　馬致遠撰。張鎬事。卷一，九頁
謝金吾　謝金吾，焦贊等事。卷四，一七一頁
賺青衫　王人杰事。卷四十，一八二七頁
賺蒯通　蒯徹，隨何事。卷四，一六一頁
還牢末　李榮祖，李逵事。卷三，一一九頁
還帶記　沈采撰。裴度事。卷十三，六一三頁
還魂記　又名丹青記，牡丹亭。湯顯祖撰。柳夢梅，杜麗娘事。卷六，二六五頁
韓信乞食　王仲文撰。韓信事。卷二，六一頁
鮫綃記　沈鯨撰。魏必簡事。卷十三，六二八頁

十八畫

斷烏盆　李浩，包拯事。卷三十六，一六六八頁
斷髮記　李開先撰。李德武，裴叔英事。卷十三，六一四頁
斷機記　又名三元記。商輅事。卷十六，七八八頁
歸元鏡　僧智達撰。惠遠等事。卷十二，五四七頁

簪花髻 沈自徵撰。楊愼事。卷八，三四九頁
織錦記 又名天仙記。顧覺宇撰。董永事。卷二十五，一一九〇頁
翻千金 韓信事。卷四十三，一九五五頁
翻精忠 又名如是觀，倒精忠。張大復（吳玉虹？）撰。岳飛事。卷十一，五一一頁
翻西廂 又名錦西廂。周公魯撰。崔鶯鶯事。卷十一，五〇七頁
藍采和 來鎔撰。藍采和事。卷九，四三三頁
藍橋記 龍膺撰。裴航，雲英事。卷九，三九〇頁
蟠桃會 陳摶事。卷三十一，一四六七頁
豐年瑞 時畯事。卷四十一，一八七五頁
鎭仙靈 又名楞伽塔，鎭靈山。石子斐撰。商尹事。卷二十五，一二一〇頁
鎭靈山 又名楞伽塔，鎭仙靈。石子斐撰。商尹事。卷二十五，一二一〇頁
雙小鳳 飲墨者撰。小鳳事。卷二十六，一二五七頁
雙玉人 張善相，段琳瑛事。卷四十六，二一〇六頁
雙合歡 茅維撰。王有道，孟月華事。卷十三，六三四頁
雙容奇 又名錦衣歸。朱㿥撰。毛瑞鳳，白筠娥事。卷十八，一三三七頁
雙啚緣 王尙友，翟斌事。卷四十六，二〇八六頁

雙奇俠　又名小河洲。李應桂撰。鐵中玉，水冰心事。卷二十三，一一〇七頁
雙官誥　陳二白撰。馮琳如，碧蓮事。卷二十九，一三八五頁
雙忠孝　劉藍生撰。關興，張苞事。卷三十四，一五九〇頁
雙忠俠　雲霄，平公謹事。卷四十三，一九八〇頁
雙忠記　姚茂良撰。張巡，許遠事。卷四十四，一九九七頁
雙忠廟　周穉廉撰。王保，舒珍哥事。卷二十二，一〇五五頁
雙金榜　阮大鋮撰。皇甫敎事。卷十一，五三四頁
雙盃記　又名喜聯登。薛旦撰。張廷秀事。卷四十，一八五四頁
雙飛石　張清，瓊英事。卷三十三，一五四八頁
雙恩義　又名通仙枕。劉弘敬事。卷三十四，一六一六頁
雙修記　葉憲祖撰。劉香女事。卷八，三四四頁
雙烈記　張四維撰。韓世忠，梁紅玉事。卷十三，六三五頁
雙珠記　沈鯨撰。王楫，郭貞娘事。卷十七，八〇七頁
雙報恩　漢眉撰。嚴倫事。卷十二，五九一頁
雙雄記　馮夢龍改訂。丹信，劉雙事。卷九，四一〇頁
雙瑞記　又名中庸解。范希哲撰。周處，吉時中事。卷三十三，一五七〇頁

雙跨鸞　又名龍鳳錢。朱皠撰。崔白，周琴心事。卷二十八，一三四一頁
雙熊夢　又名十五貫。朱皠撰。熊友蘭，熊友蕙事。卷四十六，二〇七九頁
雙鳳記　又名雙鳳齊鳴記。陸華甫撰。趙范，趙葵事。卷十一，四九七頁
雙鳳齊鳴記　又名雙鳳記。陸華甫撰。趙范，趙葵事。卷十一，四九七頁
雙鳳環　白叏事。卷三十三，一五四五頁
雙蝴蝶　滕仲文事。卷四十六，二〇八三頁
雙緣舫　又名白紗記，合紗記。史磐撰。崔衮事。卷十，四四四頁
雙鴛珮　馮珏，陸韜事。卷三十六，一六八三頁
雙錯卺　又名魚籃記。范希哲撰。于楚，尹若蘭事。卷四十五，二〇三九頁
雙螭璧　鄒玉卿撰。裴碩，裴正宗事。卷十四，六六二頁
雙錘記　又名合歡錘。范希哲撰。陳大力事。卷二十六，一二三五頁
雙龍珮　袁彬事。卷十五，七二七頁
雙龍墜　吳友，武玉如事。卷三十二，一五二三頁
雙璧記　焦文玉事。卷三十五，一六五七頁
雙獻功　高文秀撰。李逵事。卷一，三三頁
題門記　又名桃花莊。崔護事。卷十七，八一七頁

題塔記　張楚撰。梁灝事。卷三十六，一六七〇頁
鞭詩讖　土室遺民撰。貫休事。卷四十六，二一一七頁

十九畫

廬夜雨　宋介，柳鼎事。卷四十，一八四二頁
瀟湘雨　楊顯之撰。崔通，張翠鸞事。卷二，七六頁
獺鏡緣　張大復撰。繡衣郎事。卷二十九，一三六五頁
瓊林宴　范仲虞事。卷三十五，一六六三頁
瓊花記　又名仙桃種。史磐撰。慈雲公主事。卷三十一，一四六三頁
簷頭水　又名青虹嘯。鄒玉卿撰。董承事。卷三十四，一五九七頁
羅天醮　李玉撰。龍履祥，門秀鸞事。卷四十五，二〇五二頁
羅李郎　羅李郎事。卷三，一二四頁
羅帕記　席正吾撰。王可居，康淑貞事。卷十八，八六八頁
關盼盼　侯克中撰。關盼盼事。卷二，八六頁
鵲梁記　又名樓外樓。姚曼殊事。卷三十三，一五五五頁
麒麟閣　李玉撰。秦瓊事。卷十九，九三三頁

麒麟罽 陳與郊撰。韓世忠事。卷六，二八四頁
麗春堂 王德信撰。樂善，李圭事。卷一，一二頁

二十畫

寶釧記 又名七紅記。朱聘，陳芳華事。卷四十五，二〇七五頁
寶劍記 李開先撰。林冲事。卷五，二三六頁
寶曇月 朱佐朝撰。楊善事。卷二十，九七二頁
籌邊樓 王抃撰。李德裕事。卷二十二，一〇四一頁
繡平原 吳綺撰。平原君事。卷二十一，一〇三七頁
繡衣郎 白施，白回事。卷四十五，二〇三五頁
蘆中人 又名鬧荆鞭。薛旦撰。伍員事。卷十九，九一二頁
蘆花記 張鳳翼（？）撰。閔子騫事。卷十八，八四九頁
黨人碑 邱園撰。謝瓊仙事。卷二十八，一三二一頁

二十一畫

櫻桃園 王淡撰。汪藻事。卷十三，六三二頁

櫻桃夢　陳與郊撰。盧生事。卷六，二八〇頁
灌園記　張鳳翼撰。田法章事。卷十三，六一八頁
爛柯山　朱買臣事。卷三十，一四一六頁
瓔珞會　朱佐朝撰。韋珏事。卷二十，九六四頁
續西廂　查繼佐撰。崔鶯鶯事。卷二十，九四六頁
續情燈　薛旦撰。景韶事。卷十九，九二〇頁
續精忠　又名小英雄。湯子垂撰。岳雷，岳電等事。卷十四，六六八頁
躍鯉記　陳羆齋撰。姜詩事。卷十四，六七三頁
鐵弓緣　匡忠事。卷三十九，一七九九頁
鐵氏女　又名俠女新聲。來鎔撰。鐵鉉女事。卷九，四三五頁
鐵拐李　岳伯川撰。岳壽事。卷三，九八頁
鐵冠圖　李自成等事。卷三十三，一五五九頁
鐵漢樓　薝棲居士撰。劉安世事。卷二十六，一二七一頁
霸亭秋　沈自徵撰。杜默事。卷八，三五一頁
魔合羅　孟漢卿撰。張鼎事。卷二，八八頁

二十二畫

竊符記　張鳳翼撰。信陵君事。卷七，三〇七頁
讀書種　陳曉江撰。方孝孺事。卷十四，六七一頁
讀離騷　尤侗撰。屈原事。卷二十，九四八頁

二十三畫

驚鴻記　吳世美撰。梅妃事。卷十，四四一頁
鷫鸘裘　袁于令撰。司馬相如事。卷九，三九六頁

二十四畫

靈犀珮　王異撰。蕭鳳侶事。卷十，四五九頁
靈犀錦　張楚撰。張善相事。卷十二，五六二頁
靈寶刀　陳與郊撰。林冲事。卷六，二八三頁

二十八畫

豔雲亭　朱佐朝撰。洪繪，蕭惜芬事。卷二十七，一三〇七頁
鸚鵡洲　陳與郊撰。韋皐，玉簫事。卷六，二八七頁

二十九畫

鬱輪袍記　張楚撰。王維事。卷十二，五六五頁

三十畫

鸞刀記　盧俊義事。卷四十六，二二一〇頁
鸞釵記　劉翰卿事。卷十七，八一二頁
鸞鎞記　葉憲祖撰。温庭筠，魚玄機事。卷十三，六二三頁

曲海總目提要補編

北嬰編著

人民文學出版社

序

一、曲海總目提要與黃文暘

曲海總目提要序云：

……於廠肆獲樂府考略四函，……盛氏愚齋亦有考略三十二册，……乃一書而失羣者。……迻錄經年，合之前帙，凡得曲六百九十種。……考畫舫錄：『乾隆丁酉，巡鹽御史伊齡阿奉旨改修曲劇，圖思阿繼之，歷經兩任，凡四年，事竣。總校黃文暘、李經，分校凌廷堪等四人。』別條又載：『黃文暘曲海二十卷，序稱：「乾隆辛丑間，奉旨修改古今詞曲，予受鹽使者聘，兼總校蘇州織造進呈詞曲，因得盡閱古今雜劇傳奇。閱一年，事竣，追憶其盛，擬將古今作者各撮其關目大概，勒成一書。」』云云，并載目錄凡一千一十三種。籀讀文義，當時織造倉卒進呈，并無主名；而文暘蓋欲就所進呈刪約爲是編，雖有序目，未覩成書。今考略所存之目，均見於曲海目中，所佚僅三分之一，其爲織造所進無疑，亦即曲海所據之藍本也。

據序文所說，曲海總目提要的本名原是樂府考略。曲海總目提要的編輯者想把考略和黃文暘扯在一起，所以捨掉原名而改用今名。但考略卷帙很多，不可能是僅僅二十卷的曲海所能容納，編輯者也知道不妥，遂又宛轉附會，曲解當時織造進呈的乃是考略，武斷黃文暘是擬就考略刪約而編曲海，以爲這樣可以自圓其說了，其實更難使人相信。曲海序裏說道：『兼總校蘇州織造進呈詞曲，因得盡閱古今雜劇傳奇」。很明顯地，當時織造進呈的乃是劇本，而不是提要形式的叙錄文字，怎能牽强地來說就是考略呢？又序文中說：「今考略之目，均見於曲海目中。」這也是和事實不相符的。拿曲海總目提要的目錄來和曲海目相對照，有一半以上是曲海目裏所不曾收入的。現在的曲海總目提要還不是樂府考略的全本，在已佚的部分中，可能還有許多是不見於曲海目的。如果曲海是以考略作藍本，爲什麽會遺漏了這樣多的作品呢？

不但如此，曲海目所載，還有許多地方是和樂府考略互相歧異的。有些名目在考略裏註云「不詳誰作」或「不知作者何人」……的，曲海目裏很多却註明了作者。例如：

劇名	考略	曲海目
張生煮海	元人作	元、李好古
半臂寒	近時人作	南山逸史
雙忠記	未知作者何人	姚靜山
千金記	未詳誰作	沈練川
桃符記	作者不知何人	沈　璟

不過這還可以說，是因爲經過了黃文暘一番的「加工考證」。但有的在考略裏已註明作者，而曲海目裏反到列入無名氏內。例如：

劇名	考略	曲海目
誶范叔	高文秀	無名氏
五福記	徐時敏	無名氏
四大痴	李逢時	無名氏
文章用	固無居氏	無名氏
昇平樂	陸雲士	無名氏

像以上這樣的情形，應該怎樣解釋呢？

還有的考略和曲海目所註的作者不同，事實上却是考略對而曲海目錯誤的；或考略所註爲眞名，曲海目還僅是化名的。例如：

劇名	考略	曲海目
義犬記	陳與郊	林於閣
蕉鹿夢	車任遠	蘧然子
綱常記	丘濬	丘瓊山
望湖亭	沈伯明	沈璟
萬全記	四願居士	李漁

由於以上所舉幾點看來，不但黃文暘作曲海時幷未曾以考略作藍本，就連考略一書，他可能根本就不曾看見過。樂府考略也不妨改題爲『曲海總目提要』，但是一定要把作者說是黃文暘，這是絲毫沒有

理由和根據的。

二、樂府考略與傳奇彙考

類似樂府考略的，還有一部傳奇彙考，體裁內容，大部分和考略相同。兩者很像就是一個書，但個別的地方，也往往互有出入；尤其對於有些劇目的作者，在彙考裏不知道或知道不够清楚的，考略却有比較進一步的考證、添註。例如蕉鹿夢——彙考云：『舜水蘧然子編。舜水謂姚江，蓋浙江餘姚人也。蘧然子者，姓莊，取南華經「蘧然覺」句以藏其姓也。』考略則云：『明上虞人車任遠撰』。又如合紗記——彙考云：『不知何人作』，考略則云：『明史槃作』。這些都可以說明彙考的年代還在考略之前。如果兩者是一書，那麼彙考也是初稿而考略乃是修訂稿；如果不是一書，那麼考略一定是據彙考爲底本而加以改編的。

傳奇彙考和樂府考略的編寫年代，到現在還沒能從記載中找到一點消息；但從兩書的本身來探尋，多少也可以發見一些線索——

彙考裏有幾處曾引用了淵鑑類函。按：淵鑑類函一書是清康熙四十九年(一七一〇)編成的，由於這一點，說明彙者的編寫年代，至早也是在一七一〇年以後。

彙考和考略，現存的雖然都是殘本，但就這些殘存的篇目來看，還沒有一個劇目是清代雍正、乾隆以後的作品。不過有兩個劇目是要加以說明的：一，玉尺樓（提要卷二十四），或疑是朱荑稗所作。今樂考證著錄十：『沈起鳳云：「朱荑稗於盧觀察幕中製平山冷燕傳奇。」按：平山冷燕傳奇即玉尺樓，今支氏曲考以旗亭記、玉尺樓二種並署德州盧見曾作，當誤。」今北京圖書館善本乙庫藏有玉尺樓二卷，不署作者姓氏，刋本字體格式，很像盧見曾所刻的雅雨堂叢書，可能這本就是朱氏所作。提要卷二十四所叙的玉尺樓，雖然也是演小說平山冷燕故事，但人物的姓名，都已改換：小說中的燕白頷，劇中改爲沈韵；山顯仁改爲韓嶽；山黛改爲韓豔雪……。故事情節，也有更動。至於朱氏所做的玉尺樓，人物姓名等，却完全與小說相合。當然提要所述不是朱氏之作。二，珊瑚鞭（佚文第五十四），或疑即清乾隆間胡業宏所作。但清代南府鈔本傳奇中，也有珊瑚鞭一種，故事和胡作相同，內容、文字，以及穿插結構，却和胡作幷不一樣。提要拾遺所叙述的，和南府鈔本相合，可知所根據的不是胡氏之作。除這兩種以外，便沒有可認爲是雍、乾以後的作品了。

清雍正、乾隆間，雜劇、傳奇產生得也是相當之多的，彙考和考略裏竟至一本也沒有收入。從這情形看來，這兩部書的編寫年代，可能早於這時候。

又彙考和考略文中凡遇『玄』字，多半改寫『元』字，例如玄奘改爲元奘，文九玄改爲文九元，這些當然是由於避玄燁的諱而改；但對於『禛』字，幷不避允禛的諱，這又可以幫助證明，彙考和考略不會是在允禛已經做了皇帝以後所編寫的。允禛雍正元年是一七二三年，那麼彙考和考略的編成，至遲也在一七二三年以前。

提要卷二十七狀元旗條內云：『中間說白有打馬吊云云，打馬吊起於明末，知是近時人所作也。』又卷四十四百鳳裙條內云：『中引平妖傳。此傳雖有舊本，而明末馮夢龍增半刋行，始流傳於世，則作者亦近時人也。』卷四十六雙熊夢條內云：『聞係近時人撰，或云亦尤侗筆也。』據以上幾段的口吻看，編寫的年代，很像是淸代初年。尤其顯明的是卷四十二狀元堂條內：

……蓋近時人所作……其末云：『太師有子、有孫，有福、有壽，河南秀氣，俱被一人佔盡。』似有所指。而河南人爲宰相者，明代李賢、劉健、焦芳、劉宇、劉忠、賈詠、許讚、高拱、郭朴、沈鯉，在成化以後，萬曆以前。是時未有登、萊巡撫，安得預設登、萊督撫之稱？自後惟本朝宋權、順治年間拜大學士，其子孫貴盛，疑作者不過一二十年以內，爲商邱宋氏而作也。

按淸史稿宋犖傳：『宋犖……河南商邱人，權子。……康熙三十一年，調江寧巡撫。犖在江蘇，三遇上南巡，嘉犖居官安静，迭蒙賞賚。以犖年逾七十，書「福」、「壽」字以賜。四十四年擢吏部尙書。……五十二年卒……年八十。』彙考編者聯想狀元堂故事是影射商邱宋氏，當是根據宋犖擢吏部尙書前後的情况而揣測。依他的看法，狀元堂傳奇的著作年代，大約是在康熙四十四年前後。那麽，『作者不過一二十年以內』一語，正好藉以反推彙考的編寫年代。由康熙四十四年下推十年，乃是康熙五十四年(一七一五年)，二十年乃是雍正三年(一七二五年)，由於以上種種的證據，傳奇彙考和樂府考略的編成年代，大約是在一七一五——一七二二年之間。

三、關於曲海

曲海目所錄的，共計——

元人雜劇　一〇〇種

明人雜劇　六三種

清人雜劇　　　五七種
元人傳奇　　　三種
明人傳奇　　二六九種
清人傳奇　　四九八種
共九八〇種。較曲海目末尾自稱的『共一千一十三種』，實少三十三種。我們姑且認爲這是由於畫舫錄刋刻時候有所脫落。

所錄的元人雜劇一百種，如果拿元曲選來互相對照，絲毫沒有出入，可見黃氏當時所見的元劇材料，恐怕也就是一部元曲選。明人雜劇，基本上也就是盛明雜劇初、二集，而略加補充了梁伯龍的紅綃，王衡的哭倒長安街、沒奈何（按：王衡葫蘆先生雜劇，又名『沒奈何哭倒長安街』，黃目作爲兩種，誤。），林章的青虬記，孟稱舜的紅顏年少，楊愼的太和記等五種，但是却缺少了朱有燉的牡丹仙、香囊怨和陳與郊的義犬記三種。朱有燉的兩種，在管廷芬所藏的重訂曲海目裏有之，可能是畫舫錄本漏掉了。義犬記一種，黃文暘根據林於閣四種，誤把『林於閣』認爲是作者姓名，所以列在清人雜劇裏去。清人雜劇，雖然名目有五十七種，但像清平調等四種，合刋在西堂曲腋；藍采和等三種，總名曰秋風三疊。這樣，黃氏所見的，也不過是十幾部曲集而已。

曲海目大部分是只錄作品而不加評判的，但在清無名氏傳奇部分，忽然體例改變，例如『四十一種，詞曲佳而姓名不可考者。』『四十八種，詞曲平，無姓名者，皆抄本。』『一百零九種，詞曲劣，無姓名者，皆抄本。』因此我很疑心，當時蘇州織造所搜集的，可能大部分都是演員們的傳抄本，而黃氏等所見，主要的也就是這些。此外可能再有一部六十種曲，一部玉茗堂四夢，……至多也不過一百種吧。曲海目的傳奇部分，除了這些以外，很像衹是據曲品、古人傳奇總目和新傳奇品等抄錄改編的，他並沒有見到每個作品。舉幾個證據來說：秦樓月，新傳奇品誤列爲吳綺所作，但實際上吳綺只是作序，而劇作者乃是朱素臣。黃氏如果未見刻本，當然也不會見到序文，想見他是沿襲了新傳奇品的錯誤。邱園的百福帶，一名御袍恩，新傳奇品誤作兩本。黃氏如果見到原作，一定不會不發見這個問題，也就不會不加以改正。此外，如同把墜釵和一種情幷列，兩者之中，黃氏也至少有一種是沒見到。所謂『曲海』，這樣一個誇大的名目，而實際上所根據的材料，却僅僅是如此的數量。

關於揚州設局修改詞曲一事，修改的目的何在？揚州畫舫錄裏幷沒有說清。在凌廷堪的校禮堂集中，有一段比較明確的記載，見於淩次仲先生年譜：

……正月十六日，自歙由杭州，回板浦。二月初一日，應鹺使伊公之聘，客揚州。先生手抄諸經跋云：『乾隆庚子冬，兩淮巡鹽御史長白伊公齡阿奉旨刪改古今雜劇傳奇之違礙者，次年屬余襄其事，客揚州者歲餘。』

按：史料旬刊第二十二期載有清乾隆四十五年江西巡撫郝碩的一個奏摺，裏面說：

……幷據附省之南昌府稟稱：『遵將「傳諭各戲班，將戲本內事涉明季及關係南宋、金朝故事扮演失當者，嚴行禁除」外，所有繳到各戲本，派員查核。內有全家福、乾坤嘯二種，語有違礙；又紅門寺一種，扮演本朝服色，應呈請查辦。』等情，臣與藩、臬兩司，覆核無異。查江右所有高腔等班，其詞曲悉皆方言俗語，俚鄙無文，大半鄉愚隨口演唱，任意更改，非比崑腔傳奇出自文人之手，剞劂成本，遐邇流傳，是以曲本無幾。其繳到者，亦係破爛不全抄本。現檢出之三種內：紅門寺係用本朝服色，乾坤嘯係宋、金故事，應行禁止；全家福所稱封號，語涉荒誕，且核其詞曲，不值刪改，俱應竟行銷燬。臣謹將原本粘籤，恭呈御覽。……

這和以上『揚州設局，修改詞曲』是差不多同時的事情。雖然一個是對付雜劇傳奇，一個是對付高腔等班的劇本，但是兩者之間，在本質上是沒有什麼區別的。因此『揚州設局修改古今雜劇傳奇之違礙者』，所謂『違礙』，是以什麼爲主？凌廷堪還未說清的，郝碩的話却正可以代爲註明。並且，揚州的修改，也不會僅僅限於修改，『竟行銷燬』的情形定是不免，或大量存在的；同時也不僅僅限於文章、內容，就連表演方面的問題，一點一滴地恐怕也不會有意放過。這是淸朝封建統治者對於戲曲藝術所進行的一次很殘酷的破壞，不少優秀的、具有民族意識和愛國主義思想的作品，遭到了大量的摧毀。

以揚州設局的力量，織造逢迎的搜括進呈，而黃文暘等所見到的劇本，竟會那樣貧乏，這是有些難於理解的。關於此，不妨根據當時情況，估計三點來說明：一、當時搜查劇本，可能主要地是以戲班的上演本爲對象（如郝碩所說情形），因此不能普遍和全面；二、當時藝人們爲反抗這種搜查，會隱藏起一部分比較不常見的本子而只以一部分常見的本子來應付；三、由於花部的興起，很多的南北曲劇本已逐漸失傳。

四、本編例言

樂府考略和傳奇彙考的編者是什麼人？編寫的目的是爲了什麼？這些都還未能考證淸楚。單從兩書的文字來看，編者的立場、觀點、方法，也多不足取。但是這兩部書中敘述了很多古典戲曲作品的情節，幷輯錄了很多考證的材料；尤其所敍述的這些作品，大部分現在已然失傳或非常罕見，因此這些敍述，若從資料的角度來衡量、處理，分析批判地去利用，對於古典戲曲的研究工作，還是有相當的參考價值的。

曲海總目提要，序稱凡六百九十種。仔細點數，却只有六百八十五種，而其中元宵鬧一種，旣見於卷十四，復重出於卷三十三，故實僅六百八十四種。彙考有坊間石印本和各種傳抄本。石印本早年還比較易得，傳抄本則多是藏書家的珍秘之本。各本都是不全的殘本，所收的劇目也多少不等，互有出入，並且也各有一些劇目是提要所未收的。一九三三到一九三七的幾年之中，陸續從各本輯錄提要所未收的劇目和相異的文字，得到六十二種，曾以『曲海總目提要拾遺』的名稱，刋載在劇學月刋五卷三、四兩期中。刋出不久，存書被燬於日寇炮火，流傳很少。最近因爲各方面很需要這項參考材料，所以重又整理出版。在整理當中，又見到兩種不同的彙考抄本，及曲海總目提要稿本殘卷，校補以前所得，增至七十二種。仍附以『索引』，並增加『箋註』，改題爲『曲海總目提要補編』。

各本彙考，錯字、脫文都非常之多。這次整理，本想詳細加以校勘，但舊日所見的幾種原本，現在已無從再借；僅就目前的兩三種本子來互訂，事實上做得是很不够的。又彙考所徵引的各書，很多只是從各種的類書來轉錄。類書輯錄的材料，往往是和原書有出入的；而彙考的編者，也常常對原書加以删改或重述。爲了保存原稿面目，所以只就原稿修改了一些顯然是錯誤了的字句，並沒有一一根據原始材料來重訂。用者如果再作徵引，必要時希望還是再檢查一下原書爲妥。

提要的編排，大致是按作者來分別集中的。但一般對這書的使用，多半却是從劇名來查閱，因此很感到不便。本編爲了給使用者排除查閱中的厤煩，節省查閲的時間，附編了劇目索引。

考略和彙考，對於『作者』一項是相當疏於考證的，有時還有張冠李戴的情形；同時對於劇目的別名，也有時記載的不確或遺漏。根據各種著錄、各家筆記、各劇的刋本或抄本，搜輯得到一些補充材料，作爲箋註。但是必需聲明的，這也僅僅提供一些初步的參考資料，從量上來說是很貧乏的，從質上來說是很蕪雜的，並且錯誤更是不少的，希望不斷地得到各位先進同志的批評指正，這是編者所竭誠企望的。

一九五四年八月二十二日重誌。

目錄

上卷

佚文

下卷

曲海總目提要補編上卷

佚文

一　桃源洞

元馬致遠撰，標曰：『劉阮誤入桃源洞』。事本太平廣記。唐人曹唐游仙詩有劉阮洞中遇仙子及仙子洞中有懷劉阮，俱七言律。而元稹詩云：『等閒弄水浮花片，流出門前賺阮郎。』他人用劉、阮事亦甚多。

神仙記：『劉晨、阮肇入天台山採藥，遠不得返。經十三日，饑。遙望山圭有桃樹子熟，遂躋險援葛至其下，噉數枚，饑止體充。欲下山以杯取水，見蕪菁葉流下甚鮮妍，復有一杯流下，有胡麻飯焉。乃相謂曰：「此近人矣！」遂度山，出一大溪。溪邊有二女子，色甚美，見二人持杯，便笑曰：「劉、阮二郎捉向杯來。」劉、阮驚，二女遂忻然如舊相識，曰：「來何晚耶？」因邀還家。西壁東壁，各有絳羅帳；帳角懸鈴，上有金銀交錯。各有數侍婢使令。其饌有胡麻飯、山羊脯、牛肉，甚美。食畢行酒，俄有羣女持桃子笑曰：「賀汝婿來！」酒酣，作樂。夜後，各就一帳宿，婉態殊絕。至十日，求還，苦留半年。氣候草木常似春時。百鳥啼鳴，更懷鄉，歸思甚苦。女遂相送，指示還路。鄉邑零落，已十世矣。』

二　錢塘夢

元眞定白樸撰。蘇小小本錢塘妓，司馬才仲因夢中贈黃金縷詞，至錢塘而訪之，故標名爲『蘇小小月夜錢塘夢』也。（司馬才仲傳載芳情院。）

據才仲本傳，夢中之詩首句云：『妾本錢塘江上住』。其後在杭有『移麗人登舟』一段情蹟，然初未有的姓名，作傳者取其同僚揣摩之詞，爲坐於小小耳。錢塘佳麗之地，艷質芳魂，何代蔑有？才仲之時，去六朝甚遠，安知所遇之必爲蘇小耶？唐人傳云：『錢塘蘇小小，又値一年秋。』蓋凡爲妓者，率以蘇小名之，如呼婢爲小玉，仙女爲雙成，男子爲劉、阮、蕭郎之類，不可鑿舟以求也。

三　薦馬周

元庾天錫撰。標曰：『常何薦馬周』。

按史：馬周少孤貧，爲博州助教。以嗜酒忤刺史達溪，拂衣至京，停於賣餡媪肆數日。祈媪覓一館地，媪乃引致於中郎將常何之家。代何草封事，稱旨。太宗詢知周所爲，即日召見，拜監察御史。媪之初賣餡也，李淳風、袁天罡過而異之，皆竊云：『此婦當大貴，何以在此？』及馬公既貴，竟娶爲妻。數年內，馬公拜相，媪爲夫人。

隋唐嘉話：『中書令馬周，始以布衣上書，太宗覽之，未及終卷，三命召之。所陳世事，莫不施行。』

四　遇雲英

元庾天錫撰。天錫字吉甫，大都人，中書省掾，除員外郎，中山府判。事出裴鉶傳奇。題曰：『裴航遇雲英』，取傳中『玄霜擣盡見雲英』及『老姥呼雲英取漿』以爲標目，其詳具載藍橋記中。又玉杵記亦載此事，與『崔護題門』雙紐。按：雲英字義，蓋取毛詩『英英白雲，覆彼菅茅。』之意。

五　青陵臺

元庾吉甫撰。其名曰：『列女青陵臺』，演列女傳中韓憑妻何氏之事。列女傳：『韓憑爲楚康王舍人，妻何氏，美。王欲奪之，乃築青陵臺而望焉。奪何，囚憑。何乃作烏鵲歌二首以見志，又作書答夫。憑得書，自殺。何即陰腐其衣，與王登臺，遽自投下。得遺書於帶間，曰：「願以尸還韓氏合葬。」王大怒，令分埋之，兩塚相望。經宿，忽有梓木各生於塚，枝連於上，根交於下。又有鳥如鴛鴦，常雙棲其樹，朝夕悲鳴，人皆謂韓大夫之精魂也。』

按廣輿記：『青陵臺在河南開封府封丘縣。』記又云：『韓憑妻，封丘息氏，康王奪之，憑自殺。息與王登臺，遂投臺下死。遺書於帶，願以尸骨賜憑。王弗聽，使人埋之，塚相望也。信宿有梓木生於二塚之旁，旬日而枝成連理。鴛鴦鳥棲其上，交頸悲鳴。宋人哀之，號曰「相思樹」。』山堂肆考：『俗傳大蝶必成雙，乃梁山伯、祝英台之魂，又韓憑夫婦之魂，皆不可曉。』李商隱蝶詩：『青陵臺畔日光斜，萬古貞魂倚暮霞。莫許韓憑爲蛺蝶，等閒飛上別枝花。』又蜂詩：『青陵粉蝶休離恨，長定相逢二月中。』王安石蝶詩：『翅輕於粉薄於繒，長被花牽不自勝。若信莊周尙非夢，豈能投死爲韓憑？』瞿佑殘蝶詩：『韓憑魂魄墓前沙。』此皆以蛺蝶爲韓憑夫婦所化也。『憑』一作『馮』，古來『馮』、『憑』兩音通用，如河伯曰憑夷，又曰馮夷。李賀惱公詩：『黐粉活韓馮。』押在『紅』字韻，是其證也。

又按彤管新編，『楚王』作『宋王』。何氏詩曰：『南山有烏，北山張羅，烏自高飛，羅當奈何？』其二曰：『南山有烏，不樂鳳凰；妾是庶人，不樂宋王。』

六　罵上元

元大都庾吉甫撰。演封陟事。標曰：『封隲先生罵上元』，誤『陟』爲『隲』也。事本太平廣記所引傳奇。中有句云：『弄玉有夫皆得道，劉綱兼室盡登仙。』與白香山長慶集中：『弄玉有夫皆得道，劉綱與婦盡成仙。』僅異三字。此傳云『寶曆』，乃敬宗年號，正與香山同時，未審其雷同之故。

按太平廣記云：「寶曆中，有封陟孝廉者，居於少室，貌態潔朗，性頗貞端。志在典墳，僻於林藪；探義而星歸腐草，閱經而月墮幽窗。兀兀孜孜，俾夜作晝，無非搜索隱奧，未嘗暫縱揭時日也。書堂之畔，景象可窺：泉石清寒，桂蘭雅淡，戲猱每竊其庭果，唳鶴頻棲於澗松。虛籟時吟，纖埃盡闃。烟鎖篔簹之翠節，露滋躑躅之紅葩。更薜蔓衣垣，苔茸毯砌。時夜將午，忽飄異香酷烈，漸布於庭際。俄有輜軿，自空而降，畫輪軋軋，直湊簷楹。見一仙姝，侍從華麗。玉珮敲磬，羅裙曳雲；體欺皓雪之容光，臉奪芙蓉之豔冶。正容斂衽而揖陟曰：「某籍本上仙，謫居下界，或遊人間五岳，或止海面三峯。月到瑤階，愁莫聽其鳳管；蟲吟粉壁，恨不寐於鴛衾。燕浪語而徘徊，鸞虛歌而縹緲。寶瑟休泛，虬觥懶斟。紅杏艷枝，激含嚬於綺殿；碧桃芳萼，引凝睇於瓊樓。既厭曉妝，漸融春思。伏見郎君神儀濬潔，襟量端明，學聚流螢，文含隱豹，所以慕其真樸，愛以孤標，特謁光容，願侍箕箒，又不知郎君雅旨如何？」陟攝衣朗燭，正色而坐，言曰：「某家本貞廉，性唯孤介，貪古人之糟粕，究前聖之指歸。編柳苦辛，燃脂幽暗，布被糲食，燒蒿茹藜。但自固窮，終不斯濫，必不敢當神仙降顧。斷意如此，幸早迴車。」姝曰：「某乍造門墻，未申懇迫，輒有詩一章奉留，後七日更來。」詩曰：「謫居蓬島別瑤池，春媚烟花有所思，爲愛君心能潔白，願操箕箒奉屏帷。」陟覽之，若不聞。雲軿既去，窗戶遺芳，然陟心中不可轉也。後七日夜，姝又至，騎從如前時。麗容潔服，豔媚巧言，入白陟曰：「某以業緣遽縈，魔障欻起。蓬山瀛島，繡帳錦宮，恨起紅茵，愁生翠被。難窺舞蝶於芳草，每妒流鶯於綺叢——靡不雙飛，俱能對跱！自矜孤寢，轉憎空閨。秋却銀缸，但凝眸於片月；春尋瓊圃，空抒思於殘花。所以激切前時，布露丹懇，幸垂採納，無阻精誠，又不知郎君意竟如何？」陟又正色而言曰：「某身居山藪，志已顓蒙。不識鉛華，豈知女色？幸垂速去，無相見尤。」妹曰：「願不貯其深疑，幸望容其陋質。輒更有詩一章，後七日復來。」詩曰：「弄玉有夫皆得道，劉綱兼室盡登仙，君能仔細窺朝露，須逐雲車拜洞天。」陟覽，又不廻意。後七日夜，姝又至。態柔容冶，靚衣明眸，又言曰：「逝波難駐，西日易頹，花木不停，薤露非久。輕漚汎水，只得逡巡；微燭當風，莫過瞬息。虛爭意氣，能得幾時？恃賴韶顏，須臾槁木！所以君誇容鬢，尙未彫零，固止綺羅，貪窮典籍。及其衰老，何以任持？我有還丹，頗能駐命，許其依託，必寫襟懷。能遣君壽例三松，瞳方兩目，仙山靈府，任意追遊。莫種槿花，使朝晨而騁艷；休敲石火，尙昏黑而流光。」陟乃怒目而言曰：「我居書齋，不欺暗室，下惠爲證，叔子爲師。是何妖精？苦相凌逼。心如鐵石，無更多言。儻若遲廻，必當窘辱！」侍衛諫曰：「小娘子廻車，此木偶人，不足與語。況窮薄當爲下鬼，豈神仙配偶耶？」姝長吁曰：「我所以懇懇者，爲是青牛道士之苗裔。況此時一失，又須曠居六百年，不是細事。於戲，此子大是忍人！」又留詩曰：「蕭郎不顧鳳樓人，雲澁廻車淚臉新，愁想蓬瀛歸去路，難窺舊苑碧桃春。」輜軿出戶，珠翠響空。冷冷簫笙，杳杳雲霧。然陟意不易。後三年，陟染疾而終，爲太山所追，束以大鎖，使者驅之，欲至幽府。忽遇神仙，騎從淸道甚嚴，使者躬身於路左，曰：「上元夫人遊太山耳。」俄有仙騎召使者與囚俱來。陟至彼仰窺，乃昔日求偶仙姝也，但左右彈指悲嗟。仙姝遂索追狀曰：「不能於此人無情。」遂索大筆判曰：「封陟性雖執迷，操惟堅潔。實由樸戇，難責風情。宜更延一紀。」左右令陟跪謝。使者遂解去鐵鎖，曰：「仙官已釋，則幽府無敢追攝。」使者卻引歸，良久蘇息。後追悔昔日之事，慟哭自咎而已。』

按：唐時舉子入都應試，投所作詩文於朝官之有位望者，謂之行卷。第二次復投，則謂之温卷。其詩乃生平所業，其文則空中樓閣居多。蓋取不着實相，與時事無交涉也。此傳亦是舉子行卷中文字。上元夫人於仙家位業極高，安有求偶封陟之理！

七 孝諫莊公

元李直夫撰。直夫，德興府人，一名蒲察李五。事本左傳，標曰：『潁考叔孝諫莊公』。

左傳：『鄭莊公寘姜氏於城潁而誓之曰：「不及黃泉，無相見也。」既而悔之。潁考叔爲潁谷封人，聞之，有獻於公。公賜之食，食舍肉。公問之，對曰：「小人有母，皆嘗小人之食矣，未嘗君之羹，請以遺之。」公曰：「爾有母遺，繄我獨無！」潁考叔曰：「何謂也？」公語之故，且告之悔。對曰：「若掘地及泉隧而相見，其誰曰不然？」公從之。公入而賦：「大隧之中，其樂也融融。」姜出而賦：「大隧之外，其樂也洩洩。」遂爲母子如初。君子曰：「潁考叔純孝也，愛其母，施及莊公」。』

八 魯義姑

元濟南武漢臣撰。事本列女傳中魯義姑事，標曰：『抱姪攜男魯義姑』。

事文類聚：『魯義姑者，野人之婦也。齊攻魯，至郊，遙見一人攜一兒，抱一子。及軍至，乃棄抱者而抱攜者。將欲射之，遂止而問曰：「所抱者誰之子？」對曰：「兄之子。」「所棄者誰之子？」曰：「己之子也。妾見大軍至，不能兩全，遂棄所生之子。」軍曰：「子之於母，甚痛於心，何棄所生而抱兄子？」對曰：「子之於母，私愛也。姪之從姑，公義也。背公向私，妾不爲也。」齊軍曰：「魯郊有婦人猶持節行，況朝廷乎？」遂回軍不伐魯。魯君聞之，賜束帛，號曰義姑。』

九 翫江樓

元載善甫撰。善甫，眞定人，江浙行省務官。演宋柳三變事，標曰：『柳耆卿詩酒翫江樓』。明時又以此演爲全本，直名翫江樓，取柳耆卿得妾於此樓也，復採其生平事實以增飾之。

詩話：『周素蟾，餘杭名妓也。柳耆卿年甫二十五歲，來宰茲郡，造翫江樓於水滸中。召素蟾至樓歌唱，調之不從。柳緝之，與隔江黃員外暱，每夜乘舟往來。乃密令艄人半渡𢧐而淫之，素蟾不得已而從焉。惆悵作詩一絕云：「自歎身爲妓，遭淫不敢言，羞歸明月渡，懶上載花船。」明日，耆卿召佐酒。酒半，柳歌前詩。素蟾大慚，因順耆卿。耆卿作詩曰：「佳人不自奉耆卿，卻駕孤舟犯夜行，殘月曉風楊柳岸，肯教辜負此時情。」自此日夕常侍耆卿，耆卿亦因此日損其名。」

一〇　花間四友

元人撰。因莊周夢蝶，增入鶯、燕、蜂爲花間四友。按：元眞定人史九散人，武昌萬戶也，嘗作花間四友莊周夢劇。

考之莊子齊物論篇，既云：『莊周夢爲蝴蝶。』至樂篇又云：『烏足之根爲蠐螬，其葉爲蝴蝶。蝴蝶，胥也，化而爲蟲，生於竈下，其狀若脫，其名爲鴝掇。』山木篇又曰：『鳥莫知於鷾鴯，目之所不宜處，不給視。雖落其實，棄之而走。』鷾鴯，即燕也。花間四友謂『鶯』、『燕』、『蜂』、『蝶』。南華但舉『燕』、『蝶』，未及『鶯』、『蜂』也。

又李壽卿有鼓盆歌莊子歎骷髏數折，亦記莊周事。按至樂篇：『莊子妻死，惠子弔之，莊子方箕踞鼓盆而歌。』作者本此。

一一　三赴牡丹亭

元趙明道作。明道，大都人。所撰即事文類聚中所載『疎從子姪』事，而實之以湘子。詳藍關度記，不具列。

紀天祥亦作韓湘子三度韓退之劇，大略相似。蓋唐人有愈從姪及外甥能開頃刻花之說，而宋時則以韓湘子爲八洞神仙，於是以『頃刻花』事坐名湘子，如韓仙傳等，俱係鑿空揑造。然相沿已久，婦孺流傳，皆謂湘子度文公云。

一二　游曲江（一名曲江池）

元范子安作。子安，名康，杭州人。明性理，善講解，能詞章，通音律。因王伯成有李太白貶夜郎，乃編杜子美遊曲江。下筆即新奇，蓋天資卓異，人不可及也。又名曲江池杜甫遊春。鍾嗣成詠范子安詞云：『詩題雁塔寫秋空，酒滿觥船棹晚風，詩籌酒令閒吟咏。占文場第一功，掃千軍筆陣元戎。龍蛇夢，狐兎蹤，半生來彈指聲中。』

曲江池者，司馬相如賦云：『臨曲江之隑州。』註云：『曲江在杜陵西北五里。』兩京新記云：『朱雀東第五街，皇城之東第三街，昇道坊龍華尼寺南，有流水屈曲，謂之曲江。』其謂之池者，劇談錄云：『曲江池本秦隑州，開元中疏鑿爲勝境。其南有紫雲樓、芙蓉苑，其西有杏園、慈恩寺。花卉環列，煙水明媚，都人遊賞，盛於中和上巳二節。』少陵集有曲江三章、九日曲江、曲江陪鄭八丈南史飲，又曲江二首，又曲江對酒、曲江對雨，皆係遊翫曲江之詩。而他詩中又有『春日潛行曲江曲』之句，作者故標以爲名。詩中如：『雀啄江頭黃柳花，鵁鶄鸂鶒滿晴沙』，『一片花飛減卻春』，『江上小堂巢翡翠』，『穿花蛺蝶深深見，點水蜻蜓欵欵飛』，『水晶宮殿轉霏微』，『城上春雲覆花墻』，『林花著雨胭脂落，水荇牽風翠帶長』，寫景也。『朝回日日典春衣，苑外江頭坐不歸』，『龍武新軍初駐輦，芙蓉別殿謾焚香』，書事也。『自知白髮非春事，且盡芳樽戀物華』，『吏情更覺滄州遠』，『何時詔此金錢會』，言情也。作者借題渲染，自騁風情。其因貶夜郎而作，則以太白失節於永王璘，而子美『麻鞋見天子』，以忠忱自結於上，取此印彼，蓋有微意存焉。

一三　分鏡記

元沈和甫撰。標曰：『徐駙馬樂昌分鏡記』。和甫名和，杭州人。能詞翰，善談謔，天性風流，兼明音律。以南北調合腔，自和甫始，如瀟湘八景、歡喜寃家等曲，極爲工巧。後居江州以終。江西稱爲『蠻子關漢卿』者是也。其所作又有祈甘雨貨郎朱蛇記、鄭玉娥燕山逢故人、鬧法場郭興阿楊諸劇。

李商隱有代越公房妓嘲徐主詩云：『應防啼與笑，微露淺深情。』蓋翻『啼笑俱不敢』句以嘲之也。韓偓詩云：『半鏡隨郎葬杜郵』，亦引此事中『半鏡』事。然陳書初不載樂昌事，獨見之唐人本事詩，未審的否。唐人雜記所引楊越公素事頗多，如：李靖謁素，竊其紅拂女去，素不追逐；李德林子百藥入素之室，與其妾通，素召而命之作詩，竟以妾予百藥；及徐德言之事爲三。蓋素本奸雄，而其舉動不測，或以此結士大夫心。其術類袁盎、王敦輩，故於一女子去留，不深較也。

一四　勘風塵（塵，或作情）

元喬夢符撰。標名曰：『馬光祖勘風塵』。事載宋人稗史。情史：『有士人踰墻偷人室女，事覺，到官。府尹馬光祖號裕齋，面試踰墻摟處子詩。士人秉筆云：「花柳平生債，風流一段愁。踰墻乘興下，處子有心摟。謝玉應潛越，韓香許暗偷。有情還愛戀，無語强嬌羞。不負秦樓約，安知漢獄囚！玉顏麗如此，何用讀書求？」光祖判云：「多情多愛，還了生平花柳債。好個檀郎，室女爲妻也合當。傑才高足，聊贈青蚨三百索。燭影搖紅，記取媒人是馬公。」文士既幸免罪，反因之得佳偶。』

一五　燕青博魚（與提要卷一文不同）

元李文蔚撰。關目以燕青爲主，以燕順穿插之，實影射水滸傳二潘之事，紐合爲一也。略云：宋江哨聚梁山，頭目燕青給假誤限，當斬。循吳用之請，免死。杖脊，削其籍。青氣憤，雙目失明。江念其功，令衆各贈金釵一股，下山療治，愈時復回。青至汴梁，宿逆旅中。汴梁有燕和，與弟順同居。順鬚髮戟張，號捲毛虎。和繼室王臘梅，性淫蕩，與楊衙內有染，爲順所憎惡。叔嫂之間，時常勃谿。順棄家，別營藥肆生理。歲暮大雪，楊策騎訪臘梅。時青以窮困被逐於逆旅主人，在途乞討。楊撞青跌，青起遮馬理爭。楊毆青，青亦扭楊。楊掙脫馳去。順適至，青誤扭順。順曰：『彼騎而我步也。』青謝罪。順詢其致瞽之由，邀至肆中，爲之針治，目忽明。論齒，青認順爲兄。述及梁山聚義事，順亦欣慕。復告以雪中相毆爲楊，平居怙勢，屬勿較。青别去，重理賣魚之業。清明日，和挈家赴同樂院游春。青至彼博魚，和與博，勝之。青言魚貲出自他人，乞魚轉博，復納還。和憐而予之。青感謝，負担欲行。楊踵至，怒担阻路，折担並碎魚盆。青探知爲楊，觸宿忿，拳之幾斃。楊逸去。和賞青之身手，詰問邦族，結爲昆弟，邀至家中。秋節，臘梅期楊幽會，慮青與和礙目，醉以酒，各先寢。楊乘夜至，相將赴花園涼亭，傳觴遣懷，證星設誓。青因煩熱，亦赴園納涼解酲，窺見，呼和捉姦。楊自窗櫺脫走，召衹從入，捕青等，投之獄，謀斃之。青等脫獄，楊偕臘梅率衆窮追。時順已赴梁山落草，訪悉前事，賫金珠下山營救，與青等遇，協力將楊與臘梅捕獲，而江亦督衆接應。彼此會合，回山，戮姦夫淫婦，張筵爲青等慶賀云。

據劇中第二折油葫蘆曲文，博乃擲錢爲之，今齊豫之間尚盛行，殆即後漢梁冀意錢之戲也。

一六 傷梅香（與提要卷三文不同）

元鄭德輝撰。以劇中關目皆在婢樊素一人，樊素機警善辯，夫人口中目爲『傷梅香』。前後大致脫胎王實甫西廂記，曲文蒨艷，亦堪伯仲。

略云：裴晉公征討淮西，爲賊所困。白敏中之父白參軍，時隸麾下，赴援力戰，身被六創，卒以獲免。後金瘡復發，臨歿，晉公感其德，以女小蠻字敏中，並贈玉帶爲證。晉公旋亦薨逝。夫人韓氏，吏部愈之姊，治家有法。養女樊素，通經史，兼工書畫吟咏，應對周旋有文士風，內外稱其才，以傷梅香呼之。愈求爲子阿章婦，夫人允之，而尙待年也。嗣敏中赴晉府探望，夫人使小蠻等與敏中稱爲兄妹，而絕口不及姻事。小蠻私以香囊侑詩遺敏中，敏中以相思致病。託樊素通辭，約小蠻夜會，不期夫人猝至，勘問樊素，樊素責夫人負恩違約之非，夫人辭屈，乃痛笞之，並逐敏中出。敏中入京應舉，擢大魁，晉秩翰林學士，並賜婚裴氏，命尙書李絳主婚。時夫人猶不知所婚爲誰氏。及期，敏中以牙笏遮面，故爲傲慢，以報被逐之嫌。被樊素窺破，以言辭調侃，遂歡然如故，向夫人執子婿之禮云。

劇中白叅軍救晉公，及晉公夫人爲韓文公姊，均出附會。按全唐詩話：樊素善歌，小蠻善舞，皆樂天姬人，白詩所謂：『櫻桃樊素口，楊柳小蠻腰』是也。敏中爲樂天從弟，而劇竟以小蠻與敏中爲夫婦。又晉公嘗以馬贈樂天，侑以詩云：『君若有心求逸足，我還留意在名姝。』豈亦指蠻、素二人？而劇以小蠻爲晉公之女，任意牽引，俱失檢點。惟玉帶證婚一事，乃因晉公有御賜玉帶，臨終作表繳還，故相隱借也。

一七　北西遊

元無名氏作。事本小說西遊記，變換翻新。其始終以觀世音護持三藏，則一也。全本皆北曲，故謂之北西遊。三藏緣起，已見釣魚船傳奇，亦出於小說，非事實也。

佛法統紀云：『唐法師玄奘，貞觀二年上表遊西竺。過沙河，逢惡鬼異類出沒前後，一心念觀世音菩薩及般若心經，倏忽散退。（作西遊者大意本此。）』

法華經普門品云：無盡意菩薩白佛言：『「觀世音菩薩以何因緣名觀世音？」佛告：「若有無量百千萬億衆生受諸苦惱，聞是觀世音菩薩，即時觀其音聲，皆得解脫。」』又云：『若有持是觀世音菩薩名者，設入大火，火不能燒。若爲大水所漂，稱其名號，即得淺處。若衆生入於大海，爲黑風吹墮羅刹鬼國，其中若有一人稱觀世音菩薩名者，諸人皆得解脫羅刹之難。以是因緣名觀世音。若復有人臨當被害，稱觀世音名者，刀杖尋段段壞而得解脫。若三千大千國土，滿中夜义、羅刹，欲來惱人，聞其稱觀世音菩薩名者，是諸惡鬼尙不能以惡眼視之，況復加害？又若杻械枷鎖檢繫其身，稱觀世音名者，皆悉斷壞。若商人齎持重寶經過險路，恐怖寃賊，若稱名者，當得解脫。（全部西遊本此一段，借三藏取經事，幻出種種魔怪，皆歸菩薩救護也。）』

又大悲心陀羅尼經：『佛言：「此菩薩名觀世音自在，亦名撚索，亦名千光眼。此菩薩不可思議威神之力，已於過去無量刼中已作佛竟，號正法明如來。大悲願力，爲欲發起一切菩薩，安樂成熟諸衆生故，現作菩薩。」』

又神咒經曰：『爾時觀世音菩薩白佛言：「世尊是我前身不可思議福德因緣，今蒙世尊與我授記，欲令利益一切衆生，起大悲心，能斷一切繫縛，能滅一切怖畏。一切衆生，蒙此威神，悉離苦因，獲安樂果。」』

略云；南海普陀落伽山觀世音菩薩，奉如來法旨——以西天竺國有大藏經五千四十八卷，欲流傳東土；命毘陵伽尊者託化於海州弘農縣陳光蕊家爲子，出家爲僧，赴西天取經；使十方諸天保護，而以觀世音菩薩爲首。光蕊登第，授洪州知府。妻殷氏，（劇謂殷開山女，本之西遊記，非事實也。記云光蕊爲學士，此云知府，又各異。）有妊八月，攜以偕行。至江口，買舟。舟子劉洪，江湖巨盜也，泊大孤山，推光蕊於江，刼殷氏，冒蕊名赴任。（西遊記於三藏緣起不甚詳悉，但言：投胎落地逢凶，順水隨波至金山，遷安和尙收養；年至十八，認母赴京，求外祖總管殷開山調兵洪州，勦寇誅凶；狀元光蕊脫難，父子相逢；小字江流；出家號玄奘；與此劇及釣魚船略相似，但不詳舟子云云耳。）殷欲死，念懷孕，且欲乘間報夫仇，隱忍同行。既產子，洪勒使棄江。殷乃以妝匣裝兒，附以金釵，嚙血作書，識姓名於中，投之波心。（劇云：三藏於貞觀三年十月生，此大誤也。三藏於貞觀三年往西域取經，至貞觀十九年還京師。高宗麟德元年二月，與衆辭決而逝，壽六十五，當是隋文帝開皇二十年庚申生。劇本之小說，其事亦謬妄。本傳不載。）龍王奉菩薩旨，先救光蕊入龍宮，而以妝匣浮至金山。夜放光明，漁人得之，獻之丹霞禪師。師命漁人哺兒，（按西遊記，乃遷安和尙也。）既長，遂爲丹霞弟子，名玄奘。（按：丹霞與玄奘相去甚遠，劇誤。）至年十八，出其母血書示之，使出山求母報父仇。時劉洪致仕，居江上。而虞世南爲洪州守，（按：世南未嘗爲洪州守，且貞觀十二年已卒。劇云三藏於貞觀三年生，至是年十八，是貞觀二十年矣，安得有世南也？）與丹霞有舊，爲道其事。玄奘既訪見其母，遂聲寃。虞縛洪伏法。玄奘奉母至江上，以洪首祭其父，而光蕊出於江面，夫婦父子得合。玄奘辭親赴闕，祈雨得甘霖三日，御賜金襴袈裟、九環錫杖，號曰三藏法師。奉勅往西天取經。命廷臣俱祖帳都門外，文武軍民畢集。三藏折松一枝，植道旁，謂：『松枝向東，我當歸也。』馳驛而行，經半載，無馬。會南海火龍有罪當誅，菩薩白之上帝，使化爲白馬隨三藏往馱經，乃令木乂爲賣馬者，售馬於三藏。（按西遊記，三藏馬至蛇盤山鷹愁澗，西海龍王食其馬，觀音使變作白馬馱經。劇與記異。）西方多魔怪。花果山水簾洞有石猴竊食老子金丹，遂成銅筋、鐵骨、火眼、金睛，又能七十二變。大鬧天宮，入地府取金鼎國母爲妻。（此係揑撰，非西遊記所有，盖悟空本乃心體未經收斂，放肆無忌，然初無所染，故能歸眞。金鼎爲妻之說，與宗旨異矣。又述悟空自敍稱通天大聖，謂是齊天大聖之弟，更幻。）又偸王母蟠桃百顆，仙衣一襲。上帝怒，命李天王、哪吒太子率天兵搜討，不能服。菩薩以神通移花果山壓其頂，書一字封記，欲使三藏收爲弟子，護以西行。（按西遊記，如來壓悟空於五行山，觀音過而授記。此作觀音壓於花果山，亦異。）三藏至山，神爲道其故，通天大聖亦哀呼求救，三藏爲揭去菩薩封記。通天大聖得出，將軼去。菩薩現形，使拜三藏爲師，名孫悟空，號行者。授師緊箍咒，師持咒，行者輒痛不可忍，遂隨行。（按西遊記，悟空之名乃須菩提所取，此作觀世音，亦異。）渡流沙河，河有玉帝殿前捲簾將軍被謫爲妖，食人無算。與行者戰，降服，亦爲弟子，曰沙和尙。過黃風山三絕洞，斬銀額妖，救劉太公女。遇紅孩兒，三藏遭刼，行者求救於菩薩。菩薩引至如來佛前，（據西遊記，觀世音自率木吒往收紅孩兒，未嘗至佛前。）佛令揭諦以佛鉢覆紅孩兒。紅孩兒之母曰鬼子母，統諸鬼類犯佛座，不能侵。欲揭鉢，以億千萬鬼竭盡智力而不能揭。鬼子母乃釋三藏歸佛，佛亦放紅孩兒去。（按內典本無所謂紅孩兒，據西遊記則紅孩兒後爲善財童子，其說誤也。善財本大菩薩，其地位在文殊、普賢之下。五十三參是遍參善知識，非止觀世音，觀世音亦其一也。今寺中塑善財像於觀世音之左，與龍女並爲侍者，已誤。西遊記作牛魔王之子，其母爲羅刹女，此又以其母爲鬼子母——或作九子母——益展轉妄誕矣。畫家揭鉢圖，乃本內典：『九子母有十子，其一子在佛鉢中，百計求之，不得出。佛爲點化，乃皈依正果。』劇因此紐合也。）摩利支天王部下御車將軍，軼入下界黑風山爲妖，自號黑風大王，冒爲山家朱太公之子，賺裴氏女海棠爲妻。爲行者所見，報知裴家，救還海棠；與黑風戰，不能勝。海棠言黑風本猪精，當懼灌口二郎神之犬。行者求援於二郎神，縱犬囓妖。三藏爲求釋，亦收爲弟子，是爲猪八戒。（按西遊記，八戒所魅者，高老莊高翠蘭，此作裴海棠。二郎神之犬，乃囓悟空，此作囓猪八戒。黑風山，另一妖。均異。）於是一馬三弟子與三藏同行。入女人國，女王欲逼三藏爲配，菩薩遣韋馱尊者護持得脫。至火燄山，滿山皆火，火不能滅，西遊路阻。訪知山下鐵鎈峯有女子名鐵扇公主，能使鐵扇。其扇乃先天寶鐵鎔成，重千餘斤，上有二十四骨，按二十四氣，一搧得風，再搧得雨，三搧火滅。行者詣公主借扇，不給。索戰，爲扇所苦。奔告菩薩，菩薩以水能滅火，勅雷公、電母、水部諸神，隨行者滅火降魔，師徒得過。（按西遊記，火燄山鐵扇公主，即紅孩兒之母羅刹女也。悟空借扇不得，至小須彌山求靈吉定風丹，始得其扇。非觀世音事。）入中天竺國，遇貧婆，說心印。佛使摩睺羅、緊摩羅伽、人非人等十里外引接，又使給孤長者導見諸天聖賢。三藏問世尊何在？長者謂佛無定主，隨念即見。遂登靈山，見如來，蒙佛奬以經文、法寶。付訖，留悟空等三弟子。別遣座下弟子四人：一名成荃，一名慧光，一名思盻，一名敬測，護三藏東歸。（西遊記是悟空等送歸，成荃等乃劇中增出。）往返計十七年，所植松枝，至是東向。人皆知三藏將歸也，僧俗皆出迓。三藏覲太宗覆命，乃起塔貯經，闡揚佛法。功行圓滿，（三藏取經十七年，是實事，但在貞觀三年起至十九年。西遊記作十三年起至二十九年，已誤。劇作二十年起，則應是三十六年，又誤也。貞觀無二十九年及三十六年。）佛又使飛仙引入靈山證果云。

大慈錄云：『諸文中多稱浙省補陀爲善財二十八參之地。閱西遊記與補陀沿革品及諸經典，則善財參謁之補陀在西方天竺國，非東土寧波府。盖此山因大士顯應於是，而善財亦現，故昔人即以西方之號號此山，以彰敬聖。諸文所載實訛。然大菩薩之利益一切衆生，其神光則無時不遍照十方刹土也。』

按釋氏實典云：『三藏玄奘法師貞觀三年冬往西域取未至佛經，詣闕陳表，帝不許。師私遁，自原州至玉關，抵高昌、葉護等國而去。貞觀七年，至中印度，遇大乘居士，受瑜珈師地。入王舍城，止那蘭陀寺，從上方戒賢論師受瑜珈唯識宗旨。留十年，歸自王舍城。十九年正月丙子至京師，長安留守房玄齡表聞。壬辰，法師如洛陽。二月己亥，見帝於儀鑾殿。帝曰：「師去，何不相報？」曰：「當去時，表三上，不蒙諒許，乃輒私行。」（據此則無百官送行及馳驛事。）帝曰：「師能委命求法，惠利蒼生，朕甚嘉焉。」因奏西域所獲梵本經論六百七十五部，乞就少林寺宣譯。帝命就弘福寺，勅平章房玄齡監護。二十二年，帝製聖教序。八月，賜百金磨衲並寶剃刀。（西遊記及劇皆借此作「錦襴袈裟」、「九環錫杖」。又移取經歸後事作取經前事也。）謝表略云：「忍辱之服，釆合流霞；智慧之刀，銛逾切玉。謹當衣以降煩惱之魔，佩以斷塵勞之網。」麟德元年，鈔錄所譯經論凡七十五部，一千二百三十五卷。（據此，並前六百七十五部之說，則非五千四十八卷。劇中但舉藏經所有成數而言，不暇詳考也。）』

漢明帝永平七年，遣中郎蔡愔、博士秦景等一十八人使西域，求佛經。愔等至天竺隣境月氏國，遇梵僧攝摩騰竺法蘭奉佛經、像來震旦，遂同東還。永平十年，至京。（此佛法入中國之始。）摩騰入闕，獻經、像，帝大悅，館於鴻臚寺。蘭以閒行而後至。帝於城西雍門外別立一寺，騰、蘭居之。以白馬馱經而來，遂名白馬寺。（劇中龍化爲白馬隨師取經，借此影射。）

大唐新語云：『玄奘法師將往西域取經，手摩靈巖寺松曰：「吾西去，汝可西長；若東歸，即東向，使弟子知之。」及去，其枝年年西向。一年松忽向東，弟子曰：「吾師歸矣！」果然。因號其松曰摩頂松。』（劇中用此事是實，但不言靈巖寺耳。）

按釋氏稽古錄：『鄧州丹霞禪師，法號天然，乃江西馬祖及南嶽石頭之弟子也。』在唐順、憲、穆之世，與太宗朝相去甚遠，劇妄引爲三藏之師，殊覺顛倒。其自稱爲廬山五祖弟子，在金山一住數年，亦不的。

按：西遊記相傳長春眞人丘處機所作。調伏心猿意馬，乃成正果，其本旨也。悟空即心猿，『靈臺方寸山』、『斜月三星洞』，即心字也。須菩提祖師授以『顯、密、圓、通、眞』妙訣，此訣乃處機所撰。西遊記爲處機所作無疑。作此劇者元人，相去猶未遠也。

一八　鎖魔鏡

元人撰，不詳姓氏，標目云：『三太子大鬧黑風山，二郎神醉射鎖魔鏡。』事荒誕無稽，惟趙昱名載地志。

據云：趙昱，字從道，早歲爲佳（嘉之訛）州太守。佳州有冷、源二河，河內有犍蛟爲害，州民患之。昱仗劍入水斬蛟，出，見七人拜於地，詢之，乃眉山七聖也，感昱威力，亦來降伏。玉帝以昱有功於民，勅爲『灌江口二郎之神』，號淸源妙道眞君，鎭守西川等處，遂白日飛昇。灌江之民，爲之立廟。哪吒神者，二郎之弟也，嘗以神力降伏十大魔君及諸魔鬼怪，玉帝授爲降魔大元帥，統領天兵鎭玉結連環寨。二郎朝天回，過哪吒寨相訪，哪吒命酒痛飲，叙闊。酒酣較射，哪吒三發俱中。二郎帶酒，射至二箭，忽聞西北轟天雷震。二郎訊故，哪吒查知方向乃是天獄，曰：『此處懸寳鏡三：一曰「照妖」，一曰「鎖魔」，一曰「驅邪」，鎭壓各洞魔君，統轄於驅邪院主。吾兄箭梟誤中一鏡，鏡破魔走，獲戾匪淺矣。』二郎愧悔而歸。果有牛魔羅王與其弟金睛百眼鬼逃出天獄。二魔鬼者，黑風山洞之妖孽也，以天譴，禁壓於『鎖魔鏡』下。玉帝有令，鏡破始得出獄。至是兩魔彼此相慶，仍歸黑風山。驅邪院主遣天將韓元帥追之，不及。又遣天神與二郎哪吒協同擒拿。二魔鬼戰敗欲逃，二神各顯法像，四佈天羅地網，卒被擒縛。獻於玉帝，還報驅邪院主，各歸鎭寨。

按方輿勝覽曰：『趙昱隱靑城山，隋煬帝起爲嘉州太守。時犍爲潭中有老蛟爲害，昱率甲士千人夾江鼓噪，昱持刀入水。有頃，潭水盡赤，昱左手提蛟頭，右手持刀，奮波而出。一日，棄官去。後嘉陵水漲，蜀人見昱雲霧中騎白馬而下。宋太宗賜封神勇大將軍。」

廣輿記：「嘉定州，禹貢梁州之域，天文井鬼分野。秦爲蜀郡地，漢屬犍爲郡，曰漢嘉。隋曰眉山，唐、宋曰嘉州，元、明爲嘉定州。（劇誤以嘉州爲佳州。又云：立廟灌江口。按：成都府有灌縣，唐名盤龍導江，灌州或即其地。犍爲即今馬湖府，漢武帝通西南夷，始置郡縣，曰犍爲，曰牂牁，曰馬湖。又今眉州，隋名眉山，唐名嘉州。唐時成都亦名西川。劇中云眉山、灌江、西川，皆蜀地。趙昱斬蛟封神，係實事。至所稱二郎及清源妙道眞君諸號，皆出道書及西遊記、封神傳諸書，非趙昱，劇扭合爲一也。）」

山海經曰：「蛟似龍蛇而小頭細頸，頸有白癭，大者十數圍。卵生，子如三斛甕。能吞人。」

述異記曰：「虺五百年化爲蛟，蛟千年化爲龍。」

襄陽耆舊傳曰：「晉鄧遐，字應遠，勇力絕人，氣蓋當時。爲襄陽太守，城北沔水中有蛟，常爲人害，遐遂拔劍入水。蛟繞其足，遐揮劍截蛟流血，江水爲之俱赤。因名曰斬蛟渚，亦謂之斬蛟津。」此與趙昱事正相類。

按：隋王度古鏡記：「大業七年，度自御史罷歸河東，遇汾陰侯生，贈以古鏡，曰：「持此則百邪遠人。」鏡橫徑八寸，鼻作麒麟蹲伏之象。遶鼻列四方，龜、龍、鳳、虎，依方陳布。四方外又設八卦，卦外置十二辰位而具畜焉，辰畜之外又置二十四字，周繞輪廓。文體似隸，點畫無缺，而非字書所有也。侯生云：「二十四氣之象形。承日照之，則背上文畫墨入影內，纖毫無失。舉而扣之，清晉徐引，竟日方絕。昔者黃帝鑄十五鏡，其第一橫徑一尺五寸，法滿月之數，以其相差，各校一寸，此第八鏡也。」乃列舉徵驗異蹟，凡遇精魅，照之無不變形立斃，魔怪稱爲「天鏡」。每夜光彩如月。或日月薄蝕，鏡亦昏昧。又能照人除病。至大業十三年七月十五日，鏡忽於匣中作聲，若龍咆虎吼。良久，失鏡所在。（劇中所引天鏡本此。）』

西遊記云：顯聖二郎有廟在灌州灌江口，曰眞君廟。眞君曾力誅六怪。又有梅山康、張、姚、李四太尉，郭申、直健二將軍，凡六兄弟，（西遊記但云姓楊。封神演義則曰小聖二郎楊戩收服梅山七怪，與此微異。劇改眉山，因蜀中有眉山而附會扭合也。）共爲七聖。（眞君乃玉帝外甥，有斧劈桃山事蹟。劇以眞君爲趙昱，大謬。）按：灌口二郎神，勑封清源妙道眞君，其來已久。蜀王衍時，百姓見其出，相與竊言曰：『此灌口二郎神也。』詞曲中皆有二郎神調，蓋亦起於王衍。

據封神傳、西遊記，哪吒乃托塔天王李靖之子，與二郎神絕不相涉。劇云哪吒爲二郎之弟，可笑。封神傳云哪吒係太乙眞人弟子，楊戩係玉鼎眞人弟子。以玉虛門下推源論之，蓋亦師弟兄也。又按西遊記：孫行者與牛魔王等結爲七兄弟。其弟金睛百眼鬼則無所考。

一九　東郭記

明汪道昆撰。以孟子云：齊人一妻一妾，乞餘東郭墦間。遂將齊人作姓名。齊王賜號東郭君，故曰東郭記也。道昆，嘉靖中與王世貞同年進士，擅古文。張居正父七十，道昆爲文祝壽，居正極口讚揚，由是朝士翕然推重，而道昆亦以宗匠自居。世貞亦以居正故，曲意諛之，贈詩云：『天下文章兩司馬。』其一謂司馬遷，其一則道昆爲兵部侍郎也。然竄竊秦、漢古文字句，實無眞得。所著太函集，詆誹者甚衆。

此劇純是諧謔，取孟子七篇中人物姓氏，又撮孟子語爲每折題綱，割截語句，簸弄唇舌。科白中淳于髡語齊人云：『鄒國老孟，著孟子七篇，也記汝功，說「齊人伐燕，取之」。』且許求孟子爲齊人作傳，此更狎侮大賢，得罪名教。同時臧晉叔喜其滑稽，遂列之六十種云。齊人一妻一妾，孟子設言，本無其人。劇以姓齊名人，又扭『齊人伐燕』合而爲一。妻妾皆田氏，又是姊妹，亦俱鑿空。言：齊人本與淳于髡、王驩契厚，髡、驩先已仕進，齊人求乞過驩，驩不爲禮；其後驩薦得官，與驩大爭壟斷；驩又欲令作將伐燕以危之，賴章子之力，竟得成功；擢列亞卿，驩復修好；皆以點破世態炎涼。且以齊人無賴如此，而致位尊顯，以譏嘉、隆、萬曆間公卿貴人也。又借淳于口中，言淳于髡固文士，非將材，以譏彼時文人也。淳于髡、王驩、陳仲子、蓋大夫田戴、公行子、尹氏、綿駒、景丑、陳賈、章子，皆從孟子中拈出點綴。仲子食李哇鶂，綿駒唱歌，公行開弔，亦皆孟子中拈出。王驩攘雞，齊人鑽隙，田戴、王驩祭墓，齊人與驩爭壟斷，則皆拈孟子中語而附會之。尹氏講學，齊人毀陳仲子，景丑、陳賈趨奉齊人，則又懸揣牽合。仲子與妻偕隱於陵，淳于說齊王隱語，使趙王請兵，章子將兵伐燕，則又高士傳、國策、史記中實事點綴着色者也。東郭氏乃因東郭墦間添出，本無其人。又添出小齊人，更嫌已甚。尹氏爲田駢、愼到、惠施、公孫龍弟子，亦無所本。

科白中，『門前常有婦人輿。』按：此語亦是譏朝士。明時三品以上京官，坐四人轎；四品以下，乘京營馬，不用轎。惟婦人用小轎。燕王時，指揮張信欲告機密事，乘婦人輿以入。其後萬曆間，京官始私乘小轎，議者猶謂之婦人輿。久之，漸皆習慣，遂有大轎小轎之設。若制度本然，其實非也。

二〇　紅蕖記

吳江沈璟撰。璟，萬曆間進士，字伯英，別號寧菴。才茂情艷，所作屬玉堂傳奇，共十七種，時人稱爲詞隱先生。此劇演鄭德璘事，本太平廣記鄭德璘傳，因德璘與韋女姻緣以紅蕖作合，故即以標題也。

傳云：『貞元中，湘潭尉鄭德璘家居長沙，有親表居江夏，每歲一往省焉。中間涉洞庭，歷湘潭，多遇老叟，棹舟而鬻菱芡，雖白髮而有少容。德璘與語，多及玄解。詰曰：「舟無餱粮，何以爲食？」叟曰：「菱芡耳。」德璘好酒，長挈松醪，每過江夏，遇叟無不飲之。叟飲亦不愧荷。德璘抵江夏，將返長沙，駐舟於黃鶴樓下。旁有鹺賈韋生者，乘巨舟亦抵於湘潭。其夜，與鄰舟告別飲酒。韋生有女，居於舟之舵艫，鄰舟女亦來訪別，二女同處笑語。夜將半，聞江中有秀才吟詩曰：「物觸輕舟心自知，風恬浪靜月光微，夜深江上解愁思，拾得紅蕖香惹衣。」鄰舟女善筆札，因覩韋氏粧奩中有箋一幅，取而題所聞之句。亦咏哦良久，然莫曉誰人所製也。及旦，東西而去。德璘舟與韋氏舟同離鄂渚，信宿及暮，又同宿至洞庭之畔，與韋生舟楫頗以相近。韋氏美而艷——瓊英膩雲，蓮蒸瑩波；露濯舜姿，月鮮珠彩——於水窗中垂鈞，德璘因窺見之，悅甚，遂以紅綃一尺，上題詩曰：「纖手垂鉤對水窗，紅蕖秋色艷長江。既能解珮投交甫，更有明珠乞一雙。」强以紅綃惹其鉤，女因收得。吟翫久之，然雖諷讀，即不能曉其義。女不工刀札，又耻無所報，遂以釣絲而投夜來鄰舟女所題紅箋者。德璘謂女所製，凝思頗悅，喜暢可知。然莫曉詩之意義，亦無計遂其款曲。由是女以所得紅綃繫臂，自愛惜之。明月清風，韋舟遽張帆而去。風勢將緊，波濤恐人，德璘小舟不敢同越，然意殊恨恨。將暮，有漁人語德璘曰：「向者賈客巨舟，已全家沒於洞庭矣。」德璘大駭，神思恍惚；悲惋久之，不能排抑。將夜，爲吊江姝詩二首曰：「湖面狂風且莫吹，浪花初綻月光微。沉潛暗想橫波淚，得共鮫人相對垂。」又曰：「洞庭風軟荻花秋，新沒青娥細浪愁。淚滴白蘋君不見，月明江上有輕鷗。」詩成，酹而投之。精貫神祇，至誠感應，遂感水神，持指水府。府君覽之，因召溺者數輩曰：「誰是鄭生所愛？」而韋氏亦不省其來由。有主者搜臂見紅綃而語府君曰：「德璘異日是吾邑之明宰，况曩有義相及，不可不曲活爾命。」因召主者携韋氏送鄭生。韋氏視府君，乃一老叟也。遂隨主者疾趨而無所礙。道將盡，覩一大池，碧水汪然，遂爲主者推墮其中。或沉或浮，亦甚困苦。時已三更，德璘未寢，但吟紅箋之詩，悲而益苦。忽覺有物觸舟，然舟人已寢，德璘遂秉燭照之，見衣服綵綉，是似人物。驚而拯之，乃韋氏也，繫臂紅綃尚在。德璘驟喜。良久，女蘇息，及曉方能言，乃說：「府君感君而活我命」。德璘曰：「府君何人也？」終不省悟。遂納爲室，感其異也。將歸長沙。後三年，德璘當調選，欲謀醴陵令。韋氏曰：「不過作巴陵耳！」德璘曰：「子何以知？」韋氏曰：「向者水府君言，是吾邑之明宰，洞庭乃屬巴陵，此可驗矣。」德璘志之。選，果得巴陵令。及至巴陵縣，使人迎韋氏。舟楫至洞庭側，值逆風，不能進。德璘使傭篙工者五人而迎之，內一老叟，挽舟若不爲意，韋氏怒而唾之。叟回顧曰：「我昔水府活汝性命，不以爲德？今反生怒！」韋氏乃悟，恐悸，召叟登舟，拜而進酒果。叩頭曰：「吾之父母當在水府，可省親否？」曰：「可。」須臾舟楫似沒於波，然無所苦。俄到往時之水府，大小倚舟號慟。訪其父母，父母居止，儼然第舍，與人世無異。韋氏詢其所須，父母曰：「所溺之物，皆能至此；但無火化，所食唯菱芡耳。」持白金器數事而遺女曰：「吾此無用處，可以贈爾。不得久停。」促其相別，韋氏遂哀慟別其父母。叟以筆大書韋氏巾曰：「昔日江頭菱芡人，蒙君數飲松醪春，活君家室以爲報，珍重長沙鄭德璘。」書訖，叟遂爲僕侍數百輩自舟迎歸府舍。俄頃，舟卻出於湖畔。一舟之人，咸有所覩。德璘詳詩意，方悟水府老叟乃昔日鬻菱芡者。歲餘，有秀才崔希周投詩卷於德璘，內有江上夜拾得芙蓉詩，即韋氏所投德璘紅箋詩也。德璘疑詩，乃詰希周。對曰：「數年前泊舟於鄂渚江上，月明時尙未寢，有輕微物觸舟，芳香襲鼻，取而視之，乃一束芙蓉也，因而製詩。既成，諷詠良久。敢以實對。」德璘歎曰：「命也！」然後更不敢越洞庭。德璘官至刺史。』

二一　紅葉記

海鹽人祝長生撰。演唐于祐、韓夫人御溝紅葉事，與題紅記本事相同，而改造情節，以爲唐初，又添出吳子華、許春華二女以作關目。

按魏陵張實流紅記云：『唐僖宗時，有儒士于祐，（按：此但云儒士。劇云字天寵，洛陽人，父鳳，母謝氏，係增飾也。）晚步禁衢間，於時萬物搖落，悲風素秋，頹陽西傾，羈懷增感。視御溝，浮葉續續而下。祐臨流浣手。久之，有一脫葉，差大於他葉，遠視之，若有墨跡載於其上——浮紅泛泛，遠意綿綿。祐取而視之，果有四句題其上。其詩曰：「流水何太急？深宮盡日閒！殷勤謝紅葉，好去到人間。」祐得之，蓄於書笥。終日咏味，喜其句意新美，然莫知何人作而書於葉也。祐自此思念，精神俱耗。一日，友人見之，曰：「子何清削如此？必有故，爲我言之。」祐曰：「吾數月來眠食俱廢。」因以紅葉句言之。友人大笑曰：「子何愚如是也！彼書之者，無意於子。子偶得之，何置念如此！子雖思愛之勤，帝禁深宮，子雖有羽翼，莫敢往也。子之愚又可笑也。」祐曰：「天雖高而聽卑。人苟有志，天必從人願耳。我聞王仙客遇無雙之事，卒得古生之奇計。但患無志耳，事固未可知也。」祐終不廢思慮，復題二句書於紅葉上云：「曾聞葉上題紅怨，葉上題詩寄阿誰？」置御溝上流水中，俾其流入宮中。人多笑之，亦爲好事者稱道。有贈之詩者曰：「君恩不禁東流水，流出宮墻是此溝。」（按：祐止儒士。劇云祐中狀元，至御溝遊翫，見紅葉而續題，與本傳異。）祐後累舉不捷，迹頗羈倦，乃依河中貴人韓泳門館，得錢帛稍稍自給，亦無意進取。（按：韓泳，唐末人，劇改爲唐初。泳本內監，劇以爲宰相。女本非泳出，劇以爲泳女翠瓊，泳得罪於裴寂，選以入宮。又云泳女翠瓊，許敬宗女春華，俱被裴寂報名選入。泳怒罵裴寂，爲寂所譖，貶二女於上陽宮。紐合，甚誕。）久之，韓泳召祐，謂之曰：「帝禁宮人三千餘得罪，使各適人。有韓夫人者，吾同姓，久在宮，今出禁庭，來居吾舍。子今未娶，年又逾壯，困苦一身，無所成就，孤生獨處，吾甚憐汝。今韓夫人篋中不下千緡，本良家女，年纔三十，姿色甚麗。吾言之，使聘子何如？」（劇言：帝至上陽宮，見韓、許二女啼哭，詰得其情，命還父家；以韓賜婚狀元于祐，以許賜婚探花吳子華。與本事全異。按：上陽宮，在洛陽。白居易、元稹皆有上陽宮詩，所謂：「月夜聞洛水聲，風池暗度秋荷氣」也，非長安事。吳子華，吳融之子。融係晚唐人，官侍郎學士，與韓偓善。題紅記引偓與融，可以相合。此記引入，更謬矣。）祐避席伏地曰：「窮困書生，寄食門下，晝飽夜温，受賜甚久，恨無一長，不能圖報。早暮愧懼，莫知所爲，安敢復望如此？」泳乃令人通媒妁，助祐進羔鴈，盡六禮之數，交二姓之歡。祐結褵之夕，樂甚。明日，見韓氏裝橐甚厚，姿色絕艷。祐本不敢有此望，自以爲誤入仙源，神魂飛越閬苑之狀。（劇言：祐遊御溝，遇裴寂，不加禮敬，寂怒而去。高麗內侵，寂薦尉遲敬德爲將，祐爲监軍以厄之。及奏凱歸，賜婚韓氏。蓋因祐有將兵前導事而緣飾之也。）既而韓氏於祐書笥中見紅葉，大驚曰：「此吾所作之句，君何故得之？」祐以實告。韓氏復曰：「吾於水中亦得紅葉，不知何人作也。」開笥取之，乃祐所題之詩。相對驚歎，感泣久之。曰：「事豈偶然哉！莫非前定也。」韓氏曰：「吾得葉之初，嘗有詩，今尙藏篋中。」取以視祐。詩云：「獨步天溝岸，臨流得葉時。此情誰會得？腸斷一聯詩。」聞者莫不歎異驚駭。（劇中此段全合。）一日，韓泳開宴，召祐及韓氏。泳曰：「子二人今日可謝媒人也。」韓氏笑答曰：「吾與祐之合，乃天也，非媒人之力也。」泳曰，「何以言之？」韓氏索筆爲詩曰：「一聯佳句題流水，十載幽思滿素懷。今日卻成鸞鳳友，方知紅葉是良媒。」泳曰：「吾今知天下事無偶然者也。」僖宗之幸蜀，韓泳令祐將家兵百人前導。韓以宮人得見帝，具言適祐事。帝曰：「吾亦微聞之。」召祐，笑曰：「卿乃朕門下舊客也。」祐伏地拜，謝罪。帝還西都，以從駕得官，爲神策軍虞候。韓氏生五子三女。子以力學，俱有官。女配名子獨得佳句。子復題他葉，流入宮中去，深宮千萬人，葉歸韓氏處。出宮三千人，韓氏籍中數。回首謝君恩，淚洒胭脂雨。寓居貴人家，方與子相遇。通媒六禮具，百歲爲夫婦。兒女滿眼前，青紫盈門戶。玆事自古無，可以傳千古。」

二二　弄珠樓

王無功撰。演阮翰於弄珠樓遇霏煙、柳枝二女聯句。作者故於中引趙汝愚、韓侂胄。俱繫紐合，關目亦甚兒戲。

略云：阮翰，字修文，毘陵孝廉。與同年生何友說同赴臨安會試，泊舟楓橋。吳民曠士築園於橋下。其女曰霏煙，姿才絶世。月夜遊園，登弄珠樓，題詩一聯於箋云：『浮雲捲盡月朦朧，直出滄溟上碧空。』侍兒持箋向月，忽爲風飄墮樓下。翰出舟玩月，拾箋，大喜。侍兒傳語令翰續完，翰即口占云：『誰問獨愁門外客？淸譚不與此宵同。』霏煙咤其才，逡巡下樓去。翰乃令何友說先行，己則留訪樓中女；得實，遂入城寓姑阮氏家。姑丈雲羽之已歿，有婢柳枝，美而能詩。姑命柳枝爲翰熨衣，柳枝於袖中得詩，疑爲翰作，續云：『川路正長誰可越？美人千里思何窮！』仍納箋於袖。翰見之，知柳枝所和，甚喜，而又牽繫倡詩之人。會將往臨安，私與柳枝訂姻，具言得箋於曠士女而別。時韓侂胄專國，淮陽紈袴阮瀚以千金爲獻，夤緣進士。侂胄情託於知貢舉趙汝愚。及榜發，狀元阮翰，毘陵人，「翰」字無水旁，而淮陽阮瀚竟落第。侂冑怒，抹翰卷，斥之。汝愚憐翰，呼見相慰。友說倖中，謁汝愚於座，見翰頗加嫚侮。先是羽之在時，貸曠士千金。曠士以券還羽之，而微露聞柳枝才貌，心欲得之。阮姑遂送婢與士，士令與女爲伴。女令誦詩，柳枝以箋上所聯句應。霏煙驚異，携登弄珠樓，各述從前遇生事，霏煙始知續句生爲毘陵阮翰也。翰歸，過曠園，柳枝於樓頭望見，指謂霏煙曰：「阮郎至矣！」乃下樓與語。霏煙知其有約，許白父歸之。時侂冑恨汝愚，誣爲朋黨首禍，波及阮翰，草疏嗾友說奏之，許除刺史。汝愚放歸，逮翰甚急。翰方在蘇，而友說刺蘇，翰恐累姑，謀奔汝愚。夜行爲偷兒所刼，資斧罄盡，擲以所竊破衣蔽體。失衣者追而見之，指翰爲賊。執送主人，即曠士也。士久聞翰名，乃匿之園中。士先以女言，遣僕送柳枝於阮姑家，值邏卒，執繫於官。友說並欲囮詐曠士。淮陽阮瀚既不售，候侂冑於途，索所賄金。侂冑大怒，因友說彈章，言阮翰未獲，遂移阮瀚爲欽犯，送軍政司，發配蘇州。友說方拘曠、阮兩家嚴鞫柳枝事，京中解阮瀚猝至，友說乃釋衆人而奪柳枝以獻侂冑。侂冑妻聞，大鬨，遂居柳枝於外宅。降友說爲潮州典史。友說恚，首侂冑囑陷汝愚疏稿於朝。朝命起汝愚作相，貶侂冑雷州司戶。曠士釋歸，避跡洞庭山，使女邀阮姑共居園中。翰承士命往探汝愚。泊侂冑大舟之旁，夜聞哭泣聲，瞯之，則柳枝也。出詩箋擲入其舟，柳枝驚問，舟子已揚帆去。翰追不及，聞黨禁已弛，因上臨安應試。汝愚後知貢舉，翰再擢元。初汝愚之入，以瀚無辜遣戍，薦爲雷州刺史；及翰往見，始知以瀚而誤，使追前勅。侂冑舟抵蘇州，柳枝乘間投水，爲篙工救起。阮瀚戍吳，復絜而索金，侂冑不得已，以柳枝償其值。柳枝囑瀚引至曠園，呼阮姑爲母，稱病不肯行。會除翰雷州刺史，瀚即冒爲己職，倚官逼柳枝。曠士已歸，出千金贖之，不允。朝中追勑者繼至，乃捕瀚以去。翰於是寓書其姑，託爲曠女之媒，娶霏煙爲妻，納柳枝爲妾。

按：趙汝愚，楚王元佐七世孫，寧宗時爲右丞相，與韓侂冑不相懌；侂冑日夜謀去汝愚。工部尚書趙彥逾疏廷臣姓名於帝，指爲汝愚之黨。（劇中侂冑陷汝愚爲朋黨，羅織阮翰，假託此等之事也。）慶元元年，侂冑欲逐汝愚，謀於京鏜。以秘書監李沐嘗有怨於汝愚，引爲右正言，使奏汝愚以同姓居相位，將不利於社稷，乞罷其位，以觀文殿大學士提舉洞霄宮。羣臣抗論留汝愚者，李沐劾爲黨，皆斥之。侂冑忌汝愚，必欲寘之死，用何澹疏，落汝愚觀文殿大學士及宮觀。（劇云：侂冑草疏，屬何友說上之，罷汝愚官，因何澹而影射也。）尋有詔安置永州。至衡州，暴卒。（按：汝愚既罷，無復相事。）慶元四年，加侂冑少師，封平原郡王。尋加太傅、平章軍國事。（時汝愚已死，劇云並相，非是。）開禧三年，禮部侍郎史彌遠殺侂冑於玉津園。詔暴侂冑罪惡於中外。治其黨，竄陳自強等於永州，尋改竄雷州。（劇云貶侂冑於雷州，借用自強事。）

嘉興府平湖縣東湖內有弄珠樓，初名戲珠亭。明董其昌易書扁額爲弄珠樓。（劇中曠園弄珠樓名，或本於此，然非其地也。）

二三　合紗記

不知何人作。其所據者，史生某所作湘南野乘也。言姚、饒二女九華祈夢得詩，遇楚客崔袞江干投句，因『白紗』以作合，二女皆歸袞而紗復合，故名曰白紗記。又曰合紗。劇云：（下同卷十，略。）

按：兗州知府及新進士初選知縣，皆明朝以來官制。端明學士，又是宋官。彼此錯雜，則所謂湘南野乘者，所記非實事也。

二四　伽藍救

明萬曆間山陰孟稱舜編。述浙東楊宗元，字子虛，其父曾居台鼎，以恩蔭官刑部郎中。與西山寺僧了緣結方外之交。因案牘煩冗，眼疾頓發，乞假到山靜養。了緣與其徒繼緣等誘民家孀婦李六娘及閨女張大姐藏密室中。宗元病稍痊，閒步入內，忽見二婦，詰知其情。方甚驚駭，而守門沙彌已飛報了緣，率僧衆攔截，不容出寺。宗元激切懇求，僧言：『騎虎之勢，不可復下。』命酒痛飲，閉密室中，與刀帕兩物，令其自盡。時夜已深，衆僧擁二婦去，惟遣一僧守門。護法伽藍潛運神力，使守僧酣睡；又使鼠穴屋瓦，通光室內。空中傳語：『亟須穴屋而逃。』宗元叩首仰窺，見有空隙，遂緣伽藍神像以上。手撥腐椽，攀緣直至屋頂，聞牆外驢聲，乃跳牆而出。山中煤子晨行，宗元急呼求救，告以官銜。衆煤子令去衣，混入隊中同走。僧覺其逸，糾衆追之，未幾，相及。問煤子曾見一官人獨行否？煤子紿指岐路，令往急追，俾乘驢尋大路而行，乃脫其難。入署，乃遣役捕僧。衆僧多遁，惟擒了緣、繼緣。奏聞於朝，以情重，立決，即俾宗元監斬，而釋張、李二婦寧家。劇所稱爲死裏逃生者也。浙東楊氏，鄞縣楊守陳、守隨、守阯兄弟，成、弘、正德間並至卿貳，以蔭得官，當是其家子弟也。類此事者不少，作者指以爲戒：見僧房不可輕入，而奸僧不可結緣耳。

宗元爲伽藍所救，乃是倖脫；智囊所載，則其智可取，附識於後：『吳有書生假借僧舍，見僧每出必鎖其房甚謹。一夕忘鎖，生縱步入焉。房甚曲折。几上有小石磬，生戲擊之，旁小門忽啟。有少婦出，見生驚而去，生亦倉皇外走。僧挈酒一壺自外入，見門未鑰，愕然。問生：「適何所見？」答曰：「無有。」僧怒，掣刀擬生曰：「可就死，不可令吾事敗，死他人手。」生泣曰：「容我醉後，公斷吾頭，庶懵然無覺也。」僧許之。生佯舉杯告曰：「庖中鹽菜，乞一莖。」僧乃持刀入廚。生急脫衣衫塞其壺口，酒不泄，重十許斤；潛立門背，伺僧至，連擊其首數十下，僧悶絕而死。問少婦，乃謀殺其夫而奪得者，分僧橐而遣之。』

二五 秋風三疊

明蕭山來集之撰。一曰冷眼，又名藍采和長安鬧劇；二曰英雄淚，又名阮步兵鄰廨啼紅；三曰俠女新聲，又名鐵氏女花院全貞。事皆有本。

冷眼云：陳陶，生南唐之地，築室西山，採藥煉丹；和光混俗，不揚姓字，自稱藍采和。日在長安市上，拍板踏歌。因看鄉人社會所牽傀儡：或演羊質虎皮，見草而悅，見狼而戰者；或演東郭生救中山狼，恩將仇報者；或演昏夜乞哀，白日驕人者；或演雪中送炭，錦上添花者；或演富商守錢者；或演欺善怕惡者；或演宋人揠苗者；或演趙禮讓肥者；或演羊裘釣澤，足加帝腹者；或演夫妻鼭餉如賓者；或演范、張雞黍者。采和以冷眼覷破，冷言說破，使人熱鬧場中猛省回頭。唱畢，化金光而去，人始知爲神仙也。

續神仙傳云：『藍采和，不知何許人，常衣破藍衫，六銙黑木，腰帶闊三寸餘。一脚着靴，一脚跣行。夏則衫內加絮；冬則臥於雪中，氣出如蒸。每行歌於城市乞索，持大拍板長三尺餘。常醉蹋歌，老少皆隨看之。行則振靴，言：「踏歌，踏歌，藍采和。世界能幾何！紅顏一春樹，流年一擲梭。古人混混去不返，今人紛紛來更多。朝騎鸞鳳到碧落，暮見桑田生白波。長景明暉在空際，金銀宮闕高嵯峨。（劇內載此詞。）」歌詞極多，率皆仙意，人莫之測。但以錢與之，以長繩穿，拖地行；或散失，亦不回顧。或見貧人，即與之；及與酒家。周遊天下，人有爲兒童時至及斑白見之，顏狀如故。後踏歌於濠梁間酒樓，乘醉，有雲鶴笙簫聲，忽然輕舉，於雲中擲下靴、衫、腰帶、拍板，冉冉而去。』（餘同卷九。藍采和、阮步兵、鐵氏女三則，從略。）

二六　續牡丹亭

陳軾撰。軾字靜機，福建人，明崇禎十三年進士。官部曹，入本朝（清）未仕。晚年流寓江、浙甚久。詩酒詞翰，跌宕風雅，人頗稱之。所著傳奇數種，此其一也。因湯顯祖載柳夢梅乃極佻達之人，作者欲反而歸之於正，言：夢梅自通籍後，即奉濂、洛、關、閩之學爲宗，每日讀朱子綱目；又與韓侂胄相牴牾，而當時許及之、趙師睪等趨承侂胄者，皆夢梅所不合。大率皆戲筆也。夢梅官遷學士，且納春香爲妾，葢以團圓結束，補還魂記所未及云。

二七　寶劍記　其二

有李開先撰者，有陳與郊撰者，有沈初成撰者。大段據水滸，而亦有異同。冲自叙云：『方臘入寇，仗劍生擒，拜征西統制；上本建言，謫降總鎮；張叔夜舉薦，改爲禁軍教師。』乃是鋪張之語。擒方臘本韓世忠事；水滸傳以爲魯智深，亦在石碣受天書之後；林冲乃水滸開山，不應先擒方臘，此乃與水滸傳顛倒也。冲爲和靖子孫，殊屬可笑。昔有人自謂和靖之後，識者嗤之，引宋史與閱云：『逋不娶，無子。』其人慙而退。此乃故犯其覆轍也。冲奏劾高俅、童貫，二人密商，賺冲入白虎節堂，此因欲改去高衙內戲冲妻一段，故如此作波；張氏叩閽，開封尹楊清不受；俅囑從輕配冲滄州；高衙內欲娶冲妻，令冲舅母爲媒，張氏堅拒，婢錦兒代嫁高家，自縊而死；冲率兵報仇，朝廷令楊清送高俅父子於冲，令自誅殺，而復冲官，夫婦相聚；此皆與水滸傳異同處。

按：演林冲事者凡有四本，此乃沈初成本也。

二八 翠鈿緣

亦南山逸史所撰也。按續幽怪錄云：『杜陵韋固，少孤，思早娶婦。貞觀二年，旅次宋城南店。有以前清河司馬潘昉女爲議者，來旦期於店西龍興寺門。固以求之意切，旦往焉。斜月尙明，有老人倚巾囊，坐於階上，向月檢書。固問曰：「老父所尋者何書？」老人曰：「幽冥之書。」固曰：「幽冥之人，何以到此？」曰：「君行自早，非某不當來也。」固曰：「然則君何主？」曰：「天下之婚牘耳。」固喜曰：「固今者議潘司馬女，可以成乎？」曰：「未也，君之婦適三歲矣，年十七，當入君門。」因問囊中何物，曰：「赤繩子耳，以繫夫婦之足。」曰：「固妻安在？其家何爲？」曰：「此店北賣菜家嫗女耳。能隨我行，當示君。」及明，所期不至。老人揭囊而行，固逐之，入米市。有眇嫗抱三歲女來，老人曰：「此君之妻也。」固怒曰：「殺之可乎？」老人曰：「此人當食大祿，庸可殺乎？」老人遂隱。固磨一小刀付其奴，令入菜市中刺之。一市紛擾，奔走獲免。後求婚終不遂。又十四年，相州刺史王泰俾攝司戶掾，因妻以女；容色華麗，然眉間常貼一花鈿。固問之，妻曰：「妾郡守之猶子也。父曾宰宋城，終於官。妾與乳母陳氏居，三歲時，抱行市中，爲狂賊所刺，刀痕尙在，故以花子覆之。」固曰：「所刺者，固也。」因盡言之，相敬愈極。後人以此店爲定婚店。』作者因眉間貼鈿，標曰『翠鈿緣』云。

太平錢記中引作張老之舅，互見。

二九　玉釵記

刋本云心一山人撰，未詳眞姓名。與兩重恩稍有異同。本小說、彈詞而作。何文秀遇金、瓊二女，皆以『玉釵』作合，故名。（下同卷十二，略。）

劇因王鼎以子代秀，復教育成其名，故又曰兩重恩也。按：曾銑撫陝，當明世宗時。嘉靖四十五年中並無宰相姓王者，非止蘇州無王太師也。

三〇　續情燈

明人蘇州听然子編，不知其姓氏。演景韶、秦若金問姻緣於劍仙崔七娘，贈以沫珠丹藥及詩，後皆驗，而總以神燈爲斷而復續之關紐，即以『續情燈』名劇。大意半據小說，而小說略異，亦名『續情燈』，乃近時人所作也。其自序云：『續情天燈之作，所以平天地間有情之恨。情不至，則連者可斷；情一至，則斷者可續。燈者，光之生於情者也——有情即現，無情則滅。若云天地間眞有是燈，則癡人說夢矣！殆有合於温柔敦厚風人之旨歟？』

略云：景韶，字烟客，蘇州人，與表兄秦堅切磋學業。曾賦美人曉起詩曰：『曉情如夢怯衣香，起學吳姬新樣粧。小髻乍成思點綴，賣花聲卻在山陽。』鐫雲間同人唱和集中。聞劍俠崔七娘能知未來，因偕秦堅往詢終身。七娘贈以詩曰：『一天風雪月娟娟，人在雲間畫裏看。聞說猩猩能解語，神燈一盞照尼菴。』又專贈景韶沫珠丹藥一丸——乃仙人劉海之蟾所吐沫珠，能救不起之疾——命常佩帶在身。尹停霞者，松江人也，美姿容，善詩畫。閱雲間同人唱和集，愛景韶美人曉起詩，因畫己貌於扇頭。並和詩曰：『輕烟和露薄籠香，枕綫紅生試曉妝。得句幾番慵理鬢，醉心若爲怨朝陽。』侍婢憐兒之父李碧峰者，欲往蘇州趕考市，賣雜貨，求停霞畫。停霞即以扇付之，囑以遇吟美人曉起詩郎君，不妨送之。碧峯至蘇州閙市，景韶閒遊，見扇驚喜，碧峯即送之。景韶歸寓，情思繾綣，復和詩於扇曰：『輕箋飛來字句香，筆尖輕點可人粧。癡魂擬向風中叫，竟日吟詩到夕陽。』時督學嚴公明考童生，取景韶第一，秦堅第二。有姚必進者，匪人也，文太荒謬，責逐之。妓女馮娟娟，色藝雙絕。適秦堅赴友人約，歸來值大雪，避其檐下，鴇母呵之不去，娟娟與見，識其儒者未遇，留欵。異日，秦堅邀景韶同往，娟娟與秦堅訂終身。景韶爲媒，因自歎尹停霞姻緣未遂。娟娟願往雲間通信撮合，扮爲比丘尼，詭爲求畫者，得入深閨，以扇付之。停霞復和詩以明志曰：『未洗娟娟墜粉香，曉欄無意理紅粧。春心不繫雲箋影，妾夢猶依巫水陽。』約迎春日與景韶一晤。至期，目成心許；而下樓誤跌，心痛危，急延醫。景韶以仙藥與服，頓愈，謝儀不受，惟求諧秦晉；停霞母感其恩，允之。景韶既聘後，閉門讀書，以圖功名遂意後完姻也。娟娟已曲成景韶美事後，以戀秦堅，爲鴇母厭薄，情極，竟挾厚貲與堅潛往京師；得中解元，聯捷中進士，除授兵部主事；糾彈兵部尚書賈純臣，遭廷杖，發嶺南烟瘴充軍，同妻僉解。賈純臣者，權奸也；姚必進諂媚，述尹停霞之美，勸娶爲繼室，即以黃金千兩彩幣百端委必進往。尹氏辭以受景韶聘，必進以威勢動之。尹氏慮女不從，乃詭云：『景韶已及第，特來迎娶。』停霞不疑。行至山東兗州府，宿驛中，侍婢憐兒露其意。停霞悲啼，守志自縊，母救醒。嚴公明巡撫兩廣，亦宿驛中，隔牆聞之；次日詢明始末，知爲門生景韶聘妻，乃備車馬送尹氏母子回籍。重責姚必進。必進啣恨，謀於前途饑民擾攘中殺尹氏，刼衣資。劍仙崔七娘知停霞有難，指引尼菴藏身，告以三年後聽門外人喊馬嘶，即是歸期。又題前示景韶詩於壁，忽飛去。姚必進爲飢民爭啖死。景韶中會元，殿試二甲第四，除授中書舍人。李碧峰來，訛傳尹停霞已爲飢民啖之，景韶慟哭，即告假還鄉。嚴公明薦秦堅才略過人，忠義自矢，赦充軍，赴京起用；忝賈純臣貪惡奸佞，大干法紀，着錦衣衛拿問。秦堅奉召登程時，猩猩作人言送之曰：『好個忠臣！』崔七娘憫景韶與尹停霞久離當合，乃現『救苦燈』、『福昌燈』、『多寶燈』、『放生燈』、『智慧燈』、『證果燈』、『祈安燈』、『供養燈』、『續情燈』，由山東路引入尼菴。景韶行至兗州，方設酒漿紙錢，望空遙奠停霞，忽遇秦堅、娟娟。時天已昏黑，得神燈引路，人喊馬嘶，共投尼菴，與尹氏母女相遇，大喜；讀題壁詩，始知劍仙暗中指引。即於昌平驛中成婚，永遂唱隨之願。崔七娘之言皆驗矣。

按小說云：『宋理宗時事』，亦無確證。其言神燈，固屬添設，而四川峨嵋山實有神燈，其餘名山，仙佛靈跡，往往亦有神燈之說，但非專爲佳人才子續情耳。劇內所演種種燈名，不過花團錦簇，悅一時之耳目，並無實據也。

三一　鴛鴦夢

吳人採芝客編。憑空結撰，本無事實。秦璧、嬌蓮以男女鍾情，感而入夢，故曰『鴛鴦夢』也。略云：吳中人秦璧，字玉賢，貌俊偉，才學甚富。與友人石隱龍，字雲公者最契善。上元節，黠友羊如皓邀遊玄都觀。適兵部侍郎崔乾女嬌蓮入觀進香，秦覘蓮美，蓮亦注目。聞羊呼秦玉賢，秦應諾，蓮素慕其才名，留意焉。呼婢蘭馨云：『今夜我出玩燈。』遂乘輿歸。秦問如皓，皓云：『年家崔女也。』秦夙聞其才貌，稱美不絕口，辭羊歸，思：『蓮有「我出玩燈」之語，度必期予往』，遂賦一絕，欲俟隙投之。蓮亦賦一詩，與婢垂簾門首玩燈。秦果至，值人語喧閧，蘭呼秦，秦揖蓮、呈詩，蓮亦答之，遂急遽訂盟而歸。蓮詩云：『碧雲深鎖夢魂奢，寬褪春裙一捻斜，幾度繡成鴛鴦夢，相憐愁殺楚峰遮。』展玩間，會石至，與之商，石許詣崔議婚。而羊亦浼栢子正者執柯。崔以秦窘，拒秦而允羊。母聞羊甚鄙陋，不欲允。崔譙訶妻，意决許羊。蓮欲自經，蘭勸投尼菴以俟秦；其老尼，蘭母姨也。及詣庵，尼涎蓮美，欲售人以牟利，紿兩人之洞庭山。蓮度秦嘗覓己，密以其所贈詩題壁上。詩云：『蓮花爲面玉爲腮，珍重歡情寄眼來，搖曳柳絲緣底事，願爲光影共徘徊。』崔失愛女，自悔無及，遍緝之；適有詔起官中州，遂之任。秦知蓮爲己遁，計無所出。異人贈一符，焚七日，夢入淸淨庵，花神攝蓮魄與會。神復贈以詩云：『湖上梨花分兩地，改妝投歇杏花園，蟾宮丹桂今宵折，得遂當時並蒂蓮。』及醒，往淸淨庵，寂然無人；見壁間詩，乃己作也，度蓮必至此，詢之，云：『往洞庭觀音庵矣。』秦竟之洞庭。初老尼攜蓮過太湖，湖賊刼蓮、蘭入寨。賊婦乃良家女，竊令箭付蘭，令改男妝攜蓮同出投其外父吉姓者；吉素樂善，憐其夫婦無依，認爲義子媳。初隱龍與吳中伎平靄娘訂婚，靄拒客守節；以他事避京師，假母鬻與平尚書爲妾；平以同姓，認爲義女。及秦、石入試，秦擢大魁，石第進士，羊、栢皆以懷挾受責。崔亦陞任入京。平欲以女妻秦，秦拒之，必欲聘崔女。平知崔無女，即以靄娘繼崔。及花燭，知非蓮，詢之，云已字石；秦即修書至吳，令石入京就姻。秦與崔遍覓蓮音耗。石詣京，買僕，會吉姓貧不能自給，使蘭、蓮鬻身於龍。蓮聞秦及第，正欲詣秦，以實相告。石乃別舟送蓮入京與父母會。崔、平兩家，仍以蓮配秦、平配石。崔以蘭護女之德，認作義女，贈平尚書爲次室云。

三二　太極奏

吳江朱良卿作。以督餉上官壽有杯名『太極奏』，差官齎赴京，爲妖道刼殺，陷翟氏父子於獄；御史林士賢爲昭雪，翟氏二子皆因此杯得婦，故名。事之有無不可考，杯名尤荒誕。

據云：翟慶遠，字瓊來，賓應人，世居上黨村，以儒業訓。子瑤、琪皆有聲黌序。道人復正流寓村中之士穀祠，譸張爲妖，幻惑鄉愚，欲取童女心合藥，乃咒爲鬼怪，驚擾一方；詭言入定見神欲降禍，必殺童女祭賽乃可免。於是有錢、鈕二人爲首，苛歛民田，聚千金買女，叩慶遠勸助；慶遠以爲妖，峻拒之而欲訴之官。復正啣之，謂：『神必降之禍也。』督餉上官壽嗜酒，量弘不醉；有杯非玉非瓷，貯酒輒奏樂，名『太極奏』，家傳異寶也。壽欲得酒徒，命巡捕官江都縣丞高五典訪求，輒不當意，切責五典。五典有女寒玉，善飲，痛父受責，僞爲男，入署見壽；與飲，大悅；邀其父，不能諱。壽知其爲女也，即撫爲己女而善視五典。壽父官於京，移札取杯；壽命高五典齎赴京，行至上黨村，日暮，投宿於慶遠家湖亭上。復正憾慶遠，夜踰垣而欲殺之；遇五典，即殺五典，取杯去，擲入水中，而立於廟門。錢、鈕二人經過，復正復僞爲望氣者，言：『翟家方殺人，此地方之禍，宜往偵之。』錢、鈕至，果見五典被殺，胸有文憑，即繫慶遠父子解壽署。壽怒甚，嚴刑拷翟父子，誣服下獄，勒限追杯。上黨村東溪寡婦莘氏，有女雨香，相依爲命。婦代人家滌衣溪上，忽風濤大作，衣沉入水；呼雨香持器撩衣，衣不得而得杯；欲貨此杯以償人衣，告諸其隣陸剝頑。時土豪丘喜財家失盜，剝頑心動，賺杯往見丘喜財，竟認爲己物；私縛莘氏，拷掠逼償所失。雨香欲救母，願鬻身於土穀祠以祭神，而以金償。丘慶遠繫獄，遇歲朝，父子哀慟，獄官葉隸聞而憐之，念無以脫其寃；會壽方按部，一年始歸，隸乃縱瑤、琪使赴京與試，尅期復還獄。試畢果還；而壽取其女過江，並提翟父子沿途追比。雨香既鬻身，莘氏得脫；其女將就戮，哭於溪濱。御史林士賢巡按江都，微行至溪，遇莘，知其事，亟至廟，託言風聞，禁不得擅殺；歸舟，莘氏鳴寃，乃命捕妖道及喜財等親鞫，下復正於獄，以杯貯庫，釋莘氏、雨香；渡江，見上流浮四人至，急救之，則上官之女寒玉及翟慶遠、瑤、琪也——將赴壽所，遇風覆舟，頃刻逆流浮二百餘里而逢士賢救。士賢留寒玉，羈翟，而以書約壽。壽至，相與飲，爲道失杯事。士賢還其女，請代鞫翟氏父子，壽欣然。士賢取喜財杯，以酒試之，聞奏樂聲，知即此杯也，乃細詰慶遠：『殺高五典之夕何人發覺？』慶遠稱：『錢、鈕二人夜叩戶而入，始知五典被殺。』乃鞫錢、鈕：『何由而知？』俱稱：『復正望風相告。』乃出復正於獄，一訊而服，並供以術誘食女子數人矣，遂磔於市。追喜財金，給莘氏；喜財發配。而琪、瑤兄弟已皆擢巍科，於是士賢以杯還壽，爲琪請壽女寒玉爲室，以雨香配瑤。慶遠德獄官葉隸，使二子迎養終身。

胡應麟甲乙剩言：『都下有高郵守楊君，家藏合巹玉杯一器。此杯形製奇怪——以兩杯對，中通一道，使酒相過；兩杯之間，承以威鳳，鳳立於蹲獸之上，高不過三寸許耳。其玉溫潤而多古色。至碾琢之工，無毫髮遺憾。蓋漢器之奇絕者也。』

三三　竹漉籬

蘇人周杲撰。演唐龐蘊事。按：龐居士詩偈機緣，載諸語錄；此劇增飾點綴，半屬子虛，而謂其子尙主，封蘊爲龐公，誕而可哂。蘊編竹漉籬自養，遂以爲名。

略云：龐蘊，字道玄，衡陽人。父爲襄陽守，遂家焉。（本傳：道玄本衡州衡陽人，元和六年，在襄陽隨處而居，並無父爲襄陽守之說。）妻蕭氏，女靈照，子鳳毛。有弟次恭，鄙吝特甚。蘊性躭空宗，嘗參石頭遷禪師，（按：蘊參石頭遷，問：『不與萬法侶者是甚麼人？』遷掩其口，蘊遂有省。後參馬祖道一禪師，復理前問，道一云：『待汝一口吸盡西江水，方與汝道。』此劇中引入。）頓契其旨；惟以利人濟物爲念，廣行布施。次恭每哄其愚。地藏菩薩化爲老僧，募次恭齋糧；不捨一文，僧化淸風而去，次恭疑爲魅。儒生李孝先逋銀不償，次恭元旦往索，孝先氣憤，驚悸而斃。胸尙溫，其妻守之。次恭默愧，遂病，恍惚見化齋僧及孝先。地藏攝其魂而遊地獄。迨醒，以告蘊，而孝先復活，乃還其券。然吝惜如故。而蘊則取平日借券盡焚之，廣行善事不已。增福神化爲秀士，贈以如意寳珠，隨心所欲，悉皆具足。蘊勸次恭布施，以珠轉贈之。次恭歸試之，所得皆瓦礫也。蘊惜弟終不悟，自以舟載家資，鑿穿其底，沉湘江中；隱居鹿門山，使子鳳毛斫竹編竹漉籬，女靈照持鬻，以自給。嘗作偈云：『有男大不婚，有女長不嫁，大家團圞叙，共說無生話。』歷參諸善知識。次恭以貪怨蘊，地藏復化身引與蘊遊歷天宮，至忉利天，菩薩云：『今缺天主，次恭當補其位，七珍八寳悉具。』次恭遂省悟，亦結茅菴山中。菩薩以猛獸試之，蘊不畏，次恭驚走。菩薩謂：『次恭當遲十年證果。』時李孝先得第，爲諫議大夫，因唐德宗望氣，見牛、女分野，金光亘天，占候官奏爲『善人之瑞』，孝先遂以蘊名上達，有詔徵之。孝先詣鹿門，蘊以衰邁辭，使鳳毛入覲；問儒書內典，並皆通達。德宗次女瓊英公主，素習楞嚴經，嘗立誓願：『有能背誦此經並悟其義者，始尙之。』使鳳毛背誦，一字無訛；及命講，深達經旨，乃賜第尙主。贈父蘊爲龐公，母爲夫人。

按傳燈錄本傳：蘊女名靈照，賣竹漉籬以供朝夕。劇作其子編成，女携以賣，亦少異。

又按：五燈會元及指月錄，龐居士語錄等書，並無有弟及子；但稱龐男龐大，亦無名；妻曰龐婆，亦不載姓名。此皆增飾，或從志書得之。如意寳珠，引釋典中語也。

按：劇中有雲巖寺僧羅哥戲謂靈照一折。兩生天以此僧爲丹霞，太幻，不若此作羅哥，無甚礙也。蘊於馬祖處得悟，祖云：『自見老僧以來，日用事作麽生？』蘊呈偈云：『日用事無別，惟吾自偶諧。頭頭非取捨，處處沒張乖。朱紫誰爲號？丘山絕點埃。神通並妙用，運水及搬柴。』復有偈云：

『難難難，十方同聚會，個個學無爲，此是選佛場，心空及第歸。』其一門皆悟無生之旨，蘊云：『難難難，一石麻油樹上攤。』婆云：『易易易，百草頭，祖師意。』女靈照云：『也不難，也不易，飢來吃飯倦來睡。』龐公龐婆及靈照機緣，皆載諸佛語錄，不爲虛語。及龐將入滅，謂靈照云：『視日早晚，及午以報。』靈照遽報：『日已申矣，而有蝕也。』蘊出戶觀，靈照即登父座，合掌坐亡。蘊笑曰：『我女機捷矣！』於是更延七日。州牧于公頔聞之，來問，蘊謂之云：『但願空諸所有，慎勿實諸所無。』言訖，枕公股而化。龐婆走田中謂其子龐大曰：『汝父死矣。』龐大笑曰：『嗄！』荷鋤亦脫去。婆乃遍別鄉閭歸隱，自後莫知其所。或云：婆以三人尸指開石壁，並自身盡入山中，石壁復合，云：『勿使蹤跡落人間也。』

三四　陽明洞

西疇老圃周杲撰。記明王守仁事蹟，大段皆與史傳相合。守仁曾讀書陽明洞中，取號爲陽明，故稱爲『陽明洞』云。

略言：王守仁，南京吏部尚書華之子，母鄭氏；妻諸氏，江西布政養和公女。守仁中弘治乙未進士，授兵部主事。正德初年，上疏申救戴銑、薄彥徽等，劉瑾矯旨謫貴州龍場驛丞，且逼其父華致仕。守仁至杭，僞作投江死，再由間道陸行往黔，建龍岡書院以化猓俗。時安化王寘鐇反，檄詆劉瑾亂政。仇鉞平寘鐇，張永自軍中回，密奏瑾惡；武宗立誅瑾，起守仁廬陵令。久之，寧王宸濠反，殺孫燧、許逵。守仁已由僉都御史督南贛、汀、漳兵。守仁率吉安守伍文定等討宸濠。武宗聽江彬言，自稱武威大將軍，御駕親征，駐驆金陵。守仁以宸濠付張永，還。經杭州淨慈寺，有一室封鎖甚固，乃寺僧祖師無無和尙之臥室，囑咐五十年後方開者；守仁使開之，內得一偈，知即其前身也，於是守仁雖極貴，而視功名甚淡。值其父七十壽辰，封伯詔至，榮褒三代，舉家歡慶云。

雷禮國朝列卿記：『王守仁，字伯安，浙江紹興府餘姚人。父華，成化辛丑狀元。母鄭氏，孕十四月而生守仁。年十四，至江西，成壻於外舅養和諸公官舍。弘治壬子，年二十一，中浙江鄉試。己未，登進士第。明年，授刑部主事。告養病歸越，即陽明洞舊觀基闢爲書屋，覓神仙蹤跡及究仙境祕旨，靜坐習導氣爲長生久視之道。甲子，聘爲山東鄉試官，復授兵部武庫司主事。（劇從兵部叙起，然陽明洞一段，乃是本題肯綮，不宜略也。）明年，白沙陳先生高弟湛若水始爲翰林院庶吉士，一會定處，共爲聖賢。（守仁有叙云：「紹堯、舜之心傳，倡程、朱之道術。」指此。）明年丙寅，正德改元。劉瑾竊國柄，作威福，差官校至南京，拏給事中戴銑等下獄。上疏乞宥之，瑾怒，矯詔廷杖五十，斃而復甦，謫貴州龍場驛丞。瑾怒猶未釋。守仁行至錢塘，度或不免，乃託爲投江，潛入武夷山中，決意遠遁學道。（劇云兩界山，山南福建，山北浙江，陸路往西是江西，亦是揣摩語。）夜至一山菴投宿，不納。行半里許，見一古廟，四壁俱頽，時夜深，遂據香案而臥。黎明，道士往視之，熟睡案上。乃推醒曰：「汝異人也，此乃虎狼之穴，汝何得無恙！」因詰其出處。乃詐爲商人。道士曰：「視汝丰神，決非商人，若非得道流，決是廊廟貴器。」守仁乃吐實。（劇云，遇見者乃駱道翁，別來二十年，與此互異。）道士曰：「如汝所志，將來必有赤族之禍。」守仁深然其言。嘗有詩云：「海上曾爲滄水使，山中又拜武夷君。」遂由武夷至廣信，泝彭蠡，歷沅湘，至貴陽龍場。伐木爲驛樓及屋，乃扁爲「何陋軒」、「君子亭」、「賓陽堂」、「玩易窩」以居之。庚午，陞廬陵知縣。（劇言守仁報陞廬陵，生員冀元亨劉觀時叩別之，忽聞陞去，如失怙恃。元亨，湖廣人，此竟作貴州人矣。又述守仁語二人云：「無善無惡心之體，有善有惡意之漸。知善知惡是良知，爲善去惡是格物。」按：此乃天泉證道中語，在浙江時事，錢德洪、王畿皆有記，非貴州時事也。）遷南京主事。擢吏部驗封，陞文選員外考功郎中，南太僕少卿鴻臚卿。丙子十月，陞都察院左僉都御史，撫鎭南贛、汀、漳等處。（劇中略去中間一段，竟叙撫贛，蓋不能絜及也。乃竟云謫貶龍溪，陞任廬陵邑宰，超陞都憲，若由邑宰徑陞，則大謬矣。）上疏請勅便宜行事及請令旗令牌。兵部尚書王瓊覆議，奉旨改提督南贛、汀、漳等處軍務，賜勅書及前所請旗牌便宜行事。奏夾勦捷音，陞右都御史。十四年正月，再疏乞放歸田里。輔臣欲從其請。兵部王瓊逆知宸濠必將爲亂。時福建有軍人之變，瓊具題，降初勅，暫往彼處會同處置。宸濠陰謀不軌，亦已有年。一日，令安福舉人劉養正往說守仁，云「欲從公講」。明日，守仁令門人冀元亨先往，與宸濠講學，以探其誠否。元亨至語予遁，宸濠怒，遣還；密使人殺於途，不果。守仁於六月初九日自贛起行，欲往福建勘事。十五日，至豐城縣界，有典吏數人來報宸濠反狀。既而知縣顧佖來，具言其詳。守仁欲泝流趨吉安府。時正夏，南風方盛，欲南至吉安，則風逆。聞宸濠亦發千餘人來迎。守仁欲發舟，舟人以逆流無風爲辭。守仁乃密禱於舟中，且誓死圖報國。無何而北風大作，遂發舟。薄暮，度勢不可行，乃潛覓小舟船，以微服作縴夫下船急去。留麾下一人，服冠服在舟中。宸濠兵果犯舟，而守仁不在。是夜，舟至臨江，知府戴德儒喜甚，留入城調度。（按：守仁以正德十一年擢撫南贛，至十四年宸濠乃反。辭親赴任，正在豐城聞宸濠已反，甚失事實。又十四年正月，守仁乞休。劇於赴任時叙守仁欲致仕，亦誤。其叙豐城聞變，頗合。但云夫人在舟中，則甚誤。守仁往福建勘事，豈有挈夫人同行之理？又叙夫人與公子同行。按：守仁叙勦賊功，雖有蔭子錦衣之旨，而守仁至五十五歲始得子——詳載年譜中。列卿記云：「守仁初無子，嘉靖丙戌始舉子」是也，是時未及五十，不得有子隨行也。云是二房嗣子，稍合。宸濠遣求，守仁禱風，俱與傳相合。）守仁曰：「臨江居大江之濱，與省城相近，且當道路之衝，莫若抵吉安爲宜。」十八日，至吉安，知府伍文定出迎甚遠。守仁督率知府文定、德儒、邢珣、徐璉等調集軍民，召募四方義勇。移檄遠近，暴露宸濠罪惡。（劇中點將一折，與此相合。）宸濠留兵萬餘守江西省城，自别將兵向安慶。守仁促各府兵會於臨江樟樹鎮，身督伍文定等兵徑下。知府戴德儒引兵自臨江來，徐璉引兵自袁州來，邢珣引兵自贛州來，萬安知縣王冕等亦各以兵赴來。二十日黎明，我師四面驟集。呼噪並進，梯絙而登。城中之兵皆倒戈退奔，城遂破。擒其居守宜春王拱樤等。宸濠眷屬縱火自焚。（劇云殺其世子，與此不合。）乃分兵四路躡宸濠。宸濠攻圍安慶未下，親自督兵運土塡塹。次日解圍，議歸援省城。時撫州知府陳槐引兵亦至，（劇中於點將中已有陳槐，少不合。）乃遣文定、珣、璉、德儒共領精兵五千，分道並進，擊其不意。二十三日，宸濠先鋒至樵舍。風帆蔽江，前後數十里。守仁分督各兵乘機趨進，連日大戰，宸濠遂大敗。我兵奮擊，四面火及宸濠副舟。宸濠與妃嬪泣别，宫人皆赴水死。遂執宸濠並其黨數百餘人。宸濠既擒，衆執見守仁，呼曰：「王先生，我願盡削護衛所有，請降爲庶民可乎？」守仁對曰：「有國法在。」遂低頭無語。（劇所載皆合。）初在吉安，疏乞命將出師。朝廷差朱泰（即許泰）爲總都軍務，充總兵官朱彬（即江彬）爲總都軍務，朱暉（即劉華）爲總兵太監，張忠爲總督軍務，張永爲提督贊書機密軍務，往江南征討。行至中途，聞宸濠被擒捷報至京，計欲奪功，乃密請武宗親征。武宗遂自稱爲「總督軍務、威武大將軍、總兵官、後軍都督府、太師、鎮國公」。江彬、許泰等先由大江至，諭皇帝將欲親征之意。欲將宸濠放置城中，待駕至，與彼輩列陣重擒之以爲功。守仁遂託疾不出。張永暮夜訪守仁，守仁備告募兵征勦之詳，永始知其忠與功。守仁爲疏，力止親征。又歸功欽差總督威德指示方略所致，以止武宗江西之行。遂由廣信至浙江。彬、泰欲誣守仁叛逆，擒而誅之，並爲己功。張永語衆曰：「天理何在！」見武宗備言其忠，彬、泰之計遂不行。武宗召守仁，即至南京龍江關，武宗益信其忠。守仁乃至江西省城視事。（劇中大略相合。）世廟初行，取馳驛赴闕宴賞，道經錢塘，懇乞歸省。朝廷准令歸省，進南京兵部尙書參贊機務。本年十二月，封新建伯，三代並妻一體追封。（劇中大略相合。）』

又列卿記：『王華，字德輝，晚號海日翁，成化辛丑狀元及第，弘治甲子陞禮部左侍郎。武宗初，子守仁爲兵部主事，上疏論瑾罪惡。（按：守仁止救戴銑等，未嘗直攻瑾也，彼時作守仁父子傳者，不免裝飾。）瑾既逐新建，復移怒於華。然瑾微時備聞其平日孝友忠信之評，怒稍解。使人語於華：「若一見，內閣之位可立躋。」華不行，瑾意漸拂。丁卯正月，遂陞南京吏部尙書。瑾猶以舊故，使人慰言「不久將召用」。冀必往謝，又不行。瑾復怒，遂推尋禮部時舊事本無干者，傳旨令致仕。（劇言華爲吏部尙書，以守仁劾瑾，即勒休致，不能盡合。）世廟龍飛，下詔宣白新建之功，召還京師。新建因得便道歸省。尋進南京兵部尙書，封新建伯。遣行人賫白金、文綺慰勞新建，下温旨存問於家，兼有年酒之賜。適華誕辰，親朋咸集。（按：華以正統丙寅生，至嘉靖之初年已應七十六矣，劇言七十誕辰，失考。）新建捧觴爲壽。華以「盈滿」爲戒，新建跣而跪聽。於是會其鄉黨親友，置酒燕樂者月餘。（劇末語圓一折本此。）』

王世貞二史考：『客坐新聞言：「姚江王伯安守仁，成化辛丑狀元，大宗伯華之主器也。弘治己未會試第二人，廷試二甲第六。初授刑部主事，後改兵部。博學有文，好奇古，慕神仙。正德丁卯大璫劉瑾操弄國柄，放棄大臣，鋤滅言路，百僚掩口聽命而已。伯安上疏言之，謫貶龍場驛丞。未行，寓杭州勝果寺。一夕，夢使者持書二緘付伯安。啟之，一書：『滄浪之水淸兮，可以濯我纓。伍員名。』一畫水上覆一舟，後題『屈平』，止二字。旣覺，越三日，晝見二軍校至，『有旨賜汝溺，不可緩。』窘迫之。伯安懇告校曰：『少間須臾，留詩於世，以俟命絕。』乃以紙展几上題一律云：『學道無成歲月虛，天乎至此復何如？身曾許國生無補，死不忘親痛有餘。自信孤忠懸日月，豈知殘骨葬江魚！百年臣子悲何極，日夜潮聲泣子胥。』更有告終詞一篇，不及錄。書罷，爲二校面縛挾至江邊投之。伯安初入水，即得物負之，不能沉。漂蕩凡七晝夜，所見如畫中。伯安驚慌，莫知所之。舟偶及岸，見一老人率四卒來，解縛登岸，曰：『福建界也。』伯安告曰：『願公護某至彼。』老人曰：『此去福建尙遠，不能猝達，當送君往廣信。』乃命四卒共往舁之，去如飛，不半日已抵廣信矣。老人復在彼，率詣僧寺。僧聞其名、延欵甚恭。覓老人四卒，皆不見。詢僧自岸至此爲程幾何？僧曰：『千里』。自辰及午，迅速若是，信爲神祐也。食罷，僧達郡邑，皆館轂之。即移文浙省，差人迎候。伯安今轉遷爲大鴻臚云。」考之王公年譜，則云：「先生至錢塘，瑾遣人隨偵。先生度不免，乃託言投江以脫之。因附商船遊舟山，偶颶風大作，一日夜至閩省。比登岸，奔山徑數十里，夜叩一寺求宿，僧故不納。趨野廟，倚香案臥——蓋虎穴也。夜半，虎繞廊大吼，不敢入。黎明，僧意必斃於虎，將收其囊。見先生方熟睡，呼始醒，驚曰：『公非常人也，不然得無恙乎？』邀至寺。寺有異人，嘗識於鐵柱宮，約二十年相見海上，至是出詩，有『二十年前曾見君，今來消息我先聞』之句。與論出處，且將遠遁。其人曰：『汝有親在。萬一瑾怒逮爾父，誣以「北走胡，南走越」，何以應之？』因爲著，得『明夷』，遂決策返。先生題詩壁間曰：『險夷原不滯胸中，何異浮雲過太空？夜靜海濤三萬里，月明飛錫下天風。』因取間道由武夷而歸。時龍山公官南京吏部尙書，從鄱陽往省。十二月，返錢塘，赴龍場驛。」據年譜乃門人錢德洪著。德洪純實人也，不誤。而客坐新聞所記，正德洪所謂託言投江之說也。（劇中大抵以年譜爲主。其言：至江干附舟往舟山；改姓名爲陽明上人；舟遇颶風，飄至兩界山，家人報守仁已溺於水，其夫人設靈座，杭州知府楊孟英親請致祭；守仁投入古寺，不納，後投小廟，遇虎咆哮；僧人謂守仁已死於虎，欲取其資；遇見駱道翁，叙及二十年前鐵樹宮邂逅之事，爲決可否及爲卜卦；大段相合，而稍加增飾。年譜無駱道翁姓氏。其浮冠履水上及楊孟英祭江，家人成服，俱本紀事本末。）當時王公止是救給事中戴銑等，初與瑾無深讐，何必作此狡獪權譎縱橫之餘習乎？（世貞所駁極是。時痛擊瑾者，韓文等輩，未聞瑾遣人尾殺之說，於守仁何致獨欲暗中殺之？）異人所贈詩，疑亦王公所託言也。客坐新聞爲沈周作，周以正德己巳壽終，而王公至正德甲戌始拜南鴻臚卿，今云云，恐後有好事者增益之，亦非沈筆也。』

又雙溪雜記言：『王伯安奏劉瑾，被撻幾死，謫龍場驛丞，以此名聞天下。楊文襄作王海日公華墓誌銘，其說亦同，而加詳。考之國史，王文成公年譜、行狀、文集，止是「救南京給事中戴銑等，忤劉瑾，下獄杖謫。」本無所謂劾瑾也。（劇中守仁自言欲申救，後序瑾閱守仁疏云：「戴銑、薄彥徽等職居司諫，以言爲職。其言而善，自宜加納。如其未善，亦宜包容，以開忠讜之路。乃今赫然下命，遽事拘囚，臣恐自玆以往，雖有上關宗社危疑之事，陛下孰從而聞之？」此據守仁疏語。按：劇較有分寸，未言劾瑾也。）』

列卿記：『守仁擒濠後，欲赴南京。病勢未愈，暫留浙江，館於西湖淨慈寺。（劇云：守仁寓淨慈寺，開老僧之房，桌上有一東帖云：「五十年前王守仁，開關原是閉關人。」按此亦本野史，但非淨慈寺中事。蓋因守仁留淨慈寺，附會此說耳。）』

弇州史料：『大學士劉健、謝遷、李東陽以劉瑾、馬永成、高鳳、羅祥、魏彬、丘聚、谷大用、張永等蠱惑上心，連章請誅之，皆留中不出。會九卿衙門戶部尚書韓文等亦上章請誅，瑾等環上而泣。瑾遂入司禮，丘聚遂領東廠。健、遷即日疏辭，皆報可。南京給事中戴銑御史薄彥徽等具奏，言健、遷先廟元老，不宜輕去，又指六七內臣倖幸。上大怒。健、銑、彥徽杖之闕下，敕爲民。兵部主事王守仁疏救，杖三十，謫貴州龍場驛丞。（劇載相合。云二十餘人盡加廷杖，則祖本末之誤也。）瑾矯旨枷尚寶卿顧濬、湖廣副使姚祥於長安左右門外，工部郎中張瑋於張家灣，俱以違例乘轎，爲東廠所發也。（劇亦載此事。）瑾令寡婦盡嫁，及停喪未葬者盡焚棄之，京師大閧。（劇亦載此事。）』

紀事本末：『罷尚書韓文，降戶部郎中李夢陽爲山西布政司經歷，尋罷之。』又云：『瑾於私宅擬旨，多出松江人張文冕手。文冕故市儈，嘗犯法，亡匿附瑾，瑾倚之。（劇敘入文冕爲按摩人，則非。又言令文晁縛守仁投江歸報，蓋屬紐合。）』又云：『逮前總制三邊都御史楊一清下獄，尋釋之。（劇亦載入。）』又云：『正德五年夏四月，慶府安化王寘鐇反。寘鐇素有逆謀，與生員孫景文甚密。覡王九兒降鸚鵡神，妄言禍福，寘鐇益懷不軌。會瑾遣大理少卿周東度田寧夏，增益頃畝，徵馬屯租甚急，敲折慘酷。諸戍將衛卒憤怨，景文又以言激衆怒。寘鐇遂置酒召巡撫安惟學、總兵姜漢、少卿東等，惟學、東辭不往。寘鐇伏兵殺漢，遂縱兵殺惟學、東。（劇全據此，略惟學、漢不敘入。）寧夏遊擊仇鉞聞邊警，率兵出玉泉營。寘鐇反，遣人招鉞，鉞佯許之。朝議用鉞爲副總兵。鉞陽臥病，寘鐇將周昂、蒼頭陶斌問疾，鉞用鐵骨朶擊殺之，披甲仗劍，跨馬出門，直趨安化府，擒寘鐇及其黨。寘鐇起兵，凡十八日而敗。（劇所載皆本此，云鉞於陣擒寘鐇，寘鐇蓋未戰也。）時命涇陽伯神充總兵，太監張永提督軍務，起右都御史楊一清爲提督，率中外兵討寘鐇。聞已就擒，命永及一清仍往寧夏綏安地方。八月，張永回京，一清仍總制陝西三面軍務。寘鐇等至京皆伏誅。封仇鉞咸寧伯。（劇所載皆合。）』又云：『一清與永西行，歎息謂永曰：「藩亂易除，國家內亂不可測。」永曰：「何謂？」一清曰：「公豈一日忘情？顧無爲公畫策者。」遂促席手書「瑾」字。永曰：「瑾日夜在上旁，一日不見瑾則不樂，今其羽翼已成，耳目廣矣，且奈何！」一清曰：「公天子信臣，今討賊不付他人付公，上意可知。公班師入京，詭言請上間語寧夏事，上必就公問。公於此時上寘鐇僞檄，並述渠亂政兇狡，圖謀不軌，海內愁怨，天下亂將起。上英武，必悟，且大怒，誅瑾。瑾誅必用公，公益矯瑾行事，呂强張承業暨公千載一人耳。」永曰：「既不濟，奈何？」一清曰：「他人言濟不濟未可知，言出公，必濟。顧公言時須有端緒，且委曲。脫上不信，公頓首請死，願死上前，即退。瑾必見殺，又痛頓首。得請即行事，無綏頃刻，漏事機禍不旋踵。」永攘臂起曰：「我亦何惜餘生報主乎？」秋八月，劉瑾伏誅。』

史料中官考：『張永還自寧夏，上戎服御東安門。由東華門入，獻俘，復出西華門。是日上置酒勞永，劉瑾及馬永成等皆侍。比夜，瑾辭退，永密白瑾反狀，且出袖中奏，數其不法十七事。上已有酒，俛首曰：「瑾負我。」永曰：「此不可緩矣。」永成等因共詆瑾，上意遂决。令長隨四人往執之，上隨其後。時夜將半，瑾宿於內直房，聞喧聲，曰：「誰也？」應曰：「有旨。」瑾遂披青蟒衣以出，長隨縛之，乃夜啟東華門繫於東廠。分遣官校封瑾內外私第。永爲計甚秘，故瑾遂爲所制。尋下瑾獄。降奉御，親詣其家，見金銀累數百萬，其他寶貨不可勝計。又得僞穿宮牙牌五百扇，所置刀兵及衣甲弓弩之屬。上大怒曰：「瑾果反。」乃付獄，鞫午門外。刑部尙書劉璟不能出一語，諸公卿旁立亦稍稍退卻。獨駙馬蔡震折斥之。（瑾）仰曰：「若何人，忘我德？」震厲聲曰：「震國戚，何賴於汝？」呼官校前栲掠之，瑾乃伏誅。』又云：『寘鐇之變，移檄以誅瑾爲名。官司封上其檄，瑾匿不以奏，至是爲張永所發。（劇中敘寘鐇事數折，與傳記皆合云。按史料中載文襄西征錄，則言：永與一清語，永先斥瑾曰：「天下事被伊壞得如此。」此係一清自記。蓋永斥瑾，一清乃可進說。紀事本末欲全歸美於一清，失其實也。）』

史料云：『震澤長語（王鏊所作），謂籍沒劉瑾貨財：金二十四萬錠又另五萬七千八百兩，白金元寶五百八十萬錠又另一百五十八萬三千六百兩，寶石二斗，金甲二，金鈎三千，玉帶四百六十二束，他物稱是。憲章錄、皇明通紀大略因之。余甚疑其事。漢王莽時黃金尙餘六十萬斤。梁孝王歿，黄金四十萬斤。若以十六兩爲一斤，則莽之金尚不足一千萬兩，而孝王亦不及七百萬兩也。以四兩爲一斤，則莽止二百四十萬兩，而孝王止百六十萬兩也。假令所籍金果如數，則歲輸邊白金三百萬兩，總之，可百年而尚不乏也。瑾之專濫者，首尾五年耳，何以有此數也？後考之史云：「上初未有意誅之，見金銀累數百萬，其他寶貨不可勝計，及僞璽、牙牌、衣甲、弓、弩之屬，始大怒曰：『瑾果反矣！』」謂之累數百萬，尚不能千萬也。又考：「獄上，詔旨云：『瑾招權納賄，金銀數百萬可知矣。』」盖好事者之妄傳，而震澤公書生，易信，因從而筆之耳。（按劇所載亦附和震澤長語及紀事本末，當以史料爲實。）』

紀事本末：『正德二年，劉瑾受寧王宸濠重賂，矯詔擅復護衛屯田。（瑾口中帶叙出。）五年，瑾誅，兵部奏革寧王護衛。九年春，復寧王護衛。十年，寧王宸濠招舉人劉養正入府密謀。冬十月，江西副使胡世寧奏宸濠罪狀，宸濠委過近屬以自解。以河南左布政孫燧爲右副都御史，巡撫江西。宸濠奏世寧離間親屬，賄營內旨，逮下錦衣獄。世寧獄中三上書言江藩横逆狀。江西豕生象，宸濠三司稱賀。十一年冬，以王守仁爲右僉都御史，巡撫南贛、汀、漳等處。十二年春，宸濠令王春、余欽等招募劇盜凌十一、閔廿四等五百餘人，刼掠官軍民財、商貨。復厚給廣西土官狼兵，並南贛、汀、漳洞蠻，欲圖爲應。秋七月，以許逵爲江西副使。十三年，宸濠大集羣盜凌十一、閔廿四、吳十三等四出刼掠，吳十三刼新建庫七千餘兩。十四年六月十三日，宸濠生日，宴鎮巡三司等官。明日各官入謝，宸濠出立露台大言曰：「太后有密旨，令我起兵入朝監國，汝等知之乎？」孫燧曰：「密旨安在？」濠曰：「不必多言，我今往南京，汝保駕否？」燧張目直視濠，厲聲曰：「天無二日，臣安有二君！太祖法制在，誰則敢違？」濠大怒，令縛燧。許逵大呼曰：「孫都御史朝廷大臣，汝反賊敢擅殺耶？」濠並縛逵，拽出惠民門外殺之。遂執御史王金，主事馬思聰、金山，右布政胡濂，參政陳杲、劉斐，參議許效廉、黃宏，僉事顏鳳，都指揮許清、白昂並太監王宏俱械鎖下獄。奪船順流攻南康，進攻九江城，俱陷。提督南贛軍務都御史王守仁移檄遠近，起兵討之。（劇稱守仁爲總督，失考，守仁乃提督也。）秋七月戊戌，宸濠趨安慶，知府張文錦、都指揮楊鋭、指揮崔文令軍士鼓譟登城大駡之。宸濠遂留攻安慶。三人以忠義激士，誓衆死守，宸濠盡攻擊之術不能克。方督兵塡壕塹，期在必克，聞王守仁攻南昌，解安慶圍，移兵泊沅子江。先鋒至樵舍，諸將迎擊，賊大潰。宸濠問舟所泊地，其下對「黃石磯」。宸濠惡其音爲「王失機」，殺對者。伍文定等合戰，砲及宸濠舟，妃嬪赴水死，將士執宸濠。（劇大段俱合，言宸濠爲王冕所執，與此小異。）初宸濠謀反，妃婁氏泣諫不聽；及被擒，監車中，泣與人曰：「昔紂用婦人言而亡天下，我以不用婦人言而亡其國！」守仁求婁妃尸葬之。（劇載妃事亦實，云後來朝旨表揚婁妃，則未確也。）十二月，賜宸濠死。抑守仁功未敘。嘉靖初，始起南京兵部尙書，封新建伯。（宸濠事甚詳，摘其劇所引者，不能臚列也。）」

三五　人中龍

蘇州人盛際時撰。因劉鄴嘗爲李德裕雪冤，乃作此劇，姓名眞而事蹟僞。『人中龍』三字，則記文宗御題少年擊劍圖，因標此名也。

略云：劉鄩，字漢藩，建康句曲人。秉性俠烈，兼通文武。李德裕節度四川，造築籌邊樓。招賢禮士，豪傑向慕。鄩欲往投之。里中有妖作祟。鄩秉燭夜坐，見黑面人贈以護身棍，名曰『毒龍尾』，其上有字，題詩四句，導以入川，蓋周倉也，遂決意詣蜀。仇士良擅權，德裕劾其惡。宰相鄭注、樞密李訓乃奉密詔誅士良，遂以兵符潛召德裕。士良心腹田全操探知，密告士良。訓奏中書廳畔石榴有甘露，降詔士良往驗。士良率兵搜複壁，果伏兵杖，遂殺注、訓。德裕至劍門界，聞鄭、李被害，撤兵而回。士良矯旨遣全操率緹騎往逮德裕，蒼頭勸毋行，德裕叱不可，惟囑保護其子。士良復遣全操捕德裕家屬。時德裕子遠方索姊瓊章畫少年擊劍圖，題詩於上。蒼頭告以被逮事，令遠潛避。遠不忍離母，使護姊瓊章遁歸故鄉，而母崔氏及遠皆被逮。遺擊劍圖於地。全操觀畫中少年，與劉鄩貌無異。復承士良指，於途中先殺其子，乃令軍士朱勇押遠後行。至贊皇曠野，欲殺遠，遇王廷相以好言勸勇釋遠，遂朦朧以覆全操。廷相遂挈遠歸家。廷相，贊皇縣大樹村木匠也，女名竹枝。父以姻事祈籤於鎗山關廟，遇劉鄩至，浼之詳籤。其詩與所得棍上詩合，鄩甚駭異。值廟祝歸，云廟爲德裕香火。德裕方被逮，鄩正欲往投，聞之不勝憤，遂於途刼至廟中。德裕堅欲詣京待罪。鄩謂：禍本士良，非朝廷意，奈何空就死地？今乃姑藏廟中。而挺身爲探家屬之信。時全操告士良，行刼者與畫中人無二。士良圖德裕形並所獲畫像，按圖搜緝。廷相救遠歸，與認甥舅。德裕蒼頭家與廷相近，蒼頭妻見遠才品，勸廷相以竹枝字之。會蒼頭送瓊章歸，使妻侍奉，遂詣京探德裕信，絕不知遠居廷相處也。其後妻覺爲遠，遂引晤瓊章。全操脅大理卿薛元賞拷德裕妻。元賞知其冤，執不肯詢。崔氏獲減死，戍新州。而緝德裕甚急，廟祝無所措，以葉染德裕鬚，惎之遁。遠居廷相家，漸爲人覺，亦潛遁。捕者又得遠，逮瓊章、竹枝解京。仇士良夢人欲殺己，賴羅漢救以免，乃修齋建寺，廣募工匠，廷相亦被點入京。劉鄴知其事，易頭陀裝，伺士良於開元寺修齋，闖入作狂易狀，舞棍擊殺士良。軍士擒入獄，獄官即釋遠之朱勇也，甚加敬禮，潛護持之。朝廷聞鄴風義，使元賞細鞫，得仝操欲害遠之狀，朱勇爲證。抗疏彈劾，乃宣鄴等赴闕具奏，擒斬仝操。赦德裕等，追回德裕妻。遠遁時已先見父，及聞赦令，父子入朝，奏明始末。上以擊劍圖中少年肖鄴，深異其事。德裕以女瓊章嫁焉。遠與竹枝亦完婚。鄴、遠皆得授官，勇、廷相亦與一職，且御書『人中龍』三字於擊劍圖以賜鄴。

按唐書劉鄴傳：『鄴字漢藩，潤州句容人。（劇言建康，非是。）父三復，以善文章知名。李德裕爲浙西觀察使，奇其文，表爲掌書記。德裕三領浙西及劍南、淮南，未嘗不從。會昌時，位宰相，擢三復刑部侍郎，弘文館學士。（劇中自叙云，雙親早背，乃在德裕節度四川之前，謬甚。）鄴六七歲能屬辭，德裕憐之，使與其子共師學。（劇因此變幻情節。據史則鄴幼受知德裕，非長而往投也。）德裕既斥，鄴無所依，去客江湖間。陝虢高元裕表署推官，高少逸又辟鎮國幕府。咸通被擢左拾遺，召爲翰林學士，賜進士第，歷中書舍人，遷承旨。鄴傷德裕以朋黨抱誣死海上。令狐綯久當國，更數赦，不爲還官爵。至懿宗立，綯去位，鄴乃伸直其寃，復官爵。世高其義。（劇之緣起，因此而增飾之也。鄴作學士，劇竟以爲莽夫，甚謬。又云擊殺仇士良，更謬。）』

按：李德裕，字文饒，元和宰相吉甫子也。（劇云恆州贊皇人，贊皇屬趙州，而鎮州恆山郡亦不名恆州。）文宗太和四年，爲西川節度使。作籌邊樓，圖蜀地形。七年，召爲兵部尚書，同平章事。時鄭注因王守澄以進，又薦李訓；上又因李逢吉薦，（訓初名仲言。）欲寘之翰林。德裕斥其姦邪，訓、注皆怨。復召李忠閔輔政，出德裕爲興元節度使；徙鎮海軍，尋貶分司東都，又貶袁州長史。（德裕深惡訓、注，遭其陷害。劇乃云訓、注與謀士良，謬甚。甘露之變，德裕亦不在西川。）開成初，起浙西觀察使。武宗初，召爲門下侍郎同中書門下平章事。討平澤、潞，封衞國公。（劇言文宗封德裕，太早。）

資治通鑑：『宣宗大中十二年，宰相令狐綯擬李遠杭州刺史。上曰：「吾聞遠詩云：『長日惟有一局碁』，安能理人？」綯曰：「詩人託此爲高興耳，未必實然。」上曰：「且令往，試觀之。」（李遠並非德裕子，劇紐合無謂。）』

李訓傳：『始名仲言，字子訓。王守澄以注、述、仲言經義並薦於帝，出入禁中，遷周易博士，兼翰林侍講學士。改名訓，進翰林學士，兵部郎中知制誥。以計白罷守澄觀軍容使，賜鴆死。（劇借士良口，言訓、注原係守澄薦拔，與史合。）不踰月，以禮部尙書同中書門下平章事。訓起流人，以一歲至宰相，（劇言樞密，誤。唐時樞密乃內監爲之，作者不識古典之故也。）乃出注使鎮鳳翔。帝御紫宸殿，金吾將軍韓約奏甘露降金吾將軍左杖樹，（時太和九年也。通鑑云：「左金吾廳事後石榴夜有甘露」，劇言中書廳事，謬。）羣臣賀，詔宰相羣臣往視。訓奏言非甘露，帝曰：「豈約妄耶？」顧中尉仇士良、魚志弘等驗之。至杖所，風動廡幕，見執兵者。士良等驚走，出扶輦，决罘罳，下殿趨曰：「李訓反！」士良手搏而躓。宦人郄志榮扯訓仆之，捕訓黨千餘人，斬四方館。訓披綠衣走終南山，爲盩厔將所執，斬之，傳其首。』

鄭注傳：『注，絳州翼城人，以方伎遊江湖。（劇言登第，誤。）文宗暴眩，守澄薦注入對浴堂門，賜賚至渥。俄進太僕卿兼御史大夫，擢工部尚書。俄檢校尚書左僕射，鳳翔隴右節度使。訓敗，監軍張仲清訪注議事，斬其首。（按：訓、注皆小人，注尤出身微賤。李商隱詩所謂「使典作尚書」也。劇中極贊二人忠良，甚謬。注未爲相。劇言注爲相，訓爲樞密，亦謬。）』

按通鑑：『甘露變之年，薛元賞爲京兆尹。宰相李石坐廳事，有神策軍將訴事，爭辨甚喧，元賞令左右擒之。仇士良遣宦者召元賞曰：「中尉屈大尹。」元賞曰：「屬有公事。」杖殺軍將，白服見士良。士良無如何，呼酒與元賞歡飲而罷。（劇因此遂飾元賞折獄事。）』

又按通鑑：『王守澄惡宦者田全操等，李訓、鄭注因遣分詣鹽州、靈武、涇原、夏州、振武、鳳翔巡邊，作詔賜六道，使殺之。會訓敗，六道得詔，皆廢不行。（劇言全操之惡，不合。劇言雪訓、注，亦謬。）宣宗大中七年，上以甘露之變，惟李訓、鄭注當死，其餘王涯、賈餗等無罪，詔皆雪其冤。』

三六　龍鳳衫

江陰人石子斐撰。演司馬師兄弟圖魏，爲曹操篡逆之報，大意與𧮫頭水相類，事蹟眞僞參半。其曰龍鳳衫者，以魏帝書血詔於衫襟討賊，故名。

略云：曹操父子篡漢，傳叡及芳，其臣司馬懿當國，威權日盛，長子師、次子昭凶惡與操、丕等。師自領大將軍，與弟昭同竊國柄，賞罰自專。魏帝受制，羣臣側目。后父司馬張緝與子中郎將武烈憂憤不平，與所善征西將軍夏侯元、中書令李豐計欲討賊，同入朝。會師敗蜀將姜維，追奏之頃，傲慢無狀。緝等俟其出，君臣相對泣下。魏帝引入，問計於密室，皆請降手詔討之。乃吮血和墨，裂所御龍鳳衫書詔於上，命三臣誅師、昭。囑之曰：『毋蹈董承覆轍也。』甫辭出，師已覺。守於外朝，詰之，搜得血詔，大怒，收獄，拷鞫備極慘酷。緝等罵賊而死。師遂廢芳而迎立高貴鄉公髦爲帝。（按通鑑：『魏主芳嘉平六年二月，司馬師殺中書令李豐及太常夏侯元、光祿大夫張緝，遂廢其后張氏。初李豐年十七八，已有清名，其父恢不悅，使閉門斷客。後司馬秉政，以豐爲中書令。時太常夏侯元有天下重名，以曹爽親，故不得在執政任，居常怏怏。張緝以后父家居，亦不得意。豐皆與親善，雖爲師所擢用，而心常在元。魏主芳又數獨召豐語，師知此議，已詰之，不以實告。師怒，以刀環築殺之，遂收元、緝下廷尉鍾毓案治。皆夷三族，並廢張后。芳以李豐之死，意殊不平。安東將軍司馬昭鎮許昌，詔昭擊姜維。昭領兵入見，左右勸因昭入殺之，芳懼不敢發。司馬師以太后令召羣臣議奏，收璽綬，歸藩於齊。芳與太后垂泣而別，羣臣送者數十人。太尉司馬孚悲不自勝，餘多流涕。乃迎髦於元城，入即帝位，時年十四。』劇中此段皆實事，至所謂龍鳳血詔，添出非眞。按：懷中詔投地，乃高貴鄉公事——甘露五年，魏主髦召侍中王忱、尚書王經、散騎常侍王業等，議討司馬昭。經慮禍，勸止之。髦出懷中黃素詔投地曰：『行之决矣，至死何懼！』遂白太后，拔劍升輦，往誅昭。賈充令成濟刺髦，洞胸墮車。其時司馬師已死，昭已領大將軍，自爲相國，封晉公，加九錫。劇借髦黃素詔改爲龍鳳衫，移作芳事，牽合成文耳。張緝本光祿大夫，以后父家居，不得仕，劇云官司馬；夏侯元本太常，劇云官征西將軍；誤。董承事，詳薝頭水也。）緝等之被害也，三族盡戮。緝子武烈，方練兵於外，途遇術士，言天有禍，速宜遠避。語未畢而追兵猝至，武烈素剽悍，格殺兵。術士亦善射，衛武烈俱遁入羌。羌王迷當有女曰臘奇，智勇兼擅。迷當重武烈才，以女妻之，留羌中。（按：張緝子武烈匿羌，未見正史，係附會。）蜀大將姜維以師出無功，連羌伐魏。師、昭統安西將軍鄧艾及艾子忠、中書侍郎鍾會等與姜維大戰。羌命武烈夫婦率兵助維。臘奇發矢中司馬師目，墮馬。魏兵大亂，鄧艾力救以免。師目瞳墮鏃而出，創甚。見張緝等索命，自知不起，乃以印綬付昭，卒於軍。姜維乘勝邀擊，昭堅不出，密使賄蜀宦者黃皓，說後主詔維班師，乃得奔歸。（按通鑑：『後主咸熙十六年，姜維伐魏，圍狄道——維負大才武，欲誘諸羌以爲羽翼，謂自隴以西，可斷而有。每欲大舉，費禕不從。及禕死，遂將數萬人伐魏，圍狄道。』其時乃魏主曹芳嘉平五年事，張緝等尚未死。越二載，魏主髦正始二年，司馬師平淮西，病還許昌。初師目有瘤疾，使醫割之，及聞淮西將勇，驚而出目。恐六軍知之，蒙以被，痛甚，嚙被敗，左右不覺也。昭自洛陽往省之，師令總統諸軍而卒。詔以昭爲大將軍錄尚書事。是年八月，姜維出軍，敗魏軍於洮西，圍狄道，不克而還。延熙十九年，姜維伐魏，與安西將軍鄧艾戰於段谷，敗績。劇謂姜維招納羌兵伐魏，數挑戰不應，係實事。至司馬師於陣中爲臘奇射目及見緝等鬼魂，賄皓班師等，則因事緣飾以快人意，非實情也。）於是後主聽皓言，召維還，不以軍政爲事。司馬昭命將鄧艾、鍾會等分兵乘虛入蜀。會師當維，艾鑿山間道由陰平進之摩天嶺，以毡裹身隨而下。猝至江油，守將馬邈迎降，艾兵遂薄成都。（按：鄧艾入陰平，邈不爲備，乃歸私室與妻擁爐。妻曰：『聞告急，君豫然，何也？』邈曰：『主上聽黃皓，溺於酒色，禍不遠矣。魏兵至，吾其降乎？』妻唾其面曰：『負國如此，吾何面目與君共立也？』已聞遯出降，即自縊。劇中所演是實事。）先是魏兵四出，羽書旁午，俱爲黄皓所格。至兵臨城下，倉卒不知所出。姜維在沓中，與鍾會戰，會退保漢中。姜維守劍閣，遣夏侯霸告急。（按：霸本元從子，爲魏護軍，延熙十二年奔漢。劇稱爲元兄，誤。）太子令譙周告鄧艾兵已至城下，後主乃大驚，詔駙馬諸葛瞻率兵禦敵。瞻同子尙戰沒於陣，城中震恐。召百官集議，奔吳？幸蠻？聚訟不一。譙周以爲降魏不失封侯，後主從之。北地王諶泣諫不聽，哭於昭烈之廟，與妃崔氏俱伏劍死。後主之艾軍降，並勅霸諭維歛兵降魏。（按史：『延熙八年，以宦者黄皓爲中常侍。景耀五年，姜維伐魏，鄧艾與戰於侯和，破之。時黄皓與閻宇親善，欲廢維樹宇。維言於帝曰：「皓姦巧耑恣，將敗國家，請誅之。」不從。維由是疑懼，種麥沓中，不敢歸成都。司馬昭患維，鍾會勸昭大舉伐漢，乃以會爲征西將軍，督關中，使人諭鄧艾。維表遣左右車騎張翼廖化督諸軍，護陽安關口及陰平之橋頭，以防未然。黄皓信巫鬼，謂敵終不自致，啟帝寢其事。炎興元年，鄧艾督兵自狄道趨甘松、沓中，以連綴姜維。諸葛緒督兵自祁山趨武街橋頭，絶維歸路。鍾會統衆分從斜谷、駱谷、子午谷趨漢中關口，長驅而前。維聞會已入漢中，引兵還。鄧艾追兵進躡於彊川口，戰敗。還至陰平，令衆欲赴關城，聞其破，遇廖化、張翼、董厥等，合兵守劍閣拒會。會攻之，不克。艾自陰平行七百里，鑿山通道，造作橋閣。艾以毡裹身推轉而下，將士皆攀木緣崖魚貫而進。先登至江油，守將馬邈降。蜀將軍諸葛瞻督諸軍扼艾，戰於綿竹，及子尙皆死之。艾至成都，後主使羣臣會議，或勸奔吳，或勸入南中。譙周請遣使詣艾降。北地王諶怒曰：「若理窮力屈，禍敗將及，尙當背城一戰，奈何降乎？」不聽。諶哭於昭烈之廟，先殺妻子而後自殺。後主別勅姜維使降鍾會。維等及諸郡縣固守，得勅，放仗詣會降。將士咸怒，拔刀斫石。會厚待維等，皆權還其印綬節蓋。」按：劇中此段俱係實事，惟命夏侯霸諭維降魏，係附會。諸葛瞻，武鄉侯亮子，尚公主，拜騎都尉、尚書僕射，加軍師將軍，父子同死難是實事。）霸至軍，維大驚。武烈夫婦方在維部下，聞之忿甚。維欲陰圖興復，乃命其夫婦與霸僞降於艾爲內應，而己則率諸將降於會。時會方忌艾得首功，乃密奏艾父子專恣無狀。司馬昭授會節鉞以制艾軍，及維降，大喜，折箭以誓，托爲腹心。值朝命至，論平蜀功，晉艾太尉，子忠爲侯，會司徒。會恥居艾下，有不平之色。維乘機說會圖艾，乃隨會入成都，詭云稱賀，以窺其釁。武烈夫婦已在艾左右，預受維旨。會至艾營，艾父子迎見，甫下拜，維等拔劍並斬三人，大呼曰：『我蜀將軍姜維也，計誅三賊，已報國恩，餘不問。』諸將慴服，盡爲所說。遂迎還後主，而遣武烈夫婦伐魏。（按魏咸熙元年，鄧艾在成都，頗自矜伐。司馬昭使衛瓘喻艾：『事當須報，不宜輒行。』鍾會有異志，姜維知，欲構成擾亂。因艾承制專事，會乃與瓘密白艾有反狀。詔以檻車徵艾，勑會進軍成都。會遣瓘先至成都收艾。平旦開門，瓘入，艾臥未起，遂執艾父子，置於檻車。會至成都，送艾赴京師。會所憚惟艾，艾既就擒，遂決意謀反。欲使姜維爲先驅，自將隨其後，會水陸兵於洛陽。適昭書至，曰：『吾自將屯長安，相見在近。』驚曰：『相國今來太重，必覺我異矣，便當速發。』會郭太后卒，會乃悉召諸將，稱遺詔起兵廢司馬昭，悉閉郡官諸曹屋中。瓘詐稱疾，出就外廨。姜維欲使會盡殺北來諸將，己因殺會復立故漢帝。會欲從維言殺諸將，猶豫未決。諸將士風聞大亂，所閉諸人各緣屋出，斬會及維。維死，剖胆如斗大。瓘分部諸將，數日乃定。艾本營將士追出艾於檻車，迎還。瓘自以爲與會共陷艾，恐爲變，乃遣護軍田續襲艾父子於綿竹西，斬之。劇中會、艾封爵，交惡，及姜維陰圖恢復，大段與史相合。惟略衛瓘不載。至謂姜維、武烈共殺會、艾，迎復漢帝，乃是捏造。）先是武烈避難於許氏山莊。許故宦族，夫亡，母女相倚。母奇武烈狀，詢知爲通家子，留藏地窖中，字以女。後按捕甚急，許母令家人吉恭導武烈出，得遁入羌。許母女被逮，荀彧憐而縱之。寓書入蜀，投於夏侯霸。霸分宅以膳養之，以吉恭爲部下將。至是武烈援兵入洛，與昭大戰。昭敗走，爲所擒。武烈寸臠之以報父讐。恭告武烈以別後事，武烈悲喜交集。乃勒兵入城，族司馬氏。魏帝求成於蜀。武烈凱旋，往謝霸，遂完婚於許。後主宴武烈夫婦於朝，錫之封爵，許氏、臘奇並封夫人。姜維、夏侯霸、吉恭、羌王等晉秩褒賚有差。出黄皓於獄，斬之以徇。（按：此段全是作者僞造。）

按嵩谿纖志曰：『樵書載：「廣南有韋土官者，韓信之後也。當淮陰鍾室難作之時，信有客匿其孤，求撫於蕭相國。相國作書致南粤尉佗。佗素重信，又憐其寃，慨然受託。姓名以韋者，去其韓之半也。孤後有武功，世長海壖，受鐵券。至今蕭何與尉佗書尙勒鼎彝，昭然可考。（劇中武烈逃入羌，荀彧釋許氏，與蜀夏侯霸撫之，與此情相類，借爲映射。）」』

三七　情夢俠

紹興人顧元標撰。以雲碧山讀小青詩傳，感而入夢，與閻羅發難，爲小青洩憤，故曰情夢俠。劇中大旨，即取本傳中青謝某夫人云：『夙業未了，又生他想。彼冥曹姻緣簿，非吾如意珠』數語，幻作夢境，以箋愁寫怨耳。小青事蹟，詳見療妒羹、風流院、情生文等劇中，其傳亦已見。

略云：洛陽人雲碧山，字蒼巖，情種也。僑寓西湖，與社友聞湄菴、余栖水、白佳士及名妓辛麗娘相與，跌宕湖山，流連詩酒。栖水以小青詩及其本傳貽碧山。碧山愛其詞，憐其才，悲其薄命，咨嗟涕淚而不能置。麗娘招之，不赴，手執焚餘稿，且吟且歎，呼其名，憾河東之吼，若欲得而甘心者。少焉，燈殘月落，恍惚見風鬟霧鬢，珊珊而來，自稱小青感雲情重，尋聲而至。雲引入室，相對欷歔。青爲詳述生前之苦，云已訴之冥司，當就質。邀雲往觀，雲欣然與俱。俄有鬼卒至，急持去。雲追及之，至則森羅殿也。閻羅揖雲上坐，觀斷數事，皆平允。繼及小青，拘其夫褚大郎、嫡苗氏責供具狀。而查宿案，青乃唐時任瓌妻柳氏託生。太宗賜瓌二姬，柳氏性妒，髡二姬髮。以此宿愆，受今果報。褚郎、苗氏，即二姬也。因勸青解冤釋怨，欲令各自投生。雲旁觀，不勝憤憤。謂前後因果，事屬荒唐；積怨含冤，理宜伸洩。與閻羅詰辨不已。忽天使至，謂雲不平之氣，上達丹霄，即令權攝冥事，親決此案。雲乃舉筆作判語，謂蠢夫妒婦，俱應墮地獄無疑，閻羅亦心折。地府有新設『獅吼山』地獄，專治陽間妒悍之婦，即押褚、苗同入。而令碧山、小青從高處觀，以彰冥報。遂見二人入獄，聞獅吼一聲，獄中昏黑如墨；吼二聲，滿獄皆火燒灼，罪人至於焦爛；吼三聲，則有猛虎出，囓罪人去。碧山、小青相向伸眉。閻羅謂青積冤既白，速令投生，而促碧山還陽。鬼判推碧山入大水中，猛然驚覺，乃一夢也。會湄菴、栖水、佳士等拉碧山遊湖，碧山述夢中事，衆皆謂爲情之所感。而碧山猶念青不已，意不在山水也。頃之，聞空中簫管聲，異香撲鼻。碧山仰視，則見雲衣玉佩，冉冉而去，小青已昇天矣。

小青本傳中不著其姓，亦不詳厥夫及嫡姓氏。劇云小青姓馮，夫褚大郎，嫡苗氏，盖以療妒羹記令別宅安置。」

內嬖，誠不如死。」乃飲盡。然非鴆也。睡醒，太宗謂瓌曰：「人不畏死，朕亦畏之。」因詔二女，

酒云：「飲之立死，不妒即不須飲。」柳氏拜勅曰：「妾、瓌俱出微賤，相與輔翼，遂致榮官。今多

朝野僉載：「唐初兵部尚書任瓌，勅賜二女，皆國色，妻柳氏爛其髮禿盡。太宗聞之，賜以金瓶

爲本也。

三八　藍關度

太倉人王聖徵撰。演韓湘度其叔愈於藍關，與九度昇仙記關目各異。一派妄誕，狎侮大儒，疑出道士手筆，大半本韓仙傳而又加變幻。

據云：韓湘子，名陵，（韓仙傳云：「若雲。」）幼失父母，叔愈撫之。嬸竇無嗣，愛如己出。湘少有出塵之志，娶學士林谷女秀英，不與共枕席。西王母以湘有仙緣，遣鍾、呂二仙往度。化爲秀士，館於愈家，授黃白飛昇之術，遂度湘去。愈以爲被妖人所賺，而湘已得道成仙。上帝以愈本玉殿捲簾使，因醉貶塵，當復仙班，賜湘三道金牌，令往下界度愈一門入道。愈爲禮部尚書。憲宗以經年亢旱，築壇祈雪，湘變爲瘋道人，出賣風、雪、雷、雨，點石爲金。謁其嬸竇氏，竇令試術，遂點門前石獅爲金獅。愈歸，正以祈雪爲憂，夫人以瘋道人告，姑使祈雪，立降三尺。因說愈棄職歸山，愈斥不應。陵言他日藍關之雪，視此更盛，愈不悟其旨。欲加賞賚，湘不受而去。一日，愈慶六旬，皇

甫鑄、林谷在座，陵突至。試以食物，置花籃中，物甚多而花籃不能滿。又獻逡巡酒、頃刻花之術，花瓣中書二句云：『千戈隊裏難逃避，雪擁藍關馬不前。』衆皆謂之神仙，而愈獨叱爲障眼幻術，怒而逐之。西遼兵擾邊，其夫人玉洞天妃得天書祕傳，能使軍中改易頭面，猿鳥變化。李逢吉薦愈往征，爲其所困。湘以天兵救之。勸愈辭官，愈益怒叱。湘言於衆仙曰：『吾叔世緣深重，未易回頭。』鍾、呂等乃以術化佛骨，且幻作西域人入貢。憲宗欲迎佛骨，愈進表諫阻，貶潮州刺史。別妻之任，至藍關，大雪迷漫，幾不能行。湘復化爲道童，作歌譏諷。有虎突出，啣僕李萬去，馬復僵仆，人烟絕跡，凍餒股戰，乃作『一封朝奏九重天』之詩。湘在空中續聯云：『千戈隊裏難逃避，雪擁藍關馬不前。』愈頓憶瘋道人，而其聲音又似湘子，遂泣呼其名。忽現草庵，器皿悉具。花籃中食物氣猶蒸濕，視之，即向日瘋道人所攜之籃也。取而充飢，甚覺鮮美，身體健强。於是疑湘所幻，呼：『姪救我！』湘乃現身於前。愈吟結句云：『知汝遠來應有意，好收吾骨瘴江邊。』因願修道。湘言王命不可違，令叔居庵學道。空山狼虎噬人，付以麈尾，拂之即去。湘乃化作愈身，代抵潮州。湘先迎秀英居麻姑山成道。復幻爲李萬抵嬸家，言愈病於中途，迎之往視，因度竇氏入山，與秀英聚於草庵，同習修煉。湘代愈治潮，鱷魚爲患，作文祭而驅之。一旦脫化，民皆傷悼。上官奏愈德政，詔贈昌黎伯，謚曰『文』，建祠祭享。湘以叔姪難於授受，令愈往卓韋山謁沐目道人，愈果於此悟道。卓韋、沐目，即韓湘二字也。與夫人竇氏、陵妻秀英皆隨湘謁帝，共登仙籍。湘以度人功高，爲第八洞神仙。

按：韓湘乃愈姪十二郎老成之子，非姪也，與愈子昶俱中進士。後人有創爲八洞神仙之說者，已屬不經。逡巡酒、頃刻花之事，見太平廣記。本是韓愈外甥，亦有謂其族子者。後人又有韓仙傳一卷，村陋不根，大抵出於扶乩之筆。此劇與昇仙記俱本於韓仙傳，而此劇更爲荒謬。『雲橫秦嶺』句，忽爲改竄，何其妄也！愈未嘗爲禮部尙書。皇甫鎛謗愈中傷，今卻謂與愈善。潮陽之路八千，是由咸陽至彼之路。而藍關乃藍田關，唐人自京師南行，一二程即抵藍田驛。愈貶潮初出京師，是日經雪，而湘適自遠來，故作詩云：『一封朝奏九重天，夕貶潮陽路八千。欲爲聖朝除弊政，豈將衰朽惜殘年！雲橫秦嶺家何在？雪擁藍關馬不前。知汝遠來應有意，好收吾骨瘴江邊。』秦嶺即班固西都賦所謂晞秦嶺。魏延請諸葛亮環秦嶺而東，正陝之正南地也。劇云愈已行五千里，始至藍關，去潮尙三千里，眞可發笑。且一路南行，經五千里乃當無雪，安得有所謂大雪數尺之事耶！至謂湘幻作愈形，抵任驅鱷，皆其所爲，怪妄極矣。按：九度昇仙記與此劇皆本韓仙傳而各異，昇仙記是以湘子受度爲主，此則以湘子度叔爲主也。

韓仙傳自稱若雲，所載多謬。據云：『大曆二年丁未，祖仲卿歿，（按：文公生於戊申，生三歲而孤。此傳云仲卿歿於丁未，謬甚。）父會葬之匡廬五老峯下。卜者曰：「二十年後有仙者出。」明年戊申，上元，繼祖母賀氏生叔愈。貞元二年，爲叔娶扶風之竇女。明年丙寅三月七日甲寅，嬸竇氏見丹鶴飛於中庭，先父亦見。隨入房舍，絕無影跡。六月乙未，七日庚申之酉而予生。予母即洞賓呂翁之從孫也。次年丁卯，父卒。（按唐書韓愈傳：「隨伯兄會貶官嶺表，會卒，嫂鄭氏鞠之。」會妻非呂氏也。愈年幼，賴嫂以鞠。據愈祭十二郞文：「嫂嘗撫汝，指吾而言曰：『韓氏兩世，惟此而已。』汝時猶小，不能記憶；吾時雖能記憶，亦不覺其言之悲也。」是兒子方在抱而退之亦止六七歲耳。如此傳所云，則退之已二十歲，尙賴嫂鞠耶！會止一子，即十二郞老成，而湘乃老成之子。退之祭十二郎文云：「致吾子與汝子待其長成，吾女與汝女待其嫁。」蓋湘與退之子昶年相若也。傳以昶爲會子，殆未考韓集也。）十年甲戌，叔擧進士。（愈擧八年進士，此傳亦誤。）予七八歲猶不言。呂翁忽來，名予曰湘，字淸夫，予遂能言。（劇言名陵，與此又異。）十四歲戊寅，孟東野、張籍媒於東閣學士林書國甫之女於予而娶之。（唐無所謂東閣學士，亦無所謂林書。劇則以爲林谷，則又國甫之訛也。）予年少不喜女容，近之則自赧。叔日以經史爲訓。呂翁變名宮無上，謁叔。談及羣書百家，無不熟獵，叔延之宿，大以爲奇。命館，使余師之。晝則訓余修身治國之道，夜則授余內鍊童貞之道。翁曰：「二者不可兼學。」予願學仙，翁喜而教之。侍兒言宮先生教公子神仙之事，叔怒撻予。索翁責之，翁笑而去。予日夜慕之，甚於父母。中宵，予亦遁。叔號泣，大索三月不能得。（劇大段本此，而添出鍾離。）洞賓七度相試，（昇仙記又作九試，其事蹟載昇仙記，此處不載。）皆合天格，乃引見東華李公及雲房鍾離翁。（劇云鍾、呂並至，稍異。）已而謁帝，帝詔謂曰：「卿叔韓愈乃吾仙甫沖和後身也，微過謫世，子何不往度乎？」余遂領旨而下。（劇皆據此。）元和十年，叔爲考功郎中，知制誥。十二年，憲宗正旦朝賀，留宰相裴度，妻父林書及叔宴之。（元和宰相並無林書。）問曰：「今歲豐儉若何？」叔對曰：「儉。」上曰：「何以知之？」叔曰：「去冬無雪。」上曰：「可禱乎？」叔曰：「人主至誠，熒惑失度尙從之，況雪乎？」憲宗遂限叔三日精禱致雪，叔大惶懼。予遂出，榜擔頭曰「賣風、雷、雨、雪」。市夫訝余妄，報於叔。叔收予，予已異形，叔不能識。曰：「汝可祈，則爲我試。」予索酒，大醉登壇。半日，黳雲漫野，寒氣侵骨，六出立降，深可尺許。裴、張諸公大以爲異。叔謬曰：「人君至誠，人臣至專所爲耳，豈一道士之力耶！」予大笑而退。是日拜刑部侍郎。（按：劇大段本此。顧以退之爲禮部尚書，退之終身未嘗爲禮部尚書也。然此傳亦謬——退之爲右庶子，裴度奏請爲行軍司馬。吳元濟平，乃遷刑部侍郎。非自考功郎中遷也。）宴賀，予謁之。始也善待，繼而勸以急流之說，叔果大怒而斥之。予曰：「神仙有變化之妙。」叔曰：「汝能畫一杯之酒，致諸公醉耶？」予遂取所佩葫蘆——徑可一寸，高可寸許，盛酒半杯即滿——遍席勸之。凡三十人，各記三十巡，中宵不竭。叔以爲幻。予大言曰：「公貴極人臣，不知早退。一旦誅貶，風塵千里，凍餒而死，妻子榮祿可復得耶！」叔大怒，斥予出。次日，予飛空而入。叔曰：「何來？」予曰：「上壽耳。」叔曰：「何祝？」予曰：「金蓮耳。」遂索火一缶，予投以丹，少頃蓮花大發，高可三尺，碧盤寶華，靡一不具。中一葉自然成一聯云：「雲橫秦嶺家何在，雪擁藍關馬不前。」叔視之曰：「此何語也？」予曰：「公遭誅竄，可當驗之。」叔大怒，責予供。予供韓仲卿嫡孫清夫，示以原形。叔大哭曰：「子何風顛如是！吾慕汝念汝，如刄碎中心，子何忍心耶！」予曰：「姪今爲仙宰，慮叔之難，特相援耳。」叔曰：「汝勿妄言。」俄而見竇母，則蒼顏矣。而予妻尚在，予不之顧。諸公爲之大慶一日。叔誕生時，上元也，予捧蟠桃一枚爲壽。叔曰：「此冬桃耳，善藏者能留之。」予知其不可度，呈以詩曰：「青山雲水窟，此地是吾家。寶鼎藏金穴，元田養白鴉。一瓢藏世界，三尺斬妖邪。解造逡巡酒，能開頃刻花。有人能效此，同往玩仙葩。」百計喻之，終不就。予留詩於壁曰：「我欲隨公去，千言固不從。藍關雪深處，來歲更相逢。」叔覽之，揮泣而罷。十二年，進吏部侍郎。（劇大略據此，而稍有異動。）鳳翔寺塔有佛頂放光，上遣中使迎之，留禁中。二月，叔表諫數百言，上怒，貶潮陽刺史。經藍關秦嶺，正値大雪，馬僨於道，從者二人皆遁去。叔獨無依，待死而已。予冒雪見之，叔號呼百狀，悲喜交集，遂成完詩。予勸叔隨姪以致長生，叔不可。予感其忠，請命於帝。越七日，過嶺，予爲買蹇，僕而行。逾月，入潮。（劇大段本此。按：藍關、秦嶺是通衢坦途，唐時自長安南行者無不經此。退之此詩不過因逢雪而寓遷謫之意，如白樂天琵琶行耳。作傳者全然不知，以爲若何險峻之路。又云一月抵潮，謬妄村陋。作劇者復相祖述，俱可哂也。按韓集，蓋示姪孫湘之作。）溪有鱷魚，食人及畜，叔作文以祭之。予敕文殺之，懸首以示民。予日以勇退爲勸。穆宗長慶元年，徙叔於袁州。（劇本此。而以湘子代愈往潮驅鱷，五十八日染疾身亡，卻至茅庵度叔，幻妄特甚。）召爲國子祭酒。吾妻已卒於元和庚子矣。叔二子，源、滾。滾死。明年甲辰，余登栢耆榜，詭以風症上疏辭。叔拜吏部侍郎，余以竹杖化叔之形死臥於席，叔遂隨遁風遁於藍關之巔。予詭號雙目，爲叔之師，授以至道。百日而神識洞達，始有冲和之悟。上帝詔之，始入太清。」（此段與劇各異。）

按唐書韓愈傳：『憲宗遣使者往鳳翔迎佛骨，入禁中三日，乃送佛寺。王公大人以下，奔走膜視，灼體膚，委珍貝，騰沓滿路。愈上表諫，帝大怒，持示宰相，將抵以死。裴度、崔羣曰：「愈言訐牾，罪之誠宜，然非內懷至忠，安能及此？願少寬假，以求諫諍。」帝曰：「愈狂妄敢爾，固不可赦。」於是中外駭懼，雖戚里諸貴，亦爲愈言，乃貶潮州刺史。及愈至潮州，問民疾苦，皆曰惡溪有鱷魚，食民畜產且盡，民以是窮。愈自往視之，令其屬秦濟以一羊一豚投溪水而祝之。夕暴風，震雷起溪中。數日，水盡涸，西徙六十里。自是潮無鱷魚患。』（劇中引此二事。）按愈爲裴度行軍司馬，吳元濟之平，愈亦有功。又嘗使鎮州，面折王庭湊。劇中撰出領兵禦敵，似亦有本。然彼時有契丹，未稱遼也。捏造不倫，徒滋嗢噱。

太平廣記：『韓愈侍郎，有疏從子姪自江淮來，年甚少。韓令學院中伴子弟，子弟悉爲陵辱。韓知之，遂於街西假僧院，令讀書。經旬，寺主綱復訴其狂率。韓遂令歸，且責曰：「市肆賤類，營衣食，尚有一事長處。汝所爲如此，竟作何物？」姪拜謝，徐曰：「某有一藝，恨叔不知。」因指堦前牡丹曰：「叔要此花青、紫、黃、赤，唯命也。」韓大奇之，遂給所須試之。乃豎箔曲，盡遮牡丹叢，不令人窺。掘棵四面，深及其根。凡七日，乃塡坑白其叔曰：「恨較遲一月。」時初冬也。牡丹本紫，及花發，色白紅歷綠。每朵有一聯詩，其字紫色分明，乃是韓出關時詩。一韻曰：「雲橫秦嶺家何在，雪擁藍關馬不前」十四字。韓大驚異。姪且辭歸江淮，竟不願仕。』

神仙傳拾遺：『唐吏部侍郎韓愈外甥，忘其姓名。幼而落拓，不讀，好飲酒。弱冠往洛下省骨肉，乃慕雲水不歸。僅二十年，杳絕音信。元和中忽歸長安，知識闒茸，衣服滓弊，行止乖角。吏部以久不相見，容而恕之。一見之後，令於學院中與親表話論。不近詩書，殊若土偶。唯與小臧賭博，或廐中醉臥。三日五日，或出宿於外。吏部懼其犯禁蹈法，時或勗之。暇日偶見，問其所長，云：「善卓錢貫之。」試令爲之，捏一鐵條尺餘，百步內卓三百六十錢，一一穿之，無差失者。書亦旋有詞句，以資笑樂。又於五十步內雙鈎草「天下太平」字，點畫極工。又能於爐中累三十斤炭，支三日火，火勢常熾，日滿乃消。吏部甚奇之。問其修道，則玄機清話，博徵眞理，神仙中事，無不詳究。因說小伎，云：「能染花」——紅者可使碧，或一朵具五色，皆可致之。是年秋，與吏部後堂前染白牡丹一叢，云：「來春必作含稜碧色，內合有金含稜紅間暈者，四面各合有一朵五色者。」自斷其根，下置藥而後栽培之，俟春爲驗。無何，潛出，不知所之。是歲，上迎佛骨於鳳翔，御樓觀之。一城之人，忘業廢食。吏部上表直諫，忤旨，黜爲潮州刺史。至南山，泥滑雪深，頗懷鬱鬱。忽見是甥迎馬首而立，拜起勞問，扶鐙按轡，意甚殷勤。至翌日，雪霽，送至鄧州，乃白吏部曰：「某師在此，不得遠去，將入玄扈倚帝峯矣。」吏部驚異其言。問其師，即洪崖先生也。東園公方使柔金水玉作九華丹，火候精微，難於暫捨。吏部相敬曰：「神仙可至乎？至道可求乎？」曰：「得之在心，失之亦心。校功銓善，黜陟之嚴，倣五禁也。某他日復當起居，請從此逝。」吏部爲五十六字詩以別之，曰：「一封朝奏九重天，夕貶潮陽路八千。本爲聖朝除弊事，豈將衰朽惜殘年！雲橫秦嶺家何在？雪擁藍關馬不前。知汝遠來應有意，好收吾骨瘴江邊。」與詩訖，揮淚而別。行入林谷，其速如飛。明年，牡丹花開，朶數花色一如其說。但一葉花中有楷書十四字，曰：「雲橫秦嶺家何在，雪擁藍關馬不前。」書勢精能，人工所不及。非神仙得道，立見先知，何以及於此也。或云：其後吏部復見之，亦得月華度世之道，而迹未顯爾。』

按：韓愈平生詆排異端，攘斥佛老。二氏家皆所極怪，每作異說以誣之。如云病篤時有鬼使召之，言骨蕝國世與韓氏爲讐，令其往討等是也。

釋氏通鑑載佛印與愈往還書甚繁，亦不無後來增刪。頃刻花之事，凡有二件：一云疏從子姪，一云外甥。盖因愈有示姪孫湘之作，造此等妄語，非事實也。

三九　芳情院

杭州人沈沐撰。記司馬櫄遇蘇小小事。以櫄爲芳情院主而名也。本司馬才仲傳，及馬浩瀾乩詩，合成一段佳話，稍加緣飾云。

宋王字司馬才仲傳：「司馬櫄，才仲，初在洛下。晝寢，夢一美姝牽帷而歌曰：「妾本錢塘江上住，花落花開，不管流年度。燕子啣將春色去，窗紗幾陣梅花雨。」才仲愛其詞，因詢曲名，云是黄金縷。後五年，才仲以蘇子瞻薦應制舉，中第，遂爲錢塘幕官。爲秦少章道其事，少章爲續其詞云：「斜插犀梳雲半吐。檀板輕敲，唱徹黄金縷。歌斷翠雲無覓處，夢回明月生南浦。」頃之，復夢美姝笑迎曰：「夙願諧矣。」遂與同寢。自是每夕必來。才仲爲同寀譚之，咸曰：「公廨後有蘇小小墓，得勿妖乎？」不逾年而才仲得疾。所乘遊舫，艤泊河塘，柁工遽見才仲携一麗人登舟。即前喏之，聲斷，火起舟尾。倉卒走報其衙，則才仲死而家人已慟哭矣。」

劇大段相合。以才仲得夢即往西湖訪蘇小小墓。氤氳使者鄧葑奏聞玉帝，召才仲及小小成仙，授才仲爲芳情院主，小小院內夫人。略去才仲得官一段。本傳才仲得夢初不知爲何人，劇先於小小來時叙出姓名，以作尋訪張本。「斜插犀梳」半截，本秦少章詞，劇即以爲才仲夢中所和。「犀梳」改「玉梳」，「歌斷」改爲「望斷」，「夢回」改爲「夜涼」，「南浦」改爲「前浦」。盖既以爲夢中和句，不便夢回也。因「犀梳」二字，添出一書童之名，曰文犀，故改犀梳曰玉梳也。秦少章乃少游之弟，本高郵人，劇取易於綰合，故云家在臨安，又以爲才仲之表伯也。『妾乘油碧』一絕，本係古詞，劇作夢中續贈才仲之作，盖以爲後來才仲西陵相遇張本也。事在北宋時，劇云上京會試，却自洛陽至臨安，不合。劇訪墓孤山，花神作樵夫指引墓所，與傳中幕官廨後之說亦微有異同。劇云訪墓時蘇小現形而去，才仲於松間拾得一箋，得七律詩『此地曾經歌舞來』云云一首，乃馬浩瀾扶乩仙詩也。小小正來訪才仲，仙符已至，授爲院主，與本傳每夕必來亦微有異。文星隨才仲升天，乃淮南雞犬同升之意。才仲題絕句一首留別少章，則沐所自作也。

綠窗女史：『弘治初，于京兆景瞻自南都謝事歸杭，邀馬浩瀾，舟泊第三橋。景瞻曰：「不到西湖，二十年矣！山川如故，風景不殊，子當賦之。」浩瀾詩云：「畫舫秋風湖上來，水涵天碧淨無埃。一雙鸂鶒忽飛下，千朶芙蓉相映開。鳥似翠鸞窺寶鏡，花如仙子步瑤臺，風光堪賞還堪賦，其奈江南庾信哀。」吟畢，澆松而還。翌日，浩瀾復與王天碧泛湖。天碧善箕仙術，每吟詠有窘，即叩仙續之。乩既動，成一律云：「此地曾經歌舞來，風流回首即塵埃。王孫芳草爲誰綠？寒食梨花無主開！郎去挑雲叫閶闔，妾今行雨在陽臺。衷情訴與遼東鶴，松柏西陵正可哀。」（劇中小小後贈才仲詩即此。）後書云：「錢塘蘇小小和馬先生昨日湖橋首唱。」已而箕寂然不動，二公相顧若失，莫測所以（按：于京兆景瞻，盖于謙子冕也，官應天府尹。）』

闕名蘇小小傳：『蘇小小者，錢塘名娼也，蓋南齊時人。』或云湖曲，或云江干。古詞云：『妾乘油碧車，郎乘青驄馬，何處結同心？西陵松柏下。』（劇作小小贈才仲之詩。）今西陵在錢塘江之西，則云江干近是。或云晉時人。墓在嘉禾縣者，宋時蘇小媚也。李賀蘇小小墓歌：『幽蘭露，如啼眼。無物結同心，烟花不惜剪。草如茵，松如蓋；風爲裳，水爲佩。油碧車，久相待；冷翠竹，勞花彩；西陵下，風吹雨。』白樂天楊柳竹枝詞：『蘇州楊柳任君誇，更有錢塘勝館娃。若解多情尋小小，綠楊深處是蘇家。蘇家小女舊知名，楊柳風前別有情，剝條盤作銀環樣，捲葉吹爲玉笛聲。』元遺山蘇小小圖題詞：『槐陰庭院宜清晝，簾捲香風逗。美人圖子阿誰留？都是宣和名筆內家收。鶯鶯燕燕分飛後，粉洗梨花瘦。只除蘇小不風流，斜插一枝萱草鳳釵頭。』（按：蘇小小墓今在杭州西湖西冷橋之旁，與孤山相近。小青詩：『杯酒自澆蘇小墓』，蓋指此也。古詞：『何處結同心，西陵松柏下。』蓋生前住江上，歿葬湖曲耳。江干，湖曲，兩說不相礙也。李賀詩則但點西陵，蓋引古以誌其爲杭人耳。又按李商隱送李郢之蘇州詩：『蘇小小墳今在否？紫蘭香逕與招魂。』蘇小媚係趙宋時人，則嘉禾之墓，亦應即是蘇小小，蓋後人慕其才艷踪跡相近者輒加以名，未可泥定西陵也。）

又據西湖佳話云：『蘇小小病歿，滑州刺史鮑仁擇西冷橋側吉地造墓立碑，題曰「錢塘蘇小小之墓」。』蓋西冷與西陵本屬兩處，皆有蘇小小故蹟，或訛陵爲冷，未可知也。

宋馬永卿嬾真子云：『同州澄城縣有九龍廟，其妃子一人，土人云：「馮瀛王（道）之女也。」夏縣司馬才仲戲題詩云：「身既事十主，女亦妃九龍。」過客讀之，無不失笑。才仲名棫。兄才叔，名槱。皆温公之姪孫。』司馬才仲傳以才仲、才叔爲一人，已誤。又夏縣屬平陽，作者以才仲在洛陽得黃金縷之夢，遂指以爲洛陽人，亦失考之故。

四〇　澄海樓

蘇州人毛鐘紳撰。演高仲譽、濟登科事，據昇仙傳小說而作。仲譽、登科締姻遇仙，皆因『澄海樓』聚會，故用爲名。

略云：明世宗時，高仲譽，（小說作仲舉。）字殿臣，山東歷城諸生。下第後探親山海關，不值。逆旅無聊，偶登澄海樓，遇遼陽秀士濟登科字小塘者，一見如故，聯吟歎洽。登科遂以妹許仲譽。時呂洞賓化爲黃冠，言：仲譽當貴顯，三年後代巡茲土；登科有仙緣，當學道。因出佳釀共飲，約登科相訪於醫巫閭山。及往訪，遇於中途，與一叟偕，則遼東丁令威也。令威告登科云：黃冠即洞賓，願從學道。二道人語登科：明運已衰，遼左當出大聖人，立萬世太平基業。乃授以修仙寶籙及五雷正法。登科遂與妻王玉容別，告以許妹於仲譽，雲遊淮、泗間。泗州三敎寺久圮，狐妖所窟宅，登科募緣重建之。狐失所棲，伺其出遊，幻觀音坐蓮花上。愚民爲建觀音閣。白日昇天者先後五人，皆被狐母狐女啖食。登科歸，用法殛老狐。狐女媚娟許嫁淮河逆水潭獨角大王——蓋孽龍也——奔往哭訴。獨角率水族復仇登科。科居魁星樓上，水忽大至，出戰不敵，爲所擒。洞賓預知其有難，運神力擒獨角，鎖沉井底。乃令登科北遊。皦承光者，京師人，負氣任俠。有吳良獨據祖業，逐其弟熊。承光毆良，令出金爲弟娶妻，別居保定。熊爲徽商汪用堅管典鋪，用堅覩其妻美，欲佔爲妾。承光毆用堅，賂熊賫斧，薦投景州。用堅啣承光，控於官，陷以罪，解送刑部。過涿州，遇登科，用法脫承光械，且贈官役金，遂釋承光。倭擾江、浙，戚繼光往討。登科復薦承光禦倭，以功授副將，守淮。時仲謩已成進士，授鳳陽知縣，詣遼陽完婚。登科歸辦妝奩，遣妹從夫鳳陽，登科因詣承光任所。媚娟私囑柳樹精隔斷登科達洞賓之符信。焚請無驗，詰問城隍神，始知其故。遂請洞賓降壇，擒媚娟。洞賓欲殺之，且並殺獨角。登科言媚娟以救母救夫之故，非比他惡，請寬其罪。遂令其夫婦永鎮淮河。總河錢廷楝委仲謩守鳳陽陵。值水災，登科遣獨角退水，獲安無恙，遂擢遼陽巡按。洞賓謂登科行滿，當入京師求封。登科度不能謁帝，詣嚴世蕃求通。作幻術，觸其怒，世蕃奏爲妖人，有詔擒治。登科與緹騎索水飲，跳入瓶中。呼之，聞應聲，不得已携瓶覆旨。世宗呼之，瓶中輒應。令碎其瓶，則片片皆應。朝廷以爲眞仙，許以加封，登科即謝恩出。復之遼陽辭仲謩。丁令威至，接昇仙界。登科憶澄海樓遇仙，賦詩記其事。獨角後成正果，與媚娟深感登科之恩。天樂鏗鏘，登科夫婦白日沖舉，朝旨封爲普惠眞人。

按：大禹鎖巫支祁於淮，劇中登科鎖獨角，蓋本於此。明萬曆間，順天武生皦生光者，以妖書事正法，未知更有皦承光否。今此姓頗著。又按：萬曆中年，水渰泗州陵，總河舒應龍因此罷職。接任者楊一魁，乃建分黃導淮之策。劇言嘉靖間事，未的。蓋世宗時黃水尚未害鳳、泗也，其時總河亦無所謂錢廷楝。又劇中登科入瓶，乃冷謙事。又劇中有『打十番』，據吳偉業江南好詞，蓋起於近代，前所未有也。又按：嘉靖時方士藍道行用仙術指出嚴世蕃過惡，世宗因疑世蕃。鄒應龍聞之，遂攻嚴嵩父子，嵩父子得罪。後知根於道行，亦暗致道行得罪。劇中世蕃奏擒登科，影借道行也。

按名山藏：『冷謙，字啟敬，武陵人，一云錢塘人。元中統初，與劉秉忠從沙門海雲遊。無書不讀，尤深於易及邵氏經世、天文、地理、律曆。善鼓琴。秉忠出仕爲丞相，謙亦修其儒業。元末百數歲矣，而綠髮童顏如年少。高帝初，爲協律郎。郊廟樂章，多所撰定。謙有友至貧，就求活計，謙曰：「吾能詣君一室。有鏹金二錠，但取無害。若過取，吾與汝皆不利。」因畫戶壁間，一鶴守之。其人叩戶，戶忽自開。既入，則金銀狼籍。其人恣取之出，不如謙言，而遺其引於室中。他日，內藏失金，藏吏以引聞，詔如引姓名捕掠之。其人曰：「冷謙敎我。」遂逮謙。謙被逮，至中途，謂逮者曰：「渴甚，幸飲我瓶水。」與之，且飲且插足瓶中，身入，隱。逮者驚曰：「公毋然，劃吾類矣。」謙曰：「第持瓶上前，亡害也。」至上前，上呼，謙輒應。上曰：「出，生汝。」謙對曰：「臣當誅，不敢出。」上怒，輒瓶片片。片片呼則片片應，遂不知所在。上命按籍錄庫，果有鏹金二錠。』

震澤長語：『蓬萊仙奕圖者，龍陽子湖湘冷君所作。君武陵人，名啟敬，龍陽其號也。中統初，與邢台劉秉忠仲晦從沙門海雲遊。書無不讀，尤邃於易及邵氏經世、天文、地理、律曆，以至衆技，多通之。至元中，棄釋從儒。游霅川，與故宋司戶參軍趙孟頫子昂於四明史衛王彌遠府覩唐李思訓將軍畫，頓然發之胸臆，遂效之。不月餘，其山水、人物、窠石等無異將軍；其筆法傳彩，尤加纖細。神品幻出，由此以丹青鳴。至正間，則百數歲矣，其綠髮童顏，如方壯不惑之年。時值紅巾之暴，君避地金陵，日以濟人利物，方藥如神。天朝維新，君有畫鶴之誣，隱壁仙逝，則君之墨本絕跡矣。此卷迺至元六年五月五日爲余作也，吾珍藏之。予將訪冷君於十洲、三島，恐後人不知冷君胸中邱壑三昧之妙，不識其奇仙異筆混之凡流，故識此。』

四一 醒中仙

會稽人王元模撰。明正德間，有中山狼雜劇，或云康海作，或云馬中錫作，此又添出後來一段情節：益以中山狼之子爲老狼報仇，猶在情理中；而人面狼助虐，尤出意外；卒爲獵者所搏，是助狼無益，乃所以醒悟之也。

略云：魏東郭順子者，人稱東郭先生。進取功名，欲投晉國，誤走中山。趙簡子射狼，追之急。狼乞救於東郭氏。先生念墨者以兼愛爲本，拔其矢，令入書囊以庇之。簡子至，謂先生匿狼，欲手刃之，且叱先生匿惡獸之謬。先生以言抵飾。及簡子去，縱狼出。狼饑欲噬。先生紿狼盍詢諸三老。適一叟至，具陳所以。狼告叟云：『彼匿我於囊中，欲害我，受苦不勝，當報。』叟誘狼復入囊中，遂令東郭以劍斬之。（此段原本所有。）先生復前行，有獵者衣狼皮値諸途，先生驚仆。獵者云：『我人也，非狼也。』先生云：『旣稱人，何與狼類？』獵者云：『雖類狼，實捕狼者。』先生述前事，獵者度其抵前途必受狼害，潛尾之。中山狼之子聞老狼被殺，扼東郭氏於道，欲噉之以復仇。先生驚悸不能前，乃與抗辨云：『予救若父，反噬我。辜恩負義者，人皆得而誅之。爾尙爲惡不悛耶！』狼子爲益怒，遂負東郭行，將噬之羣狼之前，以呈其威。羣狼爭前欲噉之。先生睨之，有人面者亦助狼子爲虐，遂向人面者乞少寬假。人面狼忽去其衣冠，先生視之，眞狼也，跳踉益甚，先生亦大窘。獵者突出誅羣狼，救東郭離中山以去。

四二　清平調　一名李白登科記

長洲尤侗撰。侗拔貢出身，才名甚著而未登甲第，不勝豔羡，故作此劇以自喻。昔人有言：『李杜何嘗中狀元！』侗翻其案，謂白中狀元，而杜甫、孟浩然皆於是科登第。蓋三人皆盛唐詩人之冠，皆不科甲者也。爭奇鬥巧，謂明皇以三人殿試卷送楊貴妃鑒定，貴妃取太白清平調詞壓卷，擢爲第一。賜宴曲江，令右相楊國忠陪席，梨園子弟宜春內人李龜年、賀懷智、永新、念奴等奏樂。走馬遊街，醉遇安祿山，揮鞭訴擊。高力士傳旨欽授翰林學士，特賜荔枝解醒。才人韻士，無不喧傳榮遇云。

按：李白以賀知章之薦，供奉翰林。清平調詞，實繫一時盛事。然力士以『飛燕昭陽』之語，譖於貴妃。明皇欲授官，爲妃阻止。劇以爲受貴妃賞鑒，擢爲狀元，亦翻案也。言將舉人試卷徑呈御覽，命力士送貴妃定其等第，乃採前朝上官昭容故事。蓋中宗時試晦日昆明池詩，羣臣應制百餘篇。帳殿前結綵樓，命上官昭容選一首爲新翻御製曲。須臾紙落如飛，惟沈佺期、宋之問二詩不下。移時，飛墮沈詩，獨留宋詩。此乃詞林盛事，故移入於此以新耳目也。杜甫嘗獻三大禮賦，又嘗召試其詩，有：『集賢學士如堵牆，觀我落筆中書堂。往時文采動人主』，及『綵筆昔曾干氣象』之句。孟浩然嘗至翰林，伏王維牀下。明皇使誦生平之詩，誦『不才明主棄』一首。明皇不悅曰：『何不云「氣烝雲夢澤，波撼岳陽城」？』蓋是詩有『欲濟無舟楫』語，此乃寓求仕之意也。兩人雖不登科第，未嘗不受知於朝廷，故引入爲客。說白云：『杜甫波瀾老成，浩然骨格清瘦。雖然名士，未必少年。風流俊逸，還讓李生獨步。』此段殊謬。太白年長少陵，供奉之時，已逾五十，非少年也。太眞因『任吹多少』之句云：『霓裳羽衣一曲，足掩前古。』明皇曰：『纔弄爾便嗔耶！』劇因作太眞自叙此事，而增二語云：『正要學飛燕新粧，一洗肥婢之辱耳。』亦翻案取巧也。『漢宮佳麗三千人，三千寵愛在一身。』白居易長恨歌中句。楊右相陪宴，套用邯鄲夢宇文融一折。雁塔題名云：『天寶十載，狀元西蜀李白題名。』按：太白供奉在天寶二三年間，其後不在京師矣。『昔日齷齪不足誇，今朝浩蕩思無涯。』孟郊登第句也。

按：古琴有三等四調：一曰大琴正調，二曰中琴平調，三曰小琴清調，四曰瑟調。『清平調』者，以小琴清調中琴平調合而稱名也。

四三　練忠貞

（前同卷二十六，略。）……陳英等皆眞姓名。

按史：黄子澄，分宜人，洪武十八年及第，累遷太常卿，與齊泰謀削諸王。燕師起，耿炳文兵敗，子澄力薦李景隆代。及景隆累敗，召還，赦不誅，子澄慟哭請正其罪，帝不聽。燕兵日南，謫子澄，密令募兵於外。金川變後，執至京師，抗辯不屈，被磔死。（劇中大略相仿，言官侍讀，誤。）齊泰，溧水人，洪武十八年進士，建文時爲兵部尚書。朝議削奪諸藩，泰欲先圖燕，黄子澄不可。

燕兵起，首以誅泰爲名。子澄薦李景隆，泰極言其不可。燕王兵入，被執，不屈而死。（劌言泰與子澄同薦景隆，失考。）尹昌隆，太和人，洪武中進士，授修撰，改監察御史。建文時，燕兵南下，昌隆請：『罷兵息戰，許其入朝，設有蹉跌，便須舉位讓之。』不報。燕王入京，捕昌隆爲奸黨，昌隆大呼曰：『臣曾上章，勸以位讓命。』帝命緩刑，閱其奏，特貸昌隆死，授北平按察司知事。後爲呂震搆死。（劌誤稱昌期，又誤稱垣中。謂其與齊、黃等共謀朝政，又謂其募兵安慶，俱不實。卻不載其上疏事。）陳廸，撫州人，建文初爲禮部尚書。受命督運軍儲，過家未嘗輒入。已聞變，趨赴京師。成祖即位，召廸責問，抗聲指斥，磔於市。（劌言：廸見是時事難爲，乞歸回里，後卒被戮，失實。）徐輝祖，中山王達長子。燕王兵起，命率師援山東，與燕兵遇齊眉山，再戰再破之，燕人大懼。俄有詔召還，諸將勢孤，遂相次敗績。及燕兵渡江，輝祖猶引兵力戰。成祖既至金川門，獨守父祠弗迎。命下吏，削爵，勒歸私第幽繫之。（劌言：綁縛市曹，徐后見之，乞恩於成祖，乃得不死。未實。）李景隆，岐陽王文忠子，小字九江。建文時，以黃子澄薦，拜大將軍，北伐。攻北平不下，兵大敗，景隆奔德州。燕兵至，拔来走濟南，復大敗，召還。子澄慚憤，執於朝班，請誅之以謝天下，帝竟不問。燕兵渡江，遣使割地，遂蒲伏輸欵。（劌言：景隆守金川門，開門以納燕兵，謬也。開金川門者，谷王。）鐵鉉，鄧人，洪武中由國子生爲禮科給事中。建文初爲山東參政，力守濟南。已而誑燕王以願降。燕王乘駿馬，張蓋鼓吹，徐行過橋。及甕城，舊有垂門，懸之不下，鉉預戒壯士伏城上，候燕王入城，驟下，中王馬首。王急取從馬走，而伏發斷橋；橋倉卒不可拔，王鞭馬得疾馳去。鉉率衆掩擊，大敗之，遂復德州。建文擢鉉山東布政使，進兵部尚書。尋復大敗燕王於東昌，斬大將張玉。自是燕兵南下，不敢復道濟南。（燕兵初起，姚廣孝云：『所不勝者兩日耳。』其後燕兵敗於東昌。兩日者，昌也。）燕師渡江，鉉兵屯淮上。衆潰被擒，負闕立，大罵；寸磔至死，罵不絕聲。（劇中大略相彷彿。）張昺，澤州人，洪武中累官工部侍郎。建文初，以昺爲北平布政使，與都指揮謝貴幷受密命伺察燕事。至則王稱疾，久不出，謀甚秘。昺部署軍事，列九門防守。燕將張玉、朱能屢請王起兵。建文元年七月六日，會朝廷遣人逮燕府官校，王僞縛官校置庭中，將付使者，紿昺、貴入。至端禮門，爲伏兵所執，昺不屈死。（劇中事皆合。）謝貴，未詳所自起，洪武中爲河南衛指揮僉事。建文初，齊泰薦貴智勇可任，以爲北平都指揮使，俾察燕事。以木柵斷端禮門。被紿入，與昺同死。（劇中事皆實。）葛誠，未詳何許人，爲燕王府長史。昺、貴旣擒，誠以與謀，被殺。（劇中帶見。）瞿能，合肥人，官副總兵。燕師起，從李景隆爲稗將，攻北平，鋒甚銳。大戰白溝河，斬馘甚衆；會旋風起，陣動，王以勁騎繞出其後，突入馳擊，遂斬能父子。（劇所記相彷佛。記張信斬能，未的。）平安，滁人，爲太祖義兒，官右軍都督僉事。建文元年，從李景隆北伐，爲先鋒。燕王每戰，輒爲安敗。挺鎗刺燕王幾中，馬忽蹶，燕王脫走。屢敗燕兵，斬驍將數人，燕軍莫敢攖其鋒。其後被執，燕王惜其勇，以爲北平都指揮使。永樂七年，自殺。（劇言張玉殺安，大謬。張玉則爲鐵鉉軍所殺也。）又按：袁珙，字廷玉，鄞人，元末即以相術知名。（劇中黃子澄言其善風鑑，而練子寧等猶未信，以爲初出少年，大謬。劇言其相齊、黃及子寧、景隆皆不善終，傳記無此事。蓋珙相張昺、謝貴、宋忠、葛誠皆言其不善終，而作者牽引在齊、黃耳。）洪武中，相燕王及道衍，歷歷有驗。（劇言：燕王與校尉易服詣珙，珙見而識爲眞主。言其鬚過臍則貴不可言，徐妃乘其睡而接之，及醒也，過臍矣。此兩說稗乘多載之。至云九天玄女令侍者暗助徐妃接鬚，則妄也。又珙於嵩山見道衍，識其後日之貴，蓋廣孝未侍燕王時事。故相者傳有句曰：『辨宰相於嵩山佛寺，識眞主於長安酒家。』兩事不同一時，今合作一處，亦謬。）姚廣孝，初爲僧，名道衍。太祖使侍燕王講經。建文元年，謝貴等以兵迫守王宮，王密與道衍謀，令指揮張玉集勇士八百人入城守衛。七月癸酉，匿兵端禮門，紿殺貴等，遂起兵，稱其師曰『靖難』。不數年，定天下，道衍計謀居多。初授僧官左善世，永樂二年拜爲太子少師。復其姓姚，賜名廣孝。（劇中以道衍爲軍師，係揣摩當然耳。成祖命與仁宗居守北平，不在軍中也。）張信，臨淮人，建文用大臣薦，以爲都司。受密詔與張昺、謝貴謀燕，盡縛藩府人。信乘婦人輿以情告王，王乃定計奪九門。信隨王轉戰至京師，論功比諸戰將，封隆平侯。成祖德信，呼爲恩張。（按：信以告變得親幸。永樂八年，陳瑛嘗論其無汗馬之勞。劇言信擒瞿能，謬也。）初帝舉兵，謂得眞武神助。永樂十年，大營武當山宮觀，命信與駙馬都尉沐昕董作治。已而復命工部侍郎郭璡佐信等，糜帑金數百萬，七年而成。（劇中載眞武神助事，本此。）張玉，祥符人。洪武中爲燕山左護衛，以驍勇善謀畫爲燕王所親任。建文元年，王起兵，用玉等策，奪北平九門，累立戰功。進攻東昌，與盛庸軍遇，王以數千騎繞出其後，庸悉衆圍之，王奮擊得出。玉不知王所在，突入陣中，戰愈力，手格殺數十人，被創死。（劇言玉殺平安，謬。）朱能，懷遠人，爲燕山中護衛，事燕王於藩邸。王起兵，能與張玉首謀。累立戰功，封成國公。（劇言能殺建文大將胡觀，不實。）丘福，鳳陽人，燕山中護衛。燕師起，與朱能、張玉首奪九門。累立戰功，封淇國公。（劇言福殺建文大將吳傑，亦不實。）陳瑛者，本北平按察使。

燕王兵起，瑛首從之。永樂元年，以爲左都御史。天性慘刻。成祖殺齊、黃等，凡建文之臣不順命者，瑛率加重劾。諸所誅滅，株連無算，讞奏皆出瑛手。（劇誤爲程瑛。劇又言瑛已執徐輝祖欲殺，徐皇后駕過，諭瑛停刑云云，此齊東語也。）按劇言：成祖夢方孝孺……（下同卷二十六，略。）

四四　賣相思

易山靜寄軒主人編。演石有文賣相思事，太涉離奇，意在譏侮秀才以作遊戲耳。

略云：錢塘諸生石有文，（其命名爲實有文才耳，作劇必錢塘人。）字元山，（其序後圖章篆四字云『一個頑皮』。元山，切頑字也。）性極疎宕，所過多鍾情。聞圓覺寺即空禪師（取色即是空意）四壁畫西廂記，於此有悟，乃往謁叩問『情』字。師謂佛祖聖賢皆俱有情，以『色空』二字反覆開道。有文歸，以幻情作眞，脈脈無所託，書一標曰『賣相思』，令館童紫硯肩負以出，喚於市。觀者謂其獃。有霍婷婷者，豔麗，擅詞賦；父官嶺南，母隨任；以婷幼，寄養母姨家，居西湖花圃。婷乳媪一日賣花市上，見賣相思之標，以告婷婷，未之信也。時石邀友陳師摶——字睡卿（言其好睡）——飲於靈隱，賞海棠；陳貪眠不赴，石掛標於樹，獨酌花下。既而患病，令童售標過婷園。媪持以示婷，婷嗤其狂，題詩於箋云：『千古傷心天上事，一年一度會牽牛。人間那有相思賣，莫向清宵自檢愁。』媪竟以詩付童而留其標。童持獻石，石喜不勝；及詢姓氏，不能知，但識其園亭耳；石寤寐欲求之。適錢塘學師以行賄不公，諸生鼓噪，投虎爪山斯文元帥。婷與婢紅玉出避村莊，石詣園訪，已不知蹤跡矣。廷議以文攻文，使兵部文秉往勦（言才秉文武也）。文秉夜夢插花人，負一女，拽其舟。緯夫吳允武者，海寧人，多膂力，愛插花於帽，自名『一枝花』；初爲乞兒，石嘗留與劇飲，示以『賣相思』之標。文秉見其帽插花如夢中所見，以武藝詢之，盡通曉，令充遊擊以立功。斯文諸生佈『八股陣』（言八股時文），吳衝破之；復佈『四寶陣』（言文房四寶也）、『丁字陣』（言不識一丁也），皆破之。賊窘，賺石入寨爲參謀，石不從；復以賊女誘之，石乘間易秀才衣巾以遁。婷在村家病，思飲江泉，令紅玉往汲，溺波中。吳救之見文秉。秉視之，即夢中女，以配吳，送居城中。婷與乳媪遭賊掠，分其行囊；吳巡哨却賊，反其囊；見囊有『賣相思』標，問所從來，婷紿曰表兄物。吳云：『此石元山之物，余友也。』婷始知賣標姓氏，含糊以應。吳留之入城，語紅玉，玉曰：『此余主人也。』吳許婷爲訪石生。會石遁歸赴試，擢探花；而文秉平賊，晉大學士；吳授總兵。詔遣石歸錢塘爲勒石紀功。吳告石云：『令表妹婷婷現在。』石茫然。紅玉語吳以婷買標之故，實非表兄也。吳乃告文秉爲媒，與婷諧伉儷。

四五　易鞋記

演程鵬舉與妻白玉孃易鞋爲别始離終合事。明嘉靖中，長洲陸采嘗作分鞋記，全據輟耕錄。此名易鞋，大略相仿，而情節頗加增飾，名字亦多異同。鵬舉被掠於張萬戶之家，配以玉孃；鵬舉逃去，萬戶逐玉孃於外，初入市人之家，爲執作以償直，旣而皈心尼庵；鵬舉旣貴，遣人訪之，持鞋至輟耕錄不載鵬舉父名，宋稗云：『尙書文業之子』，此則云：『參政公輔之子』。又合宋稗、輟耕觀之：程本名萬里，字鵬舉。宋稗單舉其名，輟耕單舉其字，此則以鵬舉爲名，而增一字曰叔達，蓋作者未見宋稗也。玉孃乃統制白忠之女，此則以爲刺史白如珪。鵬舉之逃，本玉孃所勸，鵬舉疑其非眞心，乃僞訴於萬戶；此則以爲梅香聞其夫婦私議而唆之於主人。萬戶聞鵬舉之訴，即鬻玉孃；玉孃臨行，與鵬舉易鞋，鵬舉遂歸宋；此則以爲鵬舉、玉孃易鞋而去，萬戶見鵬舉逃去，乃逼嫁玉孃與市人家。又玉孃本萬戶所鬻；今則以爲玉孃於明珠橋投水，店家周嫗救之，送還萬戶，萬戶不收，嫗夫婦遂撫以爲女。玉孃償鏹爲尼；今則以爲被無賴强婚，因此出家於明淨庵。至鵬舉、玉孃，本不載其父母，蓋或已去世；今則以爲鵬舉父母皆存，母曰趙氏。玉孃亦父母皆存，母曰韓氏，韓氏之弟爲吏部侍郎，本鵬舉父同年進士。鵬舉逃回謁韓，韓爲薦達，得授恩蔭官，遂至陝西參政；如珪亦由韓薦官陝西副使；鵬舉迎父母至署，又迎得玉孃，而又適與妻父同官，並得快聚；此皆緣飾成編也。鵬舉官參政，是元時事，劇中亦欠分明。

四六　遍地錦

近時人作。事屬子虛，大概攢湊點綴，簇錦鋪花以眩人耳目，故名遍地錦也。略云：京師趙襄，字汝爲（觀此號即無其人可知），渾名遍地錦。幼失怙恃，與老僕同居。汝爲多才智，廣交遊，任俠不羈，僕屢諫不悛。有徐煥者，定國公徐穆子（乃中山王徐達後），慕汝爲豪俠，遂與楊子輔、毛世昌等宦家子十人訂盟爲十弟兄。楊父任九邊總戎，毛父爲都御史。有告汝爲不法者，毛父逮而訊之，見其英邁，令世昌兄事之。嫠婦劉，有女閑閑，美，且擅詞章；堂姪女碧環，才貌相亞。劉貧窶，以織絲餬口。汝爲聞閑閑美，與媒嫗伺劉出，易妝爲賣珠婦以覘之，故遺玉鴛於地。二女詰嫗，知即汝爲也。汝爲浼媒氏執柯，謂已受玉鴛之聘。劉以未嘗委禽，堅拒不允；而二女瞰汝爲俊偉非凡流，皆屬意焉。及納采親迎，劉不敢拒，竟以碧環代閑閑，猶慮得禍，遂投依其姪於邊庭。値仇鸞誣楊總兵尅餉事，子輔驚惶問計於汝爲。汝爲急不及婚，紿作番王，與鸞市馬，欲手刃鸞，計罪當不及楊也。初鸞慮人害己，嘗以肖己者四人代出入，汝爲誤刃其代者，歸，値廷試，遂擢大魁。時劉氏姪爲仇鸞部卒，瞰閑閑美，欲謀獻鸞，閑閑屢痛拒之。適劉氏故，閑閑被逼，乃於曇雲庵截髮爲尼。朝議以汝爲桀黠多謀，可制仇鸞，命巡九邊。過曇雲庵，識閑閑舊容，詢其始末，知爲原聘室也，令人以情語之，而潛送至京邸。遂按鸞罪，懲以重法。比復命，賞綵幣，賜婚二女。碧環疑汝爲別娶，及見，即其姊也。汝爲膺顯爵，與二女偕老焉。（此劇係憑空結撰，惟仇鸞通馬市是實，餘皆信筆點綴以作關目耳。）

劇內云九邊總兵。九邊者，遼東、薊鎭、宣府、大同、榆林、固原、寧夏、甘肅、山西也。相去萬數千里，安有一人可總九邊兵者？文臣有三邊總制，所轄延綏、寧夏、甘肅而已。武臣大抵守一鎭，不能予重兵。惟世宗待仇鸞甚重，拜爲大將軍，然亦無總兵九邊之名。（劇云拜安南將軍，謬。）仇鸞口中云：『先世屢立戰功。』鸞父鉞，本揚州江都人，入籍陝西爲寧夏總兵。安化王寘鐇反，鉞討擒之，楊一清、張永奏其功，封爲咸寧伯。鸞襲父職，進爲侯，其自稱功臣後裔，不謬也。旣云征倭，又云往賀蘭山，兩地南北遼絕，及國名泗甄等類，俱係生撰。蓋作者聞嘉靖時曾有征倭事，遂扭捏串合也。

劇言趙襄父璜曾官諫議。按：趙璜，嘉靖時尚書，官不止諫議；江西安福籍，非京師人。唱名時五色雲現，借用韓琦事；狀元作五色雲賦，又借用李程以日五色賦中狀元事；皆有所本。披香殿、長樂宮皆漢宮殿名，與明不合。劇內趙汝爲與郭公子相搏，是遊戲撮合。然宋太祖並賞王嗣宗、趙昌言，令手搏以定高下；嗣宗搏勝，遂命爲狀元。後嗣宗守長安，种放召官諫議，還山，過嗣宗，嗣宗待之薄，放詆爲『手搏狀元』。則此事亦有所本也。

四七　四元記一名小萊子

不知何人作，與富貴仙、滿床笏、小江東、中庸解、雁翎甲、合歡錘、雙錯巹共八種同爲一帙，標云：『湖上李笠翁閱定』，當是近時人手筆；閱其辭旨關目，疑出自一手。劇中宋子仁、再玉父子，宋史無其人，大致是憤王、呂新法，憑空幻出，以恣其嘻笑怒駡耳。

按：宋神宗熙寧初，王安石用事，呂惠卿爲之謀，主變舊章，行新法，天下騷然；廷臣異議者，皆遭貶斥。安石子雱，爲人慓悍陰刻，無所顧忌，年十三時，得秦卒言洮河事，歎曰：『此可撫而有也。』故安石聞王韶開熙河議，力主之。未冠，著書數十萬言，舉進士，調旌德尉。雱氣豪，睥睨一世，不能作小官。安石執政，所用多少年，雱亦欲預選，乃與父謀曰：『執政子雖不可預事，而經筵可處。』安石欲帝知而自用，乃以雱所作策及注道德經鏤板鬻於市，遂傳達於帝。鄧綰、曾布又薦之。召見，除太子中允崇政殿說書。安石更張政事，雱實導之。常稱商鞅爲豪傑之士，且言不誅異議者則法不行。安石一日與程顥語，雱囚首跣足，携婦人冠以出。問父所言何事，曰：『以新法爲人所阻，故與程君議之。』雱大言曰：『梟韓琦、富弼之首於市，則法行矣。』安石遽曰：『兒誤矣！』顥曰：『方與參政論國事，子弟不可預！』始退。雱不樂。劇中謂安石無子，有女曰方雲，蓋析『雱』字爲二，又因携婦人冠事深詈之也。

略云：洛陽人宋之仁，耕讀自娛，不樂仕進。妻趙氏，生一子曰再玉，字含瑜，年十三，鄉薦第一。之仁深以其子早發爲嫌。時王安石用事，朝政日非，恐其一入宦海，觸奸致禍，不欲其赴京春試。而趙氏力慫之，不得已，誡諭再三，以錦囊二、女衣一襲付蒼頭，囑其有疑難時開視，勿使再玉知。再玉抵京，會試復第一，其主司則安石也。安石無子，有女曰方雲，年未及笄，通詩書，工女紅，與婢伴雲結爲姊妹，皆未字人。安石閱年貌冊，知再玉年少，强招至家，欲以爲婿。再玉應之不可，辭之不能，乃權辭，脫身至寓，謀之蒼頭。蒼頭拆視錦囊，囊中有句云：『欲脫樊籠計，花羞八寶鈿。蒼頭休戀戀，莫省洛陽田。』遂僞作女裝投庇皇姑寺中女道士，而題詩於寓以絕安石。安石重遣人邀再玉，已不知所之；得詩，大怒，奏之神宗，大索，並提其父兒。安石氣憤成疾，方雲姊妹聞之，欲往皇姑寺上旛，爲其父祈子。安石以女子入寺爲嫌，方雲、伴雲遂改作男裝，同行至寺，見再玉貌美，方雲、伴雲憾非眞男，不得配再玉；再玉亦訝安石無子而忽有子也。再玉之父之仁自子行後,即挈家遊湖上,逡巡不歸,泊舟京口。再玉之蒼頭既安頓再玉於寺,辭歸籍。縣官方奉文，收之仁甚緊，再拆其第二錦囊，則云：『得失休留滯，何須問洛陽？泊舟京口驛，共汝細商量。』乃竟奔京口，果與之仁遇。之仁囑其詭報趙氏，云：『再玉授二甲進士，授官成都，迎親赴任。』而挈趙抵成都，隱姓名賣卜。時安石與惠卿力主新法，廷臣異議者如韓、富、歐、蘇，皆遭斥逐。其弟安國懼其誤國，泣陳不從，亦被斥。海內受禍百姓，流離載道，監門鄭俠繪圖上之，神宗感悟，安石、惠卿皆罷官。自再玉之逸，停止會試，而於明年之二月，重舉會試。方雲、伴雲從寺歸，不復改裝，欲悅其父也。惠卿亦無子，安石命伴雲爲之子。會試時，同赴禮闈。再玉聞安石敗，復出就試，又舉會元，廷試擢狀元（故謂之四元記）；方雲改名王雲，中第二；伴雲改名呂伴，中第三。神宗以前安石曾奏欲招再玉爲婿，乃令鄭俠爲媒，成其舊約。安石、惠卿互相抱怨——悔其以女爲男，倖得一第，難以上聞。告之鄭俠，俠許其保奏。王、呂乃自縛陳情。神宗憐之，仍許其女及婢歸再玉而給還兩人原官封誥。之仁在蜀，與安國遇，各敘心曲。赦書至，安國復官，之仁亦馳驛歸里。再玉挈其妻妾見父母，始成婚；而身萊衣舞以娛其親，故又謂之『小萊子』也。

按：宋時止有三元。惟劉祁歸潛志記金時曾有中四元者，姓孟，時人稱孟四元。作者雖𢽬四元記，想未見劉志，不知孟四元故事也。

四八　金盃記

不知何人所作，大抵是明中葉時手筆。所演于謙事，全據杭人萃忠錄小說，不爲無根，亦未可全信也。

略云：于謙，字廷益，號節菴，錢塘人。（與傳合。）爲諸生時，醉過惠安寺山門，與泥塑太保相觸，責其不跪迎，戲罰嶺南。住持僧西池夢太保求救，言爲于少保所斥。謙復戲判云：『恕罰免移。』人咸卜謙必貴。富人何其有，女曰玉貞，許字高氏子；甥女曰董慧娘，幼撫于家，未字。母携二女遊西湖，五通神見而悅之，欲攝二女之魂；以董家大貴，懼不敢魅，遂魅玉貞。玉貞染病臥床，卜者謂邪神作祟，父辦茶筵以禱；筵罷，失去金盃一隻。謙與友高生及僧西池遊湖上。友聞謙不畏鬼怪，語云：『寳極觀尊經閣人不敢登，能臥一晚，輸金治具爲樂。』謙臥閣上，夜半神至，張筵與對飲，謙猶以爲友及僧也，醉酣筵畔。及醒見神，怒而叱之，神即遁去，遺金盃於地，謙拾得之。盃上鐫何其有姓名，謙即持以還何。何女魔孽中若有云：『少保至者，神避而走。』其父知謙貴人，求其救拯。謙令寫『于謙書室』四字貼於門上，玉貞立愈。父感其德，以甥女慧娘嫁謙。又夜遇鼓精，其首甚巨，謙云：『小鬼大頭。』精云：『少保大胆。』謙書山字以壓之，鼓精乞哀，乃再加山字，令出。問他日功名若何，鼓精示以先兆。未幾成進士，授巡按御史。也先入犯，遭土木之變，徐有貞請還金陵，謙力諫阻。授兵部尙書，與楊俊、石亨等拒也先兵，迎英宗入南內。時石亨遇梅精幻作女子投水，亭拯救之，納爲妾。謙乞假省親，與亭握別，亭令妾出見，妾云：『謙正人，不敢相近。』亭怒擊之，妾即隱身而去。謙揮劍斫之，乃老梅樹也。謙官少保，歸家，父母尚在。子冕蔭尚寶卿。

名山藏：『于謙，字廷益，錢塘人。自爲諸生，英邁過人，每有難事，於人中巡繞數行，輒得奇計。爲諸生時，習容止，骯髒有聲。宣德初，以御史從征漢庶人。久之，陞兵部右侍郎，兼巡撫山西、河南，時年三十餘耳。凡十八年，正統十二年還部。也先入寇，英宗北狩，太后命郕王監國，陞兵部尚書，加太子少保。侍講徐珵倡議南遷，謙慟哭於庭曰：「敢言南者，衆共誅之！」乃繕濠隍，誓士馬，警樓櫓，治嶮塞。石亭、楊洪、柳溥皆有名諸將，召而使之共治軍也。（劇言大學士徐有貞建議南遷，謬。天順初有貞大拜，其時則侍講也。）』

憲章錄：『景泰初，命武清伯石亭總京師兵馬。（劇言石亭都督五軍，相合。）太監喜寧，土木之敗降於也先，盡以中國虛實告之，爲彼嚮導，數敎也先擾邊。英宗深惡之，與袁彬謀，遣寧傳命入京，令軍子高磐與俱，令至宣府，與總兵等官計擒之。既至城下，宣府參將楊俊出，磐抱寧大呼，俊從兵縛寧至京師，誅之。（劇中于謙授錦囊計於楊俊，俊與高磐計擒喜寧，即此事也。然俊此時官僅參將，劇言俊罷閑，賴謙保奏總兵，乃俊父洪事，捏合於俊耳。）又永樂十九年春正月，改楊士奇爲左春坊大學士。三月，上御奉天殿，賜曾鶴齡等及第出身有差。是科得薛瑄、劉球、于謙。』

弇州史料：『兩主會試者，楊士奇——永樂壬辰以左諭德，辛丑以左坊學。（劇言：士奇總裁，曾鶴齡狀元，于謙二甲第一，吳大器三甲第一，俱合。）』

王世貞于謙傳：『謙生而頎皙，美容止。十六補邑諸生，二十三舉進士，拜江西道監察御史，按江西。（劇言中進士即爲代巡，與史相合。）』又言：『謙爲兵部左侍郎，食二品俸，得封其父母。（劇言謙爲尚書，父母皆受封，相合。）』又言：『侍講徐珵以曉暢軍事聞，且好言天象。上使中貴人召而詢之，力謂：「紫微宮中皆有變，必反故都而後吉。」謙慟哭廷諫曰：「京師天下本，宗廟社稷山陵寧此，百官萬姓帑藏廩庾萃此；此而不守，去欲安之？足一動，大事去矣！」上聞之曰：「善！」一聽謙處分。（劇中所叙相合。）』又云：『謙授計楊俊，捕喜寧磔之。復授計侍郎王偉，誅爲敵間者小田兒。敵自是計屈。（劇中所云牛田郎，即小田兒也。）』又云：『謙一子冕，府軍前衛千戶，天順中赦歸。憲宗初，上疏白冤狀，上憐而復其官。』

名山藏云：『謙子冕戍龍門，憲宗赦還，仕終應天府尹。（按：謙在時，冕正蔭千戶。劇言尙賓卿，誤。）』

世貞徐有貞傳：『有貞初名珵，由庶吉士官侍講。于謙請斬倡南遷者，有貞屈矣，猶以才舉監察御史，俾鎭河南，還進諭德。國子祭酒缺，陳循以爲言，上指其南遷之謬。循教更名有貞。河決山東之沙灣，乃擢右僉都御史治之。（劇言有貞建南遷議，謙與相爭，朝命謙督兵，有貞治水，不合。）』又按：景泰初，商輅入內閣辦事。（劇內點入，亦相合。）

嶺表錄異：『僖宗朝，鄭絪鎭番禺，有林藹者，爲高州太守。牧兒放牛，聞田中有蛤鳴，捕之，跳入一穴。掘得蠻酋塚，穴中得一銅鼓，其上隱起，多鑄蛙、龜之狀，疑其鳴蛤即鼓精也。廣帥懸武庫，今尙存焉。（劇中鼓精，蓋非無本。）』

西湖佳話云：『于謙讀書江干之惠安寺。一日醉歸，見門首泥塑急脚神，將衣褰住。謙乘醉怒罵，罰嶺南衛充軍。急脚神託夢住持僧西池，求其救解，謙笑而免之。神復託夢，令塑一脚作屈膝之狀。又寶極觀星宿閣有妖魅。謙與衆友爭氣，獨宿閣中，夜中見從人簇一官府將入，謙厲聲喝之，妖即驚散。空中語云：「少保在此。」謙推窗見失一銀盃於地，袖而藏之。天明，衆友至，謙出盃爲驗。時有何顏色家因女病酌獻五聖，筵中失盃。謙至其家，以盃還之，且援筆寫「于謙在此」四字，令貼女房門上，其女立愈。』劇據此兩事作記，改銀盃爲金盃，添飾醉後對飲關目，又以爲因此得婚，則是無中生有也。」

四九　離魂記

明時舊本，未知誰作。演張鎰女倩娘離魂事。

唐陳元祐離魂記云：『天授三年，淸河張鎰因官家於衡州。性簡靜，寡知交。無子，有女二人：其長早亡；幼女倩娘，端妍絕倫。鎰外甥太原王宙，幼聰悟，美容範，鎰常器重，每曰：「他時當以倩娘妻之。」後各長成，與倩娘嘗私感想於寤寐，家人莫知其狀。後有賓僚之選者求之，鎰許焉，女聞而抑鬱。宙亦深恚恨，託以當調，請赴京；止之不可，遂厚遣之。宙陰恨悲慟，訣別上船。日暮，至山郭數里；夜方半，宙不寐，忽聞岸上有一人行聲甚速，須臾至船，問之，乃倩娘步行跣足而至。宙驚喜發狂，執手問其從來，泣曰：「君厚意如此，寢食相感！今將奪吾此志，又知君深情不易，思將殺身奉報，是以亡命來奔。」宙非意所望，欣躍特甚，遂匿倩娘於船，連夜遁去；倍道兼行，數月至蜀。凡五年，生兩子，與鎰絕信。其妻常思父母，涕泣言曰：「吾曩日不能相負，棄大義而來奔君，今已五年。恩慈間阻，覆載之下，胡顏獨存也！」宙哀之，曰：「將歸，無苦。」遂俱歸衡州。既至，宙獨身先至鎰家，首謝其事。鎰大驚曰：「倩娘疾，在閨中數年，何其詭說也！」宙曰：「見在舟中。」鎰大驚。促使人驗之，果見倩娘在船中，顏色怡暢，訊使者曰：「大人安否？」家人異之，疾走報鎰。室中女聞，喜而起，飾粧更衣，笑而不語；出與相迎，翕然而合爲一體，其衣裳皆重。其家以事不常，秘之，惟親戚間有潛知之者。後四十年間，夫婦皆喪。二男並孝廉，擢第至丞尉。』

五〇 詩囊恨

明時舊本，不知何人所作，演李賀事。所據者，宣室志及李商隱李賀小傳，而略有增損。傳云：『李賀每出，恆從小奚奴，騎鉅驢，背一古錦囊；遇有所得，即書投囊中。』劇稱『詩囊』，本此。

宣室志云：『隴西李賀，字長吉，唐鄭王之孫，稚而能文。尤善樂府，詞句意新語麗，當時工於詞者，莫敢與賀齒，由是名聞天下。以父名晉肅，子故不得舉進士。卒於太常官，年二十四。其先夫人鄭氏，念其子深，及賀卒，夫人哀不自解。一夕，夢賀來，如平生時，白夫人曰：「某幸得爲夫人子，而夫人念某且深，故從小奉親命、能詩書、爲文章，所以然者，非止求一位爲自適也，且欲大門族，上報夫人恩。豈期一日死，不得奉晨夕之養，得非天哉！然某雖死，非死也，乃上帝命。」夫人訊其事，賀曰：「上帝神仙之居也，近者遷都於月圃，構新宮，命曰『白瑤』。以某榮於詞，故召某與文士數輩，共爲新宮記。帝又作『凝虛殿』，使某輩纂樂章。今爲神仙中人，甚樂，願夫人無以爲念。」既而告去。夫人寤，甚異其夢，自是哀少解。』

李賀小傳云：『京兆杜牧，爲李長吉集序，狀長吉之奇甚盡，世傳之。長吉姊嫁王氏者，語長吉之事尤備。長吉細瘦通眉，長指爪，能苦吟疾書。最先爲昌黎韓愈所知，所與遊者，王恭元、楊敬之、權璩、崔植爲密。每旦日出與諸公遊，未嘗得題然後爲詩，如他人思量牽合以及程限爲意。恆從小奚奴，騎距驢，背一古破錦囊；遇有所得，即書投囊中。及暮歸，太夫人使婢受囊出之。見所書多，輒曰：「是兒要當嘔出心始已耳！」上燈與食，長吉從婢取書，研墨疊紙足成之，投他囊中。非大醉及弔喪日，率如此，過亦不復省。王、楊輩時復來探，取寫去。長吉往往獨騎往還京、洛，所至或時有著，隨棄之，故沈子明家所餘，四卷而已。長吉將死時，忽晝見一緋衣人，駕赤虬，持一版若太古篆或霹靂石文者，云：「當召長吉。」長吉了不能讀，欻下榻叩頭，言：「阿嬭老且病，賀不願去。」緋衣人笑曰：「帝成『白玉樓』，立召君爲記。天上差樂，不苦也。」長吉獨泣，邊人盡見之。少之，長吉氣絕。嘗所居窗中，勃勃有煙氣，聞行車嘒管之聲。太夫人急止人哭，待之如炊五斗黍許時，長吉竟死。王氏姊非能造作謂長吉者，實所見如此。』

唐書：『李賀字長吉，係鄭王後，七歲能詞章。韓愈、皇甫湜始聞未信，過其家，使賀賦詩，援筆輒就，如夙構，自目曰「高軒過」，二人大驚。自是有名。以父名晉肅，不肯舉進士；愈爲作諱辨，然卒亦不就舉。辭尙奇詭，所得皆驚邁，絕去翰墨畦逕，當時無能效者。樂府數十篇，雲韶諸工皆合之管弦。爲協律郎。卒年二十七。與遊者權璩、楊敬之、王恭元，每撰著時爲所取去。賀亦早世，故其詩歌世傳者鮮焉。』

幽閒鼓吹：『唐禮部侍郎李藩，嘗綴李賀歌詩，爲之集序未成，知賀有表兄，與賀筆硯之交者，召之見，託以搜訪所遺。其人敬謝，且請曰：「某盖記其所爲，亦常見其多點竄者，請得所緝者視之，當爲改正。」潘喜，併付之。彌年，絕無跡。潘怒，復召詰之。其人曰：「某與賀中表，自少多同處，恨其傲忽，嘗思報之。所得歌詩兼舊有者，一時投溷中矣。」潘大怒，叱出之，嗟恨良久。故賀歌什傳流者少也。（劇以投溷事在賀生前，盖誤。）』

五一 喜逢春

不知何人所作。演阮畸事，姓名事實，凴空結撰。以貧士落魄，一朝際會，如枯木逢春，故云『喜逢春』。

略云：阮畸，字嵇呂，甬東定海庠生。才學甚富，而性特矜傲。赤貧無所倚，博奕嗜酒，不檢細行，人皆輕之。（劇言：畸無賴，與人賭博，嘗跌八人，盡輸其資。按：南方頗爲此戲，古所謂攤錢也。）廣陵貢士方自正，字葵庵，選授定海學敎諭，鰥居乏嗣，惟生三女，皆已從夫；一姪名皓，棄文習武，不甚投合。自正赴官時，姪携妻餞送，三女紿言父舟已開，令勿復往，盖恐父他日或有宦資爲皓所分也。皓有女，幼繫金鈴，因名花鈴，八歲時池邊遊戲，被無賴子掠至浙江，及長，得厚聘賣富賈爲妾。花鈴念己本儒家女，不願爲妾，繫所佩鈴投曹娥江自盡。適自正之官，泊舟江畔，拯出水中，令學吏盛自誠撫育之。一日，阮畸於酒肆中沉醉，不能與直，反負氣毆酒家；酒家恚甚，訴於自正。自正以『不爲酒困』爲題，令作文一篇，大加稱賞，使居學中後樓，給其飲膳，昕夕與論文。花鈴偶出采芹，畸窺見輒戲調之，自誠訴於自正；畸亦急謁自正欲求爲室，自正乃爲主婚，以其所作文一卷爲聘。倭擾定海，里紳議使諸生充卒守城，畸大詬駡。紳以畸名控學使者，行文捕畸。自正見文書，令畸亟遁，遂棄職歸廣陵。畸慮學吏渝姻盟，自正則呼女與畸相見。女以金鈴贈畸爲別，而作錦囊以貯畸文。方皓聞倭擾浙，別其妻往定海探伯父。倭方擾鄞，自誠携花鈴避難，中途遇刼，父女相失。賊將辱女，皓突出殺倭，女倉卒避去。皓不及見，而取賊倭刀二柄爲佩，及道中所拾得錦囊繫於身。守城卒搜得倭刀、錦囊，以爲奸細。皓言己乃學官之姪，而學官已去任，無可證，所司遂指爲賊，以倭刀爲賊械，錦囊中文字爲倭經，坐死下獄。自誠得脫，遂之京師。而花鈴失父，徬徨無所歸，適遇本郡漁舟，與言故居，竟獲歸家見母，而不知救己者即其父也。畸竄免，最窘，爲草澤醫人姚德負藥囊入京，改名呂穊，一舉登第；獻平倭策，受特達之知，擢江南巡撫，督兵勦倭，以德爲巡捕官；抵揚，念自正舊恩，知其告老家居，修書贈金三十，遣官問其起居。自正之歸，以薄宦三百金分三女；金盡，輒怠於養。恚欲自盡，姪婦——即皓妻——見於道，迎歸養之。花鈴出謁，始知即所救女。及畸書至，以金付其母，女心疑巡撫爲畸，而書稱呂穊，不能明也。自誠在京，得選雜職官，爲海門縣典史；叩軍門謁撫軍，知即其婿，乃告以與女失散故。畸署爲監紀同知，隨征效用。畸軍抵海濱，守鄞者解入通倭獄囚，則方皓也。訊得罪之故，皓哭訴寃；取所謂倭經者視之，則一卷文字藏錦囊中，細閱之，則己舊作爲花鈴行聘者。畸大驚疑，復細詰皓，盖即自正之姪；而所救女子則不知其所往。遂釋皓，署爲參軍，與自誠共領前隊，誘倭登陸，以火攻大破之。班師奏捷，皆獲優叙。自正詣畸謝，與姪皓會於轅門，皓始知所救者即己女。畸乃遣自正賷冠佩迎女諧花燭云。

此劇攢簇頗緊，但叙阮畸甫登第，突受督撫之命，未免太幻。又謂倭爲安南，則甚謬矣。

五二　雙福壽

（上）

未知作者姓名。上下兩種，分别演郭子儀、東方朔事。此篇上卷專演子儀，以爲享天下之福者莫如汾陽，且年踰八十，故兼福壽言之也。

略言：郭子儀平定兩京，封汾陽王。七子八婿皆任顯職，長女爲后，朝旨又降長公主使郭曖尚之。子儀告歸林居。吐蕃糾三十六部落入寇，子儀自請禦之，單騎出塞，部長皆下馬羅拜，率衆降服。班師之日，寵賚殊絶。國恩家慶，照耀史册，享全福於一門，爲千古盛事云。

按史郭子儀傳：『子儀，華州人，以武舉異等補左衛長史，累遷振遠軍使。（劇言起身行伍，誤。）天寶十四載，安祿山反，詔子儀爲衛尉卿，靈武郡太守，充朔方節度使，率本軍東討。（劇言靈武太守，不誤；但不言節度使，非是。）收雲中、馬邑，關東，徑下井陘；平稾城，攻趙郡，趨常陽以守；擊賊嘉山，北圖范陽。會哥舒翰敗，天子入蜀，肅宗即位靈武，詔班師，子儀與光弼率步騎五萬赴行在，遂拜兵部尚書，同中書門下平章事。宰相房琯、陳濤師敗，帝惟倚朔方軍爲根本。（劇言安祿山之亂，哥舒翰失守，兵入潼關，天子幸蜀，子儀乃起兵勤王以奉肅宗，雖本史實，而次第不合。蓋子儀勤王在前，明皇幸蜀在後也。）又子儀從元帥廣平王率蕃、漢兵十五萬收長安，遂收東都，封代國公。入朝，帝遣具軍容迎灞上，勞之曰：「國家再造，卿力也。」帝大舉九節度師討安慶緒，以子儀、光弼皆元功，難相臨攝，第用魚朝恩爲觀軍容宣慰使，而不立帥。（劇言同李光弼等平定兩京，重安社稷，與正史合。）乾元二年，九節度南潰，有詔留守東都，改東畿山南東道、河南諸道行營元帥。魚朝恩素疾其功，因謀譖之，帝詔子儀還。思明再陷河洛，乃授邠寧、鄜坊兩節度使，仍留京師。議者謂子儀置散地非宜，帝亦悟。上元初，詔爲諸道兵馬都統，爲魚朝恩沮解。明年以爲朔方河中等節度，進封汾陽郡王。（劇言解甲告歸，優遊林下，蒙封汾陽王，大段相合。）子儀八子七婿，皆貴顯朝廷。（劇言七子八婿，乃相傳俗說，與史不合。）子曖女，爲廣陵郡王妃。王即位，是爲憲宗。妃生穆宗。穆宗立，尊妃爲皇太后。（按：曖女乃子儀孫女，且即昇平公主女也。憲宗爲肅宗曾孫，劇中所述乃肅宗時，而子儀口中有言女爲當今母后，誤甚。且以后爲昇平公主之嫂，更謬極矣。）」

資治通鑑：「代宗永泰元年七月甲午，以上女昇平公主嫁郭子儀之子曖。」

郭子儀傳：「曖，字曖，以太常主簿尚昇平公主。曖年與公主侔，十餘歲許婚，拜駙馬都尉，封清源縣侯，寵冠戚里。（曖乃子儀第六子，劇言長子，誤。）」

諸公主列傳：『代宗女齊國昭懿公主，崔貴妃所生，始封昇平，下嫁郭曖。』后妃列傳：『憲宗懿安皇后郭氏，汾陽王子儀之孫。父曖，尚昇平公主，實生后。憲宗爲廣陵王，聘以爲妃。順宗以其家有大功烈，而母素貴，故視之異諸婦。憲宗元和元年，進册貴妃。八年，羣臣三請立爲后，帝以歲子午忌，又是時後庭多嬖艷，恐后得尊位鉗掣不得肆，故章聞報罷。穆宗嗣位，上尊號皇太后；贈曖太尉，母齊國大長公主。（據此，憲宗后乃昇平公主之女，劇謂肅宗后，又作公主之嫂，大誤。）』

又按綱目：『郭曖與昇平公主琴瑟不調。曖曰：「汝倚乃父爲天子耶？我父薄天子而不爲。」主恚，入奏。子儀囚曖待罪。代宗曰：「不痴不聾，不作阿家翁。小兒女閨幃之言，勿聽。」（按此乃後來事。劇言花燭之夕竟不成禮，一回郭府，一回宮中，直至子儀夫婦請罪，肅宗調停，乃得和好，誤。）』

又按淵鑑類函，翰苑新書云：『唐李端，大曆中與錢起、盧綸等唱和，號大曆十才子。時郭曖尚代宗女昇平公主，賢明善詩文，端等十人俱在門下。（據唐人詩話：「郭曖尚主時，李端作詩曰：『青春都尉最風流，二十功成便拜侯，金距鬥雞趨上苑，玉鞭騎馬出長楸。焚香荀令偏憐少，傅粉何郎不解愁。日暮吹簫楊柳陌，路人遙指鳳凰樓。』錢起疑其宿搆，請以『錢』字爲韻。端復賦一律，其警句云：『新開金埒容調馬，舊賜銅山許鑄錢。』時人推端詩爲擅場。」然則昇平固賢明。而催妝之日，名士翕集，爲一時盛事。劇以爲花燭時反目，甚謬。）』

資治通鑑：『代宗永泰元年，僕固、懷恩誘回紇、吐蕃、吐谷渾、黨項、奴喇數十萬衆俱入寇。

（按：此乃五國，各爲一號。劇言吐蕃頭目吐谷渾、奴喇，謬。又言別糾三十六部落，不實。）令吐蕃大將尚結悉贊、摩馬重英等自北道趨奉天，黨項帥任敷、鄭庭、郝德等自東道趨同州，吐谷渾、奴喇之衆自西趨盩厔，回紇繼吐蕃之後。吐蕃十萬衆至奉天，召郭子儀於河中。回紇與吐蕃爭長，不相睦，分營而居。回紇在城西，子儀使牙將李光瓚等往說之，（劇言潼關守將李光瓚。按史：吐蕃、黨項擾醴泉、白水、澄城、同州、涇陽等，蓋自北至，無與潼關事，雖東侵蒲津，不應潼將告急也。又言連破汜水、榆林二關，不實。又言樞密院奏本，汾陽王巡視九邊。樞密是五代、宋時事，九邊是明時語。）欲與之共擊吐蕃。回紇不信，曰：「郭公固在此乎？汝紿我耳。」光瓚還報，子儀與數騎開門而出。使人傳呼曰：「令公來！」回紇大驚。其大帥合胡祿都督，藥葛羅可汗之弟也，執弓注矢立於陣前。子儀免冑釋甲投槍而進，回紇諸酋長相顧曰：「是也！」皆下馬羅拜。子儀亦下馬，前執藥葛羅手讓之。藥葛羅曰：「懷恩欺我，言令公捐館，我是以敢與之來。今知天可汗在上，郭令公復總兵於此，懷恩又爲天所殺，我曹豈肯與令公戰乎？」子儀因說之擊吐蕃，因取酒與其酋長共飲，執酒爲誓。子儀酹地曰：「有負約者，身殞陣前，家族滅絕。」藥葛羅亦酹地曰：「如令公誓。」定約而還。吐蕃聞之，夜引兵遁去。（劇中所載相彷彿。）』

劇末言賜子儀九錫，甚謬。

（下）

此篇下卷，專演東方朔，點綴偷桃、竊藥事，以爲多壽之證；篇首引五福壽爲先，故兼福壽言之也。

略言：漢武帝使東方朔監臨煉藥，竊而食之。五利將軍奏其盜丹，武帝欲殺方朔；方朔以射覆取勝，又用法縛投五利於陰山。奏請入海求仙，因偸王母蟠桃，王母命大鵬擒治。奉玉帝之勅，以武帝乃東華帝君，好道心堅，朔奉使命，不必治罪，令王母親賫蟠桃爲武帝稱慶。大旨以祝壽爲主，事蹟俱有依傍，詼諧取巧，不可核實也。

太平廣記，漢武帝傳：『元封元年四月戊辰，帝閒居承華殿，東方朔、董仲舒在側。墉宮玉女王子登爲王母所使，從崑崙山來，語帝曰：「七月七日王母暫來。」帝問方朔：「此何人也？」云：「是西王母紫蘭宮玉女，常傳使命往來扶桑，出入靈州。」帝於是登延靈之臺，盛齋存道，內外寂謐，以候雲駕。王母至，懸投殿前，有似鳥集。羣仙數千，光耀殿宇。別有五十天仙，側近鸞輿，咸住殿下。王母自設天廚，命侍婢以玉盤盛仙桃七顆，大如鴨卵，形圓，青色，以四顆與帝，三顆自食。帝食輒收其核。母曰：「此桃三千年一生實，中夏地薄，種之不生。」乃命侍女董雙成吹雲和之笙，許飛瓊皷震靈之簧。王母巾笈中有一卷書，出以示之曰：「此五嶽眞形圖也。」上元夫人語帝曰：「爾師主是眞青童小君，太上中黃道君之師，眞元始十天王入室弟子也。（劇中王母下降，衆仙相從，本此。董雙成亦出於此。又王母引「上皇淸虛元年，三天太上道君下觀六合」云云，則劇中王母奉玉帝勅及引太上老君，並非無據。）」

東方朔傳：『方朔小名曼倩。（劇言方朔至王母處誑羣仙云：「姓曼名方。」）旣長，仕漢武帝爲大中大夫。武帝好仙術，與朔狎暱。朔嘗謂同舍郎曰：「天下無人能知朔，知朔者惟太王公耳。」

朔卒後，武帝召太王公問之，曰：「爾知東方朔乎？」公對曰：「不知。」問：「何所能？」曰：「頗善星曆。」帝問：「諸星皆具在否？」曰：「諸星具在，獨不見歲星十八年，今復見耳。」帝仰天歎曰：「東方朔在朕傍十八年，而不知是歲星哉。」（劇言方朔爲歲星，本此。）』

資治通鑑：『元鼎四年，樂成侯丁義薦方士欒大。上使驗小方，鬥旌旗自相擊觸。上拜大爲五利將軍。（按：大乃其名也，劇改爲欒巴。巴乃後漢時人，亦有道術，故扭合以作諧謔耳。又大後坐法誅，劇言方朔投之陰山，亦故作諧謔耳。又大鬥旗，漢書本作「鬥棊」，劇遂言以棊子射覆，其實射覆乃方朔與郭舍人事，非欒大也。）』

漢武帝故事：『東郡送一短人，長五寸，衣冠具足。上疑其精，召東方朔至。方朔呼短人曰：「巨靈，阿母還來否？」短人不答。因指謂上曰：「王母種桃，三千年一結子。此兒不食，已三過偷之，失王母意，故被謫來此。」上大驚，始知朔非世中人也。（偷桃事本此。劇中添飾：董雙成守桃，羣仙四下巡邏；方朔遇海內龍神，覓得千日之酒——神仙服之亦醉三日——乃取一葫蘆藏酒以飲羣仙，羣仙盡醉，方朔乃偷桃三枚；王母正宣方朔，而方朔已去，王母令大鵬金翅鳥追之，縛見王母，欲治其罪；太白金星奉玉帝勅，使王母賚桃祝武帝壽，遂釋方朔，與同至漢宮：此皆增飾點染，非事實也。又因偷桃並附竊藥事，言欒巴爲帝合丹藥，方朔竊而食之。帝欲殺方朔，方朔曰：「服此藥者不死，則必能救臣；若能殺臣，則藥無驗。」按：稗乘中有此說，而以爲「有進不死之藥於武帝者」，非謂欒大所合之藥也；然實本國策，非方朔事。）』

十洲記：『東海有山名度索山，有大桃樹屈蟠數千里，曰蟠桃。（按：此則蟠桃在東海，不在西崑。）」

又漢武帝故事：『長公主嫖，求欲無厭。皇后寵愛長主，以宿恩猶自親近。後置酒主家，見所幸董偃，上爲之起。偃能自媚於上，貴寵聞於天下。嘗宴飲宣室，引公主及偃，東方朔、司馬相如等並諫，上不聽。（按：此方朔與董偃甚不相合，至漢書所載，則方朔數偃罪，其語甚峻。劇以爲方朔與偃並受旨監視丹藥，又並令陪侍西王母，雖係詼諧，妄而可笑。又云：武帝爲東華帝君，方朔爲歲星，偃爲侍香金童，並係添飾。又改董偃爲董賢，係哀帝幸臣，扭合可笑。）』

淵鑑類函，異類傳曰：『漢武帝時，西域獻黑鷹，得鵬雛，東方朔識之。（劇因此遂扭合作大鵬擒捉方朔云。大鵬金翅鳥，則佛書之說也。）』

戰國策：『有獻不死之藥於荊王者，謁者操以入。中射之士問曰：「可食乎？」曰：「可。」因奪而食之。王怒，使人殺中射之士。中射之士使人說王曰：「臣問謁者，謁者曰可食，臣故食之，是臣無罪，罪在謁者也。且客獻不死之藥，臣食之而王殺臣，是死藥也。」王乃不殺。（劇以此爲方朔事，按雜說有以此事爲方朔者。）』

神異經：『劉玄石曾於中山酒家沽酒，酒家以千日酒飲之，至家大醉。其家不知，以爲死，葬之。後酒家計有千日，往視之，開棺，醉始醒。俗云：「玄石飲酒，一醉千日。」（劇引此事，以爲方朔用此酒以醉羣仙也。）』

史記：『蓬萊、方丈、瀛洲，此三神山也，在渤海中，諸仙神在焉。』

列仙傳曰：『歷觀百家之中，以相檢驗得仙者百四十六人。』

神異經曰：『崑崙有柱焉，其高入天，所謂天柱也。圍三千里，圓如削，下有仙人九府治之，與天地同休息。』

十洲記曰：『鐘巖，北海之子，地仙。家數十萬耕田，種芝草，課計從畝。』

五三　十美圖

近時人作。演張靈、崔瑩以十美圖作合，故名。事據黄周星張崔合傳，惟終再生圓聚，爲傳所不載。

傳云：『張夢晉，名靈，蓋正德時吳縣人也。生而姿容俊奕，才調無雙，工詩，善畫，性風流豪放，不可一世。家故赤貧，而靈獨蚤慧。當舞勺時，父命靈出應童子試，輒以冠軍補弟子員。靈心顧不樂，以爲才子何苦爲章縫束縛！遂絶意不欲復應試，日縱酒高吟。不肯妄交人，人亦不敢輕交與，惟與唐解元六如作忘年友。靈既年長，不娶，六如試叩之，靈笑曰：「君豈有意中人足當吾耦者耶？」六如曰：「無之，但自古才子宜配佳人，吾聊以此探君耳。」靈曰：「固然，今豈有其人哉？求之數千年中，可當才子佳人者，惟李太白與崔鶯鶯耳。吾雖不才，然謫仙而外，似不敢多讓。若雙文，惜下嫁鄭恆，正未知果識張君瑞否！」六如曰：「謹受教。吾自今請爲君訪之，期得雙文以報命可乎？」遂大笑别去。一日，靈獨坐讀劉伶傳，命童子進酒，屢讀屢叫絶，輒拍案浮一大白。久之，童子跽進曰：「酒罄矣。今日唐解元與祝京兆讌集虎邱，公何不挾此編一往索醉耶？」靈大喜，即行。

然不欲爲不速客，乃屏棄衣冠，科跣雙髻，衣鶉結，左持劉伶傳，右持木杖，謳吟道情詞，行乞而前。抵虎邱，見貴遊蟻聚，綺席喧闐。靈每過一處，輒執書向客曰：「劉伶告飲。」客見其美丈夫不類丐者，競以酒饌貽之。有數賈人方酌酒賦詩，靈至前請屬和。賈人笑之，其詩中有「蒼官」、「青士」、「撲握」、「伊尼」四事，因指以問靈。靈曰：「松、竹、兎、鹿，誰不知耶！」賈人始駭。令賡詩，靈即立揮百絕而去。遙見六如及祝京兆枝山數輩共集可中亭，亦趨前執書告飲。六如早已知爲靈，見其佯狂遊戲，戒座客陽爲不識者以觀之。語靈曰：「爾乞子持書行乞，想能賦詩。試題悟石軒一絕句，如佳，即賜爾巵酒；否則當扣爾脛。」靈曰：「易耳。」童子隨進毫楮，靈即書云：「勝跡天成說虎邱，可中亭畔足酣遊。吟詩豈讓生公法，頑石如何不點頭？」遂幷毫楮擲地曰：「佳哉！擲地金聲也。」六如覽之，大笑，因呼與共飲。時觀者如堵，莫不相顧驚怪。靈既醉，即拂衣起，仍執書向悟石軒長揖曰：「劉伶謝飲！」遂不別座客徑去。六如謂枝山曰：「今日我輩此舉，不減晉人風流，宜寫一幀爲張靈行乞圖，吾任繪事而公題跋之，亦千秋佳話也。」即舐筆伸紙，俄頃圖成，枝山題數語其後。座客爭傳玩歎賞。忽一翁縞衣素冠前揖曰：「二公即唐解元祝京兆耶？僕企慕有年，何幸識韓！」六如遜謝。徐叩之，則南昌明經崔文博，以海虞廣文告歸者也。翁得圖諦觀，不忍釋手。因訊「適行乞者爲誰？」六如曰：「敝里才子張靈也。」翁曰：「誠然，此固非眞才子不能。」即向六如乞此圖歸。將返舟，見舟已移泊他所，呼之始至。蓋公有女素瓊者，名瑩，才貌俱絕世，以新喪母，隨翁扶櫬歸。先艤舟岸側時，聞人聲喧沸，乍啟檻窺之，則見一丐者狀貌殊不俗；丐者亦熟視檻中，忽登舟長跪，自陳「張靈求見。」屢遣不去。良久，有一童子入舟，强挽之，始去。故瑩命移舟避之。崔翁乃出圖示瑩，且備述其故，瑩始知行乞者爲張靈。歎曰：「此乃眞風流才子也！」取圖藏笥中。翁擬以明日往謁唐、祝二君，因訪靈。忽抱疴，數日不起，爲榜人所促，遽返豫章。靈既於舟次見瑩，以爲絶代佳人，世難再得，遂日走虎邱偵之。久之，杳然。屬靳人方誌來校士，誌既深惡古文詞，而又聞靈跅弛不羈，竟褫其諸生。靈聞乃大喜曰：「吾正苦章縫束縛，今幸免矣！顧一褫何慮再褫？且彼能褫吾諸生之名，亦能褫吾才子之名乎？」遂往過六如家。見車騎塡門，胥尉盈座，則江右寧藩宸濠遣使來迎者也。六如擬赴其招，靈曰：「甚善，吾正有厚望於君。吾曩者虎邱所遇之佳人，即豫章人也，乞君爲我多方訪之，冀得當以報我。此開天闢地第一喫緊事也，幸無忽忘！」六如曰：「諾。」即偕藩使過豫章。時宸濠久蓄異謀，其招致六如，一博好賢虛譽，一慕六如詩畫兼長，欲倩其作十美圖獻之九重。其時宮中已覔得九人，尙虛其一，六如請先寫之。遂爲寫九美，而各綴七絶一章於後。九美者，廣陵湯之謁（字兩君，善畫），姑蘇木桂（文舟，善琴），嘉禾朱家淑（文孺，善書），金陵錢韶（馮生，善歌），江陵熊御（小馮，善舞），荆溪杜若（芳洲，善箏），洛陽花萼（朱芳，善笙），錢塘柳春陽（絮才，善瑟），公安薛幼瑞（端淸，善簫）也。圖咏既成，進之濠；濠大悅，乃盛設特讌六如，而別一殿僚季生副之。季生者，憸人也，酒次請觀九美圖，因進曰：「十美歉一，殊屬缺陷。某願舉一人以充其數。詰朝請持圖來獻。」比持圖以獻，即崔瑩也。濠見之，曰：「此眞國色矣。」即屬季生往說之。先是崔翁家居時，瑩才名噪甚，求姻者踵至。翁度非瑩匹，悉拒不納。既從虎邱得張靈，遂雅屬意靈，不意疾作遽歸。思復往吳中，託六如主其事。適季生旋里喪耦，熟聞瑩名，預遣女畫師潛繪其容，而求姻於翁。翁諜諸瑩，瑩固不許。於是季生銜之，因假手於濠以洩私忿。時濠威殊張甚，翁再三力辭不得。瑩窘急欲自裁，翁復多方護之。瑩歎曰：「命也！已矣，夫復何言？」乃取笥中行乞圖自題詩其上云：「才子風流第一人，願隨行乞樂清貧。入宮祇恐無紅葉，臨别題詩當會眞。」舉以授翁曰：「願持此復張郎，俾知世間有情癡女子如崔素瓊者，亦不虛其爲一生才子也。」遂慟哭入宮。濠得之，喜甚，復倩六如圖咏，以爲十美之冠。而六如先已取季生所獻者摹得一紙藏之。瑩既知六如在宮中，乘間密致一緘，以述己意。六如得緘，乃大驚惋，始知此女即靈所託訪者。今事既不諧，復爲繪圖進獻，豈非千古罪人，將來何面目見良友？因急詣崔翁，索得行乞圖返宮，將相機維挽。不意十美已即日就道，六如悔恨無已。又見濠逆跡漸著，急欲辭歸。苦爲濠羈縻，乃發狂，號呼顛擲，溲穢狼藉。濠久之不能堪，仍遣使送歸。杜門月餘，乃起過張靈，時已頹然臥病矣。蓋靈自别六如後，悒悒亡憀，日縱酒狂呼，或歌或哭。一日中秋，獨走虎邱千人石畔。見優伶演劇，靈佇視良久，忽大叫曰：「爾等所演不佳，待吾演王子晉吹笙跨鶴。」遂控一童子於地而跨其背，攫伶人笙吹之，令童子作鶴飛。捶之不起，童子怒，掀靈於地。靈起曰：「鶴不慣飛，吾今既不得爲天仙，惟當作水仙耳。」遂躍入劍池中。衆急救出之，則面額俱損，且傷股不能行，人送歸其家。自此委頓枕席，日日在醉夢中。至是忽聞六如至，乃從榻間躍起，急叩豫章佳人狀。六如出所摹素瓊圖示之。靈一見，詫爲天人，急捧置案間，頂禮跪拜，自陳「才子張靈拜謁」云云。已聞瑩已入宮，乃撫圖痛哭。六如復出瑩所題行乞圖示之，靈讀罷，益痛苦，大呼「佳人崔素瓊！」隨踣地嘔血不止。家人擁至榻間，病愈甚。三日後，邀六如與訣曰：「已矣，唐君，吾今眞死矣。死後乞以此圖殉葬。」索筆書片紙云：「張靈字夢晉，風流放誕人也，以情死。」遂擲筆而逝。六如哭之慟，乃葬靈於玄墓山之麓，而以圖殉焉。檢其生平文草，先已自焚，惟收其詩草及行乞圖以歸。時瑩已率九美抵都，因駕幸楡林，久之未得進御。而宸濠已舉兵反，爲王守仁所敗，旋即就擒。駕還時。以十美爲逆藩所獻，悉遣歸母家，聽其適人，於是瑩仍得返豫章。値崔翁已捐館舍，有老僕崔恩殯之。瑩哀痛至甚，然煢孑無依。葬父已畢，遂挈裝徑抵吳門，命崔恩邀六如相見於舟次。瑩首訊張靈近狀，六如愴然抆涕曰：「孱姊鍾情遠顧，奈此君福薄，今已爲情鬼矣！」瑩聞之，嗚咽失聲。詢知靈葬於玄墓，約明日同往祭之。六如明日果携靈詩草及行乞圖至，與瑩各拏舟抵靈墓所。瑩衣縗絰，伏地拜哭甚哀。已乃懸行乞圖於墓前，陳設祭儀，坐石臺上，徐取靈詩草讀之。每讀一章，輒酹酒一巵，大呼「張靈才子！」一呼一哭，哭罷又讀，往復不休。六如不忍聞，掩淚歸舟。而崔恩佇立已久，勸慰無從，亦起去徘徊邱壟間。及返，則瑩已自經於臺畔。恩大驚，走告六如。六如趨視，見瑩已死，歎息跪拜曰：「大難大難，我唐寅今日得見奇人奇事矣！」遂具棺衾，將易服殮之，而瑩通體衫襦皆細綴嚴密無少隙，知其矢死已久。六如因取詩草及行乞圖幷置棺中爲殉，啟靈壙與瑩同穴，而植碑題其上云：「明才子張夢晉、佳人崔素瓊合葬之墓」。時傾城士人閧傳感歎，無貴賤賢愚爭來弔誄，絡繹喧闐，雲蒸雨集，哀聲動地，殆莫知其由也。六如既合葬靈、瑩，檢瑩所遺囊中裝，爲置墓田，營丙舍，命崔恩居之，以供春秋奠掃之役。嗚呼，才子佳人，一旦至此，庶乎靈、瑩之事畢而六如之事亦畢矣。而六如於明年仲春躬詣墳所拜奠，夜宿丙舍傍，輾轉不寐，啟窗縱目，則萬樹梅花，一天明月，不知身在人世。六如悵然歎曰：「夢晉一生狂放，淪落不偶，今得與崔美人合葬此間，消受香光，亦可謂不負矣，但將來未知誰葬我唐寅耳！」不覺欷歔泣下。忽遙聞有人朗吟云：

「花滿山中高士臥，月明林下美人來。」六如急起入林迎揖，則張靈也。六如訝曰：「君死已久，安得來此吟高季廸詩？」靈笑曰：「君以我爲眞死耶？死者形，不死者性。吾旣爲一世才子，死後豈若他人泯沒耶！今乘此花滿山中高士偃臥時，來造訪耳。」復舉手前指曰：「此非月明林下美人來乎！」六如回顧，有美人珊珊來前，則崔瑩也。於是兩人携手整襟向六如拜謝合葬之德。六如方扶掖之，忽又聞有人大呼曰：「我高季廸梅花詩乃千古絕唱，何物張靈？妄稱才子，改『雪』爲『花』，定須飽我老拳！」六如轉瞬之間，靈、瑩俱失所在。其人直前呼曰：「當捶此改詩之賊才子。」捽六如欲毆之。六如驚寤，則半窗明月，闃寂無人。六如撫然。始信眞才子與眞佳人，蓋死而不死也。」

五四　珊瑚鞭

不知何人所作。演蘇友白、白紅玉、盧夢梨事，所據者玉嬌梨小說。標曰『珊瑚鞭』者，友白以珊瑚鞭策馬，有楊科者因此得所失妻，其事甚怪，遂以爲名，非本事關鍵也。

略云：明正統中，金陵白玄，字太玄，以太常卿假歸，居郊外錦石村，去城六七十里，與句容縣接壤；夫人吳氏，翰林侍講吳珪字瑞菴之姊，早亡；惟一女紅玉，聰慧絕世，年十四五，善書工文，有女學士之目。玄妹嫁山東鄒平盧副使一泓。一泓已故，道遠不甚相聞，有女夢梨，年亞紅玉，才豔相彷彿也。土木變後，景泰起復舊臣，玄以原官召用。（按：彼時無此人，係傳奇假託。）一日，與珪及同年御史蘇淵字方回賞菊，方欲賦詩，而同年御史楊廷詔至。淵籍河南，其祖籍則金陵；廷詔籍江西建昌；三人雖同榜，玄與淵厚，與廷詔不甚協。廷詔善結權貴，與武清侯石亨及景泰妃父汪全甚暱，席間言語頗相觸犯。飲酣屬筆，玄已醉臥別室。紅玉恐其失歡，爲父代搆一詩，酒醒出以示客，並皆歡伏；而珪微露甥女之作，蘇、楊二御史皆健羨而去。廷詔遂託星士廖德明爲子芳求姻。芳已登賢書，然才具平平，非館閣氣；星士譽之過甚，言其必擢鼎魁。玄乃與珪計，令珪邀楊父子飲，而於酒次潛察其爲人及其才學。珪以爲庸駑不稱東牀之選，玄遂力卻廷詔不允，廷詔心甚銜之。時李實將使北，須一人偕，廷詔乃薦玄爲實之副，蓋欲陷於危地也。玄知廷詔傾之，然奉使命，義無可辭。瀕行，以女託珪；珪即携甥女與其女同居，認作親女。吳女名無豔，遂改紅玉名無嬌。珪亦恐廷詔中傷，給假南歸。無豔姿色平平，已曾許聘。珪留意爲無嬌擇婿，必欲得才貌兼全者，偶於靈谷寺賞梅花，見題壁梅花詩，識欵於左，曰『金陵蘇友白』，賞其清俊。歸途見四五少年酣飲老梅樹下，一生韶秀瀟洒，獨與衆異，遣人察之，即友白也——學院李念臺歲考第一，尚未有室。珪即遣媒往，欲與聯姻，而友白負才傲睨，請媒欲一窺女；及窺吳氏之樓，誤見無豔，以爲即無嬌也，嫌其貌欠美，力卻不從。珪大怒，密使學院仰學除其名。友白字蓮仙，居烏衣巷，父母皆亡。御史淵即其嫡叔，而寄籍中州，音信闊疏，以故家貧落拓，人亦不知其爲宦家也。白玄奉使歸，拜工部侍郎。楊廷詔以薦舉得人，擢鴻臚少卿。吳珪假滿被召。蘇淵奉命巡按湖廣。玄還京，即引疾歸里。珪以女還其父，束裝赴闕；念友白無罪，與學院言，復其諸生。友白初被黜，惟以詩酒自娛。其叔老矣，無子嗣，由水道之楚，舟泊江岸，遣役致書接友白之任所。友白先令役行，以家事付老僕蘇壽，挈書童小喜，取其父所藏『珊瑚鞭』策馬而前。半道一男子突出，力執其馬不能行，言其妻有着落矣，友白大驚。男子告云：『某失妻，卜者賽神仙言：某日遇某人執珊瑚鞭者，與索妻，即日可得也。』友白怒，以鞭擊之。其人復泣告曰：『某丹陽人，姓楊名科，失妻數日。卜者言：「今日申刻便得。東北四十里，句容鎮上，十字路口，有少年官人柳黃衣騎點子馬，力求得其馬鞭，即得妻也。」』友白雖未信，而心憫之，曰：『急折柳枝條與我鞭馬，即以鞭與汝。』科走入古廟圍墻內折柳枝，則有男子三人擁其妻欲行淫，妻方哭泣以拒。科即大叫，三男子皆走，科遂得妻；以鞭還友白，拜謝而去。友白聞賽神仙之奇，即馳赴句容鎮以覓之；天晚不能及，投宿寺中，寺名觀音，即白侍郎香火也。僧知御史之姪，曲意奉之，叙建寺緣起，因具述侍郎女之才美，友白識於心。夜半乘月至一莊院，有兩人賦詩喧譁，友白竊聽而笑，爲所覺，邀入共飲；一曰王文卿，一曰張軌如。叩其作詩之故，因白侍郎選婿，以女新柳詩傳播，和者爭送稿就政，冀其賞擇也。友白乘醉和韻，倉卒得二首。三人相約共往，軌如尋悔之，換友白詩爲己作，屬其管門董姓投入。玄遂誤賞軌如，延館於家以教其嗣子，密寓選婿之意；而友白以軌如詩被擯。友白欲去，心悒悒不能忘；軌如亦欲藉友白手代己爲詩文，乃僞與交好，留居文卿書館中，往來甚殷勤。時紅玉得軌如詩，亦極稱賞；而其侍婢嫣素見軌狀貌不雅，心甚不平，時時爲紅玉言之，以爲必有訛謬也。會玄請軌如賞紅梨花，友白在其書室，紅玉竊窺之，以爲軌如，訴嫣素之謬。嫣素復出與友白語，知其非軌如，而軌如諸所作詩皆友白稿也，以告紅玉。適楊廷詔擢江西巡撫，特來訪玄。玄設讌，即令軌如陪席。於是紅玉、嫣素相商，乘友白至，以送鴻、迎燕二題試之。友白援筆立就。紅玉得詩箋，藏於奩內，使嫣素語友白，屬其懇吳翰林爲媒。友白留書於文卿，徑別去。中道自忖：吳翰林必珪也，前得罪於彼，安求之？徬徨莫知所從，欲決之賽神仙。忽遇一入，則同宗蘇有德也，邀至家中，問其近狀，告以學院已復友白衣巾，即出吳翰林意。友白持盃狂喜，竟以白女事告之。有德遂生心，知珪尚未赴北，即出資贈友白，誑之入京求吳，而自詣珪，以厚禮拜門生，云代弟友白求婚。珪爲作書，但稱蘇生，未實其名。有德大喜，探珪啟行，即持書詣錦石村求見，欲爲己聘，不復言友白也。玄以珪書不疑，而軌如方在西席，未決所許，乃並召二人試之，皆託醉不能屬筆。玄乃詰責門者，得其眞情。有德汗顏不敢復至，軌如亦辭館去。友白於山東鄒平逆旅中得遺金，守其人而還之；及抵道，行李被刼，欲賣賦以覓資斧。有李中書者，方欲購詩書屏以祝巡按，店家引見李，爲之揮毫。座客錢孝廉大擊賞，因訂邀飲，友白未得遽行。忽遇隣園一少年，美艷如女子，邀友白共語，情意浹洽，贈以白金及珠鐲，且以妹許之，自稱盧夢梨，訂盟而別——蓋即白侍郎甥女，改爲男裝，以身自許，無所爲妹，而友白不知也。明日方行，逢巡按清道，正欲引避，而其叔所遣迎友白之役忽見於路，邀而見巡按，即其叔淵也——由楚改齊，因失友白，悵怏殊甚；得之，大喜，即立爲嗣，用河南籍貫，援例令入北闈。友白至京，珪已出典楚試。詞臣劉儼、王諫主考北闈，友白中式；會試，儼復分房，友白又出其門。先是大學士陳循、王文憾子不第，劾奏主考不公，及是見友白連出儼門，幷憾之。友白傳臚二甲，應得官選，陳、王扼而不與，遂選杭州推官。將行，而珪已入京復命；友白往謁，珪言有德求書之事，友白大驚。珪又言向來欲以爲婿者，實即白公之女，友白急謝罪，自悔誤會。淵亦入京復命，乃自作書與玄，幷懇珪書作伐。友白持書南行，抵鄒縣，訪夢梨，門戶鎖閉，杳無一人。李中書、錢孝廉相見，友白試問之，言：『並無盧生，止一老夫人，一女將笄，其子甚幼，挈家避仇，依江南親戚矣。』友白爲之悵然，乃別錢、李而南。是時玄家居不出，其妹盧夫人挈甥女夢梨至，與紅玉談詩相得，不啻同胞，花晨月夕，輒分題共賦；不願相離，願幷嫁於一人，且各訴衷曲，皆與友白訂婚約，密約相誓，心無妬嫉也。及友白歸金陵，而玄以病愈爲西湖之遊，復不相值，亦無從見嫣素，不得已而赴任。楊巡撫欲以女嫁之；張軌如正在浙中，廷詔即遣作伐，誑友白云白氏已亡。而友白堅持不可，激廷詔怒，將以事斥友白；友白知其意，棄官徑去。賽神仙方在西湖，友白訪而問卜，言：『當往山陰。卦中之象，一娶兩女，一南一北，非親姊妹。』問以『功名若何？』則云：『前程未壞，當得翰林。』友白且信且疑，渡江往山陰，變姓名爲柳學詩，訪蘭亭、禹穴之勝，冀有所遇。玄至西湖，本欲覓婿，久無所得，亦渡汪往山陰，變姓名爲皇甫老人；花間與友白遇，促膝談心，竟以二女許之。兩人各變姓名，皇甫自云住錦石村，與白侍郎姻契，時寓其家；友白不知其即玄也。復渡江至杭，則聞朝廷以二甲之首，不宜選外吏，已改官翰林。軌如復來正從前妄，言白女實無恙，欲往金陵作合以贖罪。友白乃連夜回金陵。初夢梨移居金陵，恐友白訪己不值，遣老僕吳壽訪蘇生家，送書與之，令至白侍郎宅問訊。壽至金陵，誤投書於有德；有德見友白貴，深悔前非，方欲修好，乃迎友白於塗，告以盧氏之書。友白造白侍郎，先訪皇甫；玄出見，友白猶以爲皇甫也。珪亦假旋在家，俟於內宅，彼此詰問，始知皇甫即白，而柳即蘇。會淵亦告老歸，於是二女並歸友白，軌如、有德反爲之媒妁焉。友白德嫣素，幷納爲妾。

按：明景泰間大臣無所謂白玄、楊廷詔。景泰元年八月，以李實爲禮部右侍郎，充正使；羅綺爲大理寺少卿，充副使。所謂白玄，應即是羅綺也。景泰七年，以太常卿兼侍讀劉儼與編修黃諫主考順天鄉試。大學士陳循、王文有子入試，開榜落第。文訟子倫，循訟子瑛之屈，請令翰林科道覆核。大學士高穀奏儼、諫考試皆公，循、文不宜私子。帝重違二人意，賜倫、瑛爲舉人。六科給事中張寧等劾循、文乖悖，上宥不問。傳奇中引循、文、儼、諫事，皆據實也；但其事在景泰七年，與李實使北隔已久，且明年即天順元年，劉儼已署翰林院事，不復分校，而陳循、王文已得罪，安得有銜恨不予傳臚、進士爲翰林事之紐合？非事實也。嘉靖八年己丑，唐順之會試第一，廷試二甲第一。首輔楊一清已選定唐吉士，而張孚敬方與一清搆怨，竟奏罷之，於是順之補授兵部主事。傳奇所指絕似此事；但明制二甲授主事，三甲授推官，以二甲爲選推官，誤也。又明初，各省主考皆巡按爲政，聘人以掌試事；惟兩京主考，則特遣翰林官。各省之遣京朝官，自隆、萬間始，此云侍講典試湖廣，亦誤。異苑：『洛中一人失妻，管輅令與擔豕人門於東陽門。豚逸入一舍，突壞其墻，其婦出焉。（按：劇中楊科事，從此脫化而出。）』

五五　醉太平　一名合巹杯

不知何人作。劇中人名、地理、封爵皆用酒之故實結撰而成關目。以太平盛世，乞漿得酒，故名『醉太平』。又以烏孫國之青田核爲黃封合巹，故亦名『合巹杯』。

略云：黃封，字鶴觴，江南宜城人。（蘇軾詩：『上樽白日瀉黃封。』注云：『輦下以黃封酒貴，蓋重內醞也。』洛陽伽藍記：『河東劉白墮善釀酒。六月曝於日中，酒味不動，餉送可逾千里，名曰「鶴觴」。』『宜城』，酒名，見酒名記。曹植酒賦：『宜城醪醴。』傅玄七謨：『甘醪貢於宜城。」張華輕薄篇：「宜城九醞。」劉孝儀有謝晉安王賜宜城酒啟。宜城本楚中邑名，劇中作江南者，以江南有宜城，「宜」與「宜」相似也。）擅才負氣，以酒爲生。（劇中書童曰郫筒。杜甫詩：「酒憶郫筒不用沽。」）人皆目爲酒徒。（史記：「酈食其謁軍門，衣儒衣冠。沛公使人謝曰：「未暇見儒者。」食其按劍叱使者曰：「吾高陽酒徒，非儒也。」」李白詩：「高陽酒徒起草中。」又封飲時閱書得一故事，輒引一杯，借用蘇舜欽事耳。）流寓青州，（世說：「桓溫有主簿善別酒，好者曰「青州從事」，惡者曰「平原督郵」。」以青州有齊郡，言好酒直至臍腹也；平原有鬲縣，言惡酒在膈上住也。）與參將洪梁，秀才麴蘗爲友。（按：「洪梁」，穀名，取以洪梁爲酒之意。又按：秦再思紀異曰：「高駢命酒佐薛濤改一字令。駢曰：「口，有似沒梁斗。」濤曰：「川，有似三條椽。」駢曰：「奈何一條曲？」濤曰：「相公尙使沒梁斗，至窮酒佐，三條椽，一條曲，又何足怪？」薛濤字洪度，故幻作洪梁也。又世稱善飲者曰「洪飲」、「洪醉」云。書經：「若作酒醴，爾惟麴蘗。」禮記：「麴蘗必時。」」開天傳信記：「葉法善有道術。一日，會朝士，滿座思酒。忽有人稱麴秀才，突入坐。少年美秀，談論不凡。法善以劍擊之，應手墮地，化爲瓶榼，中有美酒，共飲之。」）梁飲於宜春酒樓，沽酒餉封。（類函：「李泌請令里閭釀宜春酒以祭勾芒神，祈豐年。帝悅，著爲令。」又吳錄云：「安城宜春縣出美酒。」）封方澆書獨酌，（蘇軾以晨飲爲「澆書」。陸游詩：「澆書滿飲浮蛆瓮。」）蘗至，封醉後辱之，含怒而去。青州副將竹葉反，（張華輕薄篇：「蒼梧竹葉。」張衡七辨：「蒲萄竹葉。」張協七命：「豫北竹葉。」杜牧九日詩：「竹葉於人旣無分。」）自稱中山大王，以其黨眞一爲參軍。（神異經：「劉玄石曾於中山酒家沽酒，酒家與千日酒。飲之，至家大醉。

其家不知，以爲死，葬之。後酒家計有千日，往視之。云：「已葬。」於是開棺，醉始醒。俗云：「玄石飲酒，一醉千日。」』蘇軾集中有眞一酒詩。劇中眞一白云：『土賊茅柴作亂。』宋韓駒茅柴酒詩：『飲慣茅柴諳苦硬，不知如蜜有香醪。』又云：『被賊偸營殺入。』按唐人詩云：『酒銜愁陣出奇兵。』故借此影射也。）眞一又遣裨將八人分領水陸，各爲四營。（陸四營：金華，松醪，鬱金香，五加皮，分駐蒲萄鎭，桐（挏）馬峪，醽醁山，天冬嶺。水四營：桂醑，桑落，甘醴，羅浮春，分駐玉薤河，梨花澗，紅白灣，青田港。按此皆隱射酒名也。『金華』即今金華酒。『松醪』，出裴鉶傳奇。李商隱詩：『目斷故園人不至，松醪一醉與誰同？』『鬱金香』者，李白詩：『蘭陵美酒鬱金香』也。『五加皮』酒，今盛行，出高郵者尤善。『蒲萄』，果名。博物志：『西域蒲萄酒，積年不敗。』漢武內傳：『西王母當下，帝設蒲萄酒。』王翰詩：『蒲萄美酒夜光杯。』『桐（挏）馬』，酒名。漢書：『學士十二人，給大宮挏馬酒。』注：「以馬乳爲酒，撞挏乃成也。」劉因詩：『漢家挏馬亦空傳。』許有壬詠上京馬酒詩：『挏官聞漢史。』『醽醁者』，唐太宗詩云：『醽醁稱蘭生。』吳錄云：『湘東有酃水，酒有名。』夏仲御別傳：『雜以東酃，碧蘇苾馨。』吳都賦：『飛輕軒而酌醽醁。』鄱陽酒賦：『沙洛、醽醁。』張載有酃酒賦。李賀詩：『綠醽今夕酒。』『天冬』者，天門冬酒也。『桂醑』者，桂酒也。駱賓王詩：『春朝桂尊尊百味。』飲饍標題：『美者曰醑。』『桑落』者，霏雪錄云：『河東桑落坊有井，桑落時取水釀酒，甚美，故名「桑落酒」。』冰經注：『劉白墮采挹河流，醞成芳酎，排於桑落之辰，故酒得其名。』庾信詩云：『蒲城桑落酒』是也。『甘醴』者，說文曰：『醴酒，一宿熟也。』飲饍標題：『甜而一宿熟者曰醴。』楚元王傳：

『爲穆生設醴。』樂府歌：『春酒甘如乳。』杜甫詩：『楚筵辭醴日。』『羅浮春』，取地爲名。蘇東坡在惠州自造酒，號『羅浮春』。『玉薤』者，隋煬酒名。唐太宗詩：『翠濤過玉薤。』『梨花』者，醉仙圖記：『祿州俗，釀宜趁梨花時熟，號「梨花春」。』又白居易杭州詩：『青旗沽酒趁梨花。』『紅白灣』者，飲饍標題云：『紅者曰「醍」，綠者曰「醽」，白者曰「醝」。』『青田港』者，古今注所謂『青田核，青田酒』也。）朝命龍膏、米汁分率水陸軍討之。（杜陽編云：『順宗時，處士伊祁元解召入宮，飲龍膏酒，黑如純漆，飲之神爽。烏弋山離國所獻。』又十洲記云：『瀛洲有玉膏，如酒味，名曰「玉酒」，飲之令人長生。』又龍城錄：『蔡邕因醉臥於路，人名曰「醉龍」。』蘇晉傳：『吾得彌勒綉佛一本，曰：「是佛好飲米汁，正與吾性合。吾願事之。」』）汁督工造樓舡，軍士醉失火，（投荒雜錄：『南方飲酒，即實酒滿甕，泥其上，以火燒，方熟；不然，不中飲。』）下令民間禁酒。封飲宜春樓酒而嘉之。（劇言封未帶酒貲，留玉珮一枚押酒，蓋取神仙留玉珮也。）造飲正酣，汁使至，張榜樓下。酒家甘嫗促封去，封乘醉毀榜而復飲。嫗懼禍，使其女紅友止封，而潛入城報官。（劇取紅友翠濤爲女子者，周禮：『女酒三十人。注：「女奴曉酒也。」』投荒錄：南蠻有『女酒』。眞臘風土記有『美人酒』。故稱女子以生情也。）紅友美而艷。麴蘖嘗欲謀爲婦，不從，至是奇封貌，縱使軼。（紅友，酒名。王世貞上巳詩：『偶然兒子致紅友。』又黃庭堅詩：『誠堪婿阿巽，買紅纏酒缸。』友縱封軼者，寓『縱酒』二字之意。）嫗宿城。捕封者至，不見封，繫紅友去。竹葉之妹翠濤，國色也，數諫其兄，不聽。（龍城錄：『魏左相能治酒，有名曰「醽醁翠濤」，貯以大甖，十年味不敗。太宗賜詩云：「醽醁稱蘭生，翠濤過玉薤。」』）劇中翠濤自稱蘭陵人，取李白詩云：『蘭陵美酒鬱金香』也。）汁素聞翠濤艷，陰與葉通，遣差官綠蟻持令箭以書約爲婚姻。（『綠蟻』，亦酒名，張衡南都賦：『綠蟻如萍。』曹植七啟：『浮蟻鼎沸。』張載酃酒賦：『漂蟻萍布。』）葉他往，爲濤所見，恐爲兄所責，陰遣汁使而取箭及書，與婢碧香改裝逸入青州。（『碧香』，王晉卿家酒名。）紅友被繫，與蘗遇。蘗媚汁，與爲師生，乃賺釋紅友，挾以登舟。（爲酒船。舩，船也。）適汁以他事召蘗，而翠濤遇友知其事，令碧香與俱投所親於澠水，（左傳：『有酒如澠。』李白詩：『如澠之酒嘗快意。』歐陽修詩：『酒發浮醅綠似澠。』）已則依甘嫗以居。參將洪梁與屠蘇皆隸龍膏帳下。（歲華記麗云：『昔人居草菴。除夕與里人藥，令以囊浸水中。元日取水置酒，尊名「屠蘇酒」，飲之不疫。』）蘗譖封於汁，將捕治，而梁已薦封入膏幕。膏知封善飲，購名酒數百瓶使暢飲。封醉中料敵如神，數出奇計，破竹葉軍。葉懼，以書抵汁，使去膏及封。汁遣蘗復之，並求婚。葉已失妹，乃留蘗而別遣使報汁。蘗亦以家書附達其母。（其母謂『酒娘』也。本稱『酒母』。飲饍標題：『酒母，麴蘗是也。』又賣酒者亦稱『酒姥』。武負王媼爲漢高析券，亦酒母也。）眞一夜刦膏營，封預設砲於營中，眞一敗走。（設砲敗眞一，謂燒酒也。）封又對來辱屠蘇，使僞降葉爲內應。汁忌封，召飲，縛之，疏劾封激反名將，（謂酒糾也。）遣官解赴京。翠濤曾一見封，心屬之，聞其銜寃被解，尤憤，乃復改裝挾前箭矯令釋封，以汁私書授之，使入京告汁反狀，己亦隨往證之。碧香紅友投所親不遇，將歸，借宿於蘗母家。葉使寄書至，見碧香與紅友，俱縛送葉。葉即以紅友爲翠濤，使蘗送至米營。封至京，欽天監奏酒旗星光照泰階，主得酒中仙輔國致太平。於是淸和聖主命置酒宴羣臣以應嘉祥。（石氏星經曰：『酒醪五齊之屬，天文酒旗星主之。」晉書天文志：「左旗九星，在河鼓兩旁，右亦如之，河鼓居中。」乞巧文：「兩旗開張，中星耀芒。」春秋緯曰：「王者法酒旗以布政。」元命苞曰：「酒旗，主上尊酒，所以侑神也。」孔融書：「天有酒旗之星。」李白詩：「天若不飲酒，酒星不在天。」摭言：「困酒星於天獄。」杜甫詠飲中八仙歌：「自稱臣是酒中仙。」皮日休詩：「吾愛李太白，身爲酒星魂。」裴說詩：「文星酒星草書星。」清異錄云：「穆宗臨芳殿賞櫻桃，進西涼州蒲萄酒。帝曰：「飲此四體融和，眞太平君子也。」」魏志：「徐邈爲尙書郎。時禁酒，邈私飲沉醉。趙達問以曹事，曰：「中聖人。」達白太祖，怒。鮮于輔進曰：「醉客謂酒淸者爲聖人，濁者爲賢人，邈偶醉言耳。」帝問邈曰：「頗復中聖人否？」邈曰：「臣不能自懲，時復一中之。」帝大笑。」）封擊登聞，奏米汁通賊。會龍膏章亦至，劾汁而薦封自代。召封廷對，稱旨，即命爲水陸總制，代膏討賊。擢膏爲錦衣衛指揮。逮米汁至家聽勘。汁方欲與紅友成婚，使者至，扭解汁、蘖，並及紅友。封旣受事，以反間計殺眞一。梁亦僞降與蘇內應，擒竹葉。封以葉投誠悔過報命，叙蘇、梁功及翠濤先期自拔救封事。上命龍膏勘汁、蘖，俱伏辜。紅友得釋，晉封爲「逍遙公」，膏爲「歡伯」，蘇、梁受爵有差。赦竹葉，復原銜。以烏孫國所進核盃一對賜封，命與翠濤、紅友成婚。（莊子有逍遙遊。北史：「周文帝聞韋瓊養高不仕，勅有司日給河東酒一斗，號之曰「逍遙公」。」陸龜蒙曰：「若使劉伶爲酒仙，帝亦應封我「醉鄉侯」。」易林：「酒爲歡伯，除憂來樂。」古今注云：「烏孫國有青田核，莫知其樹與實，核大如五六升瓢，貯水即成酒。劉章得二核，供二十人飲不歇，號「青田酒壺」。」劇中開場即云「烏孫國美祿大夫彌勒上頓。」叙出劉章得青田之核，蓋用此也。漢書云：「酒者，天之美祿。」

「彌勒」者，彌勒好米汁也。「上頓」者，朝野僉載云：「王耽一醉連日，自號上頓。時人以大飲爲上頓。」）

五六　曹王廟

不知何人所作。大意言後妻之惡，如唐人黑心符之說。所謂柳忠者，不詳何代人，其事有無亦不可考，大抵虛妄；以其初禱於曹王廟而得子女，故名。

按地志：嘉興府城南有曹武惠王廟，其神即宋曹彬也。彬於宋開寶七年討平江南，兵不血刃，進封洛陽王，謚曰武惠。南人思其德，所在立廟，劇蓋指此。但彬生前極慈仁，豈有成神之後，乃以一士人許願未酬，攝其妻數千里外，致令一門破壞之理？其妄可知。嘉興又有三塔灣寺，即劇中所謂三塔禪林也。

略云：秀水柳忠，字孝文，富而好義；妻張氏，賢而無子。夫婦禱於曹王廟，許以生子之後，修殿裝金。張歸即孕，雙生一子一女：子曰迎春，女曰梅柳。張氏之兄綱，推兩甥生命皆當貴。迨年漸長，而忠未及酬神還願。清明日，夫婦子女同掃墓，狂風驟作，白日昏暗；久之風定，張氏不知所之，忠疑其死，携子女慟哭而歸，招魂設祭。未幾，以中饋無人，再娶何氏。子女素衣出謁，何氏啣之，乘忠往蘇，遂呼梅柳縛而撻之。迎春伺隙私解其縛，相與哭於其母之靈。何氏慮其愬於父，陰與僕柳强謀，買藥置飲食中，誘使啖，子女俱瘖；復以三針刺心窩，以爲不久自斃。會忠歸，見狀瞢然莫識其故。張綱聞而携至家，急延醫治，各嘔出南星、半夏，治能發聲；又各於胸前得針。張綱大怒，責忠寵後妻淩殺子女；忠驚駭，出何氏。何氏羞恚，乃誣首忠私藏禁物，鍛鍊成獄。時綱病死。迎春愬父寃於上司，上司審驗，罪不應死，乃出忠配嶺南。何氏遣柳强遮殺迎春於路，迎春窘迫，投江，憑木不死，徽商汪化鯤救入舟中，收以爲子，更名汪必顯。何氏有婢名藍，以害迎春事告梅柳，拉與俱逃，至滸墅關，哭仆於地。先是鈔關張萬言任秀水令時，虧損庫帑，忠出貲代補，量移今任；見梅柳，詢係忠女，撫爲己女；適被擢爲給諫，遂携女入都。迎春自改名後，聯擢大魁。萬言以女贅爲婿，却扇相見，乃同胞兄妹，相持慟哭。萬言奏於朝，命必顯復本姓名爲柳迎春，降以秀春公主，拜爲駙馬都尉，按察嶺南，尋父還朝。冊梅柳爲皇子之妃，何氏令自行處决，張綱、汪化鯤及婢藍各封邺有差。迎春至嶺南，迎父入署。先是清明風作，張氏御風行，頃刻至東粤山間，望門投宿；有寡婦同姓，留以相依，其子文豹爲軍，支糧以養母及張，二十年如一日，時在軍門見忠父子相見事，歸告其母。張氏心疑，使文豹引往覘之，果其夫若子也；進見，各大驚喜。迎春德文豹，擢爲都司；奉兩親歸里。忠欲殺何氏，迎春力爲解，杖而逐之；斬柳强於市。報賽曹王廟，捨宅爲三塔禪林以酬神貺云。

後漢黃昌爲蜀太守。初，妻歸甯遇賊，流轉入蜀爲人妻。其子犯事，詣昌自訟，昌疑不類蜀人，問之。曰：『妾州佐黃昌妻，被掠至此。』昌曰：『何以識之？』曰：『左足心有黑子。』昌出足示之，相持悲泣，還爲夫婦。（劇中柳忠張氏散而復合，與此相類。）

唐萊州右長史于義方作黑心符，中有句云：『妻而繼，焉有格言也？就夫言之，乃並枕於薨，連盤野葛；就子孫言之，乃通心鑽，徹骨錐。甚者至於殺夫首子，禍綿刀鋸，寃著市曹，祭祀絕而門庭蕪。然世人恬爲之；悟且畏者，曾無也。（劇中何氏以針刺前妻子女，首其夫家藏禁物，本此數語。）』

五七　綉春舫

不知何人所作。演鮑鮫、鮑鶴事，全屬子虛，謂鶴焚李慎言綉春舫起釁，因用是名。

略云：達摩居密羅國香草窟，爲第三代祖師。（按：達摩在西土時，乃南天竺香至王第三子，姓刹常利本，名菩提多羅，二十七祖般若多羅弟子，應爲二十八祖。至東土爲祖，初無第三祖師之說。）因善財童子思凡，當謫人間十三載，（按：善財本大菩薩，無思凡之理。）送投東梓鮑氏爲次子，其名曰鶴，面綠鼻丹，濃眉白眼。父光祿丞哲，生鶴三月，與母俱逝。族人見其貌怪，且生即妨兩親，欲溺於水。兄鮫不忍，令乳媼哺育之。年十二，勇猛凶惡，遇不平事，輒拳毆之，人呼爲鮑不平，又呼五色華光鬼，又稱爲小義漢。兄鮫，字浪文，儒謹書生也，數誡勅之，不聽。齊相李慎言（南、北齊皆無此人。）於東萊錦陽山開廢地千頃爲河，沿隄環植花柳；造一巨舫，長五十餘丈，分置十院，歌舞其中，曰『綉春舫』，縻金數十萬，騷擾軍民無算値。八百媳婦國女主叭達，驍勇絕倫，騎曰火獅——金色玉紋，口中噴火，陟山水若履平地。女主欲得中原女子千人教習女紅，遂率女兵十萬，深入內地；布陣紮營，令獅奴調獅以爲衛。中郎將韋懷素承命招討，與妻薄氏相別，令子時覺選才品兼優者嫁其女菲香。鮑鮫憂弟鶴流入匪數中，令禁足讀書；而其無賴之黨，告以『綉春舫』事，言其害民，鶴遂潛水底，夜焚其舫。愼言與歌姬竄小舟以免。愼言墜水中時，爲鶴所毆。鶴知搆禍，逃入古廟中。無賴子懼禍及己，首鶴於愼言，言其兄鮫共謀。鮫時甫遊庠，時覺聞其才品，將嫁以妹；鮫以赤貧，不敢即應。時覺與友段成璧謀，乘鮫自學返，迎歸，贈以旂馬。鮫往謝，即鼓樂迎入內室與其妹成婚。愼言捕焚舟人甚急，有告其信於鮫者；鮫於花燭之頃，倉皇遁去，雖草草成禮，與韋女未覿面也。鮫甫遁而捕者至，遂擒菲香置獄中。時覺既失妹，又聞父與媳婦兵戰，爲所擒，急往探之，亦被擒。入見叭達，叭達問其故，云是韋將軍子，求見父而死。叭達憫其孝，使侍父，並拘軍中。薄氏欲探女菲香信，彷徨途中；叭達方微行觀中國風景，易南人妝，猝與相遇。叭達本不識路徑，懼爲人識，遂認作姑媳，依之以行，晚無所投，憩一蘆棚下。會愼言矯旨將殺鮑鮫妻，坊長逐蘆棚女子，薄氏見之，則其故僕也，告以將殺韋氏，薄大驚，痛絕於地。叭達憐而欲救之，會菲香縛出將決，雷電大作，監斬者大懾，竄，叭達乘間釋菲香，挈其母女同去。及霽，失菲香，京尹謂雷神所攝，必有寃，以其事白於朝。時鮫遁去，亦抵古廟，遇鶴，各訴蹤跡，乃同居廟中。齊祖閱京尹奏，見雷神攝女，始悟愼言之奸及矯旨事，逮赴廷尉，黜其官。大赦諸罪，一切不問，並開文武科。時覺潛離叭達營，詣京獻策。鶴聞，亦告兄，使就試；而自往叭達營以酒誘獅奴，得伏獅之法，入營刼獅。叭達使菲香母女巡營，母女因得見懷素，共謀欲遁。鶴乘夜入營，倉猝相遇，互相詰問，知菲香即其嫂，令乘獅，並送其父母出營。叭達聞而追之，鶴與戰，遂擒叭達。菲香母女念叭達恩，會其兄時覺擢武狀元，乃請於朝，得旨，以叭達配時覺。鮫亦已擢第，與菲香再舉花燭。朝廷聞鶴貌奇異，宣入陛見，封爲侯。鶴辭鮫入山訪道，拂衣竟行；鮫隨之，至一山，達摩趺坐石上以待，令化作善財，乘空而去。

劇中屢言北齊，又言蕭道成，牴牾可笑。又所舉地名、官名皆錯謬牽合，荒誕殊甚。

五八　桃花雪

不知作者何人。演司馬馨兄弟事，以『雪中桃花』爲名，關目與桃符記相彷彿，蓋亦龍圖公案之流也。所引盧多遜、李昉、丁謂、范仲淹等，牽合不倫，謬妄殊甚。

略云：陳留司馬馨，字蘭卿；弟翻，字芝卿；故吏部司馬成號秋澗之子也。馨贅栢祭酒女貞娘，翻聘盧多遜女瑞娘。祭酒歿，子仁欺馨赤貧，常肆侮慢。時值清明，馨向仁假貸以備祭物，仁不肯應，貞娘典釵營弁。掃墓既畢，避雨土地祠。馨詣清河港口覓舟，無賴子陶屑、莘蝎以小舟誑其妻去，云是馨所遣迎者；抵岸，則鎖閉空室中，出覓售主。元都觀道士樵雲過此，聞空室哭聲，詰得其故，推壁救歸，置之靜室小蓬萊，欲逼汚之；會有大戶邀赴碧桃崗禮懺，不得已而去，令道人謹守。陶屑已得售主，恐蝎分其貲，於路殺蝎；啟門而栢氏已失，乃埋尸於碧桃崗。馨覓舟久，見天已晴，急還至土地祠，已失其婦。栢仁遂告馨殺其妹。郡守丁謂抵馨重辟。翻辭多遜歸，欲與兄同入京赴試，暮經碧桃崗，不及至逆旅，入樵雲道觀中借宿。樵雲以他事出；翻至小蓬萊，聞門內哭聲甚哀，啟戶見一女子，曰：『陳留栢氏。』翻未識其嫂，方細詰問，而樵雲自外至，見翻在此，醉而誘寢別室，以火焚之；飜得神佑，從墻窟逃去。樵雲遂逼貞娘，貞娘已先縊，樵雲乃負至碧桃崗下埋之，而插桃枝於土上以掩其跡；念一人殺二人，寃鬼當索命，連夜挈貲他往。有漁翁夫婦舟抵崗下，見暗中有人負一物埋土，以爲必盜貲，急啟土視之，貞娘遽活，翁媼留入舟中。飜脫難歸，值馨押赴市曹處決，相抱痛哭，詢其得罪之故，告以栢氏故；飜以元都觀中所遇女子自云栢氏，急白之官。官爲停刑，遣吏往觀捕道士及栢氏，皆不可得；而道士已携家遁。官念道士遠遁，必非良人，遂仍羈馨於獄；而給批予飜，使自緝道士及栢氏。時趙元昊寇邊，邊帥范仲淹詷其妻熊氏勇而妒，欲用美人計間之，奏於朝，選美女百人以往。漁翁賣貞娘於內監；而宰相李昉嘗求瑞娘爲子媳，多遜不從，昉銜之，奏以其女充是選。貞、瑞二女相遇驛館中，相約見元昊時慷慨殉節，使知中國有烈女，因隨衆行；至則元昊爲狄青射死，其妻熊氏留二女掌軍書。初飜得批文，遍緝不得；抵夏州，元昊遣卒投謁書於仲淹，卒懼不敢徑投，遇飜悲慘，詰得其故，詭以知道士蹤跡，僞爲腹疾，令代往軍門投一文書。仲淹拆封，欲斬飜；飜以情訴，始知爲故人子。飜因告以兄坐死繫獄，仲淹使卒拔令箭抵陳留索之。栢仁方屬丁謂害馨，謂得仲淹書，立釋馨以付卒，令送往仲淹所。樵雲之遁也，投仲淹麾下爲廳事官；遇飜月下，驚怖爲鬼。飜知即道士，給以索命，樵雲盡吐眞情，乃知栢氏爲所殺。飜告仲淹，面質之，押赴碧桃崗發栢氏尸。大雪深尺許，而有碧桃花盛開。啟道士所指埋栢氏處，不得女子，反得一男子，樵雲亦茫然不解；乃以尸棄路旁，仍押樵雲覆其事於仲淹。陶屑殺莘蝎後，改業爲馬夫。馨之赴陝，適僱屑騾。經碧桃崗，屑見尸暈倒，作莘蝎語云：『爾能殺我，不能出范仲淹手。』及蘇復，云不知。飜抵夏州謁仲淹，具述其事；仲淹拷屑與樵雲，皆正罪。仲淹以馨爲先鋒，而令飜爲參謀，詒元昊營，招其妻降。熊氏欲殺繇；栢氏詢使者爲同郡人，力勸勿殺，與瑞娘易男粧，訊繇家世，知馨亦在營，乃勸熊釋繇歸；作戰書以覆，書中叙兩女事蹟於內，獻計使擒熊氏。熊被擒，不屈自刭。仲淹以諸人功奏捷，並受封爵。栢仁以蔭得官，坐贓謫戍夏州，馨仍好與相見。馨夫婦復聚，繇與瑞完婚。

五九　雙俠賺

不知何人所作。以時可比、吳雲衣爲賈相所陷，賴豪客任俠、鄭虎臣兩人賺救，後得成婚，故名。事蹟皆憑空結撰。鄭虎臣、賈似道、廖瑩中俱見宋史。時可比、任俠、任傑、史似忠俱無其人。略云：時可比字虎文，臨安人，遊湖至史樞密似忠園。似忠無子，撫甥女吳雲衣爲女，及笄未字，在園與可比遇，目成久之。賈似道當權，日歌舞於西湖之半閒堂。門下任虞侯俠，鄭幹辦虎臣，皆豪士也，兩人素與似忠善，薄似道所爲，然諫輒忤意。似道窮極奢慾，借朝廷采女爲名，欲私納其尤者，因屬心腹御史廖瑩中密訪。瑩中極口雲衣才貌，乘似忠條奏邊事，勸上擢爲淮揚安撫；而矯詔取雲衣備選，令住公館習儀，潛易他女以入。雲衣自遇可比，雖未悉姓名，以其風流儒雅，願托終身，懷想抱病。似忠膺命出，有司即取雲衣赴廠。雲衣駭泣，與婢淡綃訣，因告以慕所遇生；留詞一首，以俟生至貽之，屬婢而去。可比復至，淡綃出詞與觀，可比不勝悲慟；伺駕幸西湖，遂以原聘吳氏雲衣被選，奏請發還，語侵似道。似道劾以狂妄，收鞫坐謗，命任俠押往法司勘問。廖瑩中坐以立決；俠知其冤，取雲衣贈詞置懷中，思兩救之。先是俠弟傑爲將，見奸臣當路，棄職蹈海，自稱中山王，遣黨穆桓招其兄，泊舟於候潮門外；至是，俠以似道所發令箭，直趨內官廠中，賺出雲衣，寅夜改粧，出城登舟，命桓送避中山王夫人寨；復飛馬至法場救可比，而可比已先爲鄭虎臣矯旨賺去。俠疑已決，甚悵恨；慮事發，亦逃入海。虎臣挈可比逃至平湖，乘可比倦臥，留書與之，囑投淮揚史似忠；已則軼去，爲木棉菴道人。是時元世祖命將伯顏等攻淮揚甚急，似忠援絕，自刎。元兵乘勢南下，警報疊至，似道置若不聞，方與歌姬鬥蟋蟀於半閒堂，作長夜之飲。元兵迫臨安，宋主倉皇幸西興，臣民歸怨似道。左右獻計，詔似道督兵潤州；而駕由寧波入海。任俠已至海，弟兄舉義兵：傑往海口迎宋主，居島中；俠北上淮安，禦元兵。似道兵潰，與參謀廖瑩中同竄；瑩中爲亂軍所殺，似道隻身遁。可比投似忠，聞其殉節，乃變姓名曰文比，詣俠軍門獻策，教以火攻，遂獲大勝，迎駕還臨安。俠感文比之功，細詢履歷，知即時可比也，遂告以救出雲衣，現居海島，遣人往迎。可比出救者所與投史安撫書，俠始知法場救生者，即鄭虎臣也。似道聞兵息，欲上臨安，謀復相位，投宿木棉菴。鄭虎臣已改出家面目，似道不能識。虎臣語以勅旨，欲捕正法，人民且爭欲殺之，似道大悔懼；而似忠亡後，爲揚州城隍，統陰兵圍似道，似道遂自經，虎臣瘞之菴後。可比在俠軍中，雲衣從海上至，合巹，同上臨安；而時生之僕文鶴，亂離時遇淡綃，自相配偶，避難秀州，亦還臨安，歸侍主人云。

按史載：賈似道，係賈涉之子，以蔭補官。宋理宗端平初，以貴妃賈氏故，累擢妃弟似道爲籍田令，恃寵不檢，日縱游諸伎家，至夜，即縱游湖上不返。帝嘗夜憑高，望西湖中燈火異常時，語左右曰：『此必似道也。』明日詢之，果然，使京尹史巖之戒之。寶祐四年，參知政事。開慶元年，爲京、湖南北、四川宣撫使，兼督江西、二廣人馬。未幾，元世祖兵渡淮，圍鄂州，遂入瑞州，即拜似道爲右丞相，兼樞密使，軍漢陽以援鄂。（劇中謂似道督兵禦敵，本此。）時邊報日急，朝野震恐，內侍董宋臣請帝遷都四明。（劇中由寧波航海，借此影射。）元兵攻鄂州急，似道大懼，乃密遣宋京詣蒙古營，請稱臣納幣。景定元年，元兵至鄂州，作浮橋於新生磯，濟師北還。似道用劉整計，命夏貴以舟師攻斷浮橋，殺殿卒百七十人。（劇中書生獻策，任俠鑿舟，敗元兵於江，借此影射。）帝以似道有再造功，召入朝，加少師，封衛國公。似道既相，權傾中外，使其客廖瑩中輩，（按：宋時無巡城御史之名，瑩中亦非御史。）撰福華編，稱頌鄂功。三年，臨安府學生葉李、蕭規上書，詆似道耑權、害民、誤國。似道命臨安府劉良貴捃摭以罪，黥配邊州。（劇中臨安諸生時可比攔駕叩閽，廖瑩中勘問，本此。）似道上疏歸養，特授平章軍國重事，賜第西湖之葛嶺；大小朝政，决於館客廖瑩中，堂吏翁應龍。襄、樊圍急，似道日坐葛嶺，起樓閣亭榭，作半閒堂。（劇中半閒堂本此。）取宮人葉氏，及娼尼有美色者爲妾。（劇中欲取雲衣爲妾，蓋即宮人葉氏相影借也。）嘗與羣妾據地鬥蟋蟀，（劇中集羣妾鬥蟋蟀，本此。）所狎客戲之曰：『此軍國重事耶？』德祐元年，上表出師，抽諸路精兵十三萬人以行，由新安池口次蕪湖；以荔枝、黃柑遺伯顏，請稱臣奉幣，伯顏不許。（劇中似道督師，伯顏攻宋，本此。）似道以精鋭七萬屬孫虎臣軍池州之丁家洲，夏貴以戰艦橫亘江中，（按：孫虎臣乃似道部將，劇遂以鄭虎臣當之耳。）似道將後軍於魯港。貴嘗失利於鄂，又忌虎臣出己上，無鬥志。伯顏麾戰艦衝虎臣軍，以划船數千乘風直進，軍大亂，夏貴不戰而去。似道錯愕失措，回棹前走，軍資器械，盡爲元所獲。（劇中任俠用書生文比策，江上敗元兵，本此而反言之耳。）似道單舸奔揚州，潰兵蔽江而下，似道招之皆莫應，有爲惡語謾罵之者。（劇中難民見似道敗逃，爭欲毆之，本此。）似道還紹興，降三官，婺州居住。婺人率衆爲露布逐之，復詔徙建寧。流廖瑩中等於嶺南，廖自殺。（劇云廖瑩中爲亂軍所殺，誤。）似道循州安置，遣使監押之貶所。會稽縣尉鄭虎臣，以其父嘗爲似道所配，欲報之，欣然請行；似道時寓建寧之開元寺，令舁轎夫唱杭州歌謔之。至漳州木棉菴，虎臣曰：『吾爲天下殺似道，雖死何憾！』遂拘其子與妾於別館，即厠中拉其胷殺之。陳宜中至福州，捕虎臣，斃於獄。（劇云虎臣爲似道幹辦官，後爲木棉菴道人，非是。又云似道畏誅自經，被史似忠陰魂捉去，皆揑飾。）按：中山王，即琉球國王也。劇造出任傑姓名，甚謬。

六〇　醉西湖

即雙俠賺事蹟，稍加改換。樞密史以忠（雙俠賺云似忠）、時可比書童文鹿（雙俠賺云文鶴）、任傑遺裨將穆楦（雙俠賺云穆桓）、可比改名文虎（雙俠賺改名文比），皆小小異同處。其曲白亦微有異；而標題曰『醉西湖』，則以賈似道爲主，與雙俠賺意旨各別。其謂可比爲文虎者，按宋末之將有范文虎，劇云文虎，不爲無因也。

甲子會紀云：『度宗咸淳六年，詔范文虎總中外諸軍救襄、樊。明年范文虎帥師救襄陽，至鹿門而遁。』又：『四年，范文虎以安慶降元。』然則文虎固無戰功，又無忠節，本不足取，劇不過傳其名以寓意耳。其所以借名文虎者：文虎總軍之歲，詔賈似道十日一朝，入朝不拜；文虎降元之歲，似道出師次於蕪湖，以荔枝、黄柑遺伯顔請和，伯顔不許；孫虎臣、夏貴之師潰於池州下流之丁家洲，似道奔揚州，江、淮諸地盡沒於元；安置似道循州，行至漳州，爲監押使鄭虎臣所殺；其時其事皆與似道相連，故託以寓意也。史以忠殉節淮陽，蓋暗指江立信。立信爲京、湖制置使，兼建康留守，移書似道，謂：『今天下之勢，十去八九，願上下交修，迓續天命。乃酣歌深宮，嘯傲湖上，輿櫬之禮，請備以俟！』似道得書，大怒，中以危法。明年，立信爲沿江招討使；伯顔將入建康，立信扼吭而卒於軍。劇所謂『封章極諫，捨軀報國，統制淮陽，死忠盡節』者，正其事也。似道出師議和，亦皆實事。所引元將伯顔，亦皆實事；建康、臨安皆其所取。劇以文虎用火攻退敵，乃飾詞耳。附識，湧幢小品云：『杭州皋亭山。元伯顔取宋，屯兵山下。其夕月明，忽大風雷震電，見四山旌旗閃爍，皆作「精忠」字。伯顔曰：「此岳公護本國現靈也。」亟致祭祝之曰：「若旦日宋以三千人來戰，即斂兵北歸；如只竭力謀和，亦不能捨囊中物而爲口舌所動也。」祭畢，風雷皆止。明日天宇皎潔，宋無一兵，且納欵，伯顔入城，宋遂亡。』按：二年乙亥，賈似道請和，伯顔不許，似道奔揚州，被貶見殺。是年丙子，伯顔遂取宋。似道之罪大矣。

劇痛詆似道，極當，而文虎畫策火攻退伯顔兵，則謬妄也。

六一　壽鄉記

近時人作。演宋松江守趙宗儒事，謂其官居壽鄉，父老稱祝，羣仙並集，因取『壽鄉』爲名。本之葉實夫記，稍加增飾。

略言：宋仁宗時，趙宗儒爲松江守，仰體朝廷至意，專務以德化民。剛柔均適，庶民相安，年穀順成，閭里安樂。父老皆感荷恩澤，未知所報。恰遇宗儒誕辰，倡率婦子登堂稱祝。里老百餘人，並製綵服，仿老萊氏之衣斑斕綷縩戲舞堂下，言：『以壽鄉之人祝壽鄉之長。』宗儒愧不敢當，答云：『天子聖德，躋斯民於仁壽；小臣奉宣，又恐不及。』乃取父老所進香醪旨酒，向闕拜祝，然後與民共飲，以示同樂同壽之意。舉觴之次，仙人彭祖、老聃、商山翁、絳縣老、華顛丈人俱自雲端降臨，以仙果相餉。宗儒率妻子拜謝，然後開家讌、啟壽筵，極一時樂事云。

葉實夫壽鄉記云：『天地相距三十八萬里，大塊块圠；一元孕育於其間，莫不周遍。而充足仁厚之氣，顧獨盛於東南，是以其地多壽鄉焉。草則有瑞芝五色，炳日月以同久；木則有巨椿百圍，歷寒暑而不知；桃花越千歲而就實；松魄曠數世而爲苓；九尾神龜，或遊於荷葉之上；長生仙鶴，時降於華表之間；此物之產於壽鄉者然也。至論其人，則：彭以八百祀；聃以大老稱；商山之翁，龐眉而皓彩；絳縣之老，忘甲子之紀年；他如華顛、黃髮、鮐背、兒齒、市井、嬉遊，一皆熟世故而飽春秋；此民之生於壽鄉者然也。嗟夫，國無疵瘕，是皆樂國。苟醇厚則爲美俗，矧是鄉之地，民物阜蕃，其俗皆以得長生而不老，則加以如是之徽稱，又何疑焉？雖然，其地信美矣；牧其地者，苟非其人，則雖有如是之民物，又寧能保其不傷害哉！松邑雖褊小，實居東南壽鄉之最；涵濡撫摩，愛養休息，必得賢大夫如魯仲牟、劉江陵者，然後可以保護其元氣，昌大其命脈，是安可以刻薄者爲之？歲在昭陽單閼，聖天子嘉惠南方，妙簡宗屬之賢且仁者，曰：「趙君宗儒，俾振斯職。」君推軾下車，專務德化，扇以和風，沐以甘雨，不操切、不急追，民用平康，物亦蒙福。越再祀，政乃大凝，一氣協調，嘉穀垂穎，食陳慶新，熙及百堵。翁抱而幼，婦挈而子，出入嬉笑田陌間，蓋欣欣然而自適，眞有若葛天無懷氏之俗也。月戒徂暑日又七，父老相謂曰：「崧嶽神降，生甫及申，玆非君侯之辰乎？」乃燎之以薌燧，薦之以酒旅，而造庭再拜。稱壽訖，合亂以辭曰：「君侯，我之父母也。吾儕小人，咸戴君侯之天生，長懷君侯之深恩，今幸得進於階，所願爲老萊氏之衣，以悅吾父母可乎？」於是彩服斑斕，戲舞於堂下，以數百計。侯亟請曰：「吾不佞，吾何幸以壽鄉之人來爲壽鄉之長！保釐矜恤，無敢戕害，使我與爾得至今日，伊誰之力邪？吾其可以一人之私而不思兆人之福？詎可徒知兆人之福而不歸一人之功也？」邑子葉實夫聞其言之當，而遂爲之記，且紀之詞曰：「於戲我皇，萬壽無疆！遴選天屬，長此壽鄉。壽鄉之民，悅侯循良，上下相恤，俾爾熾昌。父老德侯，百拜舉觴，謂侯之算，地久天長。侯曰：不可，坤道含章。凡人之生，繄聖主張。堯舜仁壽，爰逮禹湯，矧今我皇，域開八荒，普及萬有，納於壽康！爾曹謂余，余弗敢當；願以是算，歸之我皇。」』

六二　雪裏荷

不知何人所作。演東方白見雪裏荷花，幽婚生子。其事甚怪，無有根據。

略云：東方白，字淸之，福建連江人也。遊學東京，寓王公店。因往來人衆，屬店中王小二與玄妙觀道士袁空，（劇云空字伯實。蓋喻玄空不實。）爲覓幽靜之處。時宰相雲石登在朝，其家金谷，本石崇故址。空與其園公相稔，乃令白寓居園中。東西二軒對峙，白寓西軒。一日大雪，白遊梅花亭，見雪中放紅蓮一朵，灼爍可愛；欲折供瓶內，而堅不可動。園公取鋤斷根，掘至三尺，見一女子口中生出此蓮。白乃買棺製衣，殯停東軒僻處。夜見女出燈前，自言晉時綠珠，横死金谷園層樓之下；冥緣未斷，借雪中花以作合，幽婚定情。贈詩四句云：『但看花鮮艷，姻緣富貴同。若能枝並蒂，父子得相逢。』取花分蒂，各藏一枝，留爲異日之驗。時禮部尙書罕利兒拜相，雲石登與不合，以爲此人得志，必將蠹政；且年逾六十無子，不如掛冠，遂與夫人共計，致仕回籍。白不便仍居園內，亦欲歸家，乃屬園公，俾移東軒之柩於郊外，焚化骨殖，寄袁道士處，俟己得志，買地葬之。登夫婦既回，入園閒翫，忽聞兒啼，怪而詢其故；園公不能隱，告以東軒之柩。及至，察之，聲出於柩內，立命啟視，則中有小兒，形貌魁偉。登念年逾花甲，止一女曰媚娥，今此兒蹤跡甚奇，後來必非凡品，乃命夫人撫之以爲親子。白歸家，無所遇合；而袁空、王小二皆從客飄洋，頗有所獲，舟泊閩海，與白相見，言倭國愛中華草書，若得白書百十幅，携至其所，當得厚貲。白亦心艷飄洋之利，乃偕出海。抵瑤島，上崖遊觀，遇仙人徐洪客留語。舟已開去，白遂留山中。袁、王抵家，以白『出洋訪島，不及歸家』，告於園公。東軒所生子取名雲震，倏忽十八載，武略冠世；金谷園土地石崇化爲園公，告之生身始末，授以半朵紅蓮，俾見父爲證，震始知非雲石登子，不別父母，竟欲赴海水尋親。時海外有東、西錫蘭兩國：東王曰謨多，西王曰迦刺；以海中瑤島山爲界，兩國相和。謨多既亡，其女謨艷代立；迦刺欺其幼弱，引兵伐之。謨艷用飛刀取勝，迦刺大敗，逃至瑤島山求洪客救援，洪客示令入中國覓得貴客爲主。迦剌住島數年，受洪客祕術，遂抵中華，遇震於海邊，奇其狀貌，欲奉爲主，謁言自瑤島山來。震憶園公之言，冀於剌島覓父，遂偕至海中；興兵伐東錫蘭，大敗謨艷。艷乃出榜招賢：『能禦敵者，委身以事。』白在島中久，受洪客祕術，洪客知其機緣已到，乃令至東錫蘭應募；引兵拒戰，兩軍遂得相當，謨艷贅白爲夫。迦剌語震，言：『角力者亦中國人。』震乃出紅蓮半朶令迦剌持示東王：『若有此蓮，便當講好。』白取所藏半朶示之，合成並蒂，於是兩王相見，認爲父子。震欲聘媚娥爲妻，令迦剌入中國議婚。登勸令兩國歲歲朝貢，不失外藩之禮。於是奏聞於朝，加封王職，而以媚娥嫁震。

按綠珠傳引牛僧孺周秦行記云：『夜宿薄太后廟，見戚夫人、王嬙、太眞妃、潘淑妃各賦詩言志。別有善笛女子與潘妃偕來，太后曰：「石家綠珠也，潘妃養作妹。」綠珠作詩曰：「此日人非昔日人，笛聲空怨趙王倫，紅殘鈿碎花樓下，金谷千年更不春。」太后曰：「牛秀才遠來，今日誰人與伴？」綠珠曰：「石衛尉性嚴忌，今有死，不可及亂。」』然事雖詭怪，聊以解頤。據此，綠珠之魂，固能活現，但頗守貞烈。劇云與東方白爲偶而生子，又未免唐突也。

瀛崖勝覽：『大海中有翠藍山，人皆穴居之。又西七八日見鶯鵡嘴山。又二三日至佛堂山，爲錫蘭國寺，有臥佛榻，沉香爲之，所謂涅槃，其地是也。又西北陸行五十里，始至王居。王鎖里人，尚釋，重象、牛。地廣人稠，亞於爪哇。國富饒，有珠池。』據此，未嘗有東、西錫蘭之說。

續文獻通考：『錫蘭，山國，地在大海之中。多山，而翠藍獨高插天。其海邊一盤石，上有巨人跡，長三丈許，相傳先世釋迦從翠藍嶼來登此。山足下有寺，釋迦佛涅槃眞身在焉。俗氣候常暑，地豐五穀，產寶石水晶。明永樂十年，遣中官鄭和奉勅齎金銀供器等施於寺，及建石碑、賞賜國王等。其國人謀害舟師，和以兵擊破之，俘其王獻闕下，尋宥之歸國。』又：『柯枝國與錫蘭山相對，村落傍海，氣候常熱。永樂二年，國王可亦里遣使朝貢。』又：『小葛蘭，自錫蘭國往行六晝夜始到，其國邊海，崇信佛教，尊敬象、牛，與錫蘭同。』據此，則所謂東、西錫蘭者，或指柯枝國及小葛蘭而言也。自明永樂時相通，其前未聞，劇指元時，不實。

又按志怪錄言：盧充入崔少府墓，與其女幽婚。充歸四年，崔女乘犢車送三歲兒至，長名溫休。溫休者，翻切幽婚也。盧植、盧毓、盧珽、盧志、盧諶等皆其子孫。陸機當面叱盧志曰：『鬼子敢爾！』蓋實事也。

又中朝故事：人說鄭畋是鬼胎，其母卒後與其父再合而生畋，此皆鬼生子之證。劇云綠珠之魂與東方白冥合而生子，蓋本於此。

又閒居錄云：『宋之末年，姑蘇賣餅家檢所鬻錢，得冥幣焉，因怪之。每鬻餅必識其人與其錢，久之，乃一婦也。跡其婦，至一塚而滅。遂告之官，啟塚，見婦人臥柩中，有小兒坐其側。恐其爲人所覺，必不復出，餓死小兒，有好事者收歸養之。既長，與常人無異，不知其姓，鄉人呼之曰「鬼官人」。初猶在，後數年方死。』據此與綠珠生子事絕似。

按情史：『中和中有士人蘇昌，遠居蘇州屬邑，有小莊去官道十里。吳中水鄉，率多荷芰。忽一日見一女郎素衣紅臉，容質艷麗，閱其色，恍若神仙中人。自是與之相狎，以莊爲幽會之所。蘇生惑之既甚，嘗以玉環贈之，結繫殷勤。或一日見檻前白蓮花開放殊異，俯而玩之，見花房中有物，細視之，乃所贈玉環也。因折之，其妖遂絕。』然則蓮花固能爲妖，又不必綠珠之魂矣。

六三　倒浣紗

未詳作者姓氏，蓋出於梁辰魚之後。演伍員子封率齊師滅越爲父復仇，范蠡沉西施變姓名隱居仙去，與浣紗記亦異，故名倒浣紗。關目事蹟雜采傳志，參以小說。今按劇詳注，加以弁證。

據云：伍封，吳大夫伍員之子，寄養齊鮑叔家。（按史記：『員諫吳王夫差釋齊而先越，不聽。使員於齊，員謂其子曰：「吾數諫王不用，今見吳之亡矣！汝與吳俱亡無益。」乃屬其子於齊鮑牧而還報吳。』劇云鮑叔，誤。）改姓曰王孫。（未見史傳。）齊康公欲使尚女，（按史：周敬王三十九年，齊平公立；四年，田常殺鮑氏；八年，越滅吳。平公之子宣公，宣公之子康公，年代相去甚遠。劇引康公，甚謬。）命夫人宴封於便殿。見木主題其父名氏，歸以問鮑叔。叔告云：『昔秦命大盜柳跖奪諸侯貢物，汝父從楚王鞭跖墜馬，跖服，諸侯得寧，故感而置位。』並詳述其父投吳、平越、寄子諸事。封念父母，不勝悲涕，叔解慰之。（按：此段本臨潼門寶小說。魯大夫展獲有弟名跖。獲食邑柳下，謚曰惠。今以柳爲跖姓，荒謬可笑。按正義曰：『跖者，黃帝時大盜之名。當時以柳下惠弟爲大盜，故號曰盜跖。』）時員已死，夫人專氏，專諸之妹也。諸有子名毅，聞越兵襲吳，奉其姑避兵於鄉。（按史：吳王闔閭時，專諸死，召其子爲卿御史，不詳其名。劇以諸妹爲員夫人，牽合附會。）范蠡既佐勾踐滅吳霸越，知勾踐不可與同安樂，因遣其妻率長子邦雄、幼子邦器（按史：范蠡三子俱不著名。）徙居齊地避塵村。命中子邦英歸楚宛三戶原籍，治具生產。乃艤舟載西施，斷所贈紗，數其罪，盛以革囊而沈於太湖之淵。寓書文種，諷以隱身。扁舟入齊，見鮑叔及封，告以伍員盡節、越兵滅吳之事而去。（按史：越用范蠡計，使大夫種因吳太宰嚭行成於吳，伍員諫不聽，與越平。後伯嚭譖員，吳王賜之屬鏤之劍，遂自剄。吳王取子胥尸盛以鴟夷革，浮之江中。范蠡與勾踐前後深謀二十餘年，竟滅吳。吳王夫差自剄，勾踐乃誅伯嚭。周元王三年致貢，周元王賜勾踐胙，命爲伯，號稱霸王。蠡遂去，自齊貽種書曰：『飛鳥盡，良弓藏；狡兔死，走狗烹。越王爲人，可共患難不可與共安樂，子何不去！』種見書，稱病不朝。或譖種且作亂，越王乃賜種劍，種遂自殺。劇據此，不謬。拾遺記曰：『越王貢西施、鄭旦於吳，吳處以椒華之房，貫細珠爲簾幌。當軒竝坐，理鏡靚粧，於珠幌之內，若馭鸞之在烟霧，沚水之漾芙蕖。越兵入吳，吳王抱二女以逃。吳王死，越軍入，見二女在樹下，皆言神女，望而不敢侵。』吳越春秋曰：『越王得山中女子鬻薪浣紗，爲世絕色，姓施名夷光，居苧蘿若耶溪之西，故曰西子。』按：西施一名夷光，鄭旦一名修明。劇中西施自稱爲夷光，本此。　又按韻府云：『吳破越，越進西施，請退軍，許之。吳得西施，爲築姑蘇台。吳破亡，西施從范蠡泛五湖。』杜牧云：『蠡未必踏於汚也。』然杜秋娘詩又云：『西子下姑蘇，一舸逐鴟夷。』後人皆云范蠡將西子去。西谿叢語則曰：『吳亡後，西子被殺。』楊愼曰：『修文御覽引吳越春秋逸篇云：「吳亡後，越浮西施於江，令隨鴟夷以終。」』李商隱詩云：『西施因網得。』又云：『莫將越客千絲網，網得西施別贈人。』俱可爲浮江之證。韋昭曰：『鴟夷，革囊也。或曰，生牛皮也。』應劭曰：『取馬革爲鴟夷，榼形。』劇中以馬革盛西施沉於太湖，說本逸篇，非無據也。又墨子云：『西施之沉，其美也。』蓋言西施之沉於江，以其美受禍也，亦浮江之證。）封大慟，請於齊君，率兵伐越以報父仇。會天暑，憩軍山林間，遥見二虎相鬥，爲老叟搏殺。封訝叟勇，單騎蹤跡之，見於草廬，乃柳跖也。跖故兄事員，願前驅助伐越。（此段皆揑造。）勾踐自平吳後，威震中夏，日漸驕佚。思范蠡功，鑄金人於側以像之。（此是實事。越王鑄范蠡以黄金，廣東曹溪祖則銅胎，曲江張九齡則鐵胎也。）將軍臯如乘間讒蠡及種，勾踐怒，命碎金人而族種。人心瓦解。（此因勾踐殺種而附會也。）封領兵東下，勢如破竹。將至姑蘇，專毅乘亂結黨殺守將以迎封，引歸謁母。濟師錢唐，越將望風降潰，勾踐走匿禹陵。封追至柯山，伍員現形諭封曰：『太讐已復，速宜退兵。』封哭拜班師。柳跖別去。封表立吳國後裔，爲父立廟，授專毅爲姑蘇守將，奉母歸齊。齊君命鮑叔送女嫁封，褒其忠孝，食邑於齊。（此段俱係僞撰。吳亡，或云其支庶入海爲倭，即今日本是也。無立裔事。伍胥立廟事，是實，而緣起則不如是。）是時范蠡居避塵村，（史傳不詳邨名。）變姓名曰鴟夷子，力課農桑，陶情山林。村中百姓傚之，物力豐盛。齊君聞其賢，欲辟用之，乃遷居兗州之定陶村，改號陶朱公，躬耕海畔，累致千金。（按史：范蠡浮海出齊，變姓名，自謂鴟夷子皮，乃耕於海畔，苦身戮力，父子治產，居無幾何，致產數千萬。齊人聞其賢，以爲相。蠡喟然嘆曰：『居家則致千金，居官則致卿相，此布衣之極也。久受尊名，不祥。』乃歸相印，盡散其財，以分與知友鄉黨，而懷其重寶間行以去，止於陶，自謂陶朱公。復約要，父子耕畜廢居，候時轉物，逐什一之利。居無何，則致貲累巨萬，天下獨陶朱公。索隱曰：『范蠡以吳王殺子胥而盛以鴟夷，今蠡自以有罪，故爲號也。』徐廣曰：『陶，今之濟陰定陶。』括地志曰：『即陶山，在濟州平陰縣東三十五里陶山之陽，今山南五里猶有陶朱公塚。』按：蠡再出相齊，始還定陶。劇謂棄家不受齊徵，與史小異。）次子邦英在楚，恃其豪富，格殺楚大夫之子，被繫獄中。（此因有繫獄事而附會之。）朱公聞，命幼子邦器賫千金入楚，託所善莊生營救。長子邦雄艴然不悅，固請欲行，朱公不得已而許之。見莊生，生白楚君大赦，賂楚大夫爲助。赦書下，邦雄惜金，至莊生宅，密取金出。生怒，白楚大夫，獨斬邦英於市。雄歸泣愬於父，朱公流涕曰：『果不出吾所料！』遂辭家訪道入山。（按史：朱公居陶，生少子，及壯，而朱公中男殺人，囚於楚。朱公曰：『殺人而死，職也。然吾聞：「千金之子，不死於市。」』告其少子往視之，乃裝黃金千鎰，置褐器中，載以一牛車。且遣其少子，朱公長男固請欲行，朱公不聽。長男曰：『家有長子曰家督。今弟有罪，大人不遣，乃遣少弟，是吾不肖。』欲自殺。其母爲言於朱公，不得已而遣長子，爲一封書遺楚所善莊生，曰：『至則進千金於莊生所，聽其所爲，慎勿與爭事。』長男既行，亦自私賫數百金至楚。長男發書進千金，莊生曰：『疾去勿留。』長男私留，以其私齎獻楚之貴人用事者。莊生見楚王，言某星宿某，獨以德爲可以除之。楚王乃使使者封三錢之府。楚貴人驚告朱公長男曰：『王封三錢之府，將赦。』長男以爲弟固當出，乃復見莊生曰：『弟今議自赦，故辭生去。』莊生知其意，令即取金去。莊生羞爲所賣，入見楚王曰：『臣前言某星事，王言欲以修德報之。今臣出，道路皆言陶之富人朱公之子殺人囚楚，其家多持金錢賂王左右，故王非能恤楚國而赦，乃以朱公子故也。』楚王大怒，令論殺朱公子，明日遂下赦令。長男竟持其弟喪歸。朱公笑曰：『吾固知必殺其弟也。是少與我俱見苦爲生難，故重棄財。至如少弟者，生而見我富，乘堅驅良，逐狡兎，豈知財所從來？故輕去之，非所惜吝。前日吾所謂欲遣少子，固謂其能棄財故也，而長者不能，故卒以殺其弟。』范蠡三徙，成名於天下。老死於陶，故世傳曰『陶朱公』。劇中此段俱與史合，惟謂邦雄密取金出，與史小異。）遇大雉作人語曰：『我本西施也，以大夫之謀而亡吳，功則歸己，而罪則歸我，革囊之冤，今始得報矣。』張喙而前欲吞之。時柳跖已得仙，爲救解，引見靈寶天尊。天尊爲之點化，范蠡、西施並登仙去。（越絕書曰：『蠡在越爲范蠡，在齊爲鴟夷子皮，在陶爲朱公，居楚曰范伯。』正義曰：『蠡本楚宛三戶人，適齊而終陶，塟華容。』又云：『陶朱公成仙，未聞塟此。』列仙傳曰：『范蠡，徐人。』劇中稱其仙去，本此。至西施爲雉，柳跖引見靈寶天尊，誕漫無稽。蓋因有陳倉寶雞之事，人與雉可相化。又呂后名雉，而小說又以紂妃爲雉精，故幻出此段。曰靈寶天尊點化者，以道家有靈寶度人經，唐柳公權小楷所書也。）

按：周元王三年，越滅吳。元王五年，魯侯朝於越。左氏曰：『公如越，公孫有山使告於季孫，季孫懼，使因太宰嚭而納賂焉。』

通鑑前編曰：『史記五世家，越滅吳，誅太宰嚭，以爲不忠。今左氏傳嚭復見於越，爲魯納賂。二書以左氏爲正。』（劇云：吳王遣伯嚭行成於越，過錢江，爲伍子胥之神擊死，與浣紗記同。俱係附會，非實事。）

按窮怪錄：『梁武天監十一年，沛國人劉導、李士烟於京口聞松下有數女子笑聲，見青衣女童曰：「館娃宮歸，經此間。君志道高閒，欲冀少留，願從顧盼。」語訖，二女至。衣紅絹者西施也；衣素絹者，夷光也。謂導曰：「周宮姊妹，久曠深幽，與妾此行，蓋爲君子。」又曰：「妾本浣紗之女，吳王之姬，君固知之。吳爲越所遷，妾落他人之手。吳王歿後，復居故國。今吳王已耄，不任妾等。

夷光是越王之姬，越昔貢吳王者。妾與夷光相愛，坐則同席，出則同車。今者之行，實因緣會。」言訖，各贈珠鈿而去。』（按：此是西施亡後出見之證，但以西施、夷光爲兩人，與古傳記不合。）又唐人小說載：王軒遊西小江，舟泊苧蘿川，題詩西施石曰：『嶺上千峯秀，江邊細草春。今逢浣紗石，不見浣紗人。」俄見一女子低徊謝曰：『妾是吳宮還越國，素衣千載無人識。當時心比金石堅，今日與君堅不得。』（按此，則西施亡吳歸越，亦有所本。）

六四 文武闈

不知何人所作。演白駒、陸龍中文武狀元，故名。姓名事蹟皆不實，攙入朱温、鄭畋，亦非實事。

略云：汴梁人陸龍，字御天，好劍術，通武略。父母皆逝。聘里中白純女玉英。純子名駒，有名諸生也。龍嘗踏青至脫泥崗，一虎中矢，弭伏其前，作負痛求救；龍拔去其矢，虎頻顧而去。獵者追至，龍勸勿殺。詢獵者姓名，則勇士鄭彪，兩人契合，結爲弟兄。時朱温爲節度使，其子玉豪橫，清明日與門客巫少德出遊，純挈家祭掃，玉見其女美，令巫少德爲媒。純答已字陸龍，而玉必欲得之，遂與少德謀陷龍入盜案。鄭彪充督標官，得信，密以告龍，令投其弟虎於河間。玉知龍走，與少德謀，遣卒刼玉英。純不能拒，玉英自經；玉爲解環，頃之復甦，强納輿中。有虎突出，負而去。僕從皆駭走。值翰林學士鄭畋自貴州詣闕，經脫泥崗，見一女子仆地，救之活，收爲義女。白駒辭父入都，銳意科名，欲發玉奸惡以雪妹冤。鄭畋爲考官，駒果擢上第。僖宗愛其才品，拜侯，尚主。純夫婦皆召赴京。龍至鄭虎家，契厚特甚，亦與結爲弟兄。虎妻邢氏，夙與道士通，龍居其家頗障隔。時有詔開武闈，虎欲邀龍並試；而龍慮玉爲難，不敢行，虎遂託龍料理家事，得道士與虎妻姦狀，並殺之，追及虎，告其事。會彪亦遇於途，三人遂同入試。白駒爲考官，龍擢武狀元，彪、虎皆得第。朱温賄田令孜封梁王，復叛唐，率子玉犯長安，少德亦充爲先鋒。詔使駒、龍討温，彪、虎爲副。玉、少德歿於陣，温敗走。捷奏，陞賞有差。鄭畋已擢兵部尚書，欲以女妻龍，使駒執柯。龍初結白氏姻，駒與龍俱幼，未知何名，故駒與龍俱認師生，不知爲至戚也；及論姻事，龍乃告駒曾聘白氏，雖被刼去，不欲復婚。駒始知龍即己之妹夫，因勸龍云：『妹已亡矣，婚鄭氏無礙。』龍必不可，駒即以此覆畋。畋聞駒妹被虎傷，己所收義女實被虎傷者，詢之玉英，果係駒妹，遂明告龍，就婚於鄭。

六五　蟠桃讌

不知何人所作。演莊周事，以周夢蝶開場，而終之以赴王母蟠桃之讌，故名『蝴蝶夢』，又曰『蟠桃讌』。大段以南華經中事蹟及寓言處渲染成章，而攙入小說鼓盆思大道一段。其以登仙結局者，則莊子南華眞人之號本道家所稱，以周爲登仙籍，而王母實掌羣仙，故歸宿於西池赴宴也。有單舉小說一段作劇者，亦曰蝴蝶夢，係弋腔，與此記南曲各異，又謂之搧墳記，此已另見。

劇言莊周與惠施及監河侯夙契。施拜魏相；監河侯作齊侯；（按：監河侯乃設言，此作實事，又以爲周之契友，又以爲齊封侯，乃故作諸謔耳。）周獨慕道，與妻韓氏居抱犢山中。惟婢僕二人隨侍，僕名馴鹿，婢名忘鷗。一日與妻遊園，晝夢化爲蝴蝶。（李白詩：『莊周夢蝴蝶，蝴蝶爲莊周。一體更變化，萬事良悠悠。』）魏相惠施奉趙王命招劍客，朝夕演試。其子諫毋擊劍，趙王不聽。其子乃以厚幣聘周，（此因說劍篇而緣飾也。）使諫止王。及至，王以賓禮接待，使諸劍客及宮女學劍者俱出舞劍，然後請周劍術。周以天子、諸侯、庶人三劍之異以告之，王大醒悟。欲留，不可，辭歸故山。西王母與羣仙會於瑤池，長桑公子薦周根器深厚，性情高潔，可以成仙，王母即命長桑下凡往度。長桑乃使骷髏指點以醒周迷。周自趙歸，見暴骨而歎，困倦少臥；骷髏爲極言生死關頭，使之勘破，且贈一偈，教以覓長桑公子。（按：長桑君乃越人扁鵲之師，以禁方予鵲，使飲上池之水，能視見垣一方人，蓋亦可謂之仙也。公子二字，添出。）歸家，益堅心修道，欲與妻別，出訪長桑。妻使馴鹿從周行，惟留忘鷗爲伴。周行近青城山，與長桑遇，予以仙丹，令歸家度韓氏，然後還山證果。以韓氏有慧因，但妄念尚存，須百般陶洗磨鍊，始獲證果也。周於歸路見扇墳女子，抵家歎息，以告其妻。妻力詆此女，自誇貞潔，請與夫晨夕雙修。惠施聞周歸，請監河共宴。周術已成，筵前召美女侍酒。（此乃借用太平廣記中裴、李二生事。）歸家示疾，詐瘋，未幾謝世，韓氏厝之松溪。周乃幻作美少年，改姓爲周，（小說云周妻田氏，周所化者曰楚王孫，此與各異。）造家請謁，託名莫逆弟子，願廬殯側以答師恩。韓氏以忌辰抵松溪，見而動心，使忘鷗傳語，邀周飲酒，欲贅爲夫。方欲焚化殯棺，周忽蹶然而起，（小說有斲棺取腦事，此尚渾容。）韓氏羞赧匍匐。周語以長桑使其磨鍊之故，妻亦心如灰死。時惠施年老病危，監河侯家業盡毀，（此皆設詞也，言監河侯白兎走，黑烏飛，盜跖財物，又鍊丹遭火，以致赤貧。兎走烏飛，以喩日月，乃寓言也。）俱欲隨周入道。會長桑復至，周乃率妻並二友婢忘鷗僕馴鹿皆隨之而去。長桑引周赴瑶池蟠桃之讌，夫妻共登仙界云。

莊子說劍篇：『趙文王喜劍。劍士夾門而客者三千餘人。日夜相擊於前，死傷者歲百餘人。好之不厭，如是三年，國衰，諸侯謀之。太子悝患之，募左右曰：「孰能悅王之意，止劍士者，賜之千金。」左右曰：「莊子當能。」太子乃使人以千金奉莊子。莊子治劍服見王。王曰：「子之劍何能？」莊子曰：「臣之劍十步一人，千里不留行。」王大悅，乃校劍士七日，得五六人，乃召莊子。莊子曰：「臣有三劍，惟王所用。」王曰：「願聞三劍。」曰：「有天子劍，有諸侯劍，有庶人劍。天子之劍，以燕谿石城爲鋒，齊岱爲鍔，晉衛爲脊，周宋爲鐔，韓魏爲鋏。此劍一用，匡諸侯，天下服。諸侯之劍，以智勇士爲鋒，以淸廉士爲鍔，以賢良士爲脊，以忠聖士爲鐔，以豪傑士爲鋏。此劍一用，四封之內，無不賓服。庶人之劍，蓬頭突鬢，垂冠曼胡之纓，短後之衣，瞋目而語難，無異於門雞，一旦命已，絕矣。」（劇中周用此一段。）』又秋水篇：『莊子與惠子遊於濠梁之上，（劇中惠子邀莊子遊濠梁，本此。）』至樂篇：『莊子之楚，見空骷髏，撽以馬棰，因而問之。骷髏見夢，告以生死之說。（劇中莊子歎骷髏，本此。）』外物篇：『莊子家貧，故行貸粟於監河侯。（劇中與監河侯爲友，本此。）』

六六　臨潼會

不知何人所作。演伍員事，據臨潼鬥寶小說而撰，村俚不文，可供捧腹。略云：楚人伍子胥員，伍奢之子，其兄曰尚。父子三人，並爲楚將。楚王有猿亡走，伐西山木以求之。養由基諫不聽。命員父子率兵盡伐山林，得猿乃止。秦穆公聽百里奚計，奏於周景王，命十八國諸侯大會臨潼，各出傳國之寶，互相角勝，謂之『鬥寶』。潛嗾巨盜柳展雄截寶於紅鵠山。雄別號盜跖，素以太行山爲巢窟——赤髮藍面——所部有不法者，刳心立啖。雄雖盜魁，亦頗仗義。有小盜刼掠杏花村女子安道泉，雄當女子之面剖小盜肝而食之，即送女子還家。秦遣百里奚以厚禮爲聘，於是盡散其黨，爲秦所用。諸侯過經紅鵠山，寶輒被截。伍員爲楚先鋒，渡漢江入內地，諸侯將士爲他盜所侵掠者，員並爲保護。抵紅鵠山，與盜跖遇，諸侯之將皆被擒。員佯敗北，走入深山中，展雄尾之，員揮鞭擊雄墮馬。雄心服員，請與結爲兄弟。員年幼於雄，雄必欲拜員爲兄。員乃盡護諸侯之將同赴臨潼會云。中間以伍員爲孔門弟子，既已可怪，且竟以至聖入戲，狎侮先師，亟當毀削。

淮南子云：『楚王亡其猿而林木爲之殘。』東魏侯景叛降於梁，魏移梁檄文云：『正恐：城門失火，殃及池魚；楚國亡猿，禍延林木。』指此事也。劇中楚王亡猿，使伍員父子伐山求之，本此。

劇雖鄙陋不文，其中亦有不可忽處。如盜跖自稱山東太行山居住，作者偶然亂道，卻是不謬。春秋、戰國暨秦漢時所稱山東者，謂終南山之東也，故漢書云：『山東出相，山西出將。』而賈誼過秦論言：『山東諸侯遂並起而亡秦矣。』他書及此者甚衆。盜跖春秋人，正應稱太行爲山東也。

莊子盜跖篇：『孔子與柳下季爲友。柳下季之弟名曰盜跖。盜跖從卒九千人，橫行天下。孔子謂柳下季：「請爲先生說之。」顏回爲馭，子貢爲右，往見盜跖。盜跖方休卒徒太山之陽，膾人肝而餔之。（劇中盜跖食肝本此。）孔子下車而前。謁者入通，盜跖大怒，按劍瞋目，聲如怒虎。』（劇中以孔子、盜跖爲同時人，亦非無據。）又，盜跖云：『世之所謂忠臣者，莫若王子比干、伍子胥。子胥沉江，比干剖心。』莊子已荒謬，劇又謂子胥年少於盜跖，相與結爲兄弟，皆可發噱也。

劇云秦穆公女無祥贅伍員爲婿。按：穆公女弄玉嫁於蕭史，跨鳳成仙。其後唐人沈亞之自稱夢中與弄玉遇。此皆正史所不載，而此劇更謬也。

六七　忠孝節義

不知何人所作。記劉球事。以劉球直諫，薛瑄執法爲忠；薛淳擊鼓請代，劉秀英茹素焚修爲孝；趙氏力抗王山爲節；樊忠爲友行刺爲義。劉球本斃於獄，作者翻案以取快，用薛瑄事相扭合。其他多係鑿空。

略云：劉球官侍講，挈女秀英居京師。王振擅權，錦衣指揮馬順與其姪王山協同煽惡。球抗疏劾振，被逮送錦衣衛，拷禁獄中。蕭王神示夢獄卒，令救球死。（劇以蕭何造律，故獄中有蕭王廟。）振果令獄卒斃球，令割其一手爲驗。卒不信神語，以酒醉球，將扼死之，神發雷火擊仆卒。他卒敎此卒匿球地窖中，用死四手淬鷄血於膺，脫球所繫裙，裹手覆振。球女聞父殞，茹素焚修。振又使姪山查衛軍所居房，逐之以專利己。故錦衣百戶孫文錦妻趙氏，與女瓊英居。山至孫所居，見趙之美，欲佔爲妾，遣媼花柳娘往說，趙氏大詬不從。上元夫人奉西王母之命，以趙守節，且有仙緣，降凡指示云：『有飛災難避，若從我言，後當度爾。』趙不信之。山命花柳娘告趙謀殺親夫，傳致其罪。奉旨令三法司覆審，大理少卿薛文清訊得柳娘謀害之情，面訴王山而釋趙氏。上元引趙氏挈女投秀英家，秀英重其節，認趙爲姨，與瓊英結爲姊妹。王振復陷薛大理於獄，亦傳致死罪。大理子淳居山右，與俠士樊忠厚善，聞父入獄，赴闕訟冤，刺血書疏，擊登聞鼓，願代父死。振遏其奏不達，亦繫之獄。山緝趙甚急，上元復降球家，度趙乘雲而去。樊忠念淳被逮，仗劍詣京師欲刺殺振。值振閱操，忠匿軍伍中，上元夫人又遣神助力，竟殺振於萬衆中。百姓爭擊殺王山、馬順。有詔盡赦獄囚，於是文清父子獲免。獄卒以球事聞，亦赦出。且授球都御史，文清兵部尙書，淳翰林學士，樊忠提督軍務，遙贈趙氏爲英烈夫人，而御書『忠孝節義』扁額，俾建牌坊一座，以作爲臣爲子爲婦爲友之勸焉。（後段太荒幻。）

按史：劉球，字求樂，更字廷振，安福人。舉進士，官禮部主事。胡濙薦之英宗，召直秘閣，遷翰林侍講。（劇言：英宗端居無事，命詞臣進見瀛台，講說經史。班中不見劉球，特令內侍宣召。與史相合。）正統八年夏，雷震，求直言，球上疏言十事，中及麓川用兵之害。（劇中所言十事，斥王振罪惡，球疏實未有此。）麓川之師，實王振興，事見球疏。指揮彭德清譖於振曰：『劉侍講疏之三章，蓋詆公也。』會編修董璘言太常用道流不稱，請自爲卿，忤旨，下詔獄。錦衣指揮馬順亦阿振曰：『球爲璘地，故疏重祀臣，璘疏乃球所指使。』振乃矯旨從朝班中捽出球，下之獄，令順以計殺球。一日五更，順携一小校推獄門入。球與董璘同臥。小校前持球，球知有變，大呼曰：『太祖太宗之靈在天，汝何得擅殺我！』小校持刀斷球頭，流血被體，屹立不動。順舉足踢倒，曰：『如此無禮！」遂支解之，裹以蒲包，埋衛後空地。璘從旁匿其血裙數事，密歸球家。球子釬、鉞求球屍，僅得一臂，乃以裙裹臂實櫬。景泰中，贈球學士，謚忠愍。後釬官雲南按察使，鉞官廣東參政。諸書所載大略相同。劇中劾振十罪：一曰將台閱武，二曰指揮紀廣驟陞都督，三曰賄賂盈門，四曰駙馬石璟下獄，五曰尙書劉中敷枷號兩旬，六曰張知州下錦衣謫戍，七曰皇城內造大第，八曰姪王林冒認指揮僉事，九曰大造浮屠，十曰毁碎洪武鐵碑。（按此皆王振實事，但非球疏所有。張知州者，霸州知州張需。以卓異賜宴，因狀牧馬者，振收下獄也。鐵碑在宮門外，高三尺許，鑄『內臣不得預政事』於上，洪武初所置。一夕失之。振姪世襲錦衣指揮僉事，正統十一年有特勑，乃劉球死後事。大造浮屠，謂修大興隆寺，壯麗甲京城，費以鉅萬，天子親爲臨幸。劉中敷，戶部尙書，慮京城草束之乏，請以御用牛馬分牧之民間。言官劾其變亂成法，議暫命枷之，尋釋。是正統七年事。）劇言禁卒兩人，其一馮兇，其一邊吉。馮兇初欲殺球，蕭王示警，又爲邊吉所勸，乃匿球地窖中，此飾說耳。姓名詭託，言逢凶變吉也。血裙裹手是實事。球有二子，劇未言及，但言一女，謬。

憲章錄云：『殺球小校，本盧氏人，與耿九疇爲鄉鄰。（九疇，天順時左都御史。）。九疇素愛其年少俊美，因與往來。後久不至，甚訝之。一日來見九疇，視其貌黃瘠，不類昔日之豐秀，惜之，曰：「汝無有疾乎？狀貌乃頓異如此。」小校吐實，且曰：「馬順將舉事之日，密語吾曰：『今夜有事，汝當朝來。』至期，令懷刃相隨，迫於勢，不敢不行。比聞劉公忠臣，吾儕小人，無故作逆天理事，吾殆死有餘罪矣！」因慟哭悔恨。未幾，果死。馬順子亦發狂疾，代球數順罪，一時謂爲球所憑云。』又按：工部侍郎王佑，貌美無鬚，媚事王振，振甚眷之。一日問佑曰：『王侍郎爾何無鬚？

佑對曰：『老爺無鬚，兒子豈敢有鬚？』閭巷傳笑。憲章錄、名山藏諸書皆載此事，劇移於馬順焉。

按劇所稱薛文清，謂薛瑄也（瑄謚文清），作者以其大儒，不欲斥其名，故改其名曰文清耳。正統八年，瑄爲大理少卿。時有武官病死，其妾有色，振姪王山欲娶之，妻持不可，妾因誣告妻毒殺其夫。（劇以爲有色者即妻趙氏，而誣告者乃媒媼花柳娘，不實。）都察院問，已誣服。瑄辨其寃，屢駁還之。都御史王文譖之。振嗾御史劾瑄受賄，故出人死罪，請廷鞫，竟坐瑄死罪，下獄。（劇移王文之譖，謂即王山。）復奏將決，家人乞代死（劇謂子淳擊登聞鼓請代也）。大臣亦有暗中救之者。免死，除名，放歸田里。又按：王振矯旨欲決薛瑄，振有老僕聞之，大哭曰：『吾不忍見薛夫子將刑也！』振聞，感動，乃請免瑄之死。（劇內云，送湯老管家放本大哭，振乃取本留中不發，本此。）

弇州史料：『永樂十八年，立東廠。成化十二年，增立西廠。』劇當王振時，輒云『天下無如兩廠尊』，演出東西兩廠太監，誤。又按：黃米若干石，白米若干石，黃米即金，白米即銀，乃正德間劉瑾事，劇移於振。又按：馬順至景泰初給事中，王竑捽其首曰：『昔助王振爲惡，禍延生靈；今日至此，尙不知警！』衆爭毆之，蹴踏分裂，頃刻而斃。王振死土木之難，郕王奉太后旨籍其家，磔王山於市。劇云樊忠刺振，百姓擊殺馬順、王山，盖取就題結束，不另生枝節耳，非實事也。馬順改名百川，無謂。

六八　屛山俠

不知何人所作。以演石秀、武松、潘巧雲、潘金蓮事合而爲一。盖採翠屛山、義俠二本而錯綜變幻，以新耳目，故曰『屛山俠』也。

略云：薊州人石秀，與楊雄結爲弟兄，遂寓其家。雄充府中節級，奉差東京，以家事囑秀。（水滸無楊雄差往東京事。）雄妻父潘老有二女：長曰巧雲，即雄妻；次曰金蓮，曾賣土豪張姓爲妾，主母不能容，轉嫁於賣餅人武大；（紐合取巧，其妄不待言。據水滸傳，金蓮本大戶人家之婢，非妾也。）皆同居潘老家。二女貌麗，而性皆淫蕩。巧雲憎雄嗜酒粗疏，金蓮嫌武大短矮醜拙，皆怨錯配。二壻常出外，潘老遂縱女不檢。浪子西門慶、歹僧裴如海窺二女之美，各懷奸心。如海邀潘老入寺，拜爲義父，與巧雲序兄妹，蹤跡詭密，雄不能察。（此段據水滸傳。）時晁蓋、宋江嘯聚梁山泊，有段景柱者欲往投之，覓千里馬爲贄；（水滸傳所謂照夜玉獅子也。）路經曾頭市，莊家子曾彪與教師史文恭謀，（按水滸傳：曾長者五子：塗、密、索、魁、昇，無名彪者，盖移祝彪名於此也。）奪其馬。段景柱赴梁山訴其事，晁蓋率衆往攻，文恭伏弩射殺蓋。宋江欲爲復仇，其黨勸以天倘溽暑，請俟秋高（此與水滸傳合）。時石秀在楊雄家遇裴如海，甚疑之；夜半不寐，聞履聲，潛起躡之，見巧雲婢迎兒與主母同送如海出，（此與水滸傳合。）遂拔劍欲併殺之。如海走脫，誤殺迎兒，（此與水滸全異。）巧雲與潘老誣秀行奸殺婢，控之縣尹。如海賄尹，坐秀大辟，巧雲與僧益無忌悍。西門慶亦頻狎金蓮。武大弟松，念兄飄流，遍訪之。飲景陽崗酒肆，打殺白額虎。（此與水滸傳合。）至兄所居，適遇金蓮接西門慶入，度其必有私情。欲詢鄰里，值兄至，握手敘離別；邀至家，令金蓮出見。金蓮匿慶於床下，出與叔爲禮；松怒而詰之，金蓮力辯，潘老亦曲爲解。松揣奸夫猶在室中，遍搜之，慶潛逃。（此與水滸全異，略采金瓶梅小說於內。）武大欲擒慶，被踢仆地，慶乃得脫去。（此數句又是水滸傳事實。）潘老鳴官，擒松繫獄；慶亦行賄，問松大辟。（楊雄薊州人，武大陽穀人，今合爲一處。）時楊雄東京回，過梁山泊，被獲；見宋江，詢知爲雄，甚相敬禮，欲留山中。雄固辭歸，未至家，其僕先歸告之巧雲；巧雲首於官，言雄與賊通；雄至，亦被擒送獄。值宋江率衆爲晁蓋復仇，史文恭設陷坑，屢擒江黨。蓋託夢於江；武大亦託夢告江，以冤求其往救。（合水滸晁蓋託夢宋江，武大託夢武松事爲一。）江遣李逵察之。三人皆赴市曹，逵斷其索，救之去。適西門慶、裴如海同在市曹探視，秀令逵皆殺之，遂同詣宋江營助戰，大破曾頭市，殺曾彪、史文恭，領衆歸泊。武松、石秀復回殺二潘。（此段亦全與水滸傳異。）後俱招安授職。

六九　龍虎嘯

不知何人所作。演岳武穆子雲事，本之小說者居多，全不合于正史。以金粱王兀朮爲龍，宋將岳武穆爲虎，牛頭山大戰，故名『龍虎嘯』。筆墨村俚無足取，謬誤極多。按：辛棄疾嘗語陳亮云：『斷牛頭山，天下無援兵。』是牛頭山乃杭州要害處也。

略云：『宋高宗與相李綱、將武穆被金粱王兀朮困于臨安之牛頭山絕頂之上，半年有餘。武穆子雲年甫十二，與妹銀瓶居家奉母。雲幼多膂力，能舉千斤。一日請母賞牡丹，獨憩花前，有女人摘損其枝。雲與鬥，女入地下；雲劚視之，獲雙鎚及甲冑、兵書，蓋太虛元君少女鬱孃默助其建功也，雲於是益精武藝。欲往牛頭山助戰，母憐其幼，堅執不許；牛臯奉將令催糧相州，過湯陰，往探武穆妻，見其勇，令潛往父所，乃不告母而行。誤投北牛頭山，爲芙蓉嶺山賊黑龍大王蘭慶所執。慶二子：曰韜，曰略；又有幼女金定，年甫十三；皆驍勇善戰，更其嶺名曰蘭家山。慶奇此女，嘗曰：「有戰勝此女者，即以妻之。」雲至，與鬥，女不能勝，乃誘雲墮陷坑以擒之。慶詢是岳將軍子，釋其縛，以女字雲。有張翰者，廣南運使，告老歸家。子憲垂舞勺，獵於郊外。雲往投宿，翰以其故人子，延入，欵之。憲歸，共談甚相得，遂拜雲爲兄。雲別憲往牛頭山，憲亦許繼至相助。時武穆焚香告天，祈得將星以退敵。高宗與李綱出營玩月，兀朮潛尾其後，惶急殊甚。牛臯巡警，力救還營，相持之頃，雲已至浙，突入金營，復突而出。武穆遣臯出視，臯引以見武穆，率之謁上，賜袍授職。會憲亦至，武穆益大笑。而蘭慶亦送女至，願出力助戰。語及姻事，武穆心以爲不可，贈慶金帛，仍令歸山；而怒雲背母私婚，欲以軍法誅之。雲泣辯，諸將皆力勸。高宗亦有詔，使立功贖罪。雲遂引兵大破鐵浮圖。追兀朮至齊天嶺，嶺忽自開，兀朮度嶺而去。高宗賜功臣宴，加武穆少保，授雲、憲統制。蘭慶送女嫁雲。少保幷令慶納欵授職，又以己女銀瓶許嫁張憲云。』

按：鬱儀，日精；結璘，月精。劇叙鬱孃云：『蟾窟孀娥。』應是誤也。然王世貞詩已云：『鬱儀風細霓裳單。』則誤又先乎此矣。岳少保，相州湯陰人。劇云：使牛臯催糧相州，限以往還二十日；又云：此處至相州千餘里；皆大誤。劇云：岳雲欲往南牛頭山，錯走北牛頭山，因遇張憲；又云：西過江，從仙霞嶺去，旬日可到；俱妄幻。所謂牛頭山近江，當是江寧之牛首也。按：宋高宗建炎元年，即位於南京。（今歸德府。）李綱、黃潛善爲相。是年罷綱提舉洞霄宮。三年正月，金兵入淮、泗，高宗奔鎮江，遂奔杭州。六月，金粱王兀朮兵大至，高宗已升杭州爲臨安府，遂自臨安如越州。金兵渡江入建康，高宗奔明州。十二月，金兵入臨安，高宗航於海。金兵入越州，遂攻明州。是年，江淮統制岳少保敗金兵於廣德。四年春，金兵入明州，高宗走温州。兀朮還臨安，以輜重不可道陸，取道秀州北還。高宗還臨安。（據史：金兵未抵臨安，高宗已先奔越州，未嘗困於牛頭山也。劇因辛棄疾之語，妄加扭合耳。李綱是時已不爲相；岳少保是時亦未爲大將，且未嘗守杭也。又劇言：斡離不奉粱王兀朮之令云云，按：建炎元年，斡離不已卒，金兵至杭，不應尙存。又劇言施全爲少保部將，亦謬。）按：杭州按察司署，即少保故宅。司治之左，建武穆忠貞廟。少保卒時，有女尙幼，抱銀瓶赴井死，附祭於此，俗稱銀瓶娘子廟。井在廟東北。（少保死時，銀瓶女尙幼，安得爲張憲妻？妄相扭合，極怪。）

又按金陀粹編：『少保有女安娘。女夫高祚，補承信郎。』無張憲爲女夫事。銀瓶殉孝而死，粹編亦未及。

七〇　蟾宮會

未知何人所作。演屠泓母、妻及子流離失散，後俱會於蟾宮菴，因以命名。按：劇中引煬帝命麻叔謀開河幸江都，係正史實事。皇甫君鞭鼠阿麼，亦見開河記內。餘俱無所本。

略云：屠泓，字吉水，西蜀劍州人，母榮氏，妻戚氏，子萬年。泓欲上京應試，母不欲；而妻願代子奉母，勸夫往。瀕行，母出家藏寶劍與之。至中途，會麻叔謀爲開河都護，命鳳翔人武平郎將狄去邪督管錢糧。叔謀暴横，沿途拘異鄉人開挑，泓亦被拘作工。去邪素忠俠，麻叔謀惡之。開河至雍丘，發掘坟墓，一穴深不可測，有光及音樂。叔謀欲害去邪，令其探視之；入而風火大作，穴陷，殺人夫無算。泓乘間先逃。其友崔道全亦脱，疑泓埋穴中，報其家。泓母以歲荒子出，正怨其媳，聞信益恚，逼媳改嫁徽商。戚侯聘金已入姑手，乃與子訣，自經。商命媼救醒，挈往幽州。去邪之入穴也，遇皇甫君升九華殿，言煬帝本九華洞中老鼠，名曰阿麼，命武士牽出箠楚，仍行鎖禁；賜去邪鮮荔枝數枚，命速往東京進身，救貞除害；童子引出，已在彭城道上。初去邪在京，以家事託其叔嵩陽，而錢財出入，則委故人子赫心仁。去邪妻容氏，有女苻烟。婢曰綠霞，配其僕雲奴。心仁素與綠霞狎，聞苻烟美，欲圖之。一日方與綠霞戲，爲雲奴所見，怒逐之去。寧陵匪類陶榔兒、柳兒，求叔謀遷改河道全其祖墓，陰盜民間嬰兒，蒸充羊羔，以供叔謀啖。去邪自彭城至此，日暮，欲假榔兒莊住宿，堅辭不許，乃暫投林中；至夜，見有人抱兩嬰兒至，啼哭甚急，瞯之，已就鑊矣，因奪門入，斬柳兒，而榔兒逃匿。去邪乃署名壁上而去。榔兒知去邪所殺，潛避鳳翔，遇赫心仁收留在家。時商囑媼送泓妻往幽州，過孟津旅店，值去邪在內，聞戚氏訴媼，盡知貞烈苦情，不勝憤激，拔劍刼出，送寄近地蟾宮菴。己則抵都。適煬帝不快，思食鮮荔，去邪以皇甫君所遺進，煬帝立愈。擢去邪驃騎將軍，隨駕江都。去邪因劾叔謀賄易河道、啖食嬰兒種種奸惡，旨下叔謀於獄。泓自雍丘逃脱，至鳳翔，抱病，負劍臥地。赫心仁見其劍美，欲得之，泓臥不應，因大鬨；值嵩陽、雲奴並至，心仁乃遁。嵩陽細詢泓，具述始末，兼敘去邪入穴事，各各悲駭，留泓至家。心仁偵知，與榔兒謀。榔兒亦啣去邪，乃乘夜躍入狄家，竊泓劍欲殺嵩陽以陷泓，誤殺綠霞而出。泓聞聲啟戶，報於嵩陽。雲奴見妻被殺，其劍爲泓物，遂指泓所害，鳴於官。嵩陽力救，得發遣。泓子萬年奉祖母在家，已而遭兵亂，賊首冉安昌襲取保寧，萬年與祖母爲亂兵衝散。會煬帝令老嫗扶殿脚女，滎氏爲有司僱去；事竣，流落孟津，蟾宮菴香公引之至菴，遂遇媳戚氏。萬年往幽州尋母，旅宿空房，啼哭不已；帝御龍舟玩月，聞之，命去邪檢索，得萬年，以憶母情告，帝嘉其孝行。去邪又知向年所救戚氏即萬年母，因并以其母節孝轉奏帝。授萬年爲引軍總領，隨去邪入蜀勦寇。去邪使人引至菴中見母；而泓發配景陽衛路，抵孟津，病不能行，因借此菴憩息；萬年尋母至菴，並得見父。香公引滎氏亦至。祖、孫、父、母、夫、妻猝然並會，悲喜交集。解人憐泓寃，即爲釋放，且告以赫心仁餽銀囑害，即以銀贈泓上京應試。冉賊方圍鳳翔，萬年隨去邪討賊；榔兒、心仁不知，同往投軍，去邪並囚之；及與賊交鋒，一戰而捷，乃命萬年押陶、赫二人詣鳳翔府聲其父寃。去邪歸家，備言屠泓夫、妻、母、子離合事，并知綠霞爲榔兒所殺；欲以女荇烟壻萬年，乃挈眷還朝。泓入京成進士。父子俱遣人至菴迎母。鳳翔守送還貯庫寶劍。朝廷遣内官王義褒封兩家男婦，而置麻、冉、陶、赫於法。狄女賜婚萬年。

按開河記：『以征北大總管麻叔謀爲開河都護。叔謀使武平郎將狄去邪入皇甫隱士墓，見大鼠，以爲阿麼。去邪由少室山下出，叔謀以爲狂人，乃託狂疾隱終南山。』劇所引是實；然無所謂九華殿，去邪亦無他事蹟。陶榔兒兄弟盜兒事，亦實；然其弟未嘗載名，所稱柳兒，亦鑿空。其他皆係揑出。

七一　雄精劍

不知何人所作。演石情得雄精劍除妖，荒誕無據。

略云：杭人石情者，多力善射。父虎，宋徽宗時歿於王事。情奉母金氏居餘杭山；爲樵夫，與房恩、巫義二人爲伴侶。一日同入山，遇人熊，房、巫皆遁；情與鬥，熊走入穴中，追之不得，獲一寶劍——上書『太乙雄精劍』五字，蓋龍神以鎭妖蟒者——情挾劍出。時蟒攝高宗女吉安公主去，適東海龍王子聞越地之勝，辭父出遊，遇妖攝主乘霧行，欲救之，與戰不敵，被擒鎖石穴中。情見黑霧中有異物，引弓射之，傷妖左股。高宗出榜文：送主歸者，授官，尙主。房、巫聞之，以告於情。情度霧中物必妖魅也，且嘗聞寶劍鳴吼，毅然揭榜。朝命內侍相隨偕至穴所。情佩寶劍，與房、巫率弓兵入山。情坐筐籃中，以索繫銅鈴，縋穴而下；見一小妖，訪主何在，小妖云：『拘密室中。因王被箭傷不勝楚，令某等採百花心，搗藥以治。』情殺小妖而進。華屋巍奐，掣劍急入，斬妖之首，視之，一巨蟒也。覓吉安公主於內室，吉安感德，以玉燕釵爲贈。情請主坐筐籃，振鈴作聲，內侍引索上。情復以蟒首置筐籃，亦先引出，衆皆駭愕。內侍迎主還宮。房、巫計情必獨受官賞，乃以巨石投入，擊情使斃。歸告情母，言山崩被壓。母依所善尼以居。二人遂冒其功。詔以房恩尙主，拜巫義爲金吾。及恩與主花燭，主察其非是，以假冒奏；而巫義忘恩，亦發恩奸。恩被誅，義職如故。初情在穴中，望筐籃不至，而巨石亂下，乃尋別竇出。遇龍子於縶所，解縛縱之。龍子令閉目，惟聞波濤洶湧聲，少頃開目，則已至龍宮。龍王命情坐，款留數日；謂所佩雄精劍乃鎮海之物，以他寶劍易之，且贈以定神珠、從心鏡，語情云：『對鏡呼東海君，所需立至。』乃使水族送情歸。情入穴已一年矣。往謁巫義，疑爲鬼。情以遇龍事告之。義請觀所贈寶，情出鏡以觀。義邀飲，令召美女歌舞，美女自鏡出。義謀得之，醉情酒，令僕埋園井中，以土掩之。持鏡呼東海君，數鬼突出擊，義遂發狂疾。龍子引情托夢吉安，訴其寃情。吉安往善慶庵進薦，遇情母，即認爲姑，載歸侍奉。巫義忽詣主家，自首謀殺石情，擒付法司嚴鞫。井中出屍，臂有神珠，體尙溫軟。龍子復化醫者，以丹治之，即活。巫義亦被誅。劉豫子麟、猊擾兩淮，情願率兵往討，詔授兩淮都統制。奏凱歸門，尙主受封。

按：本草中有劉寄奴草，主療金創。南史：『宋武帝微時，伐荻新洲，見大蛇，長數丈，射之傷。明旦復至洲裏，聞有杵臼聲。往覘之，見童子數人，皆靑衣，於榛中擣藥。問其故，答曰：「我王爲劉寄奴所射，合散傅之。」帝曰：「王神，何不殺之？」答曰：「劉寄奴，王者，不死，不可殺。」帝叱之，皆散。乃收藥而去。（寄奴，武帝小字。）』劇中石情射中妖蟒，小妖採藥傅創，本此。

七二　臥龍橋

不知何人作。以蜀人王羿之妻陳氏令婢持金贈羿於臥龍橋，婢爲龔九一所殺，羿遭誣陷，御史康彥雪其冤，後得登第成婚，故名。事與釵釧記相類。劇中不叙明年代，不知何朝，但據寗顏自述，由御史巡按河南，遷成都知府，則是明朝南京御史也。南京科道官，往往遷知府。當時有云：『南京科道兒如虎，陞來陞去陞知府。』以此推之，知是明朝事也。

劇云：王羿，四川成都府華陽縣人，故主事王乾之子。幼孤，母子相依，家日落。乾在時，與同里富人陳堯典指腹爲婚。後羿入泮，有聲於時，而家貧甚。里中無賴龔九一，本城隍廟道士還俗，爲横於鄉，强拉羿爲友。羿將入都應試，乏資，比鄰周仝德假之。羿父同僚之子閩人康彥，曾以羿母爲義母，至是母以書付羿，令訪彥。羿赴京，阻於水；及至，試期已過。旅窗獨歎，有新貴聞之，呼與語，即康彥也，助以金幣，得歸。堯典素嫌其婿貧，欲寒盟；及聞其失意歸，意益決，使孀妹諭女月姬，月姬立誓不從。堯典怒撻之，而使元媒姜才，勸羿離婚；不從，則且搆禍，使其母子相離。羿尚氣，竟作退婚書與之。月姬爲父逼迫，母使暫避於孀姑家；聞羿退婚，欲死。姑使其子耀兒招羿與語，知非本懷，羿亦知婦貞。月姬乃以釵一股付羿，約中秋夕令婢至臥龍橋，以百金助膏火，彼此以釵爲驗。羿去，途遇龔九一，見羿有喜色，賺與飲，羿以實告。及期，九一灌羿醉，而潛至橋；月姬果使其婢素娥持金挾釵而來。素娥索釵驗，九一無辭，殺素娥，刼金及釵去。邏卒見尸，報官。堯典聞，檢尸得其女與羿書，遂告羿殺婢。成都守甯賢研鞫，羿不肯報九一，又畏夾訊，遂誣服下獄。獄官李廷用憐其冤，每善視之。羿隣周仝德往，欲救羿不得，問卜於城隍廟。廟中道士——九一之師——告以：殺素娥者，九一也。九一素貧，近忽有金；又嘗盜廟中法器，其師至其家索值，九一方臥，夢中呼素娥乞命。仝德心識之，然無賍不得發。會康彥以御史巡按四川，將至成都，微行遇仝德，知其事，乃托爲遠商，往投九一，餽以金鈎，得凶器及釵；而獄官亦代羿母書狀，使訴其寃於上官。彥至成都，收九一，伏辜；釋羿，謁母，厚賻而去。羿乃發憤三年，登第授御史，巡按山西。時甯賢與彥互劾，並降調。賢鞫羿時，亦以爲疑獄，羿得不死。羿德彥，薦之朝，幷薦賢及獄官廷用。彥擢布政，賢擢兵備道，廷用遷縣丞。羿歸省親，堯典愧悔，備粧奩，送月姬與羿成婚。羿葬素娥，厚酬全德，迎養孀姑而撫耀兒。

曲海總目提要補編下卷

索引

索引凡例：

一、本索引按注音字母次序排列。為了照顧到一部分用者的習慣，附以『筆畫檢字表』，也可以從筆畫來檢尋。

二、凡見於提要的劇目，用卷、葉數目標明。（例如：『琵琶記，卷五，二下。』，翻閱提要卷五第二頁後半面，便可查到琵琶記）；凡見於補編佚文的，用1.2.3.……等號碼來標明（例如：『北西遊，17。』，翻閱補編卷上佚文第十七篇，便可以查到北西遊。）

三、作者姓名、時代，完全依照原文。原文不著作者姓名、時代的，一槩略去作者一行。原文注『近時人作』的，並不嚴格指清人作品，也不列作者一行。

四、每劇目後，簡單注出劇中人物，藉以提示本事。

五、每劇目下，列有通號，也是為了節省檢尋時間而設。例如：查『織錦記』，先從檢字表中查『織』字，『織』字下面通號是『五〇〇』，再查索引『五〇〇』號，便得織錦記。

八黑記　卷三十六，二上。（〇〇一）

見：劍丹記。

八珠環記　卷二十四，十上。（〇〇二）

鄧志謨撰（五局傳奇之一）。

全劇皆用骨牌名。

八義記　卷十三，二十二下。〔一〕（〇〇三）

□□□明撰。

程嬰、公孫杵臼等事。

霸亭秋　卷八，六下。（〇〇四）

沈自徵明撰。（漁陽三弄之一）

杜默事。

白兎（記）　卷四，六上。〔二〕（〇〇五）

□□□元撰。

劉知遠、李三娘事。

白羅衫　卷十六，十八上。〔三〕（〇〇六）

□□□明撰。

蘇雲事。

白紗記　卷十，二下。23。（補卷十文）（〇〇七）

見：合紗記。

白蛇記　卷五，七上。〔四〕（〇〇八）

鄭國軒明撰。

劉漢卿事。

白玉樓　卷十，十七上。（〇〇九）

蔣麟徵明撰。

李賀事。

白玉環　卷三十六，十一下。（〇一〇）

蔡莧雙、高蒲玉事。

柏壽圖　卷三十五，十七下。（〇一一）

見：百壽圖。

百鳳裙　卷四十四，十二上。（〇一二）

□□□明撰。

魯翔、魯會事。

百福帶　卷二十八，三上。〔五〕（〇一三）

又名：御袍恩。

高瓊、呂惠卿事。

百花亭　卷四，二十二下。　（〇一四）

□□□元撰。

王煥、賀憐憐事。

百花記　卷四十五，十六上。〔六〕　（〇一五）

海俊（江六雲）、百花公主等事。

百壽圖　卷三十五，十七下。　（〇一六）

又名：柏壽圖。

趙瑋、趙月香、賈昌、寇準事。

百順記　卷十四，二十三上。　（〇一七）

王曾事。

百子圖　卷三十，十八下。〔七〕　（〇一八）

□□□撰。

鄧伯道事。

百歲圓　卷三十五，一上。　（〇一九）

司馬光事。

北西遊　17。〔八〕　（〇二〇）

□□□元撰。

玄奘事。

寶曇月　卷二十，十四下。〔九〕　（〇二一）

楊善事。

寶劍記　卷五，十一下。　（〇二二）

李開先明撰。

林冲事。

寶劍記　27。　（〇二三）

沈初成撰。

林冲事。

寶釧記　卷四十五，二十上。　（〇二四）

又名：七紅記。

朱聘、陳芳華事。

報恩亭　卷三十二，十八下。　（〇二五）

吳修、陸企事。

抱粧盒　卷四，十八上。　（〇二六）

□□□元撰。

陳琳、寇承御事。

豹陵岡　卷三十八，五上。　（〇二七）

文彥博、王則事。

半臂寒　卷四十六，十八上。〔一〇〕　（〇二八）

宋祁事。

碧桃花　卷四，二十下。　（〇二九）

□□□元撰。

張道南、徐碧桃事。

碧紗籠　卷九，二十三下。〔一一〕　（〇三〇）

來集之撰。

王播事。

別有天　卷二十九，四下。〔一二〕　（〇三一）

余璧、賈似道事。

表忠記　卷四十六，六上。〔一三〕　（〇三二）

又名：虎口餘生。

曹寅撰。

李自成等事。

遍地錦　46。〔一四〕　（〇三三）

趙襄事。

幷頭花記　卷二十四，十一下。　（〇三四）

鄧志謨撰（五局傳奇之五）。

全劇皆用花名。

補天記　卷四十二，二下。　（〇三五）

見：小江東。

不了緣　卷四十三，八下。〔一五〕　（〇三六）

崔鶯鶯事。

破窰記　卷三十六，三下。〔一六〕　（〇三七）

又名：綵樓記。

呂蒙正事。

盤陀山　卷三十，七下。　（〇三八）

澹台勉事。

蟠桃會　卷三十一，八下。〔一七〕　（〇三九）

陳摶事。

蟠桃讌　65。〔一八〕　（〇四〇）

又名：蝴蝶夢。

莊周事。

泮宮緣　卷三十五，六上。　（〇四一）

又名：鴛鴦鬧。

巫高、山衣雲事。

盆兒鬼　卷四，十八下。　（〇四二）

□□□元撰。

包拯、楊國用、張撇古事。

琵琶記　卷五，二下。〔一九〕　（〇四三）

高明明撰。

蔡伯喈、趙五娘事。

平津閣　卷二十六，十六下。　（〇四四）

——飾詐的難逃冷眼。

藎樓居士撰。

汲黯、公孫弘事。

屏山俠　68。　（〇四五）

石秀、武松、潘金蓮、潘巧雲事。

瑪瑙簪記　卷二十四，十一下。　（〇四六）

鄧志謨撰（五局傳奇之四）。

全劇皆用藥名。

馬陵道　卷三十八，四上。　（〇四七）

孫臏、龐涓事。

馬上郎　卷十六，十二下。　（〇四八）

□□□明撰。

梅先春、木瓊姚事。

鬧上元　6。〔二〇〕　（〇四九）

——封騭先生鬧上元。

庚天錫元撰。

魔合羅　卷二，十七下。〔二一〕　（〇五〇）

孟漢卿元撰。

張鼎、李德昌、劉玉娘事。

沒名花　卷二十三，八上。〔二二〕　（〇五一）

吳士科撰。

吳與弼事。

埋輪亭　卷二十五，二十上。〔九、二六〕　（〇五二）

李元玉、朱良卿等同撰。

張綱事。

賣相思　44。〔二三〕　（〇五三）

易山靜寄軒主人編。

石有文事。

賣愁村　卷十四，四下。〔二四〕　（〇五四）

石祐仁事。

梅花樓　卷十五，十三下。〔二五〕　（〇五五）

□□□明撰。

蘇彥、巫婉娘事。

眉山秀　卷三十二，六上。〔二六〕　（〇五六）

秦少游、蘇小妹事。

牟尼合　卷十一，二十三下。〔二七〕　（〇五七）

又名：牟尼珠。

阮大鋮明撰。

蕭思遠事。

牟尼珠　卷十一，二十三下。　（〇五八）

見：牟尼合。

滿床笏　卷四十，三下。〔二八〕　（〇五九）

龔鼎孳門客作。

龔敬、郭子儀事。

莽書生　卷四十三，十七上。　（〇六〇）

高賢寧、鐵鉉事。

孟良盜骨　卷三，十一下。　（〇六一）

見：昊天塔。

夢磊記　卷九，十二上。〔二九〕　（〇六二）

史槃明撰，馮夢龍明改定。

文景昭事。

名花譜　卷二十六，十四下。　（〇六三）

種花儂撰。

陸龍、黃素娥事。

明珠記　卷七，二上。〔三〇〕　（〇六四）

陸采明撰。

王仙客、劉無雙事。
鳴鳳記　卷五，十七上。〔三一〕　（〇六五）
王世貞門客明作。
楊繼盛、嚴嵩事。
牡丹亭　卷六，九上。　（〇六六）
見：還魂記。
牡丹圖　卷二十七，十七下。〔九〕　（〇六七）
孫漢夫、寧桃瓖事。
牧羊記　卷十四，二十一上。〔三二〕　（〇六八）
□□□明撰。
蘇武事。
目連　卷三十五，八上。〔三三〕　（〇六九）
目連救母事。
非非想　卷二十，二下。〔三四〕　（〇七〇）
查繼佐清撰。
佘重、佘千里事。
飛龍鳳　卷三十四，三上。〔九〕　（〇七一）

王猷、王勉事。
飛來劍　卷二十四，二十二上。　（〇七二）
楊雍建門人清撰。
僧巨德事。
翡翠園　卷二十，二十一上。〔三五、三六〕　（〇七三）
朱素臣撰。
舒芬、趙翠兒事。
翻精忠　卷十一，十一上。　（〇七四）
見：如是觀。
翻千金　卷四十三，三上。　（〇七五）
韓信、蒯徹等事。
反三關　卷三十一，四下。　（〇七六）
石敬瑭事。
范張鷄黍　卷三，四上。　（〇七七）
宮天挺元撰。
范式、張劭事。
分金記　卷十一，一上。　（〇七八）

葉良表明撰。
管仲、鮑叔事。

分鏡記 13。（〇七九）
—徐駙馬樂昌分鏡記。
沈和甫元撰。

分鞋記 卷七，二下。（〇八〇）
陸采明撰。
程鵬舉、白玉娘事。

分鞋記 45。（〇八一）
見：易鞋記。

焚香記 卷十四，一上。〔三七〕（〇八二）
□□□明撰。
王魁、敫桂英事。

憤司馬 卷二十二，五下。（〇八三）
—憤司馬夢裏罵閻羅。
嵇永仁清撰。
司馬貌事。

芳情院 39。（〇八四）
沈沐撰。
司馬槱、蘇小小事。

訪友記 卷三十五，十一下。（〇八五）
梁山伯、祝英台事。

豐年瑞 卷四十一，四上。（〇八六）
時畯事。

風流夢 卷九，九下。（〇八七）
即還魂記，馮夢龍明重加改定，更名曰風流夢。

風箏誤 卷二十一，九上。（〇八八）
李漁撰。
韓世勳、詹淑娟事。

風月牡丹仙 卷五，二上。（〇八九）
朱有燉明撰。
牡丹花仙事。

風雲會 卷二十七，三上。〔三六〕（〇九〇）

趙匡胤、鄭恩事。

（〇九一）馮驩市義　卷二十三，十上。

周起撰。

馮驩、孟嘗君事。

（〇九二）馮玉蘭　卷四，二十二下。

□□□元撰。

馮玉蘭、金圭、屠世雄等事。

（〇九三）鳳頭鞋記　卷二十四，十一上。

鄧志謨撰（五局傳奇之三）。

全劇皆用鳥名。

（〇九四）鳳鸞鳴　卷十七，十二上。

□□□明撰。

雲鳳岐、賓鸞仙事。

（〇九五）鳳鸞儔　卷二十二，十三上。

沈名蓀清撰。

華登、樓月迎、王弱青事。

（〇九六）鳳和鳴　卷四十一，十三下。

鄒應龍、林潤等事。

（〇九七）芙蓉屏　卷三十一，十下。

崔英事。

（〇九八）芙蓉樓　卷二十六，四下。〔三八〕

雙溪廌山撰。

杜弱蘭、李蒨華事。

（〇九九）芙蓉劍　卷三十一，十九下。〔三九〕

杜瑗事。

（一〇〇）芙蓉影　卷二十六，八下。

吳郡西泠長（泊菴）撰。

韓樵、謝娟娘事。

（一〇一）富貴仙　卷二十六，三上。

見：萬全記。

（一〇二）大椿樓　卷三十七，十五上。

李泌事。

（一〇三）倒銅旗　卷三十，二十上。

秦瓊、羅成事。

(一〇四) 倒浣紗 63。
伍封事。

(一〇五) 倒鴛鴦 卷十，十七上。〔四〇〕
又名：鬧鴛鴦。
朱寄林撰。
司馬清事。

(一〇六) 丹心照 卷三十七，一上。
楊繼盛事。

(一〇七) 黨人碑 卷二十八，一上。〔五、九〕
謝瓊仙事。

(一〇八) 登樓記 卷四十六，二下。
崔護、莊慕瓊事。

(一〇九) 弔琵琶 卷二十，六上。
尤侗撰。
王昭君、蔡琰事。

(一一〇) 釣魚船 卷二十八，十三上。〔四一〕
劉全事。

(一一一) 定天山 卷三十六，十六上。〔四二〕
薛仁貴事。

(一一二) 讀書種 卷十四，十二上。〔四三〕
方孝孺事。

(一一三) 讀離騷 卷二十，三上。
尤侗撰。
屈原事。

(一一四) 度柳翠 卷一，六下。〔四四〕
王實甫元撰。
月明和尚、柳翠事。

(一一五) 杜鵑聲 卷二十一，一上。〔四五〕
畢萬侯撰。
王幻、秦嬌哥事。

(一一六) 奪崑崙 卷四十一，一上。
狄青事。

(一一七) 奪秋魁 卷四十五，十一上。〔九〕
岳飛事。

對玉梳　卷三，十七下。〔四六〕　（一一八）

賈仲名元撰。

荊楚臣、顧玉香事。

斷髮記　卷十三，十上。〔四七〕　（一一九）

李德武、裴叔英事。

斷機記　卷十六，二十下。〔四八〕　（一二〇）

又名：三元記。

商輅事。

斷烏盆　卷三十六，一下。　（一二一）

李浩、包拯事。

冬青記　卷七，三下。〔四九〕　（一二二）

檇李大荒逋客明撰。

唐珏、林德陽事。

東坡夢　卷二，二下。　（一二三）

吳昌齡元撰。

蘇東坡、佛印、白牡丹事。

東堂老　卷三，十下。〔五〇〕　（一二四）

秦簡夫元撰。

趙國器、李實事。

東郭記　19。〔五一〕　（一二五）

汪道昆明撰。

孟子所載齊人事。

東山記　卷十七，十八上。〔五二〕　（一二六）

謝安石東山記。

□□□明撰（四節記之二）。

謝安事。

凍蘇秦　卷四，八上。〔五三〕　（一二七）

□□□元撰。

蘇秦、張儀事。

獺鏡緣　卷二十九，一上。〔四一〕　（一二八）

許眞君事。

太平錢　卷十八，十八下。〔三六〕　（一二九）

□□□明撰。

張果老事。

太極奏　32。〔九〕　（一三〇）
朱良卿撰。
翟慶遠事。
桃符記　卷十三，十下。〔五四〕　（一三一）
劉天儀、裴青鸞事。
桃林賺　卷三十二，一上。　（一三二）
李祐事。
桃林賺　卷四十三，十二上。　（一三三）
見：俠彈緣（與前一桃林賺關目互有異同）。
桃花壆　卷十七，十四下。　（一三四）
□□□明撰。
衛石、霍嫛雲事。
桃花女　卷四，一下。〔五五〕　（一三五）
□□□元撰。
桃花女、周公事。
桃花記　卷十，九上。　（一三六）
金懷玉明撰。

秦晉（崔護）、莊慕瓊事。
桃花雪　58。　（一三七）
司馬馨、司馬飜事。
桃花莊　卷十七，九下。　（一三八）
見：題門記。
桃花人面　卷八，二十二下。〔五六〕　（一三九）
孟稱舜明撰。
崔護、葉蓁兒事。
桃花源　卷二十，七上。　（一四〇）
尤侗撰。
陶淵明事。
桃源洞　1。〔五七〕　（一四一）
——劉阮誤入桃源洞。
馬致遠元撰。
偷桃記　卷二十五，四下。〔五八〕　（一四二）
吳德修撰。
東方朔事。

投筆記　卷四十三，十上。〔五九〕　（一四三）
班超事。
投唐記　卷三十七，三下。　（一四四）
尉遲恭事。
曇花記　卷七，十一上。　（一四五）
屠隆明撰。
木清泰事。
滕王閣　卷四十五，八上。　（一四六）
王勃事。
綈袍記　卷十五，五上。〔六〇〕　（一四七）
范睢、須賈事。
題門記　卷十七，九下。　（一四八）
又名：桃花莊。
□□□明撰。
崔護、謝嬌英事。
題塔記　卷三十六，二下。〔六一〕　（一四九）
梁灝事。

鐵氏女　卷九，二十二下（參見佚文25）。　（一五〇）
〔二〕又名：俠女新聲。
來集之撰。
鐵鉉女事。
鐵拐李　卷三，二上。　（一五一）
—呂洞賓度鐵拐李岳。
岳伯川元撰。
鐵冠圖　卷三十三，十一上。〔六二〕　（一五二）
李自成等事。
鐵弓緣　卷三十九，六下。　（一五三）
匡忠、彩霞、皇甫剛等事。
鐵漢樓　卷二十六，十八上。　（一五四）
—做硬漢高樓獨據。
蓮棲居士撰。
劉安世事。
挑燈劇　卷九，二十三上。〔二〕　（一五五）

來集之撰。
馮小青事。

天馬媒　卷十九，四下。〔三〕　（一五六）
劉普充撰。
黃損、裴玉娥事。

天福緣　卷十六，十六下。〔六三〕　（一五七）
張福、彭素芳事。

天函記　卷十，四上。〔六四〕　（一五八）
文九元明撰。
汪廷訥事。

天錫福　卷三十八，六上。　（一五九）
馮京事。

天錫貴　卷四十六，十六下。〔四一〕　（一六〇）
又名：喜重重。
梅芬事。

天下樂　卷二十一，二十上。〔四一〕　（一六一）
張心其撰。

杜平、鍾馗等事。

天仙記　卷二十五，五上。　（一六二）
見：織錦記。

天中天　卷三十七，十上。　（一六三）
釋迦牟尼事。

天樞賦　卷三十二，二下。　（一六四）
房一夔事。

天燧閣　卷三十七，六下。　（一六五）
沈萬三事。

天有眼　卷十二，十七上。〔四二〕　（一六六）
寒山明撰。
程子忠事。

天緣記　卷四十，十六上。　（一六七）
—擺花張四姐思凡。
崔文瑞、張四姐事。

脫囊穎　卷八，九下。　（一六八）
徐陽輝明撰。

毛遂事。

通天台　卷十九，二下。　（一六九）

吳偉業撰。

陳烱事。

通天犀　卷三十九，四下。　（一七〇）

莫遇奇事。

通仙枕　卷三十四，十七下。　（一七一）

一名雙恩義。

劉元普、李克讓、李春芳事。

同甲會　卷七，十九下。〔六五〕　（一七二）

許潮明撰。

文彥博、程珦，司馬旦，席汝言事。

同昇記　卷三十九，九上。〔六六〕　（一七三）

東海一衲（汪廷訥明）撰。

潘凌雲、了悟禪師、仝一眞人事。

奈何天　卷二十一，六上。〔六七〕　（一七四）

李漁撰。

闕素封事。

鬧門神　卷十三，十九上。〔六八〕　（一七五）

門神、灶君等事。

鬧高唐　卷二十三，十九上。　（一七六）

洪昇撰。

柴進事。

鬧花燈　卷三十，十一上。　（一七七）

羅成事。

鬧鴛鴦　卷十，十七上。　（一七八）

見：倒鴛鴦。

南桃花扇　卷二十四，一上。　（一七九）

顧彩淸撰。

侯方域、李香君事。

南樓月　卷七，十八下。〔六九〕　（一八〇）

許潮明撰。

庾亮事。

南柯記　卷六，十一下。　（一八一）

湯顯祖明撰。
淳于棼事。

南西廂　卷七，三上。〔六九〕　（一八二）
李日華明撰。
崔鶯鶯事。

泥神廟　卷二十二，五下。　（一八三）
——杜秀才痛哭泥神廟。
嵇永仁清撰。
杜默事。

念八番　卷二十四，六下。　（一八四）
萬樹撰。
虞柯事。

弄珠樓　22。〔六〕　（一八五）
王無功明撰。
阮翰事。

女紅紗　卷九，二十下。〔二〕　（一八六）
來集之撰。
試官事。

女狀元　卷五，十六下。　（一八七）
——女狀元辭凰得鳳（四聲猿之四）。
徐渭明撰。
黃崇嘏事。

來生債　卷四，十一上。〔七〇〕　（一八八）
——靈兆女點化丹霞師，龐居士誤放來生債。
□□□元撰。
龐蘊事。

雷鳴記　卷十，二十二上。　（一八九）
許宗衡明撰。
王裒事。

老生兒　卷二，三下。　（一九〇）
武漢臣元撰。
劉從善事。

樓外樓　卷三十三，九上。　（一九一）
又名：鵲梁記。

姚曼殊，楊立勳事。

藍關度 38。 （一九二）
王聖徵撰。
韓湘、韓愈事。

藍橋記 卷九，一下。 （一九三）
龍膺明撰。
裴航、雲英事。

藍采和 卷九，二十一下。25（補卷九文）。〔二〕 （一九四）
又名：冷眼。
來集之撰。
藍采和事。

爛柯山 卷三十，五下。 （一九五）
朱買臣事。

楞伽塔 卷二十五，十四下。 （一九六）
見：鎮靈山。

冷眼 卷九，二十一下。25。 （一九七）
見藍采和

離魂記 49。〔七一〕 （一九八）
□□□明撰。
張倩娘事。

李白登科記 42。 （一九九）
見：清平調。

李逵負荊 卷三，三上。 （二〇〇）
見：杏花莊。

立命說 卷十六，二十三下。〔七二〕 （二〇一）
萬春園主人明撰。
袁黃事。

麗春堂 卷一，六上。〔七三〕 （二〇二）
王實甫元撰。
樂善、李圭事。

劉盼春 卷五，一上。 （二〇三）
—周子敬題情錦字箋，劉盼春守志香囊怨。
朱有燉明撰。

劉盼春、周恭事。

留生氣　卷十六，九下。〔七四〕　（二〇四）

又名：詞苑春秋。

□□□明撰。

裴仙先事。

柳梢青　卷三，十二下。〔八〕　（二〇五）

楊景賢元撰。

馬丹陽、劉倩嬌事。

柳毅傳書　卷二，八上。　（二〇六）

尚仲賢元撰。

柳毅、龍女事。

連環計　卷四，二十三下。　（二〇七）

——錦雲堂暗定連環計。

□□□元撰。

王允、呂布、董卓、貂蟬事。

連環記　卷四，二十六上。〔七五〕　（二〇八）

□□明撰。

王允、呂布、董卓、貂蟬事。

憐香伴　卷二十一，六下。〔六七〕　（二〇九）

李漁撰。

范石、崔雲箋事。

蓮花筏　卷三十五，十四上。〔九〕　（二一〇）

姚良、齊玉符事。

蓮囊記　卷十二，十九上。〔七六〕　（二一一）

四明山環谿漁父（沈季彪明？）撰。

徐嘉、文娉事。

練忠貞　卷二十六，十二上。43（補卷二十六文）。　（二一二）

荊溪老人撰。

練子寧事。

臨潼會　66。〔七七〕　（二一三）

伍員事。

臨春閣　卷十九，一上。　（二一四）

吳偉業撰。

譙國夫人洗氏事。

梁狀元　卷七，十四上。〔七八〕　（三二五）

馮惟敏明撰。

梁灝事。

量江記　卷九，十上。〔七九〕　（三二六）

佘聿雲明撰，馮夢龍明改定。

樊若水事。

兩卷雲　卷四十一，十九上。　（三二七）

錢月、申屠璧雲、申屠珠雲事。

兩香丸　卷三十五，四上。　（三二八）

顏潔、白蓉仙、白眉、王翠翹事。

兩生天　卷十八，十九下。〔八〇〕　（三二九）

又名：一文錢。

盧至、龐蘊事。

兩榮歸　卷四十一，十上。　（三三〇）

劉天生，劉天成事。

詅癡符　〔八一〕　（三三一）

高漫卿明撰。

一、櫻桃夢　卷六，十五下。

二、靈寶刀　卷六，十七上。

三、麒麟罽　卷六，十七下。

又名：麒麟墜。

四、鸚鵡洲　卷六，十八下。

靈寶刀　卷六，十七上。〔八二〕　（三三二）

高漫卿明撰。

林冲事。

靈犀佩　卷十，九下。〔八三〕　（三三三）

蕭鳳侶事。

靈犀錦　卷十二，八上。〔八四〕　（三三四）

西湖主人撰。

張善相、段琳瑛事。

領頭書　卷二十三，一上。　（三三五）

袁聲撰。

金定、劉翠翠事。

廬夜雨　卷四十，八上。　（三二六）
宋介、柳鼎事。
蘆花記　卷十八，一上。〔八二〕　（三二七）
□□□明撰。
閔子騫事。
蘆中人，卷十九，八上。〔三六〕　（三二八）
原名：闔荊鞭。
薛旦撰。
伍員事。
魯齋郎　卷一，十二上。〔八三〕　（三二九）
關漢卿元撰。
包拯、魯齋郎事。
魯義姑　8。　（三三〇）
——抱姪攜男魯義姑。
武漢臣元撰。
菉園記　卷二十五，十三上。　（三三一）
梁木公撰。

梅逢春、仙素蟾事。
羅帕記　卷十八，九下。〔八四〕　（三三二）
□□□明撰。
王可居、康淑貞事。
羅天醮　卷四十五，九下。〔三六〕　（三三三）
龍履祥、門秀鸞事。
羅李郎　卷三，十四上。〔八五〕　（三三四）
張國賓元撰。
羅李郎事。
落花風　卷十，十四上。　（三三五）
李素甫明撰。
江練、韋珠娘事。
絡冰絲　卷九，一上。　（三三六）
徐翽明撰。
沈休文事。
鸞鎞記　卷十三，十四上。〔八六〕　（三三七）
□□□明撰。

温庭筠、魚玄機事。

鸞刀記　卷四十六，十五下。　（三三八）

盧俊義事。

鸞釵記　卷十七，七上。〔八七〕　（三三九）

□□□明撰。

劉翰卿、劉廷珍事。

龍鳳圖　卷三十二，十二下。　（三四〇）

劉域事。

龍鳳合　卷三十二，十三上。　（三四一）

周平王事。

龍鳳錢　卷二十八，十下。〔三五〕　（三四二）

又名：雙跨鸞。

崔白、周槼心事。

龍鳳衫　36。　（三四三）

石子斐撰。

司馬師、曹芳、張緝、張武烈、姜維等事。

龍燈賺　卷二十九，六下。〔九、一三〕　（三四四）

又名：春秋筆。

王璧、張恩事。

龍虎嘯　69。　（三四五）

岳雲事。

龍華會　卷十，十九下。〔四一〕　（三四六）

王翔千撰。

龍瑞、華貞香事。

龍劍記　卷十，五下。　（三四七）

吳大震明撰。

魏學曾、葉夢熊事。

龍泉劍　卷十八，十下。　（三四八）

見：全忠孝。

龍山宴　卷七，十九上。〔六五〕　（三四九）

許潮明撰。

孟嘉事。

綠牡丹　卷十一，十四上。　（三五〇）

吳炳明撰。

謝英、沈婉娥事。

隔江鬥智　卷四，十七上。　（三五一）

□□□元撰。

周瑜、諸葛亮事。

葛衣記　卷十三，十二上。〔八八〕　（三五二）

□□□明撰。

任昉事。

高士記　卷三十二，十下。　（三五三）

見：松筠操。

鈎弋宮　卷三十九，十二上。　（三五四）

鈎弋夫人事。

綱常記　卷二十九，十六下。〔八九〕　（三五五）

又名：五倫全備綱常記。

丘濬撰。

五倫全事。

鯁詩讖　卷四十六，十九上。〔九〇〕　（三五六）

貫休事。

孤鴻影　卷二十，一上。　（三五七）

周如璧撰。

蘇東坡、温郝監女事。

古城記　卷十八，二十二上。　（三五八）

□□□明撰。

關羽事。

歸元鏡　卷十二，一上。〔九一〕　（三五九）

—異方便淨土傳燈歸元鏡三祖實錄。

僧智達明撰。

惠遠、延壽、蓮池事。

關盼盼　卷二，十七上。〔二四九〕　（三六〇）

—關盼盼春風燕子樓。

侯克中元撰。

灌園記　卷十三，十一下。〔九二〕　（三六一）

田法章事。

廣陵仙　卷二十三，三下。　（三六二）

胡介祉撰。

杜子春事。

（二六三）廣寒香　卷二十六，六上。〔三八〕

蒼山子撰。

米遙、殷天眷事。

（二六四）鞏皇圖　卷三十八，九上。

耿弁父子祖孫事。

（二六五）開口笑　卷三十九，十五下。〔九三〕

陳守一事。

（二六六）勘頭巾　卷三，一上。〔九四〕

孫仲章元撰。

張鼎、王小二事。

（二六七）勘風塵　14。

—馬光祖勘風塵。

喬夢符元撰。

（二六八）看錢奴　卷一，二十上。〔九五〕

鄭廷玉元撰。

周榮祖、周長壽、賈仁事。

（二六九）酷寒亭　卷二，十三下。

楊顯之元撰。

鄭嵩事。

（二七〇）快活三　卷二十八，十七下。〔九、四二〕

蔣霆事。

（二七一）葵花記　卷十三，一下。

□□□明撰。

高彥眞、孟日紅事。

（二七二）狂鼓史　卷五，十二下。

—狂鼓史漁陽三弄。（四聲猿之一）

徐渭明撰。

禰衡事。

（二七三）空束記　卷四十三，一上。

見：尺素書。

（二七四）箜篌記　卷十七，八上。〔九六〕

盧二舅、李生事。

（二七五）河燈賺　卷三十九，四下。

雷橫、朱仝事。

合璧記　卷十，四下。（二七六）
王恒明撰。
解縉事。

合同文字　卷四，十二上。（二七七）
—包龍圖智賺合同文（字）。
□□□元撰。
包拯、劉天祥等事。

合汗衫　卷四，五上。〔九七〕（二七八）
□□□元撰。
張孝友、李玉娥、陳虎、陳豹、趙興孫事。

合歡殿　卷四十，十四下。（二七九）
陳雙娘、陳國籌事。

合歡圖　卷三十八，一上。〔三〕（二八〇）
堯鼎、堯鼐、黎瓊林、黎瓊瑛事。

合歡錘　卷二十六，一上。（二八一）
見：雙錘記。

合巹杯　55。（二八二）
見：醉太平。

合劍記　卷十一，二十六上。〔九八〕（二八三）
劉鍵邦撰。
彭士弘事。

合釵記　卷九，十八上。（二八四）
又名：清風亭。
東山主人明撰，秦鳴雷明編次。
薛榮、洪氏、竇兒事。

合紗記　卷十，二下。23（補卷十文）。〔九九〕（二八五）
又名：白紗記。
史槃明撰。
崔袞、姚銀蟾、饒夢麟事。

合縱記　卷五，八下。（二八六）
見：金印記。

和戎記　卷十八，六下。（二八七）
□□□明撰。

王昭君事。

海棠記　卷二十六，七下。〔一〇〇〕　（二八八）

薇室濟生老人撰。

金言、金策事。

海潮音　卷二十一，十七上。〔四一〕　（二八九）

張心其撰。

觀世音事。

黑白衛　卷二十，九上。　（二九〇）

尤侗撰。

聶隱娘事。

黑貂裘　卷五，八下。　（二九一）

見：金印記。

黑鯉記　卷十五，三下。〔一〇一〕　（二九二）

□□□明撰。

劉才、劉鼎儀事。

昊天塔　卷三，十一下。〔一〇二〕　（二九三）

又名：孟良盜骨。

□□□元撰。

楊業、孟良事。

後白兎　卷三十一，五下。　（二九四）

又名：五龍祚。

劉知遠事。

後庭花　卷一，十八上。　（二九五）

鄭廷玉元撰。

劉天義、翠鸞事。

後尋親　卷二十二，十八下。　（二九六）

姚子懿撰。

周羽、周瑞隆事。

後漁家樂　卷三十，九下。　（二九七）

李燮、杜年事。

邯鄲記　卷六，十三上。　（二九八）

湯顯祖明撰。

盧生、呂洞賓事。

韓信乞食　卷二，五下。　（二九九）

—淮陰縣韓信乞食。
王仲文元撰。
漢宮秋 卷一，三下。 (三〇〇)
馬致遠元撰。
王昭君事。
呼雷駮 卷三十八，十二上。 (三〇一)
段志玄事。
蝴蝶夢 卷一，十一下。〔一〇三〕 (三〇二)
關漢卿元撰。
包拯、葛彪等事。
蝴蝶夢 卷三十，一上。〔一〇四〕 (三〇三)
莊周事。
蝴蝶夢 65。 (三〇四)
見：蟠桃讌。
虎符記 卷十七，三下。〔一〇五〕 (三〇五)
□□□明撰。
花雲事。

虎頭牌 卷一，二十二上。 (三〇六)
李直夫元撰。
山壽馬、銀住馬事。
虎囊彈 卷二十七，十六下。〔五、九〕 (三〇七)
魯智深事。
虎口餘生 卷四十六，六上。 (三〇八)
見：表忠記。
花舫緣 卷八，二十三上。〔一〇六〕 (三〇九)
孟稱舜明撰。
唐寅事。
花間四友 10。〔一〇七〕 (三一〇)
—花間四友莊周夢。
史九散人元撰。
畫中人 卷十一，十三上。 (三一一)
吳炳明撰。
庾長明、鄭瓊枝事。
貨郎旦 卷四，十九下。 (三一二)

□□□元撰。
李彥和、李春郎等事。

（三一三）灰闌記　卷二，十九上。〔一〇八〕
李行道元撰。
張海棠事。

（三一四）廻龍記　卷二十三，十八上。
洪昇撰。
韓原睿事。

（三一五）廻文錦　卷二十三，十六上。
洪昇撰。
蘇蕙事。

（三一六）還帶記　卷十三，九下。〔五三〕
□□□明撰。
裴度事。

（三一七）還牢末　卷三，十二上。〔一〇九〕
李致遠元撰。
李榮祖、李逵事。

（三一八）還魂記　卷六，九上。〔一一〇〕
又名：牡丹亭。
湯顯祖明撰。
柳夢梅、杜麗娘事。

（三一九）幻奇緣　卷三十六，十上。
豐瑞、豐祥事。

（三二〇）幻緣箱　卷二十八，五下。〔五〕
方霱、劉婉容、月娥事。

（三二一）混元盒　卷四十，十二上。
張眞人、金花娘娘等事。

（三二二）黃粱夢　卷三，二十下。〔一一一〕
馬致遠元撰。
漢鍾離、呂洞賓事。

（三二三）黃粱夢　卷八，八下。〔一一二〕
——呂眞人黃粱夢境記。
蘇漢英明撰。
呂洞賓事。

鳳求鳳 卷二十一，十一上。 （三三四）
又名：鴛鴦賺。
李漁撰。
呂曜、許仙儔事。

紅梅記 卷七，五上。〔一三〕 （三三五）
□□□明撰。
李慧娘、裴禹、盧昭容事。

紅梨花 卷三，三下。 （三三六）
張壽卿元撰。
趙汝州、謝金蓮事。

紅蓮債 卷十二，五上。〔一四〕 （三三七）
古越函三館編。
五戒事。

紅蓮案 卷二十三，六下。〔三〕 （三三八）
吳士科撰。
柳翠事。

紅蕖記 20。 （三三九）

沈璟明撰。
鄭德璘事。

紅葉記 21。 （三三〇）
祝長生明撰。
于祐、韓夫人事。

吉慶圖 卷二十七，六上。〔九〕 （三三一）
柳圖、吉娘、慶娘事。

吉祥兆 卷二十九，二上。〔四一〕 （三三二）
公孫禎事。

傑終禪 卷四十四，十八上。 （三三三）
夏經、曾士天、李珍事。

節俠記 卷十四，十九上。〔一五〕 （三三四）
□□□明撰。
裴伷先事。

節孝記 卷三十五，十三上。〔一六〕 （三三五）
黃覺經事。

截髮記 卷四十，七下。 （三三六）

見：新節孝記。

嬌紅記　卷五，十上。〔一七〕　（三三七）

沈受先明撰。或云盧伯生明撰。

申純、王嬌娘事。

蕉鹿夢　卷八，二十三下。〔一八〕　（三三八）

車任遠明撰。

烏有辰、魏無虛事。

鮫綃記　卷十三，十六下。〔一九〕　（三三九）

□□□明撰。

魏必簡事。

教子記　卷十四，十八上。　（三四〇）

見：尋親記。

九蓮燈　卷二十七，十上。〔九〕　（三四一）

閔覺、閔遠、富奴事。

九龍池　卷十九，十下。〔三六〕　（三四二）

薛旦撰。

顧況、賀蘭洛珠事。

九更天　卷十八，十七上。　（三四三）

見：未央天。

九錫記　卷三十，十二上。　（三四四）

范雍事。

酒家傭　卷九，八下。〔一〇〕　（三四五）

陸無從明、欽虹江明合撰，馮夢龍明改定。

李燮事。

救孝子　卷二，六上。〔一一〕　（三四六）

王仲文元撰。

楊謝祖事。

救風塵　卷一，十下。〔一二〕　（三四七）

關漢卿元撰。

趙盼兒、宋引章事。

劍丹記　卷三十六，二上。〔一三〕　（三四八）

又名：八黑記。

謝天瑞撰。

劉榮、劉貴事。

劍雙飛　卷二十四，十一下。（三四九）
見：一封書。
建皇圖　卷二十七，十下。〔九〕（三五〇）
朱元璋事。
薦馬周　3。〔二〇〕（三五一）
—常何薦馬周。
庾天錫元撰。
薦福碑　卷一，四下。（三五二）
馬致遠元撰。
張鎬事。
金盃記　48。〔二四〕（三五三）
□□□明撰。
于謙事。
金不換　卷三十九，十八上。（三五四）
見：錦蒲團。
金貂記　卷三十六，十七上。（三五五）
尉遲恭、薛仁貴事。

金童玉女　卷三，十六上。〔四六〕（三五六）
賈仲名元撰。
金安壽、嬌蘭事。
金蘭誼　卷三十一，一上。（三五七）
羊角哀、左伯桃事。
金蓮記　卷十三，十五上。〔一二五〕（三五八）
蘇軾事。
金剛鳳　卷二十八，十九上。〔四一〕（三五九）
錢鏐、鐵金剛、李鳳娘事。
金鏡記　卷十六，十七下。（三六〇）
□□□明撰。
樂昌公主事。
金錢記　卷三，八下。（三六一）
喬夢符元撰。
韓翃、柳眉兒事。
金線池　卷一，九下。（三六二）
關漢卿元撰。

杜蕋娘、韓輔臣事。

金鎖記　卷十八，六上。〔八六〕　（三六三）

竇娥事。

金印記　卷五，八下。〔一二六〕　（三六四）

又名：合縱記，黑貂裘。

蘇復之明撰。

蘇秦事。

金丸記　卷三十九，十四下。〔一二七〕　（三六五）

宋眞宗、李宸妃事。

金魚墜　卷十，二十一下。　（三六六）

姜以立明撰。

李曰才、李士美事。

錦蒲團　卷三十九，十八上。〔一二八〕　（三六七）

又名：金不換。

姚英事。

錦囊記　卷四十四，一上。〔一二九〕　（三六八）

劉備招親事。

錦牋記　卷七，六下。　（三六九）

周螺冠明撰。

梅玉、柳淑娘事。

錦江沙　卷二十五，一上。　（三七〇）

又名：忠孝錄。

蔡東撰。

趙嘉煒、趙慶麒事。

錦綉圖　卷三十二，十六上。〔一三〇〕　（三七一）

又名：西川圖。

劉備、諸葛亮取西川事。

錦西廂　卷十一，九上。〔一三一〕　（三七二）

周公魯撰。

崔鶯鶯事。

錦上花　卷四十，十八下。　（三七三）

霅川樵者撰。

屈志隆事。

錦衣歸　卷二十八，八下。〔三五〕　（三七四）

毛瑞鳳、白鈎娥事。

錦雲裘　卷四十二，十五上。〔九〕　（三七五）

衛化龍、韓舞霓事。

晉陽宮　卷四十二，六上。　（三七六）

李淵、高士廉事。

江天雪　卷十七，十一上。　（三七七）

□□□明撰。

崔君瑞、鄭月娘事。

荆釵記　卷四，二十四下。〔一二〕　（三七八）

□□□元撰。

王十朋、錢玉蓮事。

精忠記　卷十三，二下。〔一二七〕　（三七九）

岳飛事。

精忠旗　卷九，五下。　（三八〇）

李梅實明撰，馮夢龍明改定。

岳飛事。

驚鴻記　卷十，一上。〔一三〕　（三八一）

多口洞天人明撰。

梅妃事。

井中天　卷二十八，十五上。〔四二〕　（三八二）

彈子和尚、馬遂、李遂、王則等事。

舉案齊眉　卷四，十六上。　（三八三）

□□□元撰。

梁鴻、孟光事。

聚寶盆　卷二十八，九下。〔三五〕　（三八四）

沈萬三事。

聚星記　卷二十五，十二下。　（三八五）

張子賢撰。

盧俊義事。

君臣福　卷四十四，十九下。　（三八六）

范雍事。

七國記　卷十九，二十一上。〔一三四、三六〕　（三八七）

李元玉撰。

孫臏事。

七紅記　卷四十五，二十上。（三八八）
　見：寶釧記。
七勝記　卷三十四，十六上。〔一三五〕（三八九）
　諸葛亮、孟獲事。
耆英會　卷八，八上。〔一三六〕（三九〇）
　沈自徵明撰。
　文彥博、富弼、司馬光等事。
麒麟閣　卷十九，十八上。〔三六〕（三九一）
　李元玉撰。
　秦瓊事。
麒麟罽　卷六，十七下。〔八二〕（三九二）
又名：麒麟墜。
　高漫卿明作。
　韓世忠、梁紅玉事。
麒麟墜　卷六，十七下。（三九三）
　見：麒麟罽。
齊天樂　卷三十三，十九下。〔三六〕（三九四）
　漢武帝、東方朔事。
杞梁妻　卷三十五，十上。（三九五）
　孟姜女事。
氣英布　卷二，十上。（三九六）
　尙仲賢元撰。
　劉邦、英布事。
切鱠旦　卷一，十上。〔一三七〕（三九七）
　關漢卿元撰。
　譚記兒事。
伽藍救　24。〔一三八〕（三九八）
　孟稱舜明撰。
　楊宗元事。
竊符記　卷七，七下。（三九九）
　張鳳翼明撰。
　信陵君、如姬事。
巧團圓　卷二十一，十二下。〔六七〕（四〇〇）
　李漁撰。

姚繼、尹小樓等事。

巧聯緣　卷十八，七下。　（四〇一）

見：石榴花。

秋風三疊　25。〔二〕　（四〇二）

來集之撰。

一、冷眼，又名：藍采和長安鬧劇。

二、英雄淚，又名：阮步兵鄰廨啼紅。

三、俠女新聲，又名：鐵氏女花院全貞。

秋胡戲妻　卷二，十下。　（四〇三）

石君寶元撰。

秋胡事。

求如願　卷四十一，十七上。　（四〇四）

歐陽名、如願事。

千里駒　卷三十九，一上。〔一三九〕　（四〇五）

劉廷鶴、李夢熊、李桂金、張曉烟事。

千里舟　卷十八，十二上。〔三六〕　（四〇六）

雙漸、蘇卿事。

千金記　卷十三，七上。〔五三〕　（四〇七）

韓信事。

千祥記　卷三十五，十五下。〔一四〇〕　（四〇八）

賈鳳鳴、賈誼事。

千忠戮　卷三十，三下。　（四〇九）

見：千鍾祿。

千鍾祿　卷三十，三下。〔三六〕　（四一〇）

本名：千忠戮。

程濟、建文帝事。

錢塘夢　2。　（四一一）

白樸元撰。

——蘇小小月夜錢塘夢。

司馬標、蘇小小事。

乾坤嘯　卷二十七，十四上。〔九〕　（四一二）

烏廷慶事。

牆頭馬上　卷一，十三下。　（四一三）

白仁甫元撰。

裴少俊、李千金事。

清平調　42。　（四一四）

又名：李白登科記。

尤侗撰。

李白事。

清平樂　卷四十二，一上。　（四一五）

時化事。

清風亭　卷九，十八上。　（四一六）

見：合釵記。

清風寨　卷三十，十一下。〔九〕　（四一七）

花榮、劉高事。

清忠譜　卷十九，十九上。〔三六〕　（四一八）

李元玉撰。

周順昌等事。

青袍記　卷十八，二上。　（四一九）

□□□明撰。

梁灝事。

青陵台　5。〔三〇〕　（四二〇）

—列女青陵台。

庾天錫元撰。

韓憑、何氏事。

青鋼嘯　卷十四，十上。　（四二一）

馬超事。

青缸嘯　卷三十四，八下。　（四二二）

見：簷頭水。

青衫淚　卷一，一上。　（四二三）

馬致遠元撰。

白居易、裴興奴事。

青衫記　卷十三，十三上。〔八八〕　（四二四）

白居易事。

情不斷　卷十，十八下。　（四二五）

許炎南撰。

衛密事。

情夢俠　37。　（四二六）

顧元標撰。
雲碧山、馮小青事。

情郵記　卷十一，十六下。　（四二七）
吳炳明撰。
劉乾初事。

慶豐年　卷四十五，十八下。　（四二八）
又名：三多記。
郭子儀事。

慶有餘　卷三十九，十七上。　（四二九）
呂夷簡、魯宗道事。

屈原投江　卷三，十上。〔四二〕　（四三〇）
睢景臣元撰，或吳仁卿元撰。
—楚大夫屈原投江。

曲江記　卷十七，十七上。〔五三〕　（四三一）
—杜子美曲江記（四節記之一）。
□□□明撰。
杜甫事。

曲江池　卷二，十二上。　（四三二）
—李亞仙花酒曲江池。
石君寶元撰。
李亞仙、鄭元和事。

曲江池　12。　（四三三）
見：游曲江。

鵲梁記　卷三十三，九上。　（四三四）
見：樓外樓。

全德記　卷十一，三上。〔四三〕　（四三五）
王穉登明撰。

全家慶　卷四十六，十二下。　（四三六）
竇禹鈞、高懷德事。
富錦章事。

全忠孝　卷十八，十下。〔四三〕　（四三七）
又名：龍泉劍。
□□□明撰。
楊鵬、楊鳳事。

裙釵壻　卷十二，二十下。〔一四四〕 （四三八）
秦台外史明撰。
陳子高事。

羣星輔　卷三十四，三下。〔一四五〕 （四三九）
劉秀事。

羣星會　卷三十五，三上。 （四四〇）
萬康事。

瓊林宴　卷三十五，十九下。 （四四一）
范仲虞、葛登雲事。

瓊花記　卷三十一，六下。 （四四二）
見：仙桃種。

西臺記　卷九，十九下。 （四四三）
陸世廉撰。
文天祥、張世傑、謝翱事。

西來記　卷二十四，十三上。 （四四四）
張中和撰。
達磨、慧可、僧璨、道信、弘忍、慧能等事。

西樓記　卷九，三下。〔一四六〕 （四四五）
袁于令撰。
于叔夜，穆素徽事。

西廂記　卷一，七下。〔一四七〕 （四四六）
王實甫元撰，關漢卿元補後四齣。
崔鶯鶯、張珙事。

西廂印　卷二十五，十一上。 （四四七）
程端撰。
崔鶯鶯事。

西川圖　卷三十二，十六上。 （四四八）
見：錦綉圖。

西川圖　卷三十七，四下。 （四四九）
劉永誠事。

西遊記　卷四十二，十三下。 （四五〇）
陳龍光撰。
玄奘事。

西園記　卷十一，十五上。 （四五一）

吳炳明撰。

張繼華、王玉眞事。

喜逢春 51。〔一四八〕 （四五二）

阮畸事。

喜聯登 卷四十，十三下。 （四五三）

見：雙盃記。

喜重重 卷四十六，十六下。 （四五四）

見：天錫貴。

俠彈緣 卷四十三，十二上。 （四五五）

又名：桃林賺。

李祐事。

俠女新聲 卷九，二十二下。 （四五六）

見：鐵氏女。

謝金吾 卷四，十五上。〔一四九〕 （四五七）

——謝金吾詐拆清風府。

□□□元撰。

謝金吾、楊景等事。

瀟湘雨 卷二，十二下。〔一五〇〕 （四五八）

楊顯之元撰。

崔通、張翠鸞事。

逍遙樂 卷十六，三上。 （四五九）

□□□明撰。

蕭允讓、姚輔德、駱賓王事。

蕭淑蘭 卷三，十八下。〔四六〕 （四六〇）

賈仲名元撰。

張世英、蕭淑蘭事。

霄光劍 卷十七，二下。〔一五一〕 （四六一）

□□□明撰。

衛青事。

小桃園 卷十九，五下。〔三〕 （四六二）

劉普充撰。

劉淵、關謹、張賓事。

小天台 卷三十三，一上。 （四六三）

馮珏、陸韜等事。

小萊子 47。 （四六四）

見：四元記。

小河洲 卷二十三，八下。〔一五二〕 （四六五）

又名：雙奇俠。

李應桂撰。

鐵中玉、水冰心事。

小忽雷 卷二十九，十五上。〔一五三〕 （四六六）

梁厚本、鄭中丞事。

小江東 卷四十二，二下。〔三八〕 （四六七）

又名：補天記。

小齋主人撰。

關羽、伏后事。

小英雄 卷十四，十一上。〔一五四〕 （四六八）

又名：續精忠。

岳雷、岳電等事。

小尉遲 卷四，十三上。 （四六九）

□□□元撰。

尉遲恭、尉遲保林事。

孝諫莊公 7。〔一五五〕 （四七〇）

——潁考叔孝諫莊公。

李直夫元撰。

孝順歌 卷十五，十下。 （四七一）

又名：二十四孝。

□□□明撰。

女媧，二十四孝事。

修文記 卷七，十三下。〔一五六〕 （四七二）

屠隆明撰。

李賀事。

繡平原 卷二十一，二十二上。〔一五七〕 （四七三）

平原君事。

繡春舫 57。 （四七四）

鮑鮫、鮑鶴事。

繡衣郎 卷四十五，一上。 （四七五）

白施、白回事。

仙桃種　卷三十一，六下。〔一五八〕　（四七六）
又名：瓊花記。
慈雲公主事。
新灌園　卷九，十一上。〔九三〕　（四七七）
馮夢龍明改定。
田法章事。
新節孝記　卷四十，七下。　（四七八）
又名：截髮記。
謝萬程事。
相思硯　卷二十五，六上。　（四七九）
梁孟昭撰。
尤星、衛蘭森事。
香囊記　卷五，八上。〔一五九〕　（四八〇）
丘濬明撰。
張九成事。
香山記　卷十八，四上。　（四八一）
二南里人（羅懋登明？）撰。
觀世音事。
祥麟現　卷十四，二上。〔一四〕　（四八二）
楊文鹿事。
想世情　卷三十，十八上。　（四八三）
劉闢、張桃、袁三事。
醒中仙　41。　（四八四）
王元模撰。
東郭先生、中山狼事。
醒世魔　卷十五，七下。　（四八五）
□□□明撰。
弓德、董芳，花氏事。
醒世圖　卷十七，十六上。　（四八六）
見：一笑緣。
杏花莊　卷三，三上。〔一六〇〕　（四八七）
又名：李逵負荊。
康進之元撰。
李逵、王林、滿堂嬌事。

杏花山　卷四十四，八上。　（四八八）
吉世芳事。

續牡丹亭　26。　（四八九）
陳軾明撰。
柳夢梅事。

續精忠　卷十四，十一上。　（四九〇）
見：小英雄。

續情燈　卷十九，十一下。30（與卷十九文有不同）。〔三六〕　（四九一）
听然子撰。
景韶、尹停霞事。

續西廂　卷二十，二上。　（四九二）
查繼佐撰。
崔鶯鶯事。

薛仁貴　卷三，十三下。〔一六一〕　（四九三）
張國賓元撰。
薛仁貴事。

雪裏梅　卷十六，十二上。　（四九四）
□□□明撰。
劉文光事。

雪裏荷　62。〔一六二〕　（四九五）
東方白事。

雪香園　卷三十二，二十下。〔一六三〕　（四九六）
劉思進、孫氏事。

尋親記　卷十四，十八上。〔一六四〕　（四九七）
又名：敎子記。
周羽、周瑞隆事。

雄精劍　卷三十八，十七下。〔一六五〕　（四九八）
張巡、許遠、雷萬春、南霽雲事。

雄精劍　71。　（四九九）
石情、吉安公主事。

織錦記　卷二十五，五上。　（五〇〇）
又名：天仙記。
顧覺宇撰。

董永事。

折桂記　卷二十六，九下。〔一三五〕　（五〇一）

秦淮居士撰。

梁顥事。

摘星記　卷四十三，九上。〔一六六〕　（五〇二）

霍仲孺事。

摘纓記　卷十二，十五下。　（五〇三）

筆花主人明撰。

楚莊王事。

照膽鏡　卷二十九，三上。〔九、一三〕　（五〇四）

張音事。

趙禮讓肥　卷三，十一上。　（五〇五）

秦簡夫元撰。

趙孝、趙禮事。

趙氏孤兒　卷二，十四下。〔一六七〕　（五〇六）

紀君祥元撰。

屠岸賈、趙武事。

傷梅香　卷三，五上。16（與卷三文有不同）。　（五〇七）

〔一六八〕

鄭德輝元撰。

樊素事。

占花魁　卷十九，十六上。〔三六〕　（五〇八）

李元玉明撰。

秦種、花魁事。

珍珠米欄記　卷三十六，一上。　（五〇九）

見：珍珠記。

珍珠記　卷三十六，一上。〔一六九〕　（五一〇）

又名：珍珠米欄記。

高文舉事。

眞傀儡　卷七，十六上。〔一七〇〕　（五一一）

王衡明撰。

杜衍事。

鎮靈山　卷二十五，十四下。〔一七一〕　（五一二）

又名：楞伽塔。

石子斐撰。
商尹事。

張善友　卷四，四上。〔一七二〕　（五一三）
□□□元撰。
張善友、崔珏等事。

張生煮海　卷二，十五下。〔一七三〕　（五一四）
□□□元撰。
張羽事。

爭報恩　卷四，三下。　（五一五）
□□□元撰。
李千嬌、關勝、花榮、徐寧事。

正朝陽　卷二十九，十四上。〔一七四〕　（五一六）
宋，劉皇后、李宸妃事。

珠衲記　卷十三，一上。　（五一七）
又名：衣珠記。
□□□明撰。
趙旭事。

硃砂擔　卷四，一上。〔一七五〕　（五一八）
□□□元撰。
白正、王文用事。

竹籠雛　33。　（五一九）
周杲撰。
龐蘊事。

竹葉舟　卷三，六下。〔一七六〕　（五二〇）
范子安元撰。
陳季卿事。

竹葉舟　卷四十三，七上。〔四五〕　（五二一）
石崇事。

竹塢聽琴　卷二，十六下。　（五二二）
石子章元撰。
秦脩然、鄭彩鸞事。

祝髮記　卷七，六下。〔一七七〕　（五二三）
□□□明撰。
徐孝克事。

墜樓記　卷四十，五上。（一七八）　（五二四）
□□□清撰。
王素貞事。
剸犀劍　卷十六，十五上。　（五二五）
□□□明撰。
馬維玉、崔漪事。
賺蒯通　卷四，十下。（一七九）　（五二六）
□□□元撰。
蒯徹、隨何事。
賺青衫　卷四十，一上。　（五二七）
王人杰事。
狀元堂　卷四十二，十二上。（一八〇）　（五二八）
又名：月華緣。
呂祖謙、文紅玉事。
狀元旗　卷二十七，一下。（三六）　（五二九）
趙鞏、賈打牆事。
狀元香　卷三十六，十八上。　（五三〇）

蔡襄事。
中山狼　卷五，四上。　（五三一）
康海明撰。
東郭先生事。
中庸解　卷三十三，十六下。　（五三二）
見：雙瑞記。
忠孝錄　卷二十五，一上。　（五三三）
見：錦江沙。
忠孝節義　67。（一八一）　（五三四）
劉球、薛瑄事。
忠義烈　卷四十三，十六上。（二四八）　（五三五）
杜文學、周仁等事。
種種情　卷三十六，四下。　（五三六）
吉萃龍事。
種玉記　卷四十三，九下。（六六）　（五三七）
霍仲孺事。
尺素書　卷四十三，一上。（一八三）　（五三八）

又名：空柬記。
劉元普事。

赤壁記　卷十七，十九下。〔五三〕　（五三九）
蘇子瞻赤壁記（四節記之三）。
□□□明撰。
蘇軾事。

赤壁記　卷四十五，十二下。　（五四〇）
諸葛亮、周瑜事。

赤壁遊　卷七，十八下。〔六五〕　（五四一）
許潮明撰。
蘇軾事。

赤龍鬚　卷三十二，八下。〔三〕　（五四二）
李珏、趙婉娘事。

赤松記　卷三十四，十下。　（五四三）
張良、赤松子事。

扯淡歌　卷二十二，三下。　（五四四）
——劉國師教習扯淡歌。

嵇永仁清撰。
劉基事。

釵釧記　卷十四，十三下。〔一八三〕　（五四五）
□□□明撰。
皇甫吟事。

朝陽鳳　卷十八，十三上。〔九、三五〕　（五四六）
□□□明撰。
海瑞事。

籌邊樓　卷二十二，一上。　（五四七）
王抃撰。
李德裕事。

蟾宮會　70。　（五四八）
屠泓事。

沉香亭　卷十五，二十一下。〔一八四〕　（五四九）
□□□明撰。
楊貴妃、李白事。

陳摶高臥　卷一，二下。　（五五〇）

馬致遠元撰。

陳摶事。

陳州糶米　卷四，九下。〔一八五〕　（五五一）

□□□元撰。

包拯、劉小衙內、楊金吾等事。

辰鈎月　卷二，一上。〔一八六〕　（五五二）

——長眉仙遺梅、菊、荷、桃，張天師斷風花雪月。

吳昌齡元撰。

陳世英、桂花仙子事。

稱人心　卷二十九，十一下。〔一八七〕　（五五三）

文懷、衛星波、洛蘭藻事。

長城記　卷三十五，十下。　（五五四）

孟姜女事。

長生樂　卷三十三，十八下。〔一八八〕　（五五五）

劉晨、阮肇事。

長生記　卷八，十一上。〔六六〕　（五五六）

汪廷訥明撰。

呂洞賓事。

長生像　卷二十七，四上。〔三六〕　（五五七）

倪守謙事。

澄海樓　40。〔一八九〕　（五五八）

毛鐘紳撰。

高仲謩、濟登科事。

城南柳　卷三，十五下。　（五五九）

谷子敬明撰。

呂洞賓、桃精、柳精事。

出師表　卷四十一，二下。　（五六〇）

沈襄事。

楚江情　卷九，七下。　（五六一）

即西樓記。馮夢龍明重加改定，更名爲楚江情。

楚昭公　卷一，十六下。〔一九〇〕　（五六二）

鄭廷玉元撰。

楚昭公、芈旋等事。

春燈謎　卷十一，二十下。　（五六三）
又名：十錯認。
阮大鋮明撰。
宇文彥、韋影娘事。

春秋筆　卷二十九，六下。　（五六四）
見：龍燈賺。

重重喜　卷三十一，二下。　（五六五）
長孫貴事。

獅子賺　卷十一，二十五上。　（五六六）
阮大鋮明撰。
鍾馗、陳仲子等事。

詩賦盟　卷十二，七上。〔六二〕　（五六七）
西湖居士撰。
駱俊英、于如玉事。

詩囊恨　50。〔一九二、一〇四〕　（五六八）
□□□明撰。
李賀事。

十美圖　53。〔一八〇〕　（五六九）
張靈、崔瑩事。

十大快　卷三十九，二上。〔一九二〕　（五七〇）
余孝克事。

十錦塘　卷十九，三上。〔三五〕　（五七一）
馬佶人撰。
和鼎事。

十錦堤　卷二十六，十七上。　（五七二）
——任運者時遇賞心。
薖樓居士撰。
白居易事。

十錯認　卷十一，二十下。　（五七三）
見：春燈謎。

十義記　卷十八，三上。〔一九三〕　（五七四）
□□□明撰。
韓朋事。

十五貫　卷四十六，一上。　（五七五）

　見：雙熊夢。

石榴花　卷十八，七下。〔一四〕　（五七六）

　又名：巧聯緣。

　□□□明撰。

　張幼謙、羅惜惜事。

石麟鏡　卷二十七，八下。〔九〕　（五七七）

　蕭謙、秦玉娥事。

殺狗記　卷五，十一上。〔一九五〕　（五七八）

　徐時敏明改編。

　孫榮、孫華事。

射鹿記　卷四十四，十四上。　（五七九）

　曹操事。

壽鄉記　61。　（五八〇）

　趙宗儒事。

壽榮華　卷四十三，十一上。〔九〕　（五八一）

　壽希文事。

壽爲先　卷三十，六下。　（五八二）

　郭魚事。

珊瑚鞭　54。〔一九六〕　（五八三）

　蘇有白、白紅玉、盧夢梨事。

珊瑚玦　卷二十二，六上。　（五八四）

　周稺廉撰。

　卜青事。

珊瑚釧　卷三十六，十二下。　（五八五）

　秦一木、段如圭事。

善慶緣　卷四十一，六上。　（五八六）

　竇儀、竇儼事。

善惡報　卷四十三，四上。　（五八七）

　林澹然、鍾守靜事。

神奴兒　卷四，十三下。　（五八八）

　□□□元撰。

　李德義，李神奴事。

愼鸞交　卷二十一，十上。　（五八九）

李漁撰。

華秀、侯雋、王又嫱、鄧惠娟事。

蜃中樓　卷二十一，七下。　（五九〇）

李漁撰。

柳毅、張羽事。

上林春　卷十六，四下。〔四〕　（五九一）

□□□明撰。

武則天、安金藏等事。

昇平樂　卷二十二，十四上。　（五九二）

又名：圓圓曲。

陸雲士清撰。

吳三桂　陳圓圓事。

昇仙記　卷四十，十七上。〔一九七〕　（五九三）

韓湘事。

生金閣　卷二，五上。〔一九八〕　（五九四）

武漢臣元撰。

包拯、郭成事。

蜀鵑啼　卷二十，十六下。　（五九五）

邱園撰。

吳繼善事。

水滸記　卷十四，十二下。〔六〕　（五九六）

楳花墅編。

宋江事。

水滸青樓記　卷四十二，十八上。〔六〕　（五九七）

宋江等事。

順天時　卷三十九，八上。〔一九九〕　（五九八）

鄧九公、土行孫事。

雙盃記　卷四十，十三下。〔三六〕　（五九九）

又名：喜聯登。

張廷秀事。

雙報恩　卷十二，二十一下。　（六〇〇）

漢眉明撰。

嚴倫事。

雙璧記　卷三十五，十七上。　（六〇一）

焦文玉事。

雙飛石　卷三十三，四下。〔三〇〇〕　（六〇二）

張淸、瓊英事。

雙鳳環　卷三十三，二下。　（六〇三）

白衷、駱艷、令狐霜筠事。

雙鳳記　卷十一，四下。　（六〇四）

又名：雙鳳齊鳴記。

陸華甫明撰。

趙范、趙葵事。

雙鳳齊鳴記　卷十一，四下。　（六〇五）

見：雙鳳記。

雙福壽　52。〔四二〕　（六〇六）

（上）郭子儀事。（下）東方朔事。

雙烈記　卷十三，十九下。〔三〇一〕　（六〇七）

韓世忠、梁紅玉事。

雙龍佩　卷十五，十五上。〔三六〕　（六〇八）

□□□明撰。

袁彬事。

雙龍墜　卷三十二，十四下。　（六〇九）

吳友、武玉如事。

雙官誥　卷二十九，十上。〔一八七〕　（六一〇）

馮琳如、碧蓮事。

雙跨鸞　卷二十八，十下。　（六一一）

見：龍鳳錢。

雙合歡　卷十三，十八下。〔六八〕　（六一二）

王有道、孟月華事。

雙蝴蝶　卷四十六，三上。　（六一三）

滕仲文、葛登雲事。

雙金榜　卷十一，二十二上。〔三〇三〕　（六一四）

阮大鋮明撰。

莫佽飛、皇甫敦等事。

雙晉緣　卷四十六，四下。　（六一五）

王尙友、翟斌事。

雙奇俠　卷二十三，八下。　（六一六）

見：小河洲。

雙俠賺　59。　（六一七）

時可比、吳雲衣事。

雙小鳳　卷二十六，十一下。　（六一八）

飲墨者撰。

金臣心、聞人小鳳事。

雙修記　卷八，三下。〔八六〕　（六一九）

奉佛紫金道人㭊園居士撰。

劉香女事。

雙獻功　卷一，十五下。〔三〇三〕　（六二〇）

高文秀元撰。

孫榮、郭念兒、李逵等事。

雙雄記　卷九，十下。〔三〇四〕　（六二一）

馮夢龍明改定。

丹信、劉雙事。

雙熊夢　卷四十六，一上。〔三五〕　（六二二）

或云尤侗撰。

又名：十五貫。

熊友蘭、熊友蕙事。

雙忠廟　卷二十二，七下。　（六二三）

周穉廉撰。

舒眞、廉國賓事。

雙忠記　卷四十四，四上。〔一二七〕　（六二四）

張巡、許遠事。

雙忠俠　卷四十三，十四下。　（六二五）

雲霄、平公謹事。

雙忠孝　卷三十四，五下。〔三〇五〕　（六二六）

關興、張苞事。

雙珠記　卷十七，五上。〔一一九〕　（六二七）

□□□明撰。

王楫事。

雙蝴壁　卷十四，八上。〔三〇六〕　（六二八）

裴碩、裴正宗事。

雙錘記　卷二十六，一上。〔三八〕　（六二九）

又名：合歡錘。
看松主人撰。
博浪沙力士事。
雙瑞記　卷三十三，十六下。〔三八〕　（六三〇）
又名：中庸解。
周處、吉大謨、吉小謨事。
雙錯巹　卷四十五，二下。〔三八〕　（六三一）
又名：魚籃記。
于楚、尹若蘭事。
雙恩義　卷三十四，十七下。　（六三二）
見：通仙枕。
雙鴛珮　卷三十六，八下。　（六三三）
馮珏、陸韜、霍素娥、霍青霞事。
雙玉人　卷四十六，十四上。　（六三四）
張善相、段琳瑛事。
人天樂　卷三十一，十三下。〔三〇七〕　（六三五）
黃周星撰。
軒轅載事。
人中龍　35。　（六三六）
盛際時撰。
劉鄴、李德裕事。
人獸關　卷十九，十四下。〔三六〕　（六三七）
李元玉撰。
施濟、桂薪事。
任風子　卷一，五上。　（六三八）
馬致遠元撰。
馬丹陽、任屠事。
忍字記　卷一，十八下。　（六三九）
鄭廷玉元撰。
劉均佐、布袋和尚事。
如是觀　卷十一，十一上。〔四二〕　（六四〇）
又名：翻精忠。
吳玉虹明撰。
岳飛事。

瑞霓羅　卷二十七，七上。〔九〕　（六四一）

夔吉事。

阮步兵　卷九，二十二上（參見佚文25）。〔一一〕　（六四二）

又名：英雄淚。

來集之撰。

阮籍事。

輭藍橋　卷十四，七上。〔三〇八〕　（六四三）

季天倫、李仙鄰事。

紫金鞍　卷四十四，十一上。　（六四四）

潘次安事。

紫金魚　卷三十五，十六上。　（六四五）

李天馨事。

紫瓊瑤　卷二十九，二下。〔三六、四二〕　（六四六）

燕脆事。

紫簫記　卷六，一上。　（六四七）

湯顯祖明撰。

霍小玉、李益事。

紫珍鼎　卷三十二，十一下。　（六四八）

魏錦事。

紫釵記　卷六，四上。　（六四九）

湯顯祖明撰。

霍小玉、李益事。

再生緣　卷十二，十上。〔三〇九〕　（六五〇）

蘅蕪室明編。

漢武帝李夫人事。

簪花髻　卷八，六上。　（六五一）

沈自徵明撰（漁陽三弄之三）。

楊慎事。

醉菩提　卷二十一，十八上。〔四一〕　（六五二）

張心其撰。

濟顛事。

醉太平　55。　（六五三）

又名：合巹杯。

黃封、洪梁、麴蘗事。

醉將軍　卷三十七，五上。　（六五四）

鮑宣、董賢事。

醉西湖　卷三十三，八上。60（與卷三十三文有不同）。　（六五五）

時可比、吳雲衣事。

慈悲願　卷三十，二上。　（六五六）

陳光蕊、玄奘事。

詞苑春秋　卷十六，九下。　（六五七）

見：留生氣。

雌木蘭　卷五，十五上。　（六五八）

雌木蘭替父從軍（四聲猿之三）。

徐渭明撰。

賜繡旂　卷三十六，十三下。〔三六〕　（六五九）

劉秀等事。

財星現　卷四十一，十四下。　（六六〇）

秦子西事。

綵樓記　卷三十六，三下。　（六六一）

見：破窰記。

彩霞旛　卷三十，十七上。　（六六二）

柳春，李蓮生事。

彩燕詩　卷三十，十四下。〔三〇〕　（六六三）

劉奇、周芳姿事。

曹王廟　56。　（六六四）

柳忠事。

草廬記　卷三十四，十二下。　（六六五）

劉備、諸葛亮事。

滄浪亭　卷二十六，十九上。　（六六六）

—讀奇書美酒長斟。

蒔棲居士撰。

蘇舜欽事。

撮盒圓　卷十五，九下。　（六六七）

磊道人、癯先生明合編。

聞人淵事。

崔護謁漿　卷一，十五下。　（六六八）
白仁甫元撰。

翠屏山　卷八，七上。〔一三六〕　（六六九）
沈自徵明撰。
楊雄、石秀事。

翠鈿緣　28。　（六七〇）
南山逸史撰。
韋固事。

四美記　卷十七，一上。〔三二〕　（六七一）
□□□明撰。
蔡襄事。

四大癡　卷十一，七上。〔三三〕　（六七二）
李逢時撰。
分酒色財氣四部：酒，姜應召事；色，莊周事；財，盧至事；氣，黄巢事。

四節記〔五三〕　（六七三）
□□□明撰。
一、曲江記　卷十七，十七上。
二、東山記　卷十七，十八上。
三、赤壁記　卷十七，十九下。
四、郵亭記　卷十七，二十下。

四郡記　卷四十五，四下。　（六七四）
孫權劉備爭荊州事。

四全慶　卷四十一，七下。　（六七五）
又名：三鼎爵。
霍仲孺事。

四奇觀　卷二十五，十七上。〔九、三五〕　（六七六）
朱素臣、朱良卿等四人合撰。
包拯斷酒、色、財、氣四案事。

四賢記　卷四，二十八上。　（六七七）
□□□元撰。
烏古孫澤事。

四喜記　卷十三，十七上。〔三三〕　（六七八）
宋郊、宋祁事。

四嬋娟　卷二十三，十二上。（六七九）
洪昇撰。
詠雪，謝道韞事；簪花，衛夫人事；門茗，李清照事；畫竹，管道昇事。（六八〇）

四聲猿
徐渭明撰。
一、狂鼓史　卷五，十二下。
二、玉禪師　卷五，十三下。
三、雌木蘭　卷五，十五上。
四、女狀元　卷五，十六下。

四異記　卷五，二十下。〔二四〕（六八一）
沈璟明撰。
劉璞、孫潤事。

四元記　47。〔三八〕（六八二）
又名：小萊子。
宋再玉、王芳雲事。

三報恩　卷十六，二十一下。〔四五〕（六八三）

第二狂畢魏明撰。
鮮于同事。

三赴牡丹亭　11。〔三五〕（六八四）
趙明道元撰。
韓湘子事。

三多記　卷四十五，十八下。（六八五）
見：慶豐年。

三奪槊　卷二，九下。（六八六）
尚仲賢元撰。
尉遲恭、李元吉事。

三殿元　卷三十，十三上。（六八七）
竇禹鈞事。

三鼎爵　卷四十一，七下。（六八八）
見：四全慶。

三桂記　卷十六，二十二下。（六八九）
□□□明撰。
全正事。

三關記　卷十一，四上。　（六九〇）

施鳳來明撰。

楊六郎事。

三虎賺　卷四十一，十一下。　（六九一）

趙岐事。

三孝記　卷三十二，五下。　（六九二）

謝琦、劉保等事。

三星照　卷四十四，七上。　（六九三）

趙珍、曹彬事。

三祝記　卷八，十五下。　（六九四）

汪廷訥明撰。

范仲淹事。

三世記　卷四十三，六上。〔一六六〕　（六九五）

王桂香事。

三元記　卷十八，十五上。〔三一六〕　（六九六）

□□□明撰。

馮京事。

三元記　卷十六，二十下。　（六九七）

見：斷機記。

鷫鸘裘　卷九，四下。　（六九八）

袁于令撰。

司馬相如、卓文君事。

鎖魔鏡　18。　（六九九）

—三太子大鬧黑風山，二郎神醉射鎖魔鏡。

誶范叔　卷一，十六上。〔三一七〕　（七〇〇）

□□□元撰。

—須賈大夫誶范叔。

松筠操　卷三十二，十下。〔三一八〕　（七〇一）

高文秀元撰。

又名：高士記。

田璋、王瑜事。

宋弘不諧　卷三，七上。〔三一九〕　（七〇二）

鮑吉甫元撰。

湖陽公主、宋弘事。

兒女團圓　卷三，十九下。〔三〇〕　（七〇三）
楊文奎元撰。

兒孫福　卷二十九，九上。〔二〕　（七〇四）
韓弘道事。
徐瓊事。

耳鳴冤　卷三十一，十八上。　（七〇五）
侯野龍、喬子虛事。

二十四孝　卷十五，十下。　（七〇六）
見：孝順歌。

一品爵　卷二十五，二十三下。〔九、二六〕　（七〇七）
朱良卿、李元玉等同撰。
莘臧事。

一捧雪　卷十九，十三上。〔二六〕　（七〇八）
李元玉撰。
莫懷古事。

一封書　卷二十四，十一下。　（七〇九）
又名：劍雙飛。

丁鈺撰。
金鑾、姜鶴事。

一合相　卷二十八，七上。〔五〕　（七一〇）
方繼祖、方瑤草事。

一笑緣　卷十七，十六上。〔二〕　（七一一）
又名：醒世圖。
□□□明撰。
孔慕麟、羞花事。

一種情　卷二十一，三上。〔三一〕　（七一二）
李漁撰。
崔興哥、何興娘、何慶娘事。

一文錢　卷十二，五下。〔五二〕　（七一三）
破慳道人明撰。
盧至事。

一文錢　卷十八，十九下。　（七一四）
見：兩生天。

衣珠記　卷十三，一上。　（七一五）

見：珠衲記。

遺愛集　卷二十五，十六上。　（七一六）
陸躍、程端清合編。
前半曰峴山碑，後半曰虞山碑。于宗堯事。

意中緣　卷二十一，十五下。　（七一七）
李漁撰。
楊雲友、董其昌事。

易鞋記　45。（一一九）　（七一八）
又名：分鞋記。
程鵬舉、白玉孃事。

易水歌　卷二十九，十二上。（三八）　（七一九）
豸山撰。
荊軻事。

易水寒　卷八，一上。（八六）　（七二〇）
葉憲祖明撰。
荊軻事。

義烈記　卷八，十八上。　（七二一）
汪廷訥明撰。
張儉、孔褒、孔融等事。

義犬記　卷七，十五上。（三三、八一）　（七二二）
陳與郊明撰。
袁粲事。

義俠記　卷五，十九下。　（七二三）
沈璟明撰。
武松事。

義貞緣　卷二十九，十九上。　（七二四）
陳青、朱世遠事。

義乳記　卷七，十下。　（七二五）
顧大典明撰（清音閣四種之一）。
李善、李續事。

夜光珠　卷二十二，十下。　（七二六）
王維新撰。
馬燧、馬歷事。

瑤觴記　卷三十八，十五上。（三五）　（七二七）

又名：萬年觴。

劉基事。

游曲江　12。〔一七六〕　（七二八）

—杜子美遊曲江。

曲江池杜甫遊春。

又名：曲江池。

范康元撰。

郵亭記　卷十七，二十下。〔五二〕　（七二九）

陶秀實郵亭記（四節記之四）。

□□□明撰。

陶穀事。

有情癡　卷八，九上。　（七三〇）

徐陽輝明撰。

衛叔卿事。

胭脂雪　卷四十二，十六下。〔二三三〕　（七三一）

白懷、白簡事。

鴦頭水　卷三十四，八下。〔三〇六〕　（七三二）

又名：青缸嘯。

董承、董圓事。

燕青博魚　卷一，二十一上。15（與卷一文有不同）。〔二二四〕　（七三三）

李文蔚元撰。

燕青、燕順、燕和事。

燕子箋　卷十一，十七下。　（七三四）

阮大鋮明撰。

霍都梁、酈飛雲、華行雲事。

豔雲亭　卷二十七，十五上。〔九〕　（七三五）

洪繪、蕭惜芬事。

鴈翎甲　卷十二，三上。〔二八〕　（七三六）

徐寧事。

因緣夢　卷二十二，十六上。〔一〇四〕　（七三七）

石龐撰。

木涇、田娟娟事。

銀牌記　卷四十四，十七上。　（七三八）

韓弘道、李春桃事。

揚州夢　卷三，八上。（七三九）
喬夢符元撰。
杜牧事。

揚州夢　卷四十，十一上。〔三五〕（七四〇）
杜子春事。

陽明洞　34。（七四一）
周杲撰。
王守仁事。

瓔珞會　卷二十，十一上。〔九〕（七四二）
朱良卿撰。
韋珏事。

櫻桃夢　卷六，十五下。〔八二〕（七四三）
高漫卿明撰。
櫻桃青衣事。

櫻桃園　卷十三，十八上。〔三六〕（七四四）
□□□明撰。

汪藻事。

英雄淚　卷九，二十二上。（七四五）
見：阮步兵。

英雄槩　卷三十三，十四上。〔九三〕（七四六）
李存孝、鄧瑞雲事。

鸚鵡洲　卷六，十八下。〔八一〕（七四七）
高漫卿明撰。
韋皋、玉簫、薛濤事。

梧桐雨　卷一，十二下。（七四八）
白仁甫元撰。
唐明皇、楊貴妃事。

五福記　卷五，十下。（七四九）
徐時敏明撰。
徐勉之事。

五福記　卷十五，一上。〔三七〕（七五〇）
又名：五福堂。
韓琦事。

五福堂　卷十五，一上。（七五一）
見：五福記。
五代榮　卷十八，二十一上。〔九〕（七五二）
徐晞事。
五倫全備綱常記　卷二十九，十六下。（七五三）
見：綱常記。
五龍祚　卷三十一，五下。（七五四）
見：後白兎。
五局傳奇　（七五五）
鄧志謨清撰。
一、八珠環記　卷二十四，十上。
二、玉連環記　卷二十四，十一上。
三、鳳頭鞋記　卷二十四，十一上。
四、瑪瑙簪記　卷二十四，十一下。
五、並頭花記　卷二十四，十一下。
午日吟　卷七，十七下。〔六三〕（七五六）
許潮明撰。
杜甫、嚴武事。
伍員吹簫　卷二，七上。（七五七）
李壽卿元撰。
伍員、專諸事。
武當山　卷二十七，五上。〔三六〕（七五八）
楊瑞寰事。
武陵春　卷七，十六下。〔六三〕（七五九）
許潮明撰。或以爲楊愼作。
桃源漁父事。
誤入桃源　卷三，十五上。〔三八〕（七六〇）
王子一元撰。
劉晨、阮肇事。
瓦崗寨　卷四十二，四上。〔三九〕（七六一）
裴元慶、華蘭英事。
臥冰記　卷三十五，十二上。〔三〇〕（七六二）
王祥事。
臥龍橋　72。（七六三）

王羿、陳目姬事。

威鳳記 卷八，十四下。〔六六〕 （七六四）

汪廷訥明撰。

韓用、韓周事。

未央天 卷十八，十七上。〔三五〕 （七六五）

又名：九更天。

□□□明撰。

聞朗、米新圖、馬義事。

衛花符 卷二十，一下。 （七六六）

堵廷棻撰。

崔懸微事。

完璧記 卷十七，二十二上。〔三三一〕 （七六七）

藺相如事。

浣花舟 卷二十六，十三下。 （七六八）

石樵山人撰。

杜遠事。

綰春園 卷十，十一上。〔三三三〕 （七六九）

沈孚中明撰。

楊珏、崔倩雲事。

萬倍利 卷三十一，十上。 （七七〇）

徐阿寄事。

萬民安 卷十六，六上。〔三六〕 （七七一）

□□□明撰。

葛成事。

萬年歡 卷二十一，十四上。 （七七二）

見：玉搔頭。

萬年觴 卷三十八，十五上。 （七七三）

見：瑤觴記。

萬里圓 卷三十五，十二下。〔三六〕 （七七四）

黃向堅事。

萬花亭 卷二十五，三下。 （七七五）

郎玉甫撰。

郎玉、任撰花等事。

萬花樓 卷二十，十三上。〔九〕 （七七六）

朱良卿撰。
衛茁事。

萬全記 卷二十六，三上。〔二八〕 （七七七）
又名：富貴仙。
四願居士撰。
卜豐事。

萬仙錄 卷三十一，十六上。 （七七八）
呂洞賓事。

萬事足 卷九，十六下。 （七七九）
舊有萬全記，馮夢龍明改定，更名曰萬事足。
陳循、高穀事。

翫江樓 9。〔二三三〕 （七八〇）
——柳耆卿詩酒翫江樓。
戴善甫元撰。

文媒記 卷十六，十一上。〔二三四〕 （七八一）
□□□明撰。
盧儲事。

文章用 卷十二，十二上。〔二三五〕 （七八二）
固無居士明撰。
蕭然事。

文星現 卷二十，十八上。 （七八三）
朱素臣撰。
唐寅、祝允明、沈周、文徵明事。

文犀帶 卷三十八，七下。 （七八四）
李雲容、蘇彥璋事。

文武闈 64。 （七八五）
白駒、陸龍事。

問牛喘 卷二，十九上。〔二三六〕 （七八六）
李寬甫元撰。
丙吉事。

王粲登樓 卷三，五下。 （七八七）
鄭德輝元撰。
王粲、蔡邕、許達事。

望湖亭　卷五，二十一上。〔一三六〕　（七八八）
沈伯明明撰。
顏俊、錢選事。

漁家樂　卷二十七，十八下。〔九〕　（七八九）
劉蒜、鄔飛霞事。

漁樵記　卷三十四，二上。　（七九〇）
朱買臣事。

魚籃記　卷四十，九下。〔三三七〕　（七九一）
劉眞、金線事。

魚籃記　卷四十五，二下。　（七九二）
見：雙錯巹。

魚兒佛　卷十二，一上。〔三三八〕　（七九三）
僧湛然明撰。
金嬰事。

遇雲英　4。〔10〕　（七九四）
——裴航遇雲英。
庾天錫元撰。

御袍恩　卷二十八，三上。　（七九五）
見：百福帶。

御雪豹　卷二十七，八上。〔九〕　（七九六）
湯褒珠、薛本宗事。

玉馬佩　卷二十五，八下。　（七九七）
路術淳撰。
黃損、裴玉娥事。

玉帶鈎　卷三十四，二下。　（七九八）
李燮事。

玉殿緣　卷三十六，六下。〔三三九〕　（七九九）
江筆、胡素娟、何玉娟事。

玉樓春　卷二十二，二十上。　（八〇〇）
謝宗錫撰。
拜住、王玉英、速哥失里事。

玉連環記　卷二十四，十一上。　（八〇一）
鄧志謨撰（五局傳奇之二）。
全劇皆用曲牌名。

玉麟符　卷三十四，一上。〔三六〕　（八〇二）
楚懷王之孫心及孫貽之女事。

玉花記　卷十六，十四上。〔三〇〕　（八〇三）
□□□明撰。
韓翊、陳瓊姬事。

玉環記　卷十四，十六下。〔三一〕　（八〇四）
韋皐、玉簫事。

玉壺春　卷二，四下。　（八〇五）
武漢臣元撰。
李斌、李素蘭事。

玉蜻蜓　卷四十四，九下。〔三二〕　（八〇六）
申桂生、志貞事。

玉簫女　卷三，七下。　（八〇七）
—玉簫女兩世姻緣。
喬夢符元撰。
韋皐、玉簫事。

玉鐲記．卷二十七，一上。〔三三〕　（八〇八）
房衣冏、胡香玉事。

玉瑑緣　卷十六，一上。　（八〇九）
□□□明撰。
鮮于同事。

玉尺樓　卷二十四，七下。　（八一〇）
沈韻、韓燕雪、馬停雲事。

玉釵記　卷十二，六上。29（補卷十二文）。〔三四〕　（八一一）
心一山人撰。
何文秀事。

玉禪師　卷五，十三下。　（八一二）
玉禪師翠鄉一夢（四聲猿之二）。
徐渭明撰。
柳翠事。

玉杵記　卷十，八上。　（八一三）
楊之炯明撰。
裴航、崔護事。

玉搔頭　卷二十一，十四上。　（八一四）
又名：萬年歡。
李漁撰。
劉倩倩事。

鬱輪袍記　卷十二，九上。〔六二〕　（八一五）
西湖居士撰。
王維事。

岳陽樓　卷一，一下。　（八一六）
馬致遠元撰。
呂洞賓、柳精、梅精事。

月華緣　卷四十二，十二上。　（八一七）
見：狀元堂。

躍鯉記　卷十四，十三上。〔二四五〕　（八一八）
姜詩事。

鴛鴦被　卷四，九上。　（八一九）
□□□元撰。
李玉英、張瑞卿事。

鴛鴦夢　卷十二，三下。31（與卷十二文有不同）。　（八二〇）
採芝客明撰。
秦璧、崔嬌蓮事。

鴛鴦閙　卷三十五，六上。　（八二一）
見：泮宮緣。

鴛鴦箋　卷四十二，九下。　（八二二）
王英、扈三娘事。

鴛鴦賺　卷二十一，十一上。　（八二三）
見：凰求鳳。

元寶媒　卷二十二，九上。〔二四六〕　（八二四）
周穉廉撰。

元宵閙　卷十四，五下。卷三十三，七上　（八二五）
張尙禮事（誤）。
（重出）。〔三四〕
盧俊義事。

圓圓曲　卷二十二，十四上。　（八二六）

見：昇平樂。

遠塵圜　卷十二，十三下。　(八二七)

護春樓主人明撰。

江鶴事。

雲台記　卷三十九，十上。〔三四七〕　(八二八)

劉秀事。

運甓記　卷十四，十九下。　(八二九)

陶侃事。

永團圓　卷十九，十七上。〔三六〕　(八三〇)

李元玉撰。

蔡文英事。

注音字母檢字表

ㄅ

ㄅㄚ　八　〇〇一—〇〇三
ㄅㄚˋ　霸　〇〇四
ㄅㄞˊ　白　〇〇五—〇一〇
ㄅㄞˇ　柏　〇一一　百　〇一二—〇一九
ㄅㄟˇ　北　〇二〇
ㄅㄠˇ　寶　〇二一—〇二四
ㄅㄠˋ　報　〇二五　抱　〇二六　豹　〇二七
ㄅㄢˋ　半　〇二八
ㄅㄧˋ　碧　〇二九—〇三〇
ㄅㄧㄝˊ　別　〇三一
ㄅㄧㄠˇ　表　〇三二
ㄅㄧㄢˋ　遍　〇三三
ㄅㄧㄥˋ　并　〇三四
ㄅㄨˇ　補　〇三五
ㄅㄨˋ　不　〇三六

ㄆ

ㄆㄛˋ 破 ○三七

ㄆㄢˊ 盤 ○三八 蟠 ○三九—○四○

ㄆㄢˋ 泮 ○四一

ㄆㄣˊ 盆 ○四二

ㄆㄧˊ 琵 ○四三

ㄆㄧㄥˊ 平 ○四四 屏 ○四五

ㄇ

ㄇㄚˇ 瑪 ○四六 馬 ○四七—○四八

ㄇㄚˋ 罵 ○四九

ㄇㄛˊ 魔 ○五○

ㄇㄛˋ 沒 ○五一

ㄇㄞˊ 埋 ○五二

ㄇㄞˋ 賣 ○五三—○五四

ㄇㄟˊ 梅 ○五五 眉 ○五六 沒 ○五一

ㄇㄡˊ 牟 ○五七—○五八

ㄇㄢˇ 滿 ○五九

ㄇㄤˇ 莽 ○六○

ㄇㄥˋ 孟 〇六一 夢 〇六二
ㄇㄧㄥˊ 名 〇六三 明 〇六四 鳴 〇六五
ㄇㄨˇ 牡 〇六六—〇六七
ㄇㄨˋ 牧 〇六八 目 〇六九

ㄈ

ㄈㄟ 非 〇七〇 飛 〇七一—〇七二
ㄈㄟˇ 翡 〇七三
ㄈㄢ 翻 〇七四—〇七五
ㄈㄢˇ 反 〇七六
ㄈㄢˋ 范 〇七七
ㄈㄣ 分 〇七八—〇八一
ㄈㄣˊ 焚 〇八二
ㄈㄣˋ 憤 〇八三
ㄈㄤ 芳 〇八四
ㄈㄤˇ 訪 〇八五
ㄈㄨㄥ 豐 〇八六 風 〇八七—〇九〇
ㄈㄨㄥˊ 馮 〇九一—〇九二
ㄈㄨㄥˋ 鳳 〇九三—〇九六
ㄈㄨˊ 芙 〇九七—一〇〇

ㄈㄨˋ 富 一〇一

ㄉ

ㄉㄚˋ 大 一〇二
ㄉㄠˇ 倒 一〇三—一〇五
ㄉㄢ 丹 一〇六
ㄉㄤˇ 黨 一〇七
ㄉㄥ 登 一〇八
ㄉㄧㄠˋ 弔 一〇九 釣 一一〇
ㄉㄧㄥˋ 定 一一一
ㄉㄨˊ 讀 一一二—一一三
ㄉㄨˋ 度 一一四 杜 一一五
ㄉㄨㄛˊ 奪 一一六—一一七
ㄉㄨㄟˋ 對 一一八
ㄉㄨㄢˋ 斷 一一九—一二一
ㄉㄨㄥ 冬 一二二 東 一二三—一二六
ㄉㄨㄥˋ 凍 一二七

ㄊ

ㄊㄚˇ 獺 一二八

ㄋ

ㄋㄨㄥˋ 弄 一八五
ㄋㄩˇ 女 一八六—一八七

ㄌ

ㄌㄞˊ 来 一八八
ㄌㄟˊ 雷 一八九
ㄌㄠˇ 老 一九〇
ㄌㄡˊ 樓 一九一
ㄌㄢˊ 藍 一九二—一九四
ㄌㄢˋ 爛 一九五
ㄌㄥˊ 楞 一九六
ㄌㄥˇ 冷 一九七
ㄌㄧˊ 離 一九八
ㄌㄧˇ 李 一九九—二〇〇
ㄌㄧˋ 立 二〇一 麗 二〇二
ㄌㄧㄡˊ 劉 二〇三 留 二〇四
ㄌㄧㄡˇ 柳 二〇五—二〇六
ㄌㄧㄢˊ 連 二〇七—二〇八 憐 二〇九 蓮 二一〇—二一一
ㄌㄧㄢˋ 練 二一二
ㄌㄧㄣˊ 臨 二一三—二一四

ㄍㄨˇ 古 二五八

ㄍㄨㄟ 歸 二五九

ㄍㄨㄢ 關 二六〇

ㄍㄨㄢˋ 灌 二六一

ㄍㄨㄤˇ 廣 二六二—二六三

ㄍㄨㄥˇ 鞏 二六四

ㄎ

ㄎㄞ 開 二六五

ㄎㄢ 勘 二六六—二六七　看 二六八

ㄎㄨˋ 酷 二六九

ㄎㄨㄞˋ 快 二七〇

ㄎㄨㄟˊ 葵 二七一

ㄎㄨㄤˊ 狂 二七二

ㄎㄨㄥ 空 二七三　埪 二七四

ㄏ

ㄏㄜˊ 河 二七五　合 二七六—二八六　和 二八七

ㄏㄞˇ 海 二八八—二八九

ㄏㄟ 黑 二九〇—二九二

ㄏㄠˋ 昊 二九三
ㄏㄡˋ 後 二九四—二九七
ㄏㄢˊ 邯 二九八、韓 二九九
ㄏㄢˋ 漢 三〇〇
ㄏㄨ 呼 三〇一
ㄏㄨˊ 蝴 三〇二—三〇四
ㄏㄨˇ 虎 三〇五—三〇八
ㄏㄨㄚ 花 三〇九—三一〇
ㄏㄨㄚˋ 畫 三一一
ㄏㄨㄛˋ 貨 三一二
ㄏㄨㄟ 灰 三一三
ㄏㄨㄟˊ 迴 三一四—三一五
ㄏㄨㄢˊ 還 三一六—三一八
ㄏㄨㄢˋ 幻 三一九—三二〇
ㄏㄨㄣˋ 混 三二一
ㄏㄨㄤˊ 黃 三二二—三二三、凰 三二四
ㄏㄨㄥˊ 紅 三二五—三三〇

ㄐ

ㄐㄧˊ 吉 三三一—三三二

ㄐㄧㄝˊ 傑 三三三 節 三三四—三三五 截 三三六
ㄐㄧㄠ 嬌 三三七 焦 三三八 鮫 三三九
ㄐㄧㄠˋ 敎 三四〇
ㄐㄧㄡˇ 九 三四一—三四四 酒 三四五
ㄐㄧㄡˋ 救 三四六—三四七
ㄐㄧㄢˋ 劍 三四八—三四九 建 三五〇 薦 三五一—三五二
ㄐㄧㄣ 金 三五三—三六六
ㄐㄧㄣˇ 錦 三六七—三七五
ㄐㄧㄣˋ 晉 三七六
ㄐㄧㄤ 江 三七七
ㄐㄧㄥ 荊 三七八 精 三七九—三八〇 驚 三八一
ㄐㄧㄥˇ 井 三八二
ㄐㄩˇ 舉 三八三
ㄐㄩˋ 聚 三八四—三八五
ㄐㄩㄣ 君 三八六

ㄑ

ㄑㄧ 七 三八七—三八九
ㄑㄧˊ 耆 三九〇 麒 三九一—三九三 齊 三九四
ㄑㄧˇ 杞 三九五

ㄑㄧˋ 氣 三九六
ㄑㄧㄝ 切 三九七
ㄑㄧㄝˊ 伽 三九八
ㄑㄧㄝˋ 竊 三九九
ㄑㄧㄠˇ 巧 四〇〇—四〇一
ㄑㄧㄡ 秋 四〇二—四〇三
ㄑㄧㄡˊ 求 四〇四
ㄑㄧㄢ 千 四〇五—四一〇
ㄑㄧㄢˊ 乾 四一一 錢 四一二
ㄑㄧㄤˊ 牆 四一三
ㄑㄧㄥ 清 四一四—四一八 青 四一九—四二四
ㄑㄧㄥˊ 情 四二五—四二七
ㄑㄧㄥˋ 慶 四二八—四二九
ㄑㄩ 屈 四三〇 曲 四三一—四三三
ㄑㄩㄝˋ 鵲 四三四
ㄑㄩㄢˊ 全 四三五—四三七
ㄑㄩㄣˊ 裙 四三八 羣 四三九—四四〇
ㄑㄩㄥˊ 瓊 四四一—四四二

ㄒ

ㄒㄧ 西 四四三—四五一
ㄒㄧˇ 喜 四五二—四五四
ㄒㄧㄚˊ 俠 四五五—四五六
ㄒㄧㄝˋ 謝 四五七
ㄒㄧㄠ 瀟 四五八　逍 四五九　蕭 四六〇　霄 四六一
ㄒㄧㄠˇ 小 四六二—四六九
ㄒㄧㄠˋ 孝 四七〇—四七一
ㄒㄧㄡ 修 四七二
ㄒㄧㄡˋ 繡 四七三—四七五
ㄒㄧㄢ 仙 四七六
ㄒㄧㄣ 新 四七七—四七八
ㄒㄧㄤ 相 四七九　香 四八〇—四八一
ㄒㄧㄤˊ 祥 四八二
ㄒㄧㄤˇ 想 四八三
ㄒㄧㄥˇ 醒 四八四—四八六
ㄒㄧㄥˋ 杏 四八七—四八八
ㄒㄩˋ 續 四八九—四九二
ㄒㄩㄝ 薛 四九三

ㄒㄩㄝˇ 雪 四九四—四九六
ㄒㄩㄣˊ 尋 四九七
ㄒㄩㄥˊ 雄 四九八—四九九

ㄓ

ㄓ 織 五〇〇
ㄓㄜˊ 折 五〇一
ㄓㄞ 摘 五〇二—五〇三
ㄓㄠˋ 照 五〇四　趙 五〇五—五〇六
ㄓㄡˋ 僽 五〇七
ㄓㄢˋ 占 五〇八
ㄓㄣ 珍 五〇九—五一〇　眞 五一一
ㄓㄣˋ 鎮 五一二
ㄓㄤ 張 五一三—五一四
ㄓㄥ 爭 五一五
ㄓㄥˋ 正 五一六
ㄓㄨ 珠 五一七　硃 五一八
ㄓㄨˊ 竹 五一九—五二二
ㄓㄨˋ 祝 五二三
ㄓㄨㄟˋ 墜 五二四

ㄓㄨㄢ 剸 五二五
ㄓㄨㄢˋ 賺 五二六—五二七
ㄓㄨㄤˋ 狀 五二八—五三〇
ㄓㄨㄥ 中 五三一—五三二 忠 五三三—五三五
ㄓㄨㄥˇ 種 五三六
ㄓㄨㄥˋ 種 五三七

ㄔ

ㄔˇ 尺 五三八
ㄔˋ 赤 五三九—五四三
ㄔㄜˇ 扯 五四四
ㄔㄞ 釵 五四五
ㄔㄠˊ 朝 五四六
ㄔㄡˊ 籌 五四七
ㄔㄢˊ 蟾 五四八
ㄔㄣˊ 沉 五四九 陳 五五〇—五五一 辰 五五二
ㄔㄣˋ 稱 五五三
ㄔㄤˊ 長 五五四—五五七
ㄔㄥˊ 澄 五五八 城 五五九
ㄔㄨ 出 五六〇

ㄔㄨˇ 楚 五六一—五六二
ㄔㄨㄣ 春 五六三—五六四
ㄔㄨㄥˊ 重 五六五

ㄕ

ㄕ 獅 五六六 詩 五六七—五六八
ㄕˊ 十 五六九—五七五 石 五七六—五七七
ㄕㄚ 殺 五七八
ㄕㄜˋ 射 五七九
ㄕㄡˋ 壽 五八〇—五八二
ㄕㄢ 珊 五八三—五八五
ㄕㄢˋ 善 五八六—五八七
ㄕㄣˊ 神 五八八
ㄕㄣˋ 慎 五八九 蜃 五九〇
ㄕㄤˋ 上 五九一
ㄕㄥ 昇 五九二—五九三 生 五九四
ㄕㄨˇ 蜀 五九五
ㄕㄨㄟˇ 水 五九六—五九七
ㄕㄨㄣˋ 順 五九八
ㄕㄨㄤ 雙 五九九—六三四

ㄖ

ㄖㄣˊ 人 六三五—六三七 任 六三八
ㄖㄣˇ 忍 六三九
ㄖㄨˊ 如 六四〇
ㄖㄨㄟˋ 瑞 六四一
ㄖㄨㄢˇ 阮 六四二 輭 六四三

ㄗ

ㄗˇ 紫 六四四—六四九
ㄗㄞˋ 再 六五〇
ㄗㄢ 簪 六五一
ㄗㄨㄟˋ 醉 六五二—六五五

ㄘ

ㄘˊ 慈 六五六 詞 六五七 雌 六五八
ㄘˋ 賜 六五九
ㄘㄞˊ 財 六六〇
ㄘㄞˇ 綵 六六一 彩 六六二—六六三
ㄘㄠˊ 曹 六六四
ㄘㄠˇ 草 六六五

ㄘㄤ 滄 六六六
ㄘㄨㄛˋ 撮 六六七
ㄘㄨㄟ 崔 六六八
ㄘㄨㄟˋ 翠 六六九—六七〇

ㄙ

ㄙˋ 四 六七一—六八二
ㄙㄢ 三 六八三—六九七
ㄙㄨˋ 鷫 六九八
ㄙㄨㄛˇ 鎖 六九九
ㄙㄨㄟˋ 誶 七〇〇
ㄙㄨㄥ 松 七〇一
ㄙㄨㄥˋ 宋 七〇二

ㄦ

ㄦˊ 兒 七〇三—七〇四
ㄦˇ 耳 七〇五
ㄦˋ 二 七〇六

ㄧ

ㄧ 一 七〇七—七一四
衣 七一五

一 遺 七一六
一 意 七一七 易 七一八—七二〇 義 七二一—七二五
一ㄝˋ 夜 七二六
一ㄠˊ 瑤 七二七
一ㄡˊ 游 七二八 郵 七二九
一ㄡˇ 有 七三〇
一ㄢ 胭 七三一
一ㄢˊ 簷 七三二
一ㄢˋ 燕 七三三—七三四 艷 七三五 鴈 七三六
一ㄣ 因 七三七
一ㄣˊ 銀 七三八
一ㄤˊ 揚 七三九—七四〇 陽 七四一
一ㄥ 瓔 七四二 櫻 七四三—七四四 英 七四五—七四六 鸚 七四七

ㄨ

ㄨˊ 梧 七四八
ㄨˇ 五 七四九—七五五 午 七五六 伍 七五七 武 七五八—七五九
ㄨˋ 誤 七六〇
ㄨㄚˇ 瓦 七六一
ㄨㄛˋ 臥 七六二—七六三

ㄨㄟ 威 七六四
ㄨㄟˋ 未 七六五 衛 七六六
ㄨㄢˊ 完 七六七
ㄨㄢˇ 浣 七六八 綰 七六九
ㄨㄢˋ 萬 七七〇—七七九 翫 七八〇
ㄨㄣˊ 文 七八一—七八五
ㄨㄣˋ 問 七八六
ㄨㄤˊ 王 七八七
ㄨㄤˋ 望 七八八

ㄩ

ㄩˊ 漁 七八九—七九〇 魚 七九一—七九三
ㄩˋ 遇 七九四 御 七九五—七九六 玉 七九七—八一四 八一五
ㄩㄝˋ 岳 八一六 月 八一七 躍 八一八
ㄩㄢ 鴛 八一九—八二三
ㄩㄢˊ 元 八二四—八二五 圓 八二六
ㄩㄢˇ 遠 八二七
ㄩㄣˊ 雲 八二八
ㄩㄣˋ 運 八二九
ㄩㄥˇ 永 八三〇

筆畫檢字表

箋註

說明

一、箋註所引各書，有幾種是需要特別加以說明的：

1. 呂天成曲品、新傳奇品、古人傳奇總目。

箋註所根據的是曲苑本，參以葉德均曲品考（見戲曲論叢——日新文藝叢書本）。主要是把原題『曲品卷上』、『曲品卷下』和原題『新傳奇品』而著錄沈寧庵等人的三部分，訂爲呂天成曲品；把原題『新傳奇品』而著錄阮大鋮等人的部分，訂爲高奕新傳奇品；把『古人戲曲總目』，訂爲既非呂作，又非高作，而是另外的一個目錄。

2. 寒山堂曲譜。

全名寒山堂新定九宮十三攝南曲譜，張心其（彜宣）撰。此書未刊行，只有傳抄本。

3. 傳奇彙考標目、別本傳奇彙考標目。

各舊抄本傳奇彙考，多附有標目二卷，像是彙考的總目，但和彙考並不相關，實際上乃是獨立的一本曲目。

各本標目，除因傳抄脫落、錯訛而發生的差異外，再沒有什麽不同。惟有南海李氏所傳抄的一本，是曾經有人增補過的。李抄所根據的原本，今不知下落。編者所見到的，是蔡（仲勛）、邵（茗生）兩家根據李抄的再補本（中央文化部藝術事業管理局資料室藏有邵氏寫本）。箋註引用，稱爲別本傳奇彙考標目，凡蔡、邵所補，加注『補』字。

4. 懷寧曹氏藏曲。

懷寧曹氏（心泉）藏曲，一部分已讓與前中國戲曲音樂院，今藏中國戲曲研究院；一部分已讓與上海涵芬樓，今藏北京圖書館。凡屬於後一部分之內的，加『（乙）』字以爲識別。

5. 笠閣評目。

笠閣評目，附刻於淸乾隆刋笠閣漁翁箋注牡丹亭中，題『笠閣批評舊戲目』。此書又稱『千古麗情第一書』，因此也有人稱此目爲『千古麗情曲目』。

二、各劇別名，凡僅見於戲曲選集的，一概暫不收入。因爲各選集所題別名，往往只是書賈們任意刋刻，不一定有什麼根據，例如徽池雅調中把『推車自嘆』一折，題作『臥氷記』，又題作『躍鯉記』，簡直使人莫名其妙。同時大多數的選集，目前還很難見到，有的縱然故事相同，還未必就是同一作品，也不便憑空妄加揣測。

三、各家著錄，彼此之間往往互有抵觸。首先因爲各家所根據的原來材料也未必完全確實。再者：古人作品，很多是用別署發表，更有時用化名（例如沈璟紅蕖記題施如宋撰）；也有些作品，爲求廣於流傳，假借他人名姓（遠山堂明曲品凡例云：『才人名妓，詞壇之所艷稱，作者每竊其名以覆短，如盧次楩之想當然、韋長賓之塋篌、馬湘蘭之三生、梁玉兒之合元。』）；還有舊時刋刻戲曲，往往在卷首羅列好多人名（如某某正譜、某某編次、某某參訂、某某樂句……等）。這些情形也多引起著錄中的紛歧。在箋註中遇到這種情形，盡可能尋求旁證來解決。實在無法解決的，暫時兩存，留待有更多的參考資料發現時再作補正。

〔一〕沈自晉南詞新譜：『八義記，徐叔回作。』六十種曲中有八義記一本，多以爲即叔回所作，非是。呂天成曲品：『孤兒，……即以趙武爲岸賈子，正是戲局。近有徐叔回所改八義，與傳稍合，然未佳。』遠山堂明曲品：八義，徐叔回作，注云：『傳趙武事者有報冤記，又有接纓記，此則以八義記名。記中以程嬰爲趙朔友，以嗾犬在宣孟侍宴之際，以韓厥生武而不死於武，以成靈壽之功，皆本於史傳，與時本稍異。』六十種曲本八義，其情節與呂、祁兩家所述徐本不合，當非徐叔回作。

明世德堂刊本有趙氏孤兒記，六十種曲本八義似即就此本而略加增潤者，提要所叙亦與此相合，當皆爲趙氏孤兒記。

明止雲居士萬壑清音中選八義記『趙盾挺奸』一折，曲亦北端正好一套，但字句與今存兩本皆不同，此或出於徐叔回本。

〔二〕白兎，今存有六十種曲本。鈕少雅南曲九宮正始引，作『劉知遠』，題『元傳奇』。徐文長南詞叙錄宋元舊編中有劉知遠白兎記。寒山堂曲譜引有劉知遠重會白兎記，注云：『劉唐卿改過』。劉唐卿，見錄鬼簿卷上，元代人。今存又有明富春堂刊本白兎記，文字頗近綺麗，情節亦與六十種曲本不同，如咬臍郎與李三娘井台相逢，並無白兎牽引，則此本當另有原名。遠山堂明曲品：『咬臍，别設科目，絕不類白兎記。乃彼即口頭俗語，自然雅致；此則通本調文，轉覺不文。』富春堂所刊者或即此劇。

富春堂刊本題『豫人敬所謝天祐校』，或以謝即白兎記作者，或更以謝天祐即謝天瑞，均誤。

〔三〕懷寧曹氏藏曲有白羅衫一本，一名羅衫合。新傳奇品著錄劉晉充作品有羅衫合。

劉方，字地如，一字晉充。見天馬媒傳奇序文。提要作『劉普充』，誤。

〔四〕白蛇記——富春堂刊本題『劉漢卿白蛇記，浙郡逸士鄭國軒編集』。遠山堂明曲品雜調中有白蛇，翁子忠作。提要謂鸞釵記乃改白蛇記而成者，遠山堂明曲品則稱白蛇係改鸞釵，翁作或另是一本。

〔五〕新傳奇品著錄邱峴雪作品有百福帶、黨人碑、虎囊彈、幻緣箱、御袍恩等。傳奇彙考標目又有一合相，注云：『袁柳莊事』。南詞新譜引一合相傳奇，註云：沈蘇門君謨作。未詳是否即此本而作者傳云互異。又北京圖書館藏有萊涇居士所作一合相傳奇，乃是演尤雲、佘佩珊事，與此不同。

傳奇彙考標目列黨人碑、虎囊彈於朱佐朝名下，而注云：『一云邱峴雪作』。

御袍恩即百福帶，各家著錄多誤爲兩本，惟提要所說不誤，有程氏玉霜簃藏本可證。

〔六〕百花記，各家著錄均不載作者姓名。遠山堂明曲品著錄王元功作品有花亭，注云：『此無功改百花本也。彼以鄒化爲生，此以江六雲爲生，情節亦不無稍異。』傳奇彙考標目著錄許自昌作品有百花亭（別本傳奇彙考標目作『百卉亭』），或即王改原本。

傳奇彙考標目云：『許自昌，字玄祐，所著有梅花墅傳奇數種，而惟水滸記最行於時。』又云：『王无功，名異。』遠山堂明曲品既作『元功』，又稱『无功』。或疑『元』字或乃『无』字之訛，然瑪瑙簪注云：『阿兄伯彭有將無同記』。伯彭者，王元壽也，則元壽、元功，亦合弟兄間取名排字慣例，似不爲誤。

傳奇彙考標目：『水滸，一名青樓』。遠山堂明曲品著錄許自昌作品有水滸，而王元功亦有水滸，注云：『此梅花主人改訂者，……前本有妻，似贅，今并去之。』今存各本水滸記皆有宋妻孟氏事，當爲許作。提要卷四十二敘有水滸青樓記一本，或與梅花主人改本有關。

靈犀佩、弄珠樓，遠山堂明曲品著錄王元功作品有此二目，傳奇彙考標目則王、許均列此二目。按：弄珠樓有明武林凝瑞堂刊本，不題作者姓名。

〔七〕曾見舊抄辟邪鏡傳奇殘本，祗存二折，且係單頭，乃演一婦女被惡覇刼持，中有一人名辛不足。今按百子圖中有此一段情節，又鄧攸棄子時曾以辟邪鏡繫子胸前，後竟以此相認云云。則辟邪鏡當是百子圖別名。

〔八〕北西遊記有明萬曆刊楊東萊許本，題：『元吳昌齡撰』。據孫楷第先生考證，實係楊景賢所作。見輔仁學誌第八卷第一期吳昌齡與雜劇西遊記一文。

馬廉錄鬼簿新校註：『楊景賢，名暹，後改名訥，號汝齋。』涵虛子朱權太和正音譜作『楊景言』，列明初十六人中。

楊景賢所作柳梢青，錄鬼簿新校注題『劉行首』。

〔九〕朱良卿（傳奇彙考標目：『名佐朝，以字行。』）其作品除提要已注明係朱氏所作者外，尚有：寶疊月、牡丹圖、奪秋魁、蓮花筏、建皇圖、吉慶圖、錦雲裘、軒轅鏡、飛龍鳳、瑞霓羅、御雪豹、石麟鏡、乾坤嘯、壽榮華、五代榮、豔雲亭、漁家樂（以上見新傳奇品）、九蓮燈、清風寨、朝陽鳳、龍燈賺（一云朱雲從作）、照胆鏡（一云朱雲從作）、黨人碑（一云邱嶼雪作）、虎囊彈（一云邱嶼雪作）、快活三（一云張大復作）（以上見傳奇彙考標目）等。

龍燈賺——提要云：又名春秋筆。按：新傳奇品著錄高奕作品有春秋筆。程氏玉霜簃藏曲有軒轅鏡，懷寧曹氏藏曲（乙）有渾儀鏡，清南府曲本有犀鏡圓，皆即龍燈賺。

新傳奇品著錄清風寨爲史集之作，朝陽鳳爲朱素臣作，龍燈賺、照胆鏡爲朱雲從作，黨人碑、虎囊彈爲邱嶼雪作，快活三爲張心其作。

別本傳奇彙考標目：『寶疊月，一云陳二白作』。

〔一〇〕半臂寒，雜劇三編收此劇，題『南山逸史撰』。

〔一一〕來集之，遠山堂明曲品作『來鎔』。

〔一二〕朱雯虬，字雲從（見清康熙間兒孫福傳奇稿本）。一云：名雲從，字際飛（見傳奇彙考標目）。新傳奇品著錄其作品有龍燈賺、照胆鏡（以上二種參看注九）、兒孫福、別有天、赤龍鬚等。別本傳奇彙考標目又有一笑緣。

〔一三〕表忠記，姚燮今樂考證著錄遺民外史作品有此目，注云：『即鐵冠圖』。按：此劇雖亦名鐵冠圖，但另有鐵冠圖與此不同，參見注六二。

〔一四〕傳奇彙考標目著錄明姚子翼作品有遍地錦、上林春、祥麟現等。懷寧曹氏藏曲(乙)有七子圓，即祥麟現。

〔一五〕不了緣，雜劇三編收此劇，題『碧蕉主人撰』。

〔一六〕提要稱破窰記又名綵樓記，但另有名破窰記而非即綵樓記者。富春堂刊本有破窰，又有綵樓。今樂考證亦云：『綵樓記，非古破窰本。』南曲九宮正始引綵樓記，題『明傳奇』；引瓦窰記，呂蒙正，均題『元傳奇』。呂蒙正，永樂大典戲文目有呂蒙正風雪破(窰)記，南詞敘錄宋元舊編內有呂蒙正破窰記；瓦窰，未見著錄。

〔一七〕遠山堂明曲品：『恩榮。陳希夷對鏡掀髯曰：「非帝則仙」。及其道成，不啻蘧廬視帝王矣，而作者加以人間之富貴，何淺之乎窺希夷哉！』蟠桃會劇中演陳希夷之子秉忠官至司諫，孫一鳳狀元及第，一家富貴。似即恩榮。

〔一八〕蟠桃讌，明杜笏齋刊本序稱謝寤雲撰。明徐𤊹家藏書目有蝴蝶夢，謝弘義撰。遠山堂明曲品作『謝弘儀』，又稱『寤雲』。

〔一九〕琵琶記，北京圖書館藏明嘉靖刊本，題名爲『蔡中郎忠孝傳』。

〔二〇〕錄鬼簿新校注：『庾吉甫，名天福，曹(棟亭)本名「天錫」。』

〔二一〕錄鬼簿新校注：『益漢卿，各本均作「孟漢卿」。錢(也是園)目「孟」作「夢」。』

〔二二〕別本傳奇彙考標目：清吳龐，字士科，其作品有：沒名花、紅蓮案、合歡圖。笠閣評目著錄有沒名花一本，題『吳名翰作』。

〔二三〕賣相思——笠閣評目著錄又有研雪子所作賣相思一本。

〔二四〕傳奇彙考標目著錄明李素甫作品有賣愁村、元宵鬧(注『一云朱良卿作』)。別本傳奇彙考標目著錄朱良卿作品亦有元宵鬧，注云：『一云李素甫作』。又注云：『方蓮英事，與李本異。』

（二五）新傳奇品：馬亘生作品有梅花樓、十錦塘（傳奇彙考標目作『十景塘』）等。南詞新譜：『馬更生，名佶人，字吉甫。』傳奇彙考標目：『馬佶人，字亘生。』

（二六）李元玉，或作『玄玉』，其作品除提要已注明係李氏所作者外，尚有風雲會、太平錢、眉山秀、長生像、雙龍佩、千里舟、武當山、萬里圓、萬民安、羅天醮等（見新傳奇品）。傳奇彙考標目，萬里圓作『萬里緣』，今樂考證、曲錄同。今樂考證云：『千鍾祿，一名千忠戮』。曲錄云：『一作千忠祿』。程氏玉霜簃藏曲有千鍾祿，又名硫璃塔。別本傳奇彙考標目著錄李氏作品有琉璃塔。眉山秀——有一笠庵刊本，有上海中華書局鉛印本，題『女才子傳奇、蘇門嘯侶撰』。清順治間樹滋堂及康熙間霜英堂刊本清忠譜傳奇，均題『蘇門嘯侶、李玉、元玉甫著』。

（二七）牟尼合，今樂考證云：『又名馬郎俠』。按：明遙集堂本題此劇全名曰『馬郎俠牟尼合記』。

（二八）今樂考證云：『案：曲考以偷甲、魚藍、雙錘、四元、萬全五種與笠翁十種幷列，云「笠翁作」，而入十醋（滿床笏）於無名氏，注云：「龔司寇門客作，或云係范希哲作」。或又以萬全一種爲范氏作。近得五種合刻本，署曰「四願居士」，笠翁無此號，殆爲希哲無疑耶？又案：四願居士五種，有十醋記無四元記。希哲所撰，其署名者列後：范希哲一種，補天記，即小江東。』

按：今存刊本補天記有小齋主人序，亦未言明作者乃范希哲，今樂考證當另有所據。（今樂考證所據者，或即笠閣評目。然評目中滿床笏、萬全記二種亦均注范希哲作，不應單舉補天記。）其餘七種：四元記有燕客退拙子自序、雙錘記有看松主人自序、萬全記有四願居士自序、雙瑞記有長安不解解人自序，稱自序者，蓋即作者化名；十醋記有西湖素泯主人序、偷甲記有秋堂和尚序、魚籃記有魚籃道人序，不稱自序而僅稱序者，猶未便遽認爲即作者也。王驥德曲律述呂天成作品有四元一本，是否即燕客退拙子所作者？待考。

〔二九〕今樂考證：『夢磊，即巧雙緣。』

〔三〇〕呂天成曲品云：『明珠，無雙事，奇。此係天池之兄給諫陸粲具草而天池踵成之者。』明王世貞曲藻：『明珠，即無雙傳，陸天池所成，乃兄浚明給事助之。』

〔三一〕鳴鳳記，古人傳奇總目題『王鳳洲作』。提要卷四十一鳳和鳴篇中云：『鳳和鳴不知誰作，事實即本梁辰魚鳴鳳記，以其記下本增飾鄒應龍、林潤、郭希顏事。』此說未詳何據，祇可存疑。

〔三二〕傳奇彙考標目著錄元馬致遠（號東籬）作品有牧羊。別本傳奇彙考標目：元傳奇，馬東籬有蘇子卿風雪牧羊記。呂天成曲品：『元馬致遠有此劇，詞亦古質可喜。』。不云牧羊記傳奇即馬氏所作。

〔三三〕明萬曆間高石山房刊本目連救母勸善戲文（簡稱勸善記），題『新安高石山人鄭之珍編』。

〔三四〕非非想，新傳奇品著錄王香裔作品亦有此目，傳奇彙考標目同，注云：『張幼于事』。按提要叙述，查作中亦參入張幼于事。王香裔，名續古，見南詞新譜。

〔三五〕朱皭，字素臣（見树滋堂、霜英堂刊本清忠譜傳奇），其作品除提要已註明係朱氏所作者外，尚有：錦衣歸、未央天、聚宝盆、十五貫、龍鳳錢、朝陽鳳（以上見新傳奇品）、萬年觴（見傳奇彙考標目）、翡翠園（見曲錄，「作翡翠緣」。今樂考證著錄薛既揚作品亦有翡翠園。）等。今樂考證著錄十『無名氏補』內有『丹鳳忠，一名朝陽鳳』。錦衣歸，程氏玉霜簃藏本又名雙容奇、梨花鎗。

〔三六〕新傳奇品著錄薛既揚作品有狀元旗、九龍池等六種，今樂考證又多玉麟符、齊天樂、紫瓊瑤、喜聯登、賜綉旗、翡翠園等十種。顧光旭梁谿詩鈔：『薛秀才旦，字既揚（南詞新譜作「季央」），自號訢然子……曲……如蘆中人、醉月緣、續情燈、長生桃、一宵泰凡十餘種。』訢然子，或作『听然子』、『昕然子』。

狀元旗，別本傳奇彙考標目著錄淸劉百章作品亦有此目；齊天樂，明吳玉虹作品亦有此目。

紫瓊瑤，傳奇彙考標目著錄張大復作品亦有此目。

翡翠園，曲錄著錄朱素臣作品亦有此目。

〔三七〕　焚香記——呂天成曲品：王玉峰所著焚香，『王魁負桂英』。

〔三八〕　焦循劇說：『熙朝名劇三種：芙蓉樓、廣寒香、易水歌。芙蓉樓題「雙溪鷹山塡詞」，廣寒香題「蒼山子編」。』

別本傳奇彙考標目於雙溪鷹山名下補注云：『鷹山係淸汪光被，號光被，字幼闇。』又補錄廣寒香、易水歌二目，注云：『右二種見尺牘新語廣編。焦氏曲考亦著錄。』

〔三九〕　劇說引隻麈談云：『芙蓉劍傳奇，汪子雲樵作也。汪名愷。』

〔四〇〕　南詞新譜：朱英，字寄林。

〔四一〕　張彝宣（見寒山堂曲譜），字大復，星期，心其，號寒山子（見曲錄），其作品除提要已注明係張氏所作者外，尚有：如是觀（又名倒精忠。曲海總目提要及別本傳奇彙考標目均作吳玉虹撰）、釣魚船、雙福壽、井中天（笠閣評目著錄種香生作品亦有此目）、金剛鳳、快活三（別本傳奇彙考標目云：『一作朱良卿撰』）、獺鏡緣（程氏玉霜簃藏本又名『繡衣郎』）、喜重重、龍華會（王翔千亦有此目，見提要）（以上見新傳奇品）、吉祥兆、天有眼、紫瓊瑤（今樂考證著錄薛旣揚作品亦有此目）（以上見傳奇彙考標目）等。

梅氏綴玉軒藏曲有雙福壽，譜周勃、周勝事，與佚文五十二之雙福壽情節不同。

〔四二〕　北京圖書館藏定天山一本，題『淸鐵笛道人撰』，恐非此本。

〔四三〕　傳奇彙考標目：明陳江曉作品有讀書種。曲錄作『陳曉江』。

〔四四〕　度柳翠——柳枝集本注：『或云王實甫撰』。錄鬼簿新校注因李壽卿有月明三度臨岐柳一本，而錢目有月明和尙度柳翠，遂以度柳翠爲李壽卿所撰，但古名家雜劇本月明和尙度柳翠與元曲選本不同。

（四五）畢魏，字萬後（見淸忠譜傳奇），或作萬侯，又字晉卿（見傳奇彙考標目），別號第二狂（見三報恩傳奇）。其作品有杜鵑聲、竹葉舟（別本傳奇彙考標目張大復作品亦有此目）、三報恩等（見新傳奇品）。

（四六）賈仲名，或作『賈仲明』（太和正音譜列明初十六人中）。對玉梳，或題『玉梳記』；蕭淑蘭，或題『菩薩蠻』；金童玉女，或題『度金童玉女』、『金安壽』。（均見錄鬼簿新校注）。

（四七）斷髮記——呂天成曲品列斷髮於寶劍之前，古人傳奇總目遂幷題『李開先作』，後多沿其誤。

（四八）斷機記——明周暉金陵瑣事：『徐霖，所塡南北詞曲，大有才情，語語入律。余所見戲文：繡襦、三元、梅花、留鞋、枕中、種瓜、兩團圓數種行於世。』遠山堂明曲品雜調中有三元，注云：『即斷機，譜商文毅故事。』別本傳奇彙考標目著錄明徐守業作品有三斷機。

（四九）呂天成曲品：卜世臣，字大荒。所著冬青，『瘞骸事，實吾邑王監簿名英孫，號修竹者爲之。若唐玉潛、林景曦及謝皐羽、鄭樸翁諸人，皆王門下館客。』別本傳奇彙考標目著錄史槃作品亦有冬青。

（五〇）東堂老，或題『破家子弟』（見錄鬼簿新校注）。

（五一）東郭記——據明白雪樓刊本乃孫仁孺撰。遠山堂明曲品作『孫鍾齡』。

（五二）呂天成曲品：四節，『淸倩之筆，但賦景多屬牽强。置晉於唐後，亦嫌顚倒。一記分四截，自此始。』千金，『韓信事。』還帶，『裴晉公事。』以上三本俱沈練川作。傳奇彙考標目：沈釆，字練川。四節，遠山堂明曲品作『四紀』。

（五三）凍蘇秦，或題『衣錦還鄉』（見錄鬼簿新校注。太和正音譜並有『衣錦還鄉』及『張儀凍蘇秦』二目，或有誤。

〔五四〕 呂天成曲品著錄沈璟作品有桃符，云：『即後庭花劇而敷衍之者』。

〔五五〕 桃花女——元曲選本未題作者姓名，其題目、正名曰：『七星官增壽延彭祖，桃花女破法嫁周公。』錄鬼簿新校注據曹本補入王曄名下，註云：范（天一閣）本列入續編『失載名氏』中，其題目、正名曰：『祭北斗七星老鑊竈，破陰陽八卦桃花女。』

〔五六〕 桃花人面，柳枝集題『桃源三訪』。

〔五七〕 桃源洞，或題『誤入桃源』。（見錄鬼簿新校注）。

〔五八〕 偷桃記——吳德修，別本傳奇彙考標目作『吳德甫』。明繼志齋刊本亦題『吳德修』。遠山堂明曲品列於雜調中。

〔五九〕 投筆記——今皆以爲邱濬撰。按：呂天成曲品記邱氏作品，亦僅指五倫一種。古人傳奇總目始列羅囊、舉鼎、投筆爲邱作，後皆因之，然不詳何所據也。遠山堂明曲品記投筆爲華山居士撰，邱濬似不可能有此別署，恐非邱氏。

〔六〇〕 綈袍記——遠山堂明曲品具品中有無名氏綈袍，雜調中又有顧覺宇改本綈袍。

〔六一〕 別本傳奇彙考標目：明松癯道人作品有題塔。補註：『張叔楚，號松癯道人，一號騷隱居士，又署白雪齋主人。』按：張字楚叔，此云張叔楚，誤。許之衡戲曲史講義：『張琦，又號西湖居士，輯吳騷合編。所作傳奇有明月環、鬱輪袍、金鈿盒、靈犀錦、詩賦盟、題塔記六種。』

遠山堂明曲品：『王元壽鬱輪記，大意本王辰玉劇。……但王推冒試，王球復冒婚，則伯彭意爲之。』今提要所述西湖居士本情節亦有此。

〔六二〕 鐵冠圖——此本非虎口餘生。

曲錄卷五於葉稚斐逐國疑下注云：『即鐵冠圖』，或據此以爲鐵冠圖乃葉稚斐撰。按：曲錄此注乃引自傳奇彙考標目，其所見本偶有脫落。據他本，全注爲：『即鐵冠圖，後半入靖難事。』所譜蓋明初故事，非此本。

〔六三〕 天福緣，一名天福記（見舊抄零齣本）。別本傳奇彙考標目據李氏海澄樓書目，於明鹿陽外史作品中補有天福記一種。

〔六四〕 文九元——遠山堂明曲品作『文九玄』，『元』字或係樂府考略編者爲避玄燁諱而改。

〔六五〕 沈德符顧曲雜言：『向年曾見刻本太和記，按二十四氣，每季塡詞六折，用六古人事。後聞之一先輩云，「是升庵太史筆。」未知然否。』

呂天成曲品：『許潮，字時泉。』所著泰和，『每齣一事，似劇體，按歲月，選佳事。』

盛明雜劇二集收武陵春，蘭亭會、龍山宴、寫風情、午日吟、南樓月、赤壁遊、同甲會八劇，體例與所謂泰和同，似即從泰和選出。八種除蘭亭會一種題楊愼編外，餘俱題許潮編，而武陵春眉批又云：『弇州謂升庵多川調，不甚諧南北本腔，說者謂此論出於妬，今特選數劇以商之知音者。』則太和記或乃楊愼與許潮合編者歟？

明胡文煥羣音類選亦選有泰和記十齣：1.公孫丑東郭息忿爭；2.王羲之蘭亭顯才藝；3.劉蘇州席上寫風情；4.東方朔割肉遺細君；5.張季鷹因風憶故鄉；6.蘇子瞻泛舟遊赤壁；7.晉庾亮月夜登南樓；8.陶處士栗里致交遊；9.桓元帥龍山會僚友；10.謝東山雪朝試兒女。除與盛明雜劇所選重複者外，又得五齣（1.4.5.8.10）。

〔六六〕 呂天成曲品：汪廷訥所著種玉，『吾越金叟撰摘星記，即霍仲孺事。此記略具幽情，兼揚將相之業，勝摘星多矣。』同昇，『此似頌一友者，而已附入之。』遠山堂明曲品：種玉，汪廷訥撰，『譜霍仲孺、去病父子事。』

金陵瑣事：『陳所聞工樂府，除濠上齋樂府外，尚有八種傳奇：獅吼、長生、靑梅、威鳳、同昇、飛魚、彩舟、種玉。今書坊汪廷訥皆刻爲己作。余憐陳之苦心，特爲拈出。』

〔六七〕 笠閣評目：『美人香，即笠翁憐香伴。』今樂考證：『奈何天，一名奇福報；巧團圓，一名夢中樓。』別本傳奇彙考標目：『奈何天，又名奇福記（補）；巧團圓，又名巧會合。』

〔六八〕 雜劇三編有鬧門神，雙合歡，題『茅孝若僧曇撰』。明史：『茅維，字孝若。』

〔六九〕 明富春堂刊本南西廂題：『海鹽崔時佩編集，吳門李日華新增。』

〔七〇〕 来生債——錄鬼簿新校注著錄劉君錫作品有此目。

〔七一〕 離魂記——呂天成曲品云：離魂，『倩女事，方諸生有南調劇甚佳。此係明州新編者。』疑即指此。別本傳奇彙考標目著錄明謝廷諒作品亦有離魂。

〔七二〕 笠閣評目，萬春園主人作『蒙春園主』。『萬春』近理，『蒙』當是誤筆。

〔七三〕 麗春堂——錄鬼簿新校注作『麗春園』。注云：『曹本「園」作「臺」。王（國維）本「臺」作「堂」，註云：「原本作臺，從鈔本」。孟（稱舜）本及太和正音譜均作「麗春堂」。錢目作「四丞相高會麗春堂」。永樂大典卷二〇七四五，雜劇九，有目，「園」作「堂」。』

又曹本著錄蕭德祥作品亦有四大王歌舞麗春園一本。

〔七四〕 笠閣評目：留生氣，主弧者作。明詩綜：王翃（介人）作有詞苑春秋。

〔七五〕 連環記——古人傳奇總目及傳奇彙考標目均題『王雨舟』撰。錢謙益列朝詩集丁集：『王濟，字伯雨，一字雨舟。』

〔七六〕 蓮囊記——遠山堂明曲品：蓮囊，陳顯祖撰。註：『鬭白之役，戡定之者，劉、李諸帥也，徐嘉不過側名偏裨耳，亦何足齒！中記沈惟敬以通欵悞石大司馬，自是實譜。』似即此本。據此，則四明山環溪漁父乃陳顯祖而非沈季彪矣。

〔七七〕 臨潼會——別本傳奇彙考標目著錄許自昌作品有此目。又沈采亦有臨潼，注云：『伍員事』。

〔七八〕 梁狀元——盛明雜劇二集收此劇，題：『梁狀元不伏老』。今樂考證著錄作『梁狀元不伏老玉殿傳臚記』。

〔七九〕 吳梅校本呂天成曲品：『佘翹，字聿雲。』曲海總目提要、曲錄及今樂考證『佘』皆作『余』，誤。明世德堂刊本題『池陽九峯樓編』，自序署名『銅鵲山人』，有章，文曰『聿雲氏』。

〔〇〕兩生天演盧至、龐蘊事，不詳作者姓名。遠山堂明曲品有靈寶符，王元壽作。注云：『予向閱元人看錢奴、來生債二劇……乃撫爲傳，寄示伯彭，不一月而新聲遂爾繞梁。』似即兩生天。

〔八一〕卓人月殘唐再劇雜劇小引：『陳廣野之麒麟罽、靈寶刀、鸚鵡洲、櫻桃夢爲南曲之冠。』據此，知高漫卿即陳與郊。與郊，字廣野，號玉陽仙史。其遠祖本姓高，故又別名高漫卿。陳其元庸閒齋筆記云：『余家系出渤海高氏，宋時以勳戚隨高宗南渡，籍臨安。始祖東園公諱諄者，明初居仁和之黃山，遊學至海寧，困甚。偶憩趙家橋上，忽墜於水。陳公明遇，設豆腐肆於橋側，……急援之，詢知世族，乃留之家。公老無子，止一女，因以女妻之，而以爲子焉。……十世祖鳳山公諱中漸，……公二子，長與郊，以進士官至太常寺少卿……。』

〔八二〕蘆花記——南詞叙錄宋元舊編內有閔子騫單衣記，注云：『高則誠作。』別本傳奇彙考標目著錄高則誠作品有寒衣記，疑即此本。又別本傳奇彙考標目著錄張鳳翼作品有蘆衣記。

〔八三〕魯齋郎——錄鬼簿新校注據元曲選補入關漢卿名下。

〔八四〕遠山堂明曲品雜調中有羅帕，席正吾撰。注云：『其事大類小說之簡帖僧。』

〔八五〕羅李郎——元曲選本題張國寶撰。錄鬼簿新校注：范本續編『失載名氏』中有相國寺；太和正音譜（無名氏作品中）有大鬧相國寺。

〔八六〕呂天成曲品：葉憲祖桐柏所著玉麟、雙卿、鸞鎞、四豔、金鎖。鸞鎞，『杜羔妻寄外二絕甚有致。插合魚玄機事，亦具風情一般。溫飛卿最陋，何多幸也。』金鎖，『元有竇娥冤劇，最苦。美度故向此中寫出，然不樂觀之矣。』

黃宗羲南雷續文集，外舅六桐葉公改葬墓誌銘：『葉氏名憲祖，字美度，號六桐，塡詞別號槲園居士。』六十種曲有鸞鎞記，末齣尾聲云：『槲園性格躭遊戲，妝點新詞自解頤。』槲園當是槲園之誤。

新傳奇品著錄袁令昭作品亦有金鎖記，今樂考證作『竇娥冤』。遠山堂明曲品：碧珠，『周惟光排陷趙懷之，懷之因居於龍宮者六載，絕似袁凫公之竇娥冤。』按：袁令昭乃葉憲祖弟子（見南雷續文集），初名韞玉，後更名晉，又字于令，凫公，號籜庵，別署幔亭仙史。

曲海總目提要：『雙修記，刊本標奉佛紫金道人編著，其序則云：「榭園居士託言紫金也，而榭園居士姓名亦不傳。」序又云：「居士精詞曲，其所作玉麟、四豔諸記，皆爲世膾炙。」』按：玉麟、四豔皆係葉憲祖撰，榭園居士爲葉氏別號，則雙修是葉氏所作也。或以雙卿乃雙修之誤。按呂天成曲品焚香條下云：『別有三生記，則合雙卿而成者。』雖未能遽斷爲此雙卿即葉氏所作，但雙卿非即雙修，則葉氏亦可能幷有雙修、雙卿也。

〔八七〕遠山堂明曲品：『鸞釵，傳爲吳下一優人所作。』參見註四。

〔八八〕呂天成曲品：顧大典青衫，『元、白，好題目。』；葛衣，『婦人入庵，似落套。』

〔八九〕綱常記——明世德堂刊本題『五倫全備忠孝記』。

〔九〇〕鞭詩讖——雜劇三編收此劇，題『土室遺民撰』。

〔九一〕歸元鏡——或稱傳燈錄。程氏玉霜簃藏本題『揲筮蓍』。

〔九二〕呂天成曲品：趙於禮溉園，『齊王法章事』。又張鳳翼灌園，『上虞趙武作溉園，遠不逮矣。』則張作亦法章事。馮夢龍改訂爲新灌園，一名還譽記（見笠閣評目）。

〔九三〕新傳奇品著錄葉稚斐作品有開口笑、英雄槩等。笠閣評目：『開口笑，即胭脂虎。』葉稚斐，名時章，見南詞新譜。

〔九四〕錄鬼簿新校注：李仲章，『各本皆作「孫仲章」，或云「李仲章」，元曲選目作「孫仲辛」。』勘頭巾，據錢目補入李仲章名下。曹本有張鼎勘頭巾，列陸登善作品中。

〔九五〕看錢奴，或題『冤家債主』（見錄鬼簿新校注）。

〔九六〕遠山堂明曲品：塋傒，韋宓（長賓）撰。呂天成曲品：『塋傒。此乩仙筆也，彼謂自况，詞亦駢美。但時有襲句，豈仙人亦讀人間曲耶？或云乃越人證聖成生作。』

按：此劇有明半埜堂刊本韋狀元自製塋傒記，但提要所叙者非此本。

〔九七〕合汗衫，或題『汗衫記』，張國賓撰（見錄鬼簿新校注）。

〔九八〕呂天成曲品錄有泰華山人合劍記一本。注云：『此是李世民爲生，尉遲敬德爲小生者。內載起兵晉陽及喋血禁門事，甚詳悉；而煬帝之淫奢，娘子軍之戰功，俱可觀，惟詞曲未稱。』內容與此不同，非此本。或以爲劉鍵邦即泰華山人，誤。

〔九九〕今樂考證：『合紗記，即雙緣舫。』

〔一〇〇〕遠山堂明曲品著錄王國柱作品有海棠詩，注云：『是時曲氣格，但兩金生綰合處，不至如他曲之枝節耳。』提要所叙海棠記，演金言、金策事，且有賦海棠詩情節，可能即是海棠詩。

遠山堂明曲品著錄王國柱作品又有碧珠，吳梅藏明刊本碧珠記題『澹生老人撰』，提要謂海棠記作者爲『薇室澹生老人』，可證澹生老人即王國柱別號也。

〔一〇一〕黑鯉，遠山堂明曲品作『赤鯉』。

〔一〇二〕昊天塔——元曲選本未題作者姓名，其題目、正名曰：『瓦橋關令公顯神，昊天塔孟良盜骨。』錄鬼簿新校注據曹本補入朱凱名下，註云：范本列入續編『失載名氏』作品中，其題目正名曰：『殺人和尚退敵兵，放火孟良盜骨殖。』

又錄鬼簿新校注著錄關漢卿作品亦有孟良盜骨一本，原注『據北詞廣正譜仙呂十八頁引。』

〔一〇三〕蝴蝶夢——錄鬼簿范本及太和正音譜著錄關漢卿作品均有此目。錄鬼簿曹本蕭德祥名下有包待制三勘蝴蝶夢。

〔一〇四〕 蝴蝶夢——蔣瑞藻小說考證引花朝生筆記云：『淸初嚴鑄撰。』又淸石麗作品亦有此目，見晦村初集。石麗，字天外，一字晦村（見別本傳奇彙考標目）。

〔一〇五〕 虎符記——舶載書目有新鐫本朝（明）忠孝節義花將軍虎符記二卷，題『鞏蟫僊張伯起編』。

〔一〇六〕 花舫緣——盛明雜劇初集題：『唐伯虎千金花舫緣。孟稱舜原本，卓人月重編。』孟氏原本名花前一笑（見柳枝集）。

〔一〇七〕 錄鬼簿新校注：『史九散僊，眞定人，至昌萬戶（曹本作史九散人，眞定人，武昌萬戶。太和正音譜作史九敬先）。賈仲明詞曰：「武昌萬戶散仙公，闕國元勳廕祖宗。雙虎符三棵明珠重，受金吾元帥封。碧油幢和氣春風，編蝴蝶莊周夢，上麒麟圖畫中，千萬英雄。」』

元王惲九公子畫像贊小序：『史開府子，名樟，喜莊列學。屢爲萬夫長。有時蔴衣草履，以「散仙」自號。』（見秋澗先生大全集）

寒山堂曲譜：董秀英花月東墻記（戲文），『九山書會捷譏史九敬仙著』。風風雨雨鶯燕爭春記（戲文），『劉一棒著，史九敬仙增。』

〔一〇八〕 錄鬼簿新校注：李行甫，名潛夫；太和正音譜作李行道。灰闌記，孟本列入彭伯成（曹本作『彭伯威』）作品中。

〔一〇九〕 還牢末，元曲選題『李致遠撰。』古名家雜劇題『馬致遠撰。』其它著錄均未詳作者姓名。

〔一一〇〕 還魂記有沈璟改本，易名同夢記，見南詞新譜；馮夢龍三會親風流夢傳奇序作『合夢記』。明刊陳繼儒評本，題『丹青記』。

〔一一一〕 黃粱夢——錄鬼簿新校注：第一折馬致遠撰，第二折李時中撰，第三折花李郎撰，第四折紅字李二撰。太和正音譜作『黃粮夢』。

〔一二二〕黃粱夢——遠山堂明曲品：夢境，蘇元儁撰。明繼志齋刊本題『不二道人蘇漢英編次』。

〔一二三〕紅梅記——胡文學甬上耆舊詩傳：『周朝俊，所撰有李丹、香玉人、紅梅花十餘種，唯紅梅花最傳。』遠山堂明曲品作『周儀玉』。傳奇彙考標目：『周朝俊，字穉玉。』劇說作『夷玉』。

明刊陳眉公評本，題『丹桂記』。

〔一二四〕今樂考證：『陳太乙紅蓮債，明劇刻署：古越函三館編。』遠山堂明曲品作『紅蓮記』。

〔一二五〕遠山堂明曲品：節俠，許三階撰，『譜武后朝裴伷先伯任事。』北京圖書館藏明刊本，題『梅花墅改訂』。或以爲許自昌撰，誤。

〔一二六〕節孝記——據程氏玉霜簃藏本對證，此即沈璟南九宮譜內所引用之黃孝子戲文。

〔一二七〕嬌紅記——呂天成曲品：『此傳盧伯生所作而沈翁（沈受先）傳以曲。』據此，盧氏所作乃傳奇文。或以盧亦作曲，誤。

〔一二八〕蕉鹿夢——此四夢記之一。呂天成曲品：四夢，『高唐夢亦具小景。邯鄲、南柯二夢多工語，自湯海若二記出而此覺寥寥。蕉鹿夢，甚有奇幻意，可喜。』蘧然子，一云乃鄭祖法，見上虞縣志。

〔一二九〕呂天成曲品：沈鯨，字涅川。所著：雙珠，『王楫事。』分鞋，『程君事，載輟耕錄。』鮫綃，『魏必簡事。』傳奇彙考標目：『分鞋，亦名易鞋。』

遠山堂明曲品雜調中亦有易鞋，黃應翰作，注云：『大意與涅川之分鞋不遠』。

〔一三〇〕呂天成曲品：陸弼，字無從，所著傳奇存孤，『李文姬，王成事。其序似天池（陸采）舊有稿而無從演之者。』

〔一三一〕救孝子，或題『不認屍』（見錄鬼簿新校注）。

〔一三二〕救風塵——錄鬼簿新校注：曹本作『烟月舊風塵』。

〔一三〕劍丹記，今樂考證題魏浣初撰，蓋誤以評者爲作者。

〔一四〕金盃記——遠山堂明曲品：金盃，葉泰華、吳懷綠撰。注云：『于忠肅昭代偉人，事功方勒鐘鼎，而傳之者乃掇拾一二鄙褻之事，敷以俚詞。』

別本傳奇彙考標目：金盃記，于謙事，明葯房撰。補注云：『汪獮，字葯房，歙人，疑即此人。』

〔一五〕金蓮記——呂天成曲品：陳太乙（汝元）所著金蓮，『摭三蘇事，得其概。末添拖（鮑）不平，正是戲法耳。』

〔一六〕金印記非即『合縱記』。呂天成曲品：金印，『季子事，佳。今有張儀而改名縱橫者，稍失其舊矣。』遠山堂明曲品：合縱，『雜入張儀一事，較金印爲詳。』

金印記，今存李卓吾評、羅懋登注釋本，沈璟南九宮譜所引用金印記曲文在其中，當是蘇復之原作。合縱記有玉夏齋刊傳奇十種本，題『高一葦訂正』（暖紅室本據此翻刻），有張儀事，無沈譜引用曲文。

太和正音譜明初十六人中有：『蘇復之，詞如雪林文豹。指揮。』是否即此蘇復之？待考。

〔一七〕呂天成曲品：『武康姚靜山僅存一帙，惟覩雙忠。』又云：『金丸，元有抱妝盒劇……。精忠，此岳武穆事……。雙忠，此張、許事……，武康姚靜山作。』此亦專指雙忠而言。後來各家著錄，除遠山堂明曲品外，皆誤以金丸、精忠皆姚氏所作。

南詞新譜：姚靜山，名茂良。

精忠記——永樂大典戲文目有秦太師東窗事犯，南詞敘錄宋元舊編內有秦檜東窗事犯，明人編本中又有用禮重編岳飛東窗事犯。今存富春堂刊本岳飛破虜東窗記，與六十種曲所收精忠記曲文大致相同，或以爲即用禮重編之本。

用禮，或疑是周禮之誤。周禮，字德恭，號靜軒，明宏治時人（見萬曆餘杭縣志）。

〔二二八〕別本傳奇彙考標目著錄許潮作品有錦蒲團，吳龐（士科）作品有金不换。

〔二二九〕錦囊記——清乾隆間百本張抄本題『東吳記』。

〔二三〇〕錦綉圖——傳奇彙考標目著錄清洪昇作品有此目。

〔二三一〕錦西廂——傳奇彙考標目作『翻西廂』，但今存識閑堂所編翻西廂，非此本。

〔二三二〕王國維曲錄卷四及宋元戲曲史十四：『荆釵記，明鬱藍生曲品題柯丹邱撰，黄文暘曲海總目提要仍之。然柯敬仲未聞以製曲稱，想舊本當題「丹邱子」或「丹邱先生」撰。丹邱子者，明寧獻王（朱權）道號也，後人不知，見丹邱二字，即以爲敬仲耳。』自此以後，多從王説以荆釵爲朱權作。然寒山堂曲譜曾引用雍熙樂府第二種——王十朋荆釵記，題『吳門學究敬仙書會柯丹邱撰。』此柯丹邱恐非柯九思（敬仲），則王氏以爲係朱權者亦待考。南詞叙錄宋元舊編内有王十朋荆釵記，未注撰人姓名；明人編本中又有王十朋荆釵記，注云：『李景雲編』。貴池劉氏宜春堂影鈔明嘉靖本新刻原本王狀元荆釵記，題『溫泉子撰』。

〔二三三〕呂天成曲品：吳世美，字叔華，所著傳奇驚鴻，『楊梅二妃相妬事，佳，詞亦秀麗。第以國忠相而後進太眞，於事覺顚倒耳』。

〔二三四〕七國記——曲錄著錄汪廷訥作品亦有此目，或以爲即天書記。

〔二三五〕七勝記——明唐振吾刊本題『秦淮墨客校』，或以爲墨客即撰人，誤。又折桂記，提要題『秦淮居士撰』，遠山堂明曲品作『秦淮墨客』撰，恐亦是『秦淮墨客校』。秦淮墨客本名紀振倫，見楊家府世代忠勇志傳序。

〔二三六〕南詞新譜附錄沈自友爲其伯兄鞠通生所作小傳云：『生名自晉，字伯明，又字長康，鞠通則別號也。所著文詞甚富，翠屏山、望湖亭二劇久行世，散曲如賭墅餘音、越溪新詠、不殊堂近稿，及續詞隱九宮譜，耆英會諸劇，亦將次刻行。』

曲錄據新傳奇品及曲海目，列翠屏山等三種於沈璟作品之內；曲海總目提要於耆英會、望湖亭二種標曰『沈自徵作』，均誤。

〔一三七〕切鱠旦，或題『望江亭』（見元曲選）。

〔一三八〕伽藍救——盛明雜劇初集收此劇，題『死裏逃生』。

〔一三九〕今樂考證：淸許恆二奇緣，『有改其所撰易名千里駒者。』別本傳奇彙考標目著錄明范文若作品有此目。

〔一四〇〕笠閣評目：『千祥記，無心子□作。』別本傳奇彙考標目：明李長祚，字延初，其作品有千祥。

〔一四一〕錄鬼簿新校注：『睢舜臣，字嘉賢，曹本作睢景臣，後字景賢。』『吳仁卿，名弘道，曹本作仁卿，字弘道。』

〔一四二〕遠山堂明曲品：全德，汪拱恕撰。註云：『此第記竇禹鈞初生儀儼諸子事，非五桂記也。』明廣慶堂刊本全德記題『太原王穉登編』。

〔一四三〕全忠孝、龍泉劍——遠山堂明曲品：龍泉，沈壽卿（傳奇彙考標目作『沈受先』）撰。注云：『節、義、忠、孝之事，不可無傳。沈君手筆，絕肖丘文莊之五倫記。』按：提要所叙龍泉劍本事，頗有類似五倫記之處，疑即沈作。

〔一四四〕王驥德曲律卷四：『今好事者以女狀元並余舊所譜陳子高傳稱爲男皇后並刻以傳。』盛明雜劇初集收此劇，題『男王后』。

〔一四五〕翠星輔——程氏玉霜簃藏本名『龍鳳祥』。

〔一四六〕西樓——明耐閒堂本及劍嘯閣本均題『西樓夢』。

〔一四七〕西廂——清康熙間刊諸山恒忍雪鑑道人說意本題名『西來意』。

〔一四八〕喜逢春——別有明玉夏齋刊本，題『金陵桃葉渡者清嘯生檃括』者，非此本。

〔一四九〕謝金吾，或題『私下三關』（見元曲選）。錄鬼簿新校注據曹本於王仲元名下補入私下三關一本。

〔一五〇〕瀟湘雨，或題『瀟湘夜雨』（見錄鬼簿新校注），或題『秋夜瀟湘雨』（見柳枝集）。

〔一五一〕張元長梅花草堂筆談：『余所交者，無非眞正靈異之人，而乃失之徐陽初。……舟中閱霄光、題橋、紅梨花、一文錢諸傳，自愧十年游虞。』

王應奎柳南隨筆：『徐復祚工詞曲，若紅梨、投梭、祝髮、霄光劍、一文錢、梧桐雨諸本，至今傳世。』又：『徐啓新吝嗇，其族人陽初作爲一文錢傳奇以誚之，所謂盧至員外者，蓋即指啓新也。』

青木正兒支那近世戲曲史：霄光劍，余所見之舊鈔本題『王奕清撰』。按：霄光劍有明唐振吾刊本，題『霄光記』。王奕清，疑即欽定曲譜編者，乃清康熙時人。青木正兒所見之舊鈔本恐不足據。

〔一五二〕小河洲——程氏玉霜簃藏有三奇俠傳奇，亦演此故事，疑即此劇。

〔一五三〕小忽雷——孔尚任桃花扇本末：『前有小忽雷傳奇一種，皆顧子天石代予塡詞。』天石，名彩。

〔一五四〕傳奇彙考標目：明湯子垂作品有續精忠。別本傳奇彙考標目：明楊景夏（名弘）作品有『翻精忠』，注云：『岳雷事』。

〔一五五〕孝諫莊公，或題『鄭莊公』（見——錄鬼簿新校注）。

〔一五六〕曲海總目提要所叙本事誤。按：明刊本修文記，題『一衲道人、屠隆、偉眞甫著。』演蒙曜事。其家門云：『大越蒙生，受天讖，七曲傳遷。一時兒女皆文采，詞賦連翩。宿罪樞兒沈地府，靈根瑤女作天仙。幸得逢妙界，拔幽途，洗垢愆。台宿遇，神女緣。多難後，道心堅。喜修文顯擢，玉册弘宣。數口存亡蒙普度，闔門名將占仙班。題升沈因果，作明鑑，永年傳。』

古人傳奇總目：『修文，屠赤水作，李賀事。』則錯訛由來已久。

〔一五七〕曲錄卷五引四庫全書總目提要：淸吳綺，字園次，『其作品有繡平原。

〔一五八〕遠山堂明曲品：瓊花，史槃作。注云：『於梵貝中標出慈雲一事，可以仰配雙修，抹殺妙相矣。但語過率眞，未是叔考得意之作。』

〔一五九〕南詞敘錄：『香囊乃宜興老生員邵文明作。』呂天成曲品：『常州邵給諫作。』傳奇彙考標目：『邵弘治，號半江，宜興人，官給諫。』插圖本中國文學史：『邵璨，字文明，宜興人。』按：香囊記有明繼志齋刊本，題『五倫傳香囊記』，而邱濬又有五倫記，提要或因此而誤香囊爲邱氏作也。（提要云：『此劇標目云：五倫全備香囊記。』）

〔一六〇〕錄鬼簿新校注：『康進之，一云陳進之。』李逵負荆，或題『黑旋風負荆』（見太和正音譜）。

〔一六一〕薛仁貴，或題『衣錦還鄉』（見錄鬼簿新校注）。

〔一六二〕雪裏荷——別本傳奇彙考標目著錄即空觀（明凌濛初）作品有雪荷，注云：『東方白事。』

〔一六三〕傳奇彙考標目：明程子偉，字正夫，其作品有雪香緣。

〔一六四〕楊守敬書目云：『吳人范受益撰。』方來館主人所編萬錦淸音題『蕭爽齋作』（蕭爽齋，明金鑾齋名）。南詞敘錄宋元舊編內有『敎子尋親』。明富春堂刊本題『周羽敎子尋親記，劍池王錂重訂。』呂天成曲品：『敎子，古本儘佳，今已兩改。』

〔一六五〕提要卷三十八所述之雄精劍，演張巡、許遠故事。然並無雄精劍關目，恐有錯訛。譜張、許故事者有雙忠，有睢陽節，內容均與此異。

〔一六六〕摘星——傳奇彙考標目：明金懷玉（爾音）摘星，『霍仲孺事』，妙相，『俗稱賽目連，即時下所演之王（黃）氏女三世修是也。』

〔一六七〕錄鬼簿新校注：紀君祥，曹本作『紀天祥』。

〔一六八〕傷梅香，或題『翰林風月』（見錄鬼簿新校注及太和正音譜）。

〔一六九〕珍珠記——南詞叙錄明人編本中有高文舉。舶載書目有高文舉還魂記。遠山堂明曲品具品中有還魂，注云：『俗本有高文舉，此傳之稍近於理。』又雜調中有珍珠，注云：『此即高文舉還魂記也。還魂原本固不佳，此猶不得與之並列。』

〔一七〇〕眞傀儡，遠山堂明劇品題陳繼儒作，注云：『詢之識者，始知是眉公在壬辰玉座上所作。』

〔一七一〕鎖靈山——曲錄據傳奇彙考，誤作『鎖仙靈』。

〔一七二〕張善友——元曲選題目、正名曰：『張善友告土地原神，崔府君斷寃家債主。』錄鬼簿新校注據錢目於鄭廷玉作品中補入崔府君斷寃家債主一本。

〔一七三〕張生煮海——錄鬼簿新校注著錄李好古及尙仲賢作品均有此目，而以元曲選本爲李作。

〔一七四〕正朝陽——傳奇彙考標目著錄明石子斐（字成章）作品有此目。懷寧曹氏藏本作『正昭陽』，是。

〔一七五〕硃砂擔，或題『浮漚記』（見錄鬼簿新校注）。

〔一七六〕錄鬼簿新校注：范子英，曹本作『范康，字子安。』

〔一七七〕呂天成曲品：張鳳翼所著祝髮，『此伯起以之壽母，境趣凄楚逼眞。……但事情非人所樂談耳。』柳南隨筆記徐復祚作品亦有祝髮，參見注一五一。小說考證續編引消夏閒記，云係徐渭撰，誤。

〔一七八〕墜樓記——別本傳奇彙考標目據李氏海澄樓書目補明雲溪散人作品有此目。按提要所叙墜樓記乃演淸康熙間實事，恐非此本，或雲溪散人非明人。

〔一七九〕賺蒯通——錄鬼簿新校注據太和正音譜補入，題『智賺蒯文通』。

〔一八〇〕狀元堂、月華緣——笠閣評目：『齊天福，一名月華緣。』

〔一八一〕今樂考證著錄七引何義門（焯）補錄南詞叙錄明人編本，有『方諭生作忠孝節義』。

〔一八二〕尺素書、空柬記——遠山堂明曲品：空緘，王元壽撰。注云：『劉元普之仗義，奇矣。李伯承一不識面之交，以空緘託妻子，奇更出元普上。』似即此本。但提要云：『李遜，字克讓，』不云『伯承』，待考。

〔一八三〕釵釧記——傳奇彙考標目著錄明月榭主人作品有此目。

〔一八四〕沈香亭——別本傳奇彙考標目著錄明雪簑漁隱作品有此目。按：元夏邦彥號雪簑漁隱，恐非是。明嘉靖間刊本寶劍記傳奇有雪簑漁者序文，雪簑漁隱或爲雪簑漁者之誤？

洪昇長生殿傳奇例言：『最先感李白之得遇玄宗，譜其事作沈香亭；後去李白事，入李泌輔肅宗中興之事，名之爲舞霓裳；更刪楊妃穢事，增其歸蓬萊、玄宗遊月宮等事，專寫兩人之深情，遂作長生殿。』

〔一八五〕陳州糶米——錄鬼簿新校注據曹本補入陸登善作品中。曹本：陸登善，字仲良，一云姓陳。

〔一八六〕辰鈎月——樂府考略原文作：『桂花仙，元吳昌齡撰。云：「長眉仙遣梅菊荷桃，張天師斷風花雪月。」』（傳奇彙考同此。）王國維氏校印曲海總目提要，改題桂花仙爲『辰鈎月』（見曲海總目提要稿本殘卷）。按：張天師斷風花雪月一劇，元曲選乙集存之，題『元吳昌齡撰。』錄鬼簿著錄吳氏作品無此目，而別有鯀勾月一本，其題目、正名曰：『文曲翁答救太陰星，張天師夜祭辰勾月。』

明朱有燉誠齋樂府中有張大師夜斷辰鈎月一劇，所演故事，與元曲選本張天師斷風花雪月大致相同，則夜祭辰鈎月，可能即是夜斷風花雪月。王氏校改，蓋亦據此。錄鬼簿新校注則幷存二目。

〔一八七〕新傳奇品著錄陳二白作品有稱人心、雙冠誥。笠閣評目：『稱人心，即巧移花。』清呂士雄南詞定律引有詩扇緣，亦即此劇。程氏玉霜簃藏曲，又有題『稱心如意』者。

〔一八八〕長生樂——蔣瑞藻小說考證引顧丹五筆記述袁于令作品有此目。沈季友檇李詩繫載清張勻作品亦有長生樂，十美圖。

〔一八九〕毛鐘紳，別本傳奇彙考標目作『毛維紳』。

〔一九〇〕楚昭公，或題『疎者下船』（見錄鬼簿新校注）。

〔一九一〕別本傳奇彙考標目：明黃大可作品有詩囊恨，李賀事。又明謝廷諒作品亦有詩囊。又據天外談補淸石龐作品，亦有詩囊恨。『黃大可，金陵人，著有聞過齋集。』

〔一九二〕十大快——梅氏綴玉軒藏曲有福壽榮，即此劇。笠閣評目題『郎潛長』撰（另一本，無名氏撰）。

〔一九三〕十義，遠山堂明曲品作『韓朋』，注云：『即十義』。按：此劇有富春堂刊本，題『韓朋十義記』。

〔一九四〕遠山堂明曲品：王元壽所作石榴花，『譜羅惜惜尋花下之盟，竟致誤約事。』程氏玉霜簃藏本題『景園記』。

〔一九五〕永樂大典戲文目有楊德賢婦殺狗勸夫。南詞叙錄宋元舊編內有殺狗勸夫。朱彝尊靜志居詩話：『殺狗則仲由（徐㽦）所撰。』別本傳奇彙考標目：王翛然玉環記，徐仲由撰。劇說：『殺狗記，俗名玉環記。』呂天成曲品：『殺狗，舊存惡本，予爲校正。』六十種曲殺狗記題『龍子猶訂定』。幷曲海總目提要引五福記序文：『今歲改孫郎埋犬傳』，已知有三種改本矣。

〔一九六〕珊瑚鞭——傳奇彙考標目著錄淸徐善（長公）作品有此目。曲錄著錄徐石麟（又陵）作品亦有此目。王國維疑徐善即徐石麟。

別本傳奇彙考標目著錄淸嵇永仁作品亦有此目。

〔一九七〕遠山堂明曲品雜調中著錄有昇仙兩本，皆注『韓湘子故事』，一無名氏撰，一錦窩老人撰。

〔一九八〕生金閣、玉壺春——錄鬼簿新校注據元曲選補入武漢臣作品中。玉壺春，賈仲明亦有此目（見錄鬼簿新校注）。

〔一九九〕順天時——程氏玉霜簃藏本又名『三山闕』。

〔二〇〇〕雙飛石——懷寧曹氏藏本又名『飛石緣』。

〔二〇一〕雙烈記——呂天成曲品：張四維雙烈，『傳韓蘄王事。』

〔二〇二〕雙金榜，明詠懷堂本題全名曰『勘蝴蝶雙金榜記』，故亦或稱『勘蝴蝶』。

〔二〇三〕雙獻功，或題『雙獻頭』（見錄鬼簿新校注）。

〔二〇四〕雙雄記——笠閣評目云：『一名善惡圖』。

〔二〇五〕雙忠孝——傳奇彙考標目著錄明劉藍生作品有此目。

〔二〇六〕雙螭璧——傳奇彙考標目：明鄒玉卿作品有雙螭璧、青缸嘯（原注：『缸，疑是虹』）。程氏玉霜簃藏本題『青虹嘯』，本事相同於提要卷三十四之鴛頭水。

〔二〇七〕人天樂——董若雨寶雲詩集卷二黃九烟居士重過寶雲詩注云：『言將製北曲北俱盧傳奇』。按：人天樂中演軒轅載事，間以北俱盧洲事，當即北俱盧。

〔二〇八〕輭藍橋——傳奇彙考標目著錄明許炎南（字有丁）作品有軟藍橋。

〔二〇九〕再生緣——遠山堂明劇品題『吳仁仲』撰。

〔二一〇〕彩燕詩——遠山堂明曲品：題燕，王元壽撰。注云：『劉方、劉奇事，自葉桐柏之後，已再見於黃履之之雙燕記矣。此記插入妓女夜來，而二劉顛連之狀，層疊點綴，令觀者轉入而轉見其巧。』似即彩燕詩。

〔二一一〕四美記，清初耕心堂鈔本一名『萬安橋』。

〔二一二〕四大癡——今存明玉夏齋刊傳奇十種本，內分酒、色、財、氣四段；酒，題李逢時（九標）撰；色，即蝴蝶夢，作者未詳（參見注一〇四）；財，即徐復祚之一文錢（參見注一五一）；氣，即孟稱舜之英雄成敗。

〔二一三〕呂天成曲品：謝讜所著四喜，『二宋事』。別本傳奇彙考標目，明陸冰修作品亦有四喜。冰修，字嘉淑，號坦谷。

〔二二四〕遠山堂明曲品云：『四異，「巫、賈二姓各假男女以相賺，賈兒竟得巫女。吳中曾有此事，惟談本虛初聘於巫，後娶於賈，係是增出。」』

按此故事，話本中如醒世恆言等，皆作劉、孫兩姓事。碧玉串傳奇（一作碧玉釧，又作雙玉串）同話本。提要或據碧玉串而誤。

〔二二五〕三赴牡丹亭，或題『韓湘子』，趙明道，一作『趙明遠』（均見太和正音譜）。錄鬼簿新校注著錄趙氏作品又據錢目補有韓退之雪擁藍關記一本，與此似爲一劇。

〔二二六〕三元記——呂天成曲品：沈壽卿三元，『馮商遠（還）妾事盡有致，近插入三事改爲四德，失其故矣。』遠山堂明曲品：四德，『馮商還妾，沈壽卿有三元記。今插入三事，改爲四德。』劇說引湯來賀內省齋文集：『先年樂府如五福、百順、四德、十義、躍鯉、臥冰之類，皆取古人之善行譜爲傳奇。』

六十種曲本三元記，其本事除還妾外，尚有博施、毀券、斷金諸事，似爲四德而誤稱三元者。南詞敘錄宋元舊編內有馮京三元記。

〔二二七〕誶范叔，或題『誶范雎』（見錄鬼簿新校注、太和正音譜）。

〔二二八〕汪廷訥作有高士記。呂天成曲品云：『此初試筆也，音律雖是草草，似有所刺，內用海闍黎一段，可疑。』與提要所述不符，當是另一本。

〔二二九〕錄鬼簿新校注：『錢吉甫，名天祐。曹本作「鮑天祐」。太和正音譜作「鮑吉甫」。』

〔二三〇〕錄鬼簿新校注：兒女團圓，或題『兩團圓』。楊文奎，太和正音譜列入明初十六人中。

〔二三一〕一種情——即沈璟之墜釵記，見南詞新譜。曲海總目提要謂相傳李漁撰，誤。

〔二三二〕義犬記——盛明雜劇初集收此劇，題『袁氏義犬』。

〔二二三〕胭脂雪——新傳奇品著錄盛際時作品有此目。

〔二二四〕燕青博魚——『博』，或作『撲』，或作『摸』（見錄鬼簿新校注）。

〔二二五〕揚州夢——戲曲史講義：『岳端，字兼山，號紅蘭主人，封愼郡王，淸初宗室也。……嘗集合吳中教師及各曲家撰編南詞定律一書。……又嘗自撰揚州夢傳奇，乃譜唐人小說杜子春故事。……爲之作序者乃洪昇也。』

〔二二六〕櫻桃園——盛明雜劇二集有櫻桃園，題『王澹翁撰』。遠山堂明劇品作『王澹』。

〔二二七〕傳奇彙考標目：鄭若庸（字中伯，號虛舟）作品有五福。呂天成曲品錄鄭氏作品無此目，另於『作者姓名有無可考者』之下錄五福，注云：『韓忠獻（琦）事，揚厲甚盛，還妾事已見鄭虛舟大節記中。』則五福當非鄭氏所作也。程氏玉霜簃藏本題『五福星』。

〔二二八〕誤入桃源，或題『劉阮天台』（見錄鬼簿新校注）。太和正音譜列王子一於明初十六人中。

〔二二九〕瓦崗寨——別本傳奇彙考標目著錄淸劉百章（字景賢）作品有此目。

〔二三〇〕臥冰記——永樂大典戲文目有王祥行孝。南詞叙錄宋元舊編內有王祥臥冰。

〔二三一〕完璧記——遠山堂明曲品：鑲環，翁子忠作。注云：『即藺相如懷璧一事，大有俠烈之致可傳，何必增出閨閫，反入庸俗！』按：提要叙完璧記中有藺相如入贅平原君家，其原配張九娘在家歷艱苦、遭迫害、毀容全節、尋夫、投庵等情節，似如鑲環。又船載書目有完璧藺相如鑲環記，則此完璧或即翁作鑲環也。

〔二三二〕綰春園，傳奇彙考標目作『幻春園』。

〔二三三〕翫江樓——錄鬼簿新校注：『案：楊景賢有此目，永樂大典卷二〇七四一，雜劇五，有目，作「詩酒翫江亭」。』

〔二三四〕文媒記——別本傳奇彙考標目著錄明秋閒（曲錄卷四作『閑』）居士作品有文媒記。

〔二三五〕文章用——蔣瑞藻小說考證續編引閒居雜綴：『萬曆乙未刊本題「无因居士撰」。』

〔二三六〕錄鬼簿新校注，李寬夫作『李寬甫』。

〔二三七〕魚籃記——遠山堂明曲品雜調中有牡丹，鄭國軒撰，注云：『金牡丹爲魚妖所混。』

〔二三八〕魚兒佛——盛明雜劇二集題：『湛然禪師原本，寓山居士重編。』

〔二三九〕玉殿緣——新傳奇品著錄陳子玉作品有玉殿元。傳奇彙考標目作『玉殿緣』。

〔二四〇〕玉花記——別本傳奇彙考標目據李氏海澄樓書目補有玉花記，題『史弱翁（史玄）撰』。遠山堂明曲品著錄黃日作品有玉花一本，注云：『作者欲以通本按一歲之景。』似非此劇。

〔二四一〕玉環記——南詞敘錄明人編本中有玉簫女兩世姻緣。

〔二四二〕玉蜻蜓——程氏玉霜簃藏本又名『芙蓉洞』。

〔二四三〕玉鐲記——呂天成曲品：朱玉田所作玉鐲，『記王順卿麗情重會事。』按：即玉堂春故事，非此本。朱玉田，遠山堂明曲品作『李玉田』。

〔二四四〕玉釵記有三：一、明心一山人撰，譜何文秀事；二、明陸江樓撰，譜李元璧事（呂天成曲品：陸江樓玉釵，此記李元璧忠節事，內有佔紫芝園一節，必有所指。安丙擒吳曦事，插入亦好。遠山堂明曲品：陸江樓玉釵，譜蒯剛謀佔紫芝園，展轉計陷故事。）；三、明□□□撰（別本傳奇彙考標目者錄明朱從龍作品有玉釵，未知是否此本），譜丘若山事（羣音類選選有五折）。

或以心一山人即陸江樓，誤。

〔二四五〕躍鯉記——傳奇彙考標目著錄明陳學究（號罷齋）作品有躍鯉。遠山堂明曲品雜調中有躍鯉，顧覺宇作，註云：『此即躍鯉原本，經村塾改竄者。』

〔二四六〕元寶媒——周穉廉所作容居堂樂府中有元寶媒傳奇一本。演乞兒張尙禮拾金不昧，仗義扶危，因此得妻事。其第一出云：『〔滿庭芳〕：博採梨園，廣稽院本，從無叫化銜場。鸞叢另闢，喜笑盡文章。路救淑珠劉氏，侍羊車籠壓平康。大同府一封元寶，恩賚藉名倡。窮孀被計豪屠詐，盈盈妙質，屈作嬪嬙。陷冤山孽海，隕雪飛霜。又致几遭不白，達聖聰圜土回陽。西宮戚賜婚姓，軼事播笙簧。

贖人女就贖自家妻，醫人病就救自家飢，

賴人物反失自家鈔，陷人命反吃自家虧。」

按：提要卷二十二所叙本事，與此不符，所述當非周稗廉作。

〔二四七〕雲台記——遠山堂明曲品：蔣俊卿雲台，『譜東漢初興故事』。船載書目有劉文叔雲台記，題『江右散人薄俊卿撰』。

〔二四八〕忠義烈——程氏玉霜簃藏本題『忠烈記』。中國戲曲研究院藏淸乾隆十三年鈔本題『挾忠烈』。『挾』，疑应作『俠』。

〔二四九〕燕子樓——遠山堂明曲品著錄明竹林逸士作品有此目。提要稱明人改換增添侯克中關盼盼以成全本者，疑即此。